A*t*V

GUIDO DIECKMANN, 1969 in Heidelberg geboren, studierte in Mannheim Geschichte und Anglistik. Er lebt als freier Autor in Haßloch in der Pfalz.

Von ihm sind außerdem im Aufbau Taschenbuch Verlag die Romane »Die Poetin«, »Luther«, »Die Gewölbe des Doktor Hahnemann« sowie »Die Magistra« lieferbar.

Im Verlag Rütten & Loening erschien sein Roman: »Der Bader von St. Denis«.

Lukas, ein ehrgeiziger Steinmetz, träumt davon, einer der größten Bildhauer seiner Zeit zu werden. Selbst Justina, seine Geliebte, muß zurückstehen, wenn es für ihn darum geht, diesen Traum in die Tat umzusetzen. Von einer Burgherrin, die ihr Gesicht stets hinter einem Schleier verbirgt, wird er beauftragt, ein Reiterstandbild für den Bamberger Dom zu erschaffen, das ausgerechnet sein Ebenbild haben soll. Doch kaum hat er den Auftrag angenommen, wird er beinahe Opfer eines Anschlags. Irgend jemand möchte augenscheinlich verhindern, daß Lukas sein Kunstwerk fertigstellt. Trotzdem macht er sich weiter an die Arbeit – auch wenn seine Geliebte inzwischen einem anderen versprochen wird und sein unbekannter Feind keine Ruhe gibt.

Guido Dieckmann

Die Nacht des steinernen Reiters

Roman

Aufbau Taschenbuch Verlag

ISBN 3-7466-2119-4

1. Auflage 2005
© Aufbau Taschenbuch Verlag GmbH, Berlin 2005
Umschlaggestaltung Preuße & Hülpüsch Grafik Design
unter Verwendung des Gemäldes »Der Streiter«
von Charles Lock Eastlake, 1824
Druck Clausen & Bosse, Leck
Printed in Germany

www.aufbau-taschenbuch.de

Dramatis Personae

Lukas	Findelkind unbekannter Herkunft; unter Leibeigenen aufgewachsen, lebt nun als begabter Steinmetzgeselle und Bildhauer in Bamberg; Schöpfer des berühmten »Bamberger Reiters«.
Norbert	Steinmetz; arbeitet auf der Bamberger Dombaustelle.
Gisela	seine Frau
Harras	sein Sohn, ebenfalls Steinmetz.
Justina	Tochter eines ruinierten Weinhändlers; hält sich mit geschickten Fälschungen über Wasser und soll gegen ihren Willen verheiratet werden.
Dietlinde	ihre Schwester; Laienpflegerin im Spital des Heiligen Theodor zu Bamberg
König Philipp von Schwaben*	Sohn Kaiser Friedrich Barbarossas; wurde wurde 1208 in Bamberg Opfer eines Mordanschlags.
Bischof Ekbert von Andechs-Meran*	Bischof von Bamberg; Onkel der Landgräfin Elisabeth von Thüringen, für deren Heiligsprechung er sich einsetzt.

Magister Hugo von Donndorf	Kleriker zu St. Gangolf und Schreiber des Bischofs
Salomann	wohlhabender Kaufmann und Stifter; führt die städtischen Kaufleute in die Auseinandersetzung um Unabhängigkeit und Privilegien.
Beate	seine Braut; Schwester Dietrichs von Haselach. Nach ihrem Umzug nach Bamberg beginnt sie, gefährliche Fäden zu spinnen.
Lampert	Salomanns Verwalter; möchte selbst Kaufmann in Bamberg werden.
Emma	Lamperts Tochter aus erster Ehe; lebt in der Obhut von Ordensfrauen.
Julius	Salomanns Koch aus Würzburg; freundet sich mit Lukas an und schwärmt für gewürzten Mandelschaum, gebratenes Rebhuhn und süßen Wein.
Grete	Magd in der Schenke »Zum Haupt«; merkt sich die Gesichter ihrer Gäste.
Werner von Rottweil	undurchsichtiger Baumeister; vermittelt Lukas einen verhängnisvollen Auftrag.
Graf Rüdiger von Rabenstein-Morsch	Erbe der Burg Rabenstein*
Theodora	seine Mutter; im Dorf als Hexe und »Mondreiterin« gefürchtet.
Ägidia	Kammerfrau und Vertraute der Burgherrin Theodora
Gernot	Waffenmeister auf Burg Rabenstein

Nurith	jüdische Ärztin und Hebamme in Bamberg; Justinas Freundin.
Rabbi Samuel	genannt Babenberg*; Nuriths Vetter und Vorsteher der kleinen Bamberger Judengemeinde.
Matthäus	auch Hagen genannt. Locator, der in fürstlichen Diensten für die Auswanderung Bamberger Bürger nach Siebenbürgen wirbt.
Ethlind	seine Gemahlin
Gottfried	beider Sohn
Vater Konrad	Abt des Klosters St. Michael
Viro	Mönch
Wipold	Mönch
Udo Brandeisen	Domherr
Raidho	der »Betbruder«; haust als wandelndes Orakel auf der Dombaustelle.
Lothar	Stadtknecht; sorgt im Auftrag Salomanns in den weltlichen Bezirken der Inselstadt für Ordnung.

Und ein rätselhaftes Standbild aus Stein, genannt der »Bamberger Reiter«*.

Sämtliche mit * gekennzeichneten Personen, Ortsnamen, Gebäude oder Kunstwerke im Roman sind historisch nachweisbar.

Prolog
Domburg zu Bamberg, XI. Kal. Jul. MCCVIII (Juni 1208)

»Es ist soweit, Herrin. Er möchte Euch sehen!«

Thea wirbelte auf dem Absatz herum; sie erschrak bis in die Knochen, als der junge Mann so unvermittelt hinter ihr in der Kammer stand. Obwohl sie bereits angekleidet war, griff sie nach einem pelzverbrämten Umhang und sandte einen beunruhigten Blick hinüber zur Pforte. Die Tür zum Korridor war nur angelehnt. Ein Page mußte die quietschenden Angeln mit Tran oder Gänsefett geschmiert und weiche Schaffelle über die knarrenden Dielen gelegt haben. Ihr fiel ein, daß sie selber sich erst am Tag zuvor über die unheimlichen Geräusche auf den Gängen der bischöflichen Hofhaltung beklagt und ihre Kammerfrau beauftragt hatte, etwas dagegen zu unternehmen. Wie es schien, war ihr Befehl ohne Widerspruch ausgeführt worden, ein Umstand, der ihren Vater zweifellos mit Genugtuung erfüllt hätte. Das Wort seines Geschlechts galt wieder etwas im Reich.

Nun aber verspürte Thea Angst. Sie wich bis vor die Säulen des Kamins zurück, in dem das letzte Feuer bereits vor Wochen erloschen war. Der Geruch, der ihr von verkohlten Holzscheiten und trockenem Laub aus der geschwärzten Öffnung entgegenschlug, reizte ihren Magen so sehr, daß ihr schwindelte. Seit ihrer Ankunft auf dem Domberg litt sie unter Schweißausbrüchen, die ihren Körper wie eine eisige Hülle umgaben; unruhige Träume, Ahnungen und immer wiederkehrende Krämpfe im Bauch bescherten ihr manch qualvolle Nacht. Ob dies wohl an dem schweren Wein lag, den man ihr hier zu trinken gab? Er stieg so leicht zu Kopf.

Der junge Bote leierte seine Nachricht herunter, als müßte er sich einer lästigen Pflicht entledigen. Doch er schien es nicht besonders eilig zu haben, Theas Kammer zu verlassen. Im Gegenteil. Ungeniert wanderten seine Blicke über das Mobiliar der Kemenate, die gepolsterte Sitznische, den Wandbehang mit Tiermotiven und die verspielten bronzenen Kerzenhalter. Als er die zerwühlten Laken auf dem Bett bemerkte, hob er eine Augenbraue und grinste.

Ob er meine Pläne kennt, überlegte Thea. Ihre Züge versteinerten, als sie bemerkte, wie aufmerksam der Bursche sie musterte. Er hat mich beobachtet und das zufriedene Gesicht meines Vaters gesehen, als wir in der Burg des Bischofs Einzug hielten. Jedermann weiß, daß diese Räume für den König vorbereitet wurden. Morgen früh wird er seinen Kameraden in der Waffenkammer berichten, daß er mich in die Enge getrieben hat wie ein waidwundes Reh. Mein Gott, und ich kann nichts, absolut nichts dagegen tun. Wut stieg in ihr auf.

»Wie lange dient Ihr dem Truchseß von Waldburg eigentlich schon als Edelknappe?« fragte sie, nachdem sie sich halbwegs gefangen hatte. Sie versuchte, ihrer Stimme einen strengen Unterton zu verleihen, wie sie ihn von ihrer Mutter kannte, wenn diese im Begriff stand, eine faule Magd auszuschimpfen. Doch ihre Bemühungen schlugen fehl, sie klang eher verängstigt als selbstsicher.

»Warum interessiert Euch das?« gab der Edelknappe lakonisch zurück, ohne sich zu einer Antwort aufzuraffen. Thea atmete tief durch. Sie fand, daß er erstaunlich groß und muskulös war. Im Schein der tönernen Schalenlampe glühte sein feuerrotes Haar beinahe dämonisch.

»Weil Ihr offensichtlich noch nicht gelernt habt, wie man sich in der Kemenate einer Dame benimmt«, erwiderte sie schließlich. Um Haltung bemüht, nahm sie den Umhang, den sie sich im ersten Schrecken um die Schultern gelegt hatte, wieder ab und faltete ihn umständlich zusammen. »Euer Herr sollte Euch einmal den Unterschied zwischen jugendlicher Neugier und aufdringlicher Frechheit erklären. Soweit mir bekannt ist, werdet ihr Knappen doch vor der Schwertleite auch in den höfischen Tugenden unterrichtet und sollt ...«

Thea errötete, noch bevor sie den Satz beendet hatte; der Begriff »höfische Tugend« kam ihr in diesem Augenblick nur schwer über die Lippen, mehr noch, er schmeckte schal wie kalt gewordenes Essen. In den Augen der Welt galt ihr Handeln in der Burg als Hurendienst, ein Ausdruck schmählichster Verworfenheit, den auch ihre regelmäßigen Beichtgänge nicht minderten. Ob dieser Makel nun für alle Zeiten an ihr haftenbleiben würde? Warum war der Weg der Liebe nur immer von brennenden Nesseln gesäumt? Sie liebte den Mann, der sie nach Bamberg eingeladen hatte, doch aufrichtigen Herzens. Er wiederum verehrte sie wie ein Minnesänger eine edle Dame, nannte sie seine Göttin Venus und versprach, Minnelieder für sie zu dichten. Davon abgesehen konnte sie vor jedem Femegericht schwören, daß sie sich ihm weder aufgedrängt noch ehrlos hingegeben hatte. Sie, Thea von Rabenstein, war die Tochter eines Ritters aus edelfreiem Geschlecht und keine dahergelaufene Viehmagd.

»Ihr scheint mir viel von Rittern und ihren Tugenden zu verstehen, Herrin«, sagte der junge Mann mit gutmütigem Spott; er deutete eine leichte Verbeugung an, die aber nicht eben respektvoll wirkte.

»Ich weiß, daß die Strafen für unverschämte Schildknappen in Bamberg nicht milder ausfallen als in Waiblingen oder Würzburg. Ihr wollt doch wohl nicht beim nächsten Turnier auf der Schranke reiten, oder?«

Er lachte sie aus wie ein ungezogenes Kind. Seine Gegenwart war ihr unangenehm, doch seltsamerweise kam sie nicht auf die Idee, ihren Vater oder die Wache zu Hilfe zu rufen.

Statt dessen überlegte sie, ob der Jüngling, der gewiß schon viele Mädchen gekannt hatte, wohl enttäuscht von ihr war. Welch ein Jammer, dachte sie niedergeschlagen, warum habe ich auch auf meine Magd gehört und den unscheinbaren gelben Surkot über das Kleid gezogen.

Im Unterschied zu den Edeldamen, die im Gefolge des mächtigen Herzogs von Burgund nach Bamberg gereist waren, um den Hochzeitsfeierlichkeiten der jungen Beatrix mit dem Neffen des Bischofs beizuwohnen, trug Thea nur einen einfachen Kamm aus Elfenbein im Haar und einen silbernen Kettengürtel um die Hüften. Kostbareres Geschmeide konnte sie sich nicht leisten. Ihr ausgewaschenes Obergewand und der Schleier aus steifem Linnen entstammten den Kleidertruhen ihrer Großmutter. Beides entsprach längst nicht mehr dem bei Hofe herrschenden Geschmack. Dem wertvollen sarazenischen Ohrgehänge, das ihr Vater für sie verwahrte, fehlten zwei Saphire, die öde Stellen hinterlassen hatten. Es war nicht so, daß Thea keinen Wert auf feine Kleider legte, aber unglücklicherweise war ihr Vater, ein unbedeutender Burgherr, dessen Lehen aus drei mehr oder minder ertragreichen Dörfern und einem Stückchen Wald im Ailsbachtal bestand, seit dem letzten Kreuzzug und den zermürbenden Kämpfen zwischen der Partei des Königs und der des verräterischen Welfen nicht mehr in der Lage, ihre Aussteuertruhen zu füllen. Er hatte zu viel Geld in die Ausrüstung seiner Dienstmannen gesteckt. Um ihm zu helfen, hatte Thea vor dem ersten Frost eigenhändig wertvolle Juwelen zu den Würzburger Pfandleihern tragen müssen. Aber dieser Opfergang schmerzte sie nicht; sie hätte alles getan, um ihrer Familie das Gut zu erhalten, auf dem sie die glücklichsten Jahre ihres Lebens verbracht hatte.

Die Burgunderinnen mit ihren golddurchwirkten Schleiern, den winzigen, perlenbestickten Schühchen und den weiten, mit Pelz gefütterten Ärmeln, die über den Boden schleiften, sobald sie sich nur bewegten, blieben von Sorgen dieser Art verschont. Sie schienen Thea überhaupt einer anderen Welt anzugehören: einem Stall gackernder Hühner, die von umherschleichenden Füchsen keine Ahnung hatten.

Sie hatte auf dem Söller gestanden, daneben ihr Vater und dessen Freunde. Durch einen Fensterspalt beobachtete sie, wie Edelleute in Festtagsgewändern, Kanoniker mit feierlichen Mienen und die Frauen aus dem Gefolge des Andechsers miteinander um die Pfalzkapelle St. Andreas und die Gebäude des Stiftsbezirks herumspazierten. Ihre bleichen Gesichter versteckten sie unter viel zu großen Hauben vor der Sonne, denn die Tage waren heiß und drückend. Unter den Geladenen befanden sich höchst klangvolle Namen: Bischof Konrad von Speyer, gefolgt von einen guten Dutzend Minnedichter, die aufdringlicher waren als ein Schwarm Stubenfliegen. Außerdem Markgraf Heinrich von Istrien, der die Gastfreundschaft seines Bruders, des Bamberger Bischofs, oft wochenlang in Anspruch nahm.

Thea seufzte tief, als sie an ihre eigene Stellung unter den Mächtigen des Reiches dachte. Es verband sie nichts mit den vermögenden Töchtern des Hochadels. Kaum eine der Fürstinnen hatte sich dazu herabgelassen, die Rabensteinerin auch nur eines Blickes zu würdigen. Nur die kleine Kunigunde, eine jüngere Tochter des Königs, die mit ihren entzückenden blonden Zöpfen und den Zahnlücken wie ein frecher kleiner Engel aussah, hatte ihr auf dem Weg zur Badestube zugelächelt.

Sie verdrängte die unguten Gefühle, die sich in ihr regten und gab sich Mühe, an die kommenden Stunden zu denken. Ihr Vater hatte ihr eingeschärft, worauf es zu achten galt, sobald der König ihr endlich Gehör schenkte. Langsam drehte sie sich um. Der dreiste Bursche hatte es offenbar aufgegeben, sie anzustarren. Gott war es gedankt. Mit einer überraschend galanten Handbewegung lud er sie ein, ihm auf den Korridor zu folgen. Während sie sich an ihm vorbeidrückte, arbeitete es in ihrem Kopf fieberhaft. Sie mußte herausfinden, was der Knappe über sie und ihren Vater wußte. Keinesfalls würde sie zulassen, daß ihre Anwesenheit in den Räumen des Königs von Knappen und dem Gesinde breitgetreten wurde. Hier oben in der Domburg des Bischofs, soviel hatte sie bereits beim Anblick der hohen, befestigten Mauern gespürt, gab es niemanden, der ihr vertrauenswürdig erschien. Die hohen, betont schmucklosen Wände des Bischofssitzes bekamen Augen und Ohren, sobald ein Mädchen wie sie auch nur die Stimme erhob.

»Hier entlang, Herrin! Das Festmahl ist bereits in vollem Gange. Aber mein Herr zog es vor, Euch die langweiligen Reden des Bischofs zu ersparen.«

Thea verzog verärgert den Mund. So, er zog es also vor, sie nicht zu langweilen. Doch was den Herrn des Knappen auch immer bewegen mochte, er hatte es nicht für nötig befunden, sie zu fragen, ob sie an dem festlichen Bankett teilnehmen wollte. Thea bezweifelte, daß es in der Residenz des Herrn von Andechs, der mit seinem bereits in jungen Jahren schütteren Haar ältlich und verbraucht wirkte, ausgelassen zuging, aber es ärgerte sie dennoch, daß ein fremder Edelmann das Recht für sich in Anspruch nahm, über ihren Kopf hinweg Entscheidungen zu treffen. Er hätte sich selbst zu ihr bequemen können, anstatt diesen Rüpel von einem Knappen zu schicken. Oder hatte er etwa auf besonderen Befehl des Königs gehandelt?

Der Weg hinauf zur Galerie, von deren Balustrade man einen guten Ausblick über den Saal des bischöflichen Palastes genoß, war nur kurz. Dennoch kam er ihr nun deutlich länger vor als am Tag ihrer Ankunft. Er wand sich über mehrere ausgetretene Stufen und schmale Gänge dahin, aus deren Enge ihr nicht der Duft von gebratenen Rebhühnern, Wildschweinen und gesottenen Würsten in Butter entgegenschlug, sondern der Gestank schmutzigen Strohs. Fragend blickte sie sich um. Der Knappe des Herrn von Waldburg hatte die Gugel seines gebleichten Wamses über den Feuerschopf gestülpt und leuchtete den Boden mit einer brennenden Pechfackel ab. Inzwischen war es dunkel geworden. Hier und da hatten sich einige der Bodenplatten gelöst, so daß man immer in der Gefahr war zu stolpern.

»Darf ich fragen, wohin Ihr mich führt?« fragte das Mädchen nach einer Weile. Sie war außer Atem, ihre Stimmung strebte einem Tiefpunkt entgegen. »Einen umständlicheren Weg zur großen Halle habt Ihr wohl nicht gefunden!« Sie unterdrückte das Zittern in ihrer Stimme, vermutete jedoch, daß es ihrem Führer nicht entgangen war. Der lange Kerl hatte Ohren wie ein Jagdhund. Angst stieg in ihr auf. Durch die hallenden, von massigen Säulen getragenen Gänge, deren hohe, gerundete Fensteröffnungen kaum Licht einließen, heulte der Wind. Wenn der Knappe sie nun hier, in einem finsteren Winkel, aufs Stroh zog? Ihr Gewalt antat?

»Der König ist in Gefahr«, erwiderte der Knappe unvermittelt. Er blieb stehen, wandte sich zu ihr um und hielt ihr die brennende Pechfackel vor das Gesicht. Seine Augen funkelten ebenso grell wie die tanzende Flamme in seiner Hand. »Er sitzt in einer Schlangengrube und spielt mit den Vipern, die ihn vernichten wollen!«

»Was faselt Ihr da für einen Unsinn?« keuchte sie entsetzt. »Seid Ihr betrunken? Ich verlange, daß Ihr meinen Vater oder einen unserer Diener holt. Auf der Stelle ...«

»Dafür bleibt keine Zeit mehr!« Plötzlich schnellte seine linke Hand hinter dem Rücken hervor und packte Thea so hart am Arm, daß sie keuchend aufschrie. Nicht vor Schmerz, denn merkwürdigerweise war sein Griff nicht nur eisern, sondern auch gefühlvoll. Trotzdem war sie wütend genug, ihm mit der Hand ins Gesicht zu schlagen. »Wer bist du wirklich, Bastard?« zischte sie ihn feindselig an. »Ich werde dich auspeitschen lassen. Was, zum Henker, willst du von mir?«

Der junge Mann ließ ihren Arm so abrupt los, als hätte er sich an einem glühenden Eisen verbrannt. »Mein Name ist Ludwig von Morsch. Wie Ihr richtig vermutet habt, stehe ich im Schilddienst des Herrn von Waldburg.«

»Ja, aber ...«

»Schweigt nun, und hört mich an! Wir haben Grund zu der Befürchtung, daß das Leben des Königs in Gefahr ist. Er soll noch in dieser Nacht ermordet werden, und Ihr, mein Kind, seid hier in der Bamberger Pfalz momentan die einzige Person, die ihn davon überzeugen kann, sich in seine Gemächer zurückzuziehen und niemanden mehr einzulassen! Seht Ihr die Treppe hinter dem großen Wandbehang? Sie führt zu einer Tür, durch die man die Halle betreten kann, ohne sogleich von jedermann entdeckt zu werden.«

Thea wurde übel; sie hatte plötzlich das Gefühl, die Wände rückten auf sie zu wie lebendige Wesen. »Wenn das, was Ihr behauptet, wahr ist ... Wie kommt Ihr darauf, daß ausgerechnet *ich* dem König helfen könnte?«

Er hob schweigend die Schultern, aber im Grunde erwartete sie keine Antwort von ihm. Es war müßig, ihr Geheimnis länger zu leugnen. Sie liebte den König, und dieser Knappe hatte die zerwühlten Laken in ihrem Schlafgemach richtig gedeutet.

»Wir sind hier in der *civitas Dei*«, stieß Thea hervor, »einer bischöflichen Pfalz. Welcher Mann wäre so vermessen, unter den Augen des Bischofs ein so entsetzliches Verbrechen zu begehen?«

»Und wenn der ehrwürdige Bischof seine Augen schließen würde? Wenigstens für die Dauer eines Flötenspiels?«

Thea stieß einen spitzen Schrei aus. Mit raschen Schritten stürzte sie an dem Knappen vorbei, auf die Wendeltreppe zu. Sie drehte sich nicht mehr um, konnte aber am Geräusch seiner weichen Wildlederstiefel erkennen, daß er ihr die Stufen hinabfolgte.

»Aber die Schlachten sind geschlagen«, rief sie und zuckte zusammen, als das Echo ihrer Worte von den kahlen Mauern widerhallte. »Mein Vater hat mir erzählt, daß König Philipp einen einjährigen Waffenstillstand mit dem Welfen ausgehandelt hat. Sogar der Papst hat Philipps Thronanspruch für rechtens erklärt und sich von dem Braunschweiger losgesagt. Es wäre ein Frevel, ihn nun anzugreifen. Schließlich geschieht es nach Gottes weisem Ratschluß, daß Philipp für seinen unmündigen Neffen Friedrich über das Reich herrscht.«

»So wie es Gottes Ratschluß entsprach, daß der König diese Byzantinerin heiratete, die ihm zwar hübsche Töchter, aber keinen einzigen Erben gebar?«

Thea schwieg. Wie sollte sie auch einen klaren Gedanken fassen, wenn das eigene Herz wie ein Schmiedehammer gegen die Rippen klopfte? Am Fuß der Treppe angekommen, duckte sie sich mit dem Rücken gegen einen steinernen Rundbogen und atmete tief durch. Alles, was der Knappe ihr erzählte, klang so unvernünftig, so grotesk, daß sie beinahe gelacht hätte. Wahrscheinlich wollte er ihr nur Angst einjagen, weil er hinter das Geheimnis ihrer Liebschaft gekommen war. Aus dem angrenzenden Raum drang ohrenbetäubendes Getöse. Sie vernahm lautes Gelächter, weinselige Schreie und verzerrte Flötenklänge. Das Bankett schien nunmehr seinem Höhepunkt entgegenzustreben. Kurz entschlossen raffte Thea ihren Rock, schob den Vorhang zur Seite und schlüpfte in den Saal.

Ein Dunst von rauchiger Wärme schlug ihr entgegen, als sie sich hastig nach ihrem Vater und den Männern aus Rabenstein umblickte. Unter der zechenden Schar von Edelleuten, Pagen,

Musikanten und Wachsoldaten kam ihr jedoch kaum ein Gesicht bekannt vor. Ihre Verwandten waren nicht auszumachen. Irgendwo mußten sie doch stecken. Aber wo? Mit zusammengebissenen Zähnen fuhr Thea fort, die Reihen abzusuchen. Sie durfte nicht trödeln.

Die Halle des Bischofs war so weiträumig, daß der bescheidene Wohnraum, der Rittersaal ihres Vaters, dreimal Platz darin gefunden hätte. Dutzende von Fackeln in bronzenen Haltern, Öllämpchen auf den Stufen der breiten Freitreppe und feine Wachskerzen, die in mit Wasser gefüllten Schalen auf den Tafeln und Bänken standen, tauchten die Halle in ein seidig schimmerndes Licht. Die Tische, an denen die Fürsten und Ritter tafelten, waren auf Geheiß des Bischofs kreuzförmig und nach Osten weisend angeordnet worden, so daß nur in der Mitte der Halle ein freies Fleckchen übriggeblieben war. Dort, auf den mit frischen Binsen und duftenden Wiesenblumen bestreuten Steinplatten, jonglierten vier Gaukler mit Messern. Ein dürrer, farbenfroh gekleideter Spielmann, auf dessen Schulter ein mageres Äffchen saß, begleitete das Schauspiel auf seiner Drehleier.

Der König, ein gutaussehender, blonder Mann, räkelte sich in einem Nebengemach auf einem mit kostbaren Pelzen bedeckten Ruhelager. Er hatte sich vom lärmenden Trubel der Hofgesellschaft zurückgezogen, um von seinem Bader einen Aderlaß vornehmen zu lassen. Nun aber schien er sich zu langweilen. Thea konnte durch die Säulen hindurch beobachten, wie er mit der bronzenen Spange seines weiten Mantels spielte, die Glieder streckte und schließlich herzhaft gähnte. Im nächsten Moment sprang ein bärtiger Hüne mit einer goldenen Kanne die Treppenstufen hinauf, um ihm den Becher zu füllen.

»Wer ist dieser Mann?« fragte sie Ludwig, der reglos im Schatten des Vorhangs stand. »Kennt Ihr ihn?«

Der Knappe nickte. »Der Sohn eines reichen Kaufmanns aus Markgröningen. Er liefert der bischöflichen Pfalz heißbegehrte Waren, die wegen der Überfälle auf Handelszüge im Schwäbischen momentan schwer zu bekommen sind. Daher geht er in der Domburg ein und aus. Warum aber ausgerechnet er heute den Mundschenk spielt, kann ich mir nicht erklären. Euer König scheint es mit den Erzämtern nicht so genau zu nehmen. Sein Großvater, der edle Barbarossa, war da ganz anders.«

»Und wenn Philipps Wein vergiftet ist?« gab Thea erschrocken zurück. »Herr im Himmel, was soll ich tun? Ich kann doch nicht unaufgefordert zu ihm laufen und ihm den Kelch aus der Hand schlagen.« Mit weit aufgerissenen Augen verfolgte sie, wie der König die Hand nach dem Pokal ausstreckte und ihn langsam an die Lippen führte. Er nahm einen tiefen Zug; seine vollen Wangen färbten sich blutrot. Dann hustete er und rang nach Atem.

Ludwig von Morsch schüttelte unmerklich den Kopf. »Das glaube ich nicht, Herrin. Seht nur, der Wittelsbacher trinkt aus derselben Kanne.«

»Der Wittelsbacher?«

»Pfalzgraf Otto«, erklärte der Knappe. »Der breite Kerl mit dem gestutzten Kinnbart und dem schlecht sitzenden, mit Münzen bestickten Kettenhemd. Kommt wohl gerade vom Turnierplatz, wo er seinen Knappen die Hölle heiß gemacht hat. Ein unfreundlicher Bursche, aber es gibt wohl keinen zweiten Mann im Reich, der sein Schwert so sicher zu führen weiß wie er.« Ludwig verzog die Lippen. »Herrin, wir sollten nun keine Zeit mehr verlieren.«

»Diesmal gebe ich Euch recht«, zischte Thea. »Tut endlich etwas!«

Ludwig hob die Hand, um seinem Herrn, Truchseß Heinrich von Waldburg, ein Zeichen zu geben. Dies war inmitten des Getümmels nicht einfach, doch nach mehrmaligem Winken gelang es ihm, mit dem königlichen Ministerialen Blickkontakt aufzunehmen. Der Truchseß, ein dunkelhaariger Mann mit schmalen Lippen, saß links neben dem König, gleich neben dem Kanzler. Sein Alter war schwer zu schätzen, doch er verfügte über die Ausstrahlung eines Mannes, der nichts, was er tat, jemals dem Zufall überließ. Den Wink seines Knappen verstand er auf Anhieb. Thea bemerkte, wie er zu ihr und Ludwig hinüberschaute, kurz zögerte und schließlich nickte. Dann neigte er den Kopf in die Richtung des Königs und begann verstohlen, auf den jungen Monarchen einzureden. Thea sah erleichtert, wie sich die Miene des Königs aufhellte. Seine Göttin Venus war eingetroffen. Amüsiert schenkte er Thea einen knappen, aber feurigen Blick.

Mit pochendem Herzen verfolgte sie, wie er seine Hand über den Pokal legte und den Mundschenk mit einem jungenhaften Augenzwinkern fortschickte. Danach machte er Anstalten, sich zu erheben.

»Dem Heiligen Rochus sei gedankt«, seufzte Thea. »Er kommt zu uns. Wenn König Philipp erst einmal sein Gemach verlassen hat, kann ihm doch nichts mehr zustoßen, oder? Eure Männer werden ihn doch auf dem Weg in meine Kemenate beschützen?«

Ludwig von Morsch war nervös, seine Hände krallten sich in den blauen Samt des Vorhangs. Plötzlich bemerkte Thea, daß der junge Mann zwar einen breiten Gürtel mit Nieten über dem roten Lederwams trug, an der Hüfte jedoch keine Waffe zu sehen war. Auch sein Herr, der Truchseß, hatte sein Schwertgehänge abgelegt, wie es dem Brauch entsprach. Die glänzende Waffe lag zu seinen Füßen zwischen den hohen Schragen.

»Der König glaubt nicht, daß sein Leben in Gefahr ist, Herrin.« Ludwig sagte es in einem verächtlichen Tonfall. »Er hat sogar seine Leibtruppen entlassen, damit sie sich vor ihrem Aufbruch nach Thüringen noch einmal ordentlich in den Schenken austoben können! Es wird schwer werden, ihn …«

Die unvermittelt einkehrende Stille im Festsaal ließ Ludwig von Morsch jäh verstummen. Irritiert reckte er den Hals, um den Grund für den Stimmungsumschwung auszumachen. Unter den jonglierenden Gauklern war es offenbar zu einem Zwischenfall gekommen. Ein dicklicher Mann hockte wimmernd auf dem Boden und rieb sich mit schmerzverzerrtem Gesicht das Bein. Aus einem kleinen Kratzer am Oberschenkel quoll Blut. Es tropfte auf die Steinplatten. Bevor der bischöfliche Zeremonienmeister sich einmischen konnte, sprang der Wittelsbacher Pfalzgraf auf und bedachte das Gauklervolk mit wüsten Schmähungen. In rüdem Ton befahl er den Leuten, ihrem unfähigen Kameraden auf die Beine helfen und sich davonzumachen. Einige der Gäste, die dem schweren Wein bereits stark zugesprochen hatten, unterstützten die Aufforderung des Grafen mit Beifallrufen. Nur der müde Spielmann und sein Äffchen durften bleiben. Der Mann mußte den Anwesenden aufspielen. Mit verkrampfter Fröhlichkeit bearbeitete er seine Schellen.

Ein hämisches Lächeln legte sich über das breite, bärtige Gesicht des Pfalzgrafen, als er die Stufen zum Lager des Königs hinaufschritt. Er verbeugte sich so tief, daß die Gold- und Silbermünzen auf seinem Kettenhemd klirrten. Dann bat er Philipp um die Gunst, einige seiner berühmt gewordenen Kunststücke mit dem Schwert vorführen zu dürfen.

Theas Augen wanderten unruhig von der hochgewachsenen Gestalt des Königs zu der gedrungenen des Wittelsbachers hinüber. Sie begriff nicht, was dort oben vor sich ging. Pfalzgraf Otto ließ sich von einem Knappen sein Schwert, einen Helm und einen kostbar verzierten Gürtel reichen. Der Truchseß blieb unschlüssig.

»Was, zum Teufel, führt der Mann im Schilde?« stöhnte Ludwig von Morsch und schüttelte verärgert den Kopf. »König Philipp sollte längst in Euren Gemächern sein.«

»Natürlich sollte er das, aber ...« Thea war zu aufgeregt, um ihren Satz zu beenden. Wie gebannt starrte sie auf die hünenhafte Gestalt des Ritters im goldenen Kettenhemd, der nun breitbeinig in der Mitte des Saales stand und sich von einigen Pagen Wachskerzen zuwerfen ließ. Sie beobachtete, wie der Pfalzgraf einen Ausfallschritt machte, sich wie ein Tänzer um die eigene Achse drehte und die erste Kerze der Länge nach zerteilte, noch bevor sie den Boden berührte. Nicht eine einzige Kerze entging der Schärfe seines Schwertes. Der Bischof und seine Gäste spendeten begeistert Beifall, sogar der dicke Herzog von Burgund, der den Weinvorräten seines Gastgebers stark zugesprochen hatte, schien plötzlich wieder hellwach zu sein.

Pfalzgraf Otto ließ sich indes von keinem der Zurufe ablenken. Herablassend stolzierte er zwischen den kreuzförmigen Schragentischen umher, während er aus den Augenwinkeln bereits die nächsten Geschosse fixierte. Diesmal handelte sich um einen gebratenen Hahn, der ein Krönchen aus bunten Federn trug. Die Menge klatschte vor Vergnügen in die Hände, als der Ritter auf eine der Bänke sprang und den Hahn mit einem einzigen gezielten Hieb köpfte. Das gebratene Federvieh flog in hohem Bogen durch die Halle, seine Flügel und das Krönchen landeten zwischen zwei ältlichen Stiftsdamen, die kreischend ihre Ärmel vors Gesicht schlugen.

Das einsetzende Gelächter war ohrenbetäubend. Der Wittelsbacher sprang nun behende von der Bank auf die Tafel, trat mit dem Fuß Kannen und Schalen zur Seite und spaltete eine fünf Pfund schwere Kerze, ohne sich umzudrehen.

Thea ließ sich auf eine Steinbank sinken. Ihr war kalt; in ihrem Magen begann es schon wieder zu rumoren. Da bemerkte sie, wie der König seinen Mantel zusammenraffte und sich von den umsitzenden Herren verabschiedete. Sie atmete erleichtert auf. Endlich! Endlich hatte er genug von der Gaukelei und zog sich von der lärmenden Gesellschaft zurück. Er wollte sie sehen, und sie würde ihn in Sicherheit bringen, bis seine Soldaten von ihrem Ausflug in die Stadt zurückgekehrt waren. Eilig erhob sie sich von der kalten Bank und überlegte, ob es sich geziemte, die Halle vor dem König zu verlassen.

Im nächsten Augenblick brach das Unheil über sie herein. Thea sperrte die Augen auf; die Zeit gerann zu einem einzigen Moment des Grauens. Sie wollte winken, dann schreien, um den König zu warnen, aber nicht der leiseste Laut kam über ihre Lippen. Sie verstummte, war wie geknebelt. Alles, was sie wahrnahm, waren zwei grünlich funkelnde Augen, die langsam auf sie und den König zuhielten. Ein verrutschtes Kettenhemd aus vergoldetem Draht; ein keck gestutzter Kinnbart.

Pfalzgraf Otto stand keine Handbreit vor dem König, um sein Lob für die Darbietung entgegenzunehmen. Er rief seinem Gegenüber etwas zu, doch Philipp war zu überrascht, um ihm zu antworten. Der Wittelsbacher blickte einen Atemzug lang reglos auf den anderen hinunter; sein Gesicht schimmerte wächsern, die Augen stachen hervor wie kalter Marmor. Philipp wandte sich mit einem schiefen Lächeln ab und warf sich ein Ende seines weiten Mantels über die Schulter. Ehe ihm die Umstehenden den Weg zum Ausgang der Halle freigeben konnten, hob der Pfalzgraf langsam, beinahe bedächtig sein Schwert und zog es Philipp mit einem triumphierenden Schrei durch die Kehle.

Einen Moment lang herrschte lähmendes Schweigen.

Der König bäumte sich auf seinem Lager auf; die Augen traten ihm aus den Höhlen. Fassungslos öffnete er den Mund, als wolle er um Hilfe rufen. Doch es war zu spät; alles, was er hervorbrachte, gerann in einem heißen Blutschwall, der wie eine Fontäne über sein Kinn sprudelte. Philipp sank zurück und begann zu keuchen wie ein Ertrinkender. Mit zittrigen Fingern tastete er nach der Hand des Wittelsbachers, die das Schwert in der blutenden Wunde wendete. Dann brach er ohnmächtig zusammen.

In diesem Moment begriffen die Zuschauer, daß sie Zeugen eines tödlichen Schauspiels geworden waren. Laute Schreie des Entsetzens ertönten aus der Halle. Schalen und Kelche fielen zu Boden und zersprangen klirrend. Zwei Frauen übergaben sich an Ort und Stelle.

Otto von Wittelsbach wischte sein Schwert an einer der königlichen Tücher sauber. Dann wandte er sich den am Tisch sitzenden Männern zu. Dabei grinste er, als erwarte er noch immer ihren Beifall. Die Ärmel seines Gewandes waren blutbesudelt, doch dies schien ihn ebensowenig zu bekümmern wie der Tumult im Saal. Mit einer hastigen Gebärde trennte er zwei der Silbermünzen vom Brustteil seines Wamses und warf sie auf den noch zuckenden, blutüberströmten Leib seines Opfers.

»Nein«, riefen Thea, Ludwig von Morsch und der erschütterte Truchseß wie aus einem Mund. Heinrich von Waldburg sprang auf, ergriff sein Schwertgehänge und rannte brüllend hinter dem Mörder seines Herrn her, während sich die Bischöfe von Bamberg und Speyer furchtsam in den Schatten einer Fensternische zurückzogen.

»Beim Haupt des Herrn, schafft endlich das Mädchen hier raus, Ludwig«, rief Heinrich von Waldburg seinem Edelknappen zu. Dann stürzte er sich auf den Pfalzgrafen. Otto teilte bereits mit bluttriefender Schneide aus. Krüge und Kerzenhalter flogen ihm entgegen, aber der Wittelsbacher wich um keinen Zoll zurück. Er verharrte wie ein Raubtier, das zum Sprung ansetzt, bereit, jedermann zu zerreißen, der sich in seine Nähe wagte. Wenig später erklang auch schon das metallische Geräusch zweier sich kreuzender Klingen; die beiden Männer führten sie gegeneinander auf Leben und Tod.

Thea eilte mit wehenden Gewändern auf das Nebengemach jenseits der hohen Säulen zu. Die Gefahr, in der sie schwebte, kümmerte sie nicht; sie wollte nach König Philipp sehen. Ludwig jedoch lief ihr nach, legte seinen Arm um ihre Schultern und drängte sie zurück.

»Laßt mich los«, flehte sie weinend. »Ich muß wissen, ob er noch lebt. Ich muß ihm doch sagen, daß ...«

»Ihr wollt ihm sagen, daß Ihr ein Kind erwartet, nicht wahr?« Ludwigs Hand war trotz des schwülen Sommerabends kalt wie Eis. Er bemerkte, daß Thea in ihrer Hast mehrmals über den bestickten Saum ihrer Schleppe stolperte und gegen den rauhen Stein schlug. Aber er gönnte ihr keine Rast; unerbittlich schob er sie die Stufen der Wendeltreppe hinauf, die zu den Frauengemächern führte. Tief unter ihr heulte ein Burghorn auf. Die wenigen Wachsoldaten des Andechsers, die zur Burgmannschaft gehörten, stürmten aus ihren Waffenkammern und hielten eilig auf den Saal zu, um ihren Dienstherrn, den Bischof, zu verteidigen.

»Ihr könnt ihm nicht mehr helfen, Jungfrau Thea«, sagte Ludwig von Morsch. »Der König ist tot!«

»Wie könnt Ihr es wagen?« Thea befreite sich von Ludwigs Hand. »Tot? O nein, er ist nicht tot, er ...« Tränen der Verzweiflung erhitzten ihre Wangen, als sie noch einmal auf die Pforte zur Halle zurückblickte. Ihr gelbes Surkot war durchgeschwitzt, auf der Zunge spürte sie den bitteren Geschmack von Galle. Inmitten des Geschreis und Waffenlärms war ihr mit einemmal, als vernehme sie ein donnerndes Rauschen, das sich in gleichmäßigen Schüben in den Gängen der Domburg ausbreitete. Das Geräusch hörte sich an wie der Flügelschlag eines gewaltigen Raubvogels.

»Habt Ihr das gehört, Ludwig?« fragte Thea tonlos. Ihre Blicke glitten suchend über den rotweißen Sandstein der Nischen und Säulen. »Diese Schwingen? Als ob sie die Seele des Königs davontrügen?«

Ludwig von Morsch räusperte sich betreten. »Ich bringe Euch in Eure Kemenate und kehre dann in die Halle zurück, um meinem Herrn beizustehen! Sollte ich Euren Vater dort antreffen, werde ich ihn bitten ...«

»Heinrich von Waldburg ist diesem Pfalzgrafen unterlegen, nicht wahr, Ludwig?«

»Herrin ...«

»Nein«, unterbrach ihn Thea energisch. »Er wird ihn nicht aufhalten. Ihr selbst sagtet doch, daß der Wittelsbacher ein Meister des Schwertkampfs ist. Euer Truchseß wird den Mörder nicht bestrafen, die gemeine Tat dieses Wahnsinnigen nicht aufklären. Es wird keine Sühne geben und das unglückselige Kind, das ich unter meinem Herzen trage, wird sein Leben als Bastard fristen.« Sie lachte schrill auf, es klang, als zerbräche irgendwo Glas. »Falls die Feinde des Königs es nicht vorher ebenfalls erschlagen.« Über ihre eigenen Worte erschrocken, legte sie eine Hand vor ihren Leib, mit der anderen bekreuzigte sie sich. »Ihr habt jedenfalls getan, was Ihr konntet«, sagte sie schließlich tonlos. »Ich danke Euch, daß Ihr mir und dem König beistehen wolltet!« Sie schenkte ihrem Begleiter ein scheues Lächeln, dann machte sie kehrt und ließ ihn zurück, ohne sich noch einmal nach ihm umzudrehen.

Ludwig sah der jungen Frau nach, bis sie die Tür zu ihrer Kammer geöffnet hatte und dahinter verschwunden war. Seine eben noch besorgte Miene entspannte sich; ein Lächeln glitt über seine Wangen. Wie es aussah, vertraute sie ihm. Kaum war die schwere Eichentür hinter Thea zugefallen, neigte er den Kopf und spuckte auf die strohbedeckten Platten.

Die kleine Hure Thea von Rabenstein erwartet also ein

Kind, überlegte er, das Kind eines Toten. Womöglich war es Philipp dieses eine Mal sogar geglückt, einen Knaben zu zeugen. Die Rabensteiner Ritter waren unbedeutend, aber fruchtbar; ihre Weiber gebaren häufig Söhne. Natürlich war der Kleine illegitimer Herkunft und somit ein Bastard. Andererseits floß in seinen Adern das Blut eines der größten und mächtigsten Kaiser des heiligen Abendlandes.

Der Blut der Staufer.

Ludwigs Hände bebten vor Erregung, als er den Wert des Faustpfandes erkannte, welches ihm das Schicksal unerwartet in die Hände gespielt hatte. Er mußte nur noch dafür sorgen, daß Theas Fehltritt mit dem König so lange verschwand, bis er entschieden hatte, ob das Kind seinen Plänen nützlich sein konnte. Und er wußte auch schon, wie er es anstellen würde.

Ludwig von Morsch streifte sich seine schweren, ledernen Fäustlinge über. Dann kehrte er in die Halle zurück, um bei der Erhebung und Aufbahrung des toten Königs zu helfen. Von nun an galt es, wachsam zu sein und sich in Geduld zu üben. Wenn es nicht anders ging, auch ein Menschenleben lang. Denn die Staufer, soviel wußte er, hatten ein gutes Gedächtnis.

Erstes Kapitel
Bamberg, im Frühjahr 1235

Die Schenke *Zum Haupt*, ein verwinkeltes Fachwerkhaus an der Straße, die zum Kaulberg hinaufführte, war bei schlechtem Wetter meistens besonders gut besucht.

Ein heftiger Sturmwind, Regen und Hagel hatten die Handwerker und ihre Gesellen von der nahen Dombaustelle in die Stadt getrieben, wo sie nun die Wärme und Behaglichkeit des Gasthauses genossen. Der unerwartet frühe Feierabend freute vor allem die jüngeren Männer, denn sie hatten bereits im Morgengrauen bei empfindlicher Kälte auf den Gerüsten gestanden oder hatten schwere Steinquader auf die Baustelle geschleppt. Die Zeiten waren hart, Lohn und Verpflegung kärglich, die Meister und Gesellen streng. Eingehüllt vom Dunst der Kochstelle, schüttelten sich die jungen Burschen nun die Regentropfen aus den Haaren und schnupperten heißhungrig in Richtung des dampfenden Kessels. Ein verlockender Duft von gekochter Blutwurst mit Kraut und Wacholder breitete sich im Schankraum aus. Ohne Umschweife besetzten die Männer die Bänke, die der Feuerstelle am nächsten standen, und streckten Grete, der Schankmagd, die soeben die Wirtsstube betreten hatte, erwartungsvoll ihre Becher entgegen.

Grete, eine spindeldürre Frau von etwa vierzig Jahren, stapfte mit sauertöpfischer Miene zwischen dem trägen Mannsvolk umher und füllte die Becher mit dünnem, heißem Bier, das schneller in den durstigen Kehlen verschwand, als sie es auszuschenken vermochte. Dabei konnte sie nicht umhin, das garstige Wetter zu verwünschen, das die ganze Stadt in einen undurchdringlichen Schleier aus Nebel und grauen Wolken hüllte. Eigentlich hatte die alte Mathilde, Gretes Dienstherrin, ihr einen freien Abend versprochen. Grete hatte vorgehabt, sich am Halsgraben mit einem Knochenhauer zu treffen, der seit geraumer Zeit um sie herumstrich und ihr Avancen machte. Nun aber würde sie die Schenke nicht verlassen dürfen. Das Unwetter und die überraschend große Gästeschar vereitelten ihr Stelldichein.

Grete sandte einen düsteren Blick zu den schmalen, mit Ziegenhaut verhängten Fensteröffnungen neben dem Rauchfang. Die hölzernen Läden klapperten im Wind gegen die Hauswand, als wollten sie mit ihr sprechen. Wahrscheinlich würde das Brennholz nicht ausreichen; sie mußte wohl oder übel zum Schuppen hinüber. Und die alte Mathilde lag oben in ihrer zugigen Kammer, Brust und Bauch mit Gänseschmalz und Teufelsbiß eingeschmiert, und hustete sich die Seele aus dem Leib. Bei Gott, was für eine Nacht würde dies noch werden!

Unvermittelt wurde die Tür geöffnet, und eine lärmende Gruppe von Männern betrat die Schenke. Es waren die Vertreter der Bildhauer und Steinsetzer, die am längsten in ihrer Bauhütte ausgeharrt hatten, um die halbfertigen Figuren sowie die Ziersteine für den Dom vor dem Regen in Sicherheit zu bringen. Nun aber stolperten sie krakeelend durch den Raum, vorbei an den besetzten Tischen der Gäste, und erschreckten Mathildes Hühner, die auf dem Boden vor dem Ausschank nach Brosamen pickten. Ihre Stiefel verteilten eine Spur von feuchtem Laub, Morast und Straßenkot auf dem festgestampften Lehmboden. Grete schnaubte. Sie warf den Männern einen mißbilligenden Blick zu und stemmte die Hände in die Hüften. Nun würde sie bis Mitternacht beschäftigt sein, um die Bänke sauber zu wischen und das schmutzige Stroh gegen frisches auszuwechseln. Und das bei dieser Feuchtigkeit, die einem Gicht und Fieber in die Knochen trieb. Als sie sich mit keifender Stimme bei den Handwerkern beklagte, kam ein schlanker Bursche auf sie zu, kniff sie übermütig in die Wange und erkundigte sich mit einem entwaffnenden Lächeln, ob er ihr später beim Aufräumen behilflich sein durfte.

»Das wäre ja noch schöner«, brummte Grete halbwegs versöhnt. Obgleich ihr das Getue des Jünglings peinlich war, mußte sie zugeben, daß seine Aufmerksamkeit ihr guttat. Allzu viele Gelegenheiten, unter die Haube zu kommen, gab es für ein altes Mädchen wie sie nicht mehr.

»Nun, was sagst du?«

»Was soll ich schon dazu sagen?« Grete hob die Schultern. »Männern, die mit Fäustel und Hammer auf Steinblöcke einschlagen, vertraue ich bestimmt nicht meine guten irdenen Krüge an.« Sie machte einen Schritt zur Seite und musterte den Burschen eingehend. Er und seine Zunftgenossen kehrten regelmäßig bei ihr in der Schenke ein. Zumeist ließen sie sich schäumendes Dunkelbier bringen und trieben derbe Scherze mit ihren Lehrjungen, bis die Knaben sich mit verheulten Gesichtern in einen Winkel flüchteten. Manche der Gesellen konnten sogar gewalttätig werden, wenn sie sich gereizt oder verspottet fühlten.

Der junge Mann, der Grete angesprochen hatte, war ihr noch nie unliebsam aufgefallen. Und dies war sein Glück, denn die Magd hatte ein gutes Gedächtnis und merkte sich jedes Gesicht, jede Geste und jede Bemerkung, die in der Schenke die Runde machte. Der Steinmetz, befand sie sachkundig, war ein hochgewachsener, freundlicher, jedoch reichlich wortkarger Kerl von gut zwanzig Jahren. Einer von der linkischen Sorte, die in ihre Arbeit verliebt waren und selbst am späten Abend nicht von ihrem Tagwerk lassen konnten. Eines Nachts hatte sie ihn dabei ertappt, wie er mit einem Messer merkwürdige Skizzen auf den Schanktisch gemalt und dann darüber gegrübelt hatte, bis das Binsenlicht an der Wand erloschen war.

»Bist du nicht Lukas, ein Schützling von Meister Norbert aus der schmalen Gasse, die zur Martinskirche führt?« fragte sie.

Der Geselle zog seine zerknautschte Filzkappe vom Kopf und beantwortete die Frage mit einem spöttischen Augenaufschlag. Wenngleich seine Schultern und Oberarme auch nicht so muskulös waren wie die vieler seiner Zunftgenossen, wirkte er im Schein der Lampe doch gesund und kräftig. Sein schulterlanges Haar war noch feucht und legte sich in bezaubernden, kupferfarbenen Locken um Schläfen und Wangen. Kein Wunder, daß so manche Jungfrau in der Stadt heimlich die Augen verdreht, wenn sie ihn über den Domplatz laufen sieht, dachte Grete. Ihr Blick fiel auf die Hände des jungen Mannes. Sie waren mit einer Schicht feinen, weißen Staubes überzogen, der im müden Schein der Talglampe funkelte wie ein Himmel voller Silbersterne. Nicht minder glitzerte die blanke Münze, die der Bursche als Amulett an einer festen Lederschnur um den Hals trug. Das Metallstück war aus feinem Silber gearbeitet und im Grunde viel zu kostbar für einen einfachen Gesellen. Angeblich besaß er Münze und Kettchen bereits seit frühester Kindheit. Man erzählte sich, daß er diesen Schmuck niemals, nicht einmal in der Badestube abnahm.

»Laß es gut sein, Bursche«, sagte Grete nach einer kurzen Weile lächelnd. »Ich kenne euch Gesellen nur zu gut. Ihr habt nichts als Unfug im Kopf und würdet mir beim Aufräumen den halben Weinkeller leer saufen. Außerdem muß ich nach dem Schmorfleisch im Kessel sehen!« Sie machte kehrt, um sich hinter den Schanktisch zurückzuziehen.

»Bringst du mir und meinem Meister einen Krug von eurem berühmten Hangwein an den Tisch?« rief ihr Lukas treuherzig hinterher. »Dann kommen wir erst gar nicht in Versuchung, deinem Keller einen Besuch abzustatten.«

Die Frau drehte sich um und legte die Stirn in Falten. »Wein an einem blanken Werktag?« Sie schüttelte beinahe beleidigt den Kopf. »Gibt's nicht im *Haupt*, das solltest du eigentlich wissen, Lukas. Bist schließlich schon ein paar Jährchen bei uns in der Stadt. Oder habt ihr etwas zu feiern? Einen Namenstag vielleicht? Wer ist denn der dunkelhaarige Kerl am Tisch des alten Norbert?« Sie wies mit ihrem Krug auf einen der hinteren Tische, der vom Schein des Kerzenrads, das an der Decke hing, nur zur Hälfte beleuchtet wurde. »Ich hoffe, er gehört nicht zu den vornehmen Welschen, die der Bischof uns auf den Hals gehetzt hat, um die Bamberger Handwerker noch mehr zu demütigen.«

Lukas winkte lachend ab. »Wahrscheinlich spielen sie nur eine Runde zusammen. Mein armer Meister kann seine Finger nicht von den Würfeln lassen. Dreimal hat man ihn wegen dieser Schwäche schon vor die Zunftmeister geladen.«

Während Grete in den Vorratskeller hinunterstieg, um ein Faß anzustechen, kehrte Lukas gedankenverloren an seinen Platz nahe der Feuerstelle zurück. Einen freien Schemel fand er nicht mehr, daher lehnte er sich mit dem Rücken gegen die Stützbalken. Entspannt ließ er die Atmosphäre des Ortes auf sich wirken. Er liebte die Nische, weil sie warm war und die Feuchtigkeit aussperrte, die ansonsten überall durchs Mauerwerk drang. Auf hohen hölzernen Stangen hatte Grete Bündel von Heil- und Gewürzkräutern zum Trocknen aufgehängt; sie verströmten einen aromatischen Duft nach Wald und Wiese und nahmen dem Qualm der Feuerstelle seine beißende Schärfe. Außerdem konnte Lukas hier den Worten des Fremden, der beim Norbert saß, am besten lauschen. Er kannte den Mann nicht, vermutete aber, daß er nicht dem französischen Bautrupp angehörte, sondern mit dem Kaufmannszug aus dem Osten in die Stadt gekommen war. Die wappengeschmückten Wagen waren ihm bereits am Tag zuvor aufgefallen, als er jenseits des grünen Walles auf eine verspätete Lieferung aus dem Steinbruch gewartet hatte.

Lukas konnte sich ein spöttisches Lächeln nicht verkneifen. Der alte Norbert war ein lammfrommer Mann, der selbst am meisten darunter litt, wenn er Lehrjungen und Gesellen tadeln mußte. Mit einem der auswärtigen Baumeister hätte aber selbst er nicht so friedlich beisammen gesessen, da die Spannungen zwischen den Bambergern, die an dem einst durch eine Feuersbrunst zerstörten Dom arbeiteten, und den französischen Bildhauern aus Reims spürbar zugenommen hatten. In die grundsätzliche Auseinandersetzung um Fragen des Stils und der Bauweise hatten sich bald persönliche Befindlichkeiten gemischt. Schließlich war es den Fremden nach hitzigen Wortgefechten gelungen, den greisen Bischof auf ihre Seite zu ziehen. Der französische Baumeister Villard de Honnecourt wohnte auf dessen Burg und ließ sich dort umschwärmen wie ein Edelmann. Einige seiner Anhänger prahlten offen mit ihren geometrischen Kenntnissen, die sie wie kostbare Geheimnisse hüteten. Dieses Gehabe erregte Unmut in der Stadt. Die Bamberger Handwerker weigerten sich, Befehle aus dem Mund eines Mannes anzunehmen, dessen Sprache sie nicht einmal verstanden. In den vergangenen Wochen hatten die Aufseher des Bischofs nicht selten Streitigkeiten schlichten müssen; einmal war es sogar zu Handgreiflichkeiten gekommen, bei der teure Werkzeuge, ein Flaschenzug und auch mehrere Nasenbeine zu Bruch gegangen waren.

Lukas verstand den ganzen Wirbel um die französischen Steinarbeiter nicht. Vor seinem Meister und dessen älteren Gesellen wagte er es nicht zuzugeben, doch er hätte liebend gern mehr über Kunst und Technik der fremden Baumeister erfahren. Die Älteren erzählten hinter vorgehaltener Hand wunderliche Geschichten über die Art und Weise ihrer Konstruktionen. Die Franzosen beherrschten Handgriffe, die in den meisten deutschen Städten noch nahezu unbekannt waren. Ihre Fensterbögen waren nicht breit und gerundet, sondern liefen spitz zusammen; die Figuren, die sie in Reims aus dem Stein schlugen, waren angeblich von großer Schönheit und wirkten so lebendig, daß manche Beobachter bei den heiligen Gebeinen Christi schworen, sie hätten gesehen, wie Statuen die Köpfe geneigt, die Arme erhoben oder ihnen zugeblinzelt hätten. Lukas hielt die Geschichten zwar für abergläubisches Geschwätz, doch was auch immer dahinterstecken mochte, es legte Zeugnis von der Kunstfertigkeit der fremden Bildhauer ab und von ihrem Geschick, kaltem Stein mit ihrem Fäustel Leben einzuhauchen.

Lukas mochte Norbert, der im Gegensatz zu anderen Lehrherrn, die ihre Schüler schlugen und hungern ließen, immer gut zu ihm gewesen war. Der alte Meister hatte in jungen Jahren auf verschiedenen Dombaustellen gearbeitet und seinem Schützling alles beigebracht, was er selber konnte. In fremde Länder war er auf seiner Gesellenwanderung indessen nie gekommen. Vielmehr hatte er eifrig daran gearbeitet, ein Geschäft aufzubauen und seinen Ruf in der Heimatstadt tadellos zu halten.

Im Unterschied zu Norbert war Lukas von glühendem Ehrgeiz beseelt. Trägheit konnte er nicht ausstehen. Seit er in Bamberg lebte, träumte er davon, eines Tages die prächtigen Kathedralen in Frankreich und Rom zu sehen, ihre Grund- und Aufrisse zu studieren und von den mannigfaltigen Erfahrungen der großen Baumeister zu lernen. Er dachte auch an die geheimen Zusammenkünfte in den Hütten der französischen Steinsetzer, an die sonderbaren Zeichen, mit denen sie von ihnen aufgezogene Mauern oder Absätze kennzeichneten, und wünschte sich sehnsüchtig, ihren geometrischen Geheimnissen auf die Spur zu kommen. Doch wie die Dinge im Moment lagen, war daran nicht einmal zu denken. Zwar befand sich seit dem Ende der Fastenzeit mit Villard de Honnecourt ein begnadeter Meister der geometrischen Kunst in der Stadt, aber den einheimischen Handwerkern war der Fremde ebenso suspekt wie seine Helfer. Ihren Zünften fiel nichts Besseres ein, als dem weitgereisten Baumeister das Leben schwerzumachen. Lukas fand dieses Verhalten kleingeistig, er durfte allerdings auf keinen Fall riskieren, die eigene Bruderschaft zu verärgern. Zu mühsam war der Weg gewesen, den er vom ersten Meißelschlag bis zur Aufnahme in die Dombauhütte zurückgelegt hatte. Abgesehen davon, galt es für ihn, ein Geheimnis zu hüten, eine Sache, die mit seiner Herkunft zu tun hatte und in der Stadt besser nicht die Runde machte.

Fröstelnd verschränkte Lukas die Arme vor der Brust. Es war wahrhaftig nicht einfach, sich in Bamberg zu behaupten. Selbst der Wein ließ auf sich warten. Wenn die Arbeit am Dom ebenso schleppend weiterging, würden nicht einmal mehr die Enkel der Handwerker die Einweihung ihres Gotteshauses erleben.

Die dröhnende Stimme des Fremden holte Lukas unsanft aus seinen Gedanken. Der dunkelhaarige Reisende trug eine blaue Tunika aus feingewobener Wolle, deren Kragenteil mit rötlichen Lederaufsätzen in Form von kleinen Zinnen verziert war und von einer wertvollen Brosche gehalten wurde. An seinem rechten Handgelenk prangte ein bronzener Armreif, in den fremdländische Zeichen graviert waren. Er sprach sehr langsam, betonte jedes Wort sorgfältig, als befürchte er, die Männer am Tisch könnten den Sinn seiner Rede mißverstehen. Sein angenehmer, weicher Akzent deutete indessen darauf hin, daß er mit einer fremden, wahrscheinlich südländischen Sprache aufgewachsen war und sich mit dem ungewohnten Dialekt seiner Gesprächspartner schwertat. Hin und wieder stockte er, wenn ihm ein Wort nicht sogleich einfiel. Immerhin gelang es ihm, diese Unsicherheit mit einem einnehmenden Lächeln und temperamentvollen Gesten auszugleichen.

»Madonna, ich begreife nicht, warum sich die Handwerker und Händler zu Bamberg von den geistlichen Herren ausbeuten lassen«, hörte Lukas den Mann sagen. Seine schwarzen Augen blitzten herausfordernd im Schein der Lampe. »Ihr bezahlt bedeutend höhere Steuern als die Nürnberger, seid dafür aber schlechter befestigt und habt nicht einmal das Recht, einen eigenen Stadtrat zu wählen!«

Norbert fuhr sich über den Bart. Seine von braunen Flecken gezeichnete Hand bewegte sich rhythmisch, als schüttelte sie einen unsichtbaren Würfelbecher. »Ist es nicht Gottes Wille, daß ein Mann im Schweiße seines Angesichts das tägliche Brot verdient?« warf er zaghaft ein. »Ich kann Euch nur raten, etwas leiser zu sprechen, Locator. Es ist gefährlich, sich mit unserem Bischof anzulegen. Seine Leute schlafen nie, sie sitzen überall in der Stadt.«

»Es ist auch gefährlich, sich den alten Salomann zum Feind zu machen, Meister«, ergänzte Lukas in gelangweiltem Ton. Er verstand die ganze Aufregung nicht; politische oder religiöse Fragen hatten ihn bisher selten berührt, und den Bischof, der sich seit Menschengedenken in seiner Festung verschanzte, bekamen die Stadtbewohner ohnehin kaum jemals zu Gesicht. Wenn Lukas etwas mit den geistlichen Herren verband, so war es einzig und allein seine Leidenschaft für den Bau des Domes. Die mächtigen Türme der unvollendeten Kathedrale, die unnahbar und erhaben auf die Gassen der Stadt herabsah, hatten ihn in ihren Bann gezogen, kaum daß er zum ersten Mal den Burgberg erklommen hatte.

Lukas unterdrückte ein Gähnen. Er war müde, hatte aber noch keine Lust, nach Hause zu gehen. Statt dessen zog er sein Schnitzmesser aus dem Gürtel und fuhr sich damit unter die schwarzen Ränder seiner Fingernägel. Dafür und für seine vorlaute Bemerkung fing er sich einen tadelnden Blick seines Meisters ein.

»Salomann?« Der Fremde hob argwöhnisch den Kopf. »Von wem spricht Euer Geselle? Ihr sagtet mir doch gerade, es gebe weder Bürgermeister noch Ratsherren in Bamberg.« Lukas fühlte sich geschmeichelt, weil der Fremde ihn offensichtlich für Norberts Sohn hielt. Er öffnete den Mund, um zu einer Erwiderung anzusetzen, aber da erschien auch schon Grete mit einem randvollen Weinkrug in der Hand, den sie augenzwinkernd vor den Männern auf den Tisch stellte. Der junge Steinmetz wartete ungeduldig, bis sie wieder zwischen den Balken des Schankraums verschwunden war. Dann sagte er: »Es gibt hier in der Tat keinen Stadtrat, Herr. Der Bischof und die Stiftsherren, denen fast der gesamte Grund und Boden gehört, wollen den Bürgern nicht einmal erlauben, einen Vogt oder Schöffen zu wählen. Allerdings regt sich gegen diesen Zustand seit langem schon geheimer Widerstand. Wir sind schließlich keine Einfaltspinsel, die sich alles gefallen lassen. Einer unserer Kaufleute, ein Mann namens Salomann, der durch den Pelz- und Tuchhandel reich geworden ist, setzt alles daran, die Privilegien der weltlichen Siedlung gegenüber den Leuten vom Domberg zu verteidigen.«

»Nun ja, Herr Salomann ist vor allem daran interessiert, seine Geschäfte auszuweiten«, meinte Norbert seufzend, während er mit zittrigen Fingern seinen Becher füllte. »Aber mein Geselle hat ganz recht, Herr. Der Kaufmann hat Einfluß in der Stadt. Viele Handwerker, die sich vor dem westlichen Burgtor niedergelassen haben, stehen in Salomanns Schuld, weil er sich mit dem kaiserlichen Landrecht auskennt und weiß, wie man den Bischöflichen begegnet. Wenn Ihr ihn von Euren Plänen überzeugen könntet, würde er Euch vielleicht weiterhelfen.«

»Ja, dann…«

»Macht Euch bloß keine Hoffnungen, mein Freund. Er wird

sich nicht überzeugen lassen. Im Gegenteil: Wie mein Geselle schon sagte, der Mann kann recht ungemütlich werden, wenn jemand es wagt, ihm ins Handwerk zu pfuschen.«

Der Fremde hob abwägend die Augenbrauen, was seinen Zügen einen undurchsichtigen Ausdruck verlieh. Mit der linken Hand zog er seinen Kapuzenmantel straffer über der Brust zusammen, die rechte blieb zwischen den Falten des weiten Gewandes verborgen. Seine Blicke wanderten forschend zu den Männern an den Nebentischen hinüber. Die meisten Handwerker und Krämer brüteten stumpfsinnig über ihren Bierhumpen oder lauschten dem Klang einer einzelnen Flöte. Ein paar jüngere Männer hingegen waren auf die Unterhaltung aufmerksam geworden und spitzten neugierig die Ohren.

»Was könnte dieser Kaufmann schon dagegen haben, wenn ein paar Steinsetzer, Weber oder Gewandschneider sich unserem Zug anschließen?« fragte der Dunkelhaarige. Er setzte seinen Becher so energisch ab, daß einige Tropfen über den Rand schwappten. »Ich bin kein Jahrmarktsgaukler, sondern im Auftrag eines der angesehensten Fürsten unterwegs. Mein Herr und der König von Ungarn laden tapfere und geschickte Männer ein, sich mit ihren Familien in den weiten Ebenen Siebenbürgens niederzulassen.« Ohne den warnenden Blick des alten Norbert aufzunehmen, erhob sich der Fremde und stieg auf seinen Schemel. Einen Augenblick lang betrachtete er die Anwesenden abschätzend. Dann klatschte er plötzlich in die Hände, um sich Gehör zu verschaffen. Das Gelächter im Raum verstummte ebenso schlagartig wie das Flötenspiel. Alle Köpfe fuhren herum. Sogar Grete und die Lehrjungen am Feuer reckten die Hälse, um den sonderbaren Reisenden besser sehen zu können.

»Wackere Bürger von Bamberg«, hob der Fremde nun so laut an, daß man ihn selbst im hintersten Winkel der Schenke verstehen konnte. »Mein Name ist Matthäus Hagen. Ich befinde mich nur auf der Durchreise in eurer Stadt. Doch was ich seit meiner Ankunft hier gesehen habe, reicht wohl aus, um mir ein Bild von den Verhältnissen zu machen, in denen ihr lebt. Ihr dürft mir glauben, Leute: Seit ich mit meinem Weib und meinem Sohn als Locator durch die Lande ziehe, kehre ich in vielen Städten und Marktflecken ein, daher weiß ich wohl, wovon ich rede. Ich habe gesehen, daß ihr einen prachtvollen Dom erbaut habt, und das ist wahrhaftig eine ehrenvolle Aufgabe, die euch den Segen der Jungfrau und reichlich Ablaß von Sündenschuld bescheren wird. Gott wird euch eines Tages für eure Frömmigkeit belohnen, daran gibt es keinen Zweifel. Doch wie steht es hier und heute mit euren Rechten und Privilegien? Wohin ich blicke, sehe ich Ländereien, die euch nicht gehören, nämlich Stiftsland. Die geistlichen Herren lassen euch nicht nur an Kirchen, Klöstern und Kapellen schuften. Nein, sie errichten auch Mauern und Wehrtürme, um ihre Besitztümer vor euch zu schützen. Eurer Stadt erlauben sie dagegen nicht einmal eine Befestigung aus Stein. Entlang der Gassen sieht man kaum mehr als schiefe Lehmkaten und Holzbuden. Tritt die Regnitz über die Ufer, überschwemmt sie den Marktplatz, und eure Krämer holen sich nasse Füße.«

Betroffenes Wispern machte sich breit. Lukas hielt den Atem an. Ein Seitenblick auf Meister Norbert verriet ihm, daß der Alte am liebsten im Boden versunken wäre. Schweißtropfen perlten von seiner zerfurchten Stirn. Gewiß bereute er es schon lange, den Fremden ausgerechnet an seinen Tisch geladen zu haben. Eigentlich hatte der Dunkelhaarige einen recht vernünftigen Eindruck gemacht, nun aber begann er, sich um Kopf und Kragen zu reden. Wenn die bischöflichen Soldaten ihn dabei erwischten, wie er das Volk gegen die Chorherren aufhetzte, würde man ihn im besten Falle stäupen und von Hunden aus der Stadt jagen lassen.

»Der Bischof darf die Immunitäten nicht besteuern«, fuhr der Locator mit fester Stimme fort, »also legt er euch Bürgern eine zusätzliche Steuerlast auf, um seine Schatzkammern zu füllen!«

»Schweig lieber, du hergelaufener Strolch!« unterbrach ihn ein dicker Kerl, dessen Wangen bereits vom Bier gerötet waren. Drohend schüttelte er seine Faust. »Unser gnädiger Herr Bischof ist ein frommer Mann. Wir stehen bei ihm in Lohn und Brot, und darum betet er täglich für die Seelen derer, die beim Bau seines Doms helfen! Außerdem kann es uns teuer zu stehen kommen, wenn seine Leute davon erfahren, daß am Kaulberg Aufruhr gepredigt wird!«

»Der Bischof ein Heiliger?« mischte sich ein anderer Gast mit schwerer Zunge in das Gespräch ein. »Daß ich nicht lache! Hast du etwa vergessen, was vor ein paar Jahren oben auf der Burg geschehen ist? Dein sauberer Bischof hat sich vor Angst in die Hosen geschissen, als der Wittelsbacher ...« Unvermittelt brach der Trunkenbold ab und senkte brummend den Kopf. Die Ahnung, nicht über gefährliche Dinge zu reden, die längst vom Staub der Zeit begraben wurden, hatte ihn jäh verstummen lassen.

»Wer spricht denn von Aufruhr?« fragte Matthäus Hagen freundlich. »Ich würde niemals dazu aufrufen, gegen die Landesherren aufzustehen. Mein Auftrag lautet lediglich, im Namen Seiner Gnaden des Herzogs von Sachsen ehrliche und strebsame Menschen einzuladen, sich in den fruchtbaren Ebenen Siebenbürgens niederzulassen.«

»Was, zum Teufel, sollen wir schon unter einem Haufen wilder Heiden anfangen?« brüllte der Dicke, der Matthäus schon einmal ins Wort gefallen war. »Uns von ihnen auffressen lassen?«

»Die Weiber dort sollen Köpfe wie Pferdeärsche haben«, trug einer der Lehrlinge zu der Unterredung bei, wofür er von seinen Kameraden Gelächter, von seinem Meister allerdings einen Nasenstüber erntete.

»Es ist ganz einfach, mein Freund. Im Osten habt ihr die Möglichkeit, neue Kirchen zu bauen, und zwar nach einem ordentlichen Stadtrecht, das euch zu Herren macht, nicht zu Leibeigenen. Dort seid ihr euren Stiftsherrn nicht mehr zinspflichtig. In Siebenbürgen erhaltet ihr verbriefte Zunft- und Gilderechte. Nicht zu vergessen das Privileg, Münzen zu prägen und Jahrmärkte abzuhalten. Kein Landmann braucht auch nur einen halben Tag Fron zu leisten, keines eurer Hühner wandert zu Michaeli in die Töpfe der Chorherren.« Er lächelte den Männern an der Feuerstelle zu, die Mund und Augen weit aufsperrten. »Und ihr jungen Burschen könntet Meister sein, ehe ihr euren ersten Nagel in die Balken getrieben habt.«

Die Worte des Fremden verfehlten ihre Wirkung nicht, insbesondere bei den jüngeren Zuhörern schienen sie auf fruchtbaren Boden zu fallen. Lukas bemerkte, wie seine Nachbarn die Köpfe zusammensteckten und aufgeregt miteinander zu flüstern begannen. Andere stellten in anklagendem Ton fest, daß sie unter der Knute des Bischofs ja wahrhaftig lange genug gelitten hatten, und klopften anerkennend mit ihren Bechern auf die Tische, was Grete als Aufforderung verstand, die Krüge aufzufüllen und schleunigst nachzuschenken.

Dann aber machte der Locator des Herzogs einen bedeutungsvollen Fehler. Er glaubte sich mit seiner Rede bereits am Ziel angelangt, dabei hatten seine Worte vom freien Leben im Land Siebenbürgen bestenfalls bewirkt, daß die Bamberger über ihren alten Streit mit den geistlichen Herren nachdachten. Matthäus griff zwischen die Falten seines weiten Gewandes und zog eine verblichene Pergamentrolle hervor, die er mit einem triumphierenden Lächeln in den Schein der flackernden Lampe hielt.

»Wer bereit ist, der Einladung meines Herzogs und des ungarischen Königs zu folgen, darf sich uns anschließen. Aus Rücksicht auf den ehrenwerten Bischof Ekbert haben wir unser Lager nicht hier in Bamberg, sondern einige Meilen flußabwärts in Pettstadt aufgeschlagen. Schaut her, ihr Leute! Setzt eure Zeichen unter die Namen eurer Nachbarn, die sich bereits entschieden haben.«

Lukas und Norbert wechselten unruhige Blicke, während die Worte des Fremden in aufgeregtem Gemurmel untergingen. Wovon sprach dieser Matthäus nur? Seinen Worten zufolge, gab es bereits Bamberger Familien, die im Sinn hatten, sich klammheimlich aus der Stadt zu verdrücken. Handwerker, die den Dombau aufgaben und dem französischen Bautrupp des Bischofs somit das Feld zur Ernte überließen. Ein Sturm der Entrüstung entlud sich über dem Haupt des Locators.

»Wer sind die Verräter, die dir Rattenfänger nachlaufen?« kreischte der fette Zimmermann aufgebracht. Seine Stimme überschlug sich vor Zorn. »Her mit dem Wisch, du Hundsfott, sonst kannst du etwas erleben!« Hastig sprang der Wütende hinter seinem Tisch hervor, geradewegs auf den verdutzten Locator zu. Er versuchte, ihm die Pergamentrolle aus der Hand zu reißen. Der Locator schwang sich mit einem Satz auf den Tisch und wehrte den Zimmermann mit Stiefeltritten ab.

»Komm runter, du eitler Maulheld!« keuchte der Dicke atemlos. »Ich will sofort wissen, wer die Frechheit besitzt, unsere Arbeiter abzuwerben!« Er wandte den Kopf in Richtung der Schankmagd. »Grete, heiz das Feuer an! Wir brennen die Antwort aus ihm heraus!«

Der alte Norbert war kalkweiß geworden. Seine Finger fuhren nervös durch die dünnen grauen Haare. Dann blickte er sich nach seinem Gesellen um und raunte ihm verstohlen zu: »Wird's bald, Lukas. Steh nicht so dumm herum. Hilf dem Mann!«

Lukas stutzte. Was sollte das nun schon wieder bedeuten?

Auf wessen Seite stand sein Meister eigentlich? Er konnte doch nicht von ihm verlangen, daß er sich gegen Freunde und Nachbarn stellte, um einem dieser unbeliebten Werber beizustehen. Zögernd tappte er aus seinem behaglichen Winkel und starrte seinen Meister an.

»Salomanns Knechte kommen die Gasse herauf«, rief ein alter Mann neben ihm mit triumphierender Stimme. Im nächsten Moment wurden die Fensterluken aufgestoßen. Ein eisiger Windstoß fegte einen Strauß von Blättern, Sand und Regen in den Schankraum. Norbert fuhr erschrocken zusammen. »Hilf dem Fremden«, wiederholte er noch einmal, »sonst … sind wir hier für alle Zeiten erledigt!«

Lukas begriff plötzlich, worüber sein Lehrherr sich Sorgen machte. Es ging ihm um das Pergament, das Matthäus in der Hand hielt. Der alte Norbert hatte sein Zeichen auf die Liste des Locators gesetzt. Er und sein Sohn, der wie Lukas beim Dombau beschäftigt war, wollten Bamberg heimlich verlassen. Den Grund dafür konnte sich Lukas denken. Und er wußte auch, welches Schicksal dem Alten und seiner Bauhütte bevorstand, falls man in der Stadt von seinen Plänen Wind bekam. Lukas schüttelte den Kopf. Obgleich ihm Norberts zänkische Familie nicht besonders am Herzen lag, war das Haus seines Meisters für ihn ein Stück Heimat gewesen. Der einzige Ort auf der Welt, wo er sich geborgen fühlte und die Vergangenheit vergessen konnte. Sperrte man Norbert in den Schuldturm, so waren all die Jahre, die er sich in der Dombauhütte geplagt hatte, vergebens gewesen.

Der Ärger über den Leichtsinn seines Meisters trieb Lukas geradewegs ins Getümmel der Streithähne. Ohne zu zögern, stellte er sich dem aufgebrachten Zimmermann entgegen und versetzte ihm einen Schlag gegen die Schulter, der den Tobenden einen Herzschlag lang von dem Mann auf dem Tisch ablenkte.

»Was, zum Teufel, willst du denn, du kleine Wanze?« Der Dickwanst fletschte die Zähne. Dann hob er beide Arme, um Lukas mit seinen derben Pranken an die Kehle zu gehen, aber er war nicht schnell genug. Lukas sprang flink zur Seite, zog sein Schnitzmesser und löste blitzschnell den Knoten des Seiles, der das Kerzenrad mit den Talgstumpen an der Decke gehalten hatte. Er rollte sich unter dem nächsten Tisch hindurch, während der Zimmermann mit zum Schlag geformter Faust reglos auf der Stelle stand und in die Luft starrte. Das heruntersausende Gestell donnerte mit Wucht gegen den Oberkörper des Mannes. Heißer Talg spritzte umher; erschrockenes Gebrüll folgte.

Matthäus Hagen warf Lukas einen überraschten Blick zu, dann grinste er. Obwohl er kein Schwertgehänge trug, machte er durchaus den Eindruck eines Mannes, der im ritterlichen Waffengang geübt war. Lukas beobachtete, wie er die Angriffe zweier Burschen, die sich von hinten an ihn herangeschlichen hatten, mühelos abwehrte, indem er seinen Fuß in die Kniekehlen des einen hebelte und ihn so zu Fall brachte. Ein derber Stoß vor die Brust schleuderte den zweiten Angreifer durch die halbe Stube. Mit einem gewaltigen Getöse schlug der Geselle gegen einen Sack mit Äpfeln.

»Los, verzieht euch«, vernahm Lukas auf einmal Gretes schrille Stimme. Die Schankmagd hatte sich durch die Reihen der zeternden Männer gepirscht und deutete mit den Augen auf einen dunklen Winkel jenseits der aufgefädelten Kräuterbündel.

Eilig kamen die beiden jungen Männer ihrer Aufforderung nach. Nachdem sie sich mit geballten Fäusten einen Weg durch die aufgebrachte Menge gebahnt hatten, ließen sie sich durch eine Tür nahe der Feuerstelle in einen feuchten Gang hinabführen, der nach einigen Windungen plötzlich zwischen den Wandregalen des Weinkellers endete. Oberhalb der Treppe erklang der Nachhall einer schlagenden Tür. Begleitet von dröhnendem Gebrüll und einigen beschwichtigenden Rufen, wurde ein hölzerner Bolzen über die Tür gelegt.

»Ich wußte gar nicht, daß es mehrere Zugänge zu Gretes Kellern gibt«, flüsterte Lukas verwundert. »Von den Weinvorräten der alten Mathilde könnte unsere städtische Bauhütte wohl monatelang zehren.«

»Du solltest mit dem Gelage warten, bis wir in Sicherheit sind, mein Freund!« Während Lukas noch beeindruckt an die schweren Eichenfässer klopfte, fand Matthäus einen engen Durchbruch an der Ostwand des kleinen Gewölbes. Der Durchlaß war offensichtlich von Grete notdürftig mit ein paar Brettern verschalt worden, die jedoch für den Locator kein Hindernis bildeten. Im Handumdrehen hatte er sie von der Wand gerissen und zur Seite geworfen. Er verzog kurz den Mund, als sich unter seiner Stiefelspitze etwas Lebendiges regte und ein ärgerliches Fiepen an sein Ohr drang. Auf dem Fußboden wimmelte es von Mäusen und Ratten. Der Keller war ihr Königreich. Menschen waren hier unten unerwünscht.

»Verflucht!« Lukas tastete erschrocken nach seiner Wade, an der er ein schmerzhaftes Brennen spürte. »Irgendwas hat mich ins Bein gebissen!«

»Madonna, was kann das schon gewesen sein?« erkundigte sich Matthäus ironisch. »Der Dickwanst aus der Schankstube oder euer nimmersatter Bischof? Nun komm schon weiter, Junge. Hier müssen wir uns durchzwängen. Ich hoffe nur, daß auf der anderen Seite der Mauer kein Stadtvogt auf uns lauert!«

Die Überheblichkeit des Fremden, für den er auf Norberts Geheiß seinen Hals riskierte, begann Lukas auf die Nerven zu gehen. »Ihr scheint vergessen zu haben, daß es in unserem armseligen, überschwemmten und geknechteten Rattennest keinen Vogt gibt«, stieß er ärgerlich hervor. »Außerdem steht es Euch nicht zu, mich herumzukommandieren. Eigentlich solltet Ihr mir vielmehr danken, daß ich mich gegen alle Vernunft ...«

»Trödel nicht herum«, mahnte der Locator gebieterisch, während er die spitze Kapuze seines Mantels über die Ohren zog. »Schwatzen kannst du später noch. Nachdem du mich zu meiner Herberge begleitet hast.« Mit diesen Worten wand er sich durch die schmale Öffnung und verschwand auf der anderen Seite der Mauer.

Zweites Kapitel
Bamberg, am selben Abend

Die Nachtwache hatte soeben die Mitternachtsstunde ausgerufen, als das Mädchen Justina irritiert von seiner Schreibarbeit aufblickte.

Nahe dem kleinen Lehmhaus, das sie gemeinsam mit ihrem Vater, ihrer Schwester und zwei uralten Dienerinnen bewohnte, erklangen merkwürdige Geräusche. Besorgt hob sie die Augenbrauen und starrte auf das Fenster zum Hof. Trotz des starken Regens schienen sich ein paar Leute auf der Gasse zu streiten. War da nicht soeben ein Schrei erklungen? Kurz, erstickt, aber doch deutlich zu hören? Justina zuckte zusammen, beruhigte sich aber mit der Erklärung, daß einige der Domhandwerker in der Schenke zu tief in den Becher geschaut hatten und nun volltrunken ihren Heimweg antraten.

Plötzlich kehrte wieder Stille ein. Justina atmete beruhigt auf. Sie hatte es ja gleich vermutet: Trunkenbolde, die nach einem verschwundenen Saufkumpanen brüllten. Dennoch hielt sie es für angebracht, sich davon zu überzeugen, daß niemand vor ihrer Kammer herumlungerte. Die Zeiten waren unsicher geworden, besonders in einer Stadt, die wie Bamberg unterhalb der bischöflichen Burg nur mit hölzernen Palisaden und einem Erdwall befestigt war. Seufzend trennte sie sich von ihrem bequemen Stuhl und trottete zur Fensternische. Die Flamme der ranzigen Öllampe, die auf dem Gesims einer geschnitzten Truhenbank stand, flackerte hin und her. Der schwere, rote Schiebestein, den ihr Vater zum Schutz vor Kälte und Eindringlingen in die Fensteröffnung geklemmt hatte, erschwerte Justina die Sicht. Sie erspähte lediglich, wie die letzten Regentropfen vom Vordach der Martinspfarre rannen und auf dem Pflaster zerplatzten. Einen Augenblick lang schienen sich die Grabsteine des öden Kirchhofes durch die dichten Nebelschleier zu drängen, doch schon im nächsten Augenblick wurde die Straßenzeile wieder von neuen milchigweißen Schwaden eingehüllt.

Justina wandte sich ab. Sie ließ die weiten Ärmel ihres taubenblauen Hausgewands über die Ellenbogen zurückfallen und streckte die vom langen Sitzen verspannten Glieder. Ein frischer Luftzug drang unter das steife Linnen ihres Kleides und ließ sie frösteln. In der Stube, die ihrem Vater als Kontor und Materialkammer, ihr selbst jedoch seit dem Christfest zum Schlafen diente, war es empfindlich kalt geworden. Das Herdfeuer brannte für gewöhnlich den ganzen Tag über und heizte somit alle Räume des Hauses mit. Nun aber war es erloschen, und niemand hatte sich darum gekümmert, es von neuem zu entfachen. Einen Moment lang überlegte Justina, ob sie die Dienerin ihres Vaters um einen Becher warme Ziegenmilch oder wenigstens um einen heißen Stein bitten sollte. Doch sie entschied sich dagegen. Ihre Schwester schlief Wand an Wand mit dem Gesinde, es brachte nur unnötigen Ärger, sie aufzuwecken. Kerzen waren teuer, den Gebrauch von Talglampen oder Binsenlichtern hatten die Bischöflichen nach

Mitternacht verboten. Nicht einmal bei Regenwetter durfte man sie über Gebühr glimmen lassen, denn trotz der Nähe der Gassen zum Flußufer war die Gefahr eines Brandes groß. Dies betraf insbesondere die Lagerhöfe und Speicher der Krämer, deren Buden alle aus Holz und Stroh errichtet waren. Hier, nahe der alten Maut, befanden sich neben der Waage auch die Kornspeicher der Stadt. Wer immer gegen die Brandordnung verstieß, setzte somit die Getreidevorräte des Kaufmanns Salomann aufs Spiel und mußte mit hohen Strafen an Leib und Leben rechnen. Nicht nur Justinas Vater, vor allem ihre ältere Schwester befolgte die Vorschriften sehr genau.

Justina ging zu ihrem Studiertisch hinüber und nahm die Lampe mit sich auf die andere Seite der Kammer. Aus dem Winkel zwischen ihrem Lager und dem bunt bemalten Kasten, in dem sie ihre Habseligkeiten aufbewahrte, fiel kein Lichtschein auf die Straße, davon hatte sie sich bereits mehrmals überzeugt. Sie ergriff ein Brett, legte ihre Schriften, ein kleines Messer, angespitzte Schreibfedern und ein Tintenhorn darauf und trug zuletzt alles hinüber zu ihrem Lager. Dort hockte sie sich mit verschränkten Beinen auf die Strohschütte und versuchte, ihre Arbeit fortzusetzen. Sie mußte den Auftrag, die Abschrift einiger Briefe an unbekannte Garnhändler in Regensburg, erfüllt haben, ehe der Tag anbrach. Dann war da auch noch Lamperts Urkunde, die auf ihre Vollendung wartete.

Justinas *calamus* kratzte flink über die dünnen Seiten. Sie verfügte über eine gestochen klare Handschrift. Gleichgültig, ob sie sich mit verschnörkelten Initialen oder nüchternen Minuskeln beschäftigte, die Buchstaben flossen ihr zumeist wie von Zauberhand gelenkt aus dem Schreibrohr. Nur selten war sie gezwungen, eine Stelle auf dem Pergament mit dem Messer auszuschaben oder zu verbessern. Sie beherrschte neben der gotischen Kursivschrift auch eine Reihe ungewöhnlicher

Stilarten und war stets bemüht, ihre Fingerfertigkeit durch regelmäßige Übungen zu vervollkommnen.

Nachdem die Geschäfte ihres Vaters während der kalten Wintermonate ins Stocken geraten waren, hatte Justina damit begonnen, mit ihrer Vorliebe für das geschriebene Wort etwas hinzuzuverdienen. Sie kopierte Verträge für Kaufleute und Händler, die sich keine eigenen Schreiber leisten konnten. Zu ihren Auftraggebern zählten sogar ein paar Ritter, kleinere Grundherren, für die sie Pachturkunden oder Hausbücher erstellen mußte. Justinas Tätigkeit beschränkte sich indessen nicht allein auf das Abschreiben von Briefen. Seit sie sich in der Inselstadt einen gewissen Ruf als Schreiberin erworben hatte, kam es immer häufiger vor, daß Kunden ihr hinter vorgehaltener Hand viel Geld dafür boten, eine Handschrift zu fälschen oder eine Urkunde zu verändern, damit ihr Besitzer bei seinen Rechtsgeschäften im Vorteil war.

Justina war nicht wohl bei Aufträgen dieser Art, mochten sie auch Geld einbringen. Die Kunst der Kalligraphie war für sie etwas Wunderbares, beinahe Heiliges. Die Stunden, in denen ihre Schwester sie von ihren Pflichten in Haus und Hof entband, damit sie schreiben konnte, gehörten zu den schönsten des Tages. Ja, sie erfüllten Justina mit größerer Hingabe, als wenn sie in der Kirche saß und zuhörte, wie der Priester die Messe zelebrierte. Nun aber befiel sie zuweilen das schmerzliche Gefühl, Verrat an ihrem Talent zu üben oder eine besondere Gabe zu veruntreuen. Davon abgesehen war ihr bekannt, daß es Männer gab, die darin geübt waren, einer gefälschten Urkunde auf die Spur zu kommen. Vater Konrad, der Abt des Klosters St. Michael, war ein weit über die Grenzen Bambergs hinaus berühmter Schriftkundiger, der sogar Grafen und die Fürsten des Reiches in Rechtsfragen beriet. Justina zitterte zuweilen bei dem Gedanken, der gelehrte Abt könnte eines Tages auf sie und ihr bescheidenes Handwerk aufmerksam werden. Mochte es für Kaufleute und einfache Kleriker nahezu unmöglich sein, ein Schriftstück auf seine Echtheit zu überprüfen, so zweifelte Justina doch nicht daran, daß die Mönche von St. Michael spezielle Verfahren kannten, die ihnen halfen, jeden Schwindel aufzudecken. Zu diesem Zweck genügte es oft schon, Schriftstücke auf verfärbte Stellen zu untersuchen. Fand man beispielsweise auf einer Urkunde eine Graufärbung, so deutete diese darauf hin, daß bestimmte Wörter mit dem Schabemesser ausradiert und später verbessert worden waren. Falls der Schreiber gewöhnliche Tinte aus Gallapfel oder Eisen benutzte, um neue Buchstaben einzufügen, so gerann die Flüssigkeit über der radierten Stelle und wurde dicker als an anderen Stellen.

Justina ließ ihre Feder sinken. Mit sorgenvoller Miene starrte sie die eng beschriebenen *paginae* an, als befürchtete sie, die steifen Buchstaben könnten sich in drohende Klauen verwandeln und nach ihr greifen. Dann atmete sie tief durch und lauschte dem Regen, der Gasse und Lagerhof vor ihrer Tür langsam in einen Sumpf verwandelte. In Gedanken nahm sie die Urkunde auf, die sie bislang mit Bedacht zur Seite geschoben hatte, und überflog die wenigen Zeilen. Sie gaben Aufschluß über ein Heiratsabkommen, ohne daß jedoch Namen genannt wurden. Justina vermutete, daß es bei dem Abkommen um Geld ging, viel Geld. Aus unerfindlichen Gründen jagte das beschriebene Pergament ihr Angst ein.

»Ich hätte Lamperts Auftrag ablehnen und den schmierigen Kerl aus dem Haus werfen sollen, solange dies noch möglich war«, flüsterte sie in die kleine Flamme der Lampe hinein. »Ich vertraue ihm einfach nicht.«

Lampert war Verwalter im Hause Salomanns und in der Stadt fast ebenso gefürchtet wie sein Herr. Doch im Unterschied zu dem Kaufmann, der wenigstens über einen gesunden Menschenverstand und ein Gespür für Zahlen verfügte, ließ sich sein Handlanger eher von maßloser Geltungssucht leiten. Justina spürte noch immer die lüsternen Blicke auf der Haut, die Lampert ihr während ihrer Unterhaltung zugeworfen hatte. Seine listigen kleinen Augen hatten weiß Gott nichts Gutes verheißen. Dazu all die neugierigen Fragen, die er ihr gestellt hatte: Wie alt sie sei, ob sie auch sticken, weben und nähen könne wie andere Weiber ihres Standes. Sie versuchte, sich an Lamperts verstorbene Gemahlin zu erinnern, konnte sich aber nur vage an eine verhärmte Frau erinnern, die beinahe täglich zur Kirche gelaufen war. Soweit sie wußte, hatte Lampert auch eine Tochter, ein hübsches, farbloses Mädchen, das davon träumte, Aufnahme in einem der städtischen Nonnenorden zu finden.

Justina blies die Kerze aus. Die Familienverhältnisse des Verwalters gingen sie nichts an. Dennoch war es angebracht, auf der Hut zu sein, wenn sie später am Tag mit ihren Abschriften zu Salomanns Handelshof ging.

Erst als der Morgen über dem nahen Fluß graute und im Gesinderaum die Dielenbretter knarrten, fand Justina ein wenig Ruhe. Sie zog die Decke über die Schultern und fiel in einen traumlosen Schlaf.

Drittes Kapitel

Der Tag versprach heiter zu werden. Regen und Nebel hatten sich im Morgengrauen zurückgezogen und dafür einem atemberaubenden, blauen Himmel das Feld überlassen. Seit den frühen Morgenstunden wärmten kräftige Sonnenstrahlen den aufgeweichten Boden. Nur hier und da hingen noch Regentropfen wie funkelnde Diamanten im Stroh der Dächer oder zwischen den Stützbalken der Häuser und Stallungen. Aus den Bäumen, die den mächtigen Burgberg umsäumten, erklang fröhliches Vogelgezwitscher. Ein milder Duft von Veilchen und feuchter Erde vertrieb den Gestank der engen Gassen und machte den Staub und Schmutz ein wenig erträglicher, mit dem die Männer in den Holzbuden der Domsteinmetze tagtäglich zu kämpfen hatten.

Lukas und Meister Norbert waren bereits seit Tagesanbruch auf den Beinen. Sie arbeiteten Seite an Seite, reichten sich Werkzeuge, Steinkitt und Skizzen, doch keiner von beiden war bereit, mehr als das Nötigste mit dem anderen zu sprechen. Wortkarg meißelten sie Rauten, Blätter und Blumenmuster aus zwei schweren Fensterbögen, die schon bald eine Seitenkapelle des Doms schmücken sollten.

Auf der Baustelle ging es betriebsam zu. Dutzende von Tagelöhnern mühten sich im Schweiße ihres Angesichts ab, die Pfützen, die der Regen in den Sand getrieben hatte, mit Sägemehl und Kalk aufzufüllen, damit die Räder der Karren auf ihrem Weg zum Ostchor nicht im Morast steckenblieben. Mönche und Magister der nahen Domschule balancierten auf Planken über den morastigen Grund, um das Kloster trockenen Fußes zu erreichen. Aus den Hütten der Domschmiede erklangen Hammerschläge, die von zischenden Geräuschen begleitet wurden. Es wurde geklopft, gehämmert, gesägt und geflochten. Die älteren Meister brüllten ihren Gesellen auf den Gerüsten Anweisungen zu. Binsenkörbe wurden mit Flaschenzügen und Laufrädern auf und ab befördert. Ein paar halbwüchsige Burschen standen um einen Bottich herum und rührten unter den kritischen Blicken ihres Lehrherren mit Spachteln einen dünnen Lehmputz an. Wann immer der französische Aufseher nicht hersah, bückten sie sich und warfen mit hämischem Gelächter zerquetschte Mücken, Schaben oder Mäuse in die graue Flüssigkeit, daß es nur so spritzte.

Lukas beobachtete das emsige Treiben eine ganze Weile, dann ließ er sein Werkzeug sinken. Es hatte wenig Sinn, weiterzuarbeiten. Sein Schädel dröhnte, als schmetterten ihm sämtliche Trompeten des Jüngsten Gerichts gleichzeitig in die Ohren. Glücklicherweise sah er sein eigenes Gesicht nicht. Er wäre erschrocken, wie bleich es im Zwielicht der Bretterbude wirkte. Fingerbreite Ringe unter beiden Augen kündeten von seiner Übermüdung.

Um sich nicht in größere Schwierigkeiten zu bringen, hatte er die Nacht in einem schmutzigen Verschlag auf der Baustelle zugebracht, durch dessen brüchiges Dach Regen und Kälte gedrungen waren. Verständlicherweise hatte er kein Auge zugemacht, aber dieser Umstand schmerzte ihn wenig. Durchwachte Nächte waren für einen jungen Gesellen nichts Außergewöhnliches. Weitaus ärgerlicher fand er indes, daß sein Meister ihm plötzlich die kalte Schulter zeigte und aus irgendeinem Grund so tat, als hätte er mit dem Verlauf des Abends nicht das geringste zu schaffen gehabt. Nicht einmal nach dem Locator hatte sich der Alte erkundigt. Wollte er denn gar nicht wissen, was aus Matthäus Hagen und seiner Liste mit Namen auswanderungswilliger Bürger geworden war? Leise schimpfend nahm Lukas sich eine Schürze vom Haken, band sie über das Wams und zog die Schnüre so fest, daß ihm das harte Leder in die Seite schnitt. Mit fahrigen Bewegungen sortierte er das Werkzeug, ehe er sich ans Studium der Skizzen machte, die überall verteilt an den Strebebalken hingen.

Durch die weit geöffnete Tür der Bauhütte fing er einen Blick des Steinmetzen Harras ein. Der junge Mann kletterte auf einer hohen Leiter am Ostchor des Doms herum und säuberte mit einem feinen Staubpinsel die Fugen einer steinernen Rosette. Harras war Norberts einziger Sohn. Im Gegensatz zu Lukas, der selbst die stickige Luft in der Dombauhütte liebte und sich nur schwer von seinen Skulpturen zu trennen vermochte, war dem Sohn seines Meisters anzumerken, daß ihn die Arbeit mit Hammer und Meißel anödete.

Aus den Augenwinkeln folgte Lukas dem Blick des Gesellen. Harras zwinkerte ihm zu; er gab sich keine Mühe, seine Schadenfreude zu verbergen. Unter den Arbeitern war es kein Geheimnis, daß der Jüngling Lukas nicht mochte und eifersüchtig auf die Zuwendungen war, die sein Vater ihm schenkte. In den ersten Jahren seiner Lehrzeit auf dem Domplatz hatte Lukas noch versucht, Harras' Freundschaft zu gewinnen, doch seine Bemühungen erwiesen sich rasch als vergeblich. Die jungen Männer lebten gemeinsam unter einem Dach; sie teilten sich eine zugige Kammer und die tägliche Verpflegung: Mehr Gemeinsamkeiten gab es zwischen ihnen nicht. Harras behandelte Lukas mit feindseliger Herablassung, während seine Mutter, Norberts Gemahlin, ihn als Störenfried betrachtete, dem sie Woche für Woche das Nadelgeld stunden mußte.

Lukas wandte sich wieder seiner eigenen Werkbank zu, auf deren Sockel zwei mächtige Heiligenfiguren aus rotem Sandstein auf ihn warteten. Während er sich mit Schaber und Bürste abmühte, die starren Gesichter zu glätten, fragte er sich, ob Norbert seinem Sohn von dem Locator und der Auseinandersetzung im Wirtshaus erzählt hatte oder ob Harras womöglich aus anderer Quelle davon erfahren hatte. Vermutlich kannte er auch die Hintergründe des Aufruhrs, denn Streitigkeiten machten in Bamberg erstaunlich schnell die Runde. Die meisten Domhandwerker hielten Harras für einen gefräßigen Faulpelz, doch hin und wieder sorgte seine Klatschsucht während der kurzen Ruhepausen, die der Bischof seinen Arbeitern zur Mittagsstunde gewährte, für Unterhaltung. Einige der Männer würden ihm ohne Vorbehalte zuhören.

»Gelobt sei Jesus Christus, der des Elenden gedenkt.« Eine schnarrende Stimme holte Lukas aus seinen Gedanken. »Hast du ein Stück Brot und einen Kanten Käse für einen armen

Bruder im Herrn, mein Junge? Milde Gaben pflastern dir den Weg ins Himmelreich!«

Lukas hob den Kopf. Vor ihm stand ein alter Mann, der ihm mit ausgestreckter Hand erwartungsvoll entgegenblickte. Lukas kannte ihn. Der Alte hieß Raidho, hauste in einem engen Taubenschlag hoch über dem St. Jakobstor und hatte in jüngeren Jahren aus Rindergebein Flöten geschnitzt. Nun, da er nicht nur die letzten Zähne, sondern auch einen Großteil seines Verstands verloren hatte, lungerte er fast täglich auf dem Domplatz herum, um die Menschen mit frommen Sprichwörtern zu unterhalten oder Almosen einzusammeln. Der Betbruder, wie manche der Handwerker ihn wegen seiner zerlumpten braunen Kutte nannten, galt in der Stadt als harmlos und gehörte für viele ebenso zum Domberg wie der Bischof und seine Kleriker. Die Bamberger behandelten ihn ehrfürchtig; man munkelte, er spräche nachts mit den Geistern Verstorbener. Angeblich beherrschte er noch die alte heidnische Kunst des Runenwerfens. Mädchen, die heiraten wollten, suchten ihn im Schutze der Dunkelheit auf, um sich aus Raidhos Steinen die Zukunft weissagen zu lassen. Dann saßen sie vor ihm auf der Erde, um seine dahergestammelten Orakelsprüche mit ehrfurchtsvollen Blicken und glühenden Wangen zu deuten.

Tauchte Raidho unversehens auf der Baustelle auf, so gelang der Mörtel im Bottich, ohne daß man dreimal hineinspucken mußte. Solange er anwesend war, herrschte keine Mückenplage, und niemand drosch sich mit dem Hammer auf die Daumen. Kurzum, seinen Gebeten zuliebe hielt der Herr schützend seine Hand über den Domberg, denn Gott liebte die Armen, die Waisen und die Narren. Die Wachleute der Domherren zeigten sich von dieser Meinung unbeeindruckt. Sie jagten den verrückten Knochenschnitzer vom Platz und sandten ihm wüste Flüche hinterher, sooft sie ihn zwischen den

Bauhütten erwischten, aber Raidho war zäh und schlau. Er fand immer wieder eine Lücke zwischen den Palisaden, durch die er sich an den bewaffneten Wächtern vorbeidrücken konnte.

»Warum bettelst du eigentlich nie einen von den Seilern oder Zimmerleuten an?« hörte Lukas seinen Meister Norbert aus einem schattigen Winkel rufen. »Geh hinauf ins Kloster, dort haben die Benediktiner Armenspeisung eingerichtet. Wir Steinmetze arbeiten hart und haben nichts zu verschenken.«

Lukas stemmte die Fäuste in die Hüften und funkelte den kleinen Steinmetz vorwurfsvoll an. »Gestern noch war mir, als würde Euch das Schicksal fremder Vaganten besonders am Herzen liegen, Meister. Immerhin hat mir Euer Sinn für Gastfreundschaft eine unvergeßliche Nacht beschert. Mein Wams ist noch ganz feucht. An die Folgen wage ich noch gar nicht zu denken.«

»*So spricht der Herr: Nicht mehr Fremde ohne Bürgerrecht seid ihr, sondern Miterben und Hausgenossen Gottes!*« verkündete Raidho mit hoher Stimme. Er warf seinen kantigen Schädel in den Nacken, stampfte mit dem Fuß auf und kicherte schrill. Dann nahm er von Lukas einen Brocken Brot in Empfang, schob den Vorhang zur Seite und verschwand mit einem letzten, getriebenen Schulterblick ebenso schnell, wie er eingetreten war.

Norbert sah dem verrückten Betbruder hinterher. Dann drehte er sich zu Lukas um und erhob drohend den Zeigefinger. »Wagst du es noch einmal, mich vor dem alten Narren in Verlegenheit zu bringen, jage ich dich auf die Straße wie einen streunenden Hund!« sagte er in eisigem Ton.

»Aber Meister, ich ...«

»Vergiß niemals, daß ich dich aufgenommen habe, als du zerlumpt und hungrig vor dem Tor unseres Zunfthauses standst. Ich habe mich bei den Meistern für dich eingesetzt, obwohl deine Beteuerungen, ehrbarer Herkunft zu sein, nicht über jeden Zweifel erhaben waren.«

Lukas fuhr zusammen, als die Erinnerung an längst vergangene Zeiten ihn unbarmherzig wieder einholte. Er widersprach seinem Meister nicht noch einmal. Statt dessen murmelte er eine Entschuldigung und kehrte an seine Arbeit zurück.

Die Sonne stand bereits hoch am Himmel, als ein Stadtknecht mit Topfhelm und blitzender Hellebarde auf die *fabrica*, die Bauhütte der Dombildhauer, zuhielt. Er kam im Auftrag Salomanns. Schroff erkundigte er sich nach den Steinarbeitern Norbert und Lukas, die er nach einem kurzen Wortwechsel aufforderte, ihn ohne Aufsehen hinunter zum Fluß zu begleiten.

»Du hättest dir dein Brot für Raidho sparen können!« Norbert band sich die Schürze von der Hüfte. »Der Tag hat schlecht angefangen, und er wird auch schlecht enden.«

»Ich habe ja gleich gesagt, daß Salomann uns nicht ungeschoren davonkommen läßt«, flüsterte Lukas aufgeregt. »Seine Spitzel werden ihm von dem Locator und unserem Streit erzählt haben!« Von dem Stadtknecht argwöhnisch beäugt, lief er unter dem Bogen des mit Wacholderstauden und wildem Wein bewachsenen Reußentors hindurch und bog schließlich in die Kesslergasse ein, wo sich auch die Werkstätten der Sattler und Gürtelmacher befanden. Der Stadtknecht folgte ihm und Norbert auf dem Fuß. Wie ein Wachhund gab er acht, daß keiner der Männer sich unbemerkt aus dem Staube machte.

Eingeschüchtert wichen die Menschen vor der scharfen Waffe des Büttels zurück. Ein paar weißhaarige Frauen, die auf Schemeln vor ihren Buden hockten und mit stumpfen Schabern Rüben aushöhlten, steckten die Köpfe zusammen und deuteten raunend in Norberts Richtung. Hatte der ehrbare Handwerksmeister etwas ausgefressen?

Lukas begegnete dem Blick seiner Nachbarn mit trotzigem Stolz. »Nun gut, wir haben gegen die Regeln verstoßen«, brummte er, während er einer Pfütze mit Unrat auswich, die von einem entleerten Nachtgeschirr aus einer der Lehmhütten stammte. Angewidert rümpfte er die Nase. »Gegen Salomanns Regeln, wohlgemerkt. Aber wir sind doch nicht seine Leibeigenen. Wahrscheinlich werden wir mit einer milden Buße davonkommen!«

Norbert neigte unglücklich den Kopf. Sein Zorn auf Lukas war längst verraucht. Nun fühlte er sich elend, weil er sich vor ihm zu einem Wutsausbruch hatte hinreißen lassen. Davon abgesehen, war ihm der verächtliche Blick seines Sohnes nicht entgangen, als der Stadtknecht ihn und Lukas quer über den Domplatz und dann den Hügel hinabgetrieben hatte. Er hatte Harras stets verwöhnt, nun ahnte er, daß dies ein Fehler gewesen war. Eine Weile schritt der Steinmetz schweigend neben Lukas einher, bevor er unvermittelt das Wort an ihn richtete: »Sag schon, wo hast du den Locator versteckt? Ist er in Sicherheit?«

»Ihr meint, ob das Pergament, auf dem Euer Name steht, in sicherer Verwahrung ist? Keine Sorge, Meister. Matthäus Hagen trug es noch bei sich, als ich ihn zum Benediktinerkloster führte. Dort warteten übrigens schon seine Gemahlin und ein kleiner Knabe auf ihn. Eine hübsche junge Frau, vielleicht ein wenig mager um die Hüften. Aber das kommt wohl vom vielen Umherziehen.«

»Er hat sein Weib mit nach Bamberg gebracht?«

»Das arme Ding verging fast vor Sorge um ihren Ehemann«, sagte Lukas. »Die Mönche, die für die Pilgerquartiere zuständig sind, konnten sie kaum beruhigen. Wie es aussieht, gerät der Locator häufig in Schwierigkeiten. Die Frau erzählte mir, daß Matthäus in jungen Jahren als Kaufmannsgehilfe den Mongolenweg entlanggezogen sei.«

»Ich habe dich ungerecht behandelt!« Norbert verzog reumütig das Gesicht; seine Stimme klang schleppend und kraftlos. »Es ist ja nicht deine Schuld, daß der Leibhaftige mich immer wieder in Versuchung führt. Es ist das Spiel, Lukas, das Geräusch der Knochenwürfel, wenn sie im Becher klappern oder in der Schenke über die blanke Tischplatte rollen. Tausendmal habe ich versucht, mich gegen den Dämon in mir aufzulehnen, aber es ist wie ein Fluch. Er sitzt mir im Nacken. Sobald ich den Klang von Würfeln höre, ist es um mich geschehen. Ich vergesse alles um mich herum, am ehesten mein Weib, und spiele und spiele, bis irgendwann ein eiskalter Schauer über meinen Rücken rauscht. Erst in diesem Augenblick wird mir klar, daß ich wieder einmal mein ganzes Geld verloren habe.«

»Steht es wirklich so schlecht, daß Ihr sogar daran denkt, Bamberg zu verlassen?«

Norbert schluckte schwer. »Ich habe beträchtliche Schulden gemacht, mein Junge. Mehr als hundert Schillinge in hartem Silber. Mein Weib und Harras haben keine Ahnung davon, weil ich die Rechnungsbücher vor ihnen verberge. Gisela hat es nie verstanden, geschickt zu wirtschaften, aber ich spüre, daß ich meine Schwäche nicht mehr lange vor ihr geheimhalten kann. Besonders der Junge schaut mich in letzter Zeit so merkwürdig an. Ich fürchte, er ahnt etwas. Er ... verachtet mich.«

Lukas atmete tief durch. Obgleich er Norberts harsche Zurechtweisung vom Vormittag keineswegs verdaut hatte, fühlte er sich geschmeichelt, daß sein alter Lehrherr ihn ins Vertrauen zog. Außerdem verspürte er Mitgefühl mit ihm. Es gab nun einmal Leidenschaften, die einen Mann umtrieben und gegen die auch die eifernden Predigten der Bußbrüder von St. Jakob nichts ausrichten konnten. Wie oft hatte er selber des Nachts die schwarzen Dachbalken seiner Kammer angestarrt und sich in quälenden Träumen verfangen; in Träumen von einer ruhmreichen Zukunft als Bildhauer eines Fürsten oder wenigstens eines Bischofs. Ähnelten seine gewagten Ziele und Wünsche nicht auch einem Würfelspiel mit hohem Einsatz?

»Ich verstehe Eure Befürchtungen, Meister«, bemerkte er schließlich. »Aber eine Flucht nach Siebenbürgen dürfte kaum der rechte Weg sein, um Probleme zu lösen. Glaubt mir, sie würde nur neues Unheil heraufbeschwören. Ihr werdet in Bamberg gebraucht und ...«

Lukas sprach nicht weiter. Eigentlich hatte er beabsichtigt, seinem Meister Mut zuzusprechen, doch eine innere Stimme mahnte ihn zur Vorsicht. Wie konnte er es wagen, daherzureden, als sei er niemals im Leben vor einer Sorge davongelaufen? Die Wahrheit sah anders aus; genaugenommen war sein Leben von Kindheit an eine einzige Flucht gewesen. Bis auf den heutigen Tag hatte er nicht vermocht, ihre Schatten loszuwerden.

Hastig sprang er über eine Pfütze und beeilte sich, den Stadtknecht einzuholen. Er würde Salomann nichts von dem Pergament des Locators erzählen.

Wenig später ließen die Männer den Straßenmarkt hinter sich und überquerten die schwankende Holzbrücke über den sich gemächlich dahinwindenden Fluß. Über ihren Häuptern ragten die Mauern eines stattlichen Steinhauses auf. Wie die meisten der benachbarten Gebäude, Speicher und Lagerhöfe, die sich halbmondförmig um den sandigen Streifen der Regnitz legten, gehörte auch dieses Haus zum Besitz des Kaufherrn Salomann.

Lukas und Norbert zwängten sich an einer hölzernen Seilwinde vorbei, die fast die gesamte Breite des Tores einnahm. Das Gebäude wirkte auch ohne Turm und Brustwehr mächtig und erhaben wie eine Festung. Im Südwesten stießen seine Umfassungsmauern fast an das seicht abfallende Flußufer, wo sich die einfachen Lehmhütten der Kaufmannsgehilfen,

Tagelöhner und Bediensteten befanden. Die Wellen der Regnitz brachen sich schäumend an einem Falltor, das offensichtlich zum Schutz der Kellergewölbe vor Hochwasser angebracht worden war. Nach Osten hin erstreckte sich ein umfriedeter Platz, der zwar kleiner war als der Hof der bischöflichen Pfalz, diesem aber an Betriebsamkeit in nichts nachstand: Über dem gesamten Anwesen des Kaufmanns lag ein ohrenbetäubender Lärm. Kleinkinder plärrten auf den Armen ihrer Mütter und Ammen, Ziegen meckerten in ihren Verschlägen, Hühner und Gänse liefen gackernd über den Hof. Zwei alte Frauen bearbeiteten einen winzigen Grünstreifen zwischen Brunnen und Misthaufen, indem sie stumpfsinnig ihre Hacken in den Boden schlugen, um das Erdreich aufzulockern. Inmitten des Durcheinanders schleppten Knechte Stoffballen auf dem Rücken, Mägde trugen Kisten zu den Vorratsspeichern oder rollten schwere Fässer zum Tor hinaus, auf den Lastkran zu. Ein Stück flußabwärts wurden Waren in bereitstehende Boote sowie auf Flöße verladen.

Salomann erwartete Lukas und Norbert in seinem Kontor, einer gediegenen Kammer, die über eine von Efeu- und Geißblattsträuchern überwucherte Außentreppe zu erreichen war. Er saß hinter einem gewaltigen Rechentisch und schien in ein Buch vertieft, das erhöht vor ihm in einer hübschen Halterung aus poliertem Kirschbaumholz klemmte. Neben ihm lagen Spitzsteine, Löschsand, ein Tintenhorn sowie mehrere Bündel Schreibfedern. Seine unfreiwilligen Besucher nahm der Kaufmann zunächst ebensowenig wahr wie den Stadtknecht, der unruhig von einem Bein aufs andere trat.

Obwohl sein Herz vor Anspannung heftig gegen den Brustkorb schlug, nutzte Lukas die Gelegenheit, um seine Blicke durch Salomanns Handelskontor schweifen zu lassen. Er hatte das Haus nie betreten, stellte nun aber fest, daß die Gerüchte, die auf der Dombaustelle über den Wohlstand des Tuchhändlers kursierten, der Wahrheit entsprachen. Lukas bestaunte die Wandteppiche aus Brokat, die weichen Schaffelle. Besonders der Rechentisch gefiel ihm. In die Platten des wuchtigen Möbelstücks war eine Vielzahl kostbarer Edelhölzer eingelassen, deren Anordnung in zierliche Kästchen das Muster eines Schachbretts aufwies. Noch beeindruckender waren die Tischbeine. Sie bestanden aus vier stabilen Holzpfeilern, in die ein kunstfertiger Drechsler Eulengesichter und Fabelwesen geschnitzt hatte. Die starren Eulenaugen wirkten beinahe lebendig; sie funkelten Lukas vorwurfsvoll an.

»Es ist gut, Lothar, du kannst wieder gehen«, sagte der Kaufmann nach einer Weile. Mit einer eher beiläufigen Geste verabschiedete er den Stadtknecht. Der Büttel verbeugte sich hastig, klopfte zweimal mit seiner Lanze auf den Boden und sprang dann eilig die Treppe zum Hof hinunter.

»Ihr müßt entschuldigen, daß ich Euch warten ließ, guter Meister.« Salomann hob den Kopf und schenkte Norbert ein dünnes Lächeln. Sein leicht aufgedunsenes Gesicht mit der scharf geschnittenen Nase wurde von einem roten Vollbart eingerahmt, in dem die Lippen beim Sprechen zu verschwinden schienen. »Zum ersten Mal seit langer Zeit überprüfe ich meine Rechnungsbücher wieder persönlich, um Aktiva und Passiva gegeneinander abzuwägen. Eine verdammt mühselige Arbeit, die ich hoffentlich bis zum Ende des Monats abgeschlossen haben werde.«

»Das verstehe ich«, murmelte Norbert. »Man sollte seinen Verwaltern niemals zuviel freie Hand lassen. Ich meine ...« Er verhaspelte sich und hob verlegen die Hand. »Damit wollte ich natürlich nicht andeuten, daß Euer Herr Lampert unzuverlässig ist. Ohne Zweifel ist er ein tüchtiger Mann.«

Salomanns Lächeln erlosch. Er erhob sich und machte ein paar schwerfällige Schritte auf Lukas zu. Sein fließender roter Hausmantel, der von einer bronzenen Spange in Form eines springenden Ebers gehalten wurde, rauschte bei jeder Bewegung. Lukas erinnerte sich nicht an den Namen des sonderbaren Materials, aus dem das Kleidungsstück geschneidert war, glaubte sich aber zu erinnern, daß italienische Händler es aus dem sagenhaften Reich der Mongolen mitgebracht hatten. Im Schein der zahlreichen Schalenlampen, die Salomanns Kammer beleuchteten, glitzerte das Tuch, als wären die Falten mit Rubinen und Granatsplittern besetzt.

Der Kaufmann musterte Lukas mit durchdringenden Blicken. »So, du bist also der junge Hitzkopf aus der Schenke«, sagte er nach einer bedrohlichen Weile des Schweigens. Es war keine Frage, vielmehr eine Feststellung. »Sag mir, mein junger Freund: Was hast du mit dem Fremden zu schaffen, der meine braven Bamberger zu einem völlig überflüssigen Abenteuer verleiten und für immer aus ihrer Heimat locken will?«

Der Kaufmann stand so dicht vor ihm, daß Lukas die wollige, rote Brustbehaarung durch den Kragen seines Gewandes sah. Unvermittelt, noch ehe er zu einer Erwiderung ansetzen konnte, wich Salomann zurück und fuhr sich mit der gespreizten Hand durch den Bart. Er erbleichte. Irgend etwas an Lukas' Erscheinungsbild schien ihn zu verunsichern.

»Ich habe mit dem Fremden nichts zu schaffen, Herr«, sagte Lukas leise. »Und ein Raufbold, der abends in den Schankräumen oder Badestuben Unfrieden stiftet, bin ich auch nicht. Es war nie meine Absicht, jemanden zu verletzen oder zu kränken, ich versuchte lediglich, mich meiner eigenen Haut zu wehren, als der betrunkene Zimmergeselle zu toben begann. Fragt Grete, die Schankmagd, wenn Ihr mir nicht glaubt. Sie kann bestätigen, daß der Aufruhr im Wirtshaus weder von mir noch von Meister Norbert ausging.«

»Und dieser Locator?« Salomann legte die Stirn in Falten, was seine Miene noch strenger wirken ließ. »Wo ist der unverschämte Kerl abgeblieben?«

Lukas schluckte unwillkürlich. Aus einem Seitenblick des alten Norbert las er die flehentliche Bitte ab, Salomann nichts über Matthäus Hagens Verbleib zu erzählen. Vermutlich hatten er und seine Gemahlin Bamberg ohnehin längst wieder verlassen und waren weitergezogen, über die Landstraße in die nächste Stadt. Doch es bestand ebensogut die Möglichkeit, daß der Locator sich noch immer in der Nähe aufhielt, um zu den auswanderungswilligen Familien Kontakt zu halten.

»Von dem Locator geht keine Bedrohung aus, Herr«, sagte Lukas. »Ich habe selbst beobachtet, wie er sich nach seiner Flucht aus der Schenke unbemerkt durch die hohle Pforte am Burgershof davongemacht hat. Wie Ihr wißt, läßt sich der Wall vom dortigen Turm aus nicht vollständig überblicken. Auch die Fackeln brennen nicht bis zum Morgengrauen durch, meistens lassen die Stadtwächter sie gegen Mitternacht ausgehen.«

Salomann machte ein Gesicht, als hätte er in einen faulen Apfel gebissen. Den versteckten Hinweis auf die mangelhafte Befestigung seiner Stadtsiedlung hatte er nicht überhört. Doch er überspielte die Wut, die in ihm aufstieg, und kehrte zu seinem Schreibtisch mit den Eulenköpfen zurück. Dort begann er, hektisch in dem aufgeschlagenen Rechnungsbuch zu blättern.

»Ich werde nicht zulassen, daß ehrsame Bürger von Bamberg auf hergelaufene Glücksritter hereinfallen«, murmelte er. »O ja, ihre Versprechungen klingen in den Ohren der Handwerker und Krämer sehr verlockend. Auch die Unehrlichen und das Bettelpack würden lieber heute als morgen ihre Bündel schnüren, um sich im Osten als ehrbare Zunftgenossen auszugeben. Dabei geschieht die größte Abwanderung aus unserer städtischen Gemeinschaft doch hier, auf Bamberger Gemarkung. Vor unser aller Augen!«

»Ihr meint die Immunitäten?« fragte Norbert zaghaft.

»Selbstverständlich rede ich von den Stiftsbezirken, mein

Herr. Ihr Aufblühen stellt in diesen unruhigen Zeiten für den Handel eine tödliche Bedrohung dar. Ihr wißt so gut wie ich selbst, daß in den Stiftshöfen auf dem Berg ursprünglich nur die Kleriker und deren Bedienstete saßen. Doch damit ist es lange vorbei. Heute lassen sich in den Domherrenhöfen mehr Leute nieder als streunende Hunde in unseren Gassen. Von ihrer Arbeitskraft profitieren allein die Stifte, und weil die Leute auf geistlichem Grund und Boden leben, sind sie nicht nur der Bamberger Gerichtsbarkeit entzogen, sondern auch von sämtlichen Steuern und Abgaben an das städtische Zehnthaus befreit.« Wütend schlug er das Rechnungsbuch zu.

»Selbst Euch dürfte die Lage, in der sich unsere Stadt befindet, nicht entgangen sein, Meister Norbert«, fuhr er anschließend fort. »Im Osten grenzt der Stiftsbezirk an den Dom, im Süden an den Kaulberg, im Norden an St. Michael und im Westen an die Festung Altenburg. Rechnet Euch aus, wieviel Raum der freien Stadt noch bleibt, um sich auszubreiten. Wenn noch mehr Bürger die Handwerkersiedlung am Fluß verlassen, wird Bamberg bald nicht mehr in der Lage sein, mit Handelsstädten wie Nürnberg oder Regensburg zu konkurrieren. Dazu kommen die Auseinandersetzungen zwischen der Partei des Kaisers und der König Heinrichs. Man hört bereits, der Kaiser habe vor, ein gewaltiges Heer zu bemannen und über die Alpen zu ziehen, um seinen widerspenstigen Sohn für dessen Trotz gegenüber den Reichsfürsten zu bestrafen.«

Der Kaufmann hatte sich in Rage geredet. Mit fliegenden Händen öffnete er eine Lade im unteren Teil seines Tisches und förderte eine bauchige Kupferkanne mit süffigem Burgunder sowie zwei hübsche silberne Kelche zutage. Höflich bot er Norbert einen Becher an, war aber nicht beleidigt, als der alte Steinmetz ihn dankend ablehnte.

»Ich will Euch auch nicht länger aufhalten, guter Meister«, sagte Salomann besser gelaunt. Er blinzelte Lukas zu. »Und dich auch nicht, mein junger Freund. Eigentlich müßte ich dir als Vertreter der städtischen Ordnung eine Sühne auferlegen.« Er hob die Augenbraue, als müsse er darüber nachdenken. »Der Bischof hat mich durch seinen Boten, diesen Magister Hugo, angewiesen, bis auf weiteres keine Prügel- oder Prangerstrafen mehr zu verhängen. Statt dessen rät er mir, die Geldstrafen zu verdoppeln, damit wenigstens ein Teil dieser Einnahmen seiner Dombaukasse zufließen kann.« Er lachte grimmig auf und stellte Becher und Kanne in die Lade zurück. »Nach den neuen Bestimmungen kostet dich ein in der Schenke gezücktes Messer fortan sieben Schillinge festes Silber!«

Lukas stockte der Atem; obwohl er alles andere als ein Feigling war, spürte er, wie seine Knie weich wurden. Mit ungläubiger Miene starrte er von dem Kaufmann zu seinem Meister. Sieben Schillinge? Hatte er sieben Schillinge gesagt? Das war mehr, als er in einem halben Jahr in Norberts Werkstatt verdiente. Einfach lächerlich! Davon abgesehen, hatte er gar kein Messer gegen den Zimmermann gerichtet, sondern lediglich ein Kerzenrad vor dessen fetten Wanst sausen lassen, um mit heiler Haut aus der Schenke zu entkommen. Aufgebracht begann er sich zu verteidigen, ohne seinen Meister und dessen heimliche Verhandlungen bloßzustellen. Salomann ließ ihn gewähren. Allerdings sah es nicht so aus, als ob der Protest des jungen Mannes ihn beeindruckte. Schließlich hob Lukas die Schultern. Er hatte getan, was er konnte, doch der Kaufmann beäugte ihn ebenso gefühllos wie die hölzernen Eulen an den Füßen seines Rechentischs. Plötzlich jedoch beugte Salomann sich vor und bedeutete ihm mit einer beschwichtigenden Gebärde zu schweigen.

»Nun beruhige dich schon, Geselle«, sagte er großmütig. »Hältst du mich für so töricht, daß ich den feinen Herren in der Domburg mit städtischen Geldern zu noch größerer

Macht verhelfe? Wenn du mir auf deinen Eid versichern kannst, daß du selbst angegriffen wurdest, so lasse ich noch einmal Gnade vor Recht ergehen. Aber halte dich in nächster Zeit von der Schenke fern! Wie ich vermute, gibt es beim Aufbau des Ostchores und der Fassade ohnehin genug für euch zu tun, nicht wahr?«

Die Erleichterung über Salomanns unerwarteten Sinneswandel trieb Lukas die Röte ins Gesicht. Anscheinend war die Sache doch noch einmal gutgegangen. Auch Norbert schien ein Stein vom Herzen gefallen zu sein. Mit vielen Worten beschrieb er dem Kaufmann die Figurengruppen, an denen er und die anderen Bildhauer zur Zeit arbeiteten.

»Ich selber habe zwei Statuen in Auftrag gegeben, die ich dem Dom im Gedenken an die selige Jungfrau und die Apostel Petrus und Paulus stiften möchte«, sagte Salomann. Er zögerte einen Moment lang, bevor er hinzufügte: »Mein eigenes Haus sieht seit einiger Zeit auch wie eine Baustelle aus. Seitdem ich beschlossen habe, aus meinem Warenlager ein ordentliches Gewölbe zu machen, werde ich jeden Morgen von Hammerschlägen aus dem Schlaf gerissen.«

»Ihr werdet gute Gründe für den Umbau Eures Handelshauses haben«, sagte Norbert mitfühlend. Interessiert blickte er sich um.

»Gründe? In der Tat; es wurde höchste Zeit, dem hölzernen Vorbau meines Hofes einen Gebäudetrakt aus Stein anzugliedern. So wird meine zukünftige Gemahlin in der Lage sein, nach der Hochzeit ihre eigenen Räume zu beziehen.« Die Züge des Kaufmanns glätteten sich ein wenig, und ein dunkler Glanz legte sich über seine sonst so argwöhnisch funkelnden Augen. »Vielleicht kann ich euch Herren doch noch überreden, einen Blick auf die Arbeiten zu werfen, für die ich seit Wochen eine Menge Geld ausgebe? Kommt, laßt euch nicht lange bitten!«

Ohne Umschweife raffte Salomann seinen wallenden Hausmantel und führte die beiden Steinmetze über Treppen und Gänge zu einem hübschen Portal aus rotem Sandstein, das von einer eingelassenen Engelsfigur mit ausgebreiteten Flügeln bewacht wurde. Mit sichtlichem Stolz nahm er einen geschwungenen Schlüssel von seinem Gürtelband und öffnete die Pforte. Sie traten in eine von schweren Balken getragene Wohnhalle. Der stattliche, sechswinklige Raum war höchst behaglich eingerichtet. Er besaß sogar einen eigenen Kamin, in dem bereits ein Feuer brannte. Staunend trat Lukas näher, um sich die klammen Hände zu wärmen. Schräg über ihm hingen drei Speere und mehrere Streitäxte an der Wand. Als Lukas die Waffen begutachtete, bemerkte er eine von dicken Vorhängen fast verdeckte Abseite, die zu einer mit Hirschfellen ausgeschlagenen Fensterbank führte. Der Ausblick, den das unverhüllte Fenster bot, war atemberaubend. Nicht nur Salomanns Lagerhof und der Fluß waren deutlich zu erkennen, sondern auch die Dombaustelle sowie die roten Satteldächer des Bischofspalastes.

Seit Wochen rätselten die Bürger von Bamberg, wie wohl die Frau aussehen mochte, für die sich der sparsame Tuchhändler dermaßen in Unkosten stürzte. Nach dem Tod seiner frommen, allseits geachteten Gemahlin hatte es lange Zeit so ausgesehen, als ob er nie wieder vor den Traualtar treten würde. Nun aber hatte er es sich offensichtlich anders überlegt. Die Edeldame, deren Ankunft in der Stadt mit Spannung erwartet wurde, war jedenfalls noch jung und stammte, wollte man den Gerüchten glauben, aus einem alten Rittergeschlecht. Zweifellos war die Braut in der Lage, ihrem zukünftigen Gemahl die begehrten Söhne zu gebären, mit denen seine erste Ehe trotz diverser Stiftungen, Gelübde und Wallfahrten nicht gesegnet worden war. Salomanns Kaufmannshof brauchte einen Erben. Davon abgesehen, brachte die junge Frau, wie es hieß, eine stattliche Mitgift nach Bamberg. War sie das einzige Kind eines greisen Vaters, so fielen Salomann eines Tages vielleicht gar eine kleine Burg nebst diversen Ländereien in den Schoß. Kein Wunder also, daß der Kaufmann alle Anstrengungen unternahm, um seiner zukünftigen Verwandtschaft zu imponieren. Angeblich hatte er sogar eigens einen Koch aus Würzburg anreisen lassen, um den kärglichen Speiseplan seines Hauses zu verfeinern.

Dieser Mensch hat ein unglaubliches Glück auf seiner Seite, dachte Lukas, während er wieder zu Norbert und Salomann zurückkehrte. Die Männer unterhielten sich über die Stabilität der Pfeiler, welche in der Halle das Gewicht der Dachbalken trugen. Ein kleiner, rundlicher Mann hatte sich zu ihnen gesellt und redete mit wichtiger Miene auf Salomann ein. Als der Mann Lukas bemerkte, stutzte er unvermittelt. Sein Körper versteifte sich, und er wich zurück, als hätte der Teufel höchstselbst ihm auf die Zehen getreten.

»Das ist Werner aus Rottweil«, stellte Salomann den Fremden vor, nachdem dieser keine Anstalten machte, es selbst zu tun. »Ich habe Werner in die Stadt geholt, weil ich glaube, daß er euch Steinmetzen als erfahrener Baumeister eine größere Hilfe sein kann als der Franzose des Bischofs.«

Norbert warf Lukas einen vielsagenden Blick zu. Baumeister war der Fremde also. Mit stoischer Gelassenheit reichte er dem Rottweiler die Hand und entbot ihm einen kurzen Gruß.

»Einstweilen werdet Ihr mich noch nicht häufig auf dem Domplatz antreffen, Meister«, erwiderte der dicke Mann abwehrend, ohne Lukas dabei aus den Augen zu lassen. Er sprach mit schleppender Stimme und wirkte unruhig und zerfahren. Seine Finger spielten mit den Enden des verknoteten Maßbandes, das er um den Hals trug. »Herr Salomann hat mich gebeten, zunächst die Bauarbeiten in seinem eigenen Heim zu überwachen. Ich denke, dies ist nur recht und billig.«

Salomann nickte ungeduldig. »So ist es, Meister, ich sehe, wir verstehen uns. Der Dom kann warten, das Schlafgemach für meine heißblütige junge Braut nicht.« Er stieß ein gezwungenes Lachen aus und schlug Lukas mit schwerer Hand auf die Schulter. »Sonst überlegt sie es sich womöglich noch einmal anders und nimmt einen jungen Habenichts, der mit seiner Laute unter ihrem Fenster den Mond anheult. Ihr kennt ja die Weiber und ihre Launen. Zum Teufel mit der Minne!«

Lachend stiegen die Männer zu den Kellerräumen hinab, die Salomann mit Werner von Rottweils Hilfe in einen Gewölbetrakt umbauen wollte. Lukas stellte mit geschultem Blick fest, daß die Arbeit daran bereits weit fortgeschritten war. Die Mauern bestanden aus ordentlich zugeschnittenen Quadern; sechs Rippen liefen im Bogen zu einem Schlußstein zusammen.

Nun verstehe ich, warum wir neulich einen ganzen Tag lang vergeblich auf die Lieferung vom Steinbruch warten mußten, dachte Lukas, als er die fast unsichtbare Markierung erkannte, mit der das Material für die Dombauhütte gekennzeichnet war. Salomann hatte die Quader offensichtlich abfangen und mit seinen Flößen direkt vor die Anlegestelle der Maut transportieren lassen. Der Kaufmann war wahrhaftig mit allen Wassern gewaschen.

Lukas schlenderte ein Stück weiter durch das Gewölbe. Der Raum war kalt und feucht wie eine Tropfsteinhöhle. Das Echo seiner Schritte hallte von den Mauern wider. Prüfend legte Lukas eine Hand auf den Stein, um nachzuforschen, ob dieser warm und trocken war oder den Schwamm enthielt. Dies konnte so nahe am Fluß gefährlich für das gesamte Gebäude werden. Als er sich unversehens umwandte, bemerkte er, daß der Baumeister neben ihm stand.

»Du trägst eine hübsche Münze um den Hals!« Die Stimme des Mannes klang sanft und freundlich. »Ein Erbstück?«

Lukas zuckte mit den Schultern. Die Aufmerksamkeit, mit der Werner ihn bedachte, war ihm lästig. Einen Moment lang fragte er sich, ob der Steinmetz etwa zu der Sorte von Männern gehörte, die in den Badestuben am liebsten zu blonden Jünglingen in den Zuber stiegen.

»Hältst du mich für keine Antwort würdig?« fragte Werner nun nicht mehr ganz so freundlich. »Du siehst aus, als würde dir ein ganzes Heer von dunklen Gedanken durch den Kopf ziehen. Worüber denkst du nach?«

»Wenn Ihr es unbedingt wissen wollt, Meister: Ich habe darüber nachgedacht, warum Ihr den Seitenraum, der hinunter zum Fluß führt, nicht mit einer Ausfallpforte versehen laßt. Die französischen Burgbaumeister gehen so vor, um einen eventuellen Angriff auf die unteren Geschosse zu erschweren. Für einen Kaufmann wäre eine geschützte Tür, durch die er sich bei einem Überfall mit seiner Habe zurückziehen könnte, wohl nicht weniger vernünftig. Meint Ihr nicht auch?«

Werner lächelte amüsiert. »Nur weiter, Geselle«, forderte er ihn auf. »Dein Meister ist noch mit Salomann beschäftigt und kann nicht hören, was du sagst. Was würdest du außerdem verändern?«

»Nun, ich würde zum Beispiel die großen Quader an den Fundamenten mit eisernen und bleivergossenen Klammern verbinden. Der Untergrund ist hier wegen der Nähe zur Regnitz feucht und sandig. Er erfordert eine stabile Konstruktion.«

»Eine Schalenmauer?«

»Warum nicht? Eure Steinsetzer müßten lediglich zwei Schalen mauern, eine nach außen und eine nach innen gewandt. Der dazwischen liegende Hohlraum wird mit Bruch- und Kalkmörtel gefüllt.«

»Kein schlechter Gedanke!« Werner klatschte anerkennend in die Hände und neigte den Kopf. »Wie ich bemerke, bist du durch eine gute Schule gegangen. Dein Lehrherr kann stolz darauf sein, einen Gesellen zu beschäftigen, der nicht nur stumpfsinnig den Stein bearbeitet, sondern sich eigene Gedanken macht.« Er blickte Lukas abschätzend an. »Einen Burschen wie dich könnte ich gut gebrauchen!«

»Hier? In Salomanns Haus? Vergeßt es!«

»Es gibt auch noch andere Bauhütten«, entgegnete Werner herausfordernd. »Andere Aufträge, die das Herz eines begabten jungen Bildhauers höher schlagen lassen müßten. Erst vor wenigen Tagen war ich zu Gast auf einer Burg, weiter unten im Tal, wo man mir ...«

»Ich sagte, vergeßt es ...«

»In meinen Diensten müßtest du allerdings zunächst an deinen Umgangsformen feilen und lernen, wie man mit seinem Meister und Personen höheren Standes redet.«

»Das zu vermitteln wäre doch wohl eher meine Aufgabe, meint Ihr nicht auch, Meister Werner?« Norbert stand mit ausgebreiteten Armen und einem angriffslustigem Blick zwischen den Säulen. Im Zwielicht sah er aus wie der biblische Simson, der die Pfeiler eines heidnischen Tempels mit bloßen Händen umgeworfen und sie über den Häuptern der Philister hatte zusammenstürzen lassen. Mit einer flüchtigen Handbewegung scheuchte er Lukas zum Ausgang und trug ihm in eisigem Ton auf, im Hof auf ihn zu warten.

Verwirrt straffte Lukas die Schultern. Er hatte eigentlich nicht vor, sich wie ein Lehrjunge hinauswerfen zu lassen, doch da er keinen Unfrieden mit seinem Meister heraufbeschwören wollte, leistete er dessen Anordnung Folge und strebte dem Ausgang zu.

Salomann tauchte nun ebenfalls zwischen den Säulen auf. Stirnrunzelnd wechselte er einen Blick mit Norbert.

»Herr Salomann«, begann der fremde Baumeister, »Ihr müßt mir diesen jungen Mann als Gehilfen überlassen. Er versteht sein Handwerk wie kaum ein anderer Geselle seines Alters.«

Salomann hob verblüfft die Augenbrauen. »Kann es sein, daß der Bursche Euch bekannt vorkommt, Werner? Habt Ihr ihn denn schon einmal irgendwo gesehen? Oder die Kette, die er um den Hals trägt?«

»Ob ich ihn gesehen habe?« Der Baumeister geriet ins Stocken. »Nein, nein, wie sollte das angehen? Aber ... er ist einfach gewandter als die unfähigen Knechte, die Ihr mir zur Verfügung gestellt habt. Ich brauche ihn auch nur für einen einzigen Auftrag, einen Auftrag, den ich außerhalb der Stadt angenommen habe, bevor ich zu Euch kam.«

»Mein Geselle wird in der Dombauhütte gebraucht!« rief Norbert starrsinnig. Er schien nicht bereit, in dieser Frage einzulenken. »Was nehmt Ihr Euch eigentlich heraus, Fremder? Ihr seid nicht einmal Mitglied der Bamberger Zunft, daher ...«

»Bei den Gebeinen der Heiligen Ursula, hört auf mit dem Gekeife!« Salomann schüttelte verärgert den Kopf. »Ich habe meinem Baumeister versprochen, ihn mit allem Notwendigen zu versorgen, damit meine Braut bei ihrer Ankunft statt eines zugigen Gemäuers ein behagliches Wohnhaus vorfindet. Und ich pflege mein Wort zu halten.«

»Aber ...«

»Kein Wort mehr, Meister Norbert«, befahl der Kaufmann. »Vielleicht sollten wir unser Gespräch besser in meinem Kontor fortsetzen und zuerst einmal über Eure Schulden beim Würfelspiel reden. Wie hoch waren die Forderungen Eurer Gläubiger doch gleich? Wie Ihr seht, bin ich bestens unterrichtet.«

Salomanns Drohung ließ Norbert verstummen. Er beobachtete, wie der Kaufmann einen Arm um Werners Schulter legte und ihn leise plaudernd zur Treppe begleitete. Um ihn kümmerte sich niemand mehr. Er war in Ungnaden entlassen.

Ein plötzliches Schwindelgefühl übermannte den alten

Mann, während er sich entlang der steinernen Streben seinen Weg aus dem Gewölbe ertastete. Salomann hatte die Lampe mitgenommen, doch dies war im Augenblick nicht von Belang. Viel wichtiger war die Frage, was der fremde Baumeister im Schilde führte. Er hatte Lukas angestarrt, als suchte er den Bockfuß des Leibhaftigen an ihm. Aber wenn er ihm schon unheimlich vorkam, warum war er dann so begierig darauf, den Jungen mit seinem seltsamen Auftrag zu betrauen? Daß er Salomann belogen hatte, stand für Norbert außer Frage. Werner war Lukas schon einmal begegnet. Ihm oder einem Mann, der dem Gesellen ähnlich sah. Er mochte es nur nicht zugeben. Norbert spie erschöpft auf den Boden. Früher oder später würde er schon herausfinden, was seinen Gesellen in den Augen dieser Leute so interessant erscheinen ließ.

Viertes Kapitel

Justina war unbehaglich zumute. Zum wiederholten Mal zog sie ihren Umhang über die Schultern, doch die Schafwolle wärmte sie nur wenig. Sie hatte nicht erwartet, in Lamperts Behausung mit besonderer Höflichkeit empfangen zu werden, doch daß er sie eine halbe Ewigkeit warten ließ, ohne sich nach ihr zu erkundigen oder sich blicken zu lassen, ärgerte sie.

Was fiel dem unhöflichen Verwalter eigentlich ein? Glaubte er vielleicht, er wäre der einzige Mensch auf Gottes Erdboden, der einer geregelten Arbeit nachging? Auch Frauen mußten sich ihren Unterhalt verdienen. Und für diesen Menschen hatte sie das Frühstück ausfallen lassen und sich unter den argwöhnischen Blicken ihrer Schwester buchstäblich aus dem Haus geschlichen.

Müde blickte sie sich in dem mit Kisten, Ölkrügen und Vorräten vollgestopften Zimmer um, in das sie eine gelangweilte Magd geschoben hatte. In einer Nische lagerten wuchtige Stoffballen. Sie standen aufrecht, in Reih und Glied wie Soldaten. Warum, bei allen Heiligen, sollte sie ihre Geschäfte in einem stickigen Lagerraum abwickeln? Hielt man sie etwa für ein Marktweib oder für eine Bittstellerin, die auf Küchenabfälle aus war? Nun, so leicht würde sie sich nicht abschütteln lassen. Sie hatte gute Arbeit geleistet und verdiente den Lohn, den Lampert ihr in Aussicht gestellt hatte.

Mit raschen Schritten durchquerte sie das Lager und stellte sich auf die Zehenspitzen, um die kleine Fensterluke zu erreichen. Sie streifte den Fetzen geölten Leintuchs ab, der über den Eisenstäben hing. Die frische Brise, die von den Ufern der Regnitz über den Handelshof wehte, strich über ihre erhitzten Wangen. Mehrere Male atmete sie tief durch, als könne der Windzug auch ihre Sorgen vertreiben.

Aber was sollte sie unternehmen, falls man sie aus dem Haus warf, ohne ihre Rechnung zu begleichen? An wen konnte sie sich schon wenden, um ihr Recht einzuklagen? Salomann fiel ihr ein, doch der würde ihr bestimmt nicht helfen. Der Kaufmann gab sich nicht mit einfachen Mädchen aus der Stadt ab, es sei denn, er suchte seinen Spaß mit ihnen. Sie, Justina, würde er vermutlich ohne Umschweife vom Hof jagen, womöglich sogar beim Bischof anzeigen.

Auf den Dielenbrettern vor der Stube erklang plötzlich das Geräusch tapsiger Schritte. Eine Frauenstimme beschwerte sich lautstark über einen zersprungenen Kessel. Vermutlich gehörte sie zu einer der Mägde, die auf dem Anwesen beschäftigt waren. Kein Lampert! Ärgerlich warf Justina ihren wollenen Umhang zurück, beugte das Knie und versetzte einem der prallen Mehlsäcke einen heftigen Tritt. Aus einem dunklen Winkel ertönte ein beleidigtes Fiepen.

Ratten, dachte sie angewidert. Das hatte ihr gerade noch gefehlt.

Eine junge Bedienstete steckte den Kopf in die Kammer und erkundigte sich in gelangweiltem Ton, ob alles in Ordnung sei. Justina winkte ab. Nein, absolut nichts war in Ordnung, aber das ging die Magd nichts an. Justina fragte sich, was sie hier im Hause wohl zu tun hatte. Womöglich diente sie dem Hausherrn als Wirtschafterin oder als Gespielin in kalten Nächten, so genau ließ sich das nie sagen. Sie war es jedenfalls gewesen, die Justina hierher, zu den Dickrüben gesperrt und mit Fistelstimme verkündet hatte, daß der Verwalter soeben zu seinem täglichen Rundgang über den Hof aufgebrochen sei. Es werde also noch eine Weile dauern, bis er Zeit für sie finde.

Nachdem die Frau gegangen war, fühlte Justina, wie sich das Zucken im Unterleib, das sie bereits am vergangenen Abend gequält hatte, von neuem ankündigte. Du wirst eines Tages überschnappen, schalt sie sich selbst. Warum bietest du Männern wie diesem Lampert überhaupt deine Dienste an, wenn du dich so vor ihnen fürchtest? Tust du es nur wegen des Geldes? Hättest du nicht deinem Herzen einen Stoß geben und zuerst dem ängstlichen kleinen Mönch von St. Michael weiterhelfen können, dem ein paar Seiten seines Verbrüderungsbuchs versehentlich in den Abtritt gefallen sind?

Sie zog es vor, die peinlichen Selbstanklagen nicht weiter auszuführen. Statt dessen legte sie den gegerbten Fetzen Ziegenleder, in dem sie ihre Abschriften aufbewahrte, auf eine Vorratskiste, schlug ihn zurück und prüfte zum hundertsten Mal die Qualität der kopierten Urkunde. Die Schrift war sauber und leserlich, wenngleich auch nicht übertrieben hübsch. Zierlich konnte man sie schon gar nicht nennen, eher ungeschliffen, männlich eben. Hastig und geschäftsmäßig aufs Pergament geworfen. Männer, so glaubte Justina zu wissen, waren immer in Eile, wenn sie Geschäftsbriefe diktierten. Für hübsche Schnörkel und feierliche Initialen blieb ihren Schreibern in der Regel wenig Zeit. Solcher Zierat war den gelehrten Mönchen vorbehalten. Die geschäftliche Urkunde sollte ihren Empfänger überzeugen und nicht entzücken. Dafür und nur dafür erwartete Justina eine gerechte Entlohnung.

Über ihren Kopf strich ein heftiger Windzug, der ein Bündel Blutwürste, das vom Deckenbalken herabhing, zum Schaukeln brachte. Wider Willen stahl sich ein Lächeln auf ihr Gesicht. Sie konnte gar nicht anders, als den Kopf in den Nacken zu legen und den würzigen Duft einzuatmen. Sie roch fettes Fleisch, verschiedene Gewürze und einen Hauch von Käse. Ehe sie sich besinnen konnte, war Justina auch schon auf einen Schemel gestiegen und hatte sich eine Wurst vom Balken gerissen.

Kauend ließ sie sich auf dem Tisch nieder, ohne sich an den gelblichen Äuglein zu stören, die sie aus dem Winkel mit den Mehlsäcken vorwurfsvoll anfunkelten. Dafür bemerkte sie, wie die Küchendünste intensiver wurden. In Kürze würde auf dem Kaufmannshof das Mittagsläuten einsetzen.

Justina hatte ihre kleine Mahlzeit kaum beendet, als plötzlich die Tür aufflog und Lampert über die Schwelle trat. Mit ihm stürmte eine fette Katze in die Stube, die sogleich hinter den aufgestapelten Vorratskisten verschwand.

Lampert hob die Augenbrauen. Er war ein schlanker, gutaussehender Mann, auch wenn sein Haar sich bereits an einigen Stellen zu lichten begann. Mit unsteten Blicken schaute er sich in der Kammer um, bevor ein breites Lächeln über sein schmales Gesicht huschte. Justina gab sich keine Mühe, die Zipfel der Wurst verschwinden zu lassen. Wenn Lampert überhaupt eine Begabung besaß, so die Fähigkeit, eine Situation mit einem einzigen Blick zu erfassen. Seinen geschulten Verwalteraugen konnte sie nichts verheimlichen, und nachdem er sie so respektlos behandelte, legte sie auch gar keinen Wert darauf, ihm zu gefallen.

»Willkommen in meiner bescheidenen Wohnstatt, Jungfrau Justina«, bemerkte Lampert. »Wie ich sehe, schmeckt dir unsere Blutwurst.« Er spreizte die Daumen ab und steckte sie zwischen Wams und Gürtelband, an dem neben einer Wachstafel und zwei angespitzten Griffeln eine stattliche Anzahl von Schlüsseln hing. »Der Mehlsack dort hinten in der Ecke hat ein Loch! Ich nehme an, dafür bist du auch verantwortlich?«

Justina errötete vor Scham. Am liebsten hätte sie ihre Ledermappe zugeschlagen und sich aus dem Staub gemacht. Aber Lampert sah nicht so aus, als ob er die Absicht hatte, sie so einfach davonkommen zu lassen. Rasch verbarg sie die Spitze ihres weiß bestäubten Schnabelschuhs unter dem Saum des Oberkleides.

»Was geht mich Euer verschüttetes Mehl an?« würgte sie aus trockener Kehle hervor. »Ich bin wegen der bestellten Abschrift hier. Eurem ... Heiratsvertrag. Aber nehmt zuvor bitte zur Kenntnis, daß ich es nicht gewohnt bin, in einer Rumpelkammer empfangen zu werden. Ihr mögt Salomanns Verwalter sein, doch ich bin eine freie Kaufmannstochter und darf wohl verlangen ...«

Lamperts Gelächter ließ Justina mitten im Satz innehalten. Es klang gehässig, boshaft und angsteinflößend. Verwirrt starrte sie ihn an.

»Du bist die Tochter eines heruntergekommenen Weinhändlers, der dankbar dafür sein sollte, daß mein Herr ihn in seiner Mildtätigkeit noch nicht vor die Tür gesetzt hat«, sagte Lampert ungerührt. »Wenn ich mich im vergangenen Winter nicht bei den Gläubigern deines Vaters für ihn und seine hochnäsige Sippe verwendet hätte, würden seine Weinfässer längst in Salomanns Keller liegen.« Er machte einen Schritt auf sie zu und senkte die Stimme. »Und du, mein Kind, würdest keinen hübschen, neuen Mantel tragen!«

Justina schürzte verächtlich die Lippen. Der Verwalter war

in den Gassen rund um den Markt als Maulheld bekannt. Allem Anschein nach hielt er sich nicht einmal dafür zu schade, seinen Dienstherrn Salomann nachzuahmen. Seit er in Bamberg lebte, bemühte er sich Tonfall und Gesten seines Herrn zu übernehmen. Trotz all seiner Mühen war es ihm aber bislang nicht gelungen, über die Stellung eines Handlangers hinauszuwachsen, eines Gehilfen, den der einflußreiche Kaufmann herumkommandierte, wie es ihm gefiel. Vor den Buden der Krämer machten sich Gaukler und Spielleute zuweilen lustig über Lampert und seine Stiefelleckerei. Justina hatte es selbst schon hin und wieder vernommen.

»Mein Vater hat mit mir nie über Euch gesprochen«, sagte sie schroff. »Warum solltet ausgerechnet Ihr Rücksicht auf uns nehmen?«

Lampert schien auf diese Frage gewartet zu haben. Amüsiert schlug er sich mit der flachen Hand vor die Brust. Er trug ein tadelloses Wams aus laubgrünem Wildleder, auf dem seine Finger bei jeder Berührung schmale Streifen hinterließen. Eine helle, mit Ringen bestickte Schecke fiel in eleganten Falten über die engen Beinlinge.

»Was glaubst du eigentlich, wem du deine letzten Schreibaufträge zu verdanken hattest, mein Kind?« rief er spöttisch aus. »Vielleicht gestattest du mir, daß ich deinem Gedächtnis ein wenig auf die Sprünge helfe. Die Briefe an die Garnhändler, das Hausbuch des Domherrn zu Finkenberg ...«

Unvermittelt wich die Farbe aus ihrem Gesicht. »Die Aufträge kamen von Euch? Aber warum laßt Ihr mich Urkunden abschreiben, die Ihr offensichtlich gar nicht gebrauchen könnt? Das ergibt doch keinen Sinn.«

Auf der Hofseite, jenseits des Lagerbereichs, knarrte eine Tür. Das Geräusch veranlaßte Justina sich umzuwenden. Sie konnte hören, wie sich zwei Männer einen heftigen Wortwechsel lieferten.

Siegessicher kam Lampert auf sie zu und packte sie am Handgelenk. Justina stöhnte auf. Hilfesuchend blickte sie sich in der Kammer um, aber sie fand keine Waffe, mit der sie sich gegen den plötzlichen Angriff zur Wehr setzen konnte. Vermutlich hatte der Schuft sie mit Bedacht in diesen abgelegenen Teil des Handelshofes führen lassen.

»Was erdreistet Ihr Euch?« schrie sie ihn an. »Seid Ihr verrückt geworden? Ihr tut mir weh!« Lampert ließ sich nicht aufhalten. Grob drängte er sie gegen den schmutzigen Tisch; mit den Knien zwang er ihre Beine auseinander.

Justina schluchzte in Panik auf. »Laßt mich in Frieden!«

»Begreifst du denn immer noch nicht, was du mir bedeutest? Ich begehre dich mehr als alle anderen Weiber, die in diesem elenden Sumpfloch hausen!« Der Griff um ihr Gelenk lockerte sich ein wenig, aber bevor Justina auch nur Atem holen konnte, hatte Lampert sie schon brutal um die Taille gefaßt und auf die Tischplatte geschoben. Seine linke Hand fegte ihre Ledermappe mit den Pergamenten zur Seite, mit der rechten drückte er ihren Kopf zurück. Sein Gesicht kam ihr so nahe, daß sie seine Bartstoppeln fühlen konnte. Der warme Atem, der seinen spröden Lippen entwich, brannte auf ihrer Haut. Er roch nach Wein und Bärlauch. Ungeschickt begannen seine Finger, die Schnüre ihres Oberkleides zu lösen. Sie versuchte sich zu wehren, doch Lampert war weit größer und schwerer als sie. Ihre Kräfte erlahmten nach wenigen Augenblicken.

Barmherzige Jungfrau Maria, schoß es ihr durch den Kopf, ich habe niemandem etwas getan. Bitte steh mir bei und überantworte mich nicht der Schande.

»Ich werde es ihnen allen zeigen«, knurrte Lampert mit erstickter Stimme, während er Justinas Gesicht mit feuchten Küssen bedeckte. »Wir beide werden es ihnen zeigen, sobald wir verheiratet sind. Niemand soll mehr über uns spotten.

Willst du mir etwa weismachen, du hättest nicht bemerkt, daß du unseren eigenen Ehevertrag abgeschrieben hast?«

»Nein, niemals, gemeiner Lügner ... Mein Vater hätte einer Verbindung mit Euch nie zugestimmt.« Justina begann zu weinen. Von Widerwillen geschüttelt, nahm sie wahr, wie Lamperts schwielige Hände über ihre Brüste glitten. Sie erinnerte sich auf einmal, wie unglücklich und verhärmt ihr Vater während der vergangenen Wochen ausgesehen hatte. Sie sah sein aschfahles Gesicht vor sich, seine müden Augen, die den ihren beschämt ausgewichen waren, sooft sie versucht hatte, mit ihm ein klärendes Gespräch zu führen. Plötzlich durchzuckte sie die quälende Gewißheit, daß Lampert die Wahrheit sprach. Ihr eigener Vater hatte sie an ihn verschachert wie eine hörige Magd.

»Du wehrst dich nicht mehr gegen mich?« Lampert ließ jäh von ihr ab. Seine Stimme klang beinahe enttäuscht. »Daraus schließe ich, daß mein Werben erfolgreich war!«

Mit letzter Kraft drehte sich Justina zur Seite und stützte die Ellenbogen auf das grobe Holz der Tischplatte. Eilig strampelte sie ihr bis zum Schoß hinaufgerutschtes Kleid über die Schenkel zurück und bewegte dann vorsichtig ihre Hand. Die Bewegung rief einen heißen, stechenden Schmerz hervor, der sich bis in Justinas Schläfen ausbreitete. Das schmale Gelenk, das so zart war, daß Justina an ihm selbst das Gewicht eines Reifes unangenehm war, hatte sich bläulich verfärbt und war angeschwollen. Wahrscheinlich würde es Tage, wenn nicht gar Wochen dauern, bis sie wieder ein Schreibgerät in der Hand würde halten können.

»Bleibt mir etwas anderes übrig, als Euch zu gehorchen?« fragte sie tonlos. Ihr Gesicht war gerötet. Dennoch glich es einer Maske aus Stein. »Wenn ich Euren Antrag nicht annehme, werdet Ihr mich der Ehrlosigkeit preisgeben und Salomann überreden, meinen Vater aus der Stadt zu vertreiben, nicht wahr?« Sie lachte schrill auf. »Oder Ihr schwärzt mich beim Bischof an, weil ich ein paar Urkunden und Briefe abgeschrieben habe.«

Auf Lamperts Gesicht zeigte sich ein gönnerhaftes Grinsen. Sie hatte ihn also verstanden. »Denk nicht mehr an das, was gewesen ist, Justina«, sagte er. »Freue dich vielmehr auf unsere gemeinsame Zukunft. Ich habe nicht vor, bis in alle Ewigkeit Salomanns Handlanger zu bleiben.«

»Ach, nein?«

»Sobald mein Herr dieses Weib aus der Pfalzgrafschaft geheiratet hat, wird er mit ihr in den neuen Gebäudetrakt hinter den Sandhügeln ziehen. Die Edeldame hält sich offensichtlich für zu fein, um den Geruch von Ziegen und Hühnern unter den Fenstern ihres Schlafgemachs zu ertragen. Ich dagegen werde mit Freuden Salomanns altes Kontor und die Bewirtschaftung des Hofes übernehmen, damit er sich wieder vermehrt dem Tuch- und Pelzhandel widmen kann. Vermutlich wird der Alte in Zukunft häufig auf Reisen sein, und dann, mein Täubchen, schaut uns niemand mehr auf die Finger.«

»Haltet Ihr Salomann für so einfältig, daß er Eure Pläne nicht durchschaut?«

»Ich werde dafür sorgen, daß er bald eine Handelsreise in den Osten antritt. Vielleicht schlachten ihn unterwegs die heidnischen Mongolen ab, oder er krepiert an einer Seuche...« Lampert hielt kurz inne und legte die Stirn in Falten; vermutlich fand er Gefallen daran, sich das gewaltsame Ende seines Herrn in möglichst schillernden Farben auszumalen. Schließlich sagte er vergnügt: »Du wirst sehen, mein Schatz: Ehe drei Lenze vergangen sind, habe ich hier am Fluß meinen eigenen Handel aufgebaut.«

Ein klopfender Schmerz begann Justinas Schläfen zu peinigen. Dennoch zwang sie sich dazu, Lamperts Worte zu wiederholen. Der Verwalter spielte nach eigenem Bekunden mit dem Gedanken, seinen Herrn und Meister übers Ohr zu hauen. Er gierte geradezu nach Macht. Nach Salomanns Macht und Reichtum, um genau zu sein. Nun wurde ihr auch klar, warum er so darauf versessen war, sich ausgerechnet mit ihr zu vermählen. Ihre Mitgift konnte ihn schwerlich locken, dafür war sie viel zu dürftig. Außerdem schien er selbst über Mittel zu verfügen. Nein, wenn Justina etwas in eine Ehe einbringen konnte, so war dies einzig und allein ihre Fähigkeit, Urkunden aufzusetzen und Handschriften zu kopieren.

Lampert brauchte gar keine Gemahlin. Er suchte eine geschickte Fälscherin, die ihm dabei half, Salomann zu ruinieren. Sein Handelshaus an sich zu reißen.

»Ich weiß genau, worauf Ihr hinauswollt«, zischte sie, während sie vom Tisch sprang und die Falten ihres Umhangs in Ordnung brachte. »Steckt Euren eigenen Hals ruhig in die Schlinge, dafür wird Euch ganz Bamberg dankbar sein. Aber verschont mich gefälligst mit Euren gemeinen Intrigen!«

»Du hast wohl vergessen, daß dir keine andere Wahl bleibt, mein Kind.« Lamperts graue Augen fixierten sie kalt. »Dein Vater und ich sind uns seit Tagen handelseinig. Ein Wort von mir genügt, und er ist endgültig ruiniert.«

»Dann müssen wir Bamberg eben verlassen. Ich werde für Euch bestimmt keine Urkunde mehr fälschen.«

»Womöglich glaubst du auch noch, du würdest einen Burschen finden, der dich vorher zum Weib nimmt? Einen der Domhandwerker vielleicht?« Entschlossen straffte Lampert die Schultern und kam auf Justina zu. »Vielleicht sollte ich dir nun doch einen kleinen Vorgeschmack auf die Freuden des Ehelebens geben«, sagte er voller Häme. Er entledigte sich seines Gürtels und nestelte an den Schnüren herum, die Beinlinge und Wams miteinander verbanden. »Wenn ich mit dir fertig bin, wird dir nur noch die Wahl zwischen dem Hurenhaus und meinem Bett bleiben. Ein andrer Kerl wird dich bestimmt nicht mehr anrühren wollen!«

Abwehrend hob Justina ihre verletzte Hand, doch sie konnte nicht verhindern, daß Lampert sie hinüber zu den Stoffballen stieß. Sie strauchelte, verlor den Halt und schlug hart auf beide Knie. Die schwarze Katze rannte mit einem wütenden Fauchen an ihr vorbei.

»Nun mach schon«, wisperte er erregt. »Zieh dich aus, sonst erledige ich das für dich!«

Zitternd vor Angst und Abscheu erwartete sie seinen heißen Atem, seine Pranken, die ihr Kleid gewaltsam über die Blöße schoben. Statt dessen hörte sie Lampert plötzlich aufheulen wie einen getretenen Hund. Wie vom Blitz erschlagen, ließ er von ihr ab und fuchtelte mit den Armen in der Luft herum. Als sie den Blick erhob, bemerkte sie, daß ein Mann hinter ihm stand. Seine Hand umklammerte den mit Tüchern umwickelten Stil einer gewaltigen Pfanne. Die Innenseite des Eisens zischte wütend; weiße Rauchschwaden kräuselten sich in der Luft, und heißes Fett hüpfte in winzigen, brodelnden Blasen auf und ab.

Lampert schnappte nach Luft, dann taumelte er kreischend zurück. Sein schmales Gesicht verzerrte sich zu einer häßlichen Grimasse. Einen Moment später begann er keuchend und brüllend auf und ab zu springen wie ein Gaukler, der auf dem Jahrmarkt oder zur Belustigung einer Hofgesellschaft tanzte. Er verrenkte wild seine Glieder, während seine Hände in haltloser Verzweiflung am Leder seines grünen Wamses zerrten.

Justina blickte verdutzt zu dem ihr unbekannten Mann hinüber. Er war noch recht jung, fand sie, obwohl sein langes, mit Schnüren zurückgebundenes Haar bereits schlohweiß leuchtete. Eine mit zahlreichen Soßenflecken übersäte Schürze umhüllte seinen mageren Körper.

»Bei den Pforten der Hölle«, schrie Lampert den Fremden an. »Ich lasse dich wie ein Ferkel aufspießen und auf deinem eigenen Rost braten, du verdammter ...«

Der Fremde ignorierte Lamperts Beschimpfungen mit stoischer Gelassenheit. Ohne den Verwalter eines weiteren Blickes zu würdigen, legte er seinen Arm um Justinas Schulter und half ihr hinüber zur Tür. Von Schmerzen gepeinigt, riß Lampert sich Schecke und Obergewand vom Leib und rollte sich auf die Stoffballen.

»Was hast du ihm in den Kragen geschüttet?« wollte Justina wissen, während sie und ihr Retter auf die Treppe zuhielten. Ihr Atem ging noch immer stoßweise, und sie hoffte aus ganzem Herzen, daß er sie nicht aufmerksam betrachtete. Das Gebinde, mit dem sie für gewöhnlich ihr Haar bedeckte, war während der Rangelei mit Lampert verrutscht, der Kinnriemen gerissen.

Der weißhaarige Mann wandte sich kurz um und antwortete mit einem Ausdruck des Bedauerns: »Geröstete Mandeln in gebräunter Butter. Eine wahrhaft köstliche Nachspeise. Im Kragen eines Wüterichs dürften sie sich jedoch wie glühende Kohlen anfühlen.«

Das Geschrei des Verwalters trieb Knechte und Mägde zusammen; unschlüssig blieben sie stehen.

»Man nennt mich übrigens Julius, ich bin der neue Küchenmeister des Kaufherrn Salomann«, verkündete der Fremde nicht ohne Stolz. Als er sah, wie die Mägde ihre Köpfe zusammensteckten und ihn fragend anstarrten, ließ er die Hand der Schreiberin los und scheuchte die Bediensteten mit einer herrischen Gebärde vom Korridor. Hier gab es nichts mehr zu sehen. Nur widerstrebend gingen die Bediensteten wieder an ihre Arbeit.

Meister Julius schüttelte seufzend den Kopf. Er war sichtlich verstimmt, und dies nicht nur wegen Lampert. Die Reise von Würzburg nach Bamberg war für einen Mann, der zugige Planwagen und holprige Landstraßen so verabscheute wie er, unangenehm genug gewesen. Gewiß hatte er sie nicht auf sich genommen, um hier dem Schlendrian Türen und Fenster zu öffnen. Das Mittagsläuten war längst verklungen, doch die Mahlzeiten standen immer noch nicht auf dem Tisch. Das Entenfleisch kochte noch im Kessel, das Gemüse mußte geputzt, Petersilie, Lauch und Huflattich gehackt werden. Und nun war auch noch ein halber Grapen voll Mandeln, guter, gelber Butter und Honig im Kragen dieses Verwalters verschwunden, nur weil der seine Hände nicht von den Weibern lassen konnte.

Grimmig wischte sich der Küchenmeister mit seinem Ärmel den Schweiß von der Stirn. Wenigstens war der kleinen Schreiberin nichts geschehen. Sie war ohne Frage ein hübsches Mädchen. Wie sie sich, noch immer atemlos, mit einem zarten Kuß auf die Wange bedankte, war eine wahre Wonne. Kurz darauf verschwand sie unter dem Torbogen, der hinaus auf die Straße führte. Eine Weile stand Julius einfach nur da, an einen Mauervorsprung gelehnt, und sah ihr nach, bis ihre Silhouette im lebhaften Treiben der Gassen nicht mehr auszumachen war.

Als er über die knarrende Außentreppe in seine Küche zurückkehren wollte, begegneten dem Koch sein Dienstherr, dessen Baumeister und ein junger Bursche im Steinmetzgewand, der ein finsteres Gesicht zog. Bei Gott, dies ist ein eigenartiges Haus, dachte Julius mit einem bedauernden Blick auf die verbeulte Eisenpfanne, die er wie ein Turnierschild mit sich herumschleppte. Entweder werden die Leute ausfällig wie dieser Lampert, oder sie schleichen fortwährend mit Leichenbittermienen durch die Gänge. Vermutlich haben sie seit Monaten nichts Anständiges mehr in den Magen bekommen. Ein Becher Honigwein als Einstimmung auf das verspätete Mittagsmahl käme nun vielleicht gerade recht. Als er jedoch die erbosten Mienen der Männer bemerkte, verging ihm die Lust auf süßen Wein schlagartig.

»Meister Julius«, brüllte Salomann über den Hof. Mit einer wütenden Geste verjagte er einen Schwarm Fliegen, der dem nahen Misthaufen entstieg und nun um seinen Kopf herumschwirrte. »Lampert tobt wie ein Wahnsinniger im Lagerraum. Bist du dafür verantwortlich, daß sein Rücken wie ein geplatzter Schmalzkrapfen aussieht?«

»Der arme Kerl braucht einen Bader, der ihn zur Ader läßt und eine Heilsalbe aufträgt«, bestätigte der Baumeister in vorwurfsvollem Ton. Er stieß Lukas, der neben ihm stand, kameradschaftlich in die Rippen. »Ein Küchenmeister sollte sich lieber um seine Fleischtöpfe kümmern, nicht wahr, mein Freund?«

Mit blitzenden Augen ließ Julius von Würzburg seine Pfanne auf den Lehmboden fallen, stemmte die Hände in die Seiten und rief: »Euer *armer* Verwalter machte sich gerade an seinem Schamtuch zu schaffen, als ich ihn überraschte. Nicht, daß ich etwas gegen überschäumende Säfte einzuwenden hätte, aber der Kerl war drauf und dran, einer ehrbaren Jungfrau Gewalt anzutun. Die Kleine war keine Hof- oder Viehmagd, sondern vornehm gekleidet. Ich hatte demnach keine andere Wahl, als Lampert das Gefieder ein wenig zurechtzustutzen.«

»Ein Mädchen aus der Stadt?« merkte Lukas auf. Er packte den Würzburger bei der Schulter und schüttelte ihn leicht. »Habt Ihr sie erkannt?«

Salomann winkte ab. Woher sollte Julius, der sich nur für Braten und Kuchen begeisterte, das Bamberger Weibervolk kennen? Seinen mürrischen Blicken war abzulesen, daß er mit der Handlungsweise seines neuen Küchenmeisters nicht einverstanden war, sich aber auch davor scheute, den für seine Kochkunst vielerorts gerühmten Mann allzu brüsk vor den

Kopf zu stoßen. Die Ankunft seiner zukünftigen Gemahlin, das große Festmahl, das er ihr zu Ehren plante, waren wichtiger als die Brandblasen eines vorwitzigen Handelsknechtes. Schließlich räusperte er sich und hob beschwichtigend die Hand: »Nun gut, mir ist ja kein großer Schaden entstanden. Wir werden nicht einmal den Bader brauchen, um Lampert zu verarzten, denn ich habe bereits einen Boten zum Spital der Zisterzienserinnen geschickt, um seine Tochter nach Hause zu holen. Sie soll seinen Rücken mit Wundsalbe versorgen.« Er besann sich einen Moment lang, bevor er an Julius gewandt hinzufügte: »Was das Mädchen aus der Stadt betrifft, so befindest du dich vermutlich im Irrtum, mein Freund. Lampert hat mich unlängst um die Erlaubnis gebeten, sich mit der Weinhändlertochter Justina zu vermählen. Er schwört, bei allem, was ihm heilig ist, daß das Mädchen gekommen sei, um ihn mit ihren Reizen zu verführen, damit er den Hochzeitstermin nicht länger hinauszögert. Ich habe keinen Grund, ihm nicht zu glauben, schließlich sind diese jungen Dinger alle aus dem gleichen Holz. Sie wollen es sich auf meinem Handelshof gutgehen lassen. Das schamlose Geschöpf hat ein paar Streiche mit der Rute für ihre Lügen verdient. Lampert ist wirklich zu bedauern, aber wenn er sich eine solch ehrlose Kratzbürste ins Haus holen will, ist das seine Sache.«

»Das ist nicht wahr«, fuhr Lukas unbeherrscht auf. »Ich kenne Justina vom Kaulberg seit Jahren. Sie ist eine ehrbare Jungrau und würde ihren guten Ruf niemals leichtfertig aufs Spiel setzen! Über Euren Knecht, den feinen Herrn Lampert, hingegen zerreißt sich doch inzwischen die halbe Stadt das Maul.«

Salomanns Augen verengten sich. »Du nennst *mich* also einen Lügner, Geselle? Sag mir, welche Gerüchte setzt du außerdem noch in die Welt?«

»Ihr dürft nichts auf das Geschwätz dieses dummen Jungen

geben, Kaufmann«, rief Werner von Rottweil hastig. Als er begütigend die Hand ausstreckte, rutschte ihm vor Aufregung sein verknotetes Maßband von den Schultern und landete im Staub. »Der Geselle wollte Euch bestimmt nicht kränken. Er ist einfach ungestüm, da ähnelt er Eurem Küchenmeister.« Er setzte ein schiefes Lächeln auf. »Ich glaube an eine Verkettung unglücklicher Umstände. Ein Mißverständnis, das sich zweifellos bald aufklären wird. Wenn Ihr gütigst erlaubt, werden wir nun aufbrechen, um unsere Reisevorbereitungen zu treffen. Im Morgengrauen steht uns ein langer Marsch bevor.«

Ein heftiger Windstoß jagte über die Türme und Dächer der Maut und zerwühlte sein schulterlanges rotes Haar, bis es aussah wie ein verlassenes Krähennest. Werners begütigende Worte überzeugten ihn nicht restlos davon, den frechen Burschen ein weiteres Mal laufen zu lassen, doch schließlich rang Salomann sich zu einem hoheitsvollen Nicken durch und erlaubte Lukas, sich zurückzuziehen. Niemand sollte von ihm behaupten dürfen, er ließe sich wie ein Weib von Gefühlen leiten. »Also gut, Ihr könnt auch gehen, guter Meister«, sagte er. »Vielleicht achtet Ihr in Zukunft besser auf diesen jungen Hitzkopf. Der alte Norbert hat den Knaben ja völlig verwildern lassen. Auf meinem Grund und Boden will ich ihn jedenfalls nicht noch einmal sehen!«

Ehe Lukas sich abwenden konnte, spürte er auch schon Werners spitzen Ellenbogen in seiner Seite. Benommen verneigte er sich vor Salomann und murmelte eine Entschuldigung. Dann klaubte er Werners Maßseil vom Boden auf. Als er sich wieder aufrichtete, blickte er in eine Runde zufriedener Gesichter. Er selbst kämpfte mit seinen Gefühlen. Auch wenn es ihn schmerzte, seine Arbeit in Norberts Dombauhütte nicht fortsetzen zu können, mußte er zugeben, daß Werner von Rottweil ihm einen guten Dienst erwiesen hatte. Vielleicht war es gar nicht so übel, für ein paar Wochen aus der

Stadt zu verschwinden. Wenigstens so lange, bis Gras über seinen Auftritt im Wirtshaus, den Streit mit Norbert und die Sache mit Salomann gewachsen war. Hier, unter den argwöhnischen Blicken des Kaufmanns, begann ihm der Boden unter den Füßen zu brennen.

Während Werner einem der Bauknechte Anweisungen darüber erteilte, wie sie in der Zeit seiner Abwesenheit zu verfahren hatten, verabschiedete sich Lukas mit einem festen Händedruck von dem forschen Küchenmeister, der mit seiner Bratpfanne wie angewurzelt neben dem Treppenaufgang verharrte. Der weißhaarige Würzburger machte einen zerstreuten Eindruck, aber er schien ein netter, aufrechter Kerl zu sein, der das Herz auf dem rechten Fleck trug. Außerdem zeigte er keine Angst vor dem strengen Herrn Salomann, und gegen Lampert hegte er eine tiefe Abneigung, was Lukas nach all dem, was er mit angehört hatte, mit großer Genugtuung erfüllte. Gewiß konnte es nichts schaden, im Kaufmannshaus einen Freund und Vertrauten zu haben.

Tief in Gedanken schritt Lukas auf die Holzbrücke zu, über die ein Schäfer soeben seine Herde trieb. Bevor er wieder einmal sein Bündel schnürte, um die Stadt zu verlassen, hatte er noch etwas zu erledigen, das keinen Aufschub duldete.

Fünftes Kapitel

Justina suchte in allen Stuben, in dem winzigen Ziegenstall und selbst in den Weinkellern nach ihrem Vater, doch sie hatte kein Glück. Er war nicht zu Hause. Die beiden Mägde zuckten die Achseln; sie hatten ihn seit Stunden nicht mehr gesehen.

Nach einer Weile gab sie es auf und ließ sich auf einer verwitterten Steinbank in dem winzigen, von Hecken und Bäumen umgebenen Gärtchen niedersinken, das dem Innenhof benachbart lag. Dort starrte sie wie betäubt auf die Kräuterbeete, in denen ihre Schwester Heil- und Gewürzpflanzen zog. Es gelang ihr nur unter Mühen, das Zittern zu unterdrücken, das ihre Füße wie ein gefährliches Tier hinaufkroch. In ihrem Kopf summte es. Was, um Himmels willen, sollte sie nun bloß tun? Gab es überhaupt etwas, das sie noch tun konnte, um das Unvermeidliche abzuwenden?

Als es ihr endlich gelang, ihre Augen von den hüfthohen Lauchstauden abzuwenden, bemerkte sie eine durchweichte Stickerei, die zu ihren Füßen lag. Abwesend nahm sie das kleine Stück Leinwand, das offenkundig eine Nackenrolle werden sollte, aus dem brüchigen Spannrahmen und begutachtete es mit kummervollem Blick. Die Farben des Garns schimmerten unter dem Blätterdach einer hochgewachsenen Ulme intensiv und fließend, beinahe unwirklich. Offensichtlich hatte ihre Schwester oder eine der Mägde die Handarbeit hier draußen vergessen. Nun war die Stickerei ruiniert. Gerade so wie mein künftiges Leben, dachte Justina sarkastisch und warf den Stoff in eine Wasserlache.

»Warum, beim Heiligen Damian, hockst du hier draußen auf dem kalten Stein?« ertönte plötzlich die barsche Stimme ihrer Schwester. Dietlinde stand auf dem hölzernen Balkon jenseits der Dachgauben im Obergeschoß und füllte Kräutermilch in schlanke, tönerne Gefäße. Ihr Leinenschleier, der so fest gebunden war, daß er nur einen kleinen Ausschnitt des Gesichts freigab, flatterte im Wind wie das Banner eines Turnierkämpfers. Vermutlich wollte sie noch vor dem Abendläuten zur Kapelle laufen, um im Spital ihre Armenspende abzugeben.

»Du wirst dir das Lungenfieber an den Hals holen, törichttes Geschöpf, aber glaube nicht, daß ich dich dann auch noch pflegen werde. Meine Arbeit bei den frommen Schwestern ist wahrlich anstrengend genug!«

Justina erhob sich gehorsam und warf den Kopf zurück. Mit der Hand schirmte sie ihre Augen vor der grellen Sonne ab, deren Strahlen tanzende Schattenbilder von Büschen und Sträuchern an die Mauern des Hofes malten. Fröhliches Vogelgezwitscher erfüllte die nach feuchtem Gras und Moos duftende Luft. Irgendwo schlug ein Glöcklein, um die Mönche des nahen Klosters St. Gangolf zum Gebet zu rufen. Justina erfüllte ein frommer Schauder, der sie unwillkürlich die Hände falten ließ. Hier, im Freien, wirkte die Welt so ruhig und friedlich, aller Sorgen und Bedrängnisse entrückt.

Dietlinde sorgte dafür, daß es nicht lange so blieb. Sie unterbrach ihre Arbeit; schnaufend und keuchend kam sie über eine hölzerne Treppenleiter in den Innenhof. Unter ihrem Gewicht schien jede der Sprossen laut aufzustöhnen. Justina sah ihr entgegen. Sie verspürte den Drang, sich Dietlinde in die Arme zu werfen und an ihrem gewaltigen Busen auszuweinen. Doch diesen Gedanken verwarf sie rasch. Dietlinde mochte eine umsichtige Wirtschafterin sein, die sie, ihren Vater und die Mägde von morgens bis abends zur Erfüllung der häuslichen Pflichten anhielt, aber vom Trostspenden verstand sie ebensowenig wie ein Bischof vom Käsemachen. Ihrer Meinung nach hielten Gefühle eine Frau nur davon ab, sich umsichtig und schicklich zu verhalten. Als Justina Dietlindes vorwurfsvolle Miene bemerkte, entschied sie, ihrer Schwester nichts von Lampert zu erzählen. Dietlinde würde ohnehin nur zetern und jammern und ihr das Gefühl geben, ihre Misere selbst verschuldet zu haben. In ihrer beschränkten Vorstellungskraft gab es nur ehrbare Matronen, fromme Ordensfrauen und schamlose Dirnen, welche aus purem Leichtsinn oder aus Berechnung die Blicke der Männer auf sich zogen. Justina hegte seit geraumer Zeit den Verdacht, daß ihre Schwester sie insgeheim zu letzteren rechnete.

»Vater ist in den Stiftsbezirk gegangen, um den Metsiedern vom Bach seine letzten Weinfässer anzubieten«, verkündete Dietlinde, kaum daß sie im Gärtchen angekommen war. Ein besorgter Blick streifte ihre Kräuterbeete. »Seine Fässer sind ja weiß Gott noch in einem guten Zustand. Gott sei es geklagt, daß ich dasselbe nicht von seinem Verstand sagen kann. Die heilige Jungfrau Maria möge ihm beistehen, daß er sich nicht wieder übers Ohr hauen läßt, sondern ausnahmsweise einen ordentlichen Preis für uns herausschindet.«

Justina nickte flüchtig. Mochten der Alte und Dietlinde ihr Hab und Gut doch an die Stiftsleute verschleudern, ihr war es gleichgültig. Vielleicht sollte ihr Vater gleich bei den Schwarzkutten bleiben und um Aufnahme in einem der Stiftsbezirke bitten, wie so viele Händler und Bauleute es bereits vor ihm getan hatten. Damit war er zwar seiner Schulden nicht ledig, aber Salomanns Gerichtsbarkeit konnte ihm auch nichts mehr anhaben.

»Darf man fragen, warum du schon wieder so ein verdrießliches Gesicht machst?« keifte Dietlinde unter ihren Schleierspitzen hervor. Ihre kräftigen Unterarme umklammerten nicht weniger als sechs irdene Krüge auf einmal. »Von deiner schlechten Laune wird noch meine Milch sauer.« Sie stellte die Krüge behutsam in einem kleinen Handkarren ab und ordnete sie in Zweierreihen wie kleine Soldaten. Dann drehte sie sich zu Justina um.

»Es ist nichts geschehen. Das heißt …« Justina wurde bleich. Heimlich flehte sie die Schutzheilige Katharina an, sie auf ihrem Rad hoch über die Dächer der Stadt zu tragen, damit sie das mürrische Gesicht ihrer Schwester nicht länger ertragen mußte. Doch die Heilige schien sie nicht zu hören. Vielleicht stand sie auch eher auf Dietlindes Seite, da diese sie regelmäßig beschwor und zur Zeugin ihrer ständigen Beschwerden machte. »Ich habe meine Kladde mit den Schreibarbeiten in Lamperts Lagerraum liegen lassen«, murmelte Justina. »Er hat die Urkunden zu Boden fallen lassen, und ich vergaß, sie wieder aufzuheben.«

»Er hat sie zu Boden fallen lassen?« wiederholte Dietlinde. Sie war verblüfft. Unversehens ließ sie den Handgriff ihres Karrens sinken und funkelte ihre Schwester an, als habe sie eine Schwachsinnige vor sich. »Und du hebst sie nicht einmal auf? Was soll Herr Lampert nun von dir denken, du Trampel? Wahrscheinlich läßt er nun nie wieder etwas von dir abschreiben. Aber ich habe Vater ja schon immer gesagt, daß es sich nicht geziemt, was du da in deiner Schreibstube treibst. Du pfuschst dem Mannsvolk ins Handwerk und wanderst ohne Begleitung durch die Stadt, als ginge dich der Ruf unserer Familie überhaupt nichts an. Ja, wenn du wenigstens dem dritten Orden beigetreten und eine Laienschwester geworden wärest, wie es sich unsere selige Mutter in ihrer Jugend gewünscht hat ...« Nur widerstrebend unterbrach Dietlinde ihren Wortschwall, um Atem zu holen. »Hat er dich wenigstens noch bezahlt, ehe du die Maut verlassen hast? Nein, natürlich nicht. Ich sehe dir an, daß du für deine Mühen nicht einen müden Heller erhalten hast!«

»Wenn du nicht willst, daß die Milch in deinen Krügen sauer wird, solltest du etwas weniger keifen, Jungfer Dietlinde!« Das spöttische Lachen eines Mannes drang durch die Schlehenhecke. Erschrocken wandte sich Justinas Schwester nach dem Eindringling um; auf ihren Wangen bildeten sich rote Flecken, als sie den jungen Mann erkannte. Dieser lehnte sich lässig gegen ein brüchiges Mauerstück, nahe der Ziegenpforte, das der Weinhändler längst hatte ausbessern wollen, und beobachtete die beiden Frauen mit einem verwegenen Grinsen.

»Ach du bist das, Lukas?« Dietlinde rümpfte abschätzig die

Nase. »Scher dich gefälligst runter von unserem Mäuerchen, Steinmetz, ehe es völlig zusammenstürzt. Meine Schwester hat heute keine Zeit mehr für dich!«

Lukas zuckte die Achseln und gab vor, sie nicht verstanden zu haben. Dann teilte er das wuchernde Brombeergestrüpp mit beiden Händen und kam auf Justina zu. »Ich möchte mit dir reden«, sagte er leise, während er durch das hohe Gras schritt. »Es ist wichtig.«

»Siehst du nicht, daß meine Schwester erschöpft ist, du Taugenichts?« Dietlindes Stimme nahm an Schärfe zu. Ungestüm zerrte sie an ihrem Karren, dessen Räder im Morast des Gartenweges eingesunken waren. »Sie sollte eine Weile in ihrer Kammer ruhen, und solange mein Vater nicht im Hause ist ...«

»Und du solltest dich nicht länger aufhalten lassen, Schwester«, unterbrach Justina sie beherrscht. »Sonst warten die armen Kranken im Spital heute vergeblich auf ihre Abendspeisung!« Sie schenkte Lukas ein vorsichtiges Lächeln. Mit einer Geste lud sie ihn ein, ihr hinüber zu dem kleinen Holzhaus zu folgen. »Vielleicht sollten wir uns in der Wohnstube unterhalten, Lukas. Dietlinde ist sehr um meine Gesundheit besorgt und sieht es gar nicht gerne, wenn ich mich bei diesem Wetter zu lange im Freien aufhalte.« Sie hob den Saum ihres Surkots und eilte auf die angelehnte Tür zu.

»Gott befohlen, Jungfer Dietlinde«, rief Lukas. Lachend zwinkerte er der erbosten Frau zu. Dann stemmte er die Deichsel ihres Karrens mit einem kräftigen Stoß in die Höhe, so daß sich die Achsen wieder bewegen ließen. Justinas Schwester bedankte sich mit einem heiseren Knurren und verschwand dann mit Wagen und Krügen unter dem Torbogen.

Das Haus des Kaulberger Weinhändlers war klein, die Wohnstube dunkel und schäbig. Dennoch strahlten die kleinen Räume eine bescheidene Gemütlichkeit aus, die Lukas genoß, sooft er über die breite Schwelle trat. Die Decken waren hier niedrig, rußig und von schweren Balken durchzogen; in das Holz der Bänke hatte sich mit den Jahren ein Duft von Tannennadeln, Gänsefett und würzigen Harzen gegraben. Zwei Katzen schliefen friedlich zusammengerollt zwischen aufgestapelten Holzscheiten und mit Wachspfropfen versiegelten Krügen, die Kelterschmiere und Schwefelspäne enthielten.

»Ich nehme nicht an, daß du gekommen bist, um Wein zu kaufen, oder weil du meiner Dienste als Schreiberin bedarfst?« Justina sprach im Flüsterton, doch ihre Stimme klang reserviert, beinahe abweisend, als redete sie mit einem Fremden. Noch ehe sie Lukas einen Schemel an der Feuerstelle anbot, spürte er, daß sie wütend auf ihn war, wütend und gekränkt. Ein wenig eingeschüchtert beobachtete er, wie sie eine mit bunten Perlen besetzte Schatulle vom Wandbord nahm und so lange darin herumwühlte, bis sie einen harfenförmigen Kamm aus Schildpatt fand. Er hatte Justinas früh verstorbener Mutter gehört, und für gewöhnlich benutzte sie ihn nur, wenn sie sich an Feiertagen für das Hochamt in der Klosterkirche von St. Jakob zurechtmachte.

Lukas senkte höflich den Blick, während das Mädchen sich kämmte, doch er konnte nicht umhin, ihr aus den Augenwinkeln dabei zuzusehen. Justinas üppige Lockenpracht übte eine anziehende Wirkung auf ihn aus. Er fand sie wunderschön, gleichzeitig fragte er sich, warum sie ihre Haare so oft unter steifen Schleiern oder Hauben verbarg, wie es sonst nur die verheirateten Frauen taten.

Eine Weile saß er schweigend auf dem Schemel, unsicher wie ein Schuljunge, der sich hinter dem Ofen vor seinem Magister verkriecht. Er suchte nach einem Weg, wie er dem Mädchen die Frage stellen konnte, die ihm auf der Zunge brannte. Es verging eine halbe Ewigkeit, bis er sich schließlich traute, sie direkt auszusprechen. Mit klopfendem Herzen nahm er ihr den Kamm aus der Hand und bat sie, ihm in die Augen zu sehen.

»Was willst du von mir hören, Justina?« fragte er mit bittendem Blick. »Daß ich ein verdammter Holzkopf bin, der eine hübsche Frau wie dich nicht verdient hat? Ich weiß doch längst, daß es ein Fehler war, dir all die Wochen auszuweichen, nachdem wir beide ... Nun, ich hätte längst mit deinem Vater über uns sprechen müssen, vor allem nachdem du damals so nett zu mir warst und mir mit den Zunftbriefen geholfen hast. Aber du mußt mich auch verstehen. Ich bin immer noch Geselle in Norberts Bauhütte und ... ich brauchte Zeit, um über die Zukunft nachzudenken.«

Justina zog die Augenbraue hoch. »Schon gut. Gibst du mir bitte meinen Kamm wieder? Ich habe noch jede Menge zu tun.«

»Justina, bitte ...«

Abrupt stand sie auf. »Sieh dich doch um, wie es hier aussieht. Ich muß meine Aussteuer in Ordnung bringen. Dies sollte eine ehrbare Frau doch tun, bevor sie sich vermählt, oder?«

»Vermählt?« Lukas spürte, wie seine Wangen heiß wurden. Salomann hatte also die Wahrheit gesagt. Lampert und Justina würden ... Nein, das war unmöglich. Erschüttert verfolgte er, wie Justinas langer Umhang das Stroh auf dem gestampften Lehmboden aufwirbelte. Sie legte den Kamm zurück in die Kassette, ließ ihre Hände jedoch auf dem Deckel liegen, als schmerze es sie, sich von ihr zu trennen.

»Kannst du mir verraten, warum du es mit dem Heiraten plötzlich so eilig hast?« rief er. »Hat Lampert dir diesen Floh ins Ohr gesetzt? In Salomanns Haus erzählt man sich, er habe versucht, dir Gewalt anzutun.«

Justinas Augen blitzten gefährlich auf. Mit einer energischen Geste warf sie ihr Haar über die Schultern zurück, um es zu einem Zopf zu flechten. »Spionierst du mir etwa nach? Was hattest du überhaupt in der Maut zu schaffen? Für gewöhnlich vermögen nicht einmal Blitz und Hagelsturm, dich vom Domplatz zu vertreiben. Die Lehrlinge behaupten, Frauen würden dich nur interessieren, wenn sie aus Stein sind.«

»Das ist nicht wahr, Justina«, erklärte Lukas. »Du hast mir ehrlich gefehlt. Doch nun hat Meister Norbert mich an einen fetten, geschwätzigen Baumeister aus Rottweil verliehen, der zu allem Überfluß auch noch in Salomanns Dienste getreten ist. Manchmal frage ich mich, ob der Alte noch recht bei Verstand ist. Seine Frau sollte einmal für ihn auf Wallfahrt gehen. Am besten zur Kapelle des Heiligen Hubertus, der ja bekanntlich den Armen im Geiste zur Seite steht.«

»Du meinst, dann wäre die zänkische Alte aus dem Haus und du bräuchtest ihr kein Nadelgeld mehr bezahlen?« Justina schüttelte den Kopf. »Sorgen hast du, mein Freund. Ich habe immer gedacht, meine Probleme ließen sich durch ein paar Federstriche und einem Siegel aus geschmolzenem Wachs aus der Welt schaffen, Lukas. Doch das ist nicht wahr. Gegen die meisten von ihnen sind wir machtlos. Ist es nicht verwunderlich, mit welcher Ironie das Schicksal doch zuweilen seinen Spott mit uns treibt?

»Was meinst du?«

»Vor ein paar Jahren habe ich mich beschwatzen lassen, den Empfehlungsbrief eines Zunftmeisters zu fälschen, damit du dich in Bamberg einem Lehrherrn vorstellen konntest.«

»Dafür habe ich dir wohl tausendmal gedankt …«

»Als Sohn eines Leibeigenen hättest du dich ja nicht einmal frei in der Stadt bewegen dürfen, zumindest nicht während des ersten Jahres«, fuhr sie fort. »Und nun … verleiht dich dein Meister an einen Fremden wie einen hörigen Bauern. Du siehst, mein Freund, wir entrinnen unserer Bestimmung nicht, so geschickt wir auch versuchen, ihr ein Schnippchen zu schlagen.«

Lukas sprang auf; er spürte, wie seine Lippen spröde und

sein Mund trocken wurde. Er fand es gemein, daß sie immer wieder davon anfing, auch wenn ihre Worte einen empfindlichen Nerv getroffen hatten. Nach den geltenden Zunftregeln des Rates hatte er damals, nach seiner Ankunft in Bamberg, einen Betrug begangen. Dies war in der Tat eine ernste Sache. Wurde sie öffentlich gemacht, riskierte er es, daß man ihn an den Schandpfahl band oder sogar aus der Stadt peitschte. Norbert und die Meister seiner Zunft lebten seit Jahren in dem Glauben, er sei der Sohn eines armen Handwerkers aus Speyer, der nach Bamberg gekommen war, um von ihnen zu lernen. Sie liebten ihn nicht, aber sie achteten ihn als Person, bewunderten seinen Ehrgeiz und seine Begabung. Niemand hegte einen Zweifel daran, daß er, nicht Harras, eines Tages den Zollstock seines Meisters erben würde. Für Lukas war dies alles wie ein wahr gewordener Traum. Doch Träume waren nicht die Realität. Jenseits aller Wunschträume existierte eine Wirklichkeit, und diese lauerte draußen, vor den Toren der Stadt. Dort, wo man sich noch an ihn und seine wahre Herkunft erinnerte. Diese Wirklichkeit maß ihn nicht an seinem Geschick oder seiner Begabung. Sie wartete darauf, daß er einen Fehler beging und sich selbst verriet.

Lukas wußte kaum mehr über seine Abkunft als das, was die Bauern des Weilers, in dem er aufgewachsen war, ihm als kleinem Knaben erzählt hatten. Sie hatten ihm beigebracht, daß er ein Findelkind sei, vermutlich das Kind eines Tagelöhners und einer Unfreien, die der Hunger dazu getrieben hatte, sich ihres Balges zu entledigen. Eines Morgens hatten ihn ein paar Frauen halb erfroren und verhungert am Ufer eines Baches gefunden und dem Dorfältesten auf die Schwelle gelegt. Ein böses Omen, wie viele dachten. Sie wollten ihn nicht haben, hätten es wohl lieber gesehen, wenn die Waldgeister oder Dämonen, an die sie an Werktagen glaubten, ihn geholt hätten. Den Grundherrn, einen trunksüchtigen Ritter, hatte das furchtsame Gejammer seiner Bauern indessen wenig gekümmert. Ohne weitere Untersuchung des Falles erklärte er Lukas zum Leibeigenen. Er nahm ihn auf seinem Frongut auf und ließ einen Ring aus Eisen um seinen Hals schmieden. Die Geschichte seiner Kindheit war weiß Gott kein romantisches Heldenlied, kein Stoff, mit dem fahrende Sänger edle Damen am Kaminfeuer zu unterhalten pflegten. Schicksale wie seines ereigneten sich beinahe jeden Tag irgendwo im Reich. War den Findlingen das Glück hold und sie überlebten das Säuglingsalter, durften sie ihr weiteres Leben hinter Klostermauern oder als Leibeigene eines Grundbesitzers fristen.

Er, Lukas, hatte sich dafür entschieden, dem Schicksal aus eigener Kraft auf die Sprünge zu helfen, und wenn ihm dies gelungen war, so mußte es doch auch für Justina einen Ausweg geben.

»Ich kann ja verstehen, wenn du an mir zweifelst, Justina«, sagte er nach einer Weile. »Du entstammst einer ehrbaren Bamberger Kaufmannsfamilie, ich dagegen weiß nicht einmal, wer meine Eltern waren. Heiraten darf ich erst, wenn ich Meister geworden bin. Nur deiner Geschicklichkeit habe ich es zu verdanken, daß ich in der Stadt überhaupt ein Handwerk erlernen durfte.«

Justina winkte ab. »Wir schlossen einen ehrlichen Vertrag miteinander. Habe ich dir jemals Vorhaltungen wegen deiner Herkunft gemacht? Nein, ich half dir sogar aus freien Stücken, weil ich spürte, wie groß dein Ehrgeiz und deine Leidenschaft für den Dombau und die Bildhauerkunst waren. Mein Gefühl hat mich ja nicht einmal darin getrogen: Du bist ein hervorragender Steinmetz geworden. Eines Tages wird dich die Bruderschaft zum Meister ernennen. Und was dein kleines Geheimnis betrifft, so brauchst du dir keine Sorgen zu machen. Die Urkunden liegen seit Jahren sicher verwahrt in der Lade deiner Zunftmeister, ohne daß jemals ein Hahn nach ihnen gekräht hat. Kein Mensch wird darauf kommen, daß sie ... nun, sagen wir ein wenig korrigiert wurden. Du hast mir die Zunftzeichen schließlich genau beschrieben. Wer von euch Dombauleuten kann schon lesen? Der alte Spitzeisen, der deine Beglaubigungen entzifferte, ist lange tot.«

»Ein eifersüchtiger Mann findet bestimmt Mittel und Wege, um mich zu entlarven«, erwiderte Lukas niedergeschlagen. »Oder ein neugieriger Baumeister wie dieser Werner von Rottweil. Norbert vermutet, daß dieser Mann mich schon einmal gesehen hat. Noch entsinnt er sich nicht, wo es gewesen sein könnte, doch ich habe Angst vor dem Tag, an dem es ihm wieder einfällt. Vielleicht kam er einmal während einer Reise durch unser Dorf geritten, um Vorräte zu kaufen oder sein Pferd zu tränken. Ich zermartere mir seit dem Mittagsläuten den Schädel, aber ich kann mich einfach nicht an den Kerl erinnern. Es scheint mir, als ob mein Gedächtnis alles, was meine Vergangenheit betrifft, vor dem Stadttor Bambergs abgestreift hätte. Ich wollte frei sein und nie wieder zurückblicken. Den hörigen Bauernknecht Lukas gibt es nicht mehr. Er ist schon vor Jahren gestorben.«

Sie saßen eine Weile nebeneinander. Keiner wagte es, dem anderen in die Augen zu schauen, bis Lukas seinen Mut zusammennahm und das Mädchen behutsam in die Arme zog. »Salomanns Verwalter setzt dich unter Druck, seine Frau zu werden«, erkundigte er sich leise. »Ist es nicht so?«

Justina schwieg, doch ihr Atem wurde schneller. Die plötzliche Nähe zu ihrem einstigen Geliebten überwältigte sie. Sie schmiegte ihre Wange an sein weiches Wams. Mit seinen sanften Berührungen kehrten auch ihre Zweifel zurück. Empfand er wirklich so viel für sie, wie er behauptete? Warum war er ihr nur all die Wochen aus dem Weg gegangen? Womöglich wäre manches anders gekommen, wenn er sich ihr rechtzeitig erklärt hätte.

»Lampert ist ein Scheusal«, sagte sie mit einem tiefen Seufzer. »Und ich fürchte, darauf ist er auch noch stolz. Unglücklicherweise sehe ich keinen anderen Weg für mich, als seinem Drängen nachzugeben. Er hat gedroht, meiner Familie das Leben in Bamberg zur Hölle zu machen. Mein Vater ist zu alt, um noch einmal woanders von vorne anzufangen. Das Leben hat ihn enttäuscht. In einer fremden Stadt bekäme er ja nicht einmal mehr das Bürgerrecht zugesprochen. Dietlinde ist trotz ihrer Tüchtigkeit keine große Hilfe. Daher darf ich mich meiner Verantwortung nicht entziehen. Ich bin nicht der Mittelpunkt des Universums. In ein paar Jahren wird sowieso niemand mehr wissen, was ich einmal gefühlt oder durchlitten habe.«

»Wenn du schon in Jahrhunderten denkst, kannst du deine Entscheidung auch noch ein paar Tage hinauszögern.« Lukas strich ihr mit der Hand eine Haarsträhne aus den Augen. »Wenigstens so lange, bis ich Werners Auftrag auf dieser Burg im Ailsbachtal erledigt habe. Nach meiner Rückkehr werde ich mit meinen Zunftleuten reden. Du wirst sehen, gemeinsam werden wir einen Ausweg finden.« Er holte tief Luft, als seine Finger ihre Schultern berührten. »Kennst du denn niemanden, bei dem du für einige Wochen unterschlüpfen könntest?«

»Unterschlüpfen?« wiederholte Justina. Sie sprang auf, ging zur Herdstelle hinüber und stocherte aufgeregt mit dem Schürhaken in der Glut herum, daß die Funken stoben. Erst ein paar Tage, nun gleich einige Wochen. Wie stellte Lukas sich das vor? Es war beinahe ein Ding der Unmöglichkeit, sich in einem kleinen Marktflecken wie Bamberg so lange vor den neugierigen Blicken der Nachbarn zu verbergen. Und was würden ihr Vater und Dietlinde tun, wenn sie einfach von einer Stunde auf die nächste verschwand? Die Vorstellung, wie ihre Angehörigen und Nachbarn mit Fackeln und Stangen die Flußarme nach ihr absuchten, erfüllte sie mit kaltem Grauen.

Es war eine Sünde, sie so zu täuschen. Es war aber auch sündhaft, sich zu Lamperts willenlosem Werkzeug machen zu lassen. Als sie länger über Lukas' Vorschlag nachdachte, fiel ihr eine Person ein, die ihr bei der Suche nach einem Versteck behilflich sein könnte.

»Es gibt da eine Frau, die mir seit einigen Jahren freundschaftlich gewogen ist«, sagte sie nach einigem Zögern. »Sie hat meiner Mutter beigestanden, als sie im Sterben lag. Ihre Hütte wird seit dem Tod ihres Ehemannes von vielen Bürgern gemieden.«

»Die Hütte wird gemieden? Warum das?«

Über Justinas Gesicht huschte ein Lächeln, das Erleichterung ausdrückte. »Ganz einfach. Sie befindet sich gleich neben dem Brückentor, das vom Stiftsbezirk hinab in die Judengasse führt. Die Frau, die ich um Hilfe bitten werde, ist selbst Jüdin, aber das hat für mich und meine Mutter niemals eine Rolle gespielt. In jungen Jahren war sie als Ärztin und Hebamme in der Burg des Bischofs tätig, bevor ihr Gemahl durch einen Unfall ums Leben kam. Seit dieser Zeit lebt sie sehr zurückgezogen und empfängt außer einigen Kranken kaum noch Besuch. In ihren Vorratsspeichern dürfte nicht einmal Dietlinde mich vermuten.«

Sechstes Kapitel

Lampert rang nach Luft, während er sich am Flußufer entlang schleppte. Er war auf dem Weg zur Domburg und durfte sich nicht verspäten. Mit schmerzverzerrtem Gesicht ließ er seine Schultern kreisen, damit die Haut unter dem mit Weingeist und Öl getränkten Leinenhemd nicht so unangenehm spannte und kniff. Doch die vorsichtigen Bewegungen brachten ihm nur wenig Linderung. Sein Rücken tat ihm noch immer höllisch weh. Die Kräutersalbe, die seine Tochter Emma ihm verabreicht hatte, brannte auf den wäßrigen Blasen wie der Kuß einer Hexe. Zu dem körperlichen Schmerz gesellte sich eine schier unbezwingbare Wut über seine schmachvolle Niederlage; er fühlte sich bis auf die Knochen gedemütigt und dem Spott sämtlicher Knechte und Mägde auf Salomanns Handelshof preisgegeben.

Emma hatte es zum Glück nicht gewagt, ihm Vorwürfe zu machen. Eigentlich sagte sie nie etwas. Sie war ein ernstes, in sich gekehrtes Mädchen, in dessen Gegenwart Lampert sich gehemmt und beobachtet fühlte. Mit einem Schaudern dachte er an die Berührungen ihrer schmalen Finger. Ihre Hände waren kalt wie Eis gewesen. Im Lagerraum hatte sie eine bräunliche, übelriechende Paste auf seine Schultern gestrichen und dabei in altklugem Ton eine wundertätige Nonne zitiert, auf deren Kräuterbücher ihre lieblose Behandlung augenscheinlich beruhte. Lampert hatte gute Lust verspürt, sich mit dem Ochsenziemer für ihre Zuwendung zu bedanken, doch bevor er sich erheben und den Kittel überstreifen konnte, war Emma auch schon aus der Kammer geschlüpft und zu ihren geliebten Ordensfrauen zurückgelaufen. Er ahnte, daß er sie so bald nicht wieder zu Gesicht kriegen würde, und wenn er ehrlich war, so spürte er Erleichterung darüber, daß sie nicht mehr in Salomanns Haus lebte und ihn mit ihren matten, glanzlosen Augen verfolgte.

Der brennende Schmerz zwischen seinen Schulterblättern wollte einfach nicht nachlassen. Verdammt sollst du sein, Justina vom Kaulberg, brummte er in Gedanken vor sich hin. Was hatte er dieser Schlampe denn schon Schreckliches angetan? Weiber wie sie, die auf eigene Faust Geschäfte mit Männern machten, legten es doch förmlich darauf an, hart herangenommen zu werden. Für gewöhnlich bettelten sie darum, daß er ihnen zeigte, wer im Haus das Sagen hatte. Und nun war ihm ausgerechnet dieses hübsche Vögelchen durch die Finger geschlüpft. Doch noch war nichts verloren. Ein wohliger Schauer überfiel ihn, als er sich vorstellte, wie er Justina später zu Hause besuchen und ihr seinen Rücken mit den roten Blasen zeigen würde. Mochte das Luder auch die ganze Nachbarschaft zusammen schreien, es würde ihr nichts nützen.

Schwitzend überquerte Lampert einen ausladenden Graben, dessen knarrender Steg unter seinem Gewicht schwankte, dann schlug er den von Ginstersträuchern und größeren Hecken umgebenen Pfad zum Domberg ein. Ihm war nicht danach zumute, an diesem Tag den Bischofspalast aufzusuchen, viel lieber hätte er sich in seine Kammer zurückgezogen und sich mit einem Krug von Salomanns Kräuterbier in die richtige Stimmung für den Besuch bei Justina versetzt. Aber er durfte seinen Botengang nicht aufschieben, dafür war er viel zu wichtig. Der Bischof und sein Schreiber erwarteten ihn bereits seit dem Vesperläuten, und es brachte immer Ärger mit sich, einen mächtigen Kirchenfürsten durch Unpünktlichkeit zu reizen.

Eilig verließ er den Pfad und nahm eine Abkürzung durch die Weingärten des Stiftes zum Heiligen Stephan. Damit verließ er die weltlichen Stadtbezirke. Den Domplatz ließ er links liegen. Er wollte das mächtige Gotteshaus mit seinen hölzernen Gerüsten, Seilwinden und Bauplattformen nicht sehen. Er mochte es nicht. Die senkrecht in den Himmel ragenden Türme und die bizarren Kreaturen aus Stein, an denen die Bildhauer arbeiteten, verursachten ihm eine Gänsehaut, denn sie schienen ihn aus ihren starren Augen anzuglotzen, sooft er seinen Weg an ihnen vorbei nehmen mußte.

Als er an der Kapelle von St. Getreu vorbeilief, dachte er an den Bischof. Der Alte tat immer sehr von oben herab. In den seltenen Fällen, in denen er sich dazu herabließ, ihn persönlich zu empfangen, sah er ihm niemals in die Augen, als ob die Blicke eines einfachen Dienstmannes ihn beschmutzen könnten.

»Hochnäsiges Pack«, schimpfte Lampert. Er wünschte ihnen das Gallenfieber an den Hals, aber wenigstens bezahlte der Bischof gut für die Berichte, die Lampert seinem Schreiber Hugo regelmäßig zukommen ließ. Bischof Ekbert von Andechs-Meran hegte einen unerklärlichen Groll gegen Salomann, doch sosehr Lampert sich auch bemühte, einen triftigen Grund für die grimmige Feindschaft der beiden Männer hatte er bislang nicht herausfinden können.

Auf der Mühlbrücke blieb er kurz stehen. Nicht weit von ihm erhoben sich die spitzen, roten Giebeldächer des Bamberger Judenviertels. Die Gassen waren zu dieser Stunde belebt. Geschäftig eilten bärtige Männer und Frauen in schwarzen Gewändern hin und her oder hockten, über Waren diskutierend, hinter wuchtigen Schragentischen vor ihren Häusern. Zwei Bewaffnete, deren eiserne Topfhelme das Sonnenlicht reflektierten, standen vor einem blau angemalten Torhäuschen, das sich an die Mauern des von Hecken umgebenen Judenhofes schmiegte, und plauderten gelangweilt miteinander. Welch eine Schmach, dachte Lampert voller Verachtung, das ungläubige Wucherpack auch noch bewachen zu müssen.

Ein paar Krämer zogen mit bepackten Maultieren an ihm vorbei, der Landstraße nach Würzburg entgegen. Sie trugen Glöckchen an ihren Schuhen, und für einen Moment wurde Lampert von der Furcht gepackt, es könnten Aussätzige sein, die, nach einer Bestimmung des Bischofs, mit lautem Gebimmel auf sich aufmerksam machen mußten. Die Männer sahen jedoch trotz ihrer schäbigen Kleider frisch und gesund aus. Lachend scherzten sie mit einer Magd, die zwei Wassereimer über die Brücke schleppte und sich ebenfalls über das auffallende Schuhwerk der Männer amüsierte. Lampert spuckte geringschätzig vor den Krämern aus. Vermutlich hatten sie die Schuhe unten, bei einem der jüdischen Pfandleiher zu einem günstigen Preis erstanden. Ihre Weiber würden ihnen dafür später die Ohren lang ziehen. Solche Schuhe trugen nur Narren, Gaukler und Spielleute, aber keine ehrbaren Händler.

Ein wütendes Beißen im Rücken holte Lampert unsanft aus seinen Gedanken. Er war zu nahe an das Kreuz der Brückenmauer herangetreten; der kalte Stein brachte keine Linderung, er scheuerte nur unangenehm gegen sein Wams. Zum Teufel mit Salomanns Küchenmeister und seiner Pfanne! Sobald die Hochzeitsfeierlichkeiten des Kaufmanns beendet waren, würde er Mittel und Wege finden, es dem dreisten Burschen heimzuzahlen. Vielleicht gelang es ihm, den Bischof oder dessen Berater gegen den Würzburger einzunehmen. Auch wenn Ekbert von Andechs ein Herz für fremde Reisende hatte, durfte auch er seine Augen nicht vor den strengen Anordnungen des Kaisers verschließen. Auf den Märkten hörte man in letzter Zeit viel von Ketzerei, von Hochverrat und Scheiterhaufen. Friedrich von Hohenstaufen, der mit der zu nachsichtigen Haltung des Erzbischofs von Köln nicht einverstanden war, schien wild entschlossen, mit aller Schärfe gegen diejenigen vorzugehen, die Gesetze seines Reiches verletzten.

Das Eichentor zur Halle der bischöflichen Hofhaltung wurde strenger bewacht als die Kleinodien des Reiches. Vor den ansehnlichen Stein- und Fachwerkbauten, die den südlichen und westlichen Flügel des Palastes umgaben, wimmelte es von Soldaten, aber die Bewaffneten kannten Lampert und ließen ihn ungehindert passieren. Mit einem leisen Gefühl des Triumphes durchquerte er einen von wuchtigen Säulen getragenen Gang, der in ein düsteres Lapidarium mündete. Der Raum war vom Boden bis zum Dachgebälk vollgestopft mit

Kunstwerken früherer Dombauhütten; entlang des Ganges zur Galerie, wo sich die Räume des Gesindes befanden, erhob sich ein wahrer Wald von Skulpturen und Grabmälern unterschiedlicher Form und Größe, die aus irgendeinem Grund ihren Platz nicht im Dom finden sollten. Gigantische Häupter gemarterter Heiliger, deren Münder in Qual und Entsetzen erstarrt waren, thronten auf Sockeln aus Erz oder hingen an Ketten von der Decke herab. Ein gewaltiges Messingkreuz, die Enden in eiserne Spangen geschmiedet, nahm nahezu die gesamte Breite des Raumes ein. Die Luft war muffig und verbraucht, zu selten verirrte sich ein Windhauch durch die winzigen Fensteröffnungen.

Lampert verlangsamte seine Schritte. Obwohl er das Lapidarium nicht zum ersten Mal betrat, stellte er beklommen fest, daß sich seine Nackenhaare sträubten.

Diese fürchterlichen Steingötzen gehören in eine Gruft, dachte er böse. Oder auf den Grund des Mains. Langsam drehte er sich um. Er verabscheute die Sammlung des Bischofs fast so sehr wie dessen neuen Dom, aber er vermutete, daß der Bischof ein Vermögen ausgab, um sein Seelenheil durch Stiftungen von Heiligendarstellungen und Reliquien zu erlangen. Wie es aussah, lag ihm viel daran, jeden Besucher seiner Hofhaltung mit der Vergänglichkeit des menschlichen Lebens zu konfrontieren. Die Sache hatte nur einen kleinen Schönheitsfehler: Die wuchtigen Ungetüme in der Halle waren nicht vergänglich, sondern so stabil, daß sie wohl noch in tausend Jahren den Menschen das Gruseln lehren würden.

»Da bist du ja endlich, Kerl!« erklang plötzlich eine sonore Stimme aus einem schrägen Winkel des Raumes. »Es wurde aber auch Zeit!«

Lampert wandte sich hastig um; er hatte nicht damit gerechnet, hier zu dieser Tageszeit einem Menschen zu begegnen. Unsicher suchten seine Augen das Dämmerlicht ab.

Wenige Schritte vor ihm entdeckte er einen Mann, der ein weites, knöchellanges Gewand trug. Es war Magister Hugo von Donndorf, der Schreiber des alten Bischofs. Der rothaarige Gelehrte stand inmitten einer Figurengruppe, die das Martyrium des Heiligen Sebastian darstellte, und bedachte ihn mit dem scharfen Blick eines Falken, der eine Maus erspähte. Er schien sich bereits seit geraumer Zeit in dem kleinen Vestibül aufzuhalten, denn er hielt eine Wachstafel und einen angespitzten Griffel in der Hand, um Notizen anzufertigen. Offensichtlich hatte er den Auftrag erhalten, einige der Statuen auf etwaige Schäden zu begutachten. Sein Körper wirkte in der schwarzen Kutte ebenso kalt und ausdruckslos wie der Marmor um ihn herum, allein seine Finger bewegten sich flink wie Spinnenbeine über die Tafel. Sie waren es offensichtlich gewohnt, auch im Dunkeln mit Schreibwerkzeug umzugehen.

Lampert atmete geräuschvoll aus und verzog das Gesicht. Er mochte den bischöflichen Schreiber nicht. Ein Schwarzrock wie er, der das Tageslicht scheute, um im Schatten des Bischofs dessen Launen zu Papier zu bringen, war kaum mehr wert als ein geschwätziges Weibsbild auf der Gasse. Wahrscheinlich hatte er noch nie eine Frau angesehen und trieb es statt dessen in der Krypta mit seinen verstaubten Büchern. Den alten Bischof schien dies allerdings nicht zu stören, denn er förderte den jungen Hugo, seitdem dieser als siebter Sohn eines unbedeutenden Adelsgeschlechts von Burg Donndorf an seinen Hof gekommen war. Wie man hörte, vertraute ihm Ekbert die Schlüssel des Bischofspalasts an und zog ihn bei allen wichtigen Entscheidungen zu Rate.

Lampert nahm seine Kappe vom Kopf und deutete eine Verbeugung an. »Verzeiht mir meine Verspätung, Magister«, sagte er mit einem betont liebenswürdigen Lächeln. »Auf dem Handelshof des Herrn Salomann gab es heute sehr viel zu tun und ...«

»Spar dir deine Entschuldigungen für den Herrn Bischof auf.« Der Schreiber klappte seine Wachstafel zusammen und befestigte sie gemeinsam mit dem Griffel an einer Lederschlaufe seines Gürtels. »Der ehrwürdige Vater hätte dich heute ohnehin schwerlich früher empfangen können. Sein Leibdiener fand ihn nämlich gleich nach dem Angelusläuten. Er ist vor dem Seitenaltar seiner Kapelle zusammengebrochen.«

»Heilige Mutter Gottes steh uns bei«, flüsterte Lampert mit gespielter Anteilnahme. »Er ist doch nicht ... »

Hugo von Donndorf winkte gereizt ab. »Nur keine Sorge, mein guter Lampert«, sagte er. »Wie du weißt, ist unser gnädiger Bischof ein zäher Mann. Sein Medicus hat ihn zur Ader gelassen und zu Bett geschickt. Mein Herr besteht dennoch darauf, die Nacht im Betgestühl zu verbringen, um sich geistig zu rüsten.« Er ging ein paar Schritte voraus, blieb dann aber so plötzlich stehen, daß Lampert beinahe gegen seinen Rücken prallte. »Es ist mir offen gestanden ein Rätsel, warum er dich immer wieder empfängt, Lampert, aber vermutlich brennt er darauf, mehr von dem Weibergewäsch zu erfahren, das du ihm aus der Stadt zuträgst.« Magister Hugo machte eine abfällige Handbewegung; es war ihm anzusehen, daß er die Vorliebe seines Herrn für das Gerede in Bambergs Gassen und Märkten nicht teilte. Er sah es bestenfalls für ein notwendiges Übel an, um die Macht des Klerus über die Stadt nicht leichtfertig zu gefährden. Es war von Vorteil, wenn man in der Burg wußte, was zwischen Main und Regnitz vor sich ging.

Er führte Lampert durch die Halle, in der einige Mägde beschäftigt waren, Schragentische für das Nachtmahl aufzuschlagen, Öllampen anzuzünden und den Fußboden mit frischen Binsen zu bestreuen. Durch die gerundeten Bogenfenster oberhalb der Galerie zwängten sich die letzten matten Strahlen der untergehenden Sonne in den Bankettsaal. Sie badeten die kunstvoll gedrechselten Bänke, Scherensstühle und Wandbehänge des Bischofs in einem einladend warmen, gelblichen Schimmer.

Über eine Wendeltreppe gelangten die beiden Männer in einen breiten Seitengang, an dessen Ende sich bereits der Ostchor des Domes anschloß. In dem abgelegenen Flügel hatte sich der Bischof ein paar private Gemächer einrichten lassen, darunter auch eine Kapelle, in welcher er viele Stunden des Tages verbrachte, um zu meditieren oder die Vitae der Heiligen zu studieren.

»Warte, bis der ehrwürdige Vater das Wort an dich richtet«, mahnte Hugo mit erhobenem Zeigefinger. »Fall ihm bloß nicht auf die Nerven.« Er blieb vor einer schweren Eichentür stehen, hinter der Lampert einen schwachen lateinischen Gesang vernahm. Die Greisenstimme war dünn und zart, als stamme sie aus einer anderen Welt. Auf Lamperts Stirn bildeten sich Schweißtropfen. Er kannte den Bischof von Bamberg nur als einen lauten, unzufriedenen Mann. Fragend blickte er Hugo an, doch der Gelehrte hob nur die Schultern und sagte ungerührt: »Er hat sich die Berichte des verstorbenen Inquisitors Konrad von Marburg vorgenommen, um darin zu lesen. Seit dem Vespergebet redet er nur noch davon, sich von einer alten Schuld befreien zu müssen, und daß sein Haus eine Mördergrube sei.«

»Vielleicht meint er damit die Ermordung Philipps von Schwaben«, mutmaßte Lampert leise. »Ist der Mörder damals nicht durch den Ostchor entflohen?« Er zeigte auf den dunklen Gang, bekam jedoch keine Antwort. Hugo wich mit demutsvoll niedergeschlagenem Blick zurück, als eine Gruppe von Benediktinerbrüdern um die Ecke bog und sich, Gebete murmelnd, durch den Korridor bewegte. Das grobe Tuch der Kutten und Kapuzen wirkte an den Männern im Dämmerlicht nicht weniger schaurig als der fistelnde Gesang jenseits der

Pforte. Verwirrt lehnte sich Lampert gegen die Wand und starrte den Mönchen hinterher. Die Sandalen der Männer klapperten über den Steinboden. Zu seiner Überraschung klang der Schmerz zwischen seinen Schulterblättern ab, kaum daß die Schar der Betbrüder unter dem Türbogen verschwunden war. Es war, als ob der Klang ihrer Stimmen ihn aufgesogen hatte. Lampert bekreuzigte sich, auch wenn er nicht an ein Wunder glauben mochte. Dafür fühlte er sich in Hugo von Donndorfs Gegenwart zu unbehaglich. Die Worte, mit denen der Bischof seine Hofhaltung beschrieben hatte, fand er bei genauerem Nachsinnen gar nicht so weit hergeholt. Obwohl mit Leib und Seele im Diesseits verhaftet, spürte Lampert zuweilen einen eisigen Hauch, wenn er die Treppen zu den Turmstuben nahm oder durch die große Halle schritt. Seine Behauptung, eines Abends die Leier eines Spielmannes und das Gekreische eines Affen gehört zu haben, war allerdings von sämtlichen anwesenden Dienern des Bischofs energisch bestritten worden.

Hugo, der Lamperts Zögern wohl bemerkte, schob ihn schließlich mit beiden Händen durch die Pforte. Hinter dieser empfing die beiden Männer ein rundes, von würzigen Weihrauchschwaden durchdrungenes Turmzimmer. Der Bischof, ein kleiner Mann mit kahl geschorenem Schädel, kniete unweit der Tür auf einem schmalen, mit smaragdgrünem Samt bespannten Fußbänkchen und erging sich in seiner Litanei. Seine Arme wirkten wie die Äste eines dürren Baumes. Um die Schultern trug der Greis einen kostbaren Umhang aus purpurnem Damast, der den schmächtigen Körper fast erdrückte. Seine Augen waren geschlossen, doch die Lider zuckten bei jedem Geräusch in der Kapelle. Hin und wieder reckte er sich, doch nur um eine Seite seines Breviers umzuschlagen.

Lampert nutzte die Zeit und blickte sich um. In die östliche Kapelle des Bischofs hatte man ihn bisher noch nicht eingelassen. An der kargen Steinwand hinter dem Betschemel entdeckte er eine lebensgroße Malerei, die einen Mann mit weißem Bart und Schreibwerkzeug darstellte, der im Schneidersitz vor einem Pult saß. Der Mann trug einen Heiligenschein über dem Kopf; ihm zu Füßen lagen etliche Pergamentrollen, dazu schwere, in Leder gebundene Folianten. Einige davon waren aufgeschlagen und zeigten wunderlich geschwungene Initialen sowie in Blattgold und silbrigen Tönen leuchtende Bilder.

In einer schmalen Apsis befand sich ein geschmückter Altar, auf dem sechs schwere, halb herunter gebrannte Kerzen auf bronzenen Dornen steckten. Das geschmolzene Wachs tropfte an den Rändern herab und schuf bizarre kleine Gebilde auf dem Leintuch. Lampert kniff die Augen zusammen, um besser sehen zu können. Als er die Gegenstände eingehender betrachtete, bemerkte er zwischen den Kerzenhaltern einen Streifen feinen Gewebes, das einmal zum Obergewand einer Edeldame gehört haben mußte. Der Halsausschnitt sowie ein Teil der silbernen Borte waren unversehrt. Beide Stücke wiesen feine Stickereien auf, wie sie auf den Webrahmen hoher Damen entstanden. Was aber mochte dieses Gewand auf dem Altar eines Bischofs zu suchen haben?

»Der Diener des Kaufherrn«, meldete Magister Hugo in salbungsvollem Ton. Ohne mit der Wimper zu zucken, befahl er Lampert, sich vor dem greisen Bischof auf die Knie zu werfen und den Kopf zu neigen. Lampert unterdrückte ein Stöhnen, ließ sich aber gehorsam zu Boden sinken, während Magister Hugo mit wehender Kutte zur Apsis lief, um die tropfenden Kerzen vom Altartuch zu rücken. Lampert fiel auf, daß er das seltsame Stück Stoff weder ansah noch berührte, als fürchte er sich, ihm zu nahe zu kommen.

»Was bringst du mir heute, mein Sohn?« Der Bischof hatte seine Litanei unterbrochen und trippelte nun auf einen Vorhang zu, hinter dem sich eine kleine Ruhekammer befand. Dort ließ er sich auf einer Bettstatt mit bronzenen Füßen nieder, die mit etlichen Fellen, Decken, Kissen und Nackenrollen versehen worden war. Wie es schien, gedachte der Bischof, die Bequemlichkeit seiner Gemächer für unbestimmte Zeit gegen die Abgeschiedenheit der kleinen Kapelle einzutauschen.

Lampert überlegte noch, ob er weiter auf den Knien herumrutschen oder dem Bischof hinterherlaufen sollte, als Magister Hugo ihn auch schon am Oberarm packte und mit festem Griff in die Höhe zerrte. So viel Kraft hatte Lampert dem weibischen Schreiberling gar nicht zugetraut. Eines Tages würde er ihm seinen dürren Hals umdrehen.

»Willst du hier Wurzeln schlagen?« tadelte ihn Hugo. »Der ehrwürdige Vater hat dir eine Frage gestellt!«

Lampert machte sich unwirsch los und stolperte auf den Vorhang zu, bis er die Umrisse des alten Mannes auf seinem Lager zu erkennen glaubte. Doch er hütete sich davor, die Ruhekammer zu betreten. Statt dessen blieb er nahe dem Vorhang stehen.

»Nimm dir einen Schemel«, riet der Bischof mit müder Stimme, »aber nicht den runden mit dem feinen Bezug aus Hirschleder. Er ist ein Gastgeschenk meines Bruders, des Markgrafen von Istrien, und das Leder nutzt sich so rasch ab.«

»Salomann, mein Dienstherr, hat ohne Euer Wissen einen Baumeister nach Bamberg geladen, ehrwürdiger Vater«, begann Lampert mit seinem Bericht. Er hatte sich inzwischen genau überlegt, was er dem Bischof sagen und was er verschweigen wollte. »Sein Name ist Werner von Rottweil. Er hat den Auftrag, Salomanns Handelshaus auf der Insel zu einer wehrhaften Festung auszubauen.«

»Zu einer ... Festung?« Der Schreiber hatte begonnen, die Bücher des Bischofs vom Boden aufzuheben und ordentlich auf einer Truhe zu stapeln. Nun aber hielt er inne und runzelte die Stirn. »Aber das darf er nicht. Nicht einmal auf dem sandigen Streifen, der weder zur Pfalz noch zu den Stiftsländereien gehört.«

Lampert faltete die Hände vor der Brust und blickte den Magister mit unschuldiger Miene an. Insgeheim freute er sich jedoch, Hugo mit seiner Botschaft einen tiefen Stich in sein tintenschwarzes Schreiberherz zu versetzen. »Ich bin ein ungelehrter Mann, der nicht viel von den Gesetzen des Heiligen Römischen Reiches versteht, aber mir war gleich so, als ob Salomann mit seinem kühnen Bauvorhaben gegen Eure Anordnungen verstößt. Ich habe ihm zugeraten, auf die Einwilligung des ehrwürdigen Vaters zu warten, doch leichter könnte man mit einem Sack Getreide verhandeln. Salomann wurde so zornig, daß er mich auspeitschen ließ. Seht her!« Er legte den Kopf auf die linke Schulter und entfernte mit flinken Fingern den ausgeschnittenen Kapuzenkragen seines Wamses.

»Grundgütiger!« Hugo befingerte das Kreuz, das er um den Hals trug. Kopfschüttelnd lief er um Lampert herum und betrachtete sich dessen geschundene Haut.

»Was seht Ihr, Magister?« rief der Bischof ungeduldig. »Bei der Heiligen Odilia, meine armen Augen. So beschreibt mir doch, was dem Mann fehlt!«

»Nun, ich bin weder Medicus noch Bader, ehrwürdiger Vater, daher verstehe ich auch nur wenig von Wunden. Doch wie es aussieht, hat Salomann es für richtig befunden, seinen Verwalter foltern zu lassen.«

»Um das Ansehen meines gnädigen Bischofs und der Stadt Bamberg zu wahren, habe ich seinen Zornausbruch klaglos ertragen«, erklärte Lampert mit einem gequälten Lächeln, das man ihm an diesem Ort, wie er hoffte, als Zeichen frommer Freude auslegen mochte.

Hugo widersprach ihm mit keinem Wort, aber sein verschlossenes Gelehrtengesicht ließ erahnen, daß sich die Räder seines Verstandes in Bewegung setzten. Nachdenklich durchquerte er die Kapelle; sein schlichtes, knöchellanges Gewand blähte sich beim Gehen auf wie ein Segel. Lampert beobachtete ihn aus den Augenwinkeln und empfand heimliche Genugtuung. Der Schreiber war beileibe nicht so selbstsicher, wie er immer tat. Eines Tages würde es ihm leid tun, ihn, Lampert, wie einen gemeinen Knecht behandelt zu haben.

»Würdet Ihr wohl aufhören, Euch ständig im Kreis zu bewegen, Hugo?« rief der Bischof schlecht gelaunt. »Mir wird ganz schwindelig dabei. Sagt mir lieber, was dieser Mensch auf seiner Stadtinsel im Schilde führt.«

Lampert holte tief Luft. »Nun, das ist noch nicht alles, was ich in Erfahrung gebracht habe. Außer dem Baumeister schart Salomann noch weitere Fremde um sich. Einer von ihnen gibt sich als Küchenmeister aus, ein brutaler Unruhestifter, der lästerliche Reden schwingt und die Mägde unseres Handelshauses mit unziemlichen Anträgen verfolgt.«

»Was unternimmt Salomann gegen diese gottlose Kreatur?«

»Oh, meinen Herrn kümmert das Benehmen der Fremden in seinem Haus einen feuchten Kehricht, wenn Ihr mir den Ausdruck verzeihen mögt. Er schließt sich täglich stundenlang in seinem Kontor ein, um Briefe aufzusetzen oder über Botschaften zu brüten. Dabei handelt es sich gewiß nicht um Rechnungen oder Urkunden, die den Tuchhandel betreffen. Salomann muß mit einem oder gar mehreren hohen Herren des Reiches in Verbindung stehen, vielleicht sogar mit dem König selbst!«

Ein Geräusch unterbrach Lamperts Ausführung. Magister Hugos Bücherstapel war zusammengestürzt. Betroffen blickte der Schreiber auf die wertvollen Pergamente, die sich nun zu seinen Füßen auf dem Boden ausbreiteten. Sein Gesicht hatte derweil einen fahlen Graustich angenommen; unruhig taxierten seine Augen die eingeschlagenen Seiten eines vergilbten Werkes, das sich mit den Lehren des heiligen Kirchenvaters

Augustinus beschäftigte. Aus irgendeinem Grund hatten ihn Lamperts letzte Worte zu Tode erschreckt.

»Wie kommst du nur darauf, daß Salomann sich in den Streit zwischen Kaiser Friedrich und seinem Sohn verstrickt haben könnte, mein Sohn?« Der Bischof erhob sich mit einem mühevollen Stöhnen von der Liege und streckte seinen Kopf durch den Vorhang.

»Nun, soviel ich weiß, hat der junge König Heinrich einigen Städten versprochen, ihnen zu größerer Unabhängigkeit zu verhelfen. Mein Herr strebt danach, in Bamberg endlich einem geeinten Stadtrat vorzustehen. Er möchte Bürgermeister werden, und da er sich in Kürze mit der Schwester eines von Heinrichs Rittern vermählen wird ...«

»Das sind schwerwiegende Vorwürfe, mein Freund«, fiel ihm der Bischof ins Wort. Seine dünnen Lippen zitterten, während er sprach. »Man könnte sie als Hochverrat auslegen, aber wie du vorhin richtig sagtest, bist du nur ein simpler, ungeschlachter Knecht. Die hohe Politik des Reiches sollte dich nicht umtreiben.«

Lampert gab sich zerknirscht. Sein Gefühl sagte ihm indes, daß er auf dem richtigen Pfad war. Von nun an durfte er sich keinen Fehler mehr erlauben. Auf keinen Fall durfte sein Eifer einen Beigeschmack von Berechnung annehmen. Der Bischof musterte ihn einen Moment lang aufmerksam, dann wandte er sich wieder seinem Betschemel zu. Als er an Lampert vorbeiwankte, waberte eine Wolke von Schweiß, saurer Milch und bittern Kräutern aus dem wallenden Umhang des alten Mannes. Die Ausdünstungen eines Todgeweihten, dachte der Verwalter und hielt angewidert den Atem an. Nichtsdestotrotz fühlte er sich mehr als zufrieden. Bis jetzt lief alles genauso, wie er es sich vorstellte. Der kindische Greis hatte den Köder brav geschluckt, den er ihm hingeworfen hatte. Nun konnte ihm nur noch der argwöhnische Hugo gefährlich werden, doch auch für dieses Problem würde er eine Lösung finden. Eine ernstzunehmende Bedrohung war der Bücherwurm nicht. Lächelnd folgte er dem Bischof hinüber zur Apsis.

»Gebt dem Mann seine dreißig Silberlinge«, bat der Alte seinen Schreiber. »Legt noch ein paar Münzen drauf. Er wird das Geld brauchen können, um seine Wunden verarzten zu lassen.«

Lampert bedankte sich ehrerbietig und strebte, rückwärts gewandt, der Pforte entgegen. »Ihr seid zu gütig, ehrwürdiger Vater. Und noch dazu voller Weisheit. Da ich ebenfalls mit dem Gedanken spiele, mich in Kürze zu vermählen …«

»Du meine Güte, schon wieder?« Der Bischof rollte mißbilligend mit den Augen; unter ihm knarrte das Holz des Chorgestühls. »Die Gebeine deiner ersten Gemahlin sind noch nicht einmal erkaltet, da hast du schon die Stirn, dich nach der nächsten umzusehen? Es gibt doch wahrhaftig keine Treue mehr unter den Menschen. Keine Treue, keine Ehre!«

»Meine arme Frau starb bereits vor drei Jahren, ehrwürdiger Vater«, erhob Lampert kleinlaut Einspruch.

»Na bitte, ich sag's doch!«

»Wenn es allein um mich ginge, so würde ich mich gerne geistigen Belangen widmen, wie der edle Magister Hugo, dem mein ganzer Respekt gilt. Aber ich habe eine Tochter, die mir Kummer bereitet. Das Mädchen ist wohlerzogen, allein ihr fehlt die feste Hand einer Mutter. Deshalb habe ich sie ja auch bei den Zisterzienserinnen untergebracht, wo sie den frommen Schwestern im Spital zur Hand geht, um von deren Barmherzigkeit zu lernen. Auf die Dauer kann sie dort aber nicht bleiben. Für meine geliebte Tochter bringe ich das Opfer einer erneuten Eheschließung mit Freuden.«

»Du scheinst ja außergewöhnlich duldsam zu sein, Lampert«, spottete Hugo. »Und wer ist deine Auserwählte?« Herausfordernd stemmte er die Hände in die Hüften. Sein struppiges, rotes Haar schien im Schein der Kerzen zu glühen.

Lampert warf dem Schreiber einen düsteren Blick zu. Sein Herz begann zu stolpern, aber er entschied, sich nicht länger in die Enge treiben zu lassen. »Sie heißt Justina, Herr«, antwortete er kühl. »Ihr Vater gehört zu den Weinhändlern am Kaulberg. Wenn ich richtig unterrichtet bin, belieferte er Eure Hofhaltung, bevor das Stift zwischen St. Elisabeth und der Südwestseite des Burgbergs damit begann, Rebsorten zu pflanzen und eigenen Wein zu keltern.«

»Ich bin überrascht von deinem Edelmut, denn das Mädchen ist nicht gerade das, was man gemeinhin eine gute Partie nennt.« Der Bischof klatschte erschöpft in die Hände. Er hatte genug gehört und sehnte sich danach, wieder ungestört in seinem Brevier zu lesen und die Heiligen um ihre Fürbitte anzuflehen.

»Ihr glaubt dem Kerl doch nicht etwa?« fragte Hugo seinen Herrn, nachdem Lampert die Kapelle verlassen hatte. Er beugte sich mit sorgenvoller Miene über den Betstuhl. »Meiner Meinung nach ist der Mann gerissener als ein venezianischer Händler. Je mehr man ihn demütigt, desto unterwürfiger gibt er sich. Ich sage Euch, ehrwürdiger Vater, wir dürfen diesem Menschen ebenso wenig vertrauen, wie einem Fuchs, der um den Hühnerstall herumschleicht und den Hennen ewige Treue schwört.«

Der Bischof begann plötzlich zu kichern, wobei ihm sein Brevier entglitt, ohne daß die spinnwebdünnen Finger das Büchlein aufhalten konnten. »*Dextro dictum*, recht gesprochen. Ihr meint also, Lamperts Wunden ...«

»Sie sind frisch, aber wer sagt uns, daß sie von Salomanns Hand stammen, Vater«, erklärte der Schreiber mit Nachdruck. »Um ehrlich zu sein, ich gewann eher den Eindruck, daß es sich bei seinen Verletzungen um Brandblasen handelte. Ich habe als Kind einmal in den Bottich einer Seifensiederin gegriffen. Wie meine Hand danach aussah, möchte ich Euch lieber nicht beschreiben.«

»So, meint Ihr?« Ächzend zog sich der alte Mann an den geschwungenen, mit zierlichen Schnitzereien versehenen Lehnen seines Gestühls in die Höhe. Hugo sprang sogleich herbei, um ihn zu stützen, doch der Bischof lehnte mit einer entschiedenen Geste ab. Schwerfällig trottete er zu dem Altar hinüber, deutete einen Kniefall an und ergriff dann das Stück des Obergewandes, das zwischen den Kerzenstümpfen auf dem Altartuch lag. Zärtlich liebkosten seine Fingerspitzen das duftige Gewebe.

»Lamperts Anklage mag absurd klingen, mein junger Freund«, sagte er. »Doch ich neige dazu, seinen Worten Glauben zu schenken. Salomann ist derjenige, vor dem ich mich fürchte. Ihr müßt wissen, daß er schon einmal in ein Geflecht aus Lüge, Verrat und Mord verstrickt war. Hier, in meinem eigenen Haus lud er Schande auf sein Haupt. Und auf das meine ebenfalls.« Er legte seine von Altersflecken übersäte Hand über die Brust, tastete, als forschte er nach seinem eigenen Herzschlag. »Damals konnte sich der Kaufmann dem Schwert der Gerechtigkeit entziehen, falls er es jedoch wagen sollte, mir und meinem Dom noch einmal in die Quere zu kommen, werde ich dafür sorgen, daß er wegen Hochverrats am Kaiser gehenkt wird.«

Magister Hugo kannte die alten Geschichten, die sich um die Domburg rankten, auch wenn er selbst zu jung war, sich an die Ereignisse jenes schrecklichen Junitages vor fünfundzwanzig Jahren zu erinnern. Der Abt des Klosters St. Michael hatte sie ihm erzählt. Daher wunderte er sich auch nicht, daß der Bischof ihn nur mit Andeutungen gespeist, seine eigene Rolle bei den erwähnten Geschehnissen jedoch heruntergespielt hatte. Eines lag klar auf der Hand: Wenn der Bischof Lamperts Behauptungen für bare Münze nahm und mit seinen Bewaffneten gegen Salomann vorging, drohte der Stadt womöglich ein blutiger Aufstand ihrer Bürger.

Bischof Ekbert lächelte. Seine Gedanken schienen den kahlen Mauern der Domburg zu entfliehen wie Vögel, die zum Überwintern südwärts ziehen. »Das Gewand wird ein Wunder für mich wirken, das fühle ich in jedem meiner alten Knochen«, flüsterte er mit verzücktem Blick. »Es wird mich so lange am Leben lassen, bis mein Dom geweiht und Salomanns Haus zerstört ist. Dann wird niemand mehr daran zweifeln, daß die Frau, die es einst trug, eine wahrhaftige Heilige ist.«

Leise summend legte er das zerrissene Frauengewand auf die Altardecke zurück und begann anschließend mit heiserer Stimme und erhobenen Armen Psalmen zu beten. Hugo sah ihm eine Weile dabei zu, dann nahm er sich den Bücherstapel, den er auf der Truhe abgelegt hatte, und stahl sich aus der Kapelle. Er beabsichtigte, die bischöfliche Pfalz trotz der vorgerückten Stunde noch einmal zu verlassen, um im nahen Kloster Rat einzuholen. Irgend etwas geschah in der Stadt; ein Unwetter braute sich über ihren Häuptern zusammen, und obwohl Hugo kein Mann war, der sich von Gefühlen leiten ließ, spürte er instinktiv, daß weder fromme Gebete noch Psalmengesänge dieses Mal ausreichen würden, um die drohende Gefahr vom Domplatz fernzuhalten.

Siebtes Kapitel
Auf der Landstraße nach Nürnberg, April 1235

Das Wetter war während der Nacht erneut umgeschlagen; seit Tagesanbruch lagen Stadt und Umland unter einer dichten, grauen Wolkendecke. Gleichförmig prasselte der Regen vom Himmel, während ein eisiger Ostwind das Laub der Bäume zum Rauschen brachte.

Lukas warf einen sehnsuchtsvollen Blick über die Schulter

zurück, aber die Mauern der Stadt waren längst hinter dem Horizont verschwunden. Nicht einmal die Wachfeuer im Turm der bischöflichen Burg, die den Weg der Reisenden auf der Handelsstraße am Main für gewöhnlich begleiteten, waren noch zu erkennen. Lukas schüttelte sich unbehaglich und raffte mit einer Hand den Umhang, den ihm Norbert geschenkt hatte, enger über der Brust zusammen, damit er nicht über den Rücken seines Pferdes rutschte. Die Geste seines Meisters hatte ihn gerührt, auch wenn der alte Mantel ihm keinen wirklichen Schutz vor dem Wetter bot. Er war fadenscheinig und wies so viele Mottenlöcher auf, daß die Feuchtigkeit ungehindert durch den Stoff kroch. Lukas fror, und er sehnte sich nach einem wärmenden Feuer, einem Schluck Kräuterbier und seiner zurückgelassenen Arbeit auf dem Domplatz. Er hoffte inständig, daß wenigstens Justina seinem Rat gefolgt war.

Seit Stunden waren er und Meister Werner nun schon unterwegs. Die Hufe ihrer Pferde durchpflügten den Boden des Pfades, der von Stunde zu Stunde morastiger wurde.

Werner ritt voraus. Zwischen den Nebelschwaden, die wie milchige Wolken ihren Weg kreuzten, wirkte seine gedrungene Gestalt wie eine knorrige Eiche, und doch mußte Lukas neidlos anerkennen, daß der Baumeister auf seinem Rappen keine schlechte Figur abgab. Es lag auf der Hand, daß er sich während seiner zahlreichen Reisen zu den Festungen und Kathedralen des Reiches nicht ausschließlich zu Fuß fortbewegt hatte. Diesen Ausritt schien er umsichtig vorbereitet zu haben. Er trug einen warmen, wollenen Kapuzenmantel mit weiten Ärmeln, der über der Brust mit Kugelknöpfen zu verschließen war. Die Instrumente seines Handwerks, darunter ein Zollstock aus poliertem Edelholz, Tonkapseln mit Pergamenten, Zirkeln und Steinproben, hingen, sorgfältig verschnürt, in geflochtenen Halterungen vom Sattel herab.

Lukas hatte außer seinem Lieblingsfäustel und einem Lot

nur etwas Verpflegung in sein Bündel geschnürt. Die offenkundige Neugier des fremden Baumeisters hielt ihn davon ab, persönliche Dinge mitzunehmen. Erschöpft blickte er nun zu den Wipfeln der Bäume hinauf. Die Birken am Wegesrand hatten zartgrüne Blätter und Knospen bekommen: erste Boten des ersehnten Frühlings. Auf den stärkeren Ästen unterhalb der Baumkrone hockten zwei Raben, die ihr glänzendes Gefieder putzten. Als die Vögel auf Lukas und Werner aufmerksam wurden, spreizten sie angriffslustig die Flügel und erhoben sich mit lautem, unheilverkündendem Gekrächze in die Lüfte. Lukas widerstand dem Drang, sich zu bekreuzigen oder wenigstens die Finger zur Abwehr des bösen Blicks zu spreizen. Raben am frühen Morgen zu sehen bedeutete nahes Unglück. Jedes Kind, gleichgültig, ob es auf einem Gehöft oder innerhalb von Stadtmauern aufwuchs, wurde darüber belehrt, daß die unheimlichen Vögel Dämonen begleiteten oder das Jüngste Gericht ankündigten.

Die Raben machten sich durch ein Loch in der Wolkendecke davon. Merkwürdigerweise blieben sie die einzigen lebenden Geschöpfe, die Lukas während der folgenden Stunden im Wald auffielen. Die Natur machte auf ihn einen leblosen, erstarrten Eindruck.

Auf dem durchgeweichten Waldboden zeichneten sich in größeren Abständen schwache Abdrücke von Hufen sowie die Spuren eines Karrens ab. Werner war der festen Überzeugung, daß diese bereits mehrere Tage alt waren. Lukas blieb skeptisch, doch er verzichtete darauf, mit Werner darüber zu streiten. Zu seiner Verwunderung weigerte sich der Baumeister beharrlich, dem Lauf des Mains zu folgen oder nach anderen Reisenden Ausschau zu halten, obgleich es in diesen unruhigen Zeiten gefährlich war, auf die Begleitung bewaffneter Gruppen zu verzichten. Soweit Lukas gesehen hatte, trug der Baumeister weder Schwert noch Dolch.

Nachdem die beiden Männer sich eine Weile durch Wind und Regen gekämpft hatten, gelangten sie zu einer Weggabelung. Werner schwang sich aus dem Sattel, ergriff seinen Stab und näherte sich dem Wegkreuz mit kritischen Blicken. Lukas ergriff Werners Zügel, ohne selbst abzusteigen. Vorsichtig suchte er die Umgebung mit den Augen nach einem Hinterhalt ab, doch im Unterholz regte sich nichts.

Sie waren ein beträchtliches Stück bergan geritten. Keiner von ihnen hatte jedoch bemerkt, wie hoch sie tatsächlich gekommen waren; tief unter ihnen zog sich der Fluß wie ein graues Band tief durch das Tal. Schräg über ihnen türmte sich ein felsiges Plateau auf. Lukas lauschte angestrengt. Durch den pfeifenden Wind waren gurgelnde Geräusche zu hören. In der Nähe mußte sich ein Wildbach befinden.

»Wir nehmen den linken Pfad!« verkündete Werner wenig später selbstsicher. »Auf ihm werden wir das Ailsbachtal lange vor der Dämmerung erreichen.« Zur Bekräftigung seiner Worte deutete er mit seinem Zollstock auf einen schmalen, von wilden Himbeersträuchern und Dornengestrüpp gesäumten Weg, der steiler anstieg als die Landstraße und sich zudem in wilden Serpentinen um die Felswand schlängelte.

Lukas verharrte abwartend. Hatte der Baumeister nun völlig den Verstand verloren, oder erlaubte er sich einen dummen Scherz mit ihm? Der Weg durch die Berge war lebensgefährlich. Die beiden Pferde, die Werner aus den Ställen der alten Maut entliehen hatte, gehörten zu Salomanns Besitz. Wenn sie sich beim Aufstieg die Beine brachen oder anderweitig zu Schaden kamen, würde der Alte sie zur Rechenschaft ziehen – falls sie sich nicht bereits vorher in den Bergen zu Tode stürzten. Im Geiste sah Lukas seinen zerschmetterten Körper unter einem Pferdekadaver in der Schlucht liegen.

»Nun, was ist, Bursche?« Werner von Rottweil reckte herausfordernd das Kinn. »Kaiser Friedrich zieht mit einem ganzen Troß von Rittern, Soldaten und Packpferden über die verschneiten Alpen, um seinem Sohn die Hammelbeine langzuziehen. Hast du etwa Angst vor diesem lächerlichen Pfad?«

Lukas zuckte verstimmt mit den Achseln. Der Feldzug des Stauferkaisers aus dem fernen Italien ging ihn nichts an, doch er für seinen Teil hatte nicht vor, sich in diesem unwegsamen Gelände den Hals zu brechen.

»Ihr kennt Euch nicht aus im Bamberger Land«, sagte er. »Mit Eurer Erlaubnis werde daher ich dieses Mal vorausreiten. Ihr könnt mir in einiger Entfernung nachfolgen.«

Bevor der Baumeister widersprechen konnte, trieb Lukas sein Pferd auch schon auf den Steilhang zu. Nun gab es kein Zurück mehr.

Unter den Hufen des Rappen knirschte das Geröll wie ein schlecht geschmiertes Tretrad. Hunderte von Steinchen rieselten geräuschvoll den bewaldeten Hang hinab. Der Nebel hatte sich inzwischen so verdichtet, daß Lukas kaum die Hand vor Augen erkannte. Allein das Schnauben des zweiten Tieres, das der Spur des ersten folgte, verriet ihm, daß Werner dicht hinter ihm war.

Lukas lenkte sein Pferd um eine gewaltige Eiche. Nur nicht über den Rand des Pfades hinausblicken, befahl er sich streng. Er zog die Zügel straff, bis ihm das Leder schmerzhaft ins Fleisch schnitt. Die Tiefe der Schlucht schien ihn geradezu anzuziehen; sie verursachte ihm Herzklopfen und das beklemmende Gefühl, ins Leere zu taumeln. Zuweilen glaubte er, junge Frauen zwischen den zerklüfteten Felsbrocken kauern zu sehen und leisen Gesang zu vernehmen. Sirenen, die ihn beobachteten, die ihn bei einem falschen Schritt unweigerlich ins Verderben rissen. Trotz der Witterung lief der Schweiß in Strömen von seiner Stirn. Norberts feuchter Umhang klebte an ihm wie eine zweite Haut. Noch immer stieg der Pfad an. Lukas wischte sich mit der Hand über das erhitzte Gesicht.

Sie mußten umkehren; es war verrückt, das Schicksal herauszufordern. Andererseits gab es im Nebel keine Möglichkeit, die Pferde auf dem engen Bergpfad zu wenden. Sie durften es nicht einmal wagen, aus dem Sattel zu steigen. Jeder Laut, jedes Hindernis konnte die Tiere erschrecken und scheu machen. Glücklicherweise ließ sich Lukas' Rappen, der seinen Herrn gewiß schon auf zahlreichen Handelsreisen begleitet hatte, nicht aus der Ruhe bringen. Zielstrebig tasteten seine Hufe den steinigen Grund nach einem festen Tritt ab, als hätte er niemals etwas anderes getan, als einen Reiter durch die Berge zu tragen. Lukas sah es mit großer Erleichterung. Eilig beugte er sich vor und raunte dem Tier mit leiser Stimme beruhigende Worte ins Ohr.

Als die Wolkendecke gegen Mittag endlich aufbrach und der Regen nachließ, lag die Höhe des Passes vor ihnen. Lukas stieß einen triumphierenden Pfiff aus. Sie hatten es tatsächlich geschafft: Das ärgste Stück des Weges lag hinter ihnen.

»Der Weg wird wieder breiter«, rief er Werner von Rottweil zu, der sich mit letzter Kraft an das Zaumzeug klammerte. Der Baumeister hob den Kopf. Sein Gesicht war grau. Der rauhe Wind hatte ihm die spitze Kapuze vom Kopf gerissen, seine sonst so gepflegten Haare standen ihm vom Kopf ab wie Gänsefedern. Dieses Mal brauchte er eine Ewigkeit, bis er wieder auf festem Boden stand. Seine Knie zitterten bei jeder Bewegung. Ohne Umschweife verzog er sich hinter einen Busch und erbrach sich. Die würgenden Geräusche, die seiner Kehle entwichen, schallten so laut von den Felswänden wider, daß Lukas befürchtete, sie könnten einen Steinschlag auslösen.

Während Werner noch notdürftig seine strapazierte Kleidung in Ordnung brachte, trat Lukas an den Rand des Abgrunds und ließ seine Blicke gespannt über das Tal schweifen. Der Nebel hatte sich verflüchtigt, einige schwache Sonnenstrahlen bahnten sich ihren Weg durch die langsam vorbeiziehenden Wolken.

Tief unten lag ein Dörfchen, umgeben von Hecken, einem Fallgatter und weitem, braunem Ackerland. Jenseits der unförmigen Flurstreifen zogen sich mehrere trübe Tümpel bis zu einem kleinen Waldstück dahin. Lukas hob überrascht die Augenbrauen. Die strenge Anordnung der Hütten, die Strohdächer, durch deren Öffnungen feine Rauchfäden gen Himmel stiegen und die Kirche mit ihrem schlanken Türmchen aus bemoosten, aufgeschichteten Feldsteinen erinnerten ihn an den Ort, in dem er seine Jugend verbracht hatte. Doch solche Dörfer gab es zu Hunderten. Einfache Weiler, die zu einem ritterlichen Lehen gehörten, fand man an beinahe jeder Wegstrecke. Von einer Burg sah er jedoch weit und breit nichts. Sie mußte auf der anderen Seite des Hanges zwischen den Felsen liegen.

»Hier ist etwas zu essen, mein Freund, stärke dich!« Werner tauchte in seinem Rücken auf. Mit einem schiefen Lächeln drückte er Lukas ein Stück dunkles Brot mit einer gedörrten Wurst und einer Honigpastete in die Hand. Lukas bedankte sich mit teilnahmsvoller Miene. Der Baumeister tat ihm leid; ihm war anzusehen, daß der gefahrvolle Aufstieg ihm gründlich den Appetit verdorben hatte. Lukas blickte auf das Brot in seiner Hand. Er verspürte keinen großen Hunger, aber er beschloß, das Essen nicht leichtfertig zu verschmähen. Wer konnte sagen, was ihn bei dessen Auftraggebern erwartete? Vermutlich steckte man ihn zum Gesinde und schob ihm in einer stickigen Burgküche eine Schüssel mit Hirsebrei unter die Nase. Seufzend ließ er sich auf einem Stein nieder und begann zu essen.

»Du sitzt heute nicht zum ersten Mal auf einem Pferd«, konstatierte Werner, nachdem er Lukas eine Weile beobachtet hatte. »Das ist mir schon heute morgen aufgefallen, gleich nachdem wir das Stadttor hinter uns gelassen hatten.«

Lukas wischte sich mit dem Ärmel die Krümel vom Kinn. Sein Argwohn gegen Werner meldete sich mit einem Schlag zurück. Wie sollte er auf dessen Bemerkung reagieren, ohne sich verdächtig zu machen? Selbstverständlich war dem Baumeister klar, daß Reiten nicht unbedingt zur Ausbildung eines Steinmetzgesellen gehörte. Werner selbst verstand mit Pferden umzugehen, aber dies bewies lediglich, daß er an den Höfen hoher Herren verkehrte und sich deren besonderer Gunst erfreute. Wahrscheinlich war ihm der Umgang mit Pferden vom Stallmeister eines befreundeten Ritters beigebracht worden. Ein ähnliches Privileg konnte Lukas für sich nicht in Anspruch nehmen. Oder doch? Unwillkürlich mußte er an den wertvollen Reitstall denken, den sein einstiger Grundherr auf seinem Gut unterhielt, an die rassigen Vollbluthengste, die der Ritter von seinem Pilgerzug ins Heilige Land mitgebracht hatte, an den Duft von Hafer und Heu. Auf einer Schafweide nahe dem Herrengut hatte er geübt, sich im Sattel zu halten, ein gefahrvolles Unterfangen, denn für gewöhnlich war es Hörigen wie ihm bei Strafe verboten, die Rösser ihres Herrn aus den Ställen zu entführen. Dennoch hatte er es gewagt, weil fünfzehnjährige Knaben selten vernünftig sind und weil seine Angebetete es nicht anders von ihm erwartet hatte. Im Gegenzug für seine Kühnheit lehrte sie ihn nicht nur den Umgang mit Pferden, sondern auch den Umgang mit edlen Damen, die Musik, galante Verse und Aufmerksamkeiten liebten. Lukas hatte sie wie ein Wesen der Sonne verehrt, eine Tochter der Göttin Venus, die wie ein farbenprächtiger Schmetterling durch sein Leben geglitten war, ohne sich von rohen Knabenhänden aufhalten oder einfangen zu lassen. In ihrer Beziehung war sie stets die Kühle, die Überlegene gewesen. Sie hatte ihn verspottet, und doch klang ihr perlendes Lachen nach all den Jahren noch manchmal in seinen Ohren nach.

Aber diese Zeit gehörte einem anderen Leben an, das er

verleugnet und ohne Bedauern hinter sich gelassen hatte. Er wollte nicht daran erinnert werden. So gab er Werner schließlich eine ausweichende Antwort und hoffte, daß der Baumeister nicht weiter fragen würde.

»Ich war beim Bau so mancher Burg zugegen«, flüsterte Werner verschwörerisch. »Deine aufrechte Haltung im Sattel erinnert mich an die Erziehung junger Schildknappen, ehe man sie zur ritterlichen Schwertleite zuläßt.«

Hastig, um ein wenig Zeit für seine Entgegnung zu haben, stopfte Lukas die Reste seiner Honigpastete in den Mund und wischte sich anschließend die Finger am Stoff seiner Beinlinge ab. »Ich versichere Euch, daß ich niemals ein Knappe gewesen bin«, erwiderte er. »Und ein Ritter bin ich schon gar nicht. Habt Ihr Euch nicht erst neulich über meine Umgangsformen beschwert? Nein, alles, was ich heute weiß, hat mir Meister Norbert beigebracht. Ihm schulde ich meinen Dank.«

»Mag sein, mein Freund. Ich möchte dir ja gerne glauben.« Werner öffnete seinen Beutel und entnahm ihm einen Kanten Brot, doch statt ihn zu verschlingen, knetete er ihn nur geistesabwesend zwischen Daumen und Zeigefinger. »Wahrscheinlich ist es nur die Laune eines törichten Wanderers, aber als wir einander gestern in Salomanns Haus begegneten, fühlte ich mich auf sonderbare Weise an das Gesicht eines Mannes erinnert, den ich vor vielen Jahren gekannt habe. Ich dachte …«

»Was dachtet Ihr?«

»Nun, ich überlegte, ob du vielleicht deinem Vater ähnlich siehst. Erzähl mir etwas von ihm. Welchem Gewerbe ging er nach? War er Steinmetz wie du?«

Lukas erhob sich. Am liebsten hätte er sich die Ohren zugehalten, um Werners Geschwätz nicht mehr hören zu müssen. Unvorbereitet trafen ihn die Fragen des Älteren hingegen nicht. Nein, tatsächlich hatte er sie schon mehr als einmal gehört und auch mehr als einmal beantwortet. Zum ersten Mal war es unter den Augen von vierzehn streng blickenden Zunftmeistern geschehen, die ihm die Regeln ihres Handwerks mit einem verknoteten Rechenseil auf den Rücken geschrieben hatten. Seine Angaben deckten sich haargenau mit den Empfehlungen, die Justina in seinem Auftrag zu Papier gebracht hatte. Diesem Schreiben zufolge stammte Lukas aus einer Familie von Webern und Gewandschneidern, deren Oberhaupt bereits in jungen Jahren einer Seuche zum Opfer gefallen war. Einen Steinmetz zu erfinden war sowohl Lukas als auch Justina zu riskant gewesen. Die meisten Handwerker zogen gleich nach ihrer Lehrzeit als Kunstdiener durch die Lande, verdingten sich bald auf dieser, bald auf jener Dombaustelle. Ihre Erfahrungen versetzten sie in die Lage, Städte und Burgen, Kirchen, Meister und Gesellen oft bis in die kleinste Einzelheit zu beschreiben.

An einen lebendigen Vater aus Fleisch und Blut hatte Lukas jedoch während all der Jahre nie auch nur einen Gedanken verschwendet. Ebensowenig an seine Mutter, die Unfreie, die das Weite gesucht hatte, ohne sich um ihr hilfloses Kind zu kümmern. Dank Werners Hartnäckigkeit mußte er sich nun aber der Tatsache stellen, daß jeder Mensch auf der Welt einen Vater hatte, ob er ihn nun kannte oder nicht. Lukas dachte angestrengt nach. War es möglich, daß der Baumeister den Mann, der ihn am Bach ausgesetzt hatte, wirklich kannte? Gab es vielleicht irgendwo einen Menschen, dem er so erschreckend ähnlich sah, wie Werner behauptete?

Lukas schüttelte den Gedanken ab. Was sich da in seinem Kopf zusammenspann, war schlicht und einfach abstrus. Seine wirklichen Eltern waren ohne Zweifel tot. Verhungert, vom Blitz erschlagen oder von räuberischen Geächteten einen Kopf kürzer gemacht. Kurzum: tot und begraben. Er hingegen war am Leben. Er lebte für die Zukunft, an die er glaubte. Folglich würde er dem aufdringlichen Bildhauer zur Hand gehen, solange der ihn benötigte, und danach auf kürzestem Weg in die Stadt zurückkehren, um Justina vor Lamperts Zudringlichkeiten zu beschützen. Er konnte nur hoffen, daß das Mädchen sein Versprechen hielt und sich in den nächsten Tagen nicht in der Nähe des Kaulbergs blicken ließ.

»Du hast meine Frage nicht beantwortet!« Werners Ton nahm an Schärfe zu. »Wer war dein Vater?«

»Es gibt nichts zu berichten, Meister«, erwiderte Lukas mürrisch. »Mein Vater war ein armer Weber aus Speyer. Ich kann mich kaum an ihn erinnern, nur an das feuchte Häuschen am Rheinufer, in dem er wohnte. Gewiß habt Ihr weder ihn noch meine Mutter gekannt. Er sah auch ganz anders aus als ich: schwarze Haare, Pockennarben, tiefliegende Augen. Sein Rücken war gekrümmt, weil er sich so oft über den Webrahmen beugen mußte.«

Werner sagte nichts. Eine Weile schien er über Lukas' Worte nachzudenken, bevor plötzlich ein verständnisvolles Lächeln über seine Züge glitt. »Nun, dann wäre ja alles geklärt«, erklärte er freundlicher. »Verzeih, wenn ich dir zu nahe getreten bin. Es ist das Vorrecht alter Männer, überall Gespenster und Irrlichter zu sehen, gleichwie es das Vorrecht der Jungen ist, sie deshalb für verrückt zu halten.«

Die Bäume am Hang bogen sich noch immer im Wind, als Werner und Lukas den Pfad zum nahen Dorf einschlugen.

Das Gattertor lag jenseits eines mit Sumpfwasser gefüllten Grabens, der von einem nahen Bach gespeist wurde und von den Äckern aus nur über einen morsch aussehenden Steg zu erreichen war. Lukas und Werner blieb nichts anderes übrig, als ihre Pferde vorsichtig am Zaumzeug hinüberzuführen. Zu ihrer Überraschung erwies sich der Steg jedoch als äußerst stabil. Ebenso wehrhaft wirkte das Fallgatter, das eine Reihe spitzer hölzerner Zinken aufwies.

Jenseits der Umzäunung aus wuchernden Schilfstauden lag der kreuzförmige Dorfplatz fast menschenleer vor ihnen. Nicht einmal ein Sauhirt war zu sehen. Lediglich auf der Gasse, die sich im Halbkreis um die Mauern eines Kirchhofs und eine verwahrloste Schenke bog, hockten ein paar zerlumpte Kinder und spielten. Als sie die fremden Männer näher kommen sahen, verschwanden sie durch ein Loch in der Lehmmauer und versteckten sich zwischen den aus der Erde ragenden Grabsteinen. Lukas konnte sich ein Lächeln nicht verkneifen, als sein Blick auf die zurückgebliebenen Spielzeuge fiel: drei hölzerne Schwerter, Figuren aus geflochtenem Pferdehaar und Stelzen. Die abgegriffenen Gegenstände erinnerten ihn an die wenigen freien Stunden, die er als Knabe mit gleichaltrigen Freunden verbracht hatte. Was ihn indes bestürzte, war die auffallende Schreckhaftigkeit der Kinder angesichts fremder Reisender. Wie groß mußte ihre Furcht sein, wenn sie sogar ihre Schätze auf der windigen Dorfstraße liegenließen?

Die meisten Hütten, an denen er und Werner vorbeikamen, wirkten ärmlich und verfallen. Nur einige wenige besaßen Fachwerk, Giebel mit Schornsteinen und stabile Pfosten, die auf Steinmauern ruhten und somit das Holz vor Feuchtigkeit und Fäulnis schützten. Über den groben, ehemals bunt bemalten Balken der Stallungen und Scheunen prangten angenagelte Schädel von Ochsen und Widdern. Unförmige Bündel von getrockneten Pilzen und Heidekraut zierten Eingänge und Fenster. Vom Wind bewegt, sahen die Gebilde wie kleine, verformte Menschen aus, die mit Armen und Beinen einen grotesken Tanz aufführten.

»Heidnischer Aberglaube«, bemerkte Werner mit einem abfälligen Blick auf die Bauernkaten. »Ich möchte wissen, warum sich hier kaum jemand auf der Straße blicken läßt.« Er lenkte sein Pferd auf das mächtige Tor eines stattlichen Gehöfts zu, hinter dessen Zaun Hühner gackerten und Gänse über den aufgeweichten Boden liefen. Argwöhnisch blickte er sich um. Die Stille, die über dem Dörfchen lag, gefiel ihm nicht. Sie wirkte bedrohlich, furchterregend. Auf den Feldern waren nur wenige Bauern bei der Arbeit zu sehen. Einige Männer errichteten mit Steinen einen Ring um einen Garten mit blühenden Mandelbäumen. Er lag im Schatten der Holzkapelle und gehörte somit zum Kirchenbesitz. Vermutlich waren es Hörige und Knechte, die sich auf ihm zu schaffen machten, denn sie legten nicht besonders viel Eifer an den Tag. Am einzigen Brunnen, jenseits des Dreschplatzes, tuschelten zwei Frauen miteinander, doch als sie die Fremden bemerkten, packten sie ihre Eimer und Krüge und eilten auf ein mit Gittern gesichertes Fachwerkgebäude zu.

»Freund oder Feind?« hörte Lukas plötzlich eine laute Stimme, die ihm in ihrer Schärfe durch Mark und Bein drang. Sie klang feindselig, aber auch ehrfurchtsvoll, als wolle sich ihr Besitzer vergewissern, daß ihm von den Reisenden keine Gefahr drohte. Lukas wandte sich um und blickte in das runzelige Gesicht eines alten, kahlköpfigen Mannes, der ihn mit kühlen Augen musterte. Der Mann war groß und trug eine braune Soutane, die bis zur Hüfte von Schlammspritzern und Grasflecken übersät war. Seine Füße steckten in Sandalen aus speckigem Leder, unter dem rechten Arm klemmte ein Stück schmutziger Kalbshaut, auf der allem Anschein nach etwas geschrieben stand.

»Seid Ihr der Dorfpriester?« fragte Werner ohne Umschweife. Die Kutte des Mannes beeindruckte ihn wenig. Mit einer selbstsicheren Gebärde warf er seinen Umhang über die Schulter und stapfte einen Schritt auf den Kahlkopf zu. »Vielleicht könnt Ihr ein Gott wohlgefälliges Werk tun und uns den Weg zur Burg zeigen.«

Der Priester rührte sich nicht von der Stelle. Aus seinen Augen sprach purer Argwohn, und ehe Lukas und Werner sich versahen, strömten Dutzende Männer und Frauen aus den umliegenden Gehöften über den Platz. Mit ihren ungewaschenen Leibern kroch ein beißender Qualm aus den Stuben der Hütten ringsum. Lukas rümpfte angewidert die Nase und wagte einen verstohlenen Blick durch den schmalen Spalt einer Tür, die ins Innere einer Schenke führte, doch außer einem Lehmboden, einer Herdstelle mit Kesselgalgen und zwei Bänken, auf denen Strohsäcke lagen, entdeckte er nichts von Bedeutung.

Der Dorfpriester streckte seine Hand mit der beschrifteten Kalbshaut aus. »Ihr wollt zur Burg hinauf?« erkundigte er sich mit heiserer Stimme. »Vielleicht seid Ihr so freundlich, dem jungen Burgherrn dieses Schreiben auszuhändigen. *Das* wäre ein Gott wohlgefälliges Werk.«

»Ihr habt Angst vor den Rabensteinern«, entfuhr es Lukas. »Was, um Himmels willen, ist hier im Dorf geschehen?« Aus den Augenwinkeln beobachtete er, wie die Bauern langsam näher kamen. Einige von ihnen hielten Gerätschaften in den Händen: Forken, Sicheln und Knüppel. Ärger lag in der Luft.

»Du solltest deine Nase nicht in Dinge stecken, die dich nichts angehen, Lukas«, mahnte der Baumeister, während er seinem Pferd beruhigend den Hals tätschelte. »Die unfreien Dörfer liegen hierzulande doch in ständigem Streit mit ihren Grundherren. Wahrscheinlich verweigern sie ihm das fällige Zinshuhn oder verletzen die Fisch- und Jagdrechte.« Mühsam stemmte Werner seinen Fuß gegen den Steigbügel und zog sich ächzend auf den Rücken seines Rappen. Als er sicher im Sattel saß, beugte er sich zu dem kahlköpfigen Priester herab und flüsterte ihm zu: »Ich rate Euch gut, mich und meinen Gehilfen nicht aufzuhalten, sonst wird Euch der junge Herr Rüdiger zur Verantwortung ziehen. Wir sind seine Gäste auf Burg Rabenstein.«

Allgemeiner Unmut machte sich breit. Lukas beobachtete,

wie der Priester einigen halbwüchsigen Burschen mit den Augen ein Zeichen gab. Im nächsten Moment eilten zwei von ihnen mit wehenden Kitteln auf das Fallgatter zu.

»Was will er denn noch mit uns anstellen?« erhob sich die Stimme einer älteren, hageren Frau aus der Menge. »Uns die Hütten über dem Kopf anzünden? Das Vieh von der Weide treiben? Meinen Mann und meine Tochter hat er doch schon auf die Burg geschleppt. Dabei sind beide unschuldig an dem Verbrechen, das man ihnen vorwirft. Das schwöre ich bei der weisen Frau Holda.«

Der Priester beschwichtigte die Bäuerin, auch wenn seiner sauertöpfischen Miene anzumerken war, daß ihm ihr Eid auf Frau Holda, die immerhin heidnischen Ursprungs war, nicht eben passend erschien.

»Mein Weib wird auch auf der Burg gefangengehalten«, warf einer der bewaffneten Männer ein. »Die Mannen des Ritters von Morsch kamen mitten in der Nacht mit brennenden Pechfackeln und umstellten mein Gehöft. Bewaffnet waren sie bis unter die Zähne. Ehe wir uns versahen, hatten sie die Tür eingetreten, und nur, weil meine arme Brolla seit Michaeli in der Küche und im Waschhaus der Rabensteiner Frondienst leistet, haben die Knechte des Burgherrn sie mitgenommen.« Mit dem Daumen deutete der Mann auf einen Bretterverschlag neben der Hütte. »Unsere Ziege gefiel ihnen obendrein. Nun sitze ich mit den schreienden Bälgern allein da, ohne Frau, ohne Milch.«

»Ich kann Euch zur Burg führen lassen, aber nehmt das Schreiben und übergebt es dem Burgherrn oder dessen Vogt.« Aufdringlich hielt der Priester Lukas den grauen Streifen entgegen, der vermutlich eine Bittschrift zugunsten seiner gefangengenommenen Beichtkinder enthielt. Lukas zögerte einen Augenblick, dann nickte er und griff bereitwillig nach der Haut. Er konnte nicht umhin, den Mut des alten Geistlichen zu bewundern. Wie er so vor ihm stand, erinnerte er beinahe an einen biblischen Propheten, auch wenn der Pfarrherr von St. Jakob zu Bamberg diese in seinen Predigten niemals kahlköpfig, sondern stets mit langen Bärten und wallender Haarpracht beschrieben hatte.

»Bestellt den Rabensteinern, daß unter meinen Beichtkindern kein Dieb zu finden ist. Auch wenn er die Gefangenen foltern läßt, wird er doch nichts anderes erfahren.«

Lukas sog scharf die Luft ein. Nach den Worten des Pfaffen und seiner Leute war es zu einem Diebstahl gekommen, den der Burgherr nun durch die Gefangennahme mehrerer Geiseln aus dem Dorf aufzuklären versuchte. Was jedoch genau verschwunden war, schien nicht einmal der Dorfpfarrer zu wissen. Oder weigerte er sich nur, darüber zu reden? Hastig überflog Lukas die wenigen Zeilen, die der Priester mit ungelenker Hand niedergeschrieben hatte, aber zu seiner Enttäuschung ließen ihn seine bescheidenen Kenntnisse der lateinischen Sprache im Stich. Er konnte kaum ein Wort entziffern. Dem Burgherrn und seinem Verwalter würde es vermutlich kaum anders ergehen. Sie würden sich über das Schreiben amüsieren und es ungelesen auf den Misthaufen werfen. Hohe Herren waren daran gewöhnt, zu bekommen, wonach sie verlangten.

»Am Edder, hinter dem Saupfad, warten die beiden Söhne des Schultheißen auf Euch«, sagte der Priester. »Sie werden Euch bis vor das Burgtor begleiten. Mir selbst bleibt nur, für Eure Seelen zu beten und für die Seele der Mondreiterin. Sofern sie überhaupt noch eine Seele besitzt!«

Werner von Rottweil seufzte. »Ihr seid ein Mann der Kirche und faselt von einer Mondreiterin?« rief er aufgebracht. »Das ist Häresie!«

Jenseits der Stallungen schlug eine Tür zu; ein Hofhund rüttelte an seiner Kette und ließ ein wütendes Gebell ertönen.

Der Priester machte eine strenge Handbewegung, worauf der Hund augenblicklich verstummte.

»Ich weiß sehr wohl, wovon ich rede«, entgegnete der Priester voll Würde. »Habt Ihr die Knochen und Tierschädel gesehen, die am Eingang des Dorfes über den Kornspeichern hängen? Sie sollen das Böse von unseren Häusern fernhalten, gleichwie die Neidköpfe und Chimären an den Fassaden der städtischen Gotteshäuser, die Ihr erbaut.« Brüsk wandte er sich ab und strebte dem Chorturm seiner Kapelle zu. »Ihr werdet bald verstehen, was ich damit meine.«

Die beiden Söhne des Dorfvorstehers warteten bereits ungeduldig jenseits des Steges auf sie. Es waren Zwillingsbrüder, die einander bis auf den letzten Schmutzfleck auf der Wange ähnelten. Sie trugen graue Leinenkittel, die ihnen über die Knie fielen, aber keine Schuhe. Die beiden schienen sich miteinander verabredet zu haben, kein Wort mit den Fremden zu wechseln, denn kaum hatten Lukas und Werner den Wassergraben überquert, griffen sie sich die Zügel der Pferde und zogen die Tiere schweigend in östlicher Richtung davon, einem wild bewachsenen Hang entgegen.

Im Unterschied zu dem abschüssigen Steilhang, den Werner und Lukas nur mit Mühe bezwungen hatten, wirkte die Gegend auf dieser Seite des Berges auf wundersame Weise belebt. Büsche und Hecken zierten den Wegesrand in satten Frühlingsfarben. Buntspechte klopften rhythmisch gegen die Rinde von Birken und Eiben.

Lukas lehnte sich entspannt zurück. Er vernahm die schrillen Schreie zweier Elstern. Die Vögel flatterten aufgeregt über den Baumkronen umher, als bestünde ihre Aufgabe darin, die Tiere im Unterholz vor unliebsamen Eindringlingen zu warnen. Als Lukas ihre Kreise mit den Augen verfolgte, sah er, daß die Vögel einem Baum zustrebten, den sie offenkundig zu ihrer Wohnstatt gemacht hatten. Ein Wirrwarr von Nestern besetzte gleich mehrere Äste der mächtigen Eiche, hinter welcher eine starke Mauer und ein runder, mit Efeu bewachsener Aussichtsturm auf die nahe Burg hinwiesen.

»Es kann nicht mehr weit sein«, rief Werner. »Du darfst dich freuen, Bursche: Heute abend speisen wir an der Tafel der Ritter von Rabenstein. Wenn ich mich recht entsinne, so verfügt unser edler Auftraggeber über einen ausgezeichneten Weinkeller.« Mit einigen prüfenden Handgriffen überzeugte er sich davon, daß seine geometrischen Instrumente noch immer in ihrem Beutel am Zaumzeug hingen.

Lukas wischte sich mit dem Ärmel über das Gesicht. Nach allem, was er im Dorf über diesen Ritter Rüdiger und sein Haus erfahren hatte, war er nicht mehr sonderlich erpicht darauf, dessen Bekanntschaft zu machen. Er hoffte, daß es ihm möglich war, den Leuten von Rabenstein aus dem Weg zu gehen und nur an den Auftrag des Baumeisters zu denken. Doch wie er Werner kannte, war damit nicht zu rechnen. O Justina, dachte er seufzend, wie gerne wäre ich jetzt bei dir!

Sein Pferd wich einer Treppe aus, die auf der Breitseite des Turmes in den Fels getrieben worden war. Obgleich an der Konstruktion des Bauwerks nichts auszusetzen war, mißfiel Lukas der menschliche Eingriff in die friedvolle Atmosphäre des Berges. Verstohlen spähte er zu den wuchtigen Zinnen empor, doch nichts rührte sich da. Der Burgherr von Rabenstein hielt es offenbar nicht für nötig, den äußeren Wachtturm seines Hauses zu bemannen. Vermutlich benötigt er jeden seiner Knechte, um die gefangenen Dorfleute einschließlich ihrer Ziege zu bewachen. Die Stufen der Treppe waren bereits grün von Moos, ein Wegkreuz mit dem Leib des Erlösers verschwand beinahe unter einem dichten Dach von Blättern.

»Unser Dorfpriester scheint nicht sehr oft hier heraufzukommen«, sagte Lukas. Er bekreuzigte sich flüchtig und berührte vom Rücken seines Tieres aus das verwahrloste christliche Symbol.

»Dieser Wirrkopf von einem Pfaffen sollte sich in Zukunft besser vorsehen«, schimpfte Werner.

Jenseits des Wachtturmes begann der Weg plötzlich enge Kurven zu beschreiben. Im Erdreich zeichneten sich die Spuren von Hufeisen und bloßen Füßen ab. Lukas ballte die Fäuste, als er daran dachte, wie man die Geiseln aus dem Dorf hinter den Pferden der Waffenknechte durch den Morast geschleift hatte.

»Unser gnädiger Kaiser Friedrich hat in seiner Weisheit Gesetze erlassen, die sich gegen Aberglauben und Ketzerei in seinem Reich richten«, fuhr Werner fort. »Ordensbrüder des Heiligen Dominikus ziehen von Stadt zu Stadt, um zu untersuchen, ob die ungebildeten Priester ihre Pfarrkinder auch in der rechten Lehre unterweisen oder ob sie nicht vielmehr heimlich heidnischen Kulten wie dem der Mondreiterin Holda huldigen. In Südfrankreich wimmelt es von aufsässigen Bauern und Häretikern. Die Kirche nennt sie Katharer, obwohl sie selber sich gern als *homines boni*, gute Menschen, bezeichnen.«

»Dem Dorfpriester geht es um Gerechtigkeit«, erwiderte Lukas achselzuckend. »Er möchte den Menschen im Dorf helfen, wie es seiner Pflicht als Hirte entspricht. Meiner Meinung nach macht ihn das zu einem guten Menschen.«

Werner kratzte sich am Hinterkopf. »Ein Wolf sorgt sich um sein Rudel, ein Geächteter um seine Spießgesellen. Du bist noch zu unerfahren, um die Niedertracht der Welt zu durchschauen, mein Freund. Eines Tages wirst du lernen, heilige Geheimnisse von schnödem Aberglauben zu unterscheiden. Und von gefährlicher Ketzerei.«

»Ihr sprecht schon wieder in Rätseln«, beschwerte sich Lukas. Mit Werner von Rottweil über die Übel der Leibeigenschaft zu disputieren war ein ausweglosiges Unterfangen. Er nahm sich vor, seine Ansichten künftig für sich zu behalten. Dunkel erinnerte er sich indes daran, wie er Meister Norbert und einen fremden Steinsetzer eines Abends auf dem Domplatz beim Austausch merkwürdiger Handgriffe und Losungen überrascht hatte. Als die Männer bemerkten, daß sie beobachtet wurden, trennten sie sich wortlos, als wären sie einander niemals begegnet. Lukas fand diesen ungewohnten Hang zu Heimlichkeiten verdächtig, aber auf gewisse Weise auch faszinierend. Zu seinem großen Bedauern war Norbert damals nicht zu bewegen gewesen, ihm sein Verhalten zu erklären.

»Meint Ihr mit heiligen Geheimnissen etwa die Regeln der sogenannten operativen Kunst, die in manchen Dombauhütten gelehrt werden?« fragte er nun vorsichtig nach. Er hatte die Worte bei Norbert aufgeschnappt und war stolz darauf, sie nicht vergessen zu haben.

»Du hast es erfaßt, mein Sohn.« Werner gähnte. »Die Kunst, Stein mit Hammer und Meißel zu bearbeiten und ihn so anzusetzen, daß Gebäude und Skulpturen aus ihm wachsen, ist so alt wie die Welt. Seit dem Bau des Tempels zu Jerusalem tragen begabte Männer unseres Handwerks geometrische Erkenntnisse zusammen. Symbole, die nur an die besten Steinmetzen weitergegeben werden, verstehst du? Auf Burg Rabenstein werde ich dir die Entscheidung überlassen, ob du mehr über die Mysterien der Geometrie lernen möchtest oder nicht. Der Weg der königlichen Kunst ist keineswegs einfach zu beschreiben, aber glaube mir: Einigen Menschen ist er vorbestimmt. Vielleicht gehörst du zu ihnen.«

Während Lukas noch darüber nachdachte, ob Werner ihn tatsächlich zu diesen erwählten Steinmetzen zählte und wie der Weg, auf dem diese Wunderknaben wandelten, wohl aussah, tauchten vor ihm auf einem Hochplateau die wuchtigen Mauern, Türme und Zinnen der Burg Rabenstein auf. Ein Monstrum aus hartem Stein und Holz, der auf härterem Felsen ruhte und dabei aussah, als versuche er, selbst dem Tag des

Jüngsten Gerichts zu trotzen. Auf dem höchsten Turm, dem Bergfried, flatterte ein gewaltiges Banner im Wind.

Die schweigsamen Zwillinge wurden beim Anblick der massiven Wehranlage von Unruhe ergriffen. Wie auf Kommando ließen sie die Zügel fallen, kaum daß das Tor in ihrem Blickfeld erschien. Offensichtlich sahen sie ihren Auftrag als beendet an. Ohne jeden Gruß kehrten sie Werner und Lukas den Rücken und machten sich an den Abstieg. Wenige Augenblicke später waren sie im Dickicht verschwunden.

»Schade«, schickte der Baumeister ihnen mit dröhnender Stimme hinterher. Seine Hand wedelte mit einer kleinen, prall gefüllten Lederbörse. »Ich hatte soeben entschieden, die maulfaulen Bengel für ihre Mühe zu belohnen.«

Lukas stieß einen tiefen Seufzer aus. Die Dorfjungen taten ihm leid, aber eine vage Ahnung sagte ihm, daß sie gut daran getan hatten, rechtzeitig das Weite zu suchen. Wenngleich die Burg auf ihn nicht wirklich bedrohlich wirkte, so beschlich ihn beim Anblick des von dichten Rußflecken geschwärzten Bergfrieds doch das sonderbare Gefühl, nicht zum ersten Mal vor ihm zu stehen. Die schmalen Schießscharten wiesen Brandspuren auf. Irgendwann mußte hier ein heftiges Feuer gelodert haben.

Werner klopfte mit seinem Stab dreimal kräftig gegen das Burgtor und trat einen Schritt zurück, damit der Wächter, der das Mannloch öffnete, ihn besser sehen konnte. Es verging eine Weile, ehe sich hinter der Mauer etwas regte. Ein Bolzen wurde zur Seite geschlagen, und ein älterer Wachsoldat spähte mit mürrischem Gesicht durch die ziegelsteingroße Luke.

»Euer Begehr?« brummte der Mann.

Werner räusperte sich. »Mein Geselle und ich kommen aus Bamberg. Wir werden von deinem Herrn erwartet.«

»Ach ja, der Baumeister … Ich erinnere mich.« Die Stimme des Wächters klang alles andere als begeistert, dennoch öffnete er das Tor und winkte die Ankömmlinge mit seinem Spieß durch den schmalen Spalt. »Ihr müßt warten, bis ich den Vogt verständigt habe!« befahl er griesgrämig.

Lukas blickte sich um. Der Burghof, an den sich im Westen der Palas, im Süden ein gewaltiger, eckiger Bergfried anschloß, flößte ihm größeren Respekt ein als die scharfe Waffe des Torwächters. An allen vier Ecken des Hofes brannten Feuer in dreibeinigen Kupferbecken. Männer in gepolsterten Waffenröcken liefen umher, ihren jeweiligen Posten entgegen. Aus den Fenstern der von Mauern und Türmchen umgebenen Fachwerkgebäude drang feiner Rauch, der Wind trug einen aufdringlichen Geruch von gebratenen Zwiebeln, fettem Speck und Honig herunter. Lukas versuchte, nicht an seinen Hunger zu denken. Sein Blick wanderte weiter, von der Backstube zum Brunnenschacht, vor dem eine Anzahl von zerborstenen Mühlsteinen lag, als plötzlich ein hochgewachsener, schlanker Mann aus einer der Türen trat und mit schnellen Schritten auf den bewachten Bergfried zuhielt. Er trug einen gepflegten dunkelblonden Vollbart, und sein Haar fiel ihm in eleganten Wellen über die breiten Schultern. Aussehen und Kleidung ließen den Schluß zu, daß er hier der Herr war, und noch im Gehen erteilte er einigen Knechten Anweisungen. Am anderen Ende des Hofes blieb er bei einem einäugigen Plattner stehen, der auf einem Schemel vor der Burgschmiede hockte und sich abmühte, mit einem Hammer eine Rüstung auszubessern. Der Waffenknecht sah zu seinem Herrn auf und wischte sich mit dem Ärmel den Schweiß von der Stirn. Zu seinen Füßen lag ein Sammelsurium von Brustharnischen, ledernen Armteilen, Schwertscheiden aus Holz und verbeulten Beckenhelmen, für deren Instandsetzung der Einäugige offenkundig zuständig war. Ein paar lobende Worte fielen, dann eilte der junge Ritter auch schon weiter.

Werner knuffte Lukas beeindruckt in die Seite. »Hast du den Mann gesehen, mein Junge? So, und nicht anders, behandelt ein weiser Herr seine Untergebenen. Dann arbeiten sie auch gut.«

»Interessant«, meinte Lukas. »Ich werde Euch zu gegebener Zeit daran erinnern!«

»Der junge Ritter ist Rüdiger aus dem Hause Morsch, der Herr von Rabenstein. Ich muß ihn sogleich von unserer Ankunft in Kenntnis setzen.«

»Sollten wir nicht auf den Vogt warten?«

»Unfug!« Ohne auf den Protestruf des Wächters einzugehen, drückte Werner Lukas die Zügel seines Pferdes in die Hand und folgte dem Burgherrn. Wenige Momente später fing er auch schon an, mit wilden Gesten auf ihn einzureden. Lukas verfolgte belustigt, wie der junge Mann die Brauen hob und den verdutzten Torwächter mit einem Kopfschütteln bedachte.

»Ihr habt also Euer Wort gehalten und seid zurückgekehrt, Meister Werner«, hörte Lukas den Burgherrn dann sagen. Rüdiger von Morsch lächelte. Seine haselnußbraunen Augen blitzten einnehmend. »Meine Mutter wird erfreut sein, von Eurer Ankunft auf Rabenstein zu erfahren. Glaubt mir, seit dem Ende der Fastenzeit fragt sie beinahe täglich nach dem Baumeister, den sie sich bestellt hat. Ich fürchte, die alte Dame hat noch eine Menge mit Euch vor!«

Werner verbeugte sich geschmeichelt. »Ich stehe ganz zu Diensten, Herr Ritter«, sagte er. »Mit Eurer Erlaubnis möchte ich Euch meinen Gehilfen Lukas von Bamberg vorstellen. Er gehört zu den Steinmetzen, die seit Jahren fleißig an Bischof Ekberts Dom arbeiten.«

Rüdiger von Morsch musterte Lukas von Kopf bis Fuß. Dann klatschte er unvermittelt in die Hände, woraufhin eine Tür aufgestoßen wurde und eine ältliche Magd den Kopf auf den Burghof streckte. »Ägidia wird Euch und Eurem Gesellen zeigen, wo Ihr schlafen könnt«, erklärte der junge Burgherr. »Leider kann ich Euch für diese Nacht nur eine kleine Kammer hinter den Wachstuben anbieten, denn es haben sich unerwartet mehrere Gäste in der Burg eingefunden, die beherbergt werden wollen. Ihre Ankunft hat leider zu einigen Unannehmlichkeiten geführt.«

»Wir haben im Dorf davon gehört«, wagte Lukas zu entgegnen. »Der Priester bat mich, Euch sein Schreiben auszuhändigen.« Ohne zu zögern, holte er den beschrifteten Streifen Kalbshaut aus seinem Wams und gab ihn an Rüdiger von Morsch weiter. Der Burgherr blickte fragend von Lukas zu Werner.

»Der verrückte alte Mann hat meinem Gesellen den Fetzen förmlich aufgedrängt, Herr!« Werners Gesicht färbte sich vor Verlegenheit rot. »Wir haben ihn ganz bestimmt nicht dazu ermutigt. Ich hätte nicht einmal geahnt, daß ein einfacher Pfaffe auf dem Land schreiben kann.« Er warf Lukas einen düsteren Blick zu. Wenn Rüdiger von Morsch nun einen Wutausbruch bekam und sie beide mit einem Tritt in den Hintern vor die Tür setzte, war es allein seine Schuld. Doch zu seiner Erleichterung geschah nichts dergleichen. Der Burgherr setzte vielmehr eine bekümmerte Miene auf und vertiefte sich in die Botschaft des Dorfgeistlichen. Im Gegensatz zu Lukas konnte er die Schrift sogleich entziffern. Das bedeutete, daß er zumindest die Kunst des Lesens beherrschte, was auch unter Rittern nicht allzu häufig vorkam. Lukas fragte sich, ob der junge Mann vielleicht von Mönchen erzogen worden war, ehe er den Schildknappendienst aufgenommen hatte.

»Unglücklicherweise blieb mir keine andere Wahl, als im Dorf einige Bauern als Geiseln zu nehmen«, sagte Rüdiger, nachdem er den Brief gelesen hatte. Es fiel ihm offensichtlich nicht schwer, mit Fremden über Rabensteiner Angelegenheiten zu reden. »Eine Edeldame, deren Reisegesellschaft seit zwei Tagen die Gastfreundschaft meiner Mutter genießt, hat mir gestern den Diebstahl eines wertvollen Schmuckstücks angezeigt. Es handelt sich um eine Kette aus Gold- und Silbermünzen, die ihr zukünftiger Ehemann ihr als Brautgabe gesandt hat. Seit das verdammte Ding verschwunden ist, schleicht die Dame mit einer wahren Leichenbittermiene durch die Gänge. Sie behauptet, daß nur einer der Fronarbeiter aus dem Dorf ausreichend Gelegenheit hatte, die Kette aus ihrer Kammer zu entwenden. Angeblich ließ sie die Münzen auf einem Wandbord zurück, bevor sie die Badestube hinter dem Sauloch aufsuchte. Zu dieser Zeit waren tatsächlich ein paar Mägde aus dem Dorf in der Nähe der oberen Stuben. Ägidia hatte ihnen aufgetragen, Kleider und Decken auszubessern. Falls die Dame nun ohne ihr Liebespfand im Haus ihres Bräutigams erscheint, könnte dies für einige Unruhe sorgen, und meine Mutter und ich würden unser Gesicht vor dem Bamberger verlieren!«

»Dem Bamberger?« rief Lukas aus. »Dann ist die Frau ...«

Werner stöhnte leise auf. »Salomanns sehnsüchtig erwartete Braut«, ergänzte er betroffen. »Ich hab's doch geahnt. Wenn sie schon auf halbem Weg nach Bamberg ist, bleibt uns nur wenig Zeit, unsere Skizzen für die Burgherrin anzufertigen.«

»Könnt Ihr eigentlich an nichts anderes mehr denken als an Euren Auftrag?« beschwerte sich Lukas. Mit vorwurfsvollem Blick beobachtete er, wie der Burgherr einen Pferdeknecht herbeiwinkte und die Anweisung gab, ihre beiden Tiere zur Tränke zu führen. Kurz darauf erschien die Magd Ägidia und bat die späten Besucher, ihr hinüber zum Treppenturm zu folgen. Rüdiger von Morsch entschuldigte sich und setzte seinen Rundgang über den Burghof fort. Augenscheinlich hatte er noch Verschiedenes zu erledigen, bevor das abendliche Gastmahl beginnen konnte.

Werner machte ein nachdenkliches Gesicht, dann klopfte er Lukas auf die Schulter und sagte: »Nun ja, vielleicht hält der Diebstahl dieser Kette Salomanns Braut noch ein wenig länger hier fest.« Er hielt kurz inne, um zu überlegen. »Ja, natürlich, sie muß bleiben, bis einer der Fronleute gestanden hat. Kein Grund, um sich saures Bier zu bestellen. Dieser kleine Zwischenfall verschafft mir genug Zeit, um die alte Burgherrin davon zu überzeugen, daß wir für ihre Zwecke die richtigen Bauleute sind.«

Lukas hätte den dicken Mann gerne am Kragen gepackt und durchgeschüttelt, doch er hielt sich zurück. Schweigend schulterte er die Bündel und Taschen des Baumeisters, die dieser zu seinen Füßen niedergelegt hatte, und schwankte, beladen wie ein Maultier, hinter der Burgmagd her. Über seinem Kopf erklangen nun wieder die schrillen Rufe der Elstern. Aus einem der hohen runden Bogenfenster des Palas klang die Melodie einer einsamen Flöte durch die Frühlingsluft; eine glockenhelle Frauenstimme begleitete sie. Sie sang in italienischer Sprache.

Lukas blieb stehen und legte verwundert den Kopf in den Nacken. Ein plötzlicher Einfall veranlaßte ihn, sich die Worte des Burgherrn über das verschwundene Schmuckstück und Salomanns Braut ins Gedächtnis zurückzurufen. Möglicherweise war die Beschuldigung der jungen Edeldame doch zutreffend, und es gab Diebe, welche die Burg regelmäßig heimsuchten. Allerdings war er davon überzeugt, daß die Dorfleute nicht hinter der Tat steckten.

Lukas legte Werners Bündel und Taschen ab und lief auf das Torhaus zu, in dem Rüdiger von Morsch soeben verschwunden war. Er mußte den jungen Burgherrn um einen Gefallen bitten.

Achtes Kapitel
Bamberg, April 1235

Justina fielen vor Müdigkeit bereits die Augen zu. Der Tag war anstrengend gewesen, aber trotz ihrer Erschöpfung lehnte sie es ab, das Strohlager aufzusuchen, das man ihr als Notquartier zurechtgemacht hatte. Die Erzählungen der dunkelhaarigen

Frau, die ihr am Tisch gegenübersaß, faszinierten sie viel zu sehr. Ihre Geschichten von den märchenhaften Weiten Italiens, von Byzanz und der heiligen Stadt Jerusalem klangen aufregend und geheimnisvoll. Zum ersten Mal seit langer Zeit fühlte sich Justina wohl. Endlich konnte sie wieder an etwas anderes denken als an ihre eigenen Probleme.

Nurith bat Isaak lächelte ihr nachsichtig zu. Sie war eine bemerkenswert große Frau, von kräftiger Statur und bronzener Hautfarbe. Tadellos gekleidet, versteckte sie ihr Haar jedoch weder unter einem Schleier noch trug sie ein Gebinde; die Ärmel ihres bodenlangen Wollgewandes lagen eng an und verschafften ihr somit die Beweglichkeit, die sie brauchte, um als Ärztin und Wehmutter wichtige medizinische Handgriffe zu tätigen.

Das kleine, strohbedeckte Lehmhaus, das sich an die grobe Pforte zur Judengasse schmiegte, lag in tiefer Finsternis, nur eine kleine Talglampe brannte vor dem Schiebestein des Fensters, um Kranken im Notfall den Weg zu Nuriths Hütte auszuleuchten. Für Justina war es eine fremde, beinahe zauberhafte Welt, in die sie da hineingeraten war, und sie ertappte sich mehrmals bei dem Wunsch, sie mit Lukas' in Form und Perspektive geschulten Augen sehen zu können. Die Kammer, die sich Nurith mit zwei Hühnern teilte, besaß eine Vielzahl von Ecken, Stufen und Winkeln. Ihre Nischen quollen förmlich über von Töpfen, Schalen und Tiegeln. In ihnen, so erklärte die Ärztin, befanden sich Heilmittel, Kräuter und Salben.

Justina legte ihren Kamm auf eine morgenländisch aussehende Konsole gleich neben der Tür. Dann trat sie an das Wandbord und schnupperte versonnen an einem Krüglein; sogleich verbreitete sich ein würziger Duft bis unter das mit Stroh ausgelegte Dach. Über eine wackelige Leiter erreichte man Nuriths Speicher, ihr Allerheiligstes, wie sie ihn scherzhaft zu nennen pflegte. Dort lagerten trockene Gewürze in

Hülle und Fülle: Lorbeer, Majoran, Salbei, Beifuß und Frauenmantel, mit denen die Heilerin ihre Nachbarn zu behandeln pflegte, aber auch Säcke mit Bohnen und Kleie, die ordentlich an den Wänden standen. Hinter einem Vorhang befand sich das Bett der Ärztin.

In der größeren Stube herrschte indes ein buntes Durcheinander. Nurith bat Isaak legte offensichtlich Wert darauf, jeden Gegenstand gleich zweifach zu besitzen. Da gab es zwei Kessel, zwei Waagen, mehrere sorgfältig voneinander getrennte Pfannen und Tonschalen, ja selbst zwei aus groben Eichenbrettern gezimmerte Tische. In den Laden stapelten sich Bücher in hebräischer, arabischer und persischer Schrift neben Kästchen mit Binden und Schnüren aus gegerbtem Leder, die Nuriths verstorbenem Ehemann gehört hatten. Nurith benutzte den Tisch auch zur Behandlung von offenen Wunden. Sein Gegenstück stand hinter einer Trennwand aus Binsengeflecht; dieser Tisch bog sich unter der Last zahlreicher Milchkrüge, Pfannen und Holzbretter, auf denen noch die Reste klein geschabter Rüben klebten. Hier bereitete die Ärztin ihre Mahlzeiten zu. Für gewöhnlich war sie mit sich und ihren Gedanken allein. Gäste betraten ihr Haus äußerst selten.

»Der Ewige, gelobt sei Sein unaussprechlicher Name, hat seinem Volk Israel befohlen, koscher zu leben, das bedeutet rein, nach bestimmten Geboten«, erklärte Nurith, als Justina sie nach dem Grund für die getrennten Tiegel und Töpfe fragte. »Ich darf einen Kranken, der womöglich aus offenen Wunden blutet, nicht auf dem selben Tisch behandeln, an dem ich später Speisen zubereite, ebensowenig wie ich nach den Geboten meines Glaubens Fleisch mit Milch vermengen darf. Diese biblischen Gesetze der Reinheit befolgt unser Stamm seit Jahrtausenden.«

Nurith ergriff ein kleines Messer, prüfte nach, ob die Klinge schartig war, und begann schließlich, auf einem der Holzbrettchen frisches Basilikum zu zerkleinern. Vermischt mit einer Messerspitze Fett half der gepreßte Saft der Blätter bei der Behandlung schmerzhafter Schrunden und aufgesprungener Lippen. Justina spürte, wie die Ältere sie mit einem nachdenklichen Blick ansah. Nurith wußte, was ihr widerfahren war, nur aus diesem Grund war sie überhaupt bereit gewesen, dem christlichen Mädchen, das sie nur flüchtig kannte, die Tür zu ihrem Heim zu öffnen. Nun, da sie einmal hier war, galten die Gebote der Gastfreundschaft. Nach diesen Grundsätzen hatte Nuriths Gemahl gelebt, ihr selbst waren sie heilig. Dennoch durfte sie nicht vergessen, daß Justinas Aufenthalt in der Judengasse nicht von langer Dauer sein durfte. Nurith war eine Verwandte des gelehrten Rabbiners Samuel, der regelmäßig ihr Haus besuchte. Ihr winziges Gemüsegärtchen grenzte an die Westmauer des Lehrhauses, in dem der Rabbiner seine Schriftrollen verwahrte, im Osten konnte man die Dächer des Doms sehen. Als Nurith an ihren Vetter dachte, wurde ihr plötzlich schwer ums Herz. Der Rabbiner und seine Freunde machten sich Sorgen um das Wohl der Gemeinde. Während der letzten Kreuzzüge war es vielerorts im Reich zu heftigen Ausschreitungen gegen Juden gekommen. Zahlreiche Menschen hatten ihren Besitz, einige gar ihr Leben verloren. Wie mochten die Gemeindeältesten reagieren, wenn sie erfuhren, daß ausgerechnet Nurith, die Verwandte eines Gelehrten, einer davongelaufenen Christin heimlich Obdach gewährte? Es bekümmerte Nurith, den Gedanken weiterzuspinnen; es lag auf der Hand, daß die junge Schreiberin das jüdische Viertel in Gefahr brachte.

Und wenn man ihr, der Ärztin, nun die Verantwortung zuschob? Vielleicht glaubte man am Ende noch, sie habe die Schreiberin zu ihrer Flucht aus dem Elternhaus ermuntert. Sie mochte gar nicht daran denken, was mit ihr geschah, falls man Justina ausgerechnet in ihrem Haus entdeckte. Im Schatten des mächtigen Domberges hatte sie keine Möglichkeit, sich zu verteidigen. Die Juden waren in Bamberg nicht beliebter als in anderen Städten des Reiches. Man duldete sie, weil sie im Auftrag des Bischofs Geld verliehen oder den Handel mit Waren betrieben, die den Kaufherrn Salomann nicht interessierten.

Unwillkürlich sah die Ärztin hinüber zu den verriegelten Fensterläden und lauschte, ob sich vor ihrer Eingangstür etwas regte. Sie konnte von Glück sagen, daß ihre Nachbarn, ein Pfandleiher und dessen Weib, sie für gewöhnlich in Frieden ihrer Arbeit nachgehen ließen, auch wenn außer dem Gemeindeältesten noch andere männliche Verwandte ein Auge auf sie hatten. Wie in christlichen Häusern galt auch im Judenviertel der Mann als Oberhaupt der Familie; er war der Patriarch, der bedingungslosen Gehorsam verlangte. Im Gegensatz zu den Christen besaßen Ehefrauen hier jedoch zumindest gewisse Rechte. Sie galten nicht als unrein und wollüstig, so wie manche Kirchenmänner zuweilen behaupteten, sondern durften am Sabbat heilige Segenshandlungen vornehmen. Warum die christlichen Bußprediger alle Übel der Welt den Frauen zuschrieben und sie als verführte Geschöpfe, Beute des Teufels, brandmarkten, ging Nurith nicht in den Kopf. War nicht die von allen Christen verehrte Jungfrau Maria, der Kirchen, Kapellen, ja ganze Kathedralen geweiht wurden, ebenfalls eine Frau gewesen?

In Nuriths eigenem Leben hatten sich Freude und Leid stets die Waage gehalten. Nach dem Tod ihres Gemahls hatte ihr der hohe rabbinische Rat erlaubt, als Ärztin und Hebamme zu arbeiten und sich somit ihren Lebensunterhalt zu verdienen. Ihr Vetter Samuel betrachtete ihre Geschicklichkeit sowie ihr Wissen über Heilpflanzen sogar als Gabe Gottes.

Vorsichtig reinigte Nurith die scharfe Klinge ihres Messers und warf die gehackten Blätter in einen tönernen Mörser. Dabei ließ sie Justina nicht aus den Augen.

Vor der jungen Frau lagen mehrere Bögen Papier und

Pergament aus feinem Kalbsleder, dazu Griffel und spitze Federn. Justina hatte ihr erzählt, daß sie einen Auftrag erledigen mußte: ein paar Ergänzungen für das Buch eines Klosterbruders, aber noch war es ihr nicht gelungen, auch nur eine Zeile zu Papier zu bringen. Zu tief saßen ihr die Ereignisse der vergangenen Stunden in den Knochen.

»Wo hast du nur all diese Dinge gelernt?« richtete Justina nach einer Weile das Wort an Nurith. »Wer hat dir beigebracht, kranke Menschen zu behandeln?«

Nurith bat Isaak zögerte einen Augenblick lang. Sie hatte nie zuvor darüber gesprochen, aber sie fühlte, daß sie Justina vertrauen konnte. Daher gab sie sich einen Ruck und öffnete eine mächtige Eichentruhe, die den engen Raum mühelos in zwei Hälften teilte. Ihre langen Haare fielen ihr über die Schultern, während sie mit beiden Armen angestrengt in dem dunklen Kasten wühlte. »Wo habe ich nur meinen *Avicenna* gelassen?« murmelte sie vor sich hin. »Ich dachte, ich hätte ihn in diese Truhe gelegt.«

»Avicenna?«

»Die gesammelten Schriften eines berühmten Arztes, der vor langer Zeit in Persien lebte. Mein Gemahl erstand das Buch eines Tages auf einer seiner Handelsreisen nach Isfahan und schenkte es mir. Nach seinem Tod begann ich es zu lesen, aber seinen Sinn erkannte ich erst nach vielen Jahren des Studiums. Avicennas Heilkunde beinhaltet beinahe alles, was heute in den medizinischen Schulen von Salerno oder Toledo gelehrt wird. Ich konzentriere mich besonders darauf, was der Arzt über die Lehre von den verschiedenen Wärmegraden und den Gebrauch von persischen Heilpflanzen zu sagen hat. Als mein Ehemann, möge er in Frieden ruhen, noch lebte, brachte er mir die getrockneten Kräuter und Samen mit. Heutzutage bleibt mir nichts anderes übrig, als die jüdischen Kaufleute in Nürnberg um Hilfe zu bitten.«

Justinas Müdigkeit war mit einemmal wie weggeblasen. Voller Bewunderung beobachtete sie, wie die Ärztin ein schweres Buch aus einer mit bronzenen Nieten beschlagenen Hülle nahm und es vorsichtig auf den Tisch legte. Anschließend lief sie zur nahen Feuerstelle hinüber, ergriff einen Krug und schüttete ein wenig Wasser über ihre Hände. Dabei murmelte sie einen Segensspruch in hebräischer Sprache, der jedoch im Knistern der glühenden Holzscheite unterging. Im Ofenloch brannte ein Feuer; seine Flammen warfen tanzende Schattenpunkte auf den schlanken Rücken der Hausherrin. Justina blickte beschämt auf ihre mit Tintenflecken beschmutzten Finger. Sie vermutete, daß die Schrift zu kostbar war, als daß sie mit ungewaschenen Händen berührt werden durfte, und nahm sich fest vor, die Reinlichkeit der Jüdin künftig nachzuahmen.

Nurith hatte die erste Seite des kostbaren persischen Buches aufgeschlagen, als ein donnerndes Geräusch sie und Justina aus ihrer Ruhe aufschreckte. Das Getöse kam von der Tür; irgend jemand schlug ungeduldig gegen das dumpfe Eichenholz.

»Gott Abrahams, wer kann zu dieser Stunde noch etwas von mir wollen?« flüsterte die Ärztin. »Die Tore sind doch längst geschlossen.« Nervös band sie einen Wollschal um ihren Kopf und lief eilig zum Fenster hinüber. Um jedoch nachsehen zu können, wer vor dem Haus stand, mußte sie sich bücken und die Läden aufstoßen. Ratlos verharrte die Ärztin zwischen Tür und Fensteröffnung und überprüfte mit flatternden Fingern die Riegel und Bolzen. Ich habe es geahnt, dachte sie. Die Schreiberin bringt mir und meinem Volk Unglück.

Während sie noch zweifelnd auf die Eingangstür starrte, wurden die Schläge gegen die Tür noch lauter; sie dröhnten durch die Hütte, als verkündeten sie den Beginn der zehn ägyptischen Plagen. »Aufmachen«, brüllte eine tiefe Stimme zwischen zwei Schlägen. »Verdammt, hier wohnt doch die Judenärztin. Laßt mich endlich eintreten, ich habe Schmerzen!«

»Ein Patient.« Nurith stieß erleichtert die Luft aus. »Nur ein Mann, der meinen ärztlichen Rat sucht. Vielleicht ist es wirklich ein Notfall.«

»Das glaube ich nicht«, hauchte Justina ahnungsvoll. Sie hob die Hände, wenngleich ihr klar war, daß sie kein Recht hatte, die Ärztin von der Erfüllung ihrer Pflichten abzuhalten. Nurith lebte zurückgezogen, aber sie war keine Einsiedlerin. Ein Vermögen besaß sie auch nicht. Sie lebte davon, Menschen zu behandeln und ihnen Kräuter und Arzneien zu verkaufen.

»Ich muß öffnen«, erwiderte Nurith. »Wenn ich mich weigere, wird der Bischof mich für mein Versäumnis zur Verantwortung ziehen. Vielleicht jagt er mich sogar aus der Stadt.« Sie wandte sich wiederum der Tür zu und rief so laut sie konnte. »Sagt mir, wer Ihr seid und was Euch fehlt!«

»Den Teufel werde ich tun, Weib«, tönte es dumpf und verzerrt ins Innere des Gebäudes. Einem unflätigen Fluch folgten ein paar lähmende Augenblicke des Schweigens. Der Mann vor der Tür unterbrach sein Klopfen; statt dessen schien er sich nun auf seine Lage zu besinnen, denn er brummte verhalten: »Mein Name ist in der Stadt wohl bekannt. Ich bin Lampert, Verwalter im Haus des Kaufherrn Salomann. Macht endlich die verdammte Tür auf, ehe ich sie einschlage. Mein Rücken ist verletzt, außerdem fürchte ich, daß mich das Wundfieber gepackt hat.«

Justina sprang aufgeregt von ihrem Hocker. Es war ein Alptraum, der ihre schlimmste Befürchtung wahrmachte. Lampert hatte sie aufgespürt. Aber wie war ihm dies gelungen, wenn doch außer Lukas keiner ihren Aufenthaltsort kannte?

»Auf den Speicher mit dir«, befahl Nurith. »Rasch, Mädchen!« Sie gab Justina einen leichten Stoß in Richtung der Leiter und wartete, bis sie die oberste Sprosse erklommen und sich hinter den Stapel von Vorratssäcken zurückgezogen hatte. Noch während sie den Riegel zurückschlug, bemerkte sie, daß

Justina vergessen hatte, ihre Schreibarbeiten an sich zu nehmen. Es gelang Nurith im letzten Augenblick, das Buch mit den Schriften des persischen Heilkundigen über die Bögen zu schieben, als die Tür auch schon grob aufgestoßen wurde und Lampert in die Kammer polterte. Er bewegte sich zielstrebig auf die Ärztin zu, seine Holzschuhe klapperten anklagend über den Boden.

Nurith wich zurück. Mit einem einzigen geschulten Blick erkannte sie, daß die Pupillen des Mannes glasig waren. Seine Schläfen glänzten von kaltem Schweiß. Es war nicht zu übersehen, daß er Fieber hatte, und doch hinderte ihn sein jammervoller Zustand nicht daran, sogleich drauflos zu schimpfen.

»Warum, zum Teufel, hat es so lange gedauert, bis Ihr öffnetet? Sollte ich vor Eurer Hütte Wurzeln schlagen?«

»Verzeiht mir, Herr«, sagte Nurith. Sie streckte beschwichtigend die Hand aus und lud den späten Besucher ein, ihr zum Behandlungstisch zu folgen. »Ich glaubte, die Pforte zur Judengasse wäre längst verschlossen.«

»Hat mich auch zwei harte Pfennige gekostet, bis ich den Schuft von Stadtwächter soweit hatte, daß er sie noch einmal für mich öffnete. Ich brauche Eure Hilfe, Frau. Der verfluchte Bader ist einfach nirgendwo aufzutreiben. Und meine fromme Tochter darf nach Einbruch der Dunkelheit nicht mehr vor die Tür. Die alten Krähen von St. Theodor verbieten es ihr.«

Nurith kniff ein Auge zusammen; sie wurde nicht schlau aus dem Gerede des Mannes. Vielleicht, so mutmaßte sie, lag es am Fieber, daß er so aufgebracht war. »Eure Tochter lebt unter Krähen?« fragte sie daher mit einfühlsamer Stimme.

Lampert verzog das Gesicht. »Blödsinn! Ich spreche von den Nonnen, denen ich das Mädchen zur Erziehung überlassen habe. Nun fangt schon endlich an, mich zu untersuchen. Ich habe nicht vor, im Judenviertel zu übernachten!« Ohne Nuriths Aufforderung abzuwarten, nahm Lampert auf dem

Lehnstuhl der Ärztin Platz, entledigte sich seines Wamses und kehrte ihr auffordernd den entblößten Rücken zu. Die Hautflächen zwischen seinen Schulterblättern sahen in der Tat besorgniserregend aus. Einige der zahlreichen Wunden hatten sich entzündet und warfen Blasen.

Hastig wusch Nurith sich die Hände. Dann ergriff sie eine Schalenlampe und begann, die Verletzungen zu untersuchen.

»Au, geht gefälligst etwas sanfter mit mir um«, raunzte Lampert sie an. »Ich dachte, Ihr könntet mir eine Arznei zusammenbrauen, um diese verdammten Stiche zu lindern. Als ich heute nachmittag im Bischofspalast war, spürte ich kaum noch Schmerzen. Der Gesang der frommen Benediktiner hatte mich fast kuriert. Doch kaum blicke ich in das dämliche Gesicht dieses schwarzberockten Schreiberlings, steht plötzlich mein halber Rücken in Flammen. Wenn das nicht Hexenwerk ist ...«

Nurith beschränkte sich darauf, höflich zu nicken. Ihre wahre Meinung behielt sie lieber für sich. Dieser Lampert war zwar ein Flegel und grob wie der Klotz eines Henkers, dafür aber um so wehleidiger. Nun, ihr konnte es recht sein. Je schneller sie den unliebsamen Patienten behandelte, desto eher schaffte sie ihn sich vom Hals. Justinas wegen war er jedenfalls nicht in ihr Haus gekommen. Sie konnte nur hoffen, daß sich das Mädchen auf dem Speicherboden still verhielt, bis sie den Mann verbunden und nach Hause geschickt hatte. Was Justina über ihn berichtet hatte, war nicht übertrieben.

»Nehmt einen Schluck Mohnsirup.« Nurith reichte Lampert eine kleine, mit Bast umwickelte Korbflasche. »Die Arznei ist mit Birkenrinde, Lavendel und verschiedenen fiebersenkenden Kräutern versetzt. Sie sollte Eure Schmerzen lindern. In der Zwischenzeit werde ich mich um einen Salbenverband kümmern.«

»Wunderbar«, murmelte Lampert. »Aber keine heidnischen Mittel mit Amuletten, Zauberformeln und ähnlichem Firlefanz! In dem Dorf, aus dem ich stamme, gab es Weiber, die schwarzen Katzen Löcher in die Ohren schnitten und das Blut auf eine Brotscheibe tropfen ließen. Das sollte auch gegen Fieber helfen, in Wahrheit leerte es einem nur den Magen.«

Nurith hob die Augenbrauen und spielte die Beleidigte. »Ich befolge die Anweisungen medizinischer Autoritäten.« Seufzend umrundete sie den Tisch, schob den Mörser mit dem Basilikum beiseite und bestrich ein in Weingeist getränktes Tuch mit einer Essenz aus Ringelblume, Salbei, persischer Schalotte und Erdrauch. Anschließend löste sie zwei Löffel Salz in einem kleinen Zinnbecher, gab Öl und reichlich Minze hinzu und rührte die Flüssigkeit behutsam in den Kessel über der Herdstelle. Nun mußte sie nur noch aufkochen und mit Hilfe eines Tuches gefiltert werden.

Lampert verfolgte jede ihrer Bewegungen; seine glasigen Augen blitzten voller Argwohn, als lauerten sie nur darauf, die jüdische Ärztin bei einem Fehler zu ertappen. »Was ist das für ein Buch?« fragte er unvermittelt. Er hatte die Schriften des Avicenna auf Nuriths Tisch entdeckt. Neugierig beugte er sich vor, um die prächtigen Illustrationen auf dem Einband besser betrachten zu können. Nurith stockte der Atem. Eilig nahm sie das noch ungefilterte Heilmittel gegen Narbenbildung vom Kesselgalgen, füllte die dampfende Flüssigkeit wieder in den Becher zurück und schritt durch die Stube. »Eure Arznei ist fertig, Lampert«, verkündete sie. »Bitte richtet Euch auf und haltet still. Ich werde Euch nun den Verband anlegen.«

Lampert hob widerspruchslos die Arme, wobei er die Ärztin musterte wie eine Sarazenin auf dem Sklavenmarkt. Wenngleich die Jüdin älter war als er und sich bereits kleine Fältchen um ihre Augen spannten, erweckte ihre schlanke Gestalt seine Begierde. Den Stolz würde er ihr schon noch austreiben. »Euer Kräutertrank wirkt Wunder, Frau«, sagte er mit einem anerkennenden Blick auf seine Leistengegend. »Ich fühle mich schon viel kräftiger.« Ohne Vorwarnung griff er nach Nuriths Hand und führte sie zu seinem Mund. »Fühlt selbst, wie geschmeidig meine Lippen sind!«

Nurith erschrak so heftig, daß sie den Salbentopf zu Boden fallen ließ. Fassungslos starrte sie den vermeintlich Kranken an. »Der Trank hat Eure Sinne betäubt«, keuchte sie, »aber Ihr seid noch lange nicht geheilt.«

»Dann muß ich wohl wiederkommen!« Lampert stand auf und zog seinen Kittel über den Kopf. Danach zählte er drei Münzen ab und ließ sie über den Behandlungstisch rollen. »Wollt Ihr mich nicht zur Tür begleiten, Frau Nurith?«

»Ich gebe Euch noch etwas von der Wundsalbe mit auf den Weg.« Die Stimme der Ärztin zitterte vor Anspannung. Lamperts Unberechenbarkeit jagte ihr Angst ein. Andererseits schien er mit dem Ergebnis ihrer Behandlung zufrieden zu sein. Nurith glaubte nicht, daß er die Judengasse ohne zwingenden Grund noch einmal betreten würde. Er gehörte zu denen, die ihr Volk verachteten.

»Gott befohlen, Lampert«, sagte sie und rang sich ein dünnes Lächeln ab. Als Lampert keine Anstalten machte, die Eingangstür zu öffnen, beeilte sie sich, es für ihn zu tun.

Er blickte einen Moment unschlüssig auf seine Schuhspitzen, runzelte die Stirn und stieß dann die Tür mit Wucht zu. Langsam drehte er sich um; sein gerötetes Gesicht nahm einen drohenden Ausdruck an. »Also gut, Weib«, knurrte er böse. »Und nun reden wir einmal offen miteinander. Du wirst mir auf der Stelle verraten, wo du meine Braut versteckt hast!«

»Wovon sprecht Ihr? Euer Fieber scheint Euch die Sinne zu verwirren ...«

»Mein Kopf ist klarer als der eines Priesters vor der Messe«, höhnte der Verwalter. Unvermittelt holte er aus und versetzte Nurith eine schallende Ohrfeige, die sie straucheln ließ. Mit einem Schrei ging sie in die Knie.

»Du glaubst wohl, du könntest mich hinters Licht führen, Judenweib? Du und die schöne Justina, die mir versprochen ist? Da hast du dich verrechnet!« Schnaubend stolperte er an der erschütterten Ärztin vorbei, schnappte sich das Lehrbuch des Persers Avicenna und trug es zur Feuerstelle hinüber.

»Der Kamm, Nurith bat Isaak«, sagte er mit leiser Stimme, wobei er auf die geschnitzte Konsole zwischen Tür und Fensteröffnung deutete. »Das gute Stück gehört zu Justinas Kostbarkeiten. Ich erinnere mich, es bei einem meiner Besuche im Haus des Weinhändlers gesehen zu haben. War sie hier bei dir? Wo hat sie sich verkrochen? Sag es mir oder dein vermaledeites Hexenbuch wandert sogleich ins Feuer.«

Eine gefährliche Stille breitete sich aus; Stille, die lähmende Furcht ausatmete. Nurith war einer Ohnmacht nahe; allein das Knistern der Flammen, das die Ärztin an kühlen Abenden so gemütlich fand, überzeugte sie davon, daß sie wach war und nicht träumte. Sie durfte das Gebot der Gastfreundschaft nicht brechen, doch wenn sie schwieg, war der *Avicenna* verloren.

»Du willst mir also nicht sagen, woher du den Kamm hast ...« Lampert bückte sich.

»*Haltet ein!*« Zwischen den Strohbündeln, die auf dem Dachspeicher lagen, raschelte es verräterisch. Balken und Dielenbretter knarrten. »Gebt Nurith ihr Buch zurück, ich komme ja schon herunter«, erklang Justinas vor Wut zitternde Stimme.

Lampert stemmte die Arme in die Hüften und stieß ein vergnügtes Lachen aus; seine Miene hellte sich auf, als er die Konturen des Mädchens ausmachte, das sich vorsichtig an der wackeligen Leiter herunterließ. »So ist es brav, mein Kind«, empfing er sie ironisch. »Sei vorsichtig, daß du nicht über die Sprossen stolperst. Deine Glieder werden noch gebraucht, vor allem die Hände.«

Justina antwortete nicht, sie fühlte sich gedemütigt und verraten. Warum spielte ihr das Schicksal nur immer wieder solche Streiche? Aus einem Winkel der Stube waren Nuriths tonloses Schluchzen und das beleidigte Gackern ihrer beiden Hühner zu vernehmen.

»Was habt Ihr nun mit Justina vor?« wollte die Ärztin wissen. »Sie hat mir lediglich einen Besuch abgestattet, um sich nach der Zusammensetzung einer Heilsalbe gegen Frauenleiden zu erkundigen.«

»Ein Rezept aus diesem prächtigen Buch? Hoppla ... Nein, wie ungeschickt von mir.« Mit einem unsanften Geräusch landeten die Schriften des Heilkundigen Avicenna auf dem Boden; eine Wolke aus Staub schlug über dem Einband zusammen. Starr vor Entsetzen mußte Nurith mit ansehen, wie Salomanns Verwalter das Buch mit einem Fußtritt durch die festgemauerte Öffnung der Feuerstelle beförderte.

»Im Namen des Heiligen Israels ... Nein!« Händeringend stürzte sie auf die Feuerstelle zu. Während Justina Lampert mit beiden Fäusten traktierte, ergriff die Ärztin einen Wasserkrug und leerte ihn über der zischenden Glut aus. Aber es war zu spät, das trockene Pergament war bereits ein Raub der Flammen geworden. »Ihr habt den Avicenna vernichtet, Ihr gemeiner ...«

»Dies wird dir eine Lehre sein«, sagte Lampert. »Komm mir nie wieder in die Quere!« Er lächelte, während er die strampelnde Justina so fest umklammerte, daß sie Mühe hatte zu atmen. Noch einmal würde er sie nicht entwischen lassen. »Nun, mein Kind, gehen wir nach Hause! Diese düstere Judenbehausung treibt dir eine ungesunde Blässe auf dein hübsches Gesicht. Deine arme Schwester Dietlinde ist schon ganz krank vor Sorge. Sie lief sogar zum Domplatz hinauf, um unter den Handwerkern und Tagelöhnern nach dir zu forschen. Würde mich nicht wundern, wenn sie dich nicht mehr aus den Augen ließe, bis der Priester von St. Jakob uns miteinander verbunden hat.«

»Niemals wird das geschehen!« stieß Justina röchelnd hervor. »Vorher kratze ich dir die Augen aus, du Schuft!« Sie warf Lampert einen vernichtenden Blick zu, leistete aber keinen Widerstand, als er sie aus der Tür auf die finstere Gasse drängte. Sie wollte der Ärztin und den Bewohnern ihres Viertels durch ihre Unbesonnenheit nicht noch größeren Schaden zufügen. Verzeih mir, Freundin, dachte sie reuevoll. Du wolltest mir helfen und wurdest für deine Güte hart bestraft. Lampert schien ihre Gedanken zu erraten, denn er wandte sich noch einmal um und bedachte die Ärztin mit einem verächtlichen Schnauben.

Nurith war vor den verkohlten Resten ihres Heilpflanzenbuches auf die Knie gesunken und schien nichts mehr von dem wahrzunehmen, was um sie herum geschah.

»Falls du im Sinn haben solltest, mich vor dem bischöflichen Stuhl anzuklagen, so möchte ich dir dringend davon abraten«, rief er ihr zu. »Mein Wort wiegt mehr vor dem Bischof als das einer hergelaufenen Ungläubigen. Vielleicht sollte er dein Haus einmal gründlich untersuchen lassen. Am besten vergisst du, was sich heute hier zugetragen hat. Und noch einmal meinen besten Dank für deine umsichtige Behandlung.« Er fuhr sich spöttisch mit der Zunge über die vollen Lippen und grinste. »Ich fühle mich tatsächlich wie neugeboren!«

Neuntes Kapitel
Burg Rabenstein, April 1235

Nach Einbruch der Dunkelheit nahmen die Burgmannen und ihre Damen gemeinsam mit den auswärtigen Besuchern vor dem Kamin des Rabensteiner Rittersaales Platz. Das Nachtmahl konnte beginnen.

Pagen eilten geschäftig mit Platten und Kannen zwischen den Schragentischen umher, servierten den hohen Gästen ihres Herrn Fleisch, gefüllte Würste, Roggenbrot und süße Milchkuchen auf Zinntellern. Vor einer mächtigen Rundsäule, an der das Rabensteiner Banner befestigt worden war, hockten drei Spielleute in grünen Beinlingen; sie zupften an Saiteninstrumenten und betätigten Drehleiern, um die Anwesenden durch Heldenlieder und volkstümliche Waisen aufzumuntern. Unter den Anwesenden herrschten Gelächter und fröhliches Geplauder. Die Halle schwamm im Glanz zahlreicher brennender Kienspäne und Kerzen, die einen samtenen Schimmer über die abgenutzten Eichenmöbel warfen. Nebenan, in der Burgküche, garte ein kürzlich erlegtes Wildschwein am Drehspieß; Küchenmädchen übergossen den duftenden Braten mit schwarzem Bier und ausgelassenem Fett.

Werner von Rottweil blickte ein wenig verloren auf seine von Kräutern und Bratensaft durchtränkte Brotscheibe, die als Ersatz für einen Teller herhalten mußte. Er, der sich für gewöhnlich mühelos an den Höfen von Bischöfen, Grafen und hohen Edelleuten des Reiches bewegte, kam sich an diesem Abend unbeachtet und ausgegrenzt vor. Verdrossen säuberte er seine fettigen Finger am Tischtuch. Er fragte sich, welche dringenden Geschäfte den jungen Burgherrn und dessen Mutter wohl davon abhalten mochten, sich zu ihren Gästen zu gesellen.

Von den Damen und Herren, die sich in einigem Abstand zu ihm niedergelassen hatten, kam ihm niemand bekannt vor. Keiner beachtete ihn, als litte er an einer ansteckenden Krankheit. Nur mit Mühe konnte er einen der Pagen auf sich aufmerksam machen. Der Knabe legte ihm mit sichtlichem Widerwillen vor, dann verschwand er hinter den Röcken der Küchenmägde und ließ sich nicht mehr blicken. Wütend schüttelte Werner den Kopf; wäre er doch besser in seinem

Quartier geblieben. Eine Weile später setzte sich zu seiner Überraschung doch noch ein Mann zu ihm an den Tisch. Er hatte sonnengebräunte Haut und dunkle Haare, die glänzten, als seien sie mit einer Speckschwarte eingerieben worden. Auf seinem weit geschnittenen Rock prangte unübersehbar das Wappen eines sächsischen Fürsten. Nach einem kurzen Wortwechsel bedeutete er seinem Weib, einer auffallend schönen Person, die ein goldenes Kreuz um den Hals trug, es ihm gleichzutun.

Werner atmete tief durch, dann erhob er seinen Becher. Der Fremde erwiderte seinen Gruß mit einem knappen Nicken. Im nächsten Moment erschien der Burgvogt in der Halle. Unter seinem Arm klemmte eine hölzerne Schöpfkelle, die so lang war, daß Werners bester Zollstock neben ihr wie ein Kienspan aussah. Mit wichtiger Miene überprüfte er Menge und Qualität des ausgeschenkten Weines. Dabei redete er auf einen der Burgwächter ein, der zum Wachdienst am Portal des Rittersaals abkommandiert worden war. Seinem Gehabe nach zu schließen, meinte er die Pflicht zu haben, den Herrn des Hauses zu vertreten, solange dieser sich nicht in der Halle blicken ließ. Werners Augen wanderten die Reihen auf und ab. Die Halle, so befand er, hatte sich seit seinem letzten Besuch auf Rabenstein zu ihrem Vorteil verändert. Das graue, ehedem brüchige Mauerwerk war an manchen Stellen mit Mörtel ausgebessert worden und erfreute sich nun einer frischen Schicht weißen Kalkes. Mehr noch, die kahlen Flecken unterhalb der Fensteröffnungen verdeckten Schilde, Lanzen und bunte Webteppiche. Den Boden, dessen unebene Platten nur wenige zersprungene Stellen aufwiesen, hatten Mägde mit sauberen Binsen und duftenden Frühlingsblumen ausgelegt. Vielarmige Bodenleuchter mit brennenden Wachskerzen leuchteten die Nischen aus, in die sonst kein Lichtschein fiel. Auf einem kleinen Absatz neben der Pforte, die zu den Kemenaten und

Stuben des Obergeschosses führte, stand eine polierte Rüstung, das Glanzstück der Rabensteiner Waffenkammer. Vermutlich war sie einst von Rüdigers verstorbenem Vater getragen worden, über den man sich noch immer die wunderlichsten Geschichten erzählte. Ob sein Harnisch die Burgleute ebenso beeindrucken sollte wie die zahlreichen Lanzen und Schilde, vermochte Werner nicht zu sagen. Waffen waren ihm gleichgültig, und wenn man es genau besah, so machte auch Rüdiger von Morsch auf ihn nicht den Eindruck eines Prahlhanses, der seine Zeit mit sinnlosen Scharmützeln vergeudete. Wenn er das Andenken seines Vaters ehrte, sprach dies vielmehr für die Lauterkeit des jungen Ritters. Eines Tages würde er einen vortrefflichen Diener des Königs abgeben.

Der Baumeister wollte sich soeben seinem noch halbvollen Becher zuwenden, als plötzlich die Tür aufflog und der Burgherr die Halle betrat. Keine drei Schritte hinter ihm tauchte Lukas auf. Werner glaubte, seinen Augen nicht trauen zu dürfen, als er das erhitzte, von Staub verschmierte Gesicht seines Gehilfen ausmachte. Ob Lukas etwas angestellt hatte? Niemand hatte ihn eingeladen, seinem Meister an die Tafel der zechenden Edelleute zu folgen.

Rüdiger von Morsch durchquerte die Halle und stellte sich auf eine der Buckeltruhen, die dem Gesinde als Anrichte für Platten mit Speisen diente. In seiner Hand schwenkte er einen glitzernden Gegenstand, den Werner aus der Ferne und im unzureichenden Licht der Kerzen nicht recht erkennen konnte. Lukas blieb nahe der Pforte stehen; mit einem scheuen Lächeln lehnte er sich gegen einen der bunten Wandbehänge, als er auch schon vom Burgherrn mit einer energischen Gebärde aufgefordert wurde, neben ihn zu treten.

»Edle Damen, werte Herren«, rief Rüdiger, »verzeiht, daß ich Euch beim Nachtmahl alleingelassen habe, aber eine dringende Unternehmung hielt mich davon ab, Euch Gesellschaft zu leisten. Lukas, der junge Steinmetz, der heute gemeinsam mit dem Baumeister auf unsere Burg kam, hat mir und meinem Haus einen großen Dienst erwiesen. Seinem Scharfsinn ist es zu verdanken, daß die verschwundene Kette meines Gastes wiedergefunden wurde.«

Beifälliges Gemurmel erhob sich aus der Schar der Tafelnden. Zwei Mädchen klatschten begeistert in die Hände.

»Unsere Herrin wird erleichtert sein«, rief eine der beiden. »Sie hat sich in die Burgkapelle zurückgezogen, um die Mutter Gottes um Hilfe anzuflehen. Nun hat sie reichlich Grund, ihr zum Dank eine große Wachskerze zu stiften.«

Rüdiger von Morsch kniff zufrieden die Augen zusammen. Er hielt die Kette ins Licht einer Tonlampe, die in einem Drahtkorb vom Gebälk herabhing und prüfte, ob die einzelnen Glieder noch intakt waren. Seiner Miene nach schien ihn bei näherer Betrachtung der Silbermünzen etwas zu irritieren, doch er überspielte seine Zweifel mit der ihm eigenen Liebenswürdigkeit. »Sie ist heil geblieben«, erklärte er schließlich, an Lukas gewandt. »Komm, mein Freund, laß dich nicht lange bitten und berichte uns, wo du das Geschmeide gefunden hast.«

Lukas schluckte verlegen. Nie zuvor hatte er vor einer Ansammlung von Rittern und Edelleuten das Wort ergriffen. Er fürchtete, sich zu verhaspeln und gnadenlos zu blamieren, zumal er in seinem feuchten, schmutzigen Wams ohnehin schon ein merkwürdiges Bild abgab. Die beiden Burgmädchen steckten die Köpfe zusammen und schnatterten wie aufgescheuchte Gänse. An einem der kleineren Tische entdeckte er Werner, der ihn mit seinen Krötenaugen wütend anglotzte.

»Nun, ich hatte zunächst keine Ahnung, wo der Schmuck sein könnte«, begann er nach Rüdigers Ermunterung stockend zu erzählen. »Aber ich war mir sicher, daß der Priester unten im Dorf die Wahrheit sprach und keines seiner Pfarrkinder sich gegen Gott und die Burg versündigt hatte. Später, als ich auf die Brustwehr kletterte, fielen mir wieder die Vögel auf, die fortwährend über dem Burggelände ihre Kreise ziehen und ...«

»Die Vögel?« unterbrach ihn eine heisere Männerstimme von einem der Schragen. »Rede gefälligst deutlicher, Bursche!«

»Mit Herrn Rüdigers gütiger Erlaubnis begab ich mich in das Turmgemach der hohen Dame«, fuhr Lukas eine Spur lauter fort. »Dort stellte ich fest, daß eine exakte geometrische Gerade zwischen dem Gesims ihres Fensters und der hohen Eiche neben dem Wachtturm im Wald verläuft, wogegen Mauer und Fenstervorsprung einen rechten Winkel beschreiben.« Lukas breitete die Arme aus. Er deutete eine Spanne an, um seinen Zuhörern einen Eindruck seiner Theorie zu vermitteln. »Man kann sich die Linie im Geiste gut vorstellen. Die beiden Punkte, Turm und Fenster, liegen in etwa in gleicher Höhe. Diese Vögel, ich glaube, es sind Elstern, stürzen sich auf alles, was in der Sonne glänzt. Eines der Biester muß durch das offene Fenster in die Kemenate eingedrungen sein. Danach steuerte es mit seiner Beute den höchsten Punkt seiner Fluggeraden an. Ich ließ mir also eine Fackel und ein Seil geben und machte mich auf den Weg zum alten Brückenturm. Im Geäst des Baumes wimmelt es geradezu von Nestern. Es dauerte eine ganze Weile, aber zuletzt wurde ich in einem der Astlöcher fündig. Die Bauern aus dem Dorf sind unschuldig. Die Kette der Edeldame lag unter einem Vorrat an Eicheln, Bucheckern und einer silbernen Mantelspange im größten Nest des Baumes verborgen.«

»Ich habe die Geiseln sogleich freigelassen und in ihr Dorf zurückkehren lassen.« Rüdiger von Morsch klopfte Lukas jovial auf die Schulter. »Dieser junge Mann hat mir eine Menge Ärger erspart und den Gefangenen die peinliche Befragung im Burgverlies.«

Ein enttäuschtes Raunen schob sich zwischen die Reihen. Den meisten Burgmannen und Vasallen war es von den groben Gesichtern abzulesen, daß sie die Einmischung des jungen Steinmetzen nicht guthießen. Sie hätten den Anblick entblößter weiblicher Oberkörper am Schandpfahl des Burghofs vorgezogen und fühlten sich um eine willkommene Abwechslung vom eintönigen Dasein auf Rabenstein betrogen. Allein der dunkelhaarige Mann an Werners Schragentisch schien die Meinung der Männer nicht zu teilen, denn er stand auf und klatschte anerkennend in die Hände. »Ich habe schon in Bamberg festgestellt, daß der Geselle über einen wachen Verstand verfügt«, bemerkte er ohne Scheu. »Und über ein ausgeprägtes Gespür für Gerechtigkeit, was in unseren unruhigen Zeiten selten geworden ist!«

Lukas wandte den Kopf. Der weiche südländische Akzent kam ihm bekannt vor, doch wo hatte er diese Stimme schon einmal vernommen?

»Der Locator«, entfuhr es ihm wie ein Blitz, als er den Dunkelhaarigen in Begleitung seiner Gemahlin auf sich zukommen sah. »Matthäus Hagen, was um alles in der Welt habt Ihr hier zu schaffen?«

Der Locator hob die Hand und winkte Lukas zu. Er trug wieder seine blaue, knielange Tunika aus Leinen, die von einem breiten Ledergürtel gehalten wurde. Mit dem wappengeschmückten Übergewand und den feinen Lederstiefeln wirkte er wie ein Ritter und nicht wie ein einfacher Dienstmann, der im Auftrag seines Landesherrn umherreiste. Lukas kratzte sich verblüfft am Kopf. Matthäus Hagen war blendender Laune; er schien seinen Aufenthalt auf Rabenstein zu genießen. Sein schwarzes Haar glänzte seidig und duftete nach einer herben Ölsalbe, der Kinnbart war gestutzt, an den bereits leicht ergrauten Schläfen wiesen gerötete Stellen auf eine scharfe Rasur hin.

»Mein Weib Ethlind und ich befinden uns auf dem Heimweg, um meinem Dienstherrn, dem Herzog von Anhalt, über unsere Tätigkeit Bericht zu erstatten«, erklärte der Locator mit gesenkter Stimme, nachdem er Lukas die Hand geschüttelt hatte. »Herr Rüdiger, wenn der Bursche so weitermacht, werden die Sänger des Reiches noch Heldenlieder über ihn dichten. Lukas der Steinmetz hat mich erst vor wenigen Tagen vor ernsten Schwierigkeiten bewahrt. Die Bamberger waren schon drauf und dran, mich auf den Rost zu binden, aber im letzten Moment entkam ich aus der Stadt.« Er lachte auf.

»Hört schon auf zu übertreiben«, bat Lukas, der nie so recht wußte, wann der Locator scherzte und wann er es ernst meinte. Davon abgesehen, mochte er vor dem freundlichen Burgherrn nicht auf den Aufruhr im Wirtshaus, seine überstürzte Flucht aus Gretes Weinkeller und den Ärger mit Salomann erinnert werden. Gewiß hätte es ihn interessiert, ob Matthäus Hagen noch immer das Pergament mit Norberts Namen bei sich trug, aber er wagte nicht, den Locator darauf anzusprechen. Statt dessen fragte er die junge Frau an seiner Seite: »Habt Ihr Euch ein wenig von den Anstrengungen Eurer Reise erholen können, Frau Ethlind?«

Matthäus Hagens Weib schenkte ihm ein freundliches Lächeln, dann schlug sie sittsam die Augen nieder, wobei der Taft ihres hochgeschlossenen, weinroten Gewandes leise knisterte. Im Hintergrund fingen die Spielleute auf einen Wink des Burgvogts hin zu musizieren an. Schrill tönte der Klang ihrer Drehleier durch den Rittersaal. Allmählich kehrten die Edelleute wieder an die Schragen zurück, um dem Wein zuzusprechen.

»Es war sehr edel von Euch, die Hörigen aus dem Dorf nicht gleich in Bausch und Bogen zu verdammen«, rief Frau Ethlind. Sie mußte schreien, um den Lärm zu übertönen.

»Aber das war doch nichts Besonderes ... Ich meine, es war ein Zufall, daß ich auf die Vögel aufmerksam wurde.«

Ein Hauch von Röte huschte über die alabasterfarbene Haut der Frau. »An Zufälle glaube ich nicht«, erwiderte sie. »Nicht nach allem, was ich seit meiner Jugend erlebt habe. Ihr müßt wissen, daß auch ich in einem einsamen kleinen Weiler aufwuchs. Mein Dorf liegt drüben, im Sächsischen. Unsere Familie war zwar nicht unfrei, aber mit den Nöten der Leibeigenen bin ich dennoch gut vertraut. Einer meiner Landsleute, Ritter Eike von Repgow, hat sich bemüht, in seinem *Sachsenspiegel* das alte Landrecht in Worte zu kleiden, und es zu einem Schutz für Kleriker, Lehensmänner, Kaufleute, ja selbst Juden und Bauern zu machen. Von der Umsetzung des Ganzen ist das Heilige Römische Reich jedoch ebensoweit entfernt wie der Kaiser von seinen deutschen Untertanen. Die Braut des Bamberger Kaufmanns, der meinen Matthäus Hagen aus der Stadt vertreiben ließ, wurde jedenfalls nicht müde, den Verdacht auf die Dorfbewohner zu lenken.«

»Wir sollten dennoch barmherzig sein und das edle Fräulein nun von seinen Bittgebeten erlösen«, unterbrach Rüdiger von Morsch ihr Gespräch. Ohne auf Lukas' leisen Protest Rücksicht zu nehmen, ergriff er seinen Arm und schob ihn zur Tür hinaus. Lukas sollte ihn zur Burgkapelle begleiten, um Salomanns Braut das Geschmeide selbst zu überreichen. »Eine inoffizielle Abordnung der wichtigsten Bamberger Zunft kann doch nicht schaden«, meinte er dazu schmunzelnd. Lukas entsprach Rüdigers Ansinnen mit gemischten Gefühlen; gern hätte er sich noch ein wenig länger mit der Gemahlin des Locators unterhalten, aber er sah ein, daß es sich nicht schickte, die Aufmerksamkeit der Frau über Gebühr zu beanspruchen. Zudem hegte er den Verdacht, daß sie insgeheim der Partei König Heinrichs nahestand, denn sie hatte Kaiser Friedrichs lange Abwesenheit von Deutschland kritisiert. Ob ihr Gemahl, der Locator, ahnte, mit welchen Fragen sich sein Weib beschäftigte? Tief in Gedanken folgte er Rüdiger über den Hof.

Die Kapelle lag zu Füßen eines wehrhaften Gebäudes im hintersten Winkel des Palas. Ihr Inneres wurde von einer geradezu heiligen Finsternis beherrscht, die nur an einigen Stellen vom ewigen Licht über dem Altar und zwei brennenden Wachskerzen vor einer aufrecht stehenden Grabplatte durchbrochen wurde. Die Platte zeigte einen Ritter in voller Rüstung, der eine Augenbinde trug, die Hände aber zum Gebet gefaltet hatte.

Die rotbraunen Steinquader im Mauerwerk atmeten Kälte und Feuchtigkeit aus; es roch nach abgestandenem Weihrauch, Schweiß und ungewaschenen Kleidern. In unmittelbarer Nähe zum Altar entdeckte Lukas eine kniende Frauengestalt, eingehüllt in einen warmen Pelzmantel, deren Blick reglos auf der steinernen Wandfigur des Heiligen hing. Als sie die Schritte der beiden Männer hörte, faltete sie ihre Hände über dem geschnitzten Gestühl und rief mit wohlklingender Stimme: »Seid Ihr es, Vater Jonathan?«

»Nein, Euer Beichtvater ergeht sich unten in irdischen Freuden, meine Liebe.« Rüdiger von Morsch tauchte seine Finger ins Weihwasserbecken und bekreuzigte sich flüchtig. Dann drückte er Lukas die Kette in die Hand und sagte: »Ihr könnt Euch glücklich schätzen, Jungfer Beate. Euer Liebespfand wurde rechtzeitig aufgefunden, ohne daß auch nur eine der Geiseln ausgepeitscht werden mußte.« In seiner Stimme klangen Ironie und unverhohlener Tadel, dennoch trat er an den Betschemel und bot dem Mädchen höflich seine Hand an. Mit einem kräftigen Ruck zog er sie auf die Füße. »Ein junger Mann hat die Münzen entdeckt«, erklärte er. »Ich habe ihn gleich mitgebracht, damit Ihr ihm persönlich danken könnt!«

»Aber diese Mägde aus Eurem Dorf ...«

»Sie hatten mit dem Diebstahl nichts zu tun«, fiel Rüdiger dem Edelfräulein brüsk ins Wort. Offenkundig hegte er für Salomanns zukünftige Gemahlin keine besonderen Sympathien. »Ihr seid das Opfer einer diebischen Elster geworden. Wenn Ihr wollt, lasse ich sie jagen und auspeitschen. Hier, empfangt Euer Eigentum aus der Hand des jungen Lukas von Bamberg. Er hat es zur Beruhigung Eurer zarten Seele aus den Zweigen eines Baumes geklaubt.«

»Lukas von Bamberg?« Das Edelfräulein hob überrascht das Kinn und wandte den Blick der Pforte zu, hinter der Lukas noch immer abwartend verharrte. Gemächlich schritt die junge Frau nun um das mächtige Taufbecken herum; ihr Gang war leicht, federnd, ja sie schien förmlich über die kalten Steinplatten zu schweben. Ein undurchsichtiger Ausdruck legte sich auf das milchweiße Gesicht, als sie im Schein der brennenden Lampe unvermittelt stehen blieb und Lukas mit großen Augen anstarrte.

Lukas starrte zurück, unfähig den Blick von der schlanken Gestalt des blonden Mädchens abzuwenden. Ihm war plötzlich, als bewegten sich die Platten unter seinen Füßen wie brüchige Eisschollen auf einem winterlichen See. »Ihr ... seid also die Braut des Kaufherrn Salomann aus Bamberg?« krächzte er, ohne sich selber reden zu hören.

Die starren Züge der Frau verschwammen zu einem boshaften Lächeln. Sie verstand es offenbar noch immer, Menschen mit ihren Augen zu verzaubern. In dem goldenen Funkeln ihrer Pupillen verbarg sich die sirenengleiche Macht, Männer ihres Willens zu berauben und sie Heimat und Berufung vergessen zu lassen. Lukas blinzelte hektisch, um das Trugbild zu vertreiben, doch es wich nicht von ihm. Es war nicht weniger real als die Gestalt des Burgherrn, der mit gerunzelter Stirn neben dem Betschemel stand und fragend von ihm zu dem Edelfräulein blickte.

Sie lächelte immer noch. Auf ihren hohen Wangen spiegelte sich das rote Flämmchen des ewigen Lichts wider. So wie sie in ihrem langen Gewand und dem prächtigen Pelz vor ihm stand – man hätte sie für eine Heilige halten mögen. Aber sie war keine Heilige, wie Lukas besser als jeder andere Mann wußte. Sie war der kühle Geist seiner Jugend, die überlegene Geliebte, die ihn mit den Pferden ihres Vaters und mit ihrem eigenen Körper hatte spielen lassen, während sie ihn gleichzeitig immer daran erinnerte, daß sie Herrin und er lediglich ein Höriger war.

»So, du hast mir also meine Kette zurückgebracht?« Die junge Frau drehte an dem schmalen Goldreif, der ihr Handgelenk schmückte. Weder ihre Gesten noch ihr Mienenspiel gaben zu erkennen, daß sie sich an Lukas erinnerte. Einen winzigen Moment lang schienen ihre Blicke lediglich sein Gesicht zu taxieren. »Für deinen Einsatz gebührt dir meine Dankbarkeit«, sagte sie gönnerhaft. »Ich werde mich bei entsprechender Gelegenheit erkenntlich zeigen.«

Lukas nickte, während er seine schwitzenden Hände auf dem Rücken verbarg. Wenn diese Frau ihm eine Belohnung in Aussicht stellte, so war dies ein Versprechen, an das er glauben konnte. Beate, aus dem edelfreien Geschlecht der Oktens, deren Bruder Dietrich bei Haselach ein Landgut besaß, blieb niemals jemandem etwas schuldig. Schon gar nicht einem verführten Waisenknaben. Scharf sog Lukas die Kirchenluft ein. Die ganze Situation roch förmlich nach Gefahr. Beate von Okten war im Laufe der Jahre schöner, aber zweifellos um keinen Deut frömmer geworden. Wenn sie ihn nicht sogleich als Entlaufenen bloßstellte, war dies eher einer ihrer sprichwörtlichen Launen zuzuschreiben als aufrichtiger Anteilnahme oder einem schlechten Gedächtnis.

In Gegenwart des jungen Burggrafen gab sich Beate von Okten zunächst unbefangen, später zerknirscht ob ihrer haltlosen Verdächtigungen. Mit einem betrübten Blick legte sie das Versprechen ab, ihren zukünftigen Gemahl in Bamberg um einen angemessenen Betrag an Sühnegeld zu bitten. Damit wollte sie Rüdiger für den Ärger entschädigen, den ihre Beschuldigungen verursacht hatten. »Gewiß kann der verlotterte Priester das Geld gut gebrauchen«, meinte sie mit einem koketten Augenaufschlag. »Sein Kirchlein ist ja kaum größer als ein Schweinekoben auf dem Gut meines Bruders.« Beate warf Lukas noch einen triumphierenden Blick zu, dann rauschte sie auf den Gang hinaus.

»Ich kann das Weib nicht ausstehen«, sagte Rüdiger von Morsch mit grimmiger Miene. »Sie hätte mit Vergnügen die vorgeschriebenen hundert Solidi gezahlt, um einen Leibeigenen hängen zu sehen. Dabei brauchen wir auf Rabenstein jeden Mann. Mir tut der Kerl schon heute leid, der sie zur Frau nehmen will, obgleich die Rundungen ihres Körper nicht zu verachten sind. Hast du bemerkt, wie anmutig sie sich bewegt?«

»Nun ... ich weiß nicht ...«

»Ist auch nicht wichtig«, befand er. »Wenn meine Mutter nicht so hartnäckig darauf bestanden hätte, ihrem Troß das Tor zu öffnen, hätte Beate von Okten meinetwillen im Wald Quartier nehmen können und den Nachteulen mit ihren Reizen den Kopf verdrehen. Diese Frau bringt Unheil ins Haus. Ich spüre das in jedem Knochen.« Er stieß einen Seufzer aus. »Wenn mein Vater noch lebte, gäbe es ein paar unangenehme Gesellen weniger auf Rabenstein.«

Lukas verschränkte fröstelnd die Arme vor der Brust; er wußte nicht, ob er sich über die Vertraulichkeiten des Burgherrn freuen oder lieber auf der Hut sein sollte. Während er sich langsam zurück zur großen Halle bewegte, flüsterte ihm eine innere Stimme zu, daß er Beate von Okten nicht zum letzten Mal hier gesehen hatte.

Am nächsten Morgen wurde Lukas von einem heftigen Lärm auf dem Korridor geweckt. Die Dielenbretter knarrten, die

Burg erwachte zu neuem Leben. Ein Diener steckte seine Nase in den stickigen Raum, den der Geselle mit drei betrunkenen Waffenknechten teilen mußte, und befahl ihm von oben herab, sich rasch anzukleiden und ihm zu folgen. Er sollte Werner von Rottweil in einem kleinen Erkerraum im Ostturm treffen, der sich wie ein Vogelbauer über die Gebäude der inneren Burgmauern erhob. Schwerfällig rollte Lukas von seinem Strohsack und tastete nach seinen Beinlingen. Seine Finger waren spröde und rissig, die Kälte hatte sie steif gefroren. Dennoch durfte er nicht versäumen, der Aufforderung des Dieners nachzukommen. Er durfte den Baumeister nicht schon wieder vor den Kopf stoßen. Solange Beate von Okten in seiner Nähe weilte, war es unklug, auch nur geräuschvoll zu husten.

Der Baumeister hatte schlecht geschlafen; er war unrasiert und überaus mürrisch.

»Über deinen vorwitzigen Auftritt im Rittersaal reden wir noch«, kündigte er mit umwölkter Stirn an, wobei er von Ecke zu Ecke sprang und mit einem Hammer Blätter und Skizzen an die vom Holzwurm zernagten Stützbalken heftete. »Es war töricht, vor den hohen Herren den Schlaukopf spielen zu wollen. Aus einem Schlaukopf wird oft allzu rasch ein Schafskopf. Das wirst du schon noch merken, wenn sie dich zum Teufel jagen.«

Lukas zuckte die Achseln und gähnte; Werners schlechte Laune scherte ihn wenig, aber das unerwartete Widersehen mit Jungfer Beate beschäftigte ihn. Was, fragte er sich, trieb sie ausgerechnet nach Bamberg, ins Haus eines älteren Mannes? Warum hatte sie ihn nicht verraten? Er mußte auf eine günstige Gelegenheit warten, um allein mit ihr zu sprechen. Ohne Zweifel hatte sie inzwischen von Rüdiger erfahren, daß er ebenfalls in Bamberg lebte und beim Bau des Domes tätig war.

Schräg unterhalb eines spitzen Fensterbogens befand sich ein Gärtchen mit Kräuterbeeten und Mandelbäumen, die in voller Blüte standen. Aus ihm drang fröhliches Lachen zu den beiden Männern herauf. Ein paar von Jungfer Beates Begleiterinnen waren früh aufgestanden und vertrieben sich die Zeit mit einem Ballspiel, während zwei alte Burgmägde damit beschäftigt waren, ihre Beete von Unkraut zu befreien und Setzlinge zu pflanzen. Lukas lehnte seinen Oberkörper aus dem Fenster und blickte sich suchend um, aber er entdeckte weder Beate von Okten noch Rüdiger von Morsch. Vermutlich bereitete sich Salomanns Braut schon auf ihre Weiterreise nach Bamberg vor. An der Mauer zum Burghof bemerkte er schließlich Ethlind, die Frau des sächsischen Locators. Vom ausgelassenen Treiben der Mädchen unberührt, saß sie auf einer Bank neben dem Stamm einer uralten Platane und machte Eintragungen in ein Rechnungsbuch. Zu ihren Füßen hockte ein kleiner, schwarzhaariger Knabe, der mit Schneckenhäusern spielte. Er war dem Locator wie aus dem Gesicht geschnitten, wirkte jedoch bleich und kränklich.

Verlegen wandte sich Lukas ab, ehe die Frau auf ihn aufmerksam werden konnte. Er durfte nicht mehr allzu viel Zeit verstreichen lassen, wenn er Beate um ihr Stillschweigen bitten wollte. Zunächst aber beanspruchte Werner seine ungeteilte Aufmerksamkeit.

»Die Herrin Theodora hat nach der Frühmesse, die du natürlich versäumt hast, einen Boten mit einer Nachricht zu mir gesandt«, erklärte Werner. »Es geht dabei um unseren Auftrag. Wir sollen unverzüglich mit der Arbeit an den Skizzen beginnen, damit die Herrin sie begutachten kann, ehe du in die Stadt zurückkehrst. Die Plastik selbst soll nämlich nicht auf Rabenstein, sondern in der Bamberger Domhütte gefertigt werden. Vermutlich traut Theodora ihren eigenen Leuten nicht über den Weg.«

Lukas glättete das dünne Pergament mit dem Handballen. Kritisch betrachtete er Werners Zeichnungen und stellte fest, daß die Proportionen der Skizze nicht ganz stimmten. Doch er hütete sich, den Baumeister darauf hinzuweisen. »Warum diese Geheimniskrämerei?« fragte er statt dessen. »Kann Rüdiger von Morschs Mutter uns ihre Wünsche nicht selbst mitteilen?«

Werner seufzte. »Theodora von Morsch ist eine eigenwillige Frau, die es vorzieht, Fremde nicht in ihren Gemächern zu empfangen. Wir erhalten unseren Lohn vom Burgvogt. Alles weitere hat uns nicht zu interessieren. Mich schon gar nicht, da ich Rabenstein vor dir verlassen werde, um Salomanns Umbauarbeiten zu beaufsichtigen. Aber lassen wir das Geplänkel. Es wird langsam Zeit, daß du erfährst, was die Rabensteiner sich von unserer Kunst versprechen.« Werner deutete auf eine der Pergamentskizzen, deren rußige Linien die Umrisse eines Tieres erahnen ließen. Erwartungsvoll hob er den Kopf. »Nun, Geselle, was sagst du dazu?«

»Sieht aus wie eines der merkwürdigen Geschöpfe, von denen die Pilger erzählen, die zum Heiligen Grab von Jerusalem reisen«, antwortete Lukas ein wenig spöttisch. »Ich meine das Vieh mit dem Höcker auf dem Rücken.«

»Das ist kein Dromedar, sondern ein Pferd! Siehst du nicht das Zaumzeug, das ich aufgemalt habe? Die Mähne, die edlen Flanken?«

»Aber sagtet Ihr nicht, die Burgherrin beabsichtige, ihre Skulptur dem Bamberger Dom zu stiften«, erhob Lukas Einspruch. Er wendete das Blatt in seinen Händen, konnte die edlen Flanken jedoch beim besten Willen nicht entdecken. »Es ist unmöglich, die Abbildung eines Pferdes in der Kirche aufzustellen. Eine Ausnahme wäre vielleicht eine Skulptur des Füllens, auf dem Christus an Palmarum in Jerusalem einzog. Aber ich glaube nicht, daß der Bischof und sein Domkapitel ihre Zustimmung geben würden …«

»Wer sagt dir denn, daß der Gaul allein bleiben wird?« Werner stemmte herausfordernd beide Fäuste in die Seiten. »Die Herrin Theodora wünscht sich die Figur eines Reiters zu Pferde. Der Reiter soll aufrecht wie ein Fürst im Sattel sitzen und von ritterlicher Tugend künden. Sein steinerner Blick wird jeden Besucher des neuen Domes schon aus der Ferne streifen, damit erwirbt sich die hohe Frau den zeitlichen Ablaß für ihre Sündenschuld.« Er holte tief Luft, ehe er ergänzte: »Gib ihm den Namen eines Evangelisten oder Apostels, wenn du es für richtig hältst, denn dieses Kunstwerk zu vollbringen, wird deine Aufgabe sein. Dein Meisterstück, sozusagen. Ich hoffe nur, du erweist dich einer so ehrenvollen Pflicht als würdig, und machst mir keine Schande, mein Sohn.«

Lukas zog es vor, die letzte Bemerkung des Baumeisters zu übergehen, und vertiefte sich in die Zeichnungen. Ganz wohl war ihm bei der Sache nicht, denn in der heimischen Zunft galt als unehrenhaft, die von einem Meister begonnene Arbeit fortzusetzen. Wenn Werner ihm schon ein Meisterstück auftrug, so wollte er es auch nach eigenen Vorstellungen ausführen.

Am Nachmittag tauchte unversehens die Magd Ägidia in der Kammer auf. »Meine Herrin bittet Euch, mir zu folgen«, verkündete sie mit einem schockierten Blick auf die Unordnung, die Werner im Turm angerichtet hatte. Sie wartete geduldig, bis die beiden Männer ihre Pergamente zusammengerollt und gemeinsam mit Werners Werkzeugen in einer Kiste verstaut hatten.

»Ihr sagtet doch, die Alte wünsche keinen Besuch«, sagte Lukas keuchend, während er die Kiste in einen finsteren Winkel hinter die Balken schob. Werner zuckte hilflos mit den Schultern. Offenbar konnte auch er sich aus der unerwarteten Einladung keinen Reim machen.

Ägidia führte sie durch ein wahres Labyrinth aus verwinkelten Gängen und schmalen Stiegen, bis sie auf eine helle

Kemenate stießen, welche dem Rittersaal im unteren Stockwerk verblüffend ähnlich sah. Zum ersten Mal gewann Lukas einen Eindruck von der Ausdehnung der gewaltigen Burganlage, über die er sich bislang kaum Gedanken gemacht hatte. Daß in diesem Teil des Palas eine energische weibliche Hand regierte, bemerkte er, als er durch die beiden Flügel der weit geöffneten Eichenholztür schritt.

Die Kemenate besaß zierliche Anrichten und Truhen mit Schatullen für Geschmeide, in den Nischen standen Krüge mit Frühlingsblumen und samtenen Kätzchen, die verspielt die Köpfe zu Boden neigten. Anders als in den unteren Stuben roch es hier nicht nach faulendem Heu und tierischem Dung. Im Kamin flackerte ein Feuer, und die Dielen auf dem Fußboden waren nicht mit Stroh und Laub, sondern mit bunten Webteppichen belegt, die Szenen aus der Heiligen Schrift abbildeten. Lukas war zwar nicht besonders bewandert in der biblischen Geschichte; als Steinmetz auf dem Domplatz schnappte man jedoch hin und wieder wissenswerte Einzelheiten auf. So erkannte er ohne Mühe Daniel, der in einem Erdloch saß und ohne jedes Anzeichen von Furcht einem riesigen Löwenrachen entgegenblickte. Auf einem kleineren Teppich war zu sehen, wie eine junge Frau und ein rothaariger Ritter vor einem Priester niederknieten, um als Eheleute verbunden zu werden. Über ihren Köpfen schwebte das Wappen des Hauses Morsch, das auch auf dem Banner des Bergfrieds zu sehen war. Lukas fiel auf, daß das Mädchen auf dem Webstreifen traurige Augen hatte, während die Haltung, welche ihr Bräutigam einnahm, Stolz und Triumph erkennen ließ. Eine meisterhafte Arbeit, dachte Lukas. Gleichzeitig jagte ihm der Anblick der unglücklichen Braut einen Schauer über den Rücken. Tief in seinem Innern spürte er, daß er ihre Augen, die so hoffnungslos starr am Kruzifix des Priesters hingen, nicht zum ersten Mal in seinem Leben sah.

Der größere Teil der Kemenate wurde vom Aufbau eines mächtigen Stickrahmens beherrscht. Zwei Frauen mit hohen Trichterhauben, die ihren Schatten durch das Tuch warfen, saßen hinter dem Aufbau und ließen ihre Finger über das feine Spanntuch gleiten. Vermutlich arbeiteten sie an einem neuen Wandbehang. Ägidia bedeutete Werner und Lukas, in einigem Abstand stehenzubleiben, dann schob sie sich an Leintuchballen und Körben voll Garn vorbei, auf den Rahmen zu. Sie flüsterte einer der schattenhaften Gestalten etwas ins Ohr, worauf diese ihre Nadel fallen ließ und die Hände zusammenschlug. Die zweite Stickerin erhob sich und eilte mit wehenden Ärmeln aus der Kemenate.

»Du sollst näher kommen«, rief Ägidia und winkte Lukas zu. »Nein, Meister, Ihr bleibt, wo Ihr seid! Frau Theodora möchte nur den jungen Mann sehen, der die Münzen des Edelfräuleins gefunden hat.«

Lukas seufzte leise. Dies war nun wirklich kein Auftrag nach seinem Geschmack; wie es aussah, durfte er sich in den nächsten Wochen auch noch mit den Launen einer kränkelnden Greisin herumschlagen. Zu seiner Überraschung dachte Theodora von Morsch überhaupt nicht daran, ihren Platz hinter dem Stickrahmen zu verlassen, um sich ihm zu zeigen. Verdutzt beobachtete er, wie ihr Schatten plötzlich eine kleine goldene Schere ergriff und aus dem oberen Teil ihrer Stickerei ein fingernagelgroßes Loch herausschnitt. Im nächsten Moment funkelte ihn aus dem Tuch ein starres, blutunterlaufenes Auge an.

»Ja, wahrhaftig«, flüsterte die Frau hinter dem Rahmen abwesend. »Für den Zierat einer Bischofskirche reicht die Ähnlichkeit.« Ihre Stimme klang so dumpf, als trennte sie und Lukas nicht ein Webtuch, sondern der schwere Deckel eines steinernen Sarkophages. »Der Baumeister hat nicht zuviel versprochen«, fuhr sie genauso leise fort. »Ich sehe das Gesicht, das mich seit Jahren in meinen Träumen verfolgt. Die gleiche Größe, das gleiche Haar, wenn auch eine Spur zu ungepflegt. Er ist es zweifellos.« Das starre Auge begann vor Aufregung zu zucken. Die besorgte Ägidia sprang sogleich herbei, um ihre Herrin zu beruhigen, doch eine abweisende Handbewegung trieb sie zur Seite.

»Ihr erregt Euch zu sehr, Herrin«, sagte die alte Magd beleidigt. »Der Steinmetz kann doch später wiederkommen. Er wird sich schon nicht aus dem Staub machen, während Ihr in Eurem Alkoven ruht!«

Theodora von Morsch gab einen ärgerlichen Laut von sich. »Später! Gott allein weiß, ob ich morgen nicht schon an einem andern Ort wohnen werde. In einer Grube, fünf Fuß unter der Erde.« Sie hielt einen Moment lang inne, um Lukas durch das Stopfloch von oben bis unten abzuschätzen. »Meister Werner hat gut daran getan, dich auf die Burg zu holen«, sagte sie mit ihrer merkwürdigen, kehligen Stimme. »Ich weiß bereits, daß dein Name Lukas lautet, aber woher kommst du, und wer waren deine Eltern? Wo wurdest du geboren?«

Lukas stutzte. Da war sie also wieder, jene unheilvolle Frage, auf die zu antworten ihm so unerträglich war. Warum mußte er nur andauernd Menschen über den Weg laufen, die sein Gesicht zu erkennen glaubten? »Ich komme aus Speyer«, antwortete er hastig. »Mein Vater gehörte der Zunft der Leinweber an, er besaß eine kleine Werkstatt am Ufer des Rheins …«

»Du lügst gut, Bursche!« Theodora von Morsch schüttelte langsam den Kopf und lachte. »Aber nicht gut genug für mich. Ich kenne die Kaiserstadt besser, als du glaubst. In meiner Jugend, als sich Welfen und Staufer nach dem Tod Barbarossas noch die Köpfe einschlugen, war ich manchmal wochenlang zu Gast in der Residenz des ehrwürdigen Bischofs Konrad von Speyer. Ich erinnere mich, daß die städtischen Weber sich in einer schmalen Gasse nahe dem Flachsmarkt niedergelassen haben. Von dort aus kann man den Rhein nicht einmal an heißen Tagen riechen.«

Lukas schaute ertappt zu Boden. Er stand auf einem Webstreifen, von dessen Mitte aus ihm eine glücklich lächelnde Eva im Paradies einen Apfel entgegenstreckte. Ihm selbst war weder nach Lachen noch nach Äpfeln zumute. Theodora war keineswegs geistesschwach, sondern raffinierter, als er erwartet hatte. Nun würde man ihn also doch noch als Hochstapler entlarven. Auch ohne Beate von Oktens Zutun war es um ihn geschehen. In seinem Rücken hörte er Werner mit gedämpfter Stimme vor sich hin schimpfen. Lukas rechnete damit, daß die alte Burgherrin jeden Augenblick die Wachen rufen und ihn zum Tor hinauswerfen ließ, doch zu seiner Überraschung geschah nichts dergleichen.

»Es ist mir gleich, aus welcher Stadt du kommst, mein Freund«, erklärte die Frau hinter dem Stickrahmen ungerührt, »solange du kein Ketzer, sondern der heiligen Kirche gehorsam bist, nicht mit den Feinden des Kaisers paktierst und mir ein brauchbares Gesellenstück vorweisen kannst. Du hast doch Erfahrung in der Bildhauerkunst gesammelt, nicht wahr?« Sie drehte sich nach der alten Ägidia um, die mit gefalteten Händen unbeweglich wie eine Statue hinter ihrem Schemel stand. »Wo treibt sich eigentlich mein Sohn herum? Er sollte sich doch ein wenig um die Gäste aus Haselach kümmern!«

»Herr Rüdiger reitet mit dem Locator über die Felder, um nachzusehen, ob der gestrige Sturm die Aussaat beschädigt hat«, kam die unwillige Antwort der Alten. »Und für Euch wird es nun wirklich Zeit, ein wenig zu ruhen. Sonst befindet Ihr Euch schneller in Eurer fünf Fuß tiefen Grube, als Euch lieb sein kann.« Mit diesen Worten gab sie Werner und Lukas zu verstehen, daß das Gespräch beendet war. Sie waren in Gnaden entlassen.

Werner verbeugte sich höflich. »Ich werde dafür sorgen, daß sogleich mit der Arbeit begonnen wird.«

»Ruft Ägidia, wenn Ihr etwas benötigt, Meister Werner«, murmelte Theodora mit schwacher Stimme. »Mein Reiter soll aus dem kostbarsten Material gefertigt werden, das Eure Steinhauer auftreiben können. Wie Ihr das Pferd modelliert, ist Eure Sache, aber ich wünsche, daß der Junge für die Skizzen der Skulptur Modell steht. Ich mag den Bengel, auch wenn er schmutzig ist und nicht aus Speyer kommt. Habt Ihr mich verstanden? Steckt ihn in den Waschzuber, damit er nicht mehr so stinkt!«

»Aber gewiß doch, Herrin.«

Theodora begann schwer zu atmen. »Dann bin ich zufrieden, Meister«, sagte sie. »Ihr dürft Euch nun entfernen, aber hütet Euch davor, Außenstehende ins Vertrauen zu ziehen. Es gibt da nämlich ein paar üble Zeitgenossen in Bamberg, die danach trachten könnten, Euch ins Handwerk zu pfuschen, um meine Absichten zu vereiteln. Es ist gefährlich geworden, sich in meine Dienste zu begeben, möglicherweise sogar ... lebensgefährlich. Manch einer hier hält meinen Geist für gestört, andere fürchten mich. Mehr kann ich Euch dazu im Augenblick nicht sagen, nur das eine noch: Euer Reiter *muß* die Gesichtszüge des Jungen tragen und seinen Platz im Langschiff des neuen Doms zu Bamberg finden. Ich zahle jeden Preis dafür!«

Werner deutete ein Lächeln an, das auf Lukas reichlich künstlich wirkte. »Sie soll einmal sehr schön gewesen sein«, brummte er mit kaum verhohlenem Groll. »Aber das ist lange her. Wenn sie ihr Geld unbedingt zum Fenster hinauswerfen möchte, um sich ihr Seelenheil zu erkaufen, werde ich sie nicht daran hindern. Lukas der edle Reiter von Bamberg ... pah, daß ich nicht lache!«

»Für wen, bei allen Heiligen, mag die Frau mich bloß halten?« Lukas hielt den Baumeister am Ärmel fest und blickte ihn herausfordernd an. »Ich habe wahrhaftig wenig Ritterliches an mir.«

»Warum fragst du mich?« erwiderte Werner. Er schien nicht weiter über Theodora reden zu wollen, doch so rasch ließ Lukas nicht locker. »Nun kommt schon, Meister, was hat das alles zu bedeuten? Warum hat sich die alte Dame vor mir versteckt? Sie klang so sonderbar, ja beinahe, als fordere sie meinen Kopf als Opfergabe für ihre Skulptur.«

»Genau das tut sie doch auch.« Werner starrte Lukas an. »Vielleicht begreifst du nun endlich, daß du nicht der einzige Mensch auf Erden bist, der etwas zu verbergen hat.« Er schüttelte die Hand des jungen Mannes ab und ließ ihn stehen, ohne ein weiteres Wort über die Angelegenheit zu verlieren.

Lukas verharrte unschlüssig auf dem Korridor und wartete, bis das Echo von Werners Schritten im Treppenschacht verklungen war. Dann, als endlich Stille einkehrte, begab er sich auf die Suche nach Beate von Oktens Gemächern. Es gab da einige Dinge, die unbedingt einer raschen Klärung bedurften.

Zehntes Kapitel

Hugo von Donndorf war guter Dinge, als er am Nachmittag den Weg zum Domplatz einschlug. Der Abt des Klosters St. Michael, mit dem er ein langes Gespräch über die Lage in der Stadt geführt hatte, war ohne Zweifel ein weiser Mann. Er hatte ihm geraten, den Bischof zu einem versöhnenden Gespräch zwischen den Stiftsherren und den Vertretern der weltlichen Stadt zu bewegen und sich hierbei besonders des Einflusses der Bettelorden zu bedienen. Dies war ein kluger Gedanke, denn die Prediger, allen voran die Minoriten, waren in Bamberg zahlreich geworden. Sie lebten mitten unter den Bürgern, kannten deren Sorgen und Nöte aus eigener Erfahrung. Zunächst aber lag es allein an Hugo, die entsprechenden Worte zu finden, um seinen Herrn von der Dringlichkeit dieses Anliegens zu überzeugen. »Dies wird schwer werden«, murmelte er vor sich hin. »Der Bischof lebt doch nur noch dafür, aus einem Stück Stoff eine Heilige zu machen.«

An einem Ziehbrunnen blieb der Schreiber stehen, um seinen Durst zu löschen. Außerdem wollte er die betriebsame Atmosphäre des Platzes wenigstens eine Weile auf sich wirken lassen. Sein Dienst im Bischofspalast gestattete ihm bedauerlicherweise nur höchst selten, die Fortschritte des Dombaus zu begutachten oder sich in Ruhe mit den leitenden Handwerkern zu unterhalten. Wenn es ihm dann doch einmal gelang, so fühlte er sich jedesmal verzaubert von der Schönheit und Größe der stetig wachsenden Kathedrale. Drei Bauabschnitte hatte es gegeben, ehe das prächtige Gotteshaus auf dem Berg nach dem verheerenden Brand von 1185 seine endgültige Form gefunden hatte. Hugo gefiel der frühe Bauabschnitt am besten, den die Steinmetzen der Zisterzienser vorgenommen hatten. Er entsprach in seiner klaren Form dem frommen Wunsch der Kapitelherren, die Erinnerung an den alten Heinrichsdom und damit auch an den heiliggesprochenen Kaiser und dessen Gemahlin Kunigunde zu erhalten. Die Sandsteinmauern der Fassade, in die sich ein anmutiges Rundbogenportal zu Ehren der Jungfrau Maria einfügte, lebten von ihrem Sinn für Maß und Abstand. Sie verfügten über strenge geometrische Formen und atmeten in ihrer schmucklosen Nüchternheit Strenge und Ordnung aus, Tugenden, die Hugos Leben seit frühester Kindheit geprägt hatten. Der Schreiber schirmte sein Gesicht mit der Hand vor der Sonne ab und versuchte, sich die groben Gerüste der Zimmerleute wegzudenken. Es war ihm daran gelegen, die Gestalt der schlanken Westtürme ohne Ablenkung zu erfassen.

Wie er von Abt Konrad und dessen Bibliothekar wußte, hatte der Baumeister der Zisterzienser die Türme noch bis zur Firsthöhe des Querschiffs geführt. Danach war er von einem fremden Meister abgelöst worden, der sie nach dem Vorbild eines französischen Bauwerks in ein Achteck mit heraustretenden Säulentabernakeln umgegliedert hatte.

Als Hugo von Donndorf zufrieden den Domplatz überquerte, um zur Burg des Bischofs zurückzukehren, bemerkte er einen Mann und eine Frau, die mehrere Male verstohlen in seine Richtung blickten. Sie verharrten reglos unter einem Schattenspender und schienen ihn aufmerksam zu beobachten. Den Mann, auf dessen Kopf ein unförmiger, spitz zulaufender Hut saß, kannte er flüchtig. Er hieß Samuel Babenberg und galt als geistliches Oberhaupt der Bamberger Juden. Ein berühmter Gelehrter, so hieß es, der rabbinische Schriften zur Bibel verfaßt hatte. Seit einigen Jahren leitete er die *Jeschiwa*, das Talmud-Lehrhaus des Judenviertels, dessen schäbige Räume am Pfahlplätzchen lagen. Das hochgewachsene Weib an seiner Seite hatte Hugo indes noch nie in der Stadt gesehen. Zumindest vermutete er dies, da ihre Gesichtszüge unter dem fast bodenlangen blauen Schleier, der auch sie als Jüdin kennzeichnete, verschwammen. Unter ihrem rechten Arm trug sie ein handliches Stoffbündel.

Hugo zuckte mit den Achseln; er wandte dem Paar den Rücken zu und machte sich eilig davon, um nicht auf offener Straße von dem alten Rabbiner aufgehalten und in irgendwelche Streitigkeiten hineingezogen zu werden. Dafür hatte er im Augenblick weiß Gott keine Zeit. Zu seinem Leidwesen kam er nur wenige Schritte weit.

»Verzeiht, wenn ich Euch anspreche, Herr«, rief der Mann mit dem spitzen Hut ihm aufdringlich hinterher. »Seid Ihr nicht der Schreiber des Bischofs?«

Hugo blieb stehen. Plötzlich beschlich ihn das ungute

Gefühl, daß die beiden Juden ihm noch Ärger bereiten würden. »Ein vielbeschäftigter Schreiber, wie Ihr seht!« sagte er. »Wenn es um Eure Gemeinde oder ein rechtliches Problem geht, so rate ich Euch, Euer Begehr niederzuschreiben und die Urkunde binnen drei Tagen der Kanzlei des ehrwürdigen Bischofs vorzulegen. Ihr erhaltet Nachricht, sobald ...«

»Meiner Verwandten ist schweres Unrecht widerfahren, Herr«, unterbrach ihn der Rabbiner mit fester Stimme. Der Jude nutzte die Sprachlosigkeit des Schreibers, um seine verschleierte Begleiterin ein paar Schritte in seine Richtung zu schieben. »Wie es dazu kam, soll sie Euch selbst erklären. Sprich schon, ich erlaube es dir!«

Hugo räusperte sich verärgert; er fühlte sich überrumpelt, aber er konnte nicht umhin, der Frau ins Gesicht zu sehen. Einen Atemzug lang glaubte er sich in der Tiefe ihrer dunklen, glänzenden Augen gefangen wie in einer Perle. Er hatte keine Ahnung, was ihr genau widerfahren war, doch aus unerfindlichen Gründen fiel es ihm plötzlich schwer, sein barsches Gehabe beizubehalten. Irgend etwas am Verhalten der unbekannten, älteren Jüdin begann ihn zu beschäftigen. »Nun gut, was habt Ihr auf dem Herzen?« fragte er mit einem Seufzer.

»Ich bin Nurith bat Isaak, Witwe des Händlers Abia aus Worms. Der ehrenwerte Rabbi Samuel hat darauf bestanden, daß ich mich an Euch wende. Ich selbst wollte es eigentlich nicht tun, weil ...«

Hugo hob die Hand, um die Frau zu unterbrechen. Ihm fiel ein, daß er den Bischof einmal von einer Jüdin namens Nurith hatte erzählen hören. »Ihr seid die heilkundige Frau, die gleich hinter dem Brückentor zur Judengasse wohnt, nicht wahr?« fragte er eine Spur freundlicher. »Warum habt Ihr mich nicht in meiner Amtsstube im Palast des Bischofs aufgesucht?« Ehe die Frau antworten konnte, ließ ihn ein schriller Pfiff aus der Richtung der Baugerüste zusammenfahren. Erschrocken blickte er sich um. Ein Pferdefuhrwerk, beladen mit Fässern und Lotwaagen, rumpelte über den Platz, auf eine Gruppe von Zimmerleuten zu. Die Männer, die mit Äxten und Hobeln Baumstämme bearbeiteten, blickten neugierig zu ihnen herüber. Es kam nicht alle Tage vor, daß sich der Schreiber des Bischofs im Schatten des Domes mit zwei Juden unterhielt.

»Kommt mit«, befahl Hugo. Zielstrebig geleitete er Nurith und ihren Verwandten vom Domplatz in östlicher Richtung über den Hügel, bis sie den Weinberg der Stiftsherren erreichten. Die Rebstöcke lagen, von hohen Hecken umgeben, einsam und verlassen in der Nachmittagssonne. Hier oben im Weingarten herrschte ein scharfer Wind, doch war weit und breit kein Mensch auszumachen. Im Schutz der rauschenden Büsche konnten sie sich ungestört unterhalten.

»Nun, was wollt Ihr von mir?« fragte Hugo mit Nachdruck. Sein Blick fiel auf das Stoffbündel, das die fremde Jüdin wie einen Säugling an ihre Brust drückte. »Hat es etwas mit dem Gegenstand zu tun, den Ihr vor mir unter Eurem Mantel versteckt?«

Der Rabbiner zupfte einen Zweig von einem der Weinstöcke ab und rieb ihn nachdenklich zwischen Daumen und Zeigefinger. Offenbar war ihm die Angelegenheit peinlich. Eine Frauensache, vermutete Hugo, für die der Rabbiner nur ungern die Verantwortung übernahm. Unentwegt blickte er über die Schulter, als vermutete er einen Lauscher zwischen den Sträuchern. »Ein Mann aus der weltlichen Stadt hat meine Verwandte in ihrem Haus überfallen, edler Herr«, erklärte er ungeduldig. »Zunächst suchte er ihren Rat als Ärztin, aber dann verhöhnte er sie und verbrannte eines ihrer kostbarsten Bücher in der Feuerstelle.« Der Rabbiner nahm Nurith das Bündel aus der Hand und schlug demonstrativ die Enden zurück. Zum Vorschein kam ein verkohltes Gebilde aus geschmolzenem Leder und zu Asche zerfallenen Pergamentseiten.

Hugos Lippen entwich ein derber Fluch, der ihn jäh erröten ließ. Ehe er ausweichen konnte, wehte der Wind ihm einen knisternden Ascheregen ins Gesicht. »Ihr seid wohl verrückt geworden?« Ärgerlich hustend befahl er Nurith, die Überreste der Schrift wieder mit dem Tuch zu verhüllen.

»Verzeiht mir, edler Herr«, sagte sie sanft. »Es war nicht meine oder meines Vetters Absicht, Euch zu kränken. Aber der *Avicenna* war sehr wertvoll für mich. Ein Meisterwerk der orientalischen Heilkunde, wie Ihr als gelehrter Magister zweifellos erkennen werdet. Ich hörte, daß Ihr Bücher liebt. Möglicherweise könnte ich die Schriften aus dem Gedächtnis wiederherstellen lassen, aber zu diesem Zweck ...«

»Euer Buch war zweifellos kostbar und aus gutem Pergament gefertigt.« Hugo schüttelte den Aschenstaub aus dem Kragen seiner Kutte. Es war ihm beinahe unmöglich, dieser sonderbaren Frau zu zürnen; eine innere Stimme warnte ihn indes davor, sich weiterhin mit ihr und ihrem Schicksal zu befassen. Schließlich war sie nur ein Weib niederen Standes, eine Jüdin. Er hingegen hatte vom Bischof die niederen Weihen empfangen. »Richtet Eure Beschwerde an die Kanzlei, und vergeßt die Beglaubigung nicht. Ich bin zwar Schreiber, aber meine Aufgabe besteht nicht darin, alte persische Bücher wiederzubeschaffen.«

»Das verlangt doch niemand«, wandte Rabbi Samuel mürrisch ein. »Meiner Verwandten wäre schon geholfen, wenn der Schuldige sich verpflichtete, in vollem Umfang für den Schaden aufzukommen. Immerhin hat Seine Ehrwürden, der Bischof, unserer Gemeinde im Namen des Kaisers versprochen, sie gegen willkürliche Angriffe in Schutz zu nehmen. Und dies war ein willkürlicher Angriff.«

Hugo schüttelte abwägend den Kopf. Was der Rabbiner sagte, klang einleuchtend. Die Spannungen, die zwischen geistlicher und weltlicher Stadt herrschten, konnten sich leicht in einem Überfall auf das Judenviertel entladen. Das aber durfte auf keinen Fall geschehen, schon gar nicht, solange Kaiser Friedrich nach einem Vorwand suchte, um mit Hilfe der Reichsfürsten gegen die lombardischen und süddeutschen Städte vorzugehen. »Teilt Ihr die Ansicht Eures Verwandten, Nurith bat Isaak?« erkundigte er sich vorsichtig. Die Ärztin machte auf ihn einen besonnenen Eindruck; um so überraschter war er, als sie heftig den Kopf schüttelte und abwehrend die Hand erhob.

»Verzeih mir, wenn ich dir widerspreche, ehrenwerter Vetter Samuel«, sagte sie zu ihrem Verwandten, »aber selbst wenn der Mann bestraft würde, brächte mir das mein Buch nicht zurück. Er würde nur danach trachten, sich an mir und den Meinen zu rächen. Allerdings könnte ich mir eine andere Lösung vorstellen.«

»Und die wäre?« Hugo und der Rabbiner stellten die Frage wie aus einem Munde. Samuel warf der Ärztin einen Blick zu, der sie warnte, die Geduld des bischöflichen Schreibers über die Maßen zu strapazieren. Doch sie schlug die Augen nieder und tat so, als bemerke sie ihn nicht. »Ich kenne eine junge Schreiberin, die über die nötige Begabung verfügt, das Buch des Avicenna in die lateinische Sprache zu übertragen. Sie ist zwar Christin, das heißt, ich darf sie nicht offiziell in meinem Haus beschäftigen, aber wenn Ihr sie im Namen des Bischofs mit einem Dispens ausstattet, dürfte sie ihrer Arbeit innerhalb des Dombezirks nachgehen.«

»Es würde dem bischöflichen Gericht jedenfalls eine Menge Ärger ersparen«, gab Hugo nach einigem Zögern zu. »Wie lautet der Name dieser Frau? Wohnt sie hier in Bamberg?«

Nurith spürte, daß der Schreiber ihr gegenüber nach wie vor auf der Hut war. Trotzdem erklärte sie ohne Umschweife: »Sie heißt Justina, edler Herr. Ihr Vater betreibt ganz in der Nähe einen Weinhandel.«

»Justina vom Kaulberg?« Hugo stöhnte auf. »Ausgeschlossen, dazu kann ich meine Zustimmung leider nicht geben. Soviel ich weiß, wird das Mädchen in Kürze heiraten. Der ehrwürdige Bischof hat die Verbindung bereits abgesegnet, ich selbst war Zeuge. Das Mädchen kann doch nicht ohne Zustimmung ihres Ehemannes für uns tätig werden.« Und Lampert muß in Salomanns Nähe bleiben, um ihn auszuhorchen, setzte er in Gedanken hinzu.

»Lampert war es, der meine Verwandte überfallen und geschlagen hat, Magister Hugo«, gab der Rabbi zu bedenken. »Wir fordern nur Gerechtigkeit, im Namen des Bischofs.«

»Das habe ich mir schon gedacht, mein Freund. Salomanns Gehilfe ist unangenehmer als eine Eiterbeule am Hintern. Leider liegt es nicht in meiner Macht, Eurer Bitte zu entsprechen. Ihr werdet Euch einen anderen Schreiber für den *Avicenna* suchen müssen. Friede sei mit Euch!« Entschlossen raffte Hugo den Saum seines Gewandes und eilte den Hügel hinauf, um auf den Pfad zurück zum Domplatz zu gelangen. Stumm verfluchte er die Entscheidung seines Herrn, Lamperts Spitzeldienste weiterhin in Anspruch zu nehmen. Offensichtlich mißbrauchte der Verwalter den bischöflichen Schutz auch noch als Freibrief, um sich in der Stadt wie ein strenger Herr aufzuführen. Aber was sollte er, Hugo von Donndorf, dagegen unternehmen? Wenn er Nuriths Ansinnen unterstützte und die Schreiberin hinter den Mauern des Dombezirks aufnahm, könnte dies für ihn schwerwiegende Konsequenzen nach sich ziehen. Plötzlich spürte er, wie sich eine Hand auf seinen Ärmel legte.

»Ich verstehe Euch gut, Magister Hugo«, sagte Nurith leise. Sie war ihm allein gefolgt. »Auch ich habe Angst vor Lampert und seinem Herrn.«

»Was redet Ihr da für einen Unsinn, Frau? Ich soll mich vor einem armseligen Kaufmannsknecht fürchten?« Vor Verlegenheit schoß Hugo das Blut in den Kopf. Nicht, weil er ihre Worte als Beleidigung empfand, sondern weil sie seinen wunden Punkt gefunden hatte. Er entzog sich dem Griff der Jüdin und machte ein paar Schritte zur Seite. Dann blieb er stehen und kreuzte nachdenklich die Arme vor der Brust. »Es geht Euch gar nicht so sehr um den *Avicenna*, nicht wahr, Nurith?« flüsterte er, während der Wind an seinem Magistertalar zerrte. »Ihr wollt verhindern, daß Lampert dieses Mädchen heiratet. Aber warum bei allen Heiligen?«

»Sie verabscheut ihn.«

»Ich verstehe Euch gut. Der Mann ist ein Widerling, ein Ränkeschmied, doch was soll das schon heißen in unseren unruhigen Zeiten? Männer heiraten, Frauen werden verheiratet. So steht es schon in der Heiligen Schrift. Die meisten Weiber verabscheuen ihre Männer, sobald sie nicht mehr nach ihrer Pfeife tanzen.«

Nurith stieß entrüstet die Luft aus; der weltfremde Schreiber schien keine Ahnung davon zu haben, was außerhalb des Bischofspalastes vor sich ging. »Ich weiß aber, daß Justina in Wahrheit einen anderen Mann liebt«, sagte sie. »Einen jungen Handwerker, der auf Eurem Domplatz arbeitet. Lampert hingegen hat die Absicht, ihre Begabung als Kopistin für seine eigenen ehrgeizigen Pläne zu mißbrauchen. Er führt irgend etwas im Schilde, wahrscheinlich sogar gegen den Bischof und den Frieden seiner Stadt. Ist es nach Eurem Glauben nicht Sünde, einander unter diesen Bedingungen vor Gott und seinem Priester ewige Treue zu geloben?«

Hugo musterte die Ärztin mit einem Blick, aus dem nicht länger Überlegenheit, sondern nunmehr Irritation sprach. Vielleicht hatte sie ja recht, überlegte er. In Lamperts Händen war das Mädchen mit seiner Begabung womöglich gefährlicher als ein zweischneidiges Schwert. »Es gäbe eine Möglichkeit, Eure Freundin in die Domburg zu holen, ohne Lamperts

Argwohn auf Euch zu ziehen«, sagte er nach einer Weile. »Es fragt sich nur, ob Ihr, Nurith bat Isaak, gewillt seid, diesen Schritt gemeinsam mit mir zu gehen. Ich warne Euch, er ist nicht ohne Wagnis.«

»Wie meint Ihr das, Herr?«

»Nun, ich werde es Euch erklären, auch wenn mich nichts dazu verpflichtet.« Hugos Pupillen blitzten gefährlich auf. »Lampert wird seine Hochzeit verschieben müssen, denn ich lasse Justina vom Kaulberg verhaften und unter Bewachung in den Kerker der Domburg bringen.«

»Das könnt Ihr nicht tun!« rief Nurith entsetzt. »Damit ist keinem von uns geholfen.«

»Euch vielleicht nicht, Ärztin, aber mir. Das Mädchen Justina ist eine stadtbekannte Fälscherin. Sie wird sich vor dem bischöflichen Stuhl verantworten müssen. Doch keine Sorge, wir werden die Angelegenheit im stillen verhandeln. Keinesfalls darf es zu einem Aufruhr gegen den Bischof kommen.«

Elftes Kapitel

Lukas streckte seine Beine genüßlich im warmen Wasser aus. Das dampfende Bad, das Ägidia und zwei ihrer Mägde ihm in einer abgelegenen kleinen Stube eingelassen hatten, war ein wahres Labsal für seinen Körper; es befreite ihn nicht nur vom Schmutz und Staub der Reise, sondern entspannte seine von Wind und Regen geplagten Gelenke. Zum ersten Mal seit Tagen fühlte er, wie die klamme Kälte, die sich in ihm eingenistet hatte, langsam aus seinen Gliedern wich. Der Zuber war so groß, daß mehrere Menschen darin Platz finden konnten. Zudem verschaffte ihm der Besuch der Badestube eine unverhoffte

Gelegenheit, Werners mürrischen Blicken wenigstens für eine Weile zu entrinnen. Der Baumeister hockte seit Stunden in seiner Kammer und arbeitete wie besessen mit Zirkel und Rußstift an den Entwürfen für den Reiter, den Lukas später aus dem Stein schlagen sollte. Bis zur Abenddämmerung hatte er ihm frei gegeben, dann wollte Werner zum ersten Mal eine Modellzeichnung vom Gesicht seines jungen Gesellen anfertigen.

Versonnen legte Lukas den Kopf auf die Rückwand des Zubers. In Bamberg hatte er hin und wieder das öffentliche Badehaus aufgesucht. Diese Einrichtung war unter den Männern der Stadt beliebt, weil sie dort für wenig Geld schwitzen, sich waschen oder von den kräftigen Händen des Baders durchkneten lassen konnten. Abgesehen davon, beschäftigte der Bader vier hübsche Mägde, die mit offenen Haaren und fast durchsichtigen Schürzen so manchem Burschen das Blut in Wallung brachten. In den oberen Kammern boten die Bademädchen ihren Gästen Dienste an, über welche sich die Gesellen nur hinter vorgehaltener Hand austauschten. Jedermann war klar, was in den Badestuben geschah, sogar Salomann und die Stiftsherren von St. Gangolf waren im Bilde, aber da in der Stadt die Meinung herrschte, man müsse die Domhandwerker und Knechte bei Laune halten, erhoben sich selbst von den Kanzeln der Kirchen herab nur höchst selten mahnende Stimmen gegen das leichtfertige Treiben am Fischmarkt.

Lukas mußte unwillkürlich an Justina denken; sie fehlte ihm, ihr Lachen, die Art, in der sie sprach, selbst die Schreibfedern und Papiere, die sie andauernd mit sich herumtrug. Seit er sie näher kannte, verspürte er nur noch selten den Wunsch, die Badestube zu besuchen. Wie es ihr wohl inzwischen ergangen war? Er konnte nur hoffen, daß Lampert es aufgegeben hatte, ihr nachzustellen.

Seufzend tastete er nach der hölzernen Kelle, die auf dem Boden des Zubers lag, hob sie auf und schüttete einen Schwall

Wasser auf den erhitzten Stein des Schwitzofens. Die Feuerstelle, ein wuchtiger Aufbau neben der Fensteröffnung, war in die Wand eingelassen und so heiß, daß die Luft um ihn herum schwirrte. In einem tönernen Kessel brodelten die Reste des Badewassers auf kleiner Flamme vor sich hin.

Ein Zischen ertönte, als die Tropfen auf die glühenden Ziegelsteine trafen. Dichte Schwaden vermischten sich mit dem würzigen Duft von Honigseife, Weinhefe und Kreuzkümmel. Im nächsten Moment erkannte Lukas die Hand vor Augen nicht mehr. Er ließ die Schöpfkelle niedersinken und bewegte seine Schultern. Nun hätte er doch einen Bader gebrauchen können – oder eine hübsche Magd, die ihm den Rücken wusch.

Während er gegen die Trägheit ankämpfte, die von ihm Besitz ergriff, überfiel ihn plötzlich das Gefühl, daß jemand ihn aus dem Zwielicht heraus beobachtete. Offenbar war er nicht mehr allein. Verwirrt wischte er sich das Wasser aus dem Gesicht. Die Hitze in der Stube war kaum noch zu ertragen. »Ägidia, bist du es?« Er reckte den Hals, erhielt jedoch keine Antwort. Lediglich das Feuerholz im Schwitzofen knisterte weiter.

»Meister Werner?« Vorsichtig richtete er sich auf und bedeckte seine Blöße mit einer Hand. Nein, seine Phantasie spielte ihm keinen Streich: Auf der gegenüberliegenden Seite des Bottichs, wo verschiedene Tonkrüge, Schaber und Birkenzweige auf einem Wandbord lagerten, erkannte er zwischen den milchigen Schwaden die Silhouette einer Person. Es war eine Frau, doch mit der alten Magd der Burgherrin hatte sie keine Ähnlichkeit. Sie mußte die Stube im Schutz des Dunstes betreten haben, ohne daß Lukas es bemerkt hatte.

»Du hast mich gesucht«, drang eine Stimme durch den geisterhaften Nebel. Vor dem Zuber stand Beate und musterte ihn ungeniert. Lukas starrte sie an. Ihr langes Haar fiel offen über ihre Schultern. Lächelnd zog sie die gespreizten Finger ihrer linken Hand wie einen Kamm durch das Wasser, bis es wilde Wellen schlug. »Und nun bin ich hier, um dir meinen besonderen Dank auszusprechen. Das habe ich dir doch versprochen, Lukas von Bamberg.«

Beates Augen funkelten amüsiert, als sie die Verblüffung des jungen Mannes registrierten.

»Dann habt Ihr mich also wiedererkannt«, stotterte Lukas mit offenem Mund. »Gestern, in der Kapelle.«

»Wie hätte ich dich jemals vergessen können? Du trugst das hübscheste Halseisen, das jemals auf dem Hof meines Bruders geschmiedet wurde. Und dann die Münze an der Lederschnur, die du mir damals nicht schenken wolltest. Ach, was warst du nur für ein eigensinniges, selbstsüchtiges Kind! Warum bist du damals eigentlich davongelaufen, ohne dich von mir zu verabschieden? Haben wir dich schlecht behandelt?« Gemächlich löste Beate die silberne Spange, welche die Falten ihres leichten Gewandes an der Schulter raffte und ließ es mitsamt dem Gürtel über die Hüften gleiten. Die grüne Seide rauschte an ihren Beinen herab wie eine glitzernde Flüssigkeit. Bevor Lukas einen klaren Gedanken fassen konnte, saß Beate ihm gegenüber und ließ ihren Körper im warmen Wasser versinken. Ihre Fußsohlen suchten sich tastend ihren Weg.

»Ich fürchte, das ist keine gute Idee, Jungfer Beate«, sagte Lukas, während sich seine Fingernägel vor Erregung in den Rand des Zubers bohrten.

»Ich bin immer noch maßlos selbstsüchtig!« Ihre Erwiderung versank in einem spöttischen Lächeln.

Er mußte Ruhe bewahren, Zeit gewinnen, sagte Lukas sich, keinesfalls durfte er sie vor den Kopf stoßen. »Ich bin davongelaufen, weil ich es nicht mehr ertragen konnte, von Euch und Eurem Bruder als Höriger verachtet zu werden«, erklärte er hastig. Wenn ich schon keinen Schimmer hatte, woher ich kam, so wollte ich wenigstens darüber entscheiden, wohin ich in Zukunft gehen werde.«

»Die kunstvollen Weinreben, die du als Knabe aus den Stützsteinen vor dem Herrenhaus geschlagen hast, sind noch immer deutlich zu erkennen«, sagte Beate mit einem anmutigen Augenaufschlag. »Sie werden von jedem Besucher bewundert, der unsere Halle betritt. Mein Bruder hätte dich damals belohnen sollen.«

»Keine Sorge, das hat er getan!« Mit brüskierender Offenheit kehrte Lukas ihr seinen Rücken zu; zwischen den Schulterblättern traten zwei vernarbte Striemen in Form eines Kreuzes deutlich hervor. Sie stammten von zwei schlecht verheilten Peitschenhieben. Beate von Okten hob erstaunt die Augenbrauen, ließ sich jedoch durch den Anblick der Narben nicht aus der Fassung bringen.

»Dann bist du also wegen der Prügel meines Bruders geflohen und nicht, weil du mich liebtest und niemals haben konntest«, bemerkte sie. »Ein harter Schlag für meine Eitelkeit! Beate von Okten wurde von einem unbedeutenden Leibeigenen verlassen, dem sie zuvor ihre Gunst geschenkt hatte. Er stahl sich bei Nacht und Nebel davon, um in Bamberg ein neues Leben als Steinhauer zu beginnen. Nach Jahr und Tag war er frei.« Sie legte den Kopf in den Nacken und lachte schallend. »Ein hübsches Epos, nicht wahr?«

»Wenn es denn wahr wäre ...«

»Gibt es einen Vers, der dich stört?«

»Die Jungfer Beate, die ich kenne, schenkt niemandem etwas, am allerwenigsten Gunst. Im Gegenteil, sie verlangt Geschenke!« Über seine hitzigen Worte erschrocken, spähte Lukas zur Tür hinüber und betete, daß Ägidia nicht plötzlich hereinkam und ihn gemeinsam mit Beate von Okten im Zuber überraschte. Beate von Okten schien seine Befürchtungen in keiner Weise zu teilen. Unvermittelt beugte sie sich vor; ihre Lippen streiften Lukas' Mund mit einem Kuß, der seltsam salzig schmeckte. »Gestehe mir, daß du mich nie vergessen hast«, verlangte sie trotzig. Das Badewasser schwappte unter ihren Bewegungen über den Rand des Bottichs auf den Schwitzofen.

»Ihr dürft niemandem verraten, daß Ihr mich kennt«, entgegnete Lukas mit fester Stimme. Er blickte sie einen Moment lang an. Schließlich erwiderte er ihren Kuß, zunächst roh, später leidenschaftlich, aber auch scheu, als wäre es das erste Mal, daß er ein weibliches Wesen berührte. Mit den Lippen liebkoste er ihren Hals, seine warmen Hände streichelten die Innenseite ihrer Schenkel, doch als sie ihn auf ihren Schoß ziehen wollte, entwand er sich stöhnend ihrem Griff und schob sie mit sanfter Gewalt zurück.

»Glaubt mir, Herrin, Bamberg ist eine kleine Stadt, angefüllt mit Pfaffen und Krämern. Zank und Aufruhr verursachen beide ohne Unterlaß. Man kann nicht einmal einen bequemen Schnabelschuh tragen, ohne daß die Mönche von St. Michael sofort ein Geschrei erheben, daß es Gott erbarmt. Euer zukünftiger Gemahl ist ein grober, gewalttätiger Mann, dem die Ehre seines Hauses über alles geht. Er wäre gewiß nicht erfreut darüber, ausgerechnet mich zu den ... Bekannten seiner Ehefrau zählen zu müssen.«

»Ach, was du nicht sagst!« Beate schürzte ärgerlich die Lippen. Der Zauber, der in ihren Liebkosungen gelegen hatte, verflüchtigte sich rasch. Mit einem Satz sprang sie aus dem Badezuber und hüllte sich in ihre feuchte Tunika. Ihr Gesicht nahm einen ernsten, beinahe betroffenen Ausdruck an. Sie hatte sich einige Augenblicke lang vergessen; diese Schwäche würde sie sich aber kein weiteres Mal erlauben. »Wie ich sehe, hast du noch immer nicht gelernt, menschliche Nähe zuzulassen«, sagte sie, während sie mit einigen raschen Handgriffen ihre Frisur in Ordnung brachte. »Du trägst das Eisen immer noch, auch wenn es längst nicht mehr zu sehen ist. Ich frage mich nur, ob die Bamberger Zunft der Steinmetze und Maurer über deine Herkunft Bescheid weiß, mein ehrenwerter Lukas.«

»Herrin ...«

»Nein, hab keine Angst. Ich denke gar nicht daran, unser süßes Geheimnis zu lüften. Vorerst zumindest. Wir werden uns in Bamberg wiedersehen.«

Lukas wollte zu einer Erwiderung ansetzen, aber Beate unterbrach ihn mit einer scharfen Gebärde. Ihr üppiges Haar, das sie mit einer bronzenen Nadel aufzustecken versuchte, war an den Spitzen naß geworden und glänzte im Schein der Lampe wie poliertes Eichenholz. »Wenn du klug bist, wirst du mich nicht gegen dich aufbringen«, sagte sie kalt. »Für mich bist du nach wie vor ein Höriger meines Bruders. Du wirst mir helfen, die langen, einsamen Winterabende fern unserer Heimat zu überstehen. Über meinen Gemahl, diesen Salomann, mache ich mir keine Gedanken. Denkst du, ich wüßte nicht, daß er mich nur aus Berechnung heiraten will? Er braucht einen adeligen Schwager, der mit dem Schwert umzugehen weiß, und einen gesunden Sohn für seinen Kaufmannshof. Zu beidem werde ich ihm verhelfen. Womit oder mit wem ich mir darüber hinaus die Zeit vertreibe, dürfte den alten Mann schwerlich etwas angehen.«

»Und was ist mit Eurem Bruder?« wollte Lukas wissen. »Warum begleitet er Euren Reisewagen nicht nach Bamberg?«

Beate strich sich eine widerspenstige Haarsträhne aus dem Gesicht. Falls Lukas' Frage sie erstaunte, so zeigte sie es mit keinem Wimpernschlag. »Dietrich ist nach seiner Rückkehr aus dem Heiligen Land zum *vilicus* ernannt geworden«, erklärte sie nicht ohne Stolz. »Er verwaltet das Königsgut zu Haselach nun selbständig und hat alle Hände voll zu tun, um sein Dorf mit Palisaden zu befestigen, Schanzen zu errichten sowie die Scheunen und Keller des Fronhofs mit Vorräten aufzufüllen. Nur dem König ist er Rechenschaft schuldig Der Rat der leiningischen Ritterschaft vermutet, daß es noch in diesem Sommer zum Krieg zwischen Kaiser Friedrich und König Heinrich kommen wird.«

»Was sagt Ihr da?« Lukas runzelte die Stirn. »Ich habe von den Gerüchten gehört, nach denen der Kaiser beabsichtigt, über die Alpen zu ziehen, aber von einem drohenden Krieg zwischen Vater und Sohn ist in Bamberg nichts bekannt.«

»Euer Bischof gehört wohl nicht gerade zu den treusten Anhängern der kaiserlichen Partei«, meinte Beate achselzuckend. »Kein Wunder, daß ihr die Politik des Reiches verschlaft, wenn der Neubau eures Doms alles ist, was euch in diesen Tagen kümmert. Heinrich VII. hätte sich niemals gegen seinen Vater empören dürfen. Er hat ihn brüskiert, indem er offen gegen Herzog Ludwig von Bayern zu Felde zog. Und nun verbündet er sich auch noch mit den aufmüpfigen lombardischen Städten, obwohl er vor vier Jahren das *Statutum in Favorem Principum* unterzeichnet hat, mit dem er den weltlichen Reichsfürsten das kaiserliche Zoll-, Markt-, Münz- und Befestigungsrecht übertrug. Diese Haltung werden weder Kaiser noch Papst unbeantwortet lassen. Mein Bruder rechnet fest damit, daß Friedrich wie sein Vater und sein Großvater auf der Durchreise dem Frongut zu Haselach einen Besuch abstatten wird, um sich vor dem Zusammenstoß mit König Heinrich mit Verpflegung einzudecken und Urkunden auszustellen. Für Dietrich wäre dies eine große Ehre.«

Lukas nickte. Beate von Okten war gut unterrichtet. Im Unterschied zu anderen Frauen ihres Standes, die ihre Tage mit Stickereien und Webarbeiten zubrachten, hatte sich die Schwester des *vilicus* immer dafür interessiert, was um sie herum geschah. Vermutlich war die alte Burgherrin Theodora deshalb so erpicht auf Beate von Oktens Gesellschaft. Sie schien auf Nachrichten zu warten. Doch den Männern ihres Hauses traute sie nicht.

»Woher kennt Ihr eigentlich die Rabensteiner?« fragte Lukas unverblümt. »Ihr habt doch Euren Zug nicht zufällig an diesem Ort unterbrochen.«

»Mein Vater kannte die Herrin Theodora schon, als sie noch ein junges Mädchen war. Lange bevor sie sich mit dem Morscher Ritter verbinden mußte, um in den Intrigen der Mächtigen zu überleben. Sie war wohl nicht sehr traurig, als ihr Gemahl sie verließ, um in der Schlacht von Bouvines gegen Otto IV. und König Johann von England um Ruhm und Ehre zu kämpfen. Doch genug von den alten Zeiten, ich werde dich nun verlassen, um mich für das Gastmahl in der Halle umzukleiden. Angenehme Träume, mein Freund!«

Beate vergewisserte sich kurz, daß niemand auf dem Gang war, dann schlüpfte sie vorsichtig aus der Badestube. Auf einmal schien sie es sehr eilig zu haben davonzukommen. Lukas hielt sie mit keinem Wort zurück, obgleich ihre vagen Antworten ihn nicht zufriedengestellt hatten. Sie warfen bestenfalls neue Fragen auf. Beates Lippenbekenntnis, ihn nicht zu verraten, nahm daher bei näherer Betrachtung der Dinge einen eher schalen Beigeschmack an. Gewiß würde sie seine Verwundbarkeit ausnutzen. Beate von Okten war weder abgefeimt noch klatschsüchtig, dafür aber unberechenbar, weil sie stets nur das tat, wozu sie Lust verspürte. Obwohl sie von den ehrgeizigen Bestrebungen der deutschen Städte nach Unabhängigkeit und Privilegien nicht viel zu halten schien, war es doch ihr erklärtes Ziel, Herrin über Salomanns Bamberger Handelshof zu werden. Lukas hatte keine Ahnung, was sie sich davon versprach. Ahnte sie denn nicht, was für ein Leben sie an der Seite des herrschsüchtigen alten Kaufmannes erwartete? Zudem kam es ihm merkwürdig vor, daß Beates Bruder, Ritter Dietrich, unter den edelfreien Männern seiner Nachbarschaft keinen geeigneteren Gemahl für sie gefunden haben sollte. Gewiß, seit der junge König offen mit den deutschen und lombardischen Städten sympathisierte und um ihre Unterstützung warb, kam es häufiger zu Verbindungen zwischen adeligen Häusern und städtischen Kaufleuten. In der

Regel waren es die nachgeborenen Töchter kleiner Edelleute, die unter ihrem Geburtsstand vermählt wurden. Der Reichtum ihrer Ehemänner gestattete ihnen ein Leben im Wohlstand, verurteilte sie aber gleichzeitig zur Bedeutungslosigkeit. Ihre Kinder spielten in der hohen Politik des Reiches keine Rolle mehr. Beate von Okten war indessen keine Frau, die sich mit den bescheidenen Aufgaben einer Kaufmannsgemahlin zufriedengab. Sie und ihr jähzorniger Bruder mußten in Bamberg eigene Pläne verfolgen, über die sie sich bislang ausgeschwiegen hatte.

Lukas bemerkte nicht, wie sich die Tür zur Badestube ein zweites Mal knarrend öffnete. Als er auf den Holzbohlen leise Schritte zu vernehmen glaubte, dachte er an nichts Böses. Womöglich hatte Beate etwas vergessen. Rasch blickte er sich nach seinen Kleidern um. Es war spät geworden, zu spät für weitere Tändeleien. Der Schein der rußigen Talglampe warf ein Schattenbild auf das gegenüberliegende Mauerstück. In diesem Augenblick begriff Lukas, daß ein Mann hinter ihm stand.

Er wollte sich aufrichten, doch da schossen auch schon zwei starke Hände in speckigen Lederfäustlingen an seinem Kopf vorbei, packten ihn grob am Hals und würgten ihn so heftig, daß ihm die Luft wegblieb. Entsetzt versuchte er, sich loszureißen, aber er konnte nicht verhindern, daß sich die Pranken seines Angreifers über seine Augen und den Mund legten. Dunkelheit umfing ihn. Unnachgiebig und mit brutaler Gewalt drückten die Hände seinen Kopf unter Wasser. Jemand wollte ihn ersäufen wie einen tollen Hund.

Lukas wehrte sich mit dem Mut der Verzweiflung. Seine Knöchel schlugen gegen die eisernen Ringe des Bottichs, bis die Haut aufplatzte und er zu bluten begann. In Todesangst versuchte er, eine Hand des heimtückischen Unbekannten zu packen, um ihn über den Rand zu ziehen, als er plötzlich in einem sprudelnden Sog nach oben getragen wurde. Röchelnd rang er nach Atem; er wollte um Hilfe rufen oder sich wenigstens zur Seite drehen, doch da traf ein derber Schlag seinen Oberarm.

»Verlasse diesen Ort!« hörte er eine heisere Stimme in sein Ohr flüstern. Im nächsten Moment wurde er von neuem unter Wasser gestoßen. Allmählich spürte er, wie seine Kräfte erlahmten. Im harten Griff dieses Schraubstocks war es kaum möglich, sich zu bewegen. Er war verloren.

Dann bemerkte er, wie sein Fuß gegen einen Gegenstand stieß, der auf dem Boden des Zubers lag. Es war eine hölzerne Schöpfkelle. Lukas krümmte die Zehen um den langen Stil, winkelte sein Bein an und schob die Kelle so weit nach oben, bis er sie schließlich mit der Linken zu fassen bekam. Wie in Trance stützte er seinen Ellenbogen ab, holte aus und rammte die Kelle in die Richtung, wo er den Kopf seines Angreifers vermutete. Im nächsten Augenblick spürte er, wie der Druck auf seinen Schultern nachließ. Die ledernen Fäustlinge wichen zuckend zurück.

Lukas tauchte laut röchelnd auf, wobei er mit der Kelle noch einmal zu einem weiteren Schlag ausholte. Doch diesmal ging sein Hieb ins Leere, dennoch glaubte er einen wütenden Aufschrei zu hören. Vor seinen Augen zerplatzten Sterne zu Funken, der Schmerz in seinen Lungen war kaum auszuhalten. Als er die Augen öffnen konnte, sah er verschwommen, wie eine schemenhafte, schwarz vermummte Gestalt aus der Kammer hastete. Krachend fiel die Tür ins Schloß.

Eine Ewigkeit verging, bevor Lukas in der Lage war, sich aus der Wanne zu schleppen, die beinahe sein Grab geworden wäre. Er taumelte und rutschte über den nassen Boden, ohne allerdings zu stürzen. Gleichmäßige Wellen von Schwindel und Benommenheit ließen jeden seiner Schritte zur Qual werden, aber irgendwie gelang es ihm, sich Bruche und Kittel überzustreifen. Als der Nebel in seinem Kopf sich endlich lichtete, entdeckte er eine frische Blutlache vor dem Badezuber. Auch am Holz des Wannenrandes waren einige Kratzer und Schrammen, Spuren des Kampfes, zu sehen.

Dann hat mein Hieb den Kerl wenigstens eine Wunde beigebracht, dachte er. Die Platzwunde würde der Kerl nicht ohne weiteres verstecken können.

»Verdammt, wie lange soll ich eigentlich noch auf dich warten?« ertönte unvermittelt eine Stimme in seinem Rücken. Als er sich umwandte, sah er Werner von Rottweil mit ärgerlicher Miene auf sich zukommen. »Hat dir nie jemand gesagt, daß es ungesund ist, zu lange zu …« Verdutzt hielt der Baumeister inne, als sein Blick auf den blutbesudelten Fußboden vor dem Badezuber fiel. »Bei Hiram dem Tempelbauer, was ist denn hier passiert?«

Bevor Lukas antworten konnte, erklang lautes Gelächter auf dem Gang, und der Burgherr betrat die Stube. Ihm folgte Matthäus Hagen, der ein fröhliches Lächeln zur Schau trug, jedoch schlagartig ernst wurde, als er den verstörten jungen Steinmetz sah. Auch der Burgherr schien die Lage sofort zu erfassen. »Was, zum Donnerwetter, ist denn hier geschehen?« rief Rüdiger von Morsch verblüfft. Sein Gesicht war verschwitzt und schimmerte wie ein polierter Apfel. Er mußte mit dem Locator um die Wette geritten sein, doch hatte Lukas kein Pferd über den Burghof traben gehört. Ihm fiel sogleich auf, daß beide Männer Jagdkleidung trugen: Rüdiger von Morsch ein Wams aus zusammengenähten Wildlederteilen, Matthäus, der in den Hüften ein wenig fülliger war, einen gefältelten Waffenrock mit eng angelegter Kapuze und einen Umhang aus Wolle. Vermutlich hatte der großzügige Burgherr seinem Gast die eigene Kleiderkammer geöffnet.

»Mein junger Freund Lukas«, stieß Matthäus Hagen hervor. »Du bist wohl überall zu finden, wo es rumpelt und knirscht!« Er lachte gezwungen, aber weder Werner noch Burgherr Rüdiger stimmten mit ein.

»Ein Mann ist hier eingedrungen, während ich im Schwitzbad saß«, erwiderte Lukas, zitternd vor Erregung. »Er schlich sich wie ein feiger Schuft an mich heran und drückte meinen Kopf unter Wasser.«

Werner von Rottweil ging in die Hocke und untersuchte den Blutfleck auf dem Fußboden, indem er seinen Zeigefinger in der Lache kreisen ließ. Dabei fiel ein Paar grober, abgenutzter Handschuhe aus den Falten seines Gewandes, Arbeiterfäustlinge, wie sie von Steinbrechern häufig getragen wurden. Hastig steckte der Baumeister sie in den ledernen Beutel seines Gürtelbandes, stand auf und sagte: »Eure Mutter, Herr Rüdiger, hat angedeutet, daß so etwas geschehen könnte, wenn wir ihren Auftrag annehmen. Aber so rasch hätte ich ehrlich gesagt keinen Anschlag auf unser Leben erwartet.«

»Einen Anschlag auf *mein* Leben, meint Ihr wohl!« Lukas blickte Werner voller Argwohn an. Er hätte zu gerne überprüft, ob die Fäustlinge im Beutel seines Meisters feucht oder zerrissen waren, aber bis sich ihm dazu eine Gelegenheit bieten würde, war es zweifellos zu spät, Spuren der Tat zu entdecken. Erschöpft sank er auf einen Schemel nieder.

»Ihr solltet nicht übertreiben, Meister Werner«, sagte Matthäus Hagen beschwichtigend. »Schließlich wart Ihr ja nicht einmal in der Nähe, oder?« Er durchquerte die Stube, ergriff einen Eimer mit Wasser und löschte das Feuer im Schwitzofen. »Ich bin sicher, daß sich einer der Waffenknechte einen derben Spaß mit unserem reinlichen Steinmetzgesellen erlaubt hat. Auf einer Burg herrschen nun mal rauhe Sitten.«

»Nicht auf meiner Burg, Matthäus«, knurrte Rüdiger von Morsch kopfschüttelnd. »Beim heiligen Grab, meine Mutter wird toben, wenn sie von diesem Anschlag erfährt.«

Trotz seiner Übelkeit warf Lukas dem Burgherrn einen teilnahmsvollen Blick zu. Rüdiger von Morsch schien es mit seiner starrsinnigen Mutter nicht leicht zu haben. Vielleicht redete sie auch mit ihm nur durch ein Loch im Webtuch. Theodoras Einmischung würde jedenfalls nicht helfen, den Täter zur Strecke zu bringen. Möglicherweise befahl sie, Lukas zu seinem eigenen Schutz in der Turmkammer einzusperren, gemeinsam mit Werner und einer Wache vor der Türe. Eine grauenvolle Vorstellung! Nein, vermutlich war es besser, selbst die Augen offenzuhalten und auf eigene Faust nach dem Mann mit den Lederfäustlingen zu suchen. Das Burgtor und die Pforte, soviel hatte Lukas durch die kleine Fensteröffnung gesehen, waren verriegelt und wurden von zwei Männern mit Spießen bewacht. Demnach war es unmöglich, daß sein Angreifer Burg Rabenstein vor Sonnenaufgang verließ.

»Vielleicht sollte mir wirklich ein Streich gespielt werden«, sagte er schließlich mit wenig Überzeugung. »Die drückende Hitze des Schwitzofens hat mir arg zugesetzt. Wahrscheinlich wäre es besser, Frau Theodora nicht unnötig zu ängstigen.«

Rüdiger nahm die blutverschmierte Schöpfkelle vom Fußboden auf und betrachtete sie von allen Seiten. Aus seinen Blicken sprachen sowohl Verwunderung als auch Erleichterung über Lukas' überraschende Einsicht. »Mein Vogt wird der Angelegenheit nachgehen, ohne daß Ägidia davon erfährt«, versprach er. »Sollte die Alte davon Wind bekommen, weiß gleich die ganze Burg, daß meine Gäste hier ihres Lebens nicht mehr sicher sind.«

Während sich der junge Burgherr zur Pforte begab, blieb der Locator nachdenklich am Fenster stehen. Er starrte auf den finsteren Burghof hinab, als suchte er etwas – oder jemanden. Hinter einer der Stallungen schlug ein Hund an, sein Gekläff brach sich an den hohen Mauern der Umfriedung.

»Begleitet Ihr mich hinunter in den Saal, teurer Matthäus?« rief Rüdiger. »Wir müssen doch unsere Jagdbeute begießen, ehe Eure Gemahlin und Ihr uns morgen verlaßt.«

Der dunkelhaarige Mann nickte höflich. Als er an Lukas vorüberschritt, klopfte er ihm kurz auf die Schulter und raunte ihm lächelnd zu. »Eine Frage habe ich doch noch an dich, und ich hoffe, du wirst sie frank und frei beantworten.«

Rüdiger wandte sich um und spitzte aufmerksam die Ohren.

»Hat das nicht Zeit, bis der junge Mann sich ein wenig von dem Schrecken erholt hat?« Werner runzelte unzufrieden die Stirn. »Ihr seht doch, daß er sich kaum noch auf den Beinen halten kann.«

»Da ich in der Früh abreisen werde, hat es leider keine Zeit«, entgegnete Matthäus Hagen unbeirrt. »Lukas, war jemand bei dir, bevor dieser Mann dich überfallen hat? Eine hübsche junge Magd vielleicht?«

Lukas errötete. Beate von Okten hatte die Badestube nur wenige Augenblicke vor dem Angriff auf ihn verlassen. Unwillkürlich wanderten seine Blicke über das gebräunte Gesicht des Sachsen. In der Stube war es nicht allzu hell, aber wenn er sich nicht täuschte, wies der Wangenknochen des Mannes eine Schwellung auf. Von seinem Hieb etwa? Nein, er schüttelte heftig den Kopf; sein Atem geriet ins Stocken, als er daran dachte, was Rüdiger von Morsch gesagt hatte. Er und Matthäus Hagen waren soeben von der Beizjagd zurückgekehrt. Doch wen hatte der undurchsichtige Locator wirklich gejagt? Verlasse diesen Ort, hatte die unheimliche Stimme geflüstert. Dies war eine eindeutige Warnung.

»Glaubt Ihr wirklich, der Kerl hätte es gewagt, mich zu überfallen, wenn ich nicht bis zum Hals im Wasser gesteckt hätte?« sagte er nach einigem Zögern. »Nein, Locator. Ich war allein im Raum und nahm ein Schwitzbad.«

Matthäus Hagen murmelte etwas Unverständliches, aber er gab es auf, in Lukas zu dringen. Gefolgt von Rüdiger und dem Baumeister verließ er den Raum. Wenig später hörte Lukas die Stimme des Burgherrn nach einer Dienstmagd rufen, welche die Badestube reinigen und bis auf weiteres verriegeln sollte.

Es überraschte Lukas nicht im geringsten, daß die Nachforschungen des Burgvogts im Sande verliefen. Niemand erinnerte sich, zur fraglichen Zeit einen Mann aus der Badestube kommen gesehen zu haben. Obgleich die Torwächter am nächsten Morgen jeden Reiter und jedes Fuhrwerk, das die Burg verlassen wollte, aufhielten und durchstöberten, blieb der Gesuchte weiterhin unentdeckt.

Es war ein grauer, regnerischer Tag, als Beate von Okten und der Locator schließlich mit ihren jeweiligen Wagen und Reitern die Burg verließen.

Lukas, der nun endlich damit begonnen hatte, ein Wachsmodell und diverse Schablonen, sogenannte Brettungen, für den Unterbau seiner Skulptur anzufertigen, beobachtete vom Fenster seiner Turmkammer, wie die flatternden Banner ihrer Wagenzüge hinter den hohen Bäumen entschwanden, und sandte ein stummes Dankgebet zum Himmel. Er verspürte keine Trauer über die Abreise der beiden. Wenn man es genau betrachtete, so fühlte er sich sogar unbeschwerter, seit er den Locator und seine Frau nicht mehr im Hause wußte. Von Beate ganz zu schweigen. Er hatte keine Beweise gegen Matthäus in der Hand, vermutlich hätte er sich nur lächerlich gemacht, wenn er jemandem seinen Verdacht gegen den Sachsen anvertraut hätte. Warum sollte ein fremder Ministeriale in fürstlichen Diensten ausgerechnet ihm nach dem Leben trachten?

Zwölftes Kapitel

Einige Tage später schallte ein Horn über den betriebsamen Hof. Das Burgtor öffnete sich für eine Gruppe von Reitern in Kettenhemden und ledernen Brustharnischen, die auf die

Stallungen zupreschten und die herbeieilenden Pferdeknechte beinahe niedertrampelten. Werner von Rottweil blickte verwundert von seine Skizzen auf. Sein Zirkel entglitt ihm auf dem dünnen Pergament und zog einen Strich durch zwei annähernd perfekte Kegel. Das Modell des Domreiters und seines Pferdes war fast fertig, auch wenn Lukas sein eigenes Antlitz auf dem Hals des muskulösen Ritters kaum wiedererkannte. War seine Nase tatsächlich so lang und spitz? Es blieb abzuwarten, ob die alte Theodora hinter ihrem Webrahmen mit den Entwürfen einverstanden war.

»Die Reiter tragen das Wappen der Grafen von Andechs-Meran auf dem Schild«, sagte Lukas, der ans Fenster getreten war, um sich die Ritter näher anzusehen.

»Ja und?«

»Unser Bischof gehört zum Haus Andechs-Meran. Ich frage mich, ob es ein Zufall ist, daß alle in dieser Burg auf die eine oder andere Weise mit der Stadt Bamberg verbunden sind.«

»Nun laß mich endlich mit deinen närrischen Verdächtigungen in Ruhe«, brummte Werner. »Du siehst ja neuerdings überall Gespenster. Ich hoffe nur, daß der junge Burgherr keine überflüssigen Fehden auszufechten hat. Das ganze Land scheint neuerdings in Aufruhr zu sein.« Zeternd streute er Sand aus einer Zinnbüchse über der verdorbenen Zeichnung aus. Der schmale Pferdekopf hatte einen höchst unvorteilhaften Schnurrbart bekommen.

Seit dem Vorfall in der Badestube war das Verhältnis zwischen Lukas und seinem Auftraggeber nicht besser geworden. Werners Launen hatten sich ins Unerträgliche gesteigert. Entgegen seiner sonstigen Genauigkeit arbeitete er nur noch höchst oberflächlich und unkonzentriert. Ständig verlegte er seine geometrischen Instrumente, jedes noch so harmlose Geräusch ließ ihn zusammenzucken. Lukas vermutete, daß er mit seinen Gedanken längst nicht mehr auf Burg Rabenstein, sondern wieder in Bamberg weilte, denn er sprach gelegentlich davon, die Burg bald zu verlassen, um sich neuen Aufgaben zu widmen.

Zuvor galt es allerdings, eine Reise zu den nahen Steinbrüchen im Wiesental anzutreten. Theodora von Morsch hatte den Baumeister durch ihren Vogt angewiesen, gemeinsam mit Lukas nach geeignetem Sandstein für das Standbild des Reiters Ausschau zu halten. Der nächste Steinbruch, der zu den Liegenschaften der Morscher Ritter gehörte, lag einige Stunden von der Burg entfernt, in südlicher Richtung.

Sie brachen früh am nächsten Morgen auf. Rüdiger von Morsch hatte sich erboten, die Schützlinge seiner Mutter zum Steinbruch zu begleiten, mußte jedoch im letzten Augenblick absagen. Die überraschende Ankunft Bamberger Edelleute machte seine Anwesenheit auf der Burg erforderlich. Bereits am Abend ihrer Ankunft hatten sich die Männer in die große Halle zurückgezogen. Sie ließen durch Rüdigers Vogt Wein, Braten und Käse herbeibringen und verriegelten danach das Tor. Es mußten wichtige Gespräche sein, welche die edlen Herren zu den Rabensteinern geführt hatten, Verhandlungen, die keinen Aufschub duldeten.

»Ich vermute, daß der Burgherr sich entscheiden muß, wem er in dem Konflikt zwischen den beiden Staufern künftig die Treue hält«, sagte der Baumeister, während er den wackeligen Karren, den Rüdiger von Morsch ihm und Lukas für den Transport zur Verfügung gestellt hatte, um eine Kurve lenkte. Auf dem Kutschbock fühlte er sich offensichtlich wohler als im Sattel. »Die Nürnberger Ratsherren sollen dem Kaiser bereits einen Eid geleistet haben, seinen Männern die Stadttore zu öffnen und sie zu bewaffnen.«

Unauffällig spähte Lukas über die Schulter. Zwei von Rüdigers Waffenknechten folgten dem Gefährt des Baumeisters in gemessenem Abstand zu Pferde. Beide Männer waren fortgeschrittenen Alters. Vierzig Jahre, schätzte Lukas grob; kein Wunder also, daß der Burgherr sie am Tor entbehren konnte. Nichtsdestotrotz machten die Burschen mit ihren geölten Langbogen über den Schultern und den von Narben entstellten Gesichtern einen durchaus verwegenen Eindruck. Der größere von beiden hatte einen etwas verschlagenen Blick und erinnerte Lukas an einen Wolf, während sein korpulenter Begleiter die Figur eines Bären besaß.

Lukas zuckte die Achseln. Einerseits fühlte er Erleichterung, daß er nicht allein mit Werner zu dem abgelegenen Steinbruch reisen mußte, andererseits schalt er sich töricht. Möglicherweise hatte der Baumeister recht, und er fing an, Gespenster zu sehen. Warum sollte auch ausgerechnet Werner ihn beseitigen wollen? Er war es doch schließlich gewesen, der ihn Norberts Bauhütte abspenstig gemacht und nach Rabenstein befohlen hatte. Er war mindestens ebenso daran interessiert, daß Lukas den steinernen Reiter konstruierte wie die alte Theodora. War es daher nicht widersinnig, an eine Verschwörung zu glauben? Es war weit hergeholt, und dennoch konnte Lukas nicht verhindern, daß er Werner von Stunde zu Stunde argwöhnischer gegenüberstand.

Auf der breiten Landstraße kamen sie zügig voran, zumal der Baumeister den Weg bis aufs letzte Schlagloch genau zu kennen schien. Er erlaubte unterwegs nur knapp bemessene Ruhepausen für die Pferde. Die bewaffneten Knechte des Burgherrn fügten sich klaglos in ihr Schicksal, wenngleich sie Werner auch übellaunige Blicke zuwarfen.

Gegen Mittag erreichte der Wagenzug endlich den Steinbruch. Er lag, beschienen von der milden Frühlingssonne, im Herzen einer Mulde, umgeben von bewaldeten Hügeln, Wiesen, auf denen roter Mohn blühte und braunem Ödland, das offenkundig niemand beanspruchte. Schroff und bizarr ragten die beiden Steilwände des Rabensteiner Bruchs empor. Mit ihren von Wind und Regen geformten Zinnen wirkten die Hänge wie die Türme eines gewaltigen Bauwerks.

Hoch über dem Gestein zogen Krähen wirre Kreise. Ihr Geschrei hallte schaurig von den zerklüfteten Felsen des Bruchs wider. Lukas spürte, wie ein Prickeln über seinen Rücken jagte. Er sprang sogleich vom Karren und lief einige Schritte voraus, um sich umzuschauen. Die rötlich schimmernde Landschaft, die sich vor ihm auftat, erfüllte ihn mit gespannter Faszination. Dies also war der Ort, wo man den herrlichen, warmen Sandstein fand, mit dem er seit vielen Jahren in der Dombauhütte umging und dessen glitzernde Oberfläche seinen Fingerspitzen vertrauter vorkam als weicher Damast oder die Haut einer Frau. Ohne auf Werner und die Waffenknechte zu warten, erklomm er ein vorspringendes Felsstück. Als er nach unten sah, bemerkte er, daß an der rechten Steilwand gearbeitet wurde. Eine Handvoll zerlumpter Leibeigener machte sich dort mit Hämmern und Schlägeln an einer grottenartigen Abbruchstelle zu schaffen. Einige hingen an Strickleitern, andere stützten mit Stangen einen Vorsprung. Über Mund und Nase hatten die Männer schmale Stoffetzen gebunden, um sich vor dem Sand zu schützen, was auch nötig schien, denn eine Wolke aus gelblichem Staub hüllte die Männer fast vollständig ein. Mit wildem Gebrüll ließen die Fronarbeiter ihre Werkzeuge auf die vorgezeichneten Kanten oberhalb des Stützeisens niedersausen.

In nächster Nähe des Felsvorsprungs standen zwei Aufseher unter einem baldachinartigen Schirm. Eine junge Dienerin bot ihnen frisches Wasser aus einem Tonkrug an, welches die Männer jedoch verschmähten. Die Arbeiter indessen nahmen den kühlen Trunk des Mädchens dankbar entgegen. Lukas spähte verstohlen zu den wilden Burschen hinüber. Dem Staub und Getöse konnte er wenig abgewinnen, dennoch beneidete er die Steinhauer ein wenig. Er selbst hatte schon viel zu lange weder Hammer noch Picke geschwungen. Man setzte leicht Fett an, wenn man nur noch zeichnete und rechnete. Der Baumeister bot mit seinem dicken Wanst dafür wohl das beste Beispiel.

Eine halbe Stunde lang stieg er über Schutt und Geröll, erkundete Ausschachtungen und fuhr mit der Hand über ordentlich herausgeschnittene Blöcke, Kanten und Wölbungen, die wie höhnisch grinsende Münder aus dem Fels ragten. Die weiche Steinwand war etwas Lebendiges, das fühlte er, je länger er sich tief unter ihr bewegte. Sie hatte ein Herz, das nur derjenige schlagen hörte, der ihre Geheimnisse erahnte. Wie eine geduldige Mutter blickte das kolossale Gebilde auf ihn und die Arbeiter hernieder, eine Mutter, die seit Jahr und Tag Kinder für die Ewigkeit gebar. Sie ließ zu, daß immer neue Scharen von Menschen zu ihr zogen und sich nahmen, was sie benötigten, und ihre einzige Klage über den Verlust ihrer Vollkommenheit bestand aus dem Heulen des Windes, der um ihre Ecken streifte und das gelegentliche Geschrei der Vögel.

Lukas gefiel der Steinbruch. Er würde dafür sorgen, daß das kostbare Material nicht vergeblich geopfert wurde. Eines Tages würde er ein Kunstwerk erschaffen, das man noch in Jahrhunderten bewundern sollte.

»Der helle Stein ist nicht schlecht zum Bossieren«, erklärte Werner nach einer Weile keuchend. Er hatte sich mit den Aufsehern der Fronarbeiter unterhalten, nun aber balancierte er über einige wuchtige Quaderblöcke auf Lukas zu, welche die Steinhauer bereits in ihre Rohform gebracht hatten. »Du weißt ja, wir arbeiten vom Groben zum Feinen. Doch für den Feinschnitt ist er eindeutig zu brüchig!«

»Ich finde ihn einfach wunderbar«, widersprach Lukas aus voller Überzeugung. Er eilte zum Karren und nahm einen Stockhammer aus Werners Kasten. Mit ihm kehrte er zu den

Sandsteinblöcken zurück und setzte ihn vorsichtig an der oberen Längsseite eines kleinen, ziegelförmigen Steins an. Er zog seinen Daumen prüfend entlang der brüchigen Kanten, dann schlug er unvermittelt zu, daß die Stücke in hohem Bogen umherflogen. Innerhalb kürzester Zeit hatte sein Stockhammer die Schnittstellen so sauber und geschickt geglättet, daß sie mühelos aufeinander zu liegen kamen. Nicht einmal eine Münze ließ sich noch zwischen die Rillen schieben. »Der Stein ist wie geschaffen für eine Skulptur.« Strahlend reichte Lukas Material und Hammer an Werner weiter. »Ich versichere Euch, er wird nicht brechen. Selbst dann nicht, wenn ich später die Konturen des Korpus mit dem Spitzeisen vervollkommne.«

Der Baumeister zuckte die Achseln; dabei warf er den beiden wartenden Knechten einen unruhigen Blick zu. Wolf und Bär waren beim Karren zurückgeblieben und entstaubten ihre Kehlen mit dem Inhalt eines speckigen Lederschlauchs. »Gebe Gott, daß ich den Tag noch erlebe, an dem dein Reiter aufgestellt wird«, sagte Werner schließlich. »Wenn deine Wahl auf diese Blöcke gefallen ist, werde ich mit dem Aufseher des Bruchs sprechen und dafür sorgen, daß sie sogleich abtransportiert werden. Du wirst für die einzelnen Werkstücke mindestens fünf an der Zahl benötigen. Vielleicht sollten wir uns aber noch einmal im hinteren Teil des Steinbruchs umsehen.«

Lukas hielt diesen Vorschlag für überflüssig, denn er hatte sich bereits entschieden. Aus dem größeren der Sandsteinblöcke wollte er das Pferd schlagen, weil er im Sonnenlicht weiß glitzerte, und aus den schmalen die Einzelteile der Figur: Torso, Kopf, Gliedmaßen und Schmuck. Doch der Baumeister wies darauf hin, daß er auch für die Arbeit an Salomanns Gewölbe noch verschiedene Stücke benötigte, und bat seinen Gehilfen um dessen Rat bei der Auswahl.

Suchend blickte sich Lukas nach den zerklüfteten Abbruchkanten um, über denen noch immer ein Schwarm schwarzer

Vögel schwebte. Dabei bemerkte er, daß die Steinhauer ihre Arbeit inzwischen niedergelegt hatten und zu den dröhnenden Schlägen eines Gongs den Hütten auf der anderen Seite des Tals entgegenstrebten. Ihr Aufseher machte Werner aus der Ferne ein Zeichen. Vermutlich wollte er ihm zu verstehen geben, wo er ihn wegen des Transports ihrer Ausbeute finden konnte.

Die Suche nach Baumaterial nahm viel Zeit in Anspruch. So sehr Werner seine Begleiter während der Anreise gedrängt hatte, so sehr trödelte er nun herum. Lukas hatte gar den Verdacht, daß der Alte es plötzlich darauf anlegte, die Nacht allein mit ihm unter freiem Himmel zu verbringen.

Sie schlugen ihr Lager an einer windgeschützten Stelle zu Füßen des Steinbruchs auf, der in der Dunkelheit längst nicht mehr so romantisch wirkte wie bei Tag. Abgesehen davon, waren die Nächte noch immer recht frostig. Der Baumeister schien sich daran jedoch nicht zu stören. Er machte es sich mit einem Stück Käse auf einer Decke vor dem Feuer gemütlich, für das Lukas gesorgt hatte, während Wolf und Bär sich ein Stück abseits über den Rest des Proviantbeutels hermachten. In der Dämmerung hatten die beiden ein Wettschießen mit Pfeil und Bogen veranstaltet, aus welchem der Wolf als Sieger hervorgegangen war. Nun behielt er sich vor, die besten Stücke der Verpflegung in seinen Magen wandern zu lassen. Lukas, der zu müde war, um Einspruch zu erheben, ließ die beiden Knechte gewähren.

Aus den beiden Strohhütten an der Schmalseite der Schlucht, in welche die leibeigenen Steinhauer verschwunden waren, drangen alsbald Schnarchgeräusche sowie der einsame Gesang einer Frau zu ihnen herüber. Lukas mußte an die junge Wasserträgerin denken, und wie rüde sie von den beiden Aufsehern behandelt worden war. Frauen hatten es hier draußen unter groben Steinhauern schwer, sich zu behaupten. Aber gab es überhaupt einen Ort auf der Welt, wo dies anders war?

»Du hast dich doch schon oft gefragt, was es mit den Handzeichen auf sich hat, mit denen sich einige Baumeister zuweilen begrüßen, nicht wahr?« holte Werner ihn aus seinen Gedanken. Erstaunt hob Lukas den Kopf. Wollte der Baumeister sich etwa über ihn lustig machen? Nach den Spannungen der vergangenen Tage durfte er doch gewiß nicht damit rechnen, daß Werner seine Ankündigung wahrmachte und Lukas in die Mysterien der höheren Baukunst einwies. Wie üblich entzog sich der Baumeister jedoch einer konkreten Einschätzung seines Denkens und Handelns. In unbefangener Vertrautheit erklärte er: »Auf dem Weg nach Rabenstein habe ich bereits angedeutet, daß es einige wenige Menschen gibt, welche die kostbarsten Geheimnisse der Schöpfung hüten. Zu ihnen gehören auch die großen Baumeister aus Frankreich. Die Rituale dieser Werkmeister sind wesentlich älter als die Handwerksbräuche, die du während deiner Lehrzeit in der Bamberger Zunft kennengelernt hast. Du stehst im Begriff, ein wichtiges Kunstwerk zu erschaffen und kennst doch nicht einmal die Geschichte, die sich dahinter verbirgt.«

»Wenn diese Geschichte etwas mit den Drohungen gegen uns zu tun hat, bin ich mir nicht sicher, ob ich sie heute hören will!«

Werner ergriff einen dürren Zweig und stocherte damit in der Glut des Feuers herum. Anschließend überzeugte er sich davon, daß Rüdigers Waffenknechte ihm nicht zuhörten, und winkte Lukas näher an die Flammen heran.

»Du willst sie hören, das spüre ich genau«, sagte er leise. »Du bist wie dieser kleine Zweig, der die Funken der Glut kostet und dazu beiträgt, daß das Feuer weiterlodert und nicht erlischt.«

Lukas war sich nicht sicher, ob es ihm schmeichelte, mit einem dürren Zweig verglichen zu werden. Er fand Werners Worte reichlich pathetisch, sie paßten nicht zu seinem kühlen, berechnenden Wesen. Dennoch lauschte er andächtig, als der Meister begann, ihn über die Anfänge der Mysterien zu unterrichten.

»Hiram war der Name des Baumeisters, der vor vielen Jahrhunderten im Auftrag des biblischen Königs Salomon den Tempel zu Jerusalem, eines der größten und prächtigsten Gebäude der Geschichte, errichtet hat. Die Pläne für dieses Heiligtum soll der Allmächtige selbst offenbart haben. Man findet sie versteckt in der Heiligen Schrift. Hiram aus Tyros war der erste, der in die Geheimnisse von Form, Zahl, Maß und ihre praktische Anwendung eingeweiht wurde. Seine Arbeiter teilte er in drei Grade ein – in Lehrlinge, Gesellen und Meister.«

»Das ist in meiner Zunft auch nicht anders«, warf Lukas ein. »Unsere Ausbildung baut auf der des Maurers auf.« Er verstand nicht, worauf Werner eigentlich hinauswollte.

»Sicher, aber Hiram vermittelte auch ein Meisterwort, eine spezielle Losung, anhand derer sich Eingeweihte zu erkennen und weiterzuhelfen pflegten. Eines Tages wurde er von drei Männern ermordet, die versuchten, in den Besitz des Meisterwortes zu gelangen. Sie töteten ihn durch drei Hiebe, die ihn an unterschiedlichen Orten des Tempels niederstreckten. Der Hammer traf seinen Kopf, die Wasserwaage eine Schläfe, das Lot die andere. Den tödlichen Hieb erhielt er im Ostteil des Heiligtums, nahe der Tür. Aber das Losungswort gab er nicht preis. Mit diesem Wort waren damals wie heute Macht, Einfluß und Wissen verbunden. Wenn du wirklich aus Speyer kommst, solltest du die Kathedrale kennen. Einige ihrer Baumeister und Steinmetzen waren im Besitz des Hiramschen Wortes und haben mit seiner Hilfe ein göttliches Kunstwerk erschaffen. Vierhundertvierundvierzig römische Fuß beträgt das Kirchenschiff. Dreimal die Zahl vier, dies ist ein Symbol für die Dreieinigkeit und die vollendete Schöpfung. Aus ihrem

Produkt entsteht die Zahl zwölf, welche auf die Anzahl der heiligen Apostel Jesu und der Stämme Israels hinweist. Ein Dom gilt den Kaisern unseres Reiches als Sinnbild ihrer Macht, doch auch als äußerer Eindruck des himmlischen Jerusalem.«

»Ja, aber was hat das mit mir zu tun?«

»Sei nicht so ungeduldig, die Nacht ist schließlich noch jung«, sagte Werner geheimnisvoll. »Und sie steckt voller Überraschungen.« Sein Gesicht nahm einen wächsernen Schimmer an, als er ins Feuer starrte und unvermittelt auf ein anderes Thema zu sprechen kam. »Dein Meister Norbert hat dir bestimmt erzählt, daß vor einigen Jahren im Haus des Bischofs von Bamberg ein König erschlagen wurde, der Sohn Kaiser Friedrich Barbarossas. Die Tat geschah während eines Hochzeitsfestes.«

»Philipp von Schwaben, meint Ihr?« Lukas nickte. »Norbert hat mir die Geschichte tatsächlich erzählt, aber ereignete sich der Mord nicht lange vor meiner Geburt? Soweit ich weiß, wurde der Täter bald darauf gestellt: Es war Pfalzgraf Otto von Wittelsbach, der den Staufer wegen einer persönlichen Kränkung niederstreckte. Nachdem man ihn zur Strecke brachte, hielten die Bürger die Angelegenheit für erledigt. Heute redet in Bamberg niemand mehr darüber.«

»Der König starb in der Tat vor deiner Geburt, doch es gibt Menschen, die nicht vergessen können, was sich damals in der Domburg zu Bamberg zutrug. Weil sich ihr Leben und das ihrer Familien an jenem schwarzen Tag für immer veränderte. Die einen glauben, sich durch ihre Beteiligung am Dombau von der alten Schuld zu befreien, andere trachten noch immer nach Vergeltung für das erlittene Unrecht. Ich fürchte ... ich habe dazu beigetragen, dich unwissentlich zu einem Werkzeug ihrer späten Rache zu machen.«

»Aber um wen genau geht es, zum Teufel?« rief Lukas erregt. »Bischof Ekbert von Bamberg? Die Rabensteiner?

Salomann oder der sächsische Locator? Sinnt er noch immer auf Rache für den Tod König Philipps?«

»Ich darf es dir nicht verraten, die Burgherrin hat mich vor dem Kruzifix schwören lassen, darüber zu schweigen.« Werner sagte es mit einem Ausdruck aufrichtigen Bedauerns. »Ich weiß nur, daß Theodora von Rabenstein ihr Gesicht nicht immer hinter einem Vorhang versteckte. Vor fast dreißig Jahren hatte sie eine heimliche Liebesaffäre mit dem König. Sie war auch an seinem Todestag bei ihm in den Gemächern der Bischofsburg. Ich schätze, daß sie das Standbild für den Dom ihm zu Ehren und seinen Feinden zur Warnung stiften möchte.«

Lukas starrte den Baumeister an. In seinen Schläfen rauschte das Blut, aber allmählich dämmerte es ihm auch, welche Absichten seine Auftraggeberin mit dem rätselhaften Standbild hegte. Der stolze Reiter aus Stein, sein Meisterstück, sollte also in Wahrheit den erschlagenen Staufer darstellen, Theodoras große Liebe. Da im Dom aber nur Heiligenbildnisse gezeigt werden durften, sollte er der Figur die Züge eines Apostels oder Kirchenvaters geben.

»Aber warum ich?« fragte er nach einigem Zögern. »Warum habt Ihr ausgerechnet mich als Gehilfen mit auf die Burg genommen und keinen der französischen Bildhauer aus Reims, die weitaus mehr Erfahrung haben? Wollt Ihr etwa allen Ernstes behaupten, daß zwischen mir und dem erschlagenen König eine Verbindung besteht?«

Werner öffnete den Mund zu einer Erwiderung, als das harte Geräusch zerbrechenden Holzes ihn aufhorchen ließ. Erschrocken blickte er zur Abbruchkante des Felsens hinauf. »Was war das?« flüsterte er tonlos. »Hat sich dort oben nicht etwas bewegt? In dieser Gegend sollen Wölfe ihr Unwesen treiben.«

Lukas schlug gereizt mit der Faust in den kalten Sand. Es

war ihm gar nicht recht, daß der Baumeister sich schon wieder um eine Antwort herum drückte, dennoch stand er auf dessen Wink hin auf und folgte seinen Blicken, die sich entlang der zerklüfteten Abbruchstelle hinauf zu den Wipfeln der Baumreihen wanden. Plötzlich meinte Lukas die Kontur einer dunkel gekleideten Gestalt zu erspähen, die sich mit beiden Armen lautlos über den Rand des Bruchs schob.

»Verflucht, dort oben lauert tatsächlich jemand«, raunte er Werner zu. »Bleibt hier, Meister, ich werde nachsehen, wer der Kerl ist und was er von uns will.« Lukas ergriff Werners Stockhammer und machte ein paar Schritte auf die Böschung zu.

»Nein, komm sofort zurück«, zischte ihm der Baumeister hinterher. Seine Stimme klang angsterfüllt. »Du läufst in dein Verderben!«

Lukas achtete jedoch nicht auf ihn, sondern schlich in gebückter Haltung an der Steilwand entlang. Trotz der Dunkelheit konnte er deutlich erkennen, daß die Zahl der Lauscher zugenommen hatte. Es waren vier oder fünf Männer, und sie trugen Waffen bei sich. Ein fahler Lichtschein glomm über dem Sandstein auf. Einen Moment später wurde die Luft auch schon von einem gewaltigen Zischen erfüllt. Das Geräusch klang schneidend, bedrohlich. Am Nachthimmel zuckten funkelnde Sterne auf, die sich aber mit rasender Geschwindigkeit auf die Männer in der Senke zubewegten. Die ersten Lichter schlugen keinen Fußbreit neben Lukas ein. Ein Entsetzensschrei entwich seiner Kehle, als er die Pfeile sah, die zu beiden Seiten von ihm niedergingen. Es waren Pfeile mit brennendem Schaft.

Hastig warf er sich zu Boden und suchte Schutz im Schatten zweier Steinquader. Die Männer zielten auf ihn, nicht auf Werner oder die Knechte. Ob dies die Überraschung war, von welcher der Baumeister gesprochen hatte? Das züngelnde Lagerfeuer bot den unheimlichen Schützen eine geradezu einladende Beleuchtung für ihr grausiges Tun.

»Sie schießen mit Brandpfeilen auf uns«, brüllte Lukas, wobei das Echo der Felsen seinen Ruf dreifach zurücksandte. »Rasch, löscht das Feuer!«

Während Werner mit beiden Händen Sand auf die Flammen schaufelte, stürzten Rüdiger von Morschs Waffenknechte brüllend zum Karren des Baumeisters und suchten hinter den wuchtigen Scheibenrädern Deckung. Mit fliegenden Fingern nahmen sie ihre Köcher vom Rücken und fixierten die schemenhaften Angreifer auf dem Felsen mit halb zugekniffenen Augen. Trotz der Überrumpelung waren sie hellwach und schienen erpicht darauf, ihre Kräfte mit den Angreifern zu messen. Sie begriffen nicht, daß ihnen ein ungleiches Duell bevorstand.

»Lauft hinüber zu den Hütten der Steinhauer«, rief der Bär Lukas zu. Er hatte seine Deckung verlassen und ging in die Knie, um einen der schwarz verhüllten Männer auf dem Felsen ins Visier zu nehmen. »Wir werden mit den Schurken schon fertig.«

»Und mein Stein?« Lukas deutete auf die acht Sandsteinblöcke, die er bereits mit seinem Zeichen versehen hatte. »Ich lasse ihn keinesfalls hier zurück!«

Er hatte kaum ausgesprochen, als ein weiterer zischender Pfeilhagel über der Senke niederging. Bestürzt starrte der Waffenknecht von Lukas auf seine Brust, wo sich über dem speckigen Leder des Harnischs ein dunkelroter Fleck in sein Fleisch fraß. Der Mann gurgelte wie ein Ertrinkender, krümmte sich und tappte ein paar Schritte zurück, aber ehe Lukas ihm zu Hilfe eilen konnte, bohrte sich ein weiterer, glühender Pfeil durch seinen Hals. Ohnmächtig brach er vor dem Karren zusammen.

»Nun beeile dich doch«, jammerte der Baumeister mit erstickter Stimme. »Was nützt dir der kalte Stein, wenn du mausetot auf ihm liegst? Wir müssen fort von hier!«

Lukas reagierte nicht. Wie gebannt starrte er auf die Leiche des Waffenknechts, von der ein übler Brandgeruch aufstieg. Dann entwand er ihm den Bogen, wobei er sämtliche Kräfte aufbieten mußte, da der Tote ihn fest umklammert hielt. Der zweite Waffenknecht fluchte lauthals. Als Lukas endlich den Rückzug antrat, sah er, daß die fremden Bogenschützen die Felsen verlassen hatten. Gemächlich, als könne nichts sie aufhalten, bewegten sie sich den schmalen Pfad zur Senke hinab. Es sah aus, als schwebten sie über den Boden. Immer neue Pfeile surrten durch die Nacht, manche zerbrachen am Gestein, doch dann begann ein mächtiges Knistern und Rauschen die kühle Luft zu erfüllen. Männer brüllten vor Wut und Entsetzen. Eine Frau schluchzte in panischer Angst auf. Innerhalb weniger Augenblicke brannten die mit Stroh gedeckten Hütten der Steinbrecher wie Scheiterhaufen.

Dreizehntes Kapitel
Bamberg, April 1235

Der Raum, in den man Justina führte, war größer als das Haus, in dem sie ihr bisheriges Leben verbracht hatte. Im schummrigen Dämmerlicht stieß sie beinahe gegen zwei dicke Tragebalken aus bemaltem Eichenholz, die das Gemach teilten. Ein ovales Fenster mit zwei zierlichen römischen Säulen wies auf den Handelshof, durch eine kleinere Luke an der Stirnseite war ein Blick auf die Uferböschung entlang der Regnitz zu erhaschen. Unterhalb des Gesimses befand sich ein Tisch, über den jemand ein Tafeltuch geworfen hatte. Zinnkrüge und Tintenhörner beschwerten das vom Abendwind bewegte Tuch.

Justina hatte Angst. Jenseits der Balken wirkte der Raum

noch düsterer als im Vorzimmer. Nur vereinzelt steckten Kerzen auf Wagenrädern. Ihr schwacher Schein fiel auf zahlreiche Truhen, die mit Hausrat gefüllt waren. Am Mauerwerk, dem Tisch gegenüber, hingen eiserne Halterungen für Pechfackeln, die aber leer waren. Allem Anschein nach hielt der Hausherr nicht viel von überflüssigen Ausgaben. Noch immer hatte er die Prüfung seiner Handelsbücher nicht abgeschlossen, und es grenzte an ein Wunder, daß er unter diesen Bedingungen zwei Hochzeiten in seinem Haus gestattete.

Justina beobachtete, wie die Enden eines nur halb zugezogenen Vorhangs aus roter Wolle um ein Ehebett herumtanzten, auf dem sich Kissen und Felldecken türmten. Der Bettkasten, der vermutlich einmal Salomann gehört hatte, besaß einen Himmel, seine Säulen waren mit Schnitzereien verziert. An der Stirnseite, gleich neben dem Vorhang, hatte Justinas Truhe mit ihrer Aussteuer Platz gefunden.

Als sie die Truhe bemerkte, spürte sie einen Stich im Herzen. Dort, in diesem finsteren Alkoven sollte sie also in Zukunft ihre Nächte verbringen. Sie erbebte bei der Vorstellung, daß Lampert unter dem schwarzen Gebälk über sie herfallen, sie mit seinen schwieligen Händen berühren, erniedrigen und nehmen durfte, sooft ihm danach zumute war. Schließlich galt sie vom morgigen Tag an als sein Eheweib. Wie lange sie es bleiben würde, stand indes in den Sternen. Justina zweifelte nicht daran, daß er sich ihrer entledigen würde, sobald er seine Ziele erreicht hatte. Es sei denn, es gelang ihr, ihm zuvorzukommen.

Dietlinde ahnte nichts von den düsteren Gedanken ihrer Schwester. Sie war stolz darauf, von nun an im Haus des Kaufherrn ein und aus zu gehen. Sie trug ein schlichtes Festtagsgewand aus waidgefärbter Wolle, eng anliegend und in der Taille streng geschnitten, dazu einen silbernen Hüftgürtel und weiche Lederschuhe. An ihren Fingern glänzten zwei Silberringe. Das Mieder war über der Brust zu fest geschnürt, Dietlinde durfte sich kaum erlauben, Luft zu holen, aber dieses Opfer schien sie für die Vermählung ihrer jüngeren Schwester gern zu bringen. Im Unterschied zu ihrem kranken Vater hatte sie weder Bedenken noch Vorbehalte gegenüber einer Heirat mit Lampert vorzubringen. Im Gegenteil, Dietlinde war heilfroh, daß Justina endlich unter die Haube kam und in Zukunft für keine Aufregungen mehr sorgte. Dafür, so hatte sie angekündigt, würden ihr Ehemann und dessen Dienstherr schon sorgen. Nach Salomanns eigener Hochzeit sollte Justina der neuen Herrin des Kaufmannshofes ein wenig zur Hand gehen. Um so schneller würde das widerborstige Mädchen lernen, welche Pflichten eine gehorsame Ehefrau hatte.

Dietlinde räusperte sich, als der wehende Vorhang im Alkoven ihr eine Wolke Staub in die Nase trieb. Während sie noch die Truhen inspizierte, bildete sich eine steile Falte auf ihrer Stirn. Justina überlegte, ob ihre Schwester nicht insgeheim das schlechte Gewissen plagte. Dietlinde konnte doch unmöglich vergessen haben, wer ihre Familie all die Monate seit den Novemberstürmen mit Schreibarbeiten über Wasser gehalten hatte. Dietlinde war jedoch kein Mensch, dem es leichtfiel, über seinen eigenen Schatten zu springen; für gewöhnlich beharrte sie selbst dann noch auf ihrer Ansicht, wenn sie längst eines Irrtums überführt worden war. Die Tatsache, daß Justina davongelaufen war, um sich ausgerechnet im Haus der Jüdin Nurith zu verstecken, hatte sie erzürnt. Ihrer Meinung nach konnte Justina von Glück reden, daß Lampert ein so gütiger, verständnisvoller Mensch war und sie noch immer zum Weib nehmen wollte. Trotz ihrer ablehnenden Haltung betete der arme Mann förmlich den Boden an, auf dem sich das törichte Geschöpf bewegte.

Als Dietlinde bemerkte, daß Justina sie anstarrte, brummte sie: »Schau bloß nicht so mürrisch drein. Ein anderer Mann, der seine Braut bei Nacht und Nebel im Judenviertel aufgegriffen hätte, wäre nicht so rücksichtsvoll mit ihr umgesprungen. Er hätte sie bei Wasser und Brot eingesperrt und ihr die Grillen mit dem Ochsenziemer ausgetrieben. Lampert ist zwar älter als du, und seine erste Gemahlin ist ihm unter den Händen weggestorben, doch dafür hat er Erfahrung im Umgang mit Frauen. Er ist anders als dieser Lukas. Ihn hättest du ohnehin nicht heiraten können, also schlag ihn dir besser gleich aus dem Kopf. Lampert ist ein fleißiger, rechtschaffener Mensch, dem nur Neider und Faulpelze Unredlichkeit nachsagen.«

Justina hielt sich die Ohren zu, um diesen Unfug Dietlindes nicht hören zu müssen. Wann hatte die Ältere einmal teilnahmsvoll mit ihr gesprochen? Justina kramte in ihren Erinnerungen, doch sie fand keinen Augenblick der Wärme oder inniger Nähe, den sie mit ihrer Schwester geteilt hätte. Im Grunde gab es nichts, was sie ihrer Familie recht machen konnte. Eine bittere Erkenntnis, doch nun war sie davon überzeugt, den beiden nichts mehr schuldig zu sein. Die unbeschwerten Tage ihrer Jungfernschaft waren unwiederbringlich zu Ende. Am liebsten hätte sie das frisch geschneiderte Gewand, in das man sie am Kaulberg gezwängt hatte, vor Dietlindes Augen in Fetzen gerissen.

»Ich verstehe nicht, warum du nicht auf den Stufen der Jakobskirche heiraten willst«, fuhr Dietlinde fort, nachdem sie Lamperts Räumlichkeiten ausführlich in Augenschein genommen hatte. »Nun gut, Kaufherr Salomann hat sich als recht großzügig erwiesen, indem er seinem Verwalter diese Räume seines Handelshofes überlassen hat, aber es gehört sich nicht …«

Justina versuchte ihre Schwester mit einer scharfen Gebärde zu unterbrechen. Ihre Nerven flatterten, dunkle Ringe lagen unter ihren Augen. Nur wer ganz genau hinsah, erkannte, daß sie geweint hatte. Dietlinde bemerkte es nicht.

Ungerührt redete die Ältere weiter, beklagte den Gesundheitszustand des Vaters, der es nicht einmal zuließ, seine verwöhnte Tochter ihrem künftigen Gemahl zuzuführen, und beschwor Justina, dem Priester sogleich nach der Trauung das Brautgeld auszuhändigen. Außerdem sollte sie nicht vergessen, der heiligen Margarethe auf dem Seitenaltar der Kirche von St. Getreu eine Kerze zu stiften, denn die war zuständig für Kindersegen und leichte Geburten. Sie beendete ihre Ausführungen mit dem Hinweis, daß Justina den Umstand, einen so liebenswürdigen Ehemann zu finden, gar nicht verdient hatte und daher vielleicht auch noch der seligen Jungfrau ein Licht anzünden sollte.

Fieberhaft überlegte Justina, wie sie es anstellen konnte, Lukas wenigstens noch eine letzte Botschaft zu übermitteln. Gleichgültig, was ihre Schwester von ihm hielt, sie liebte Lukas. Ob sie sich Julius, Salomanns Küchenmeister, anvertrauen konnte? Nein, sie durfte den Würzburger nicht in Schwierigkeiten bringen. Ihre Vermählung war längst beschlossene Sache, und selbst wenn Lukas in der Stadt gewesen wäre, hätte er sie gegen den Wunsch des Bischofs nicht mehr verhindern können. Abgestumpft von Dietlindes Ermahnungen, ließ sie sich schließlich auf einen gepolsterten Sessel sinken und gestattete es, daß Dietlinde und eine herbeigerufene Magd an ihren Haaren herumzupften. Wenn sie wenigstens den Kamm ihrer Mutter benutzt hätten, der aber lag noch immer in Nuriths Haus.

Aus der Küche des Handelshauses drang ein Duft von gebratenem Rindfleisch in Minzesoße, gesottenem Hasenrücken und mit Kräutern gefüllter Leberpastete durchs Fenster. Salomann hatte Meister Julius mit Nachdruck darauf hingewiesen, daß er Lampert noch eine Gefälligkeit schuldete. Nun sollte er das Hochzeitsmahl für den Verwalter und dessen Braut im Kaufmannshof ausrichten.

Während Justina gedankenverloren an einem Becher mit Ziegenmilch nippte, führten Dietlinde und die Dienstmagd eine Unterhaltung über die Vor- und Nachteile verschiedener Salben und Pasten, die stumpfen Haaren wieder Glanz verleihen sollten. Die Magd schwor auf das Gebräu einer alten Kräutersammlerin aus Forchheim: Hefe, vermengt mit einem Spritzer Wein und Honig, dazu frische Hobelspäne vom Tischler, Safran und eine Löffelspitze Distelöl. Litt ein Weib unter Flechten, sollte eine fremde Person ihr unvermutet ins Gesicht spucken. Dies, so die Magd, sei noch immer das beste Mittel dagegen.

Dietlinde stieß einen spitzen Schrei aus und schüttelte sich. Nein, von Rezepten dieser Art hielt sie nichts. Sie hatte hin und wieder den frommen Zisterzienserinnen bei ihrer Arbeit über die Schultern geschaut, daher hielt sie ein Fett aus Zwergholunderwurzeln und gekochten Narzissenzwiebeln für geeigneter. Dies habe ihr eigenes Haar geschmeidig und glänzend wie das Gefieder eines Sperlings gemacht. Was ihre Schwester betraf, so behauptete sie mit einem grimmigen Seitenblick auf Justina, sei allerdings Hopfen und Malz verloren. Für deren struppige Strähnen sollten wohl doch eher die Hobelspäne herhalten.

Justina starrte auf ihre Schuhspitzen und wünschte die beiden Nervensägen ans Ende der Welt, am besten zu den Sarazenen. Als die Frauen begannen, ihr halbverwelkte Blüten in die Zöpfe einzuflechten, leistete sie jedoch erbitterten Widerstand. Sie schlug ihren Becher so heftig auf den Tisch, daß die Milch die mit Blumen bestickten Ränder ihres Ärmels benetzte.

»Gemach«, brummte Dietlinde. Sie hob die Schultern, woraufhin der straff sitzende Stoff ihres Kleides ächzte. »Ist ohnehin das letzte Mal, daß du dein Flachs auf dem Kopf spazieren führst. Sobald der Priester euch miteinander verbunden hat, mußt du die Haube oder einen Schleier tragen.« Ein wenig neidisch blickte sie auf die schlanke, anmutige Figur ihrer Schwester. Justina war ohne Zweifel eine hübsche Braut, trotz ihres mürrischen Gesichtsausdrucks.

»Siehst du, das ist der Unterschied zwischen uns«, entgegnete Justina voller Ärger. Es war das erste Mal in ihrem Leben, daß sie gegen Dietlinde die Stimme erhob, doch wenn sie schon gegen ihren Willen hier in Salomanns Haus sein mußte, brauchte sie auch nicht länger an sich zu halten. Das selbstgefällige Gerede, mit dem ihre Schwester den Mann anpries, der sie gedemütigt und verletzt hatte, war einfach zu viel für ihre Ohren. Angewidert schüttelte sie die Blüten aus ihrem Haar und zertrat sie auf dem Fußboden. »Du siehst nur, was du sehen willst«, rief sie, »und verstehst dabei nicht, was mit unserer Familie geschieht. Wahrscheinlich hältst du es noch für ein frommes Werk, mir das Leben schwerzumachen.«

Ihre Schwester lief krebsrot an; ihre fleischigen Wangen zitterten vor Empörung. »Wie kannst du es nur wagen, so mit mir zu reden? Wenn unser Vater hier wäre, würde er dir den Hochmut mit seinem Stock austreiben. Er würde dich schneller hinter die Mauern eines Klosters befördern, als eine Spinne braucht, um ihr Netz zu weben.«

»Kannst du mir das versprechen?«

Dietlinde holte aus, doch ihr Schlag ging ins Leere. Justina sprang leichtfüßig zur Seite und duckte sich. Ihre Schwester verlor das Gleichgewicht und geriet ins Stolpern. »Was bei allen Heiligen ...« Dietlinde verstummte abrupt; unversehens blickte sie in die strengen Augen eines Fremden, der ihren Arm festhielt. Die aufrechte, würdevolle Haltung des Eindringlings sprach Bände; er war keineswegs gekommen, um ihr, Dietlinde, beizustehen. Sie kannte den Mann nur flüchtig, das feine Tuch seiner Gewandung wies ihn jedoch als Angehörigen der bischöflichen Pfalz und des Bamberger Domkapitels aus.

»Ihr seid ... der Schreiber unseres ehrwürdigen Bischofs«, stotterte Dietlinde. »Verzeiht einer ungelehrten Frau diese Szene. Ich hatte ja keine Ahnung, daß Ihr meiner Schwester die Ehre eines Besuchs erweist, wo Ihr den Stiftsbezirk doch ansonsten kaum jemals verlaßt.« Sie wechselte einen verwirrten Blick mit Justina, die reglos neben dem Tisch verharrte. Ihrem Gesicht war anzusehen, daß die Anwesenheit des Schreibers sie überraschte. Wollte der Vertraute Bischof Ekberts der Vermählung im Kaufmannshof etwa als offizieller Gesandter der Domburg beiwohnen? Die törichte Magd tat währenddessen, als ginge sie dies alles nichts an. Sie verbeugte sich stumm vor Hugo und nutzte die Überraschung ihrer Herrschaft, um aus der Kammer zu entwischen.

Hugo ließ Dietlindes Arm los. Nie zuvor in seinem Leben hatte er sich mit einem Weib herumgestritten. Seine Augen wanderten nervös durch die Halle, während er unter seinem langen Gelehrtenrock zu schwitzen begann. Was, beim heiligen Grab des Kaisers, tat er hier in dieser Höhle? Welcher Teufel mochte ihn geritten haben, sich auf einen solchen Unsinn einzulassen? Wenn der Bischof davon erfuhr, würde er peinigende Fragen über sich ergehen lassen müssen. Und der alte Fuchs würde davon erfahren, dies war so klar wie die Wandlung der Hostie bei der Messe. Hugos Hände zitterten mit einemmal so heftig, daß er sie zwischen den Falten seines Gewandes verbergen mußte. Stumm dankte er der seligen Jungfrau, daß er die Frau, um die es ging, nicht in Lamperts Gegenwart angetroffen hatte. Auch der Kaufherr, der Intimfeind Bischof Ekberts, war ihm nicht über den Weg gelaufen, zum Glück, denn Hugo befand sich nicht in offizieller Mission in dessen Haus. Um Aufsehen zu vermeiden, hatte er sogar auf die Torwache der Domburg verzichtet. Was er nun am dringendsten benötigte, war Zeit, um seinen und Nuriths Plan auszuführen.

»Nun, gute Frau ...« Er hustete. »Vielleicht war ich ein wenig grob, aber es bringt Unglück, eine Braut an ihrem Hochzeitstag zu schlagen. Wußtet Ihr das nicht?«

Dietlinde schüttelte beschämt den Kopf. Ihre Mundwinkel zuckten, als ob sie jeden Moment in Tränen ausbrechen würde. Vermutlich fürchtete sie sich schon vor dem Gerede auf dem Marktplatz. Sie würde die Dienstmagd mit einem Hartpfennig zum Schweigen bringen müssen.

»Ich bin gekommen, um Justina vom Kaulberg zu meinem Herrn in die Domburg zu bringen«, kündigte Hugo mit fester Stimme an. »Sie muß sich dort für einige ihrer Schriften verantworten.«

Justina kam langsam hinter dem Sessel hervor. Sie konnte nicht glauben, was sie da hörte. Der Schreiber wollte sie hier, in Salomanns Haus, verhaften? »Ich habe nichts verbrochen, edler Herr. Ich kopiere harmlose Urkunden für Händler, ich schreibe ...«

»Manche in der Stadt behaupten allerdings, du schreibest schneller und genauer als der ausdauerndste Ministeriale«, meinte Hugo, nicht ohne Anerkennung. Er musterte Justina mit einem durchdringenden Blick. »Vielleicht sollten wir einmal herausfinden, ob die Gerüchte wahr sind, denn ich selbst führe die Feder auch ganz passabel. Doch nicht hier und nicht heute. Kommst du freiwillig mit?«

»Aber Justina wird in wenigen Stunden heiraten«, begehrte Dietlinde verzweifelt auf. »Sie kann jetzt nicht zur Burg hinauf. Lampert wird jeden Moment mit dem Priester hier sein. Was soll ich ihm sagen, wenn er nach seiner Braut fragt? Welche Erklärung kann ich geben?«

»Sagt dem Kerl, daß Geduld eine Tugend ist. Er soll sich in ihr üben oder meinetwegen zum Teufel gehen.« Hugo streckte seine Hand nach Justina aus. Das Mädchen warf einen zögerlichen Blick über die Schulter, dann legte sie ihre Finger auf den mageren Unterarm des rothaarigen Mannes. War dies nun eine Antwort auf ihre Gebete? Wie es aussah, würde sie Lampert entkommen, dafür aber möglicherweise wegen ihrer Fälschungen in den Kerker des Bischofs wandern. Welches Schicksal war für eine Frau wohl leichter zu ertragen? Justina mochte es unter den gegebenen Umständen nicht entscheiden. Der bleiche junge Schreiber des Bischofs schien sie indes gar nicht als seine Feindin zu betrachten. Er behandelte sie höflich, beinahe mit Respekt, so als führte er sie nur spazieren und nicht zu einem Verhör in die Gewölbe der Domburg. Warum aber war er allein gekommen, um sie zu verhaften? War es nicht üblich, einen Missetäter von bewaffneten Wachsoldaten abführen zu lassen?

»Wir dürfen keine Zeit verlieren«, murmelte Hugo, während er Justina über die Stiege schob, die in den unteren Bereich des Kaufmannshauses führte.

»Ach, wollen Eure Folterknechte in der Burg heute abend pünktlich im Wirtshaus sein?« gab sie spitz zurück. Sie fühlte, daß es bei dem plötzlichen Aufbruch nicht mit rechten Dingen zuging.

Hugo verzichtete auf eine Erwiderung. Statt dessen blieb er in regelmäßigen Abständen stehen, weil die Dielenbretter unter seinen vorsichtigen Schritten knarrten. Justina wunderte sich, daß er bei jedem Geräusch, das von der Hofseite erklang, zusammenzuckte und den Kopf einzog wie ein gescholtener Lateinschüler.

Allzu weit kann es mit deiner Autorität nicht her sein, edler Magister Hugo, dachte sie. Sie fand jedoch keine Zeit, ihm dies vorzuhalten, denn der Korridor endete plötzlich vor einer Wand aus festem Mauerwerk. Ein einsames kleines Flämmchen, das von einer im Gebälk stehenden Tonlampe herrührte, zerschnitt den Schatten des Steins in flackernde Streifen.

»An dieser Stelle sollte sich eigentlich eine Pforte befinden, die hinunter zum Fluß führt«, meinte Hugo ratlos. »Dieser

Salomann hat sein Gemäuer wahrhaftig so sehr verändert, daß sich kein Mensch mehr zurechtfindet. Der Teufel selbst muß sein Baumeister gewesen sein!«

»Vielleicht möchte der Kaufmann nur diejenigen in die Irre führen, die heimlich durch sein Haus schleichen«, erwiderte Justina. Hugos höchst unfromme Äußerung verwirrte sie mehr, als ihr lieb war. Störrisch blieb sie stehen und verschränkte die Arme vor der Brust. »Würdet Ihr mir nun bitte erklären, warum Ihr nicht ganz offen mit mir zum Tor hinausspaziert? Ihr behauptet doch, Ihr solltet mich im Auftrag des Bischofs zum Verhör abholen, dabei irrt Ihr wie ein Dieb durch ein fremdes Haus. Soll ich etwa Eure Diebesbeute sein, edler Herr?«

Hugo verzog das Gesicht. Einmal mehr verwünschte er den Tag, an dem er sich von Nurith bat Isaak zu diesem Vorhaben hatte überreden lassen. Andererseits teilte er ihre Meinung, daß Lampert einen Denkzettel verdiente. Der Spitzel war bereits viel zu mächtig geworden. Der Bischof mußte endlich erfahren, welchem Mann er sein Vertrauen schenkte. Und dann war da noch die Jüdin, ihre Blicke, der Wohlklang ihrer Worte, die in Hugo ein sanftes Gefühl ausgelöst hatten, das er selbst nicht beschreiben konnte.

»Also gut, Justina«, begann er, »ich habe tatsächlich vor, dich in die Domburg zu bringen. Der Bischof weiß noch nichts davon, aber ich habe es deiner Freundin, der Ärztin Nurith, versprochen. Allerdings ...« Er hielt inne und lauschte. Über ihren Köpfen waren dumpfe Schritte und murmelnde Stimmen zu vernehmen. Der Schall einer Tür, die zugeschlagen wurde, dröhnte durch das Haus.

»Das ist Lampert, edler Herr«, flüsterte Justina angsterfüllt. Sie deutete zum Deckengebälk hinauf. »Er ist zurückgekehrt und sucht nach mir!«

Hugo fluchte leise. »Und dabei hoffte ich, er würde länger

in der Stadt bleiben. Nun komm schon, er soll uns hier nicht zusammen sehen.« Hastig ergriff er Justinas Handgelenk und zog sie mit sich in die entgegengesetzte Richtung. Über eine ausgetretene Stiege gelangten sie schließlich in den Küchentrakt. Dort waren Julius von Würzburg und zwei Lehrjungen damit beschäftigt, einen Braten am Drehspieß mit Saft zu übergießen. In mehreren schweren Kesseln aus Erz, die über einer weiteren Feuerstelle hingen oder auf Dreibeinen standen, zischte und brodelte es. Mägde beugten sich schwatzend über einen ausladenden Tisch; mit flinken Bewegungen hackten sie Petersilie und schnitten fetten Speck in Würfel. Währenddessen hielt ein kleiner Hund mit sehnsuchtsvollem Blick vor dem Bratrost Wache.

Der Küchenmeister staunte nicht schlecht, als er Hugo und die Braut des Verwalters gemeinsam in den Raum stürmen sah. Als er jedoch den Arm hob, um die ungebetenen Gäste zu verscheuchen, hellten sich seine ernsthaften, asketischen Züge merklich auf. »Was treibt Ihr hier in meiner Küche?« rief er Justina belustigt zu. Er sah nicht aus, als ob er eine Antwort erwartete, im Gegenteil: Er war klug genug, zu verstehen, was Justina im Sinn hatte. Das Mädchen befand sich offenkundig auf der Flucht vor ihrem zukünftigen Ehemann. »Sagt nun bitte nicht, daß ich mich den ganzen Tag umsonst abgemüht habe, um diesem Lampert durch meine Kochkunst Wiedergutmachung zu leisten. Schaut Euch lieber an, was Euch durch die Lappen geht, wenn Ihr noch vor Tagesanbruch das Weite sucht.« Er deutete mit seinem Löffel auf den Rost. »Das Schweinchen, das am Spieß vor sich hin brutzelt, ist mit Mandelschaum und Klößen aus Apfelteig gefüllt. Findet Ihr nicht, daß es Lampert ähnlich sieht? Zwei Fässer Bier und drei Kannen Würzwein stehen zu Eurer Verfügung, um Euren Kummer zu ertränken.«

»Wir brauchen aber kein Spanferkel, sondern einen Weg hinunter zum Fluß. Und zwar schnell!« erklärte der Schreiber.

»Ja, wir müssen auf der Stelle hinaus, Meister Julius«, setzte Justina hinzu. »Der Schreiber des Bischofs hat den Auftrag, mich in die Domburg zu bringen, aber ...« Sie hielt inne und wandte sich Hugo zu, der jedoch mit offenem Mund die Tür anstarrte, als erwarte er jeden Augenblick, daß die vier apokalyptischen Reiter in der Küche erschienen.

»Vielleicht solltet Ihr besser gehen und mich zu meinem Bräutigam zurückkehren lassen, Magister Hugo«, schlug sie vor. »Glaubt mir, Lampert hat mich schon einmal aufgespürt, er wird nicht so rasch aufgeben. Es hat keinen Zweck, ihm und Salomann Widerstand zu leisten. Das haben schon viele versucht, die es danach bitter bereut haben. Ihr handelt Euch nur Ärger mit dem Bischof ein.«

Während Justina noch auf Hugo einredete, machte Julius von Würzburg plötzlich durch ein hartnäckiges Hüsteln auf sich aufmerksam. »Mein Herr, Salomann, würde es sicherlich nicht gutheißen, wenn ich Euch verriete, daß die kleine Pforte links hinter meiner Vorratskammer in sein neues Gewölbe führt.« Er wies mit seiner Schöpfkelle auf einen dunklen Winkel, neben dem eine gewaltige Speckseite am Haken baumelte. »Am Fuß dieser Treppe arbeiten seine Maurer seit einigen Tagen an einer Ausfallpforte, die angeblich bis ans Ufer der Regnitz reicht. Ein junger Steinmetz hat den Baumeister des Kaufmanns erst neulich auf diese Idee gebracht. Wie ich hörte, kennt Ihr den Burschen sogar.«

Justina nickte. »Danke, schon wieder seid Ihr meine Rettung!«

»Laßt uns zunächst von hier verschwinden, ehe Lampert und deine Schwester das ganze Haus zusammenbrüllen«, mahnte Hugo, dem die Vertraulichkeit zwischen Justina und dem Koch eindeutig zu weit ging. Er warf dem Küchenmeister einen dunklen Blick zu, dann eilte er, von Justina und dem Gekläffe des kleinen Hundes gefolgt, auf die von Julius bezeichnete Stelle zu.

Ihre Flucht endete schon nach wenigen Schritten am Fuße der Treppe, als sie beinahe über den Arm eines breitschultrigen Mannes stolperten, der ihnen mit seinem fülligen Leib den Weg versperrte. Der Mann trug einen langen Rock aus verwaschenem Linnen und rieb sich unter wüsten Flüchen den Knöchel. Offensichtlich war er an einer der Stufen hängengeblieben und ausgeglitten. Ein Stück Stein, das herausgebrochen war, lag neben ihm im Stroh. Justina, die im Zwielicht besser sehen konnte als der kurzsichtige Hugo, erkannte den Gestürzten auf Anhieb. Ein eisiger Schrecken durchfuhr sie. Es war Salomann, der Herr des Hauses. Argwöhnisch tastete der Kaufmann nach der Öllampe. Sein bärtiges Gesicht war von Schmerz verzerrt. »Hugo von Donndorf?« fragte er überrascht. »Darf ich fragen, was Ihr zu dieser Stunde in meinem Haus zu suchen habt? Ich hoffe nicht, daß Euer Herr nun schon seine Spione nach mir ausschickt!«

Magister Hugo errötete; seine Daumen verkrampften sich unter der Kordel, die sein Gewand straffte, während er langsam die Treppenstufen hinunterstieg. Das Gefühl, auf verbotenem Terrain ertappt worden zu sein, machte ihn verletzlich. Als seine Blicke jedoch über die starken Mauern strichen, die Salomann in diesem rückwärtigen Teil seines Anwesens in Auftrag gegeben hatte, begann sich jedoch auch Ärger in ihm zu regen. Lampert hatte bei seinem letzten Besuch im Bischofspalast ausnahmsweise einmal nicht übertrieben: Die Anbauten, die der Kaufmann hatte vornehmen lassen, glichen in vielen Einzelheiten einer wehrhaften Festung. Forsch straffte der Schreiber des Bischofs die Schultern. »Ihr solltet überlegen, mit wem Ihr es zu tun habt, Herr Salomann«, sagte er so schneidend, daß der Kaufmann verwundert den Mund öffnete. »Niemand hat Euch die Erlaubnis erteilt, Euren Kaufmannshof zum Fluß hin auszudehnen und mit hohen Mauern zu umgeben.«

»Zur Hölle mit dem hochmütigen Pfaffengesindel«, rief Salomann wütend. Seine Stimme hallte wie der Donnerschlag eines alten Heidengottes durch die Winkel des Gewölbes »Ich brauche die Erlaubnis des Bischofs nicht, um mein eigenes Haus vor Dieben zu schützen. König Heinrich hat uns Kaufleuten versichert, daß wir unsere Güter eigenhändig und mit Hilfe waffenfähiger Knechte verteidigen dürfen.«

»Verteidigen? Gegen wen, wenn ich fragen darf? Erwartet Ihr etwa ...«

»Ich habe Drohungen erhalten«, stieß Salomann hervor. »Eines Morgens lagen sie auf meinem Schreibtisch im Kontor. Seht selbst, wenn Ihr mir nicht glaubt!« Seine Hand fuhr unter den abgesteppten Kragen seines leinenen Hausgewandes und kam mit einer Kapsel aus Zinn wieder zum Vorschein. Der wappenverzierte Gegenstand besaß einen Schraubverschluß aus Elfenbein und hing an einer Lederschnur, die der Kaufmann um den Hals trug. Hugo mußte zugeben, daß er nie zuvor ein hübscheres Schmuckstück gesehen hatte. Während er es noch bewunderte, drehte Salomann den oberen Teil der Zinnkapsel auf und entnahm ihm zwei kleine Röllchen aus grauem Papier. »Die Worte auf der kleineren Botschaft bedeuten *Memento mori*«, erklärte er wichtig, wobei er jede einzelne Silbe der lateinischen Wörter sorgfältig betonte. »Der Franziskanerbruder, dem ich sie gestern nach der Frühmesse zeigte, meinte, ich solle mich auf meine Sterblichkeit besinnen und mehr Almosen für die Armen im Spital spenden.«

»Da habt Ihr in der Tat einen weisen Rat erhalten«, sagte Hugo von Donndorf mit feinem Spott. Allmählich verstand er, warum sein Herr diesen Kaufmann verachtete. Dessen selbstherrliches Gehabe war einfach abstoßend.

»Als ob ich mein Geld nicht schon im Überfluß in frommen Gaben investiert hätte. Habe ich nicht für Bischof Ekberts Dom wertvolle Skulpturen und Ornamente anfertigen lassen? Ich verlange nicht einmal, daß mein Name auf ihren Sockeln erscheint, zumindest nicht, bevor ich mich ein weiteres Mal vermählt habe. Ist das nicht großmütig? Wenn diese elenden Faulenzer vom Domplatz nur nicht wegen jeder Kleinigkeit ihre Arbeit niederlegen und sich mit den Welschen prügeln würden, könnte ich ihre Vollendung vielleicht sogar noch miterleben.«

Vorausgesetzt, du stirbst eines natürlichen Todes, dachte Justina. Obgleich ihr der Boden unter den Füßen brannte, versuchte sie, einen Blick auf die Handschrift zu erhaschen. Zu ihrer Enttäuschung gelang es ihr aber nicht.

»Und was steht nun in dem zweiten Schreiben?« fragte sie schüchtern. Sie hoffte, daß der Kaufmann nicht darauf zu sprechen kam, warum sie hier im Gewölbe stand und nicht in ihren Räumen auf Lampert wartete. In ihrer Lage wäre es klüger gewesen, zu schweigen oder sich davonzumachen, aber ohne Hugo kam sie ohnehin nicht weit. Außerdem brannte sie darauf, zu erfahren, ob der Kaufmann wirklich bedroht wurde und im eigenen Haus um sein Leben fürchten mußte.

»Auf dem anderen Zettel steht zu lesen, daß ich mich mit dem Bischof aussöhnen und Bamberg danach auf der Stelle verlassen soll, um meine Handelsniederlassung in Rothenburg zu überprüfen«, erwiderte Salomann, während er sie argwöhnisch musterte. »Angeblich stimmt dort etwas nicht mit der Stapelware von flämischen Tuchen, die ich auf dem Wasserweg von Kaufleuten aus Köln übernommen habe. Man hält die Ware zurück, obwohl Bamberg seit Anno 1157 von den Mainzöllen befreit ist. Sollte ich nicht reisen, prophezeit man mir ein furchtbares Schicksal. Aber warum fragst du mich danach? Meine Angelegenheiten gehen dich ebensowenig etwas an wie diesen schwarzen Vogel des Bischofs!« Ächzend humpelte er auf Hugo zu und stieß ihm den Zeigefinger gegen die Brust. »Im übrigen warte ich noch immer auf eine Antwort von Euch,

Magister von Donndorf: Warum hat der alte Fuchs Euch zu mir geschickt? Verdanke ich diese Botschaften etwa seiner Hand?«

Hugo verneinte hastig. Er hatte beschlossen, den Kaufmann zu beschwichtigen, und zog nun sämtliche Register, um sich möglichst glaubwürdig aus der Affäre zu ziehen. So ruhig er konnte, erklärte er Salomann, der Bischof habe ihn hinab in die Stadt gesandt, weil er ein Gespräch zwischen den Kaufleuten und einigen Vertretern des Stiftes wünsche. »Meinem Herrn ist daran gelegen, die Unstimmigkeiten über das Wohl der städtischen Siedlung ein für allemal aus der Welt zu schaffen.«

»Und das soll ich Euch glauben?«

»Wenn Ihr einlenkt, wird es Euer Schaden nicht sein«, sagte Hugo. »Ich denke, dem Bischof wäre es sehr angenehm, Euch und Eure neue Gemahlin so bald wie möglich in der Domburg zu einer zwanglosen Unterredung zu begrüßen. Dort kann er Euch auch einen bischöflichen Segen spenden. Ihr wißt sicher, was dies für Eure Stellung in der hiesigen Kaufmannschaft bedeuten kann!«

Der Schreiber lächelte, doch Justina entging nicht, daß er insgeheim Blut und Wasser schwitzte. Wenn sie mit ihrer Vermutung richtig lag, wußte der Bischof von Hugos Einladung ebensowenig wie von seinem Vorhaben, sie wegen ihrer Schreibarbeiten zu verhören. War dies nun ein gutes oder böses Zeichen? Justina vermochte es nicht zu entscheiden. Verdutzt überlegte sie, wie der Schreiber es wohl anstellen mochte, dem sturen Würdenträger ein solch abweiges Treffen schmackhaft zu machen. Solange Ekbert von Andechs-Meran noch zu einem klaren Gedanken fähig war, würde er dem Kaufmann keinen Fußbreit entgegenkommen.

Und dann die merkwürdigen Botschaften. Einige der Formulierungen schienen ihr auf merkwürdige Weise vertraut.

Hatte sie nicht unlängst in Lamperts Auftrag ganz ähnliche Schreiben aufsetzen müssen? Gehörten sie zu seinem Plan, Salomanns Besitz an sich zu reißen?

Justina wollte sich soeben an den beiden Männern vorbeidrücken, als sie plötzlich eine ihr bekannte Stimme vernahm. Sie wirbelte herum, fühlte sich hart am Handgelenk gepackt und wußte im selben Moment, daß sie das Spiel verloren hatte. Lampert stand direkt hinter ihr. Seine dünnen Lippen zuckten triumphierend, als er den Arm um Justinas Taille schob und sie in eine Verbeugung vor seinem Dienstherrn zwang. Dann wandte er sich dem Schreiber des Bischofs zu, der verloren vor der kahlen Gewölbewand stand.

»Meine Schwägerin hat mir den Grund Eures Besuches verraten, verehrter Magister«, sagte er betont ruhig. »Es kostete mich einiges an Überzeugungskraft, doch zuletzt konnte ich die gute Seele beruhigen. Gewiß hat sie Euch nur falsch verstanden, aufgelöst wie sie war. Daher will ich nicht annehmen, daß ausgerechnet Ihr vorhattet, den Frieden dieses Hauses zu stören?«

Beschämt schüttelte Hugo den Kopf. Warum war er aber auch so einfältig gewesen? Weil er sich einen unbeherrschten Moment lang vor einer hübschen Frau stark und bewundert gefühlt hatte? Um seine Glaubwürdigkeit und die Autorität des Bischofs nicht vor Salomann aufs Spiel zu setzen, blieb ihm nichts anderes übrig, als Lamperts Version zähneknirschend zu bestätigen. Er konnte Justina nicht in die Domburg bringen lassen, nicht in dieser Nacht. Vermutlich niemals. Nurith bat Isaak hatte sich umsonst auf seine Fürsprache verlassen. Er hatte schmählich versagt.

»Es ist alles vorbereitet, Liebste«, raunte Lampert seiner Braut ins Ohr, wobei er den verstörten Hugo mit einem anzüglichen Blick bedachte. »Der Priester von St. Jakob wartet schon im oberen Gemach auf uns. Sag dem Bischofsschreiber

Lebewohl, denn ich fürchte, unser guter Freund ist wie immer in Eile und wird der Trauung nicht beiwohnen können.«

Sie waren zu dritt. Drei vierschrötige Männer, deren Gesichter so grob wirkten, als bestünden sie aus Lehm. Eine Weile lungerten sie schweigend neben den zum Trocknen aufgespannten Fischernetzen herum und ließen einen Tonkrug kreisen. Als Hugo jedoch die mit einfachem Fachwerk durchzogenen Mauern an der Flußseite des Handelshofes passierte, folgten sie ihm, als hätten sie denselben Weg.

Es war kein Zufall, daß die Männer sich an seine Fersen hefteten. Nein, sie hatten auf ihn gewartet, wie der Schreiber begriff, als sie ihm an der Flußseite den Weg versperrten und am Einsteigen in den Nachen hinderten. Mit einigen Steinwürfen brachten sie die Laterne, die am Bug des Kahnes schaukelte, zum Erlöschen. In dieser Nacht würden sie nicht fischen, sondern auf Menschenjagd gehen.

Hugo bekam Angst. Er machte kehrt, umkreiste den hölzernen Ladekran, dessen Taue im Abendwind umherschwangen, und versuchte, auf die dunkle Gasse zum Marktplatz zu entkommen. Doch damit entfernte er sich immer weiter von der Domburg. Seine Verfolger, soviel verriet ihm sein Gehör, blieben ihm auf den Fersen. Am Torbogen des Brückentürmchens holten sie auf. Hugo spähte verzweifelt zu den Fenstern der umliegenden Hütten hinüber, doch kein Lichtschein fiel auf die engen Gassen der Stadt. Ein einziges Fenster war beleuchtet, ein schwacher Kerzenschimmer und die Töne einer Leier drangen zu ihm hinaus. Er brauchte den Kopf nicht zu bewegen, um zu wissen, daß die Musik aus Lamperts Lagerräumen kam. Wie zur Bestätigung wurde plötzlich ein Laden aufgerissen, und ein schriller Pfeiflaut schallte über die strohgedeckten Dächer hinweg.

Von panischer Angst getrieben, stolperte Hugo durch die

Dunkelheit. Die Geräusche, welche die Schritte seiner Verfolger auf dem knirschenden Sand hinterließen, wurden lauter, als er in die Gasse einbog, die zur Jakobspfarre führte.

Schreien, überlegte er. Ich werde die Stadtwächter auf mich aufmerksam machen. Doch vielleicht waren es ja die Stadtwächter, die ihm ans Leder wollten. Kaum hatte er den Gedanken zu Ende geführt, als er über ein ausgestrecktes Bein stolperte und in einem Heuhaufen landete. Ein zerlumpter Bettler, der es sich zwischen den Halmen bequem gemacht hatte, schlug die Augen auf, stammelte ein paar unverständliche Worte und rollte sich dann wieder grunzend zusammen. Hugo kämpfte sich auf die Beine. Von dem Alten war keine Hilfe zu erwarten. Mit klopfendem Herzen lauschte er, ob die drei Männer in dieselbe Straße eingebogen waren wie er.

Sie kamen aus drei Richtungen auf ihn zu, drängten ihn gegen einen Bretterzaun. »Was wollt ihr von mir ... Ich bin ...«

Die Faust, die ihn schmerzhaft an der Wange traf, ließ ihn jäh verstummen; seine Zunge klebte am Gaumen. Leise wimmernd hob er die Arme vors Gesicht, schaffte es sogar, einen seiner Angreifer mit einem Tritt abzuwehren. Doch dann packte einer der beiden anderen Männer ihn im Genick und schüttelte ihn.

»Wir wissen genau, wer du bist!« höhnte der Unbekannte böse.

Sie schlugen auf ihn ein, bis sie müde wurden. Selbst als er schluchzend am Boden lag und aus Mund und Nase blutete, ließen sie nicht ab von ihm. Dabei sprach keiner der drei auch nur ein Wort, nicht einmal ein Keuchen entwich ihren Lippen. Eine Ewigkeit verging, bevor sie ihn an beiden Armen in die Höhe zogen und mit sich schleppten. Seine bloßen Füße – die Stiefel hatte er irgendwo im Morast der Gasse verloren – schleiften über Steinbrocken, Disteln und Unrat. Benommen vor Schmerz und Angst, spuckte er das Blut aus, an dem er zu ersticken drohte. Während Hugo gegen eine drohende Ohnmacht ankämpfte, erkannte er aus geschwollenen Augenlidern, wie der nahe Fluß in tiefschwarzen Wellen an ihm vorüberglitt. Er sah friedlich aus, allen Sorgen der irdischen Welt entrückt. Das Mondlicht und der helle Sternenhimmel zeichneten die aufgewühlte Wasseroberfläche mit einem silbernen Schimmer. Auf der gegenüberliegenden Uferseite konnte man die Umrisse der bischöflichen Mühlen ausmachen.

Die Männer schleppten den Schreiber mit vereinten Kräften zurück auf die Brücke nahe der Uferböschung. »Empfiehl uns deinem Herrn und Meister, Pfaffe«, hörte er einen der Männer rufen. »Und wage es nicht, dich jemals wieder auf unserer Insel blicken zu lassen!« Der Unbekannte stülpte ihm die Kapuze über den Kopf und klopfte ihm dreimal auf den Rücken. Mit dem vierten Schlag wurde Hugo über die Brüstung geschleudert. Der Aufprall war so hart, daß Hugo glaubte, ein Pferd habe ihn getreten. Doch außer Lamperts Handlanger, die zusahen, wie sich sein Gewand voll Wasser sog, war niemand in der Nähe.

»*Sancta Maria, mater dei, ora pro nobis ...*«, begann Hugo zu beten, bevor eine schwarze Welle ihm die Worte aus dem Mund wusch.

Vierzehntes Kapitel

Nur mit äußerster Mühe gelang es Lukas und Werner, den tödlichen Geschossen ihrer Angreifer auszuweichen.

Die Hütten der Hörigen boten den Männern auf ihrer Flucht durch den Pfeilhagel keinen ausreichenden Schutz mehr. Wie gierige Klauen schlugen die Flammen um sich, bemächtigten sich des trockenen Gebälks, des Flechtwerks und der Bretterwände. Die Hitze, die von dem lodernden Stroh der Dächer aufstieg, legte sich wie ein Helm aus glühendem Eisen über das Tal.

Den Steinhauern lag offensichtlich wenig daran, ihre bescheidenen Unterkünfte zu verteidigen. Gemeinsam mit ihren Aufsehern beeilten sie sich, das Weite zu suchen, ohne sich um die Fremden von der Burg zu kümmern. Innerhalb weniger Augenblicke hatten sie sich im Schutz der Dunkelheit die Böschung hinabgerollt und davongemacht.

Lukas gelang es nicht, den Flüchtigen zu folgen. Dafür fand er nach einigem Suchen ein Versteck in einer von Gestrüpp überwucherten Mulde, die auch Werner ausreichend Platz bot. Mit letzter Kraft zog der Baumeister seine Knie an und rollte sich leise stöhnend auf den Rücken. In dieser unbequemen Position warteten die beiden ab, bis die Schreie am Bruch allmählich verstummten. »Wir müssen in den Wald und dann zum Fluß«, flüsterte Lukas. Umständlich bewegte er sein linkes Bein, in dem er ein Stechen wie von tausend Nadeln spürte. Um ihn herum breitete sich eine gespenstische Stille aus. Waren die Bogenschützen überhaupt noch in der Nähe? Hatten sie das Gefährt des Rabensteiners geplündert und die Pferde an sich genommen, oder lauerten sie womöglich dort draußen am Hang darauf, daß er sein Versteck verließ?

Es vergingen weitere bange Momente, die Lukas wie Stunden vorkamen. Zuletzt, als die Enge nicht mehr zu ertragen war, schob er seinen Körper mit beiden Ellenbogen aus dem Graben und spähte durch das Gestrüpp. Soweit er erkennen konnte, war von den vermummten Bogenschützen weit und breit nichts zu sehen. Erschöpft, den blutigen Bogen des Waffenknechts mit der Rechten umklammernd, tastete er nach dem Mantel des Baumeisters. »Ich glaube, sie sind fort«, krächzte er. Auf seinen Lippen klebte feuchter Sand. »Werner? Hört Ihr mich nicht?«

Der Baumeister gab keine Antwort. Sein schwerer Wollmantel war alles, was noch von ihm in der Mulde lag. Der Baumeister war verschwunden. Keuchend zerrte Lukas an dem schmutzigen Tuch. Er konnte sich nicht vorstellen, wie es dem plumpen Mann gelungen sein mochte, sich unbemerkt davonzustehlen. Dennoch schien er sich plötzlich in Rauch und Finsternis aufgelöst zu haben. Verwirrt kämpfte sich Lukas auf die Beine. Er lief zu dem Abschnitt zwischen den Felsen, an dem die Leibeigenen gearbeitet hatten, bis er an eine Tonne stieß, die noch einen winzigen Rest Wasser enthielt. Hastig benetzte er seine Hände und fuhr sich über das Gesicht, bis das Brennen in seinen Augen nachließ. Den Bogen ließ er hinter der Tonne verschwinden. Ohne Pfeile nutzte ihm die Waffe nichts, und der Köcher befand sich noch immer am Lagerplatz. Doch wo, verdammt, steckte der Baumeister?

Kurz entschlossen machte er ein paar Schritte auf den Hang zu und erkannte, daß er sich auf seiner Suche nach einem Fluchtweg aus dem Steinbruch im Kreis bewegt hatte. Wenige Schritte vor ihm befand sich der Karren, hinter dem seine Begleiter Deckung genommen hatten. Die Räder waren geborsten, Werkzeuge, Decken und Vorratsbeutel lagen kreuz und quer über dem sandigen Grund verteilt. Die Pferde waren verschwunden, vermutlich hatte man sie weggetrieben, oder sie hatten sich losgerissen, als ihnen der Brandgeruch in die Nüstern gestiegen war. Tiefe Schleifspuren führten zu einem Gebüsch am anderen Ende des Tals. Als Lukas näher an den Wagen herantrat, bot sich ihm ein grauenvoller Anblick.

Der zweite Waffenknecht hatte seine Stellung nicht preisgegeben. Er hing mit gräßlich verzerrtem Gesicht und aus vielen Wunden blutend über der Ladefläche. Zwei Pfeile waren ihm ins Gesicht, ein weiterer ins Herz gedrungen. Dunkelrot sickerte sein Blut an der gerissenen Sehne des Langbogens herunter; es sah aus wie ein langer, roter Seidenfaden. Von dem

Leichnam ging ein übler Geruch von versengtem Barthaar und verschmortem Leder aus.

Hastig wandte Lukas den Blick ab. Der Wachsoldat mit dem Gesicht eines Wolfes war so siegessicher gewesen, daß er nicht einmal im Sterben einen Laut von sich gegeben hatte.

Und Werner von Rottweil? Warum, bei allen Heiligen, war er nur so töricht gewesen, das Versteck zu verlassen? Es half nicht, sich darüber den Kopf zu zerbrechen. Lukas mußte fort von hier. Wenn es ihm gelang, sich zur Burg durchzuschlagen, konnte er Rüdiger von Morsch oder dessen Mutter bitten, mit einem Trupp Bewaffneter die Gegend abzusuchen. Allein auf sich gestellt, war er hier draußen verloren.

Ein Geräusch auf der linken Seite des Steilhanges holte ihn aus seinen Überlegungen. Er fand gerade noch Zeit, das Lot des Baumeisters von der Erde aufzuheben und sich hinter einem Baum zu verbergen. Aus seinem Versteck heraus konnte er beobachten, wie zwei der vermummten Bogenschützen sich in geduckter Haltung den gewundenen Trampelpfad hinabbewegten. Masken aus grobem Stoff bedeckten ihre Gesichter und ließen nur die Augen frei. Sie hatten ihre Bogen abgelegt und sich statt dessen mit Beil und Forke bewaffnet. Kurz darauf schlug sich eine dritte Gestalt aus den Büschen, die den beiden anderen lautlos folgte.

Kein Ritter kämpft ohne Schwert, ging es Lukas durch den Kopf. Er würde seine Ehre aufs Spiel setzen. Seine Faust legte sich um das kühle Metall des Senkbleis. Vermutlich waren es Strauchdiebe, Geächtete oder Raubritter, die auf leichte Beute aus waren. Nun, was immer geschah, er würde seine Haut so teuer wie möglich zu Markte tragen. Die Männer schienen Schwierigkeiten damit zu haben, sich in der Dunkelheit zwischen den Felsblöcken zurechtzufinden. Lukas beobachtete, wie zwei der vermummten Gestalten vorsichtig einen Fuß vor den anderen setzten. Hin und wieder blickten sie zum oberen

Rand des Bruchs zurück und hoben fragend die Schultern, als erwarteten sie neue Anweisungen, wie sie nun verfahren sollten. Offenbar waren einige ihrer Helfershelfer dort zurückgeblieben, um die gesamte Senke des Steinbruchs im Blick zu behalten. Es war nur eine Frage der Zeit, bis sie Lukas entdecken und ihre Kameraden auf ihn aufmerksam machen würden.

»Also habe ich mich nicht getäuscht«, raunte einer der Männer plötzlich. Seine Stimme klang ganz nah, so als stünde er nur wenige Schritte vor dem Baum. Lukas wagte kaum zu atmen. Langsam hob er seine Hand, das Senkblei des Baumeisters schien ihn zu Boden zu ziehen, dennoch hielt er es fest.

»Ich habe die beiden Kerle getroffen, aber nur noch einer ist da!«

»Der jüngere Bursche ist verschwunden«, antwortete ihm sein Kumpan mit heiserer Stimme. »Aber wir müssen ihn aufspüren, sonst geht es uns an den Kragen. Wir erhalten keinen Lohn für halberfüllte Aufträge!«

Im nächsten Moment geschah etwas Unglaubliches. Während die beiden Männer, welche die Vorhut bildeten, sich den Karren und den getöteten Waffenknecht ansahen, pirschte sich der dritte von hinten an sie heran. Aus den Falten seines Umhanges bewegte sich eine zur Klaue gekrümmte Hand, die einen Faustkeil aus Sandstein umfaßte. Der Mann holte aus, dann schmetterte er den Keil mit aller Kraft auf den Hinterkopf seines Kameraden. Dem Schlag folgte ein Geräusch wie von berstenden Knochen. Lukas verfolgte entgeistert, wie der Vermummte stöhnend zusammenfuhr. Er schwankte wie ein Trunkenbold, doch vermutlich hatten die Wolltücher, die er um den Schädel gewunden hatte, die Wucht des Schlages gemindert. Er war verletzt, aber nicht besiegt.

Lukas zögerte keinen Augenblick. Obwohl er keine Ahnung hatte, warum sich die Meuchelmörder nun gegenseitig an die

Kehle gingen, entschied er sich, den Überraschungsmoment zu nutzen. Mit einem Schrei stürmte er hinter dem Baum hervor, auf die beiden Vermummten zu. Aus den Augenwinkeln sah er, wie der Verwundete in die Knie ging, sein Beil jedoch im Fallen gegen die Beine seines Angreifers schlug. Im nächsten Moment rollten die beiden Männer über den Boden.

Der zweite Mann war größer als sein Kumpan. Er besaß breite Schultern; ein gewaltiger Bauch quoll über den Gürtel hinaus. Aus den Sehschlitzen seiner Sackmaske fing Lukas einen wilden Blick auf.

Der Mann kam nun auf ihn zugelaufen, die scharfen Zinken seiner Forke blitzten im Mondlicht auf wie ein kalter Stern. Er richtete die Gabel gegen Lukas und stürmte ihm entgegen, doch dem jungen Steinmetz gelang es, dem tödlichen Stahl auszuweichen. Aus der Hüfte heraus versetzte er dem Hünen einen Stoß mit dem Senkblei, der eigentlich dessen Genick hatte treffen sollen, zu seinem Unglück jedoch nur das Schulterblatt streifte. Der Mann wich zurück. »Wirf das verdammte Ding weg«, brummte er böse. »Ich spieße dich an den Baum dort drüben. Keiner lebt weiter, wenn *sie* es nicht wollen.«

»*Sie?*« Lukas spürte, wie ihm das Blut durch den Kopf strömte. Als sein Blick auf die groben Fäustlinge fiel, mit denen sein Angreifer die Heugabel hielt, wurde ihm klar, daß er ihm nicht zum erstenmal gegenüberstand. »Du hast es auf mich abgesehen, weil ich den Auftrag der Rabensteinerin angenommen habe«, rief er bebend vor Zorn. »Du wolltest mich schon auf der Burg im Badezuber ersäufen!«

Der Fremde nickte. »Sollte aber nur eine Warnung sein, damit du das Weite suchst und deine Nase nicht mehr in Dinge steckst, die dich nichts angehen. Doch als ich dann deinen Kopf unter meinen Händen spürte, hat es mich richtig gejuckt, dich zu ersäufen. Nur die Wunde, die du mir mit diesem verfluchten Holzlöffel beigebracht hast, war nicht eingeplant.«

»Dafür soll ich mich wohl noch entschuldigen!« Lukas spuckte angewidert vor seine Füße.

»Nein, dein Kopf auf meiner Stange wird Abbitte genug sein«, erwiderte der Hüne.

Lukas kniff die Augen zusammen. Während sein Angreifer auf ihn zukam, bemühte er sich, die Schwachstellen seines Gegners auszuloten. Gab es überhaupt welche? Er umschlich ihn; seine gemächlichen Bewegungen beschrieben Kreise im Sand, die enger und enger wurden. Lukas, obgleich in Waffengängen ungeübt, begriff rasch, worauf der Hüne hinaus wollte. Sein Angreifer setzte offenbar alles daran, ihn zu ermüden und den Abstand möglichst gering zu halten, damit er aus einer günstigen Position heraus mit seiner Gabel zustoßen konnte. Gegen ihre spitzen Zinken hatte Lukas kaum eine Chance. Irgendwann würde er zu erschöpft sein, um ihnen auszuweichen. Als er den Kopf bewegte, sah er, daß die anderen beiden Gegner vor dem Karren zusammengesunken waren. Keiner von beiden gab einen Laut von sich.

»Hör auf, meine Zeit zu verschwenden«, hob der Mann mit den Fäustlingen wieder an. »Ich bin kein Ritter, der den Tag damit totschlägt auf die Balzjagd zu gehen oder Wein zu saufen. Ich muß mir mein Brot sauer verdienen.«

»Mit Mord und Wegelagerei? Dafür wird man dich und deine Spießgesellen an den Galgen bringen …«

Lukas' Worte gingen im höhnischen Gelächter des Mannes unter. »Das denke ich nicht, Kleiner«, rief er vergnügt. »Es ist ja nicht einmal meine Entscheidung, dich mundtot zu machen. Ich bin nur ein Kämpfer, der die Befehle seines Herrn ausführt. Du mußt eine mächtige Persönlichkeit geärgert haben, denn dein Tod ist beschlossen. Geh in die Knie und schließe die Augen, dann wirst du bald wieder bei deinem Vater sein!«

»Wer sind deine Auftraggeber, du Bastard?« zischte Lukas außer sich.

»Das sag ich dir, sobald du im Sand liegst!«

Lukas zuckte überrascht zusammen. Im Rücken des Vermummten tauchte plötzlich eine Silhouette auf. Lukas erkannte den dritten Mann, der den anderen niedergeschlagen und anschließend mit ihm gekämpft hatte. Er schien seinen Gegner besiegt und sich nach einer kurzen Ohnmacht wieder auf die Füße geplagt zu haben. »Ich fürchte, bei diesem Kuhhandel hast du die Rechnung ohne den Wirt gemacht«, flüsterte er.

Mit einem Schnauben wirbelte der Hüne herum und stieß mit seiner Forke zu. Im selben Moment stürzte Lukas sich auf ihn. Den Blick starr auf die Forke gerichtet, tauchte er unter den scharfen Zinken hindurch, richtete sich auf und schlug dem überraschten Mann das bleierne Lot vor die Stirn. Er hatte genau Maß genommen und die ungeschützte Stelle oberhalb der Sehschlitze getroffen. Mit einem erstickten Schrei zuckte der Mann zusammen, Blut lief ihm aus den Augen, seine Kiefer knirschten wie zwei Mühlsteine. Ein Stoß in den Rücken genügte, um ihn zu Fall zu bringen. Mit einem dünnen Keuchen stürzte er in seine eigene Forke. Das scharfe Eisen durchdrang seinen Körper wie Butter.

»Ich hoffe, du verstehst nun, daß die Mysterien der hohen Baukunst auch Leben retten können«, hörte Lukas seinen unerwarteten Helfer rufen. Erschrocken zog er die Gabel aus dem Körper des Toten und hielt sie dem Unbekannten drohend unter die Nase.

»Bleibt, wo Ihr seid«, befahl er. Doch der Mann winkte nur müde ab. Heftig hustend, ließ er sich auf einen nahen Felsbrocken sinken und legte seine Hand in die linke Seite. Der blaue Wollstoff war zerrissen und dort, wo das Beil ihn durchdrungen hatte, blutgetränkt.

Lukas ging ihm entgegen, die Forke noch immer wie eine Waffe haltend. Die Stimme hatte er wohl erkannt, den Mann jedoch nicht. Einen Augenblick lang fragte er sich, ob die Dämonen des Steinbruchs ihn zum Narren hielten. Doch an Dämonen hatte er nie so recht glauben können, und die Person, die breitbeinig auf dem Stein hockte, wirkte auch nicht wie ein Wesen aus der anderen Welt. Endlich ließ er die Forke sinken.

Unter der Kapuze steckte Werner von Rottweil.

»Willst du denn überhaupt nicht mehr mit mir reden, du Sturkopf? Wie kann man nur so undankbar sein?«

Der Baumeister beäugte Lukas, der sein Pferd führte, mit erwartungsvoller Miene; sein Gesicht war kalkweiß. Schweißperlen glänzten auf Stirn und Wangen. Es war nicht zu übersehen, daß ihm heftige Schmerzen zusetzten. Dennoch hielt er sich mit beinahe eisernem Willen im Sattel.

Lukas atmete die Waldluft ein, schwieg jedoch beharrlich. Er war viel zu aufgewühlt, um zu reden oder Werners Kommentaren auch nur Gehör zu schenken. Wie so oft, wenn die Verzweiflung ihn packte, flüchtete er sich in die Welt seiner Gedanken. Gewiß, wenn man es genau besah, so hätte er Werner von Rottweil für sein beherztes Eingreifen danken und ihn zu seiner Heldentat befragen müssen. Daß er nichts dergleichen tat, lag nicht an seinem Meister, sondern an dem finsteren Schatten, der sich auf sein Gemüt gelegt hatte. Außerdem war er hundemüde. Der Baumeister hatte sie beide gerettet, dies ließ sich nicht verleugnen, aber die gedungenen Mörder waren gestorben, ehe sie Lukas ihren geheimnisvollen Auftraggeber hatten offenbaren können. Die höhnischen Andeutungen des Vermummten klangen noch in seinen Ohren nach. Wahrscheinlich hätte nicht einmal die Folter seine Zunge gelöst.

Noch vor Sonnenaufgang verließen sie den Steinbruch. Zu Lukas' freudiger Überraschung war es Werner von Rottweil im allgemeinen Getümmel gelungen, die beiden Pferde der Rabensteiner Knechte in einen Winkel zwischen den Felsen zu treiben und dort anzubinden. Etwa eine Stunde später lenkten sie die Tiere auf einen schmalen Weg, der an einem rauschenden Wildbach entlang durch ein Waldstück führte. Keine Spur deutete darauf hin, daß sie denselben Pfad tags zuvor genommen hatten. Lukas blickte sich argwöhnisch nach allen Seiten um; die Gegend erschien ihm fremd, auch an den Wasserlauf konnte er sich nicht erinnern. Hinter seinem Rücken erklang ein erschöpftes Keuchen. Werner verzog bei jedem Schlagloch, in das sein Pferd stolperte, schmerzerfüllt das Gesicht. Er, dessen Instinkt ihn ansonsten nie trog, hatte dieses Mal die Orientierung verloren, kaum daß sie die schroffen Sandsteinfelsen hinter sich gelassen hatten.

Als der Morgen Tau über die Gräser warf und die ersten hellen Vogelstimmen den neuen Tag begrüßten, half Lukas dem Baumeister vom Pferd und führte ihn einige Schritte weit von der Straße ins Dickicht. Er mußte Werner stützen, da ihm das Gehen Schwierigkeiten bereitete. Im Schutz einer bemoosten Eiche fand Lukas eine Stelle, die geeignet war, um eine kurze Rast einzulegen. Fürsorglich bereitete er dem älteren Mann ein Lager, auf das Werner stöhnend niedersank.

»Ich sollte nach Eurer Verletzung sehen«, sagte Lukas. »Schaut mich nicht so an, Meister. Ihr wißt doch selbst, wie gefährlich es ist, wenn sich eine Wunde entzündet.«

Werner protestierte schwach, als Lukas mit einem kleinen Schabmesser dessen Wams öffnete, um sich die verwundete Seite zu betrachten. Der Puls des Baumeisters schlug mittlerweile unregelmäßig; beim Atmen stieß er pfeifende Geräusche aus. Lukas trennte ein Stück Linnen aus seinem eigenen Rock, tränkte es mit Wasser aus dem nahen Bach und wusch damit, so behutsam er konnte, die Wunde aus. Sie schien ihm nicht allzu tief zu sein, doch die Verfärbung der nässenden Ränder gefiel ihm nicht. Unschlüssig kehrte er Werner den Rücken zu. Es war mehr als zweifelhaft, ob der alte Baumeister noch lange durchhalten würde. Lukas durchsuchte mit Sorgfalt dessen Beutel, der den Anschlag der Bogenschützen wie durch ein Wunder unbeschadet überstanden hatte. Darin fand er einen Schlauch, in dem sich noch ein Rest verdünnten Weins befand, außerdem einen Zirkel und zwei Klammern, die ihm wie gerufen kamen. Vorsichtig bettete er Werners Kopf auf seinen zusammengefalteten Mantel. Dann stach er einige Brokken Moos aus dem Boden, tränkte sie mit Wein und stopfte sie Werner in die Seite. »Ich habe nichts, womit ich die Wunde schließen kann, außer Euren eigenen Klammern. Aber ich fürchte, Ihr seid zu schwach, um ...«

»Wenn sie die Gliedmaßen einer Steinskulptur zusammenhalten, werden sie bei meinem welken Fleisch auch nicht versagen«, fiel ihm Werner von Rottweil ins Wort. »Vielleicht verhindern die Eisenklammern, daß ich weiterhin mein kostbares Blut auf diesem steinigen Grund vergieße. Ich verabscheue feuchte Wälder, hätte nie geglaubt, einmal in einem zu sterben. Im Ernst, mein Junge, ich wollte immer zwischen ordentlichen Mauern aus Stein die Augen für immer schließen.«

»Ihr werdet noch viele schiefe Mauern in die Höhe ziehen«, sagte Lukas. »Denkt nur an Salomanns Haus oder den Auftrag der Rabensteinerin. Habt Ihr mir nicht gesagt, daß man einen Meister an seinen Fragen erkennt. Nun, ich habe jedenfalls tausend Fragen, die auf Antworten warten. Ohne Eure Ratschläge werde ich es kaum schaffen, den Domreiter aus dem Stein zu hauen. Nicht einmal sein Gaul wird mir gelingen, da er auf der einzigen vorhandenen Skizze aussieht wie das merkwürdige Höckervieh aus dem Morgenland.«

»Dromedar ... Du lernst es wohl nie ...«

Lukas lächelte nachsichtig. Er überließ Werner den letzten Schluck Wein, dann schob er ihm einen Stock zwischen die Zähne und forderte ihn auf, die Jungfrau Maria um Fürbitte anzurufen. Mit klopfendem Herzen machte er sich an den zweiten, schmerzhafteren Teil seiner Wundbehandlung.

»Ich muß zur Burg oder wenigstens zum nächsten Dorf reiten, um Hilfe zu holen«, erklärte er, nachdem er sich das Blut von den Händen gewaschen hatte. »Auch wenn die Wunde geklammert ist, könnt Ihr unmöglich so liegenbleiben.«

»Sei bitte vorsichtig«, mahnte der Baumeister. Trotz des Fiebers war sein Verstand völlig klar. Er versuchte sogar, seinen Rücken ein wenig aufzurichten, indem er einen Ast ergriff und sich daran in die Höhe zog, doch die Eisenklammern in seinem Fleisch bestraften die unüberlegte Bewegung. Ein heftiger Schmerz ließ ihn zurücksinken. »Die Burschen, die hinter dir her sind, könnten immer noch in der Gegend sein«, erklärte er stöhnend. »Als mir klar wurde, daß die Männer aufhörten zu schießen, habe ich den toten Burgknecht in die Büsche geschleift und mir seine verwanzte Gugel genommen. Gott möge mir verzeihen, denn er war ein braver Mann und hat ein anständiges Begräbnis verdient. Danach wartete ich im Unterholz, bis einige der Halunken herunterkamen, um nach dir zu suchen. Es war leicht, sich ihnen anzuschließen, sie drehten sich nicht einmal um.«

Lukas nickte beschämt. Er hatte in seinem Erdloch verharrt, während Werner die Initiative ergriffen hatte, um sie aus der Falle des Steinbruchs zu befreien. Nun aber war es an ihm, alles zu tun, um das Leben des Baumeisters zu retten. Nachdenklich betrachtete er das runde, fiebrig glänzende Gesicht seines Begleiters, auf das Blätter und Gräser im schwachen Licht der ersten Sonnenstrahlen ihre Schatten warfen. Wie oft, so fragte er sich, hatte er während der vergangenen Wochen mit Werner gestritten und sich über dessen unerträgliche Launen beklagt. Doch die Erinnerung an die unangenehmen Stunden, die er in seiner Gegenwart verbracht hatte, schmolz dahin unter der langsam erwachenden Zuneigung, die er nun für den kauzigen Mann empfand.

»Du hast doch nicht beim alten Norbert in Bamberg gelernt, wie man einen Schwerthieb säubert, oder?« wollte Werner plötzlich wissen. »Heraus mit der Sprache: Wer hat dir diese Dinge beigebracht?«

Lukas wandte sich um. Gegen seinen Willen stahl sich ein Lächeln auf sein Gesicht. Der Baumeister würde wohl niemals aufhören, ihn auszufragen.

»Ich bin auf einem Frongut aufgewachsen, das sich Haselach nennt«, sagte er schließlich. »Das Dorf liegt in einer Ebene, einige Meilen westlich des Rheins. Die Frauen von Haselach behandeln ihre Kranken seit Urzeiten mit den Kräutern, die sie auf den Wiesen und in den Wäldern rund um das Dorf finden.«

Werner legte den Kopf schräg. »Sind deine Eltern noch am Leben?«

»Ich wuchs ohne Eltern auf. Man fand mich am Tag des Evangelisten Lukas an der Böschung eines Baches, den die Bauern Speyerbach nennen. Damals war ich noch ein kleiner Knabe.«

»Am Tag des Evangelisten Lukas ...«

Lukas nickte. »Ich bin ein ehemals Unfreier, der sein Halseisen abgestreift hat und geflohen ist. Ein Bursche, der im Grunde kein Recht hat, in der Bamberger Zunft unter ehrsamen Handwerkern zu arbeiten, denn ich habe gelogen, als ich der Zunft Briefe vorlegte, die meine ehrliche Herkunft bezeugten.«

Werner schwieg; seine Augen waren geschlossen, es hatte den Anschein, als wäre er über dem freimütigen Bekenntnis seines Gehilfen eingeschlafen. Doch er schlief keineswegs. Plötzlich sperrte er die Augen auf, legte den Kopf in den Nacken und stieß ein schrilles Gelächter aus, das die Vögel auf den Zweigen ringsum jäh verstummen ließ. Lukas eilte sofort herbei, um den Kranken zu beruhigen. Er fürchtete, daß Werner zu phantasieren anfing.

»Ich wußte doch, daß du mir einen Bären aufgebunden hast«, stieß Werner hervor und packte Lukas am Kragen. »Frau Theodora hat es ebenfalls längst erraten. Sie ahnt, wer du wirklich bist, auch wenn sie es noch nicht wahrhaben will. Kein Bamberger stammt aus edlerem Haus als du. Du spürst es doch selbst seit Tagen, nicht wahr?«

»Der Mann mit den Fäustlingen, der mich zuerst ertränken, dann im Steinbruch aufspießen wollte …«

»Was ist mit ihm, mein Junge?«

Hektisch fuhr Lukas sich mit der Hand durch die zerzausten Haare. Er war so aufgeregt, daß es ihm schwerfiel, vernünftig zu denken. »Der Mann sagte, wenn er mich tötet, werde ich wieder bei meinem Vater sein. Zunächst glaubte ich, er lästere Gott, aber das war ein Irrtum. Er sprach nicht von einem fernen Weltenrichter, sondern … von meinem leiblichen Vater.«

»Dein Vater war kein Geringerer als Philipp von Schwaben, jüngster Sohn Kaiser Friedrich Barbarossas«, erklärte Werner leise.

»Dann ist die Burgherrin Theodora von Morsch wirklich meine leibliche Mutter?« Lukas lachte bitter auf. »Eine schöne Mutter, die sich von einem Staufer einen Bastard anhängen läßt und ihn danach irgendwo in der Fremde aussetzt, damit er elend verhungert.«

»Ich verstehe, daß du wütend und verletzt bist, doch vielleicht hat die Edeldame in ihrer Verzweiflung keinen anderen Ausweg gefunden, um dein Leben zu retten. Vergiß nicht, daß sie die Sümpfe und Auen um die Stadt Speyer aus ihrer Jugendzeit gut kennt. Warum, glaubst du wohl, hat sie Beate von Oktens Reisewagen so bereitwillig ihre Tür geöffnet?«

Lukas atmete tief durch. Trotz seiner Bestürzung mußte er zugeben, daß Werners Überlegungen durchaus logisch klangen. Es schien in der Tat eine Verbindung zwischen Burg Rabenstein und dem Frongut Haselach zu geben. Eine heimliche Übereinkunft, die ihm als Kind einst möglicherweise das Leben gerettet hatte. Die Männer, die ihm auf den Fersen waren, mußten die Wahrheit über seine Herkunft ebenfalls erraten haben. Augenscheinlich sahen sie in ihm, dem heimlichen Sohn des Königs, eine Bedrohung. Aber warum? Wenngleich die politische Situation im Reich momentan verfahren war, konnte doch keiner der Fürsten im Ernst auf die Idee kommen, daß ausgerechnet er, ein ehemaliger Höriger, mittellos und ohne jeglichen Beistand, Ansprüche auf das Erbe der Stauferkaiser anmelden konnte. Nein, es mußte noch andere Gründe geben, ihn aus dem Weg zu räumen, Gründe, die mit Theodora von Morschs Auftrag und dem Dom zu Bamberg zu tun hatten.

Leise fluchend zerrte er an dem Knoten des Strickes, mit dem er sein Pferd an einem Baumstamm festgemacht hatte, als Werner ihn noch einmal zurückrief. »Die Burgherrin ist deine Mutter«, wisperte er, »doch ich möchte dich warnen, sie mit deinem Wissen zu konfrontieren!«

Lukas hob überrascht den Kopf. »Und warum sollte ich sie schonen? Sie ist kein naives, junges Edelfräulein mehr, das sich vor der Schande fürchtet, ein Kuckucksei ausgebrütet zu haben.«

»Theodora gibt sich gerne stark, doch in Wahrheit ist sie eine gebrochene Frau«, antwortete Werner. »Auch sie ist nur ein Ball, der im Spiel der Mächtigen immer wieder hin und her geworfen wurde. Du solltest Geduld mit ihr haben, Lukas. Das beste wird sein, du kehrst so rasch wie möglich nach Bamberg zurück, denn dort, im Schutz der Bauhütte bist du sicher.« Er zögerte einen Augenblick lang, ehe er hinzufügte: »In der Turmkammer auf Rabenstein steht noch ein Kasten, der mir gehört. Du findest ihn in einer Vertiefung hinter den Stützpfeilern. Ich möchte, daß du meine Instrumente bekommst, meinen Zollstock und alle Schablonen. Außerdem gibt es da noch ein paar Aufzeichnungen, die ich gerne in guten Händen wüßte, ehe ich ...« Ein Hustenkrampf unterbrach ihn, bevor er seine düsteren Ahnungen in Worte kleiden konnte.

»Ihr dürft nicht so viel reden, Meister«, sagte Lukas. »Es strengt Euch zu sehr an.« Er benetzte Werners Lippen mit einigen Tropfen Wasser, aber der Baumeister schob unwillig den Schlauch fort, sobald sein Mund mit dem feuchten Rand in Berührung kam.

»Das Bauhüttenbuch ... Einige Seiten davon gelangten in meinen Besitz, sie sind ebenfalls in meinem Kasten. Ich vermute, du findest eine vertrauenswürdige Person, die dir daraus vorlesen kann ...«

Lukas rieb sich aufgeregt über das Kinn. Von dem berühmten Bauhüttenbuch, das angeblich geometrische Beobachtungen und Erfahrungen der berühmtesten Baumeister offenbarte, hatte er Norbert oft reden hören, doch niemals hätte er damit gerechnet, diesen Schatz eines Tages selbst in Händen halten zu dürfen. Unwillkürlich füllten sich seine Augen mit Tränen. Während er noch darüber nachdachte, wie Werner wohl in den Besitz der Aufzeichnungen gelangt war, legten sich plötzlich die Arme des Baumeisters um seinen Hals und zogen ihn mit letzter Kraft zu sich herab, bis er die Lippen des Mannes an seinem Ohr spürte. Eine Anzahl von Wörtern, scheinbar zusammenhangslos und völlig willkürlich gestammelt, drang zu ihm durch. Lukas konnte nur vermuten, daß die sonderbaren Begriffe den Losungen der alten Baumeister entsprachen, die Werner als Meisterworte bezeichnet hatte. Er vertraute sie ihm an, ausgerechnet ihm. Was er mit seinem neu erworbenen Wissen nun anfangen sollte, war ihm allerdings ein Rätsel.

Wenig später sank der Baumeister in tiefer Ohnmacht auf sein Lager zurück. Über sein Gesicht senkte sich eine Blässe, die aussah wie Schnee. Er atmete flach, ohne den Brustkorb zu heben.

Ein Schluchzen unterdrückend, schwang Lukas sich in den Sattel seines Pferdes und trieb das Tier in äußerster Hast auf den Weg hinauf. Er mußte nun endlich Hilfe holen, viel zu lange hatte er sich von Werner aufhalten lassen. Da er zu seinem Schutz nur das kleine Schabmesser im Gürtel mit sich führte, konnte er indes nur hoffen, daß er auf dieser Straße seinen Widersachern nicht geradewegs in die Arme galoppierte.

Eine Weile kam er zügig voran, ohne auch nur auf einen Bauern, Köhler oder Sauhirten zu stoßen, als hinter einer scharfen Biegung der Waldboden unter seinem Pferd erzitterte. Lukas zog die Zügel straff und blickte angsterfüllt über die Baumwipfel hinweg, wo ein Schwarm Vögel kreischend aufstob und sich in die Lüfte schwang. Er sah vor sich, wie ein gutes Dutzend Reiter sich über den hügeligen Weg auf ihn zubewegte. In halsbrecherischem Tempo preschten sie heran, Helme und Panzer blitzten im Sonnenlicht bedrohlich auf.

Kampfbereit trotz der Übermacht zog Lukas sein Messer, verbarg es aber abwartend zwischen den Falten seines weiten Ärmels. Dann erkannte er auf den wehenden Mänteln und Satteldecken der Reiter die Farben der Grafen von Andechs-Meran. Die Männer gehörten demnach zu der Abordnung von Rittern, die wenige Tage zuvor Burg Rabenstein besucht hatten, um mit Rüdiger von Morsch Verhandlungen aufzunehmen.

Lukas schöpfte neue Hoffnung; begütigend redete er auf sein Pferd ein, das unruhig geworden vor, als wittere es eine Gefahr. Die Reiter hatten ihn inzwischen längst erspäht, ihr Anführer gab seinen Begleitern mit der Hand ein Zeichen, ihm zu folgen. In wildem Galopp sprengte er über die Straße, wenige Spannen vor Lukas zügelte er seinen Schimmel.

»Gelobt sei Jesus Christus!« rief der Reiter mit lauter Stimme, nachdem er seinen Helm abgenommen und Lukas mit einem kaum wahrnehmbaren Nicken begrüßt hatte. »Bist du Lukas von Bamberg, der Rabensteiner Baumeister?«

Nie zuvor hatte ihn jemand mit dem ehrenvollen Titel eines Baumeisters angeredet. Beschämt nahm Lukas wahr, wie ihn die Männer des Andechser Ritters umringten. Im Unterschied zu ihrem Anführer behielten sie ihre Helme auf.

»Ich will es nicht abstreiten, edler Herr«, antwortete Lukas mißtrauisch. Sein Herz klopfte wild; er war auf alles gefaßt. »Zumal es Euch nicht schwerfallen dürfte, einem einzelnen, wehrlosen Mann mit Euren Schwertern die Zunge zu lösen.«

»Was faselst du da, Bursche?« Der Andechser warf seinen Umhang, dessen Falten von einer silbernen Brosche gerafft wurden, über die Schulter zurück. Seine Begleiter musterten Lukas abschätzig.

»Frau Theodora, der unser Herr sehr zugetan ist, bat uns, nach den Handwerkern zu forschen, die sie in ihre Dienste genommen hat«, erklärte der Andechser weiter. »Sie behauptete, du und dein Gehilfe seiet gestern früh von Rabenstein aufgebrochen und nicht zurückgekehrt. In ihrer Sorge um euer Wohlergehen beschwatzte sie meinen Herrn so lange, bis er mich und meine Männer bei Tagesanbruch losschickte, um nach euch Ausschau zu halten.«

Lukas schob die Unterlippe vor. Mit dem Gehilfen meinte der Ritter vermutlich Meister Werner. Für Lukas gab es im Augenblick jedoch wichtigere Dinge, als einen Irrtum aufzuklären. Mit dürren Worten berichtete er den Reitern von dem Überfall der Bogenschützen im Steinbruch, dem Tod der beiden Rabensteiner Waffenknechte und dem Kampf, den Werner und er sich mit zwei der Schurken geliefert hatten. Schwankend zwischen Anerkennung und Verachtung, hörten die Männer ihm zu, dann befahlen sie ihm, sie ohne Aufenthalt an die Stelle zu bringen, wo er den Baumeister schlafend zurückgelassen hatte.

Obwohl ein letzter Rest von Argwohn in Lukas nagte, willigte er ein, die Männer zu führen.

»Unmöglich, den Kerl in seinem Zustand auf die Burg zu schaffen«, erklärte der älteste der Andechser Waffenknechte, als er wenig später vor dem Lager des ohnmächtigen Werner stand. Sein Herr rümpfte die Nase, aber er widersprach nicht. Aus irgendeinem Grund schien ihm die Meinung des Alten wichtig zu sein, vielleicht, weil dieser im Lauf seines bewegten Lebens mehr Schwert- und Beilhiebe eingesteckt hatte als eine Sandpuppe auf dem Übungsplatz der Schildknappen.

»Bei allen Heiligen, da ist nicht mehr viel zu machen, auch wenn der Steinmetz die Wunde ordentlich in Eisen gelegt hat«, ergänzte der Waffenknecht eifrig. »Wir sollten den Alten hier seinen Frieden machen lassen und nach Rabenstein zurückreiten. Dort kann der Burgkaplan ja eine Seelenmesse für ihn lesen, wenn er es für nötig hält.«

Der Andechser erhob den Blick gen Himmel und bekreuzigte sich. »Natürlich ist es nötig, du alter Schuft. Und was erzähle ich Frau Theodora?«

»Die Rabensteinerin soll zufrieden sein, daß wir ihren jungen Spielgefährten wohlbehalten zurückbringen«, erwiderte der Waffenknecht ungerührt. »Er hat zwar kaum Muskeln unterm Wams, doch wie ich sehe, ist sonst alles an ihm dran, was einen Kerl ausmacht!« Nach Beifall heischend, glotzte der Haudegen in die Runde seiner Kameraden, die im hohen Gras lagen und die lahmen Glieder ausstreckten.

Der Ritter schüttelte den Kopf, doch seine Miene verriet, daß er die Meinung des Edelknechts insgeheim teilte.

»Auf keinen Fall werde ich zulassen, daß Ihr diesen Mann hier im Dickicht den Wölfen zum Fraß vorwerft«, erklärte

Lukas wütend. Eine Weile hatte er dem Geplänkel der Andechser schweigend zugehört, doch nun konnte er nicht mehr an sich halten. »Er ist der Baumeister Werner von Rottweil«, hielt er dem überraschten Ritter entgegen. »Ihm haben die Herren von Rabenstein ihre Gunst bezeugt. Ich selbst bin lediglich sein Gehilfe und Schüler.«

»Frau Theodora hat aber nur von dir gesprochen«, erwiderte der Andechser. »Sie vergaß allerdings zu erwähnen, daß deine Ehrerbietung einem Ritter gegenüber stark zu wünschen übrig läßt.« Der Mann dachte kurz nach, während seine Hand mit dem kostbaren Knauf seines Schwertes spielte, dann hob er seufzend die Schultern. »Wenigstens bist du kein Jammerlappen wie der Rabensteiner Ritter. Ein paar Meilen vor Waischenfeld kenne ich eine Eremitenklause, in der noch vor wenigen Sommern zwei verrückte, alte Brüder gehaust haben. Zwei meiner Männer werden dir helfen, deinen Freund dorthin zu schaffen, die übrigen folgen mir. Ich will mich doch einmal in diesem Steinbruch umsehen. Vielleicht haben eure Angreifer ja Spuren hinterlassen. Wenn ja, werden heute abend ein paar Burschen an den Bäumen zappeln. Mehr kann die Rabensteinerin nicht von mir verlangen.«

Erleichtert sah Lukas den Ritter an. Er mochte es vor dem Fremden ungern zugeben, aber eine große Last war ihm von den Schultern gefallen.

»Diese Mönchsklause, von der Ihr spracht«, rief er dem Andechser hinterher. »Hat sie Mauern aus Holz oder aus festem Stein?«

Der Ritter zügelte sein Pferd. Er öffnete das Visier und warf Lukas einen milden Blick zu. »Soweit ich mich entsinne, wurden sie einst aus robustem Feldstein aufgezogen. Warum fragst du?«

Lukas lächelte. »Ich wollte es einfach wissen, weil ... ich es einem Freund versprochen habe.«

Fünfzehntes Kapitel

Lukas saß auf dem Fenstergesims seiner Kammer und starrte auf den geöffneten Holzkasten, in dem die Habseligkeiten des Baumeisters lagen. Anrühren mochte er ihn nicht. Nicht einmal das Bauhüttenbuch, das Werner ihm hinterlassen hatte, übte einen Reiz auf ihn aus. Seit er spät in der Nacht mit den Andechser Rittern nach Rabenstein zurückgekehrt war, befand er sich in einem Zustand der Erstarrung. Den Bemühungen der alten Ägidia, die ihn im Auftrag der Burgherrin mit heißem Honigwein und eingedickter Suppe versorgte, schenkte er ebensowenig Beachtung wie dem Lärm der Burgleute, die im Hof mit ihren Knappen das Lanzenstechen übten, während einige Mägde eine Schar schnatternder Gänse in ihre Verschläge trieben.

Als müsse er sich schützen, legte Lukas beide Arme um seinen Leib, obwohl er nicht sagen konnte, daß die feuchte Kälte, die durch das offene Bogenfenster über seinen Rücken schlich, ihn in irgendeiner Weise störte. Weitaus quälender als den Morgennebel empfand er die Wolke aus düsteren Empfindungen, die sich über sein Gemüt gelegt hatte und ihn zu Untätigkeit verurteilte. Er versuchte sich vergeblich zu zwingen, nicht an den Baumeister zu denken. Zu seiner Verwunderung gesellte sich zu seiner Trauer auch Dankbarkeit. Jawohl, er war dankbar, daß es Werner vergönnt gewesen war, unter einem festen Dach, umgeben von Mauern aus Stein zu sterben, wie er es sich gewünscht hatte. Die Mönche freilich hatten mit ihren schmutzigen Kutten und verfilzten Bärten eher wie Wegelagerer ausgesehen denn wie Gottesdiener. Doch beide Eremiten waren gottesfürchtig genug gewesen, ihnen die Hilfe nicht zu verweigern. Der ältere von beiden, ein geweihter Priester, hatte Werner die Letzte Ölung gespendet, während sein Mitbruder, lateinisch klingende Gebete murmelnd, die ungeduldig wartenden Ritter mit seinem fauligen Atem verscheucht hatte. Zuletzt hatte Lukas mit ihnen gemeinsam ein Grab ausgehoben und den Franziskanern das Versprechen abgerungen, es nicht verwildern zu lassen. Eines Tages wollte Lukas einen Stein über dem schlichten Erdhügel setzen.

Der Tag versprach nicht besser zu werden als der Abend zuvor. Seit Stunden schüttete es wie aus vollen Kübeln; die Feuchtigkeit drang durch jede Ritze des Gebäudes, Nebelschleier waberten um die Türme und Wehrgänge der Vorburg. Auf den Gängen des Palas waren Mägde damit beschäftigt, hölzerne Eimer unter undichten Stellen im Dach zu stellen, die den Regen auffangen sollten.

Rüdiger von Morsch betrat die Kammer. Er war klatschnaß vom Regen und schüttelte sich. »Die Männer des Andechsers haben meine getöteten Knechte und die Überreste der verbrannten Hütten vorgefunden, wie du es ihnen geschildert hast«, erklärte er. Anscheinend störte es ihn nicht, daß Lukas ihn nur mürrisch ansah, ohne etwas zu sagen. »Aber von den Burschen, die du und dieser Baumeister bezwungen haben wollt, fehlte jede Spur. Vielleicht sind die Steinbrecher ja noch einmal in die Senke zurückgekehrt, um die Leichen fortzuschaffen.« Er lief durch die kalte Turmkammer, rieb sich die klammen Hände und betrachtete dabei die Zeichnungen, die Werner von Rottweil an die Stützbalken geheftet hatte. Lukas hatte es nicht über sich gebracht, sie abzunehmen oder überhaupt irgend etwas in der Stube zu verändern. Alles war geblieben, wie der Baumeister es zurückgelassen hatte. Aber war der Burgherr nur der Skizzen wegen gekommen?

Lukas hob fragend den Blick. Ein feines Zittern bemächtigte sich seiner Hände, als er die hochgewachsene Gestalt Rüdigers vor sich sah, dessen Person für ihn plötzlich eine ganz neue Bedeutung gewonnen hatte. Er war Rüdiger von Morsch seit seiner Rückkehr nach Rabenstein nicht begegnet, hatte ihn sogar gemieden. Nun aber stand er hier vor ihm, mitten in der Kammer des Baumeisters, als sei es das Normalste auf der Welt, ihm einen Besuch abzustatten, und Lukas gelang es nur unter Anstrengungen, die Augen von ihm abzuwenden. War dieser kräftige, elegant gekleidete Jüngling mit den feinen Gesichtszügen sein Halbbruder? Floß in ihren Adern tatsächlich dasselbe Blut? Auf den ersten Blick vermochte er beim besten Willen keine Ähnlichkeit zwischen ihnen festzustellen. Rüdigers Haupthaar war etliche Nuancen heller. Seine Haut war jugendlich straff, um die Nase herum immer ein wenig gerötet. Die Ausbildung zum Kämpfer hatte seinen Körper athletisch, die Schultern breit und kantig werden lassen, und doch untermalte ein Hauch von Zartheit fast jede seiner Bewegungen. Ob er Theodora ähnelte, vermochte Lukas ebenfalls nicht zu beurteilen. Nicht, solange die alte Burgherrin es vorzog, sich hinter einem monströsen Stickrahmen vor ihm und der Welt zu verbergen.

»Darf ich fragen, womit ich die Ehre Eures Besuchs verdiene, Herr?« erkundigte er sich nach einer Weile. »Daß sich das Gesindel aus dem Steinbruch davongemacht hat, ist keine Überraschung für mich.«

Der junge Burgherr streifte ihn mit einem nachdenklichen Blick. »Nun, das vielleicht nicht, aber wie ich hörte, ist dein geschätzter Sandstein inzwischen unterwegs nach Bamberg. Acht Blöcke, so steht es im Protokoll meines Haushofmeisters. Die Edeldame Theodora hat einige Fuhrleute mit der Fracht beauftragt und läßt sie besser bewachen als der Kaiser die Reichsinsignien.«

Lukas überhörte die beißende Ironie, die in der Stimme des Burgherrn lag. Seine Miene hellte sich beinahe schlagartig auf. Nach den kummervollen Ereignissen der letzten Tage klang die Eröffnung des Burgherrn wie Musik in seinen Ohren.

»Dann darf ich nun endlich in die Stadt zurückkehren, um die Arbeit an dem Reiterstandbild aufzunehmen?« erkundigte er sich voller Eifer. Zu seiner Überraschung begann sich in ihm neuer Tatendrang zu regen, ein Gefühl, das er während der letzten stumpfsinnigen Tage schmerzlich vermißt hatte. Er verspürte die Zuversicht, seine Angelegenheiten in Ordnung zu bringen, und hegte gleichzeitig die Hoffnung, nicht mehr an Könige, Intrigen und herrische Ritter denken zu müssen. Was er nun brauchte, war ein Plan, der es ihm erlaubte, Werners Vermächtnis zu erfüllen. Sobald ich wieder auf dem Domplatz bin, werde ich mit dem Grobschlag der Skulptur beginnen, überlegte er.

Rüdiger von Morsch schien es jedoch nicht eilig zu haben, Lukas die Erlaubnis zur Heimkehr zu erteilen. »Im Steinbruch hast du verdammt großes Glück gehabt, mein Freund«, sagte er. »Doch Fortuna ist wankelmütig wie ein Weib, für viele wird sie zur Totengräberin. Eigentlich geht es mich nichts an, was ein Bamberger Handwerker treibt, aber meine Mutter ist nun einmal der Ansicht, es könnte nichts schaden, wenn du dich deiner Haut in Zukunft mit Hilfe richtiger Streitwaffen zu wehren verstündest.« Er nahm eine der Skizzen vom Balken, die Lukas in der Pose eines Reiters zeigte. »Bei Gott, ich fürchte fast, die verrückte Alte hat sich in den Kopf gesetzt, aus dir einen Ritter zu machen.« Er seufzte übertrieben, ehe er hinzufügte: »Die Andechser Edelleute verlassen Rabenstein in den nächsten Tagen, sobald unser Kaplan die heilige Messe zum Maifeiertag gelesen hat. Ihr Weg führt sie nach Ansbach, um den dortigen Rat zur Waffenhilfe für König Heinrich zu überreden, doch wie ich meine verehrte Mutter kenne, wird sie ihren Einfluß spielen lassen, damit du dich ihrem Zug anschließen und unter ihrem Wappen sicher reisen kannst.«

Lukas gab sich keine Mühe, seine Enttäuschung zu verbergen. »Ich bin zwar nicht der Meinung, daß ich ihren Schutz benötige, aber wenn Eure Mutter dann besser schlafen kann, werde ich mit ihnen reiten.«

»Wie kommst du darauf, daß meine Mutter jemals schläft?« Mit einer verächtlichen Geste warf Rüdiger das Pergament mit Werners Skizze auf den Tisch zurück. »Morgen früh nach Sonnenaufgang erwartet dich Gernot, mein Waffenmeister, auf dem kleinen Burgfeld, gleich hinter dem Bergfried. Dort wirst du deine erste Lehrstunde erhalten! Tu mir nur einen Gefallen und wirf nicht mit deinem Senkblei nach ihm!«

Lukas verbot sich eine Antwort. Er zuckte nur leicht mit den Schultern und wartete, bis sein Halbbruder endlich die Kammer verlassen hatte. Kaum waren dessen Schritte auf dem Gang verklungen, ließ er seinem Ärger jedoch freien Lauf. Er trat mit Wucht gegen die knarrende Eichentür, durch die jedermann zu spazieren schien, wann immer es ihm gerade beliebte. Gerne hätte er noch einen Krug gegen die Wand geworfen, doch Ägidia hatte das schmutzige Geschirr davongetragen.

Warum, bei allen Heiligen, ließen die Rabensteiner ihn nicht einfach in Frieden? Rüdigers Begeisterung, ihn noch länger auf der Burg zu haben, hielt sich augenscheinlich in Grenzen. Von der anfänglichen Zutraulichkeit des Burgherrn war nach der Abreise seines Freundes, des Locators, nicht mehr viel übriggeblieben. Vielleicht liegt es an den Verhandlungen mit den Bambergern, dachte Lukas ein wenig besänftigt. Er konnte Rüdiger nicht wirklich böse sein, denn seit er auf der Burg weilte, war kaum ein Tag vergangen, an dem nicht wenigstens eine schlechte Nachricht durchs Burgtor geflattert war.

Auf der anderen Seite verstand Lukas nicht, wieso die Rabensteiner ihn nicht einfach gehen ließen. Warum hatten sie vor, ihn für den Zweikampf ausbilden zu lassen? Theodoras Ansinnen war ebenso rätselhaft wie die übrigen Vorgänge auf der Burg. Bastard eines Königs hin oder her; er war Steinmetz, kein Prügelknabe.

Während Lukas sich noch über das Gespräch mit seinem

Halbbruder den Kopf zerbrach, wanderten seine Gedanken zu dem kostbaren Stein zurück, den er für sein Meisterstück auserkoren hatte. Theodora von Morsch unternahm offensichtlich alles, um das Material zu schützen, doch wie weit reichten ihre Befugnisse? Was mochte erst mit den acht Blöcken geschehen, wenn er nicht rechtzeitig zur Stelle war, um sie am Bamberger Stadttor in Empfang zu nehmen? Womöglich erhoben der Bischof oder Salomann Ansprüche auf den Stein.

Und Justina? Sein Herz wurde schwer, als Lukas an die Tochter des Weinhändlers dachte. Ob sich die Verhältnisse inzwischen geklärt hatten? Er versuchte, sich ihr Gesicht vorzustellen: die seidig glänzenden braunen Haare und das kleine Grübchen am Kinn, das tiefer wurde, wenn sich ihr Mund zu einem Lächeln formte. Sie vertraute ihm, aber sie konnte sich nicht ewig in den finsteren Gewölben der Judengasse verstecken, um auf ihn zu warten. Er wiederum hatte ihr hoch und heilig versprochen, so rasch wie möglich zurückzukehren. Auch wenn er sich seiner Gefühle für sie noch nicht im klaren war, durfte er Justina auf keinen Fall im Stich lassen. Nicht für eine Mutter, die ihre Kinder der Leibeigenschaft überantwortete. Auch nicht für acht Blöcke Stein, Werners Bauhüttenbuch und die Aussicht, endlich selbst Baumeister zu werden.

Eine andere Sache, die Lukas beschäftigte, betraf die Anschläge auf sein Leben, die keineswegs zufällig auf Burg Rabenstein ihren Anfang genommen hatten. War er auf der Burg so sicher, wie Rüdiger und Theodora von Morsch behaupteten? Auch nach dem Tod des Mannes mit den Fäustlingen quälte ihn das unangenehme Gefühl, daß da noch andere waren, die seine Schritte beobachteten. Im Grunde war es hier, in diesen Mauern leichter, ihn aus dem Weg zu räumen, jederzeit konnte er Opfer eines neuen Anschlags werden. Der Bursche im Steinbruch war nur ein gedungener Handlanger gewesen, ein geächteter Tagelöhner vielleicht. Solche Männer lauerten in diesen unruhigen Zeiten an jeder Gabelung. Seine Auftraggeber verfügten offenbar über genügend Einfluß, um in eine Burg einzudringen und ein halbes Dutzend Bogenschützen zu befehligen. Der Locator fiel Lukas wieder ein. Matthäus Hagen war ein einfallsreicher Mann, den Recht und Ordnung weniger zu beschäftigen schienen als seine Gemahlin Ethlind. Er diente einem mächtigen Fürsten, dessen Absichten undurchsichtig waren. Doch Matthäus und seine Frau hatten Rabenstein zur selben Stunde verlassen wie Beate von Okten, die ihn als ehemaligen Knecht ihres Bruders wiedererkannt hatte. Ihre Abreise ereignete sich ein wenig zu überstürzt für seinen Geschmack. Vielleicht täuschte er sich mit dieser Annahme. Möglicherweise hielten sich Matthäus Hagen und sein Weib Ethlind noch immer irgendwo in der Nähe auf. Hatte Beates Wagenzug wirklich den kürzesten Weg nach Bamberg genommen?

Erschöpft schob Lukas einen Strohsack unter seinen Kopf und starrte die Decke an, wo sich ein häßlicher Schimmelfleck in den feuchten Kalkputz fraß und kleine, glotzende Augen hinterließ. Es hatte überhaupt keinen Zweck, den Burgherrn in seine Überlegungen einzuweihen. Obwohl das Verhältnis zwischen Rüdiger von Morsch und der alten Theodora gespannt war, schienen ihm die Wünsche seiner Mutter doch heilig zu sein. Lukas mußte die Waffenübungen hinter sich bringen, dann durfte er reisen.

Während Lukas noch die Skizze, die Rüdiger sich angesehen hatte, mit dem Handballen glättete, verspürte er von neuem Trauer und Sehnsucht, tiefe Sehnsucht nach der fremden Frau hinter dem Stickrahmen und Sehnsucht nach dem jungen Mann, der die Burg seines Vaters befehligte, auch wenn Lukas ahnte, daß sie nur sehr wenig miteinander verband. Rüdiger verfügte über ein heiteres, ausgeglichenes Wesen. Er lachte oft und gerne und war so verständnisvoll gegenüber seinen Leibeigenen, daß nicht wenige seiner Mannen insgeheim den Kopf über ihn schüttelten. Lukas hingegen gelang es nur in seltenen Momenten, die Gespenster abzuschütteln, die ihn von Kindesbeinen an verfolgten und ihn ernst und verschlossen hatten werden lassen. Wenn er aber darüber nachdachte, so war er weitaus weniger erpicht darauf, den Menschen näherzukommen, mit denen das Schicksal ihn verbunden hatte, als vielmehr ihnen einen Spiegel vorzuhalten. Ihn trieb die Sehnsucht nach einem Leben, das anders hätte verlaufen können. Zum ersten Mal seit seiner Kindheit ließ er die peinigenden Empfindungen zu, er wehrte sich nicht, als sie, gierigen Vipern gleich, durch seine Brust schlüpften und sein Herz umgarnten. Statt dessen warf er sich auf sein Lager und vergrub seinen Kopf schluchzend in einer Wolldecke. So hatte er sich schon als kleiner Junge verhalten, wenn die Angst vor der zornigen Stimme des Gutsherrn übermächtig geworden war. Zuweilen war dann Beate in seinem Quartier erschienen und hatte sich dazu herabgelassen, ihm das Gesicht mit einem Zipfel ihres Surkots zu trocknen, um ihn dann aufzufordern, mit ihr gemeinsam in der Vorratskammer nach Leckerbissen zu suchen.

Stöhnend zerrten seine Finger an dem grauen Laken, bis es zerriß. Danach raffte er sich auf und wusch sein Gesicht mit eiskaltem Wasser. Er wollte nicht, daß Ägidia seine Tränen sah.

Der Waffenmeister, der Lukas am nächsten Morgen in Empfang nahm, hieß Gernot und wirkte auf ihn wie eine jüngere Ausgabe des Burgvogts. Vermutlich waren beide Männer, wie viele andere Rabensteiner, eng miteinander verwandt und standen schon Jahrzehnte im Dienste der Burgherren.

Nach seinem Aussehen zu urteilen, gehörte Gernot zu den Männern, die eine Rasur für Luxus und die morgendliche Waschung für Zeitverschwendung hielten, denn sein Gesicht starrte vor Dreck. Um die gewaltige Nase des Waffenmeisters gruppierte sich eine stattliche Anzahl bräunlicher Flecken. Sein geflochtener Haarzopf war bereits ergraut und so zerzaust, als habe er in einem Strohhaufen übernachtet. Er schien noch müde zu sein, denn er begrüßte seinen neuen Schüler mit schleppender Stimme.

»So, du bist also der Steinmetz, der seinen Fausthammer gegen ein Schwert eintauschen will?« rief er, während er sich geräuschvoll das Gesicht kratzte.

Lukas erwiderte den knappen Gruß zurückhaltend. Er hätte gerne erklärt, daß es nicht seine Absicht war, die Dienste eines Waffenmeisters in Anspruch zu nehmen, und daß er es nicht mehr abwarten konnte, die Burg endlich zu verlassen, um in die Bauhütte zurückzukehren. Doch der bullige Kerl war ihm nicht recht geheuer. Außerdem hatte der seinen Auftrag von der Herrin Theodora erhalten, war ihr also rechenschaftspflichtig.

Die Mägde hingegen schienen sich über Gernots Anwesenheit zu freuen. Kichernd machten sie sich daran, den schweren Kessel, in dem bereits das Essen brodelte, vom Feuer zu nehmen. Der Waffenmeister scherzte derweil mit einer älteren Frau, die in der Küche offensichtlich das Wort führte. Dann ließ er sich mit einem Seufzer auf einen Schemel fallen und zupfte die Strohhalme aus seinen Kleidern. Lukas strarrte ihn abwartend an, doch als er bemerkte, daß der Waffenmeister seine Blicke auffing, beeilte er sich, in eine andere Richtung zu schauen. Ein polterndes Lachen schlug ihm entgegen. Es klang schadenfroh, als triumphiere Gernot bereits, daß man ihm den Burschen aus Bamberg in die Hand gegeben hatte.

Mit belegter Stimme rief der Waffenmeister dann nach einer Kanne Milch und einem Frühstück. Die Magd, die es ihm vorsetzte, empfing einen Klaps aufs Hinterteil, der sie kreischend in die Flucht schlug. Gernot zwinkerte Lukas grinsend zu, bevor er sich über den Holznapf mit heißer Grütze hermachte. Gierig schlang er den dicken Brei hinunter, die Schüssel strich er mit einem Kanten Brot aus. Schließlich verkündete er noch kauend, daß die Übungen nun beginnen konnten. »Mach dich auf etwas gefaßt, Bursche«, rief er Lukas zu, während er auf unsicheren Beinen aus der Burgküche ins Freie stakste.

»Meister Gernot hat schlagende Argumente«, spottete die Küchenmagd kopfschüttelnd. »Du kannst dich freuen, Bursche. Seine Stunden enden nicht selten mit gebrochenen Nasen oder gequetschten Daumen!«

Lukas warf dem vorlauten Mädchen einen vernichtenden Blick zu. Dann folgte er dem Rabensteiner mit finsterer Miene hinaus auf den Kampfplatz. Seine Glieder fühlten sich nach der vergangenen Nacht wie taub an, und die Vorstellung, einen ganzen Tag lang von einem angetrunkenen Haudegen drangsaliert zu werden, war alles andere als erbaulich. Wenn der Kerl ihm nun beim Schwertkampf die Finger brach, was sollte dann aus Theodoras Reiterstandbild werden? Vielleicht würde er niemals wieder als Steinmetz arbeiten können. Der plötzliche Gedanke, daß man ihn möglicherweise auf diese Weise an seinem Auftrag hindern könnte, ließ sein Herz heftiger pochen. Eine Flucht war unmöglich. Dieses Mal würde es folglich wie ein Unfall aussehen.

Lukas blickte abschätzend auf den breiten Rücken des Waffenmeisters, der ihm vorausging. Nein, er durfte nicht die Nerven verlieren, sich nicht in Mutmaßungen ergehen. Auch wenn er Gernot nicht recht traute, lag doch auf der Hand, daß der Waffenmeister Theodora Gehorsam schuldete. Sie wiederum wollte nur, daß er Angriffe wie ein Ritter zu parieren lernte. War daran etwas auszusetzen? Vermutlich würde sie sich niemals öffentlich zu ihm bekennen, doch nach allem, was er von Werner erfahren hatte, konnte er auch nicht glauben, daß sie Übles gegen ihn im Schilde führte.

Gernot blieb stehen und sondierte mit trübem Blick das Umfeld. Noch immer schwankte er wie eine Weizengarbe. Lukas entschlüpfte ein grimmiges Lächeln, das seine düsteren Gedanken mit einem Schlag vertrieb. Wahrscheinlich dauerte es nicht lange, bis der ungewaschene Kerl in seinem stinkenden Waffenrock einnickte und ihn sich selbst überließ. Vielleicht war es ihm schon bald möglich, sich unbemerkt davonzustehlen und in den Turm zurückzukehren. Rüdiger von Morsch hielt sich nicht in der Burg auf. Die Küchenmägde hatten ihn und seinen Vogt gleich nach Tagesanbruch über die Zugbrücke reiten sehen. Ihn erwartete man frühestens zur Abendmesse zurück.

»Was ist mit dir los, Bursche?« holte die schwere Stimme des Waffenmeisters ihn aus seinen Gedanken. Gernot baute sich breitbeinig vor ihm auf und musterte ihn abschätzig. »Von Wein und Weibern träumen konntest du während der Nacht. Nun wird gearbeitet!«

Lukas fügte sich in das Unvermeidliche. Hatte er noch vor wenigen Augenblicken gehofft, mit Rüdigers Waffenmeister ein leichtes Spiel zu haben, so wurde er nun eines Besseren belehrt. Zu seiner Verblüffung stellte er fest, daß der müde Geist seines neuen Lehrmeisters vor Lebensdurst zu sprühen begann, kaum daß er mit der frischen Luft in Berührung kam. Im Verlauf der folgenden Stunden legte der Waffenmeister einen Eifer an den Tag, mit dem Lukas nicht gerechnet hatte. Von barschen Kommandos angetrieben, hetzte er ihn über den Burghof, ließ ihn im Laufschritt schwere Steine aufsammeln und befahl ihm, an hölzernen Stangen Klimmzüge zu machen. Lukas gehorchte dem Waffenmeister, obwohl ihm nach kurzer Zeit die Zunge aus dem Hals hing und es zu allem Überfluß auch noch zu regnen begann.

Zwei Stunden später gebot Gernot ihm endlich Einhalt. Er warf ihm ein paar geflickte, aber trockene Kleidungsstücke zu, die er aus irgendeinem Winkel hervorbefördert hatte, und befahl ihm, das feuchte Zeug vom Leib zu streifen. »Hier soll ich mich umkleiden, mitten auf dem Hof?« fragte Lukas verdutzt. Er sandte einen unbehaglichen Blick hinauf zu den Wehrgängen über der Mauer, wo die Wachhabenden mit aufgerichteten Lanzen standen. Ihr müßiges Geplauder und das Geräusch klappernder Würfel drangen durch den Wind zu ihm herüber. Gernot stieß scharf die Luft aus. »Heilige Einfalt, bist du etwa eine Jungfrau, daß du dich so zierst?« polterte er. »Deine lahmen Knochen werden schon nicht zu Staub zerfallen, nur weil dich jemand unbekleidet sieht. Sei froh, daß ich dich nicht in den feuchten Lumpen mit der Hellebarde Hauen und Stechen üben lasse!«

Üble Verwünschungen auf der Zunge, schälte sich Lukas aus Wams und Beinlingen. Sein Unmut verflog jedoch rasch, als er bemerkte, wie wunderbar sich das warme Tuch auf der nackten Haut anfühlte. Es kam ihm vor wie weicher Barchent. Widerstrebend mußte er dem Waffenmeister für dessen fürsorgliche Voraussicht Anerkennung zollen. Vielleicht hatte er sich doch in dem brummigen Alten getäuscht.

Kurz darauf begleitete ihn Gernot zu einem ummauerten, durch ein Binsendach vor dem Regen geschützten Platz, wo er ihm nicht ohne Stolz eine stattliche Auswahl von Schwertern, Streitkolben und Piken aus der Rabensteiner Waffenkammer vorführte. »Zum Schutz des Oberkörpers trägt ein Streiter einen Brustharnisch, Arme und Beine sind von eisernen Scheren bedeckt«, erklärte der Waffenmeister mit Feuereifer. »Die Taille sollte eng geschnürt werden, wenn ein Ritter zum Schwertkampf antritt. Einige sind der Meinung, das Haupt werde am nachhaltigsten durch die neumodischen Topfhelme geschützt. Auch der edle Herr benutzt ihn, da sein verstorbener Vater ihm seinen hinterlassen hat.« Er nahm zwei Helme aus einer Truhe und wischte sie mit dem Ärmel seines Lederrockes blank. »Ich selbst ziehe die Beckenhaube vor.«

Beim Anblick des verbeulten Blechs verzog Lukas das Gesicht. Er hatte sich eigentlich vorgenommen, Interesse zu heucheln, doch die endlosen Monologe des Waffenmeisters über Vor- und Nachteile bestimmter Riemen und Schnallen ermüdeten ihn beinahe mehr als der Dauerlauf über das Burggelände. Gernot schien dies indessen nicht zu bemerken. Während Lukas noch die Helme begutachtete, wühlte er bereits in der nächsten Truhe, aus der er ein beschädigtes Kettenhemd hervorzog. »Das Kettenhemd trägt der Streiter über seinem Gewand, doch es empfiehlt sich, zudem einen wollenen oder ledernen Waffenrock anzulegen«, verkündete er wissend.

Lukas nahm die winzigen Maschen aus Metall zwischen Daumen und Zeigefinger. Nun war er doch beeindruckt. »Warum die zusätzliche Kleidung, Meister Gernot?«

Der Waffenmeister lachte. »Kämpfe du einmal in praller Sonne, dann wirst du am eigenen Leib spüren, wie rasch sich das verdammte Metall erhitzt und deinen Leib wie einen Braten im eigenen Saft schmoren läßt.«

Bis in den späten Nachmittag ging der Unterricht weiter. Um Gernot nicht zu verärgern, beschloß Lukas, sich die wichtigsten Regeln und Finten des Kampfes zu merken, doch unter den fordernden Blicken des Älteren verwechselte er nach kurzer Zeit Piken mit Hellebarden, Stoß- mit Hiebwaffen, Buhurt mit Tjost. Als er auch noch ungestüm auf die zu Übungszwecken an einen Galgenbaum gehängte Strohpuppe eindrosch, schwollen die pulsierenden Adern auf den Schläfen des Waffenmeisters rot an. Zwei Knappen waren auf dem Übungsplatz eingetroffen. Sie legten ihre Morgensterne ab, blieben in einiger Entfernung stehen und blickten grinsend zu Lukas hinüber.

»Du hast es immer noch nicht verstanden«, brüllte Gernot nach einer Weile. Er drückte Lukas ein Kurzschwert in die Hand und scheuchte ihn mit wilden Gebärden vorwärts. »Du mußt den Feind genau fixieren, darfst ihn nicht aus den Augen lassen. In deinem Kopf berechnest du, wie viele Spannen zwischen euren Klingen liegen. Nein, du Nichtsnutz, nicht wahllos von oben draufschlagen wie ein Schmied! Das Schwert ist die Waffe eines Edelmanns, es verlängert deinen Streitarm. Schau mir zu, ich werde es dir vormachen!« Derb nahm er Lukas die Waffe aus der Hand und schwang sie einige Male auf und ab, wobei er sein Handgelenk elegant bewegte. Dann machte er einen Satz auf den Galgenbaum zu, sprang zwei Schritte zurück und zog, sich selber um die eigene Achse drehend, die scharfe Waffe zuletzt blitzschnell durch das Stroh. Ein weiterer Streich hieb der Strohpuppe den Kopf ab, daß er in weitem Bogen davonflog.

Am nächsten Tag fochten sie mit Schild und Schwert, Mann gegen Mann. Unzählige Male wurde Lukas entwaffnet, nahm das Schwert geduldig wieder auf und erntete, beim Versuch, den heftigen Schlägen des Waffenmeisters durch Drehungen und Ausfallschritte auszuweichen, Prellungen und Blutergüsse.

»Sei stolz auf jeden blauen Fleck, den du davonträgst«, rief Gernot feixend. »Hier draußen gibt es weder Bücher noch Bauanleitungen. Deine Blessuren werden dir morgen aus der Waschschüssel heraus zuflüstern, welche Fehler du begangen hast und wie du sie künftig vermeiden kannst.«

»Wahrscheinlich habt Ihr recht!« Lukas wischte sich mit der flachen Hand über die Stirn, auf der sich Schweiß und Regen mischten. Er war erschöpft und fror erbärmlich, außerdem ärgerte er sich, weil es ihm nicht gelingen wollte, Gernots Deckung zu durchdringen. Am liebsten hätte er dem rauhbeinigen Waffenmeister die Waffen vor die Füße geworfen, aber wenn er ehrlich mit sich selbst war, so mußte er zugeben, daß Gernot ihm innerhalb kürzester Zeit mehr über die Kunst des Zweikampfs beigebracht hatte, als er jemals für möglich gehalten hatte. Als gegen Abend des dritten Tages die Wolken über der Burg aufbrachen und die Turmglocke zum Gebet in die Kapelle rief, fühlte sich das Kurzschwert in seiner Hand schon weitaus weniger ungewohnt an. Der Waffenmeister schimpfte ihn zwar nach jeder Übung aus, doch Lukas beschlich das Gefühl, daß Gernot gar nicht so unzufrieden mit seinen Fortschritten war. Vermutlich sprang er mit seinen Knappen auch nicht sanfter um. Eine Weile später schickte der Waffenmeister ihn mit dürren Worten in die Burgküche, dort sollte er sich eine Schale warme Grütze und einen Becher Ziegenmilch zum Abendbrot holen. Hoch erfreut, endlich etwas in den Magen zu bekommen, legte Lukas Schild und Übungsschwert beiseite und eilte auf die Wirtschaftsgebäude zu.

Theodora von Morsch stand in Gesellschaft ihrer Magd Ägidia auf einem kleinen Balkon, der in schwindelerregender Höhe an die Mauer des westlichen Turms angebaut worden war. Der Vorsprung besaß eine Überdachung aus vier miteinander verstrebten Balken, deren Lücken mit Stroh ausgefugt und mit reichlich Pech verschmiert waren. Das Dach schützte die beiden Frauen, die eng aneinander gekauert auf den Burghof blickten, zwar nicht vor dem scharfen Ostwind, hielt aber Regen und neugierige Blicke von ihnen fern.
Die Herrin Theodora war trotz des anhaltenden miserablen Wetters guter Dinge. Sie trug ein wärmendes Witwengewand, dessen ausladende Ärmel mit winzigen blutroten Raben bestickt waren. Auf ihrem Kopf saß ein voluminöses Gebende aus hellem, vielfach gefaltetem Atlas. Es war schwer zu tragen und zudem unbequem, da die straffen Riemen in ihren schlanken Hals schnitten, doch Theodora stand da, als spürte sie die Last überhaupt nicht. Ihre Hände ruhten entspannt auf dem kalten Sandstein der Balustrade. Breite Goldreife blitzten unter den Ärmelaufschlägen hervor.
Die Magd Ägidia war hingegen alles andere als zufrieden.

Unruhig trat sie von einem Fuß auf den anderen, ihre klammen Finger verkrampften sich in den Maschen des Schultertuchs, das ihren dürren Leib umschlang. Mürrisch funkelte sie ihre Herrin an. Sie konnte beim besten Willen nicht verstehen, warum Theodora sich frohgemut Wind und Regen aussetzte, nur um die Fortschritte des Steinmetzen im Zweikampf zu verfolgen. In ihrer behaglichen Kemenate hätte sie es weiß Gott besser gehabt. Dort wartete ein heißer Kräutersud auf sie. Bei dem Gedanken an ein wärmendes Kaminfeuer stöhnte Ägidia leise auf. Ihre Versuche, die Burgherrin zurück ins Haus zu scheuchen, wurden von Theodora jedesmal mit einer wegwerfenden Gebärde beantwortet. Es war aussichtslos, befand Ägidia. Ihre Herrin wollte einfach nicht hören, seit Tagen benahm sie sich wie eine Besessene. Ägidia wußte um die Wirkung solcher Stimmungen. Wenn sie ihre Herrin heimsuchten, so schafften es weder ihr Sohn noch der Priester, ihr gut zuzureden. So war es bereits in ihrer Jugend gewesen. Nachdem sie sich dem Werben des Morscher Ritters ergeben hatte, war es nur noch schlimmer geworden. Er hatte versucht, sie gefügig zu machen, doch sie ließ sich nicht zähmen, auch dann nicht, als er zu härteren Mitteln gegriffen hatte. Nun war er seit Jahren tot. Ägidia schauderte, als die Erinnerung an jene, lange zurückliegenden Ereignisse sie überfiel. Der Preis, den Menschen für ihren Stolz zu zahlen hatten, war nicht ausgeblieben, und Theodora hatte ihn bezahlt. Ja, sie hatte bezahlt, bis sie nichts mehr besessen hatte, was sie dem Schicksal noch hätte geben können.

»Der Steinmetz macht keine schlechte Figur, meinst du nicht auch, Ägidia?« brach Theodora von Morsch nach einiger Zeit das Schweigen. »Mit dem Kurzschwert wird er eines Tages ebenso gut umgehen können wie andere Kämpfer auch! Hast du gesehen, wie geschickt er vorhin den Schild aufgerichtet hat?«

Die Kammerfrau zuckte die Achseln. Sie hatte nie zuvor erlebt, daß die Rabensteinerin über derartige Themen hatte reden wollen. Mit dem törichten Männerkram hatte sie zum Glück nie nähere Erfahrungen machen müssen. Da sie aber nach Gottes unergründlichem Willen ihr Leben auf einer Felsenburg gefristet hatte, konnte sie nicht umhin, dem ehrbaren, ritterlichen Kampf Achtung zu zollen. Allein von den frechen Schildknappen, die auf Rabenstein ihrer Schwertleite entgegenfieberten, hatte sie keine allzu hohe Meinung. Die meisten dieser Burschen entstammten edelfreien Familien der Umgebung, die das Gesinde nicht besser behandelten als Jagdbeute. Die Burschen waren nur Helden, wenn es darum ging, zu prahlen. Anstatt sich in höfischer Etikette schulen zu lassen oder ihre freie Zeit in der Kapelle zuzubringen, verschwanden die Kerle mit den liederlichen Mägden im Saustall, sobald man ihnen den Rücken zukehrte.

»Nun ja, er verhält sich nicht gerade ungeschickt«, erklärte sie schließlich zögernd. »Wenn man von der Tracht Prügel absieht, die Meister Gernot ihm soeben verabreicht hat. Ich verstehe nur nicht recht, warum Ihr Euch dafür interessiert ...«

Theodora fiel ihr mit einer scharfen Gebärde ins Wort. »Er sieht seinem Vater ähnlich, Ägidia«, sagte sie atemlos. »Die blauen Augen, sein Körperbau, die Art, in der er sein Haar zurückwirft ... Siehst du es denn nicht?« Abrupt wandte sie sich wieder dem Burghof zu, obwohl dort unten von Lukas nichts mehr zu sehen war. Ihre Hände umklammerten nun die rauhe Oberfläche der Balustrade.

»Ich frage mich, ob er ... davon weiß«, überlegte sie nach einer Weile. »Ob er ahnt, daß er auf Rabenstein geboren wurde? Vielleicht hat Werner von Rottweil vor seinem Tod mit ihm geplaudert, obwohl ich es ihm verboten habe. Den Sterbenden ist es ein Bedürfnis, ihre Seele auszubreiten, um unbeschwert in die Ewigkeit einzugehen. O Ägidia, ich sterbe vor Aufregung. All die Jahre, in denen ich aus tiefster Reue Sack und Asche trug, scheinen hinter mir zu liegen. Ich finde keine Ruhe. Jede Nacht kehren die alten Spukbilder zurück, um mich zu peinigen. Ich bin verflucht, durch dieselben finsteren Gänge der Bamberger Domburg zu irren. Bleiche Gestalten mit roten Haaren säumen meinen Weg ...«

»Ihr solltet Euch beruhigen, Herrin. Bitte.« Ängstlich blickte Ägidia sich nach einem möglichen Lauscher um, aber die Stimmen auf dem Übungsplatz der Burgleute waren längst verklungen. Der Balkon lag so abgeschieden, daß niemand zu ihnen heraufsah. Selbst Gernot hatte sich inzwischen davongemacht, um den Staub des Übungsplatzes mit einem Humpen heißen Kräuterbiers hinunterzuspülen. Ein einsamer Knecht lief mit langen Schritten über die glitschigen Pflastersteine; vermutlich hatte er vom Vogt den Auftrag erhalten, sich zu vergewissern, daß die Stallungen verriegelt waren. Die Nacht, die vor dem ersten Tag des Wonnemonats lag, war anders als andere Nächte. Seit Urzeiten gehörte sie dem finsteren Volk der Dämonen und Hexen. An den Herdfeuern machten schaurige Geschichten die Runde – von Widergängern und Unholden, die zur Mitternachtsstunde aus ihren Löchern krochen, um Mensch und Vieh heimzusuchen. Jedes Jahr mußte Ägidia Tränen trocknen, einfältige Mädchen beruhigen und ihnen raten, sich frühzeitig die Decke über die Ohren zu ziehen, während vorwitzige Burschen die unheimliche Schwärze der Nacht ausnutzten, um ängstliche Nachbarn zu erschrecken. Einige besonders hartgesottene Burschen aus dem Dorf gelangten zuweilen sogar über die Mauern der Burg. Ägidia vermutete, daß sie einen Durchschlupf an der weniger steilen Westseite kannten. Vielleicht öffnete ihnen aber auch ein Spaßvogel unter den Wachen die Pforte, damit sie heulend und auf Klappern schlagend durch den Burghof ziehen und Schabernack treiben konnten. Es war ein alter Brauch, sie in dieser

Nacht ungestraft gewähren zu lassen. Ein Gesetz aus grauer Vorzeit, denn immerhin entsprang ihr Tun dem frommen Ansinnen, verlorene Seelen zu vertreiben und Menschen zu entlarven, die den bösen Blick an sich hatten.

»Es wird bald dunkel sein, Herrin«, sagte Ägidia nach einer Weile. »Ihr solltet hinauf in die Kemenate steigen und etwas Warmes zu Euch nehmen.« Fröstelnd rieb sich die Frau über die kalten Oberarme. Ihr war unbehaglich zumute, weil sie und Theodora das Abendgebet in der Kapelle versäumt hatten. Ausgerechnet vor der Maiennacht – ein schlechtes Omen, befand sie. Um so mehr, da dieser Mann mit dem Gesicht eines Toten wieder in der Burg aufgetaucht war. Doch es war ihre Pflicht, Theodora beizustehen, was auch immer diese in ihrem Gespinst zwischen Wahn und Wirklichkeit ausbrütete. Das sonderbare Glimmen, das in den Augen der Burgherrin lag, behagte ihr ganz und gar nicht. Schon als junges Mädchen hatte sie sich vor ihm gegrault. Warum muß sie auch die alten Geschichten wieder aufwärmen, dachte die Magd. Davon wurden die Toten schließlich auch nicht wieder lebendig.

»Ich möchte Euch warnen, Euren Gefühlen freien Lauf zu lassen«, sagte sie schließlich, wofür sie ihren ganzen Mut zusammennahm. »Der junge Steinmetz mag hier geboren sein, aber er gehört weder zu uns noch nach Rabenstein. Er darf Euch auf keinen Fall mehr bedeuten als einer Sperlingsmutter ihr ausgebrütetes Küken. Glaubt Ihr, der Vogel kehrt wieder zurück zu ihr, nachdem er gelernt hat, wie er selber Nester baut und Futter findet? Dies wäre gegen die Natur.«

Theodora funkelte ihre Dienerin durchdringend an. Ruckartig bewegte sie den Kopf, als wolle sie wie ein Vogel nach der alten Magd hacken. Dann stieß sie sich schwungvoll von der Brüstung ab und ging auf den Turm zu, dessen graue Quader sich breit und mächtig vor dem wolkenverhangenen Himmel abzeichneten. »Was weißt du schon von tieferen Gefühlen,

Ägidia?« rief sie in den stürmischen Wind. »Von dir habe ich doch gelernt, Empfindungen zu verleugnen, sobald sie in mir aufkeimten. Aber was hat es mir eingebracht? Seelenfrieden? Daß ich nicht lache! Die Leute im Dorf haben Angst vor mir, selbst die Fronmädchen, die im Waschhaus helfen, machen einen weiten Bogen um meine Kemenate. Denkst du, ich merke nicht, wie sie zum Schutz vor meinem Blick die Finger kreuzen, wann immer sie mir begegnen? Seit dem Tag, da das Kind verschwunden ist, glaubt jedermann, daß ich dem Ailsbachtal Unheil bringe.« Die Burgherrin hatte sich in Rage geredet, und doch merkte man es ihr nicht an. Würdevoll strich sie über die Falten ihres Gewandes, dann wechselte sie unvermittelt das Thema: »Wie ich hörte, gibt es zwei Waisen im Dorf?«

Ägidia, die sich bereits auf den Weg zur Kemenate gemacht hatte, blieb auf der Schwelle stehen; verwundert begegnete sie dem Blick der schwarz gekleideten Frau. Worauf wollte ihre Herrin nun schon wieder hinaus?

»Ich habe davon gehört, Herrin«, erwiderte sie zögerlich. »Eine der Waschmägde hat es mir erzählt, und die hat es vom Waischenfelder Kaplan, der morgen bei uns die Messe lesen wird. Der Dorfälteste soll vor ein paar Tagen am Lungenfieber gestorben sein. Seine beiden unmündigen Söhne überantwortet er der Gnade des Herrn und der seligen Jungfrau.« Sie schlug die Augen nieder und malte mit dem Zeigefinger ehrfurchtsvoll ein Kreuz über der Brust.

»Lungenfieber, was du nicht sagst!« Theodora schüttelte den Kopf, gab Ägidia aber durch einen Wink zu verstehen, daß sie weiterreden sollte.

»Wen wundert es, daß im Dorf schon wieder Krankheiten ausbrechen, Herrin? Mir selbst ist die Feuchtigkeit bereits in die Knochen gefahren, aber ich bin ein altes Weib. In dreißig Jahren habe ich nicht einen Maifeiertag erlebt, der so kalt war wie dieser. Ich glaube, die Leute im Dorf haben nicht einmal einen Baum aufgerichtet!«

»Das Wetter gehört im Augenblick zu meinen geringsten Sorgen. Sag mir lieber, ob mein Sohn ins Dorf geritten ist!«

»Selbstverständlich«, bestätigte Ägidia. »Bereits gestern war er dort, um mit dem Pfaffen zu reden.« Sie erbleichte, als unversehens ein heftiger Windstoß Theodoras Schleier anhob und ihn für einen winzigen Moment lang von ihrem Antlitz entfernte. Da sie aber Theodoras Scheu kannte, war sie klug genug, so zu tun, als habe sie es nicht bemerkt. »Warum fragt Ihr?« entgegnete sie statt dessen. »Als Grundherr ist es schließlich sein gutes Recht, die besten Stücke aus der Hütte des Verstorbenen an sich zu nehmen.«

Theodora schien sich einen Moment besinnen zu müssen, während Ägidia mit geübtem Griff das verrutschte Kopftuch richtete, dann erklärte sie mit fester Stimme: »Ich wünsche, daß die beiden Waisenjungen unseren Steinmetz nach Bamberg begleiten. Der junge Lukas soll dafür einstehen, daß die beiden dem Benediktinerkloster auf dem Michaelisberg als Wachszinser übereignet werden. Sie liefern den Mönchen für einen Pfennig Wachs und erhalten dafür im Gegenzug Kleidung und Essen, wie es dem Brauch entspricht.«

Die Kammerfrau zuckte zusammen, als hätte sie eine Faust im Nacken getroffen. »Als Wachszinser, meint Ihr? Nun gut, wenn dies Euer Wunsch ist, werde ich den Vogt bitten, es zu veranlassen, aber ...«

»Keine Widerrede, Ägidia«, entgegnete Theodora von Morsch scharf. »Die beiden müssen so schnell wie möglich von hier fort. Vielleicht gelingt es mir mit Gottes Hilfe, wenigstens ihr Leben zu retten!«

Ägidia schürzte die Lippen. Sie verstand nicht recht, wovon Theodora sprach, aber dies war auch nicht nötig. Ihre Aufgabe bestand darin, über das Wohlergehen ihrer Herrin zu wachen, und nicht, ihre Anordnungen in Frage zu stellen.

Später am Abend rüttelte der Sturmwind so heftig an den Läden der Fenster zum Palas, daß man glauben mochte, eine ganze Schar Bettler begehre Einlaß. Ägidia hatte sich überreden lassen, die Nacht in der Kemenate ihrer Herrin zu verbringen. Dort wollte Theodora von Morsch mit ihr gemeinsam die versäumten Gebete nachholen.

Eilig lief die alte Magd mit einem brennenden Kienspan den hallenden Gang hinunter. Bei jedem ihrer Schritte klirrten die Schlüssel, die sie sich an das Schürzenband gebunden hatte. Bevor sie in die oberen Gemächer zurückkehrte, galt es nachzusehen, ob auch wirklich alle Türen und Fenster zum Burghof hin verriegelt waren. Argwöhnisch horchte sie in die nur mäßig beleuchteten Winkel und Nischen hinein, doch zu ihrer Beruhigung blieb alles still; nicht einmal in der großen Halle, die vom Söller aus leicht zu überblicken war, saßen noch lärmende Zecher beisammen. Vermutlich hatten sich selbst die trinkfesten Ritter und deren Knappen inzwischen in ihre Mäntel gehüllt und schliefen auf Strohsäcken in der Nähe des Kamins den Schlaf der Gerechten.

Ägidia schätzte, daß das Stroh im Saal immer noch angenehmer war als die feuchten Stuben neben der Waffenkammer, in denen sich die Burgwächter auf ihren Pritschen zusammendrängten. Sie selbst freute sich auf ihr warmes und sicheres Plätzchen im Gemach der Herrin. Die Magd beschleunigte ihre Schritte. Als sie an dem Turmstübchen vorbeikam, in dem der Steinmetz sein Quartier aufgeschlagen hatte, stutzte sie. Sie blieb fragend stehen, widerstand jedoch dem Drang, ihr Ohr gegen das Holz zu drücken, um nachzuforschen, was der Bursche in seinem Quartier trieb. Unter dem Türspalt quoll ein Faden dünnen Lichtes hervor. Vermutlich arbeitete der

Steinmetz noch zu später Stunde an seinen Zeichnungen für Theodoras Skulptur.

Ein bittersüßes Lächeln verschob die Falten in Ägidias Gesicht. Eigentlich hätte sie ihren Rundgang nun beenden können, denn die unteren Bereiche waren dem Vogt und den Männern der Burg vorbehalten und gingen sie nichts an. Um so erstaunter war sie, als sie plötzlich das dringende Gefühl verspürte, auch noch in den oberen Gemächern nach dem Rechten zu sehen. Ein klapperndes Geräusch, das offensichtlich von einem nicht verriegelten Fensterladen herrührte, bekräftigte ihr Gefühl. Ehe sie sich versah, stand sie am Fuß der Wendeltreppe, die über eine schmale, selten benutzte Galerie auf die andere Seite des Palas führte, geradewegs zu den verlassenen Gemächern, die der verstorbene Burgherr von Morsch, Rüdigers Vater, einst bewohnt hatte.

Als Ägidia sich langsam aufwärts bewegte, fiel ihr sogleich auf, daß die Stiege unter keinem ihrer Schritte knarrte. Lautlos bewegten sich ihre Füße über das ausgetretene Holz, über das in besseren Jahren täglich Pagen, Mägde und die Herren der Burg geschritten waren. Der frühere Burgherr war ein stolzer, ungezügelter Mann gewesen. Besessen von Ehrgeiz und dem Wunsch, den Mächtigen des Reiches ebenbürtig zu sein, hatte er sogleich nach seiner Vermählung damit begonnen, den heruntergekommenen Herrensitz in eine stattliche Burg mit wehrhaften Verteidigungsanlagen zu verwandeln. Sein beträchtliches Vermögen, das er sich Gerüchten zufolge während seiner Zeit am Hof Kaiser Friedrichs im fernen Italien angeeignet hatte, erlaubte es ihm, Palas und Bergfried aufzustocken und den Hof mit Wirtschaftsgebäuden zu versehen. Soweit Ägidia sich erinnerte, war es auch Theodoras Gemahl gewesen, der den breiten Ring um die Außenmauern gelegt und einen Vorposten im Wald errichten ließ. Sein Bedürfnis nach Sicherheit hatte sich im Laufe der Jahre noch gesteigert, denn er schien den Rabensteinern, ja selbst seinem Sohn zeitlebens Argwohn entgegenzubringen. Unter seiner Herrschaft hatte es Burgwächter an jeder Tür gegeben.

Doch dies alles war viele Jahre her, niemand sprach mehr über den ehemaligen Herrn der Burg, sogar an die jährlichen Seelenmessen mußte der Kaplan von Waischenfeld Theodora jedesmal erinnern. Die Stufen der Stiege, die zu den Räumen des Ritters führten, waren also ebenfalls verstummt, geradeso, als hätte der Verstorbene ihnen befohlen, fortan zu schweigen und Rabenstein sich selbst zu überlassen.

Vielleicht irrte sich die Herrin Theodora, überlegte Ägidia hoffnungsvoll, während sie die züngelnde Flamme mit ihrem Handrücken gegen einen Luftzug abschirmte. Womöglich zogen doch wieder friedvollere Zeiten über der Burg und ihren Bewohnern auf. Man durfte das Leben nicht nur in schwarzen Farben malen, auch wenn es sich noch so düster zeigte. Werner von Rottweil war tot, seine Andeutungen konnten keinen Schaden mehr anrichten, und sobald der Steinmetz mit seinen Skizzen und Formen erst einmal verschwunden war, würde auch Theodoras Herz wieder leichter werden. Ja, im Grunde war es ganz einfach. Erst neulich hatte die Herrin von der Abgeschiedenheit eines Zisterzienserinnenklosters geschwärmt.

Ägidia steckte so tief in Gedanken, daß sie beinahe über die letzte Treppenstufe gestolpert wäre. Vor Schreck entglitt ihr der Kienspan und fiel zu Boden. »Auch das noch«, zischte die Alte erschrocken. Sie nahm Schleier und Kinnband vom Kopf und begann, auf die Flammen einzuschlagen, ehe das Stroh, das den Holzboden bedeckte, in Brand setzen konnten. Blanke Wut über ihr Mißgeschick trieb Ägidia die Tränen in die Augen. Ein Feuer hatte sie verhindert, doch ihre Unachtsamkeit hatte sie ihrer einzigen Lichtquelle beraubt. Sie konnte froh sein, wenn sie im Dunkeln den Weg über die Stiege zurückfand, ohne sich dabei den Hals zu brechen.

Einen Moment verharrte sie auf dem Stiegenabsatz, unschlüssig, ob sie das Gemach nun betreten sollte oder nicht. Plötzlich, als sei es die Antwort auf ihr Zögern, vernahm sie ein schürfendes Geräusch. Es klang ganz nah, kam aber nicht von der Treppe, deren Ende unter ihr in einem schwarzen Schacht verschwand, sondern vom rückwärtigen Teil des langen Korridors.

Die alte Magd hatte sich stets damit gebrüstet, Burg Rabenstein besser zu kennen als ihre Herrin, nun aber stellte sie fest, daß das Gebäude über zahllose Winkel und Nischen verfügte, an die sie sich kaum noch erinnerte. Wenn auch am Tage selten Sonnenlicht durch die schmalen Fensterritzen fiel, so wirkten die oberen Räume bei Nacht geradezu furchterregend.

Trotz ihrer zunehmenden Beklemmung nahm sich die Kammerfrau ein Herz und öffnete die Tür zu dem Gemach, das ihrer Herrschaft einst als Schlafkammer gedient hatte. Eine Wolke aus abgestandener Luft, durchsetzt von dem beißenden Gestank von Taubenkot, schlug ihr entgegen. Die Tiere schienen sich durch eine undichte Stelle im Dach in den Raum gezwängt und das einladende Gebälk zu ihrem Nistplatz auserkoren zu haben. Unwillkürlich legte Ägidia einen Arm vors Gesicht, verbarg Mund und Nase in den Falten ihres weiten Gewandes. Doch sie konnte nicht verhindern, daß ein heftiger Hustenreiz ihre Kehle erbeben ließ. Keuchend nahm sie auf einer Reisetruhe Platz, die einst dem verstorbenen Hausherrn gehört hatte. Der Deckel wies eine leichte Wölbung auf; er war feucht und so morsch, daß Ägidia befürchtete, er könnte unter ihr zusammenbrechen. Vorsichtig ließ sie ihre Augen über die schemenhaften Gegenstände in ihrer unmittelbaren Nähe schweifen. Unter all dem Gerümpel, mit dem die Kammer vollgestopft worden war, befanden sich nur sehr wenige Dinge, die das Leben des ehemaligen Burgherrn auf Rabenstein widerspiegelten. Theodora hatte sie nach dem Tod ihres Gatten eigenhändig zusammentragen und in die Kammer schaffen lassen, aus der sie selber aber ausgezogen war, kaum daß der Körper ihres Mannes erkaltet war. In drei oder vier einfachen Reisetruhen, auf Wandborden und Kommoden aus stumpfem Eichenholz fanden sich Kleidungsstücke sowie Pelzmützen, die nun den Motten zur Nahrung dienten. Gürtelschnallen, deren Silberschmuck unter einer dicken schwarzen Schmutzschicht kaum noch zu erkennen war, lagen zwischen zerrissenen Samtkissen. An hervorstehenden Nägeln, die in die Stützbalken getrieben worden waren, hingen Stricke, Peitschen aus gedrehten Lederstreifen und Seile, daneben Wasserschläuche und mehrere aufgefädelte Fäustlinge aus grobem Hirschleder.

Allmählich gewöhnten sich ihre Augen an die Finsternis. Ägidia erkannte die vertrauten Eichenpaneelen, die kunstvoll gedrechselten Säulen des Kastenbettes, auf dem sich ganze Ballen vergilbten Linnens aus dem Besitz der Morscher stapelten. Schwerfällig stand die Kammerfrau auf, lief hinüber zu dem Bett und legte ihre Hand auf das kühle Tuch, das ihre Herrin nicht mehr in ihren Kleiderkammern hatte dulden wollen. Damals hatte sie nicht begriffen, was Theodora zu diesem Akt der Verschwendung veranlaßte, nun aber fiel es ihr wie Schuppen von den Augen. Mit der Erkenntnis kehrte auch die Angst zurück, die sie längst besiegt zu haben glaubte. Es war die Angst vor einem Ort, den selbst Theodora seit Jahren hartnäckig mied. Ägidia kannte den Grund dafür: Das Gemach unter dem Dach bildete das kalte Herz des Hauses; es schlug immer noch – unregelmäßig, manchmal holprig, aber durchaus kräftig.

Bestürzt über ihre wirren Gedanken, zog die Kammerfrau ihre Hand von dem Leintuch zurück, um die Grabeskälte, die es verströmte, nicht länger ertragen zu müssen. Sie machte nun schleunigst kehrt und tastete sich, den Weg zur Pforte suchend, an den geschnitzten Stützbalken entlang. Dabei stieß ihr Fuß gegen einen sonderbaren Gegenstand. Der Kammerfrau stockte der Atem. Vor ihr stand eine Wiege auf den Dielenbrettern, ein winziges, halbzerbrochenes Körbchen auf polierten Kufen, das einmal mit blauen Wölkchen und hübschen grünen Weinblättern bemalt gewesen war. Nun beherbergte es Spinnweben, helle Sägespäne, die der Holzwurm aus den Seiten genagt hatte und ein Büschel verfaultes Stroh.

»Die Wiege hat sie also auch aufgehoben«, entfuhr es der alten Magd. Warum nur hatte ihre Herrin das Bettchen hier herauftragen lassen, ausgerechnet zu den Habseligkeiten des Ritters Ludwig von Morsch? Ägidia konnte sich keinen Reim darauf machen und begann, die Decke zu untersuchen. Das Muster und die zierliche Stickerei am Saum kamen ihr vertraut vor, womöglich hatte sie beides einst eigenhändig angefertigt. Kleine Schwäne hatten die Decke geziert, wenn sie ihr Gedächtnis nicht im Stich ließ. Schwäne und ... Ägidias Augen weiteten sich in ungläubigem Staunen, als ihre Fingerspitzen plötzlich auf ein rundes Stück Metall stießen, das sich zwischen den verfilzten Fransen verfangen hatte. Es war eine Münze, eine einzelne Münze aus schwerem Silber – und sie war von einem Brustpanzer abgetrennt worden.

Mit klopfendem Herzen klemmte sie ihren Fund zwischen Daumen und Zeigefinger, um ihn genauer zu betrachten. Zu ihrer Enttäuschung reichte das Licht nicht aus, um Prägung und Inschrift auszumachen. Einerlei, befand Ägidia. Ich habe die Münze schon einmal gesehen. Die Herrin wird mir einiges erklären müssen.

Hastig erhob sie sich. Theodora hatte sie belogen, überlegte sie voller Grimm, den Beweis dafür hielt sie in ihrer Hand. Deshalb hatte die Herrin sie damals monatelang auf Reisen geschickt. Sie hatte nicht gewollt, daß sie, Ägidia, in der Burg war, wenn ... Sie mußte auf der Stelle das Gemach verlassen, um mit dem Steinmetz zu sprechen. Er hatte ein Recht, nach all den Jahren von ihrer Entdeckung zu erfahren.

»Hast du gefunden, wonach du suchtest?«

Ägidia erschrak, und als sie den Kopf wandte, erspähte sie nur wenige Schritte von der Pforte entfernt eine hochgewachsene Gestalt, die zwischen zwei Balken verharrte und sie mit den Augen eines Jägers musterte.

»Ach, Ihr seid das?« hauchte Ägidia erleichtert, als sie den breiten Schatten im Zwielicht erkannt hatte. Ihre für gewöhnlich so resolute Stimme schwankte, dennoch zwang sie sich, Haltung zu bewahren. Immerhin war sie die erste Kammerfrau der Burgherrin und hatte nichts verbrochen. »Ihr habt mich fast zu Tode erschreckt!« herrschte sie den Eindringling an, wobei sie sich Mühe gab, ihre Unsicherheit durch ein betont barsches Gehabe zu überspielen. »Darf ich fragen, was Ihr hier zu dieser Stunde sucht? Man sagte mir, Ihr hättet die Burg verlassen! Wann seid Ihr denn zurückgekehrt?«

Der Mann verschränkte die Arme über der Brust, sein Lächeln entglitt zu einer höhnischen Grimasse. Er dachte offensichtlich nicht daran, auf die Fragen der Magd zu antworten. »Ich bin dir gefolgt, Alte«, sagte er kurz und bündig. »Wenn mich nicht alles täuscht, bist du im Besitz einiger Kenntnisse, die mich brennend interessieren!«

»Ich fürchte, ich kann Euch nicht folgen. Ich weiß nicht einmal, wovon Ihr redet!«

»So? Vielleicht sollte ich dein Gedächtnis ein wenig auffrischen, damit dir wieder einfällt, wem du Loyalität schuldig bist.« Mit einem wütenden Schnauben ließ die Gestalt im Schatten ihren schweren Umhang von den Schultern gleiten, schob ihn mit der Stiefelspitze zur Seite und schritt dann langsam auf Ägidia zu.

Die Kammerfrau bekreuzigte sich hastig. Über der knielangen, von Sturm und Regen in Mitleidenschaft gezogenen

Tunika erkannte sie ein tadellos sitzendes Kettenhemd, dessen aufgesetzte Scheren jeder Bewegung des Mannes gefährlich klirrende Geräusche entlockten. Am Hüftgurt sah Ägidia eine hölzerne, mit Golddraht umwundene Scheide, aus welcher der Knauf eines Schwertes bedrohlich weit herausragte.

»Vielleicht sollten wir dieses muffige Gemach verlassen und lieber nach unten gehen«, schlug Ägidia vor. »Meine Herrin erwartet mich gewiß schon ungeduldig in ihrer Kemenate. Wenn ich nicht zurückkehre, wird sie eine Magd losschicken, um mich zu suchen!«

Das Funkeln seiner Augen gab zu erkennen, daß ihr Gegenüber ihre Lüge durchschaute. Tatsächlich ahnte niemand, nicht einmal ihre Herrin, daß Ägidia in die verlassenen Gemächer gelaufen war. Theodora, die das obere Stockwerk niemals betrat, hätte ihr eigenmächtiges Tun auch kaum gutgeheißen. Mit klopfendem Herzen spähte die Kammerfrau zu den Treppenpfeilern hinüber, einen Moment erwog sie sogar, ihr Gewand zu raffen und einfach auf die Pforte loszustürmen. Doch sie spürte, daß diese tollkühnen Gedanken ihr nicht weiterhalfen. Sie war zu alt, ihre Gelenke zu spröde und das verfluchte Zittern in den Knien zu stark, um einem kräftigen Mann zu entkommen. Keine Seele würde sie hören, wenn sie hier oben um Hilfe rief. Die Mägde fürchteten sich vor der Nacht zum ersten Mai; sie selber hatte ihnen erlaubt, die Tür zur Gesindestube zu verrammeln. Er schien ihre Gedanken zu lesen, denn sein ärgerlicher Gesichtsausdruck wich mit einemmal einem gönnerhaften Lächeln. »Ich fürchte, deine Herrin wird vergeblich auf deine Rückkehr warten«, bestätigte er Ägidias Befürchtungen in grausam ruhigem Ton. »Es sei denn, du hörst auf, mich mit Ausflüchten zu langweilen, und tust endlich, was ich dir sage!«

Die Hand der Kammerfrau schob sich zwischen den Falten ihres Kleides hervor und legte sich auf ihr Herz. »Was wollt Ihr nun von mir wissen?« fragte sie.

Der Mann schenkte Ägidia ein Lächeln, das beinahe echt wirkte. »Ich möchte hören, was deine Herrin dir über den jungen Steinmetz anvertraut hat. Warum läßt sie ihn diese Figur erstellen und was führt sie mit dem Burschen im Schilde? Hat sie ihm irgend etwas versprochen?«

Er ließ sie nicht aus den Augen, nicht einmal, als er sich den Balken zuwendete, um ein paar grobe Fäustlinge von einem der Haken zu nehmen. Ägidia stand kalter Schweiß auf der Haut; sie wurde das Gefühl nicht los, daß er bereits über sämtliche Vorgänge auf Rabenstein im Bilde war und sie nur deshalb ausfragte, weil er seine eigenen Ahnungen bestätigt wissen wollte. Demzufolge hatte es keinen Sinn, zu leugnen oder die Unwissende zu mimen. In den nächsten Momenten verriet sie ihm alles, was sie über Theodoras ungewöhnlichen Auftrag wußte. Nur den Verdacht, der sich nach der Entdeckung der alten Kinderwiege in ihr regte, behielt sie für sich. Glücklicherweise war es in dem ehemaligen ritterlichen Schlafgemach so finster, daß er die Röte auf ihren Wangen nicht sehen konnte, so schien er auch nicht zu bemerken, was sie ihm verheimlichte. Als sie ihren Bericht beendete, lächelte er spöttisch.

»Und du bist sicher, daß deine Herrin den Burschen für den Sohn eines Staufers hält?« vergewisserte er sich. Seine Finger bewegten sich in den groben Lederfäustlingen auf und ab wie die Scheren eines Krebses. Als Ägidia eifrig nickte, entspannten sich seine Gesichtszüge. »Dann haben mich meine Bamberger Gewährsleute also nicht belogen«, sagte er in zufriedenem Ton. »Du solltest wissen, daß nicht nur deine Herrin über Vertraute außerhalb der Burg verfügt.«

Auf Ägidias Stirn bildete sich eine Falte des Argwohns. Ihre Furcht hatte sich gelegt, nicht aber jenes beunruhigende Gefühl, daß die unfreiwillige Begegnung mit dem Mann Ärger nach sich ziehen würde – Ärger für sie und für die Herrin

Theodora. »Was wollt Ihr nun unternehmen?« fragte sie, von düsteren Vorahnungen geplagt. »Ich nehme an, es gefällt Euch nicht, einen Staufer auf Burg Rabenstein zu sehen. Immerhin könnte es geschehen, daß der deutsche Thron einen neuen König braucht, falls Kaiser Friedrich seine Drohungen wahrmacht und Heinrichs Anhänger mit Waffengewalt entmachtet.«

Der Mann brach in ein heftiges Gelächter aus, das die Maschen seines Kettenhemdes im Gleichklang vibrieren ließ. Das metallische Geräusch, der aneinanderschlagenden Schuppen klang häßlich und böse in Ägidias Ohren. Erschrocken schlug sie die Hand vor den Mund und wünschte sich, nichts gesagt zu haben.

»Hier oben«, der Mann streckte seinen Arm aus und beschrieb einen weiten Bogen, »verbarg sich noch vor kurzem ein Mann, der dem Steinmetz in der Badestube eine Warnung zukommen lassen sollte. Leider hat der Mann nicht so darauf reagiert, wie er es hätte tun sollen. Sei es aus Wagemut, sei es, weil er einfach ein Narr ist.«

»Spielt dies denn noch eine Rolle? Theodora von Morsch hält ihn nicht für einen Narren. Sie ist vielmehr in die Idee verliebt, daß der Steinmetz ihr vom Himmel gesandt wurde, um eine alte Schuld zu sühnen. Sie wird ihm nicht sagen, wer er in Wirklichkeit ist, aber ...«

»Dafür wolltest du ihm etwas anderes sagen, habe ich recht? Als ich das Gemach betrat, hatte ich gleich den Eindruck, daß du eine wichtige Entdeckung gemacht hast.« Er lächelte sie an, doch erkannte Ägidia, wie hinter seinem Lächeln Zorn, Enttäuschung und Unsicherheit miteinander rangen.

»Du kannst jetzt gehen«, sagte er nach einem bangen Moment des Schweigens; er machte sogar einen Schritt zur Seite, um ihr mit einer einladenden Gebärde den Weg zur Pforte frei zu geben. »Vielleicht solltest du den Steinmetz wirklich darüber aufklären, welche Gefahren ihn erwarten, falls er darauf besteht, diesen törichten Auftrag anzunehmen und die Skulptur des Reiters anzufertigen. Die Rabensteiner, allen voran deine Herrin, sind doch nichts weiter als Blutsauger. Um ihre eigenen Seelen zu reinigen, vergiften sie das Leben all derer, die in ihre Fänge geraten.«

Ägidia setzte sich in Bewegung. Als sie die Pforte hinter sich gelassen hatte, eilte sie die Stufen hinab, so schnell sie konnte. Der Mann blieb im Gemach des Ritters von Morsch zurück, so vermutete sie zumindest, denn sie wagte nicht, sich noch einmal umzudrehen. Sie erreichte die schmale Stiege. Er hatte sie wahrhaftig gehen lassen. Nach allem, was er dem jungen Lukas und Werner von Rottweil angetan hatte, war es kaum zu glauben, daß er ausgerechnet sie laufen ließ. Er mußte doch damit rechnen … Nein, darüber würde sie sich später wundern, wenn sie in der Kemenate ihrer Herrin in Sicherheit war.

Eilig hastete sie weiter. Sie hörte keine Stimme, die sie zurückrief, keine schnellen Schritte, kein klirrendes Kettenhemd. Erleichtert atmete sie auf. Keine drei Handspannen vor dem Treppenabsatz entdeckte sie ein einsames Öllämpchen, das züngelnde Schattenbilder an die schmucklose Mauerwand jenseits der Wendeltreppe warf. Er mußte die Lampe dort abgestellt haben, denn sie hätte schwören können, daß der schmale Durchschlupf jenseits des steinernen Bogens vorhin in völliger Dunkelheit gelegen hatte. Oder war ihr das Licht in all der Aufregung nur entgangen? Vorsichtig bückte sie sich, um die Tonschale vom Boden aufzuheben. Daß dies ein verhängnisvoller Fehler war, bemerkte sie, als sie der dumpfe Schlag eines Lederfäustlings traf. Ägidia strauchelte, verlor das Gleichgewicht und stürzte, während sie noch versuchte, an den gedrechselten Stäben des Aufganges Halt zu finden. Immer tiefer fiel sie in die schwarze Leere hinab, bis sie endlich am Fuß der Stiege auf den Boden prallte.

Er hatte es nicht eilig; etliche Augenblicke vergingen, ehe er sich über den reglosen Körper der Kammerfrau beugte. Ihre linke Hand war zur Faust geschlossen, die Finger, obgleich voller Schürfwunden, verkrampften sich um eine kleine, matte Scheibe. Eine Münze, die vom Waffenrock eines Fürsten abgetrennt worden war.

Es fiel ihm nicht einmal besonders schwer, die Hand der Gestürzten zu öffnen und ihr das Silberstück zu entwinden. Dann ließ er es in einer Schlaufe seines breiten Gürtels verschwinden. »Und nun, teure Ägidia«, flüsterte er, »wirst du mir auch noch den Rest deiner Geschichte anvertrauen!«

Sechzehntes Kapitel
Bamberg, Mai 1235

»Du enttäuschst mich, meine Liebe«, sagte Lampert. Er kämpfte sich aus den Laken, stand auf und schwankte schweren Schrittes zum offenen Fenster hinüber.

Von der Hofseite her drangen schrille Flötentöne zu ihnen herauf. Eine Gruppe von Spielleuten hatte im Kaufmannshof ihr Lager aufgeschlagen, um während der Hochzeitsfeierlichkeiten für Salomann und seine Braut aufzuspielen. Ein paar Frauen klatschten im Takt dazu.

Justina ließ sich in die Kissen zurücksinken und blieb einen Augenblick wie benommen liegen. Während sie versuchte, ihre nackte Brust mit einem Zipfel ihres Schals zu bedecken, schob sich der schmale und doch muskulöse Rücken ihres Ehemannes zwischen sie und die wenigen Sonnenstrahlen, die sich in die Stube zwängten. Ihr war hundeelend zumute, aber sie wollte Lampert den Triumph nicht gönnen, sie zum Weinen gebracht zu haben. Darum hielt sie ihre Tränen zurück.

»Wahrhaftig«, murmelte Lampert am Fenster vor sich hin, »das hat man davon, wenn man Wein kauft, ohne ihn vorher zu kosten.«

Justina zog jäh die Knie an, tat aber so, als verstünde sie nicht, worüber er sprach. Als sie einen breiten Riß im Laken ihres Ehebettes fühlte, zerrte sie so lange mit den Zehen an ihm, bis sie es in zwei Hälften getrennt hatte. Er würde sie das Tuch flicken lassen, doch im Moment war ihr dies völlig gleichgültig. »Es gibt Weine, die langsam zu Kopf steigen«, sagte sie nach einer Weile. »Andere werden im Körper eines ungestümen Mannes zu schleichendem Gift.«

Er lachte, hielt es aber nicht für nötig, sich zu ihr umzudrehen. Irgend etwas auf der Schmalseite des Hofes, wo sich die Warenspeicher des Kaufherrn befanden, schien seine Aufmerksamkeit in Anspruch zu nehmen. »Und dich darf ich wohl zu letzteren zählen, mein Schatz?« erkundigte er sich spöttisch. »Vergiß besser nicht, daß du mein Weib bist. Wenn du tust, was ich sage, kannst du bald das Leben einer Kaufmannsgemahlin führen. Wagst du es aber, dich mir zu widersetzen ...«

»Du kannst dir deine Drohungen sparen, Lampert. Ich habe verstanden.« Justina raffte das Laken zusammen und wand es sich um den Körper. Sie durfte nicht länger liegenbleiben, auch wenn ihr jeder einzelne Knochen im Leib weh tat. Das Fest zu Ehren der neuen Herrin würde in Kürze beginnen, und Lampert hatte ihr im Bett eingeschärft, daß es ihre Aufgabe war, als Gemahlin des Verwalters dafür zu sorgen, daß Salomanns Halle sauber und mit allem nötigen Zierat geschmückt war. Wichtige Gäste hatten für den Abend ihr Kommen angesagt, Patrizier wie der alte Hermelin von Mosbach und die gesamte Familie Esel aus dem spitzen Steinhaus am Damm.

Justina atmete ein paar Mal tief durch, bevor sie ihre Röcke und den Schleier vom Fußboden aufklaubte. Wenigstens schien sich die Leidenschaft ihres Gemahls inzwischen erschöpft zu haben. Er sah ihr nicht einmal beim Ankleiden zu.

»Du solltest dich mehr um unsere Tochter kümmern«, holte Lamperts Stimme sie aus ihren Gedanken. »Ich habe das Mädchen nicht aus dem Kloster dieser trüben Betschwestern geholt, damit es nun dem erstbesten Gaukler schöne Augen macht. Da, schau nur, der Spielmann umkreist sie mit seiner Sackpfeife, als wollte er sie damit einsaugen.«

»Deine Tochter ist alt genug, um zu wissen, was sie tut! Vermutlich hat sie deinen guten Geschmack geerbt.«

»So, meinst du? Ich bin da anderer Ansicht.« Lampert lief zu Justina hinüber und packte sie unsanft am Handgelenk. »Wenn Emma schon jemandem einheizen muß, dann kann sie genausogut in der Küche das Feuer schüren«, erklärte er mürrisch. »Aber Spaß beiseite: Ich wünsche, daß du von heute an die Erziehung meiner Tochter übernimmst. Wahrscheinlich tue ich damit weder mir noch der Kleinen einen Gefallen, aber ich dulde nicht, daß sich das Gesindel auf den Gassen über meine Familie lustig macht. Schließlich habe ich noch einiges vor in Bamberg.«

»Ich gehöre nicht zu deiner Familie«, rief Justina empört. »Und deine Pläne kümmern mich überhaupt nicht.« Sie versuchte angestrengt, sich aus dem Griff ihres Ehemannes zu befreien, doch so sehr sie sich auch abmühte: es gelang ihr nicht, seine Hand abzuschütteln. »Du ... hast mich doch nur aus Berechnung geheiratet, Lampert.«

»Schweig endlich, du dummes Ding!«

»Du verlangst von mir, Rücksicht auf deine Familie zu nehmen, dabei bist du der einzige, der sie ins Gerede bringt. Wie lange, glaubst du, wird Salomann dir noch blind vertrauen? Deine Betrügereien werden von Tag zu Tag offenkundiger. Wenn du nicht einmal vor mir verheimlichen kannst, daß du ihn bei jeder Kleinigkeit hintergehst, wird es nicht mehr lange dauern, bis dein Herr ebenfalls dahinterkommt. Da nützt es dir auch nichts, einen Keil zwischen ihn und den Bischof zu treiben.«

Lampert starrte seine Frau wortlos an. Sein überhebliches Lächeln wirkte nun unsicher. Justina stellte fest, daß ihre Worte ihn betroffen machten. War dies nun gut oder schlecht für sie. Schlecht, entschied sie, als er sie plötzlich mit groben Stößen an den Schreibtisch beförderte. »Setz dich auf den Schemel«, befahl er barsch. Mit einer hastigen Bewegung öffnete er eine Lade und entnahm ihr ein schweres, in Leder gebundenes Rechnungsbuch, das er vor Justina auf den Tisch fallen ließ.

»Wenn du der Ansicht bist, daß meine Stellung hier im Haus gefährdet ist, solltest du auch einen Beitrag leisten, das Schlimmste zu verhindern. Siehst du diese Zahlen im Rechnungsbuch?« Er wies mit dem Finger auf eine Reihe von Ziffern, die, in verschiedenen Spalten angeordnet, Einnahmen und Ausgaben, Aktiva und Passiva auswiesen. Justina verstand nicht viel von kaufmännischen Angelegenheiten. Die wenigen Begriffe, an die sie sich noch erinnerte, stammten aus Berichten ihres Vaters, der als Händler nun wahrhaftig nicht zu Ruhm und Reichtum gelangt war. Dennoch begriff sie rasch, worum es sich hierbei handelte. Lampert hatte Gelder unterschlagen. Zunächst nur wenige Heller, dann aber war er waghalsiger geworden. Er mußte ein kleines Vermögen beiseite geschafft haben. Nun, da ihm der Boden unter den Füßen zu brennen begann, versuchte er seine Unterschlagungen mit Hilfe von vorgeblichen Einkäufen flandrischer Tuche zu verschleiern. Ballen von Filz, Brokat und Scharlach würden wohlweislich niemals in Bamberg ankommen. Das Rechnungsbuch wies korrekte Beträge und Summen aus, nur stimmten sie nicht mit den offiziellen Zahlen in Salomanns eigenen Büchern überein.

»Warum zeigst du mir diese Aufzeichnungen?« fragte sie.

Lampert sog die Luft ein. Die silbernen Fäden, die sich

durch sein Haar zogen, glänzten im Schein des Kienspans wie Tau in der Morgensonne. Er nahm den hölzernen Stab aus seiner Halterung, damit Justina die Zahlenreihen auf dem Pergament besser sehen konnte. »Ich brauche dein Talent, Handschriften nachzuahmen. Salomanns wilde Schnörkel haben eine ganz eigene Form. Es sollte dir nicht schwerfallen, sie zu übertragen. Warte, ich gebe dir den Schlüssel zu Salomanns Kontor und ...«

»Du bist wahnsinnig, Lampert«, zischte Justina. Angewidert schlug sie das Buch zu. »Ich habe dir schon einmal gesagt, daß ich mit deinen Betrügereien nichts zu tun haben will. Außerdem ist dein ganzes Unternehmen verrückt. Einfach lächerlich! Salomann wird auf deinen Schwindel mit dem flandrischen Tuch nicht hereinfallen. Er wäre doch niemals zu Reichtum gekommen, wenn er nicht einmal den Überblick über seine Handelsverbindungen bewahren könnte.«

»Woher Salomanns Vermögen stammt, braucht dich nicht zu interessieren.« Lampert fuchtelte mit dem Kienspan direkt vor Justinas Nase herum. »Ich will dir nur soviel sagen, daß seine Verbindungen zur Burg des Bischofs ihm vor einigen Jahren einen enormen Haufen Silbermünzen eingebracht haben.«

»Silbermünzen?« fragte Justina argwöhnisch.

»Das war natürlich lange, bevor er sich mit unserem alten Bischof entzweite. Was meine Geschäfte betrifft, so brauchst du dir keine Sorgen zu machen. Salomann bezieht seit Jahren regelmäßig Waren aus Brügge und Antwerpen. Die Stapelware hat jedoch bis Bamberg einen gefahrvollen Frachtweg zurückzulegen. Sie kommt bei weitem nicht immer zu den Bedingungen in der Stadt an, die mein Herr ausgehandelt hat. Denk nur an die Zölle, die der Pfalzgraf erhebt. Wenn mein Plan aufgeht, wird Salomann in den nächsten Wochen ohnehin wenig Zeit für den Handel haben. Dafür werden seine junge Ehefrau und der Bischof schon sorgen.«

»Und was verlangst du von mir? Soll ich etwa Salomanns Rechnungsbuch stehlen und mich damit aus dem Staub machen, ehe er merkt, daß zu wenig Brokatstoff in seinem Lager liegt?«

»Es dürfte genügen, wenn du dich während der Feier in sein Kontor schleichst und das Buch an dich nimmst«, sagte Lampert. »Du kannst es hier oben überarbeiten und vor dem Nachtmahl zurückbringen. Mein Platz ist bei den Gästen des Kaufmanns und seiner Braut. Ich kann nicht unbemerkt verschwinden, aber auf dich wird gewiß niemand achten.« Mit diesen Worten verließ er die Kammer.

Justina stand auf und lief zu der Truhe vor dem Bett, in dem sie ihre persönlichen Dinge verwahrte. Es grenzte an ein Wunder, daß Lampert ihr die wenigen Habseligkeiten nicht auch noch abgenommen hatte. Wenig später glitt der reich verzierte Kamm ihrer Mutter langsam durch ihr glänzendes Haar. Sie war dankbar, daß Nurith ihn hatte schicken dürfen. Die gleichmäßigen Bewegungen entspannten sie. Sie erinnerten an glücklichere Zeiten, ohne allerdings die Schatten der Gegenwart zu vertreiben.

Durch das Fenster drang nun außer der Musik von Flöten und Leiern auch der Brandgeruch eines Feuers, das die Knechte im Hof angezündet hatten. Ein Freudentag sollte die Vermählung ihres Herren mit dem Edelfräulein Beate aus Haselach werden. Salomann hatte seinen Bediensteten aufgetragen, die Torpfosten des Hofes sowie Türen und Fenster der umliegenden Gebäude mit Girlanden von Frühlingsblumen zu schmücken. Glücklicherweise hatte sich das launische Aprilwetter inzwischen verabschiedet. Es war angenehm warm geworden, selbst der Wind, der um die Dächer strich, wirkte mehr erfrischend als kühl.

Justina legte den Kamm zurück und klappte den Truhendeckel zu. Geistesabwesend nahm sie ihre Haube zur Hand und stülpte sie sich über den Kopf. Lampert hat recht, entschied sie, nachdem sie einen Blick in den Spiegel geworfen hatte. In dieser Aufmachung würde ihr keiner der Anwesenden Beachtung schenken. Sie hatte sich verändert. Zwei Wochen in dem düsteren Haus des Kaufmanns hatten ausgereicht, um aus einem lebensbejahenden Mädchen eine nervöse, schreckhafte Frau zu machen. Wenn Justina auf etwas stolz gewesen war, so auf die Fähigkeit, Schwierigkeiten mit Gelassenheit und kühler Distanz zu begegnen. Nicht umsonst hatte ihr Vater nicht Dietlinde, sondern ihr die Versorgung der Familie ans Herz gelegt. Familie! Wenn sie recht überlegte, so besaß sie in Bamberg keine Angehörigen mehr, die sie mit einer Familie in Verbindung brachte. Es gab nur noch einzelne Personen, die aus den unterschiedlichsten Gründen um ihre nackte Existenz kämpften. Dabei fühlte Justina sich nicht einmal stark genug, um Lampert einfache Widerworte zu bieten. Es schien, als wäre ein bedeutender Teil ihres Wesens niemals hierher, in das Haus am Fluß gekommen. Irgend etwas von ihr war am Kaulberg zurückgeblieben, etwas Wichtiges, ohne das sie nicht in der Lage war, sich aus den üblen Machenschaften ihres Mannes zu befreien. Lampert hatte sie in der Hand, daran gab es nichts zu deuten. Flogen seine Betrügereien ohne ihr Zutun auf, so war sein Leben verwirkt. Vielleicht jagte man ihn aber auch nur mit aufgeschlitzten Ohren aus der Stadt. Entscheidend war jedoch ein Punkt: Wenn Lampert fiele, würde er sie mit ins Verderben reißen. Womöglich klagte man sie sogar an, ihm geholfen zu haben. Ihr blieb also keine Wahl, sie mußte versuchen, an Salomanns Rechnungsbuch zu gelangen.

Eine günstige Gelegenheit ergab sich für Justina erst am frühen Abend, als die Strohfeuer im Hof des Kaufmannshauses loderten. Die Menschen tanzten ausgelassen um die

Schragentische herum, an denen der Herr des Hauses und seine erst wenige Tage zuvor in Bamberg eingetroffene Braut Platz genommen hatten. Es wurde gelacht, gescherzt und geplaudert. Die Küchenmägde schleppten unter den wachsamen Augen ihres Meisters Julius von Würzburg Platten mit gepfeffertem Schinken auf den Hof. In kupfernen Schüsseln wurden fette Fischstücke in Senftunke und geschmolzener Butter serviert. Patrizier, Stadtbürger und selbst ein, zwei Domherren, die sich aus dem Zwist, den Salomann mit dem Bischof ausfocht, heraushielten, tranken Wein, Milch und Unmengen von Kräuterbier und Met, das in Fässern aus den neuen Gewölben des Kaufmannshofes geschleppt und gleich nach dem Anzapfen mit Myrrhe und Honig versetzt wurde.

Lampert stolzierte in seinem besten Gewand durch die Reihen der Feiernden, klopfte leutselig auf Schultern und gab sich Mühe, den alten Kaufmann Bonifatius Esel, der mit seinem Sohn und drei Töchtern gekommen war, in ein Gespräch zu ziehen. Der Kaufmann, der mit Salz und Spezereien handelte, war sichtlich aufgebracht über die drohenden kriegerischen Auseinandersetzungen zwischen Kaiser und König.

»Wir gehen schlechten Zeiten entgegen«, prophezeite er. »Meine Handelspartner in Trier schreiben, daß Friedrichs Truppen von Tag zu Tag größer werden.« Bonifatius Esel nahm einen tiefen Zug aus seinem Kelch und wischte sich mit einer hastigen Bewegung den Schaum aus dem Bart. »Tausende strömen ihm auf dem Weg nach Nürnberg zu. Für den Überlandhandel ist das ein schwerer Schlag, denn wenn die Straßen erst einmal gesperrt werden, kann kein ordentlicher Wagenzug mehr ungehindert passieren.«

»Es heißt, König Heinrich habe Nürnberg bereits verlassen, um sich mit seinen engsten Vertrauten auf die kaiserliche Burg Trifels zurückzuziehen«, ergänzte Esels jüngerer Sohn. »Seine Anhänger sammeln sich im Schwabenland. Das muß man sich einmal vorstellen: ein Krieg zwischen Vater und Sohn.« Der junge Mann bemühte sich, die düstere Miene seines Vaters nachzuahmen, doch seine leuchtenden Augen deuteten darauf hin, daß er die anstehenden Machtkämpfe um den deutschen Thron mit jugendlicher Spannung verfolgte. Wahrscheinlich hätte er sich nur zu gerne einem der Ritterheere angeschlossen.

»Unseren Gastgeber«, Esel deutete verstohlen auf die kleine Tribüne, wo Salomann und dessen Braut Platz genommen hatten, »scheint dies nicht weiter zu kümmern. Ich möchte nur wissen, wie er es immer wieder schafft, aus wirtschaftlichen Krisen reicher und mächtiger hervorzugehen als je zuvor.«

Lampert erhob seinen Becher und prostete ihm zu. »Salomann hat einen guten Verwalter«, erklärte er lachend, »und der hat Augen und Ohren überall, wo es von Nutzen ist. Gönnt meinem Herrn sein neues Eheglück. Es geht bei weitem nicht alles so glatt in seinem Hause, wie Ihr denken mögt. Erst gestern erhielten wir die Nachricht, daß der Baumeister, um den er für teures Geld geworben hat, während einer Reise übers Land erschlagen wurde. Doch nun entschuldigt mich, ich muß mich um die Weinvorräte kümmern.« Er verbeugte sich höflich vor dem alten Kaufmann und strebte dann eilig der Pforte zum Hauptgebäude entgegen, aus der soeben seine Frau auf den Hof getreten war.

Justina war aschfahl. Sie trug ein graues Kleid aus fester, flämischer Wolle und darüber einen gelben Surkot, der an den Schultern gerafft war und von einer bronzenen Nadel gehalten wurde. Ihre Finger spielten nervös mit der Quaste ihres bestickten Gürtelbandes. Dabei blickte sie suchend über die Köpfe der lachenden Männer und Frauen an den Tafeln hinweg.

»Da bist du ja endlich«, raunte ihr Lampert ins Ohr. »Ich warte schon eine Ewigkeit auf dich. Trägst du den Schlüssel zu Salomanns Kontor bei dir?

»Das hast du mich bereits dreimal gefragt!«

»Na schön, bekomme ich dann wenigstens einmal eine Antwort?«

Justina verzog angewidert den Mund. Was, bei allen Heiligen, tat sie hier eigentlich? Am Arm ihres Gemahls schritt sie die wenigen Stufen hinab, die in den Hof führten. Dort nahm sie die Glückwünsche einiger Bürgerinnen zu ihrer eigenen Vermählung entgegen und ließ sich schließlich von dem ungeduldigen Lampert durch das Gedränge der Gäste, Gaukler und Spielleute schieben. Verführerische Düfte waberten umher: Zimt- und Honiggebäck wurde auf großen Zinnplatten an ihr vorübergetragen, geschmorte Äpfel in weinrotem Gelee, Brathühnchen in Pfefferminzsoße. Der gewaltige Ochsenbraten stak noch an seinem Drehspieß über dem Feuer. Trotz ihrer Anspannung stellte Justina fest, daß sie Hunger hatte. Mit sehnsuchtsvollem Blick verfolgte sie, wie Salomann seiner Braut Fleisch vorlegte und mit einem zierlichen Federmesser zerkleinerte. Dabei strahlte er über das ganze Gesicht. Justina hätte es nie für möglich gehalten, daß der Kaufmann so fürsorglich sein konnte. Es schien ihm tatsächlich etwas an der jungen Edelfrau zu liegen, die hoheitsvoll neben ihm saß und die Trinksprüche der Patrizier mit stoischer Gelassenheit über sich ergehen ließ. Justina hatte den Eindruck, die kühlen Blicke der neuen Herrin auf sich zu ziehen. Die Edeldame war von ihren eigenen Zofen nach Bamberg begleitet worden, nach ihr hatte sie bislang noch kein einziges Mal schicken lassen. Wahrscheinlich wußte sie gar nicht, wer sie war, geschweige denn, welche Funktion sie auf dem Handelshof einnahm. Als sie an den Stallungen vorbeilief, legte sich plötzlich eine warme Hand auf ihre Schulter. Überrascht fuhr sie herum und stellte fest, daß Salomanns Küchenmeister neben ihr aufgetaucht war.

»Wie geht es Euch, Frau Justina?« erkundigte sich Julius freundlich. »Mir ist aufgefallen, daß Ihr Eure Räume nicht einmal mehr für die Mahlzeiten verlaßt. Kann ich Euch vielleicht helfen?« Seine Frage nach ihrem Befinden klang so aufrichtig, daß Justina nicht umhin konnte, ihm ein Lächeln zu schenken. Sie mochte den lebenslustigen Koch. Seine Anwesenheit im Haus flößte ihr allen Übeln zum Trotz Vertrauen ein, doch nun war es ihr unangenehm, von ihm aufgehalten zu werden. Keinesfalls durfte sie Lamperts Argwohn wecken. »Ich danke Euch für Eure Anteilnahme, Julius von Würzburg«, sagte sie daher artig. »Aber Ihr braucht Euch um mich keine Sorgen zu machen. Ich ... Es wäre klüger, wenn mein Gemahl uns nicht zusammen sieht. Lampert ist nachtragender als ein Hund, dem man den Knochen gestohlen hat. Er wird Euch nie verzeihen, daß Ihr ihm den Rücken verbrannt habt, um mich zu verteidigen.«

»Ich verstehe, was Ihr meint.« Julius strich sein weißes Haar zurück. Justina wollte sich bereits mit einer Entschuldigung abwenden, als der Küchenmeister sie zurückhielt. »Es tut mir leid, daß ich Lampert kein zweites Mal aufhalten konnte«, flüsterte er. »Ihr wißt schon, als Ihr und dieser Mann damals durch die Gewölbe zu fliehen versuchtet. Hat Euer Gemahl Euch schon berichtet, daß Salomanns Steinmetz ums Leben gekommen ist? Nein, keine Angst, Justina. Ich meine nicht den jungen Mann, sondern den Baumeister aus Rottweil. Ich hab's zufällig gehört, als ich Salomann seinen Nachttrunk in die Kammer trug. Der Alte brüllte wie ein Hammel, weil nun die Umbauarbeiten im Portikus und dem neuen Wohntrakt doch nicht vor der Ankunft seiner Braut beendet werden konnten. Der andere Steinmetz jedenfalls, also des Rottweilers Gehilfe ...«

»Ihr meint Lukas«, stieß Justina erstickt hervor. »Den jungen Steinmetz, der bei Meister Norbert auf dem Domplatz arbeitet. Was ist mit ihm geschehen?« Als sie den Kopf hob, um Julius in die Augen zu blicken, sah sie, wie die Sonne hinter einer einzelnen Wolke verschwand, fast, als wäre es ein böses Omen.

»Von ihm rede ich doch«, erwiderte Julius von Würzburg mit einem sachkundigen Blick auf den Braten am Drehspieß. Seine Stimme klang ein wenig vorwurfsvoll, weil Justina ihn unterbrochen hatte. »Es heißt, er sei heute früh, kurz nach dem Morgengeläut von St. Michael, in die Stadt zurückgekehrt. Lothar, der Stadtknecht, dem ich manchmal einen Schmalzkuchen zustecke, hat ihn gesehen. Er war mit zwei Bauernknaben unterwegs zum Kloster auf dem Berg, aber wenn mich nicht alles täuscht, wird er Euch bald aufsuchen.«

Justina seufzte. »Meine Schwester wird ihn zum Teufel jagen, falls er sich am Kaulberg blicken läßt. Dietlinde kocht nämlich vor Wut, weil mein Gemahl ihr sogleich nach unserer Vermählung das Haus verboten hat. Das war die einzige Gefälligkeit, um die ich ihn bat, und er hat sie mir erwiesen, ohne mit der Wimper zu zucken. Nein, Meister Julius, es ist zu spät. Ich habe bereits einen Gemahl, der ungeduldig auf mich wartet.« Mit diesen Worten ließ sie den Küchenmeister stehen und verschwand in der Menge der Schaulustigen, welche gebannt die akrobatischen Kunststücke eines jonglierenden Gauklerpaars beobachteten.

Niemand begegnete ihr auf dem Weg zu Salomanns Kontor. Justina blickte sich kurz nach allen Seiten um, dann erklomm sie die schmalen Stufen der Stiege und öffnete leise die Tür. Sie mußte nicht lange suchen, bis sie die Vertiefung im Gebälk über dem Rahmen entdeckte, die Lampert ihr beschrieben hatte. Rasch stieß sie auf das Buch mit den Zahlen. Er hatte es tatsächlich zwischen den Zwerchbalken versteckt. Sie nahm es an sich, blies vorsichtig die feine Staubschicht von dem Leder und verschwand dann im Kontor. Dort blickte sie sich erst einmal um, lauschte mit klopfendem Herzen auf verdächtige Geräusche. Doch sie hatte Glück, alles blieb ruhig.

Langsam bewegte sie sich vorwärts, das Buch fest gegen die Brust gedrückt. Wenige Schritte von ihr entfernt ragte der wuchtige Schreibtisch des Hausherrn aus dem Halbdunkel auf. Justina verlor keine Zeit und machte sich unverzüglich daran, die Lade zu öffnen, die Lampert ihr beschrieben hatte. Der Riegel klemmte ein wenig, sie mußte kräftig ziehen und rütteln, bis der schwere Deckel aus seiner Verankerung fiel. Justina blieb vor Schreck beinahe das Herz stehen. Hatte sie jemand gehört? Nein, durch das breite Bogenfenster drangen lediglich einzelne Beifallsrufe, Gelächter sowie die schiefen Töne einer Drehleier zu ihr herauf.

Salomanns Rechnungsbücher lagen auf einem ordentlichen Stapel neben zwei schäbigen, jedoch prall gefüllten Geldkatzen. Deren Inhalt kümmerte Justina nicht, sie war Schreiberin, keine Diebin. Sie nahm das umfangreichste Buch zur Hand, weil sie vermutete, daß es den Tuchhandel betraf, schlug es auf und begann die Eintragungen mit denen zu vergleichen, die ihr Gemahl in seinem eigenen Rechnungsbuch vorgenommen hatte. Während sie las, stockte ihr der Atem. Lampert hatte in den zurückliegenden Jahren von den Lieferungen an Wolle, Flachs und feinem Tuch kontinuierlich seinen Teil abgezweigt und weiterverkauft. Inzwischen mußte der Verwalter eine recht hohe Summe auf die Seite gelegt haben. Justina überschlug die Beträge in Gedanken und stellte fest, daß sein Vermögen nahezu ausreiche, um den Handelshof mit allen Gebäuden, Waren und Knechten aufzukaufen. Vorausgesetzt, dem Kaufmann und seinem jungen Weib stieß etwas zu.

Justina zog das Ledermäppchen mit Schreibutensilien aus ihrem Gürtelband und machte sich an die Arbeit. Salomanns Handschrift war bei erster Betrachtung ungelenk, besaß jedoch einige Eigenheiten, die ohne größere Schwierigkeiten kopiert werden konnten. Das Pergament, auf dem er schrieb, war teuer und von bester Qualität. Justina erkannte auf Anhieb, daß es in Kalkwasser gebeizt, dann enthaart, mit Bimsstein geglättet und auf beiden Seiten mit Kreideschlamm behandelt worden war, um ihm eine samtartige, fast weiße Oberfläche zu verschaffen. Gegen ihren Willen mußte sie lächeln. Unter anderen Umständen wäre es eine reine Freude gewesen, mit dem feinen Pergament zu arbeiten.

Während sie noch mit einiger Sorgfalt sämtliche Spalten der Aktiva und Passiva ausradierte, um die Zahlen und Marginalien durch neue zu ersetzen, nahm der Wind auf dem Hof an Stärke zu. Eine heftige Böe wehte durch das offene Fenster und fuhr über die dünnen Seiten des Rechnungsbuches, ohne daß Justina es verhindern konnte. Leise stöhnte sie auf. Sie mußte nur noch die Anzahl der Rollen Damast und Barchent, welche aus der Kölner Niederlassung stammten, mit den Rheinzöllen verrechnen und in Übereinstimmung mit ihrem tatsächlichen Warenwert bringen. Doch wenn sie fortwährend den Faden verlor, saß sie wahrscheinlich noch um Mitternacht über den Büchern. Rasch befeuchtete sie den Zeigefinger und blätterte zurück. Als sie auf die betreffende Seite umschlagen wollte, streifte ihr Blick plötzlich ein beigefügtes Blatt mit lateinischen Aufzeichnungen. Die flüchtig hingeworfenen Zeilen kamen ihr merkwürdig vor. Sie paßten nicht zu Salomann.

Anno Domini MCCVIII: Pecunia taciturnitatis, las sie bleich vor Staunen. *Pretium pro aedificium meum*. Was hatte das zu bedeuten? Dem Text zufolge war Salomann im Jahre 1208, lange vor Justinas Geburt, in den Besitz einer beträchtlichen Summe Geldes gelangt, mit der er sich ein steinernes Haus in Bamberg hatte kaufen können. Justina machte sich hastig daran, das Blatt vollständig zu übersetzen, was ihr nicht leichtfiel, da sie den Unterricht der Klosterbrüder nur kurze Zeit hatte besuchen dürfen. Der Begriff *pecunia taciturnitatis* deutete jedenfalls unverblümt auf Schweigegeld hin. Doch von wem mochte er es erhalten haben? Und warum? Ihr Vater hatte ihr einmal erzählt, daß das erste Jahrzehnt des neuen Jahrhunderts für die Bamberger Händler insgesamt schlecht gewesen sei. Für alle – mit Ausnahme von Salomann, der erst kurz zuvor aus Markgröningen in die Stadt gekommen war und sich im Schatten der bischöflichen Hofhaltung niedergelassen hatte. 1208 war das verhängnisvolle Jahr gewesen, in dem der Bischof aus der Stadt nach Ungarn hatte fliehen müssen, weil in seinem Haus der Sohn des Kaisers erschlagen worden war. Philipp von Schwaben.

Einen Moment lang starrte Justina auf die geschwungenen Schnörkel, die vor ihren Augen zu tanzenden Linien verschmolzen. Das also war Salomanns Geheimnis: Wie es aussah, hatte er sich in den Königsmord verwickeln lassen und war für seine Dienste reich belohnt worden. Justina schob das lose Blatt zurück ins Rechnungsbuch und glättete die Seite. Lampert schien über die Vergangenheit seines Herrn nicht im Bilde zu sein, überlegte sie. Nun, sie würde ihm auch nichts von ihrer Entdeckung verraten.

»Nun führe ich dich in mein Allerheiligstes, meine Liebe!«
Die Stimme war so nah, daß Justina erschrocken zusammenfuhr. Salomann, schoß es ihr durch den Kopf, kam die Außentreppe hinauf. Sie saß in der Falle, an Flucht war nicht mehr zu denken. Sie sprang vom Lehnstuhl auf und stopfte die Rechnungsbücher in die Lade zurück. Doch wohin mit dem dritten, Lamperts gefälschtem Buch? Panisch blickte sie sich nach einem Versteck um. Bis zur Tür mit ihrem Hohlraum zwischen den Balken schaffte sie es nicht mehr, darum lief sie in blinder Hast durch den Raum und warf die verräterischen Seiten mitsamt ihren Federn und dem kleinen Radiermesser hinter die halbverkohlten Holzscheite der Feuerstelle. Ihr Herz schlug dabei so heftig, daß sie befürchtete, es könnte jeden Augenblick aussetzen. Mein Gott, was sage ich ihm bloß, überlegte sie verzweifelt. Warum, zum Teufel, hat Lampert mich nicht gewarnt?

»Nein, so etwas«, hörte sie den Kaufmann erstaunt ausrufen. »Die Tür steht ja offen. Für gewöhnlich pflege ich mein Kontor abzuschließen, sobald ich es verlasse.« Salomann betrat das Kontor und schritt, gefolgt von seiner jungen Ehefrau, geradewegs auf den Rechentisch zu. Er stellte eine rußige Schalenlampe ab. »Hier war doch jemand! Ich möchte wissen, was das zu bedeuten hat!«

Über Beate von Oktens Gesicht, das vom Schleier eines Kopfputzes aus grünem Brokat eingerahmt wurde, glitt ein spöttisches Lächeln. Weder Salomanns Auftreten noch sein prachtvoll ausgestattetes Handelskontor schienen sie zu beeindrucken. Dafür erspähte sie sogleich, was Salomann in seiner Schwerfälligkeit bislang entgangen war.

»Vielleicht kann das Mädchen dort drüben deine Neugier befriedigen, liebster Gatte«, flötete sie amüsiert. Mit einer sanften Geste wies sie auf den Winkel neben dem Kamin, in den sich Justina geflüchtet hatte.

»Das ist doch …« Salomann errötete vor Wut. Grob zerrte er die Frau seines Verwalters ans Licht. »Du schon wieder!« herrschte er sie an. »Was, zur Hölle, hast du in meinem Kontor zu suchen? Wolltest du mich bestehlen? Gestehe es auf der Stelle, andernfalls kannst du morgen deine Knochen am Galgen klappern hören!«

»Sie kommt ja gar nicht zu Wort, lieber Gatte!« Beate von Okten schüttelte vorwurfsvoll den Kopf. »Hast du keine Umgangsformen oder zählen Frauen an deinem Hof so wenig? Du hast das arme Ding erschreckt. Komm zu mir, meine Liebe. Hab keine Angst! Erzähl mir lieber, wer du bist und wen du hier gesucht hast!«

Justina holte tief Luft. Die Kaufmannsfrau gab sich freundlich; sie schien auf ihrer Seite zu stehen, doch es würde nicht leicht werden, ihr einen Bären aufzubinden. Ihre kühlen Augen, das stolze Kinn und die energischen Bewegungen deuteten darauf hin, daß mit ihr ein frischer Wind auf den Handelshof gezogen war. »Ich bin Justina, die Frau des Verwalters«, antwortete sie nach kurzem Zögern. »Meinem Ehemann wurde die Verantwortung für die Feierlichkeiten übertragen, und da er selbst keine Zeit fand, nach dem Rechten zu sehen, trug er mir auf, hier oben die Läden zu schließen. Der Wind … ist stärker geworden. Lampert befürchtete, er könnte die Papiere im Kontor durcheinanderbringen.«

»So ist das also.« Beate von Okten lächelte weiterhin.

»Unfug!« brummte Salomann. Er warf den beiden Frauen einen giftigen Blick zu, wagte aber offensichtlich nicht mehr, Justina vor seiner Frau des Diebstahls zu bezichtigen. Müde trottete er zu seinem Lehnstuhl und nahm auf ihm Platz.

»Ich kann nichts Schlimmes daran finden, wenn eine Ehefrau den Wünschen ihres Mannes nachkommt«, sagte Beate. Sie stellte sich hinter Salomann und begann mit kreisenden Bewegungen, seine breiten Schultern zu massieren. »Justina scheint eine sehr umsichtige Person zu sein …«

»Von wegen«, grunzte Salomann verstimmt. »Das Weib verursacht auf meinem Hof nichts als Ärger. Es ist noch nicht lange her, da hat sie sogar behauptet, Lampert habe sie vergewaltigen wollen. Seine eigene Braut kann man doch gar nicht vergewaltigen, oder?«

Justina ballte hinter dem Rücken die Fäuste. Noch vor wenigen Augenblicken hatte sie durchaus Mitgefühl für den betrogenen Kaufmann verspürt, doch davon war nun nicht mehr viel übrig. Er war selbst ein Betrüger, befand sie bitter. Ein Mann, der das Schicksal, welches ihm blühte, wohl verdiente. Verstohlen spähte sie zu den Säulen des Kamins hinüber und hoffte inständig, daß das Buch unentdeckt blieb. Solange sich das warme Maiwetter hielt, würden die Diener das Holz gewiß nicht auswechseln.

»Nun«, erklärte Beate von Okten in einem Ton, der jede

Widerrede im Keim ersticken mußte, »ich wünsche, daß Justina mir künftig im Haus zur Hand geht. Sie wird mir zweifellos schneller helfen, mich in Bamberg heimisch zu fühlen als die nichtsnutzigen, dummen Gören, die mir mein Bruder mitgegeben hat.«

Salomann zuckte die Achseln. An seinem mürrischen Gesicht war abzulesen, daß ihm die Aussicht keineswegs behagte, Justina künftig auch in seinen privaten Räumen zu begegnen. »Also gut, wenn du glaubst, daß das Weib meines Verwalters dir zu Diensten sein kann, soll es mich nicht stören. Hauptsache, sie sieht hier in meinem Kontor nicht mehr ungefragt nach dem Rechten.«

Damit war Justina gnädig entlassen. Erleichtert beobachtete sie, wie Salomann eine der Wandtruhen öffnete und ihr einen mit roten Steinen besetzten Pokal entnahm. Dann verbeugte sie sich und verließ eilig das Kontor.

Wie tief der ausgestandene Schrecken in ihren Gliedern saß, bemerkte sie erst, als sie durch das Wirtschaftsgebäude lief. Ihre Knie fühlten sich weich an, zweimal mußte sie stehenbleiben, weil Stiche in der Brust sie am Weitergehen hinderten. Außerdem erfaßte sie die Furcht vor dem, was passieren würde, wenn Lampert von ihrem Versagen erfuhr. Das Rechnungsbuch liegt nun in der Feuerstelle, dachte sie den Tränen nahe. Wie, bei allen Heiligen, bringe ich ihm das nur bei? Mit letzter Kraft schleppte sie sich die Treppe hinauf und begab sich leise in die Kammer. Sie war müde, wollte nur noch den Kopf aufs Kissen legen, die Augen schließen und schlafen, auch wenn sie ahnte, daß dies unmöglich war.

Noch auf der Türschwelle hielt sie unvermittelt inne. Die hölzernen Läden vor den beiden Fenstern waren zugeschlagen und mit einem Bolzen verriegelt worden. Aus dem Winkel, in dem ihr Ehebett stand, drangen schmatzende Geräusche sowie ein lustvolles Stöhnen zu ihr herüber.

Justina schlug die Hand vor den Mund, doch ihre Stimme versagte, als sie begriff, daß es Lampert war, der sich dort ungeniert auf ihren Laken wälzte. Ihr Ehemann hatte ihre Abwesenheit offensichtlich für ein Stelldichein mit einer Hure genutzt. Darum hatte er sie also nicht vor Salomann gewarnt. Ein heißer Strom fuhr durch ihren Körper, der an Heftigkeit zunahm, je länger sie dem Treiben ihres Gemahls zusah. Sie vermochte dem Gefühl keinen Namen zu geben, das sie überfiel. Erregung, Angst, Abscheu oder Sehnsucht? Spielte es überhaupt noch eine Rolle, was sie empfand, jetzt, da sie so gut wie lebendig begraben war? Lamperts Gespielin stieß einen klangvollen Seufzer aus. Sie war jung, fast noch ein Kind, schien aber über einige Erfahrung zu verfügen. Offensichtlich gehörte sie nicht zu Salomanns Gesinde. Und aus der Stadt war sie auch nicht. Es mußte sich um eine der nichtsnutzigen Zofen handeln, denen Beate von Okten ihr Vertrauen entzogen hatte.

Als Justina sich wieder soweit in der Gewalt hatte, daß sie das Gemach ihres Mannes verlassen konnte, gingen ihr eine Unzahl von Gedanken durch ihren Kopf. Julius hat recht, dachte sie benommen, während sie die Treppe zum Hof hinabstieg. Ich darf mich nicht in mein Schicksal ergeben. Ich muß Lukas finden. Vermutlich ist er der einzige, der mir noch helfen kann.

Siebzehntes Kapitel

»Mach doch nicht so ein verdrießliches Gesicht, mein Junge. Wir alle sind froh, daß du wohlbehalten zurückgekehrt bist!«

Mit einem zufriedenen Lächeln drückte der alte Norbert seinem Gesellen einen Tonbecher in die Hand, der mit schäumender Ziegenmilch gefüllt war. Lukas nahm einen tiefen Zug.

Die warme Flüssigkeit glitt wohltuend seine Kehle herunter, dennoch fühlte er sich niedergeschlagen und erschöpft. Auf dem Domplatz hatte sich kaum etwas verändert, ebensowenig in den Bauhütten, wo die Männer ihrem gewöhnlichen Tagwerk nachgingen. Allein das Fürstenportal, an dem die Steinmetzen und Maurer seit langem arbeiteten, hatte, wenn er es richtig besah, einige Fortschritte gemacht. Das Tympanon über der Pforte war fast fertiggestellt. Auf beiden Seiten der sechsstufigen Treppe blickten zwischen prächtigen Säulen aus Basalt die Figuren der Apostel Jesu hervor. Sie standen auf den Schultern von Propheten und schufen auf diese Weise eine tiefsinnige Verbindung zwischen dem alten und dem neuen Bund.

Die größte Überraschung, die sich Lukas auf seinem Rundgang über den Platz bot, waren indessen die acht Blöcke feinen, festen Sandsteins, die ordentlich aufgereiht in der großen, gemeinschaftlichen Werkstatt der Steinmetzen auf ihn warteten. Lukas war sprachlos vor Staunen. Er konnte es kaum glauben, daß der Stein in so kurzer Zeit unbeschadet nach Bamberg geschafft worden war. Demnach hatte nicht einmal Salomann gewagt, sich der Blöcke zu bemächtigen.

»Habt Ihr gesehen, wie die Steine abgeladen wurden?« fragte er seinen Meister, als der Alte wenig später die Hütte betrat. »Konntet Ihr mit den Fuhrknechten sprechen?«

Norbert verneinte. »Eines Morgens, als ich gemeinsam mit Harras die Bauhütte betrat, lagen sie da, gekennzeichnet mit deinem eigenen Signum«, sagte er. »Da habe ich gewußt, daß du in Kürze nach Bamberg zurückkehren würdest. Einige unter unseren Zunftgenossen haben schon daran gezweifelt, insbesondere nachdem man vom Tod des Werner von Rottweil erfahren hat. Schlechte Nachrichten verbreiten sich rascher als gute. So ist nun mal der Lauf der Welt.«

Lukas runzelte die Stirn. So ganz konnte er seinem Meister nicht beipflichten. Zumindest nicht, was seine Suche nach Justina anbelangte. Nachdem er das Stadttor durchschritten hatte, war er voller Hoffnung gewesen, sie wohlbehalten anzutreffen. Dann aber hatte er feststellen müssen, daß niemand in der Stadt bereit war, ihm Auskunft über ihren Verbleib zu erteilen. Das Haus des Weinhändlers war verschlossen, die Diener hatten sich aus dem Staub gemacht. Nicht einmal die Leute am Krempelmarkt, die sonst das Gras wachsen hörten, ließen sich dazu bewegen, mit der Sprache herauszurücken. Lukas war sogar ins Judenviertel gelaufen, argwöhnisch beäugt von den Stadtwächtern und dem Krämervolk, das an der Mauer seine Tische aufbaute, um seine Ware anzubieten. Doch auch die Witwe Nurith bat Isaak war für ihn nicht zu sprechen gewesen. Erst als er die Dombaustelle betreten und seinen alten Meister gefunden hatte, war er von Justinas überstürzter Vermählung mit Salomanns Verwalter unterrichtet worden.

»Diese Dietlinde hat sich ihre Verbindung zum Kaufmannshaus wohl anders vorgestellt«, meinte Norbert schadenfroh. »Sie darf Salomanns Hof nicht mehr betreten, aber zu Hause konnte sie auch nicht bleiben. Die Gläubiger rannten dem alten Weinhändler Tür und Tor ein. Eine Weile hielt das scharfzüngige Weib sie mit dem Besen in Schach, doch zuletzt blieb ihr nichts anderes übrig, als alles von Wert zum Pfandleiher zu tragen, ihre Schulden zu bezahlen und sich mit ihrem Vater ins Spital zurückzuziehen. Lampert rückte jedenfalls keinen roten Heller heraus, um das Haus am Kaulberg zu retten. Ich glaube, er will selbst einen Handel mit Rhein- und Moselweinen beginnen. Da kann es ihm nur recht sein, sich der Konkurrenz seines Schwiegervaters entledigt zu haben.«

Lukas war nie entgangen, daß Dietlinde für ihre Schwester nur wenig Zuneigung verspürt hatte, dennoch fand er es traurig, daß die Familie und mit ihr der traditionsreiche Handel am Kaulberg nun endgültig ruiniert war. Doch keine dieser Neuigkeiten traf Lukas so schwer wie die von Justinas

Vermählung, die zweifellos nicht so freiwillig vonstatten gegangen war, wie Norbert ihm glauben machen wollte.

Mißmutig schlug er mit der Faust auf den höchsten Steinblock, der wuchtig vor ihm aufragte. Er war nicht da gewesen, als sie ihn brauchte, nun durfte er sie nie wieder in die Arme schließen. Wie konnte ich nur so dumm sein und sie mir einfach wegnehmen lassen, dachte er von Reue überwältigt. Doch die Einsicht kam zu spät, das spürte er. Er würde es sich niemals verzeihen, nicht heftiger um Justina gekämpft zu haben. »Wem nützte es, wenn er ein Königreich erränge und nähme doch Schaden an seiner Seele«, hörte er im Geiste den verrückten Raidho flüstern.

Er nahm einen hölzernen Zirkel vom Werktisch des Meisters und stach die Nadel in ein Stück Kalbshaut. »Wie trägt Justina ihr Schicksal?« fragte er nach einer Weile. »Meint Ihr denn, ich könnte sie einmal sehen?«

Norbert zuckte die Achseln. Verständnislos starrte er auf die Kreise aus Ruß, die seine schöne Kalbshaut verunstalteten, doch er ließ seinen Gesellen gewähren, ohne ihm Vorhaltungen zu machen. Er hatte nur eine ungefähre Ahnung von dem, was Lukas auf der Burg erlebt hatte, aber er kannte ihn gut genug, um zu wissen, wie es in seinem Inneren aussah.

»Seit Salomanns Hochzeitsfest hat man sie nicht mehr gesehen. Es heißt, sie verstünde sich nicht schlecht mit der jungen Kaufmannsgemahlin. Weißt du denn schon, daß auch Salomann geheiratet hat? Nun, wahrscheinlich hat Frau Beate sie ein wenig unter ihre Fittiche genommen. Ob sie allerdings Besuch empfangen darf … Der Kaufmannshof wird neuerdings strenger bewacht als eine Trutzburg.«

Lukas stöhnte auf. Der letzte Kreis auf der Kalbshaut verrutschte zu einem unförmigen Ei. Langsam hob er den Kopf und erwiderte Norberts Blick. »Beate von Okten hatte ich völlig vergessen.«

»Du kennst die Frau? Sag, gibt es überhaupt jemanden, mit dem du nichts zu tun hast?«

Lukas legte den Zirkel aus der Hand und winkte ab. Er hatte sich vorgenommen, seinem Meister nichts von den Geschehnissen auf Burg Rabenstein zu erzählen – weder von den beiden Anschlägen auf sein Leben noch vom Tod Werners oder der alten Kammerfrau, die eines Morgens mit gebrochenem Genick am Fuß der Wendeltreppe aufgefunden worden war. Frau Theodora hatte die Nachricht vom Tod ihrer Vertrauten teilnahmslos, beinahe versteinert hingenommen. Ebenso ihr Sohn Rüdiger. Als die Andechser Edelleute wenig später ihre Pferde gesattelt hatten, um die Heimreise anzutreten, hatte Lukas sich ihnen kurzerhand angeschlossen. Sein Herz wurde schwer, wenn er daran dachte, daß er die Burgherrin nicht mehr gesehen, mit seinem Halbbruder kein Wort mehr gewechselt hatte. Aber vielleicht war es besser, die Gedanken an seine Familie ein für allemal zu begraben. Er gehörte ebensowenig zu ihnen wie ein Hirsch zu einem Rudel Löwen.

»Wann wirst du dich denn ans Werk machen?« Norbert hatte einige der zusammengeschnürten Rollen in Lukas' Reisebeutel entdeckt. »Die Skizzen, die dieser Werner angefertigt hat, sind wahrhaftig brillant. Ich muß zugeben, daß er ein sehr erfahrener Bildhauer gewesen ist. Dennoch wird es nicht ganz einfach werden, nach seinen Angaben eine exakte Flächenbearbeitung vorzunehmen.« Er schüttelte abschätzend den Kopf. »Der Schwertarm deines Reiters ... mußte er ausgerechnet diesen Winkel wählen? Und dann die vielen Falten in seinem Gewand ...«

Lukas nahm dem Alten das Pergament ab. »Der Bamberger Reiter lebt in meinem Kopf, Meister«, sagte er leise. »Dort galoppiert er bereits umher. Die Rabensteiner wünschen, daß die Skulptur meine Züge tragen und ihren Blick gen Osten richten soll.«

Norbert biß sich auf die Unterlippe. Das sonderbare Glimmen in den Augen seines Schützlings ließ ihn erschaudern. Wie er so dastand und den Sandstein musterte, wirkte sein Geselle beinahe wie ein Patrizier oder Ritter. »Ich kann dir ein paar Arbeiter zur Verfügung stellen«, schlug er schließlich vor. »Sie werden dir bei der Rohform helfen. Vielleicht magst du auch die Hilfe eines französischen Bildhauers annehmen. Meister Maurice, mit dem ich mich während deiner Abwesenheit ein wenig ausgetauscht habe, ist sehr geschickt für einen Franzosen. Einige seiner Ideen solltest du unbedingt hören.«

Lukas war erstaunt. Es geschahen also doch noch Wunder, wenn selbst Norbert sich mit den französischen Bauleuten abgab. An seinen eigenen Absichten würde dies jedoch kaum etwas ändern. Er hatte eine genaue Vorstellung davon, wie er an seinen Auftrag herangehen wollte, und brannte förmlich darauf, die Figuren aus dem Stein zu schlagen. Wenn ihn überhaupt etwas über die Sache mit Justina und den Erlebnissen auf Rabenstein hinwegtrösten konnte, so war es der Klang seines Meißels. Am liebsten hätte er sich sogleich an die Arbeit gemacht und niemanden auch nur in die Nähe seiner Blöcke gelassen, doch er wußte, daß er Norberts Angebot nicht ablehnen durfte. »Ich freue mich schon, den Franzosen kennenzulernen«, entgegnete er höflich.

Als er nach den Knechten rief, um mit ihrer Hilfe dem ersten der acht Blöcke Tragegurte anzulegen, bemerkte er eine verschleierte Frau, die sich ihren Weg entlang der offenen Werkstätten der Seiler, Nagelschmiede und Weißbinder bahnte. Vorsichtig blickte sie sich nach allen Seiten um, dann strebte sie mit flatterndem Gewand der nahen Klosterpforte entgegen. In ihrem Schleier, der auf dem schmalen Rücken zahlreiche Falten warf, waren blaue Streifen eingewebt, außerdem trug sie auf dem streng geschnittenen Obergewand einen Ring aus gelbem Stoff.

Lukas schaute überrascht auf. Er ließ er den Gurt fahren, mit dem er soeben die obere Kante des Steins hatte umwinden wollen, und setzte ihr nach. Vor der abschüssigen Klostermauer gelang es ihm, sie einzuholen.

»Wartet bitte, Frau. Ich möchte Euch etwas fragen.« Sanft legte er seine Hand auf ihre Schulter und zwang sie so, stehenzubleiben. Die Jüdin wandte sich um und starrte ihn an. Sie wirkte nicht im mindesten erschrocken, lediglich eine Spur von Erstaunen zeichnete ihr leicht gebräuntes Gesicht. »Warum hältst du mich auf, Steinmetz?« erkundigte sie sich kühl. »Bist du krank oder verletzt? Was auch immer dich bedrücken mag, du mußt dich dem Bader oder einem seiner Gehilfen anvertrauen. Ich habe keine Zeit für dich. Weder heute noch morgen, denn ich werde dringend im Kloster erwartet.«

Lukas hob erstaunt die Augenbrauen. Hatte man jemals von einer Jüdin gehört, die hinter die Mauern eines Mönchsklosters gerufen wurde? »Ihr seid Nurith, die Ärztin, die neben der Judenpforte wohnt, nicht wahr? Verzeiht, aber ich war mir nicht sicher, ob Ihr es seid. Für gewöhnlich benötige ich keinen Medicus.«

»Dann gehörst du zu den Glücklichen dieser Welt, mein Freund«, entgegnete Nurith mit feinem Spott. »Die Alten und Schwachen kennen mich und meinen Arzneikasten ganz genau. Ich helfe ihnen, wieder auf die Beine zu kommen, dafür bewerfen sie mich bei nächster Gelegenheit mit Steinen.« Ein bitteres Lächeln rundete die Lippen der Ärztin. Dann drehte sie sich um. Vom Glockenturm der Klosterkirche waren einige Schläge zu hören. »Wenn du mir nun bitte den Weg frei geben würdest ...«

»Gewiß, sobald Ihr aufhört, mich wie einen dummen Knaben zu behandeln«, rief Lukas. Er fühlte sich vor dem Klostertor zunehmend unwohl. »Ich bin weder krank, noch brauche ich einen Bader, der mich schröpft, aber ich weiß, daß

Justina, die Tochter des Weinhändlers vom Kaulberg bei Euch Unterschlupf gesucht hat ...«

Erstaunt wandte Nurith den Kopf. »Dann bist du also Lukas? Das hätte ich mir eigentlich denken können.« Sie zögerte einen Augenblick, ehe sie hinzufügte: »Justina war bei mir im Haus, aber ich konnte ihr leider nicht helfen. Meine Kräfte reichten nicht aus, um sie vor Lampert zu schützen.«

»Wenn dieser Schuft sie angerührt hat ...«

Die Ärztin lachte höhnisch auf. »Was glaubst du denn, was ein Ehemann mit seinem Weib tut, sobald die Kerzen verlöschen. Aber Lampert hat in der Tat noch etwas anderes mit ihr vor. Sie hatte entsetzliche Angst. Das hat sie mir selbst gesagt.« Nurith streckte die Hand aus und berührte Lukas am Oberarm. »Wenn du wirklich helfen willst, dann sorge dafür, daß der Bischof Lamperts Pläne vereitelt. Ich fürchte, sonst werden in Bamberg bald Mord und Totschlag herrschen!«

Lukas wollte zu einer Erwiderung ansetzen, die Jüdin fragen, wie sie dem Verwalter auf die Schliche zu kommen gedachte, als ein wütendes Geschrei seine Aufmerksamkeit auf den Domplatz lenkte. Nurith nutzte diesen Moment aus, um an ihm vorbeizuschlüpfen. Wenige Augenblicke später war sie hinter der Klostermauer verschwunden.

Auf dem großen Platz, der dem Haupteingang des Doms zugewandt lag, gab es einen Menschenauflauf. Zwei Männer standen einander gegenüber, kampfbereit, wütend und aufgestachelt von einer Meute von Handwerkern und Knechten, die üble Beschimpfungen im Munde führten und drohend ihre Fäuste erhoben. Im Schein der Mittagssonne blitzten Hacken, Messer und Bolzenschläger auf.

»Wir haben genug von Euch, Diebsgesindel«, hörte Lukas eine laute Stimme, die alle anderen übertönte. Harras, Norberts Sohn, hielt eine Axt in der Hand und machte Anstalten, mit ihr auf einen mageren Burschen einzuschlagen, der sich jedoch mit einem hastigen Sprung hinter einem Stapel Bauholz in Sicherheit bringen konnte. Der Bursche fluchte lauthals. An seiner Stelle schob sich nun die massige Gestalt eines bärtigen Handwerkers an den wild gestikulierenden Männern vorbei. Umsichtig half er seinem Zunftgenossen auf die Beine, dann sandte er ihn mit einem Stoß zurück in seine Bauhütte. Breitbeinig wie Herkules baute er sich vor dem zornigen Harras auf.

»Leg die Axt aus der Hand, Schwachkopf, sonst reiße ich dir den Arm ab und werfe ihn meinen Hunden zum Fraß vor«, rief der Mann.

Lukas hielt den Atem an. Den Mann kannte er nicht, doch sein Akzent verriet, daß er zum Bautrupp der französischen Handwerker gehörte.

»Na, bist du taub?« wiederholte der Hüne seine Aufforderung. »Aber vielleicht gefällt es dir ja, nachher mit einem Arm in der Stadt herumzulaufen. Für deine Zunft wäre es kein Verlust!«

»Du hast mir gar nichts zu befehlen, du hergelaufener Schuft«, knurrte Harras, ermuntert vom zustimmenden Klatschen seiner Anhänger. Buhrufe wurden laut, als sich Stadtknechte durch die Reihen schoben. Die Männer dachten jedoch gar nicht daran, einzugreifen und sich den Spaß eines Handgemenges nehmen zu lassen. Norberts Sohn blickte triumphierend in die Runde. »Es wird langsam Zeit, euch Froschfressern das Maul mit einem Glüheisen auszubrennen. Verschwindet von hier und verschandelt in Reims die Kirchen. Aber ehe ihr euch davonmacht, gebt ihr uns die Werkzeuge und Gerätschaften zurück, die ihr hier aus den Bauhütten gestohlen habt!«

Darum ging es den Bambergern also. Entsetzt starrte Lukas auf die Lanzen, die das Sonnenlicht reflektierten. Die Streitigkeiten, die seit langem zwischen den einheimischen und den fremden Bauleuten herrschten, schienen ein höchst gefährliches Ausmaß anzunehmen. Der Diebstahl von Zunfteigentum von einer bischöflichen Baustelle war wahrhaftig ein schwerer Vorwurf.

»Was ist denn gestohlen worden?« fragte der Franzose einen der älteren Arbeiter, der mit gespannter Miene neben ihm stand und zuhörte. Ehe der Greis ihm antworten konnte, lenkte jedoch eine aufgebrachte Stimme die Aufmerksamkeit der Menge auf sich. Sie kam von den Arkaden, welche die alte Hofhaltung mit den beiden Kuriengebäuden jenseits des Platzes verband. Ein Domherr war, begleitet von zwei Dienern, aus seinem Haus getreten. Anklagend deutete er auf den nahen Palast des Bischofs und drohte, die Soldaten der Domburg auf den Platz zu schicken, falls sich die Menge nicht unverzügliche auflöste und die Handwerker wieder an ihre Arbeit gingen.

Ein paar Männer neigten den Kopf, als befänden sie sich im Beichtstuhl. Der Anblick des schwarzgewandeten Domherren und seiner Diener wirkte einschüchternd und erinnerte sie daran, daß sie sich auf geistlichem Terrain befanden, wo jeder blutige Zwischenfall als Frevel gegen göttliche Gebote ausgelegt und streng bestraft werden konnte. Demonstrativ ließen die Männer ihre Werkzeuge sinken; einige riefen nach den Aufsehern, die sich bislang aus dem Streit herausgehalten hatten.

»So ist's recht«, meinte der ältere Arbeiter abschätzig. »Sollen die faulen Besserwisser dafür sorgen, daß wir die verschwundenen Sachen wiederbekommen. Die stehlen dem lieben Gott ohnehin den Tag.«

Lukas atmete auf. Das Erscheinen des Domherrn hatte dem Konflikt augenscheinlich die Schärfe genommen. Er reckte den Hals, Norbert in der Schar der Dombauleute zu entdecken, die ihren Werkbuden zustrebten, doch sein Meister befand sich offenkundig nicht unter den Streithähnen. Dafür fiel sein Blick auf Harras, der noch immer auf dem Platz verharrte, seine Augen starr auf die Fenster der Domherrenhäuser gerichtet. Lukas spürte plötzlich ein taubes Gefühl, das ihm den Magen zusammenschnürte; sein Herz hämmerte vor Aufregung. Er hob die Hand, wollte Harras etwas zurufen, da bemerkte er voller Entsetzen, wie der Sohn seines Meisters die Axt über dem Kopf schwang. Mit einem wilden Schrei setzte er dem ahnungslosen französischen Handwerker nach und hieb auf ihn ein.

»Nie hätte ich geglaubt, einmal einem Weib hier Zutritt gewähren zu müssen! Niemals!« Der Mönch, der Nurith durch die Gänge des Gästehauses begleitete, war aufgebracht. Sein mächtiger Bauch wippte bei jedem Schritt vor Empörung. »Und dann auch noch einer Ungläubigen, an deren Händen das Blut unseres Herrn ...«

»Ihr dürft Euch meine Hände gerne unter der Fackel ansehen, Bruder«, unterbrach Nurith die Nörgelei des Mönches. »Dies mag Euch überzeugen, daß ich sie gewaschen habe und nichts an ihnen klebt!« Sie bemühte sich um einen liebenswürdigen Ton, der den Klosterbruder jedoch noch mehr reizte.

»Heilige Maria, Mutter Gottes«, brach es aus ihm heraus. »Euer Volk wird nie den rechten Glauben finden!«

»Amen, so sei es. Und nun habt die Güte und zeigt mir, wo der Kranke liegt, dem ich als Ärztin beistehen soll. Ich komme schließlich auf Wunsch des ehrwürdigen Vaters und nicht, weil ich gerne durch Klostergänge irre.«

Der Mönch sprach kein Wort mehr mit ihr. Mürrisch geleitete er sie bis zu einer schmalen Eichentür, klopfte kurz an und forderte Nurith dann mit einem barschen Nicken auf, über die Schwelle zu treten. Er selbst blieb neugierig stehen und wartete. Nurith packte auf einmal schleichende Angst vor dem, was sie hinter der Tür erwartete. Sie hatte der Botschaft des

Abtes Glauben geschenkt, der sie hierher, ins Kloster der Benediktiner, gerufen hatte, doch was geschah, wenn sie einem Schwindel aufgesessen war? Voller Unruhe blickte sie sich in der Zelle um. Die Kammer war schwach beleuchtet und nur spärlich mit Möbeln ausgestattet. Entlang der groben Wände, aus denen an einigen Stellen Stroh und Lehm herausquollen, verteilten sich einfache Stühle, ein Dreifuß aus Bronze und mehrere Zinnkrüge.

Nurith hielt in gespannter Erwartung den Atem an. Was, beim heiligen Tempel von Jerusalem, hatte der Abt hier mit ihr vor? Ein durchdringender Geruch von Moder und verblühten Blumen breitete sich aus. Die Ärztin rümpfte angewidert die Nase und fächelte sich mit dem Saum ihres langen Schleiers Luft zu. Der Atem des Todes, dachte sie. Diese düstere Zelle war sicher kein Ort, an dem kranke Menschen behandelt werden konnten.

Als sie vorsichtig die hinteren Winkel der Kammer inspizierte, stellte sie fest, daß eine weitere winzige Pforte in die Wand eingelassen worden war. Die Pforte führte allem Anschein nach in einen größeren Nebenraum, der vom Korridor aus weder gesehen noch betreten werden konnte. Ein weißhaariger Mönch steckte seinen Kopf durch einen dünnen Vorhang und winkte ihr zu.

Nurith nahm ihren ganzen Mut zusammen. Den Arzneikasten krampfhaft gegen die Brust gedrückt, zwängte sie sich durch den engen Zugang. Der Mönch streckte dienstbar seine Hand aus, um ihr den Kasten abzunehmen.

»Vater Konrad?« rief sie erstaunt. Im Schein der brennenden Kerzen, die, auf eiserne Dornen gespießt, überall im Raum aufgestellt waren, erkannte sie zwei Männer, die beide mit den einfachen Gewändern des Benediktinerordens bekleidet waren. Sie standen vor einer Art Apsis, einer ins Mauerwerk geschlagenen Nische, welche den Blick auf die Pfosten eines breiten Kastenbettes erlaubte. Beide Seiten der Wand waren mit kunstvollen Fresken geschmückt, deren Farben im Laufe der Zeit allerdings einiges an Leuchtkraft eingebüßt hatten. Auf dem grauen Putz boten die Malereien nur mehr einen vagen Abglanz ihrer einstigen Pracht. Dennoch konnte Nurith erkennen, daß es sich bei den Bildnissen um eine Anzahl von wohlgestalteten Jungfrauen handelte, welche Tonlampen in den Händen hielten. Einige der Frauen schienen glücklich zu sein, andere reckten verzweifelt die Arme, rauften sich das Haar oder blickten entsetzt auf ihre erloschenen Lampen.

»Frau Nurith, da seid Ihr ja endlich«, eröffnete der weißhaarige Mönch das Gespräch. Er hielt noch immer Nuriths Arzneikasten in der Hand. »Ich werde ein ernstes Wort mit Bruder Wipold reden müssen. Er hatte den Auftrag, Euch unverzüglich hierher zu führen.«

»Das hat er auch getan, ehrwürdiger Abt.« Nurith versuchte, einen Blick auf die Person im Krankenbett zu erhaschen, doch der Rücken des zweiten Klosterbruders, der vor dem Kruzifix kniete und unverständliche Worte murmelte, versperrte ihr die Sicht. »Obwohl wir beide der Meinung sind, daß ein Weib und insbesondere ein Weib meiner Herkunft nichts in Euren heiligen Räumen zu suchen hat.«

Vater Konrad lachte auf. Er war ein gutmütiger Mann, dessen milde Gesichtszüge zu verstehen gaben, daß er trotz all der Regeln, die sein Orden erhob, die Freude am Leben nicht verloren hatte. »Es war nicht meine Idee, Euch ins Kloster zu holen, Ärztin«, gab er freimütig zu. »Aber ich fürchte, uns blieb keine andere Wahl. Unser Bruder Infirmarius, der sich um die Kranken im Klosterspital gekümmert hat, starb im vergangenen Winter an einem Lungenleiden. Sein Nachfolger ist zu jung und unbedarft. Ein Leichtfuß, wenn Ihr es genau wissen wollt. Außerdem war es der ausdrückliche Wunsch des armen Kranken, Euch in seiner Nähe zu wissen. Fragt nicht nach dem Grund. Ich kenne und schätze Hugo wie einen Bruder, aber anscheinend ist sein Verstand verwirrt, nach allem, was er durchlitten hat. Jedenfalls hat er in seinem Fieberwahn wiederholt nach Euch gefragt.«

Nurith nestelte an den Schlaufen ihres Arzneikastens. Die Blicke des betenden Mönchs, der wie eine Skulptur am Fußende des Bettes kniete, brannten ihr förmlich Löcher in den Schleier. »Und Ihr glaubt, ausgerechnet ich könnte Eurem Freund helfen?«

Bruder Konrad nickte. »Im Fiebertraum sprach er von der Liebe zu einer Frau, von ...« Er stockte, ehe er hinzufügte. »Fleischeslust, versteht Ihr? Und dies alles aus dem Mund eines frommen jungen Gelehrten, der bereits die niederen Weihen empfangen hat. Bis zum Tage seines Unfalls dachte er nur an seine Bücher, nun aber scheint sein Geist von beunruhigenden Dingen erfüllt zu sein.«

»Von der Liebe zu einer Frau.«

»So ist es, mein Kind. Der ehrwürdige Bischof wünscht, daß die ganze Angelegenheit vertraulich behandelt wird. Mönche sind zuweilen schwatzhafter als Marktweiber.«

Ohne dem betenden Mönch einen Blick zu gönnen, lief Nurith zu der Apsis hinüber und schlug die Decken und Laken zurück. Vor ihr lag der Schreiber des Bischofs, Magister Hugo.

»Dem Allmächtigen sei Dank, Ihr lebt«, flüsterte die Ärztin lächelnd. Sie ergriff Hugos Hand und legte ihren Daumen auf sein Gelenk, um den Pulsschlag zu fühlen.

Der Kranke stöhnte leise auf. »Der Gerechte muß viel erleiden, aber aus alledem hilft ihm der Herr. Er bewahrt ihm alle seine Gebeine, daß nicht eines zerbrochen wird. Psalm fünfunddreißig ...«

»Psalm *vierunddreißig*, Worte Davids, aber überanstrengt Euch bloß nicht.«

Hugo von Donndorf wischte den Einwand mit einer matten Geste beiseite. Er sah besorgniserregend aus. Sein Gesicht war bleich und so eingefallen, daß die Nase spitz wie ein Knochen hervorstach. Kratzer und Beulen verteilten sich über den ganzen Körper. »Müßt Ihr mir immer widersprechen?« fragte er in gespielter Strenge. »Außerdem trifft der Psalm nicht zu. Nicht auf mich, denn ich habe kaum noch einen Knochen im Leib, der nicht gebrochen ist. Ob ich jemals zu den Gerechten gehört habe, weiß ich auch nicht mehr.«

»Was ist denn nur mit Euch geschehen? In der Stadt erzählt man sich, Ihr seiet tot.«

»So fühle ich mich auch. Bruder Wipold hat mich halbtot am Flußufer aufgelesen, als er seine Netze zum Fischen auswerfen wollte. Ich kann mich nicht erinnern, warum ich ins Wasser gefallen bin. Gott der Allmächtige hat mich der Strömung entrissen, sonst läge ich wohl nicht hier, sondern auf dem Grund der Regnitz. Doch wozu diese Fügung, wenn ich mich nicht einmal mehr rühren kann? Wenn mein Gedächtnis mich im Stich läßt? Ich verstehe es einfach nicht.«

»Macht Euch keine Sorgen«, sagte Nurith. »Ich werde mich darum kümmern, daß es Euch bald wieder besser geht. Ich wünschte nur, die Mönche hätten mich früher geholt, anstatt sich in ihrem Stolz zu sonnen. Stolz ist die Maske der eigenen Fehler.«

»Avicenna ...«

Nurith erwiderte Hugos fiebriges Lächeln. Sie strich über seine Wange, zog die Hand aber sofort wieder zurück, als sie bemerkte, daß der betende Mönch in ihrem Rücken verstummt war. »Nein, der Talmud.« Behutsam begann Nurith, den Magister zu untersuchen. Es ergab wenig Sinn, ihn in seinem geschwächten, völlig apathischen Zustand mit Lampert und Justina zu konfrontieren.

»Nun, Ärztin, wie lautet Euer Urteil?« Vater Konrad trat an Hugos Lager und bedeckte die Stellen seines Körpers, die

Nuriths Hand entblößt hatte, eilig mit einem Zipfel des vergilbten Linnens. Ein prüfender Blick überzeugte ihn, daß der Magister in einen bleischweren Schlaf gesunken war. »Gibt es noch Hoffnung?«

Nurith sah verwundert zu ihm auf. »Als Mann der Kirche müßtet Ihr doch wissen, daß es immer Hoffnung gibt. Wo Gott ist, da ist auch Hoffnung, und wer keine Hoffnung kennt, der beleidigt seine Weisheit. Die Verletzungen des Schreibers werden im übrigen heilen, zumindest die seines Körpers. Ich konnte bei meiner Untersuchung nur einen Rippenbruch und einige Quetschungen feststellen. Die Beine erscheinen ihm auf Grund seiner Schwäche taub. Ihr sollt dennoch einen Eurer Brüder bitten, Arme und Beine zweimal am Tag zu massieren. Zu diesem Zweck schlägt Avicenna eine Mischung aus kühlem Wein, Kerbel und Beifuß vor.« Sie deutete auf das durchgeschwitzte Bettlaken. »Ihr müßt ihn wenden, damit sein Körper nicht wundliegt. Ich werde Euch einige Arzneien aus meinem Haus schicken lassen.«

»Ist das alles, was Euch einfällt, Frau?« Der Abt verzog den Mund. »Was ist mit seinem verwirrten Geist, den Dämonen, die nachts auf ihn lauern und ihn zur Wollust verführen wollen?«

»Verzeiht, ehrwürdiger Abt, aber für die Tücke Eurer Dämonen bin ich nicht zuständig.«

»Dafür bin ich es um so mehr!« erklang plötzlich eine heisere Stimme aus dem Hintergrund.

Nurith und der Abt drehten sich gleichzeitig um. Vor dem Mauerdurchbruch stand ein Greis, der seinen schmächtigen Körper mit äußerster Mühe auf zwei Stäben aus Elfenbein stützte. Der Alte trug ein kostbares Gewand aus scharlachrotem Samt, das ihm bis zu den Knöcheln reichte und an den Ärmelaufschlägen mit schwarzen Perlen bestickt war. Nurith schaute ihn gebannt an. Sie hatte den alten Mann seit vielen

Jahren nicht gesehen, wußte aber sogleich, mit wem sie es zu tun hatte. Es war Bischof Ekbert von Andechs-Meran, der sie aus erloschenen Augen musterte.

»Wie geht es dir, Nurith?« fragte der Bischof. Stöhnend nahm er auf einem Stuhl Platz, den der wortkarge Mönch ihm dienstbeflissen hingeschoben hatte.

»Ich gehe meiner Arbeit nach wie jeden Tag, den der Allmächtige mir schenkt.«

Bischof Ekbert wechselte einen Blick mit dem Abt, der sich bescheiden in den Schatten der Apsis zurückgezogen hatte. »Dies ist aber kein Tag wie die anderen, Nurith. Drüben, auf dem Domplatz gab es schon wieder einen Aufruhr. Hast du die Schreie nicht gehört?«

Die Ärztin schüttelte den Kopf. In der Gegenwart des alten Mannes fühlte sie sich ebenso befangen wie herausgefordert. »Ich bete zu dem Gott, der uns beiden heilig ist, daß die Stadt dem Bösen widersteht, das über sie kommen soll«, sagte sie leise.

Bischof Ekberts Mundwinkel begannen zu zucken. »Was ist nun mit meinem Schreiber? Hältst du es für möglich, daß er sein Gedächtnis zurückerlangt? Ich weiß genau, daß er darauf brennt, mir etwas mitzuteilen. Als ich ihn gestern besuchte, beschwor er mich im Fieber, Salomann und seiner jungen Gemahlin die Ehre einer Audienz in der Domburg zu gewähren. Was meinst du, Nurith«, der hohe Geistliche legte den Kopf auf die Schultern und beäugte sie durchdringend, »sollte ich seinem Wunsch entsprechen und den Kaufmann zu mir bitten?«

Nurith verspürte nicht die geringste Neigung, sich in die Angelegenheiten des Domstifts zu mischen, doch dem Blick des alten Bischofs hatte sie nur wenig entgegenzusetzen. Sie nickte knapp. »Unterdessen werde ich den Magister von Donndorf mit einer Mischung aus dem Kraut Daphne und wildem

Wermut behandeln. Die Arznei muß sehr genau dosiert werden, aber sie wird in Persien seit Jahrhunderten erfolgreich angewandt, um krankhafte Schwermut zu vertreiben und die Erinnerungen zu schärfen.«

Die Miene des Bischofs ließ nicht erkennen, ob Nuriths Worte ihn beruhigt oder schockiert hatten. In mildem Ton verlangte er, daß sie, Vater Konrad und der Mönch nun die Kammer verließen, damit er in der Stille für die Genesung seines Schreibers beten konnte.

»Die Jüdin wird in den Gästequartieren des Klosters untergebracht«, schickte er dem Abt mit brüchiger Stimme hinterher. »Ich erlaube keinem Mönch, sie in ihrer Arbeit zu behindern. Laß einen Bruder eine Nachricht für den Kaufmann aufsetzen, er möge mit seiner Gemahlin vom heutigen Angelusläuten an in sieben Tagen am Burgtor vorstellig werden.«

Als die Geräusche der Davoneilenden verklungen waren, legte sich ein Lächeln über die Züge des Bischofs. Seine kurzsichtigen Augen begannen zu leuchten. Flink wie niemand es ihm zugetraut hätte, erhob er sich von seinem Lehnstuhl und trippelte hinüber zu dem Bett seines schlafenden Schreibers. Dort zog er einen schmalen Stoffstreifen aus seinem Gewand und schob ihn unter den Strohsack des Kastenbettes. »Nun wird es sich erweisen, ob du eine wahre Heilige gewesen bist, meine Tochter«, flüsterte er verzückt. »Zeig deine wundertätige Macht. Stirbt mein guter Hugo, so ist die Schuld der Stadt erwiesen. Dann werden die Köpfe Salomanns und der Patrizier vor mir in den Staub rollen. Mag von mir aus Lampert die Geschäfte auf dem Handelshof weiterführen. Viel wichtiger ist, daß ich Bamberg nicht nur mit einem neuen Dom, sondern auch mit einer Schutzheiligen beschenke.«

Achtzehntes Kapitel

»Dieser Wahnsinnige. Wie konnte er mir nur so etwas antun?«
Lukas und Norbert starrten benommen auf das Blut, das vom Morast der Baustelle aufgesogen wurde. Hinter ihnen erklang das aufgeregte Gebimmel einer kleinen Glocke. Schaulustige, Männer und Frauen, drängten sich gegen die Gatterzäune, doch es gab nichts mehr zu sehen. Norbert schlug in einer Geste der Hilflosigkeit die Hände über dem Kopf zusammen. Der Axthieb, mit dem sein Sohn den französischen Bildhauer angegriffen hatte, war hinterhältig und voller Tücke ausgeführt worden. Der alte Steinmetz mochte es noch immer nicht begreifen, was ihm seine Nachbarn erzählten. Harras hätte den Schädel des Mannes spalten können, doch wie durch ein Wunder hatte sein Beil lediglich dessen Schulter gestreift. Der Franzose war schreiend zu Boden gestürzt, dann waren vier seiner Freunde herbeigesprungen, um ihm zu helfen. Zwei von ihnen schleppten den stark Blutenden vom Platz, während die anderen sich mit wütendem Gebrüll auf die Suche nach Harras begaben. Der Steinmetz war allerdings im allgemeinen Durcheinander entkommen. Zurück ließ er nichts als seine bluttriefende Axt.
»Und dann läuft er auch noch fort, anstatt sich der Gerechtigkeit zu stellen«, murmelte Norbert bestürzt. »Was ist nur in ihn gefahren? Habe ich nicht versucht, ihn zu Fleiß und Gottesfurcht zu erziehen? Dabei schien er so fröhlich, so befreit, als er neulich von seiner Reise zurückkehrte.«
Überrascht hob Lukas den Kopf. Auch er begriff nicht, was seinen Zunftgenossen geritten hatte, den französischen Bildhauer anzugreifen und zu verletzen. Wenngleich er selbst auch keine besonderen Sympathien für Harras hegte, so war ihm an dem jungen Mann nie ein Hang zur Gewalttätigkeit aufgefallen. Sticheleien, leise Vorwürfe: Dies war die Sprache, die

Harras für gewöhnlich benutzte, aber keinesfalls die singende Schneide einer Axt.

»Ihr sagtet, Euer Sohn habe eine Reise unternommen?« Er schaute Norbert fragend an. »Soll das bedeuten, daß er während meiner Abwesenheit gar nicht in Bamberg war?«

Norbert zuckte die Achseln. »Harras kam nur zwei Tage vor dir zurück in die Stadt. Er war guter Dinge wie lange nicht. Auf meine Fragen behauptete er, einen Meister aus Regensburg aufgesucht und um Rat gebeten zu haben. Wegen der Chorfenster und ihrer Einfassungen.« Der Alte wies auf einen Teil des Doms, vor dem ein gewaltiges Holzgerüst aufgebaut worden war. »Mein Sohn ist mir aus der Hand geglitten. Tagein, tagaus sitzt er mit irgendwelchen Leuten zusammen, drüben, in der Schenke zum Haupt. Taugenichtse, die Ränke schmieden, gegen den französischen Bautrupp hetzen, aber in den Werkstätten nicht so viel zustande bekommen.«

Lukas legte die Stirn in Falten. Konnte es sein, daß Harras seine Reise nach Regensburg lediglich als Vorwand gebraucht hatte, um einen ganz anderen Weg einschlagen zu können?

Er beobachtete, wie einer der Bauvögte die diskutierenden Handwerker mit groben Lanzenstößen zurückdrängte. Als der Vogt Lukas und den alten Norbert erkannte, kam er im Laufschritt auf sie zugeeilt. »Im Namen des Bischofs, wo ist dein Sohn?« fuhr er Norbert an. »Er hat den Frieden des Domplatzes gestört und einen Mann verletzt, der unter dem Schutz des Stiftes steht.«

»Ich fürchte, du kommst zu spät, Vogt«, antwortete Lukas für Norbert, dessen Stimme vor Aufregung versagte.« Harras hat sich aus dem Staub gemacht.«

Aufgeregtes Gemurmel drang über den Platz. Einige Stimmen verlangten, daß der Bauvogt sich weniger um den verwundeten Fremden als vielmehr um die verschwundenen Werkzeuge und Lagergüter kümmern sollte. »Wir Bamberger werden bestohlen, damit wir unsere Arbeit nicht rechtzeitig beenden können. Dann haben wir das Nachsehen und die Fremden ihren Triumph«, rief ein alter Mann mit geballter Faust.

Erschreckt wandte sich der Bauvogt nach den Rufern um. »Was ist euch abhanden gekommen?« fragte er streng.

»Spielt das eine Rolle?« Der Alte spuckte verächtlich aus. »Du wirst die Hütten der Fremden ohnehin nicht nach unseren Sachen absuchen.«

Norbert setzte zu einer Erklärung an, doch die aufgebrachten Dombauleute beachteten ihn gar nicht. »Komm mit, Vogt«, sagte er eilig. »Ich werde dir zeigen, was ich in der Dombauhütte gefunden habe.«

Der Vogt zögerte kurz, dann nickte er. »Glaub nur nicht, daß ich deinen Sohn vergessen habe, Meister«, brummte er.

In der dämmrigen Holzbude, die von Lukas und Norbert gemeinsam genutzt wurde, war es angenehm kühl. Norbert ergriff eine Schalenlampe vom Haken und führte Lukas und den Vogt zu einer der Bänke. Sie waren aus grob abgehobelten Eichenstämmen gezimmert und boten ausreichend Platz für Aufzeichnungen und Werkzeuge.

»Seht ihr das?« Norbert wies mit der Laterne nach unten. Auf dem sandigen Boden zeichneten sich deutlich Fußspuren ab.

»Na und?« fragte der Vogt begriffsstutzig. »Diese Spuren können doch ebensogut von dir oder deinem Gesellen stammen.«

Norbert schüttelte den Kopf. »Nein, solche Schuhe besitzen wir Domhandwerker nicht. Siehst du nicht die Kerben, die unterhalb des Absatzes verlaufen? Kaufleute tragen solches Schuhwerk oder Ritter.«

»Zumindest gehören sie einem Mann, der oft zu Pferde unterwegs ist«, sagte Lukas mit einem anerkennenden Blick auf seinen Meister. Er konnte kaum glauben, daß ausgerechnet Norbert, dem man einen Sachverhalt neuerdings dreimal erklären mußte, diese Abdrücke auf dem Fußboden entdeckt hatte. Irgendein Fremder hatte sich in ihrer Abwesenheit in die Bauhütte geschlichen und die Spuren in größter Hast hinterlassen. Doch warum sollte er, der sich teure Stiefel und vielleicht sogar ein Pferd leisten konnte, ein paar Werkzeuge und Skizzen stehlen? Hatte er etwas anderes gesucht?

Von plötzlicher Unruhe getrieben, lief Lukas hinüber zu den Fächern in der Bretterwand, wo die Steinmetze ihre Habseligkeiten aufzubewahren pflegten, und entfernte den Schutzstein über der Öffnung. Er atmete auf, als er das grobe Tuch seines Bündels zwischen den Fingern spürte. Werner von Rottweils Kasten war noch dort, wo er ihn zurückgelassen hatte. Er nahm sich vor, das Bauhüttenbuch und Werners Aufzeichnungen an einem anderen Ort zu verstecken. Hier waren diese kostbaren Dinge nicht länger sicher.

»Ich kann die Nagelprobe durchführen, wenn euch das besser schlafen läßt«, schlug der Bauvogt nach einer Weile vor. Er nahm seinen Helm vom Kopf und legte ihn auf die Werkbank. »Dafür brauche ich nur einen spitzen Nagel oder ein Messer.«

»Aha, und dieses Messer stoßt ihr dann in den Abdruck und wartet geduldig ab, ob jemand auf dem Domplatz wunde Füße bekommt?« Lukas schnaubte höhnisch. Dieser Vogt war für sein Amt in etwa so geeignet wie ein Bettelmönch für den Turnierkampf. »Was fällt dir als nächstes ein?« wollte er wissen.

»Amulette? Beschwörungen um Mitternacht?«

»Wenn du jahrhundertealte Gesetze der Rechtspflege verachtest, kann ich dir nicht helfen«, erwiderte der Bauvogt ungehalten. Mit beleidigter Miene sah er Lukas an. »Täusche ich mich, oder hängt der Unfriede auf der Baustelle mit deiner Rückkehr in die Stadt zusammen?«

Lukas begegnete dem Blick des Bauvogts, ohne eine Regung

zu zeigen. Insgeheim mußte er jedoch zugeben, daß er selbst bereits nach einer Verbindung zwischen den Ereignissen der vergangenen Tage gesucht hatte. Harras' seltsames Verhalten mochte noch mit seinem Abscheu vor den fremden Baumeistern begründet werden. Aber was war mit dem Diebstahl? Die merkwürdigen Fußspuren eines Ritters? Großer Gott, dachte er verstört, der geheimnisvolle Ritter ist mir nach Bamberg gefolgt. Der Mann und seine Helfershelfer, die dafür sorgen sollten, daß sein Reiter niemals erschaffen wurde, hatten sich an seine Fersen geheftet. Sie waren in der Stadt und konnten überall auf ihn lauern.

»Ich muß das Domkapitel unterrichten«, erklärte der Vogt, an Norbert gewandt. »Vielleicht solltest du ein wenig auf deinen Gesellen aufpassen, damit er nicht dem Beispiel deines Sohnes nacheifert und unbescholtene Männer attackiert.« Er lachte böse auf. »Ach ja, und was die verschwundenen Handwerkzeuge betrifft: Versucht es doch einmal mit einem Gebet zur heiligen Helena. Sie hat das Kreuz des Herrn entdeckt, nachdem die Ungläubigen es auf Golgatha verscharrt hatten. Da mag sie auch ein paar Hämmer und Waagen wiederfinden!«

Lukas behielt den Klosterbereich über mehrere Stunden hinweg genau im Auge, doch zu seiner Enttäuschung tauchte die Ärztin Nurith nicht wieder auf. Wollte sie etwa im Kloster übernachten, allein unter Mönchen?

Als die Sonne bereits hoch am Himmel stand, schlüpften zwei halbwüchsige Novizen aus der Pforte. Die Jungen sahen sich nach allen Seiten um und stiegen dann den Hügel hinab, um in die Stadt zu gelangen. Sie hatten Körbe bei sich; augenscheinlich hatte der Novizenmeister ihnen aufgetragen, auf dem Markt Besorgungen für die Klosterküche zu machen.

Seufzend wandte sich Lukas seiner Arbeit zu. Während er mit sicherer Hand die ersten Sandsteinblöcke bearbeitete, dachte er an die beiden Bauernburschen, die er im Auftrag Theodoras von Rabenstein früh morgens an der Pforte abgesetzt hatte. Ob es ihnen im Dienst der Benediktiner gut erging? Hunger würden sie jedenfalls nicht leiden, immerhin war Abt Konrad dafür bekannt, daß er gut zu wirtschaften verstand. Vielleicht konnte er sich in den nächsten Tagen nach den Waisen erkundigen und dabei auch in Erfahrung bringen, warum die Jüdin Nurith plötzlich im Kloster ein und aus ging. Es war ein Jammer, er hätte sich zu gerne mit ihr beraten. Obwohl er sie kaum kannte, gehörte sie doch zu den wenigen Menschen in der Stadt, denen er Vertrauen entgegenbrachte. Unglücklicherweise schien sie dieses Empfinden nicht zu erwidern.

Er arbeitete beinahe ohne Pause, so daß es nicht lange dauerte, bis er sich die Skulptur bereits in groben Zügen vorstellen konnte. Sie würde wunderschön werden, das spürte er, sooft er das Werkzeug ansetzte.

Die Glocken der Klosterkirche läuteten bereits zur Vesper, als Meister Norbert, der mit zwei Lehrlingen an den zierlichen Ornamenten einer Segmentbogenhälfte feilte, ihm auf die Schulter klopfte. Der Meister hatte etwas auf dem Herzen, soviel war ihm anzusehen. Nach einem Moment des Zögerns erklärte er, daß die Dachkammer in seinem Haus Lukas nicht länger zur Verfügung stand. Wie es schien, hatte Gisela, Norberts Weib, das Gesellenbett, das eigentlich noch Lukas zustand, an einen wandernden Steinhauer vermietet. »Du mußt das verstehen«, sagte der Alte mit betrübter Miene. »Meine Frau braucht das Nadelgeld, um damit zu wirtschaften. Die Zeiten sind schlecht, besonders in diesen Tagen, da dem Reich ein unseliger Krieg droht. Gisela hat Harras immer verhätschelt. Es wäre zu viel für sie, wenn ausgerechnet du an diesem schwarzen Tag Einzug in unserem Hause halten würdest.«

Lukas reagierte auf die Ausführungen seines Meisters mit

einem knappen Nicken. Insgeheim aber fühlte er sich niedergeschlagen. Nach der beschwerlichen Reise und den deprimierenden Neuigkeiten hatte er sich darauf gefreut, in Norberts Haus ein warmes Essen und ein sicheres Nachtquartier vorzufinden.

»Ich werde sogleich mit dem Zunftmeister sprechen«, sagte der alte Steinmetz, während er mit spitzen Fingern die Verschnürung seiner speckigen Lederschürze auftrennte. Er war heilfroh, daß Lukas seinen Rauswurf mit Fassung trug und nicht mit Vorhaltungen quittierte. »Der Zunftmeister wird zweifellos eine geeignete Unterkunft für dich finden. Du weißt doch, daß du für mich wie ein Sohn bist.«

»Bitte bemüht Euch nicht um mich, Meister Norbert.« Kurz entschlossen legte Lukas die Picke aus der Hand. Fachmännisch wanderten seine Finger über die frisch geschliffenen Flächen, bis sie die Schmalstellen erreichten, die einmal Taille und Hals des Reiters werden sollten. Lächelnd neigte er den Kopf, um seine Arbeit zu begutachten. Dann ergriff er den feinen Staubpinsel und begann die Fugen und Ritzen zu säubern. »Ihr braucht Euch keine Sorgen zu machen. Ich wette, in der Schenke am Kaulberg gibt es jede Menge Platz für mich.«

Als Lukas Stunden später den Kaulberg hinaufstieg, suchten ihn unangenehme Erinnerungen heim, die mit dem Locator und Norberts unseliger Leidenschaft für das Würfelspiel zusammenhingen. Er mußte sich einen Ruck geben, um über die Schwelle des Gasthauses zu treten. Doch wollte er nicht Norberts Hilfe in Anspruch nehmen und die neugierigen Fragen des Zunftmeisters beantworten, blieb ihm keine andere Wahl, als in der Schenke nach einem Schlafplatz zu fragen. Ein zarter Duft von gebratenem Kaninchen schlug ihm entgegen und belohnte seinen Entschluß. Einen Moment lang verharrte er zwischen den Balken und atmete den würzigen Geruch ein.

Wie es schien, hatte die Schankmagd einen Kessel über das Feuer gehängt, um eine Nachtmahlzeit vorzubereiten.

Als Lukas nach ihr rief, wandten sich zu seiner Überraschung zwei Personen zu ihm um. Grete war nicht allein im Raum. Neben ihr am Kessel stand Julius von Würzburg, Salomanns Küchenmeister. Der Mann berührte sanft Gretes Hand, die einen Holzlöffel umklammerte. Gemeinsam rührten sie den Eintopf um. Ihre Gesichter waren vor Vergnügen gerötet, die Haare hingen ihnen zerzaust in die Stirn.

Lukas deutete ein Lächeln an. »Ich wollte euch nicht stören«, sagte er. Erst, als die Magd ihr zerknittertes Kleid in Ordnung brachte, bemerkte er, daß keine weiteren Gäste an den Tischen saßen. Die meisten Talglampen waren erloschen. Nur auf dem großen Kerzenrad flackerten noch zwei einsame Lichter. »Wie ich sehe, komme ich zu spät. Dabei sterbe ich vor Hunger.«

»Dann setz dich zu uns«, entschied Grete kurzerhand. Nichts deutete darauf hin, daß es ihr peinlich war, von Lukas in trauter Zweisamkeit mit einem fremden Mann überrascht worden zu sein. Sie nahm eine flache Holzschüssel vom Regal und füllte sie mit einem Schlag aus dem brodelnden Kessel. »Ein Schälchen Eintopf werden wir noch entbehren können. Meister Julius kennt Kräuter und Gewürze, die nicht einmal Salomann in seinen Speichern hat. Ach, was sage ich: Nicht einmal der Kaiser auf Sizilien. Sie kommen aus ...«

Fragend blickte sie sich nach dem Küchenmeister um, doch Julius wehrte lachend ab. »Sie kommen aus dem Süden Frankreichs, aber auch aus heimischen Gärten. Die wahre Kunst, einen Gaumen zu liebkosen, liegt meiner Meinung nach darin, alle Zutaten mit Liebe für das Gesamtwerk aufeinander abzustimmen. Außerdem muß man stets wach sein, um auf den Märkten nicht übers Ohr gehauen zu werden.«

Lukas schnupperte voller Vorfreude an der dicken, roten Suppe, die Grete ihm mit einem Kanten Roggenbrot vorsetzte.

Während er aß, lauschte er Julius' Klagen über betrügerische Krämer, die in Regensburg Sägespäne für geriebene Muskatnuß verkauften oder getrocknete Johannisbeeren in Pfeffersäcke füllten. »Kein Wunder, daß der kirchliche Ablaß blüht«, knurrte der Koch. »Die Welt ist schlecht geworden.«

Nach zwei Nachschlägen, die Julius gutmütig austeilte, schob Lukas schließlich die Schüssel von sich. Entspannt streckte er die Beine in Richtung der rauchenden Herdstelle aus.

»Na, geht es dem werten Herrn nun besser?« rief die Schankmagd über den Tisch hinweg.

»Du hast mir gewissermaßen das Leben gerettet, Grete«, bemerkte Lukas zwinkernd. »Ich darf wohl annehmen, daß deine Verbindung zu dem langweiligen Knochenhauer inzwischen hinfällig geworden ist?«

Grete drehte sich um. Sie ließ die schmutzigen Krüge, die sie im Begriff war zu scheuern, in den Spülstein gleiten und rümpfte übertrieben die Nase. »Ich weiß überhaupt nicht, wovon du sprichst. Du hast Glück, daß ich dich nicht vor die Tür gesetzt habe, nach allem, was du und dieser Locator damals im Schankraum angerichtet habt. Das zerbrochene Kerzenrad«, sie wies mit dem Griff einer Kanne zu den Deckenbalken, »hat die alte Mathilde eine Stange Geld gekostet. Dazu kamen noch etliche Humpen, die zu Bruch gegangen waren und …«

»Wie habt ihr das denn angestellt?« Julius setzte sich neben Lukas auf die Bank, ohne den Blick von Grete zu wenden.

»Nicht der Rede wert«, antworteten Lukas und die Schankmagd wie aus einem Munde. Verdutzt blickten sie einander an, dann brachen sie in schallendes Gelächter aus. Lukas nahm den Becher Kräuterbier, den der Küchenmeister ihm anbot, dankbar entgegen. Die Freundlichkeit der beiden Menschen rührte ihn. Aus tiefstem Herzen hoffte er, sie ihnen eines Tages vergelten zu können.

Während der nächsten beiden Stunden entspann sich eine

zwanglose Unterhaltung am Tisch, die nur zuweilen unterbrochen wurde, wenn Julius sich an Grete vorbei in den Weinkeller schlich. Der Küchenmeister, den man nicht gerade als verschlossen bezeichnen konnte, unterrichtete Lukas auch bereitwillig über die Zustände im Haus seines Dienstherrn Salomann. »Kannst du mich nicht irgendwie auf den Handelshof schmuggeln?« erkundigte sich Lukas bei ihm. Verschwörerisch senkte er die Stimme, obwohl außer Grete und Julius niemand in der Nähe war. »Ich muß unbedingt mit Justina reden. Womöglich hat sie keine Ahnung, daß ich wieder in Bamberg bin.«

Die Miene des Küchenmeisters verdüsterte sich, kaum daß Justinas Name gefallen war. »Sie weiß es, mein Freund. An dem Tag von Salomanns Vermählung, als auf dem Hof ein großes Fest stattfand, habe ich es ihr gesagt.« Er zögerte einen Augenblick, ehe er Lukas begütigend auf die Schulter klopfte: »Aber tröste dich, Lampert läßt sie seit dem Einzug der neuen Herrin in Ruhe.«

»Du sprichst von Beate von Okten?«

»Eine schöne Frau, die neue Herrin.« Julius geriet ins Schwärmen. »Nicht so hübsch wie meine Grete, aber doch sehr ansehnlich mit ihren kühlen Augen. Außerdem versteht sie es zu wirtschaften. Sie hält die Zügel fest in der Hand und hat sogleich meine Rationen an Pfeffer, Nelken und Safran beschnitten. Wie man hört, hat Salomann in den letzten Monaten seinen Tuchhandel doch etwas schleifen lassen, weil er sich nur noch um die Bauarbeiten an seinem Haus und die Stiftungen für den Dom gekümmert hat. Frau Beate kontrolliert das Wirtschaftsbuch dagegen höchst gewissenhaft. Erst gestern erhielt eine der Mägde aus dem Waschhaus zehn Rutenhiebe, weil sie verdächtigt wurde, einen Ballen Linnen aus der Kleiderkammer fortgetragen und auf der Wiese vor dem Stadttor feilgeboten zu haben.«

So ein Verhalten sieht Beate von Okten ähnlich, dachte Lukas. Er mochte nicht entscheiden, wer von den beiden gefährlicher war: Lampert oder Beate, und hoffte daher inständig, daß Justina die neue Kaufmannsgemahlin nicht gegen sich aufbrachte.

Ein dumpfes Geräusch hallte durch die Stube. Grete verschraubte den Spülstein mit einem hölzernen Deckel, dann gesellte sie sich zu den beiden Männern. Lukas spürte, daß es allmählich Zeit für ihn wurde, sich zurückzuziehen; eine plötzlich Eingebung veranlaßte ihn jedoch, der Schankmagd eine Frage zu stellen. »Du lebst doch schon viele Jahre hier in der Stadt, Grete, nicht wahr? Auf dem Domplatz erzählt man sich, daß du dich an jedes Gesicht erinnerst.«

Grete blickte auf. In ihren unbefangenen Gesichtsausdruck mischte sich Argwohn. »Warum willst du das wissen?«

Lukas beschloß, Julius und Grete gegenüber mit offenen Karten zu spielen und den beiden seine Sorgen anzuvertrauen. Das Geheimnis um seine Herkunft behielt er indessen für sich. Seine Geschichte mußte dem Koch und der Magd auch ohne dieses Detail verworren genug in den Ohren klingen. »Die Leute, die mir seit meinem Aufenthalt auf Burg Rabenstein nachstellen, scheinen auch in der Verschwörung beteiligt zu sein, die damals in der Domburg den Staufer das Leben kostete«, erklärte er, als er mit seiner Geschichte zu Ende kam. »Nun versuchen sie mit allen Mitteln den Aufbau meiner Skulptur zu verhindern. Wer hinter all diesen Angriffen steckt, kann ich noch nicht sagen, folglich muß ich herausfinden, was meinen Reiter in den Augen dieser Leute so wichtig macht.«

»Und du glaubst, die Ermordung König Philipps von Schwaben hat etwas damit zu tun?« Julius schaute ihn ungläubig an. »Du bist viel zu jung, um den Staufer gekannt zu haben.«

»Er schon«, erwiderte Grete gedankenverloren. Im Schankraum kehrte Stille ein. Eine Weile war nichts zu hören als das Knistern des Feuerholzes und das regelmäßige Quietschen des Kesselgalgens, an welchem der Suppentopf vor sich hin brodelte. Flammen, die von der Herdstelle aufstiegen, malten tänzelnde Schattenbilder an die Wand.

»Ich hingegen kann mich an den jungen König erinnern, obwohl ich damals noch ein kleines Mädchen war. Mein Vater war Spielmann. Soweit ich mich erinnere, beherrschte er jedes Instrument, die Flöte, die Laute ... Am liebsten aber spielte er auf der Drehleier. Er besaß auch ein Äffchen, ein drolliges Tier, das sich fortwährend lauste. Manchmal ließ er mich mit ihm spielen, oder ich durfte die Münzen einsammeln.« Sie zögerte. Die Erinnerung an lange zurückliegende Tage schien ihr nicht zu behagen.

»An dem Abend, als der Mord geschah, spielten mein Vater und einige Gaukler den Gästen des Bischofs auf. Ich erinnere mich, daß es schon spät war und mir dauernd die Augen zufielen. Auch der König hatte sich bereits von der Gesellschaft zurückgezogen, als ein Mann die Gaukler ausschimpfte und mit groben Worten aus dem Saal warf. Erst später erfuhr ich, daß dieser Mann Pfalzgraf Otto von Wittelsbach war. Er führte der staunenden Menge Kunststücke mit dem Schwert vor.«

»Die Menge war gewiß begeistert«, sagte Julius von Würzburg. »Der Pfalzgraf galt als außerordentlich guter Kämpfer.«

»Die Begeisterung der Leute legte sich, als sein Schwert in den Hals des Königs fuhr. Großer Gott ...« Grete schüttelte sich, als könne sie so die Erinnerung an die blutigen Szenen aus ihrem Gedächtnis vertreiben. Dann fuhr sie hastiger fort: »Der Pfalzgraf trennte eine silberne Münze von seinem Waffenrock und warf sie auf Philipps Leichnam.«

»Warum hat er das getan?« fragte Lukas mit heiserer Stimme.

»Ich weiß es nicht. In der Halle brach sogleich ein Tumult aus. Frauen weinten, Männer eilten mit gezogenen Schwertern herbei, aber es gelang ihnen nicht, den Mörder zu ergreifen. Wenigstens nicht an diesem Abend. Otto von Wittelsbach verbarg sich monatelang als Flüchtling in seinem eigenen Land – gehetzt von allen Rittern der Krone. Schließlich ergriff man ihn in einer Scheune nahe von Regensburg. Ein Ritter forderte ihn zum Zweikampf und siegte. Er schlug dem Königsmörder den Kopf ab, schleuderte ihn in die Donau und verscharrte seinen Körper danach in einem Acker.«

Lukas schüttelte den Kopf. So hatte sich die Bluttat in der bischöflichen Burg also zugetragen. Nicht einmal Werner von Rottweil war in der Lage gewesen, ihm so viele Einzelheiten über die Umstände des Königsmordes mitzuteilen. Nun, da er im Bilde war, fühlte er sich auf merkwürdige Weise benommen. Zu gern hätte er Grete nach seinem Vater gefragt, denn sie hatte ihn als Kind gesehen. Wie war er gewesen, welchen Eindruck hatte er auf die Menschen gemacht, die ihn gekannt und umgeben hatten? Für seinen lauteren Charakter sprach, daß er dem groben Pfalzgrafen die Hand seiner hübschen Tochter Beatrix verweigert hatte, obwohl er geahnt haben mußte, daß der Wittelsbacher diese Beleidigung nicht auf sich sitzen lassen würde. Was wohl aus seiner Halbschwester geworden war?

»Merkwürdig«, sagte Grete unvermittelt, »mir fällt soeben ein, daß du nicht der erste bist, der mich nach dem toten König Philipp gefragt hat.«

»Was meinst du damit?«

Die Schankmagd machte eine abwehrende Geste. »Es war gestern, spät in der Nacht. Die Kerzen waren bereits heruntergebrannt, da begehrte ein fremder Reisender Einlaß. Zuerst wollte ich ihm nicht öffnen, aber er blieb hartnäckig, behauptete, er habe einflußreiche Freunde in der Stadt, die er aber zu so später Stunde nicht mehr stören könne. Ich hatte keine andere Wahl, als ihn hereinzulassen. Wenn die alte Mathilde erfährt, daß ich einen zahlenden Herbergsgast abweise, kann ich meine Töpfe auf der Gasse spülen.«

Lukas fuhr auf. »Wer war dieser Mann? Was hat er dich gefragt?«

Grete legte den Kopf auf die Seite und dachte einen Moment lang nach. »Von seinem Gesicht sah ich nicht viel, denn er trug einen Mantel mit spitzer Kapuze wie die Dominikanerbrüder. Aber sobald er sich bewegte, ertönte ein feines Klirren an seinem Körper, wie von einem Kettenhemd. Nun, ein Mönch war der Kerl auf keinen Fall. Seine Hände steckten bis zur Armbeuge in Lederfäustlingen. Er fragte nach Bischof Ekbert, dem Dombau, dem Königsmord und ... den Hütten der Steinbildhauer.«

Julius von Würzburg wirkte besorgt. »Kennst du den Reisenden, Lukas?«

In der Stadt begann eine einzelne Glocke zu läuten. Ihr dröhnender Klang enthob Lukas einer Antwort. Erst langsam, beinahe schwerfällig schwangen sich die Töne innerhalb weniger Momente zu einem wahren Sturmgeläut auf.

»Das sind die Glocken von St. Stephan«, flüsterte Grete tonlos.

Lukas wurde bleich. Mit wachsendem Unbehagen registrierte er, wie sich auf der anderen Straßenseite Läden und Türen öffneten. Verschlafene Frauenstimmen schimpften über die nächtliche Ruhestörung. Ein Zug von Fackeln bewegte sich an den Fenstern der Schenke vorbei, dem nahen Pfarrhof entgegen.

So unvermittelt, daß er über sich selbst erschrak, packte Lukas die Schankmagd an den Schultern und schüttelte sie. »Wo ist der Mann jetzt?« rief er. »Ist er etwa oben in einer der Kammern?«

Grete schüttelte den Kopf. »Ich habe keine Ahnung, wo der Fremde hingegangen ist.«

»Wir sollten erst einmal nachschauen, was dieses Getöse zu bedeuten hat«, schlug Julius vor. Mit sanfter Gewalt trennte er Lukas von seiner Geliebten, die keuchend auf einen Schemel sank. »Vielleicht ist alles ganz harmlos.«

Lukas schritt wie in Trance auf die Tür zu. Ein unbestimmtes Gefühl verriet ihm, daß das Glockengeläut ihm galt. Es drängte ihn, nun keine Zeit mehr zu verlieren. Seine Werkzeuge und die Rohformen des Bamberger Reiters standen mehr oder weniger unbewacht auf dem Domplatz.

»Nun geht schon endlich«, hörte er Grete rufen. Er sah, wie sie Julius einen aufmunternden Blick zuwarf und wünschte sich, Justina wäre hier und würde ihn ebenso verabschieden.

Der Koch blieb vor dem eisernen Bratspieß stehen und zupfte an seinem grünen Wams. »Vielleicht solltest du besser mit uns kommen, Liebste«, sagte er. »Mir ist nicht wohl dabei, dich hier allein zurückzulassen.«

Grete schaute ihren Geliebten selbstsicher an. »Ich weiß mich meiner Haut schon zu wehren. Und nun raus mit euch, damit ich absperren kann.«

Nachdem Lukas und Julius den Schankraum verlassen hatten, blickte sich Grete in der Wirtsstube um. Für gewöhnlich fühlte sie sich in ihrer Schenke geborgen, kannte jeden Winkel des Hauses wie die Taschen ihres Unterkleides. Als sie nun aber an die Tür zu den Kellergewölben trat, spürte sie ein Gefühl in der Brust, das ihr nicht behagte. Es dauerte eine Weile, ehe sie sich eingestand, daß es lähmende Furcht war.

Das Sturmgeläut wurde immer lauter. In Gretes Rücken erklang ein dumpfes Geräusch. Irgend jemand klopfte dreimal vernehmlich gegen die Eingangstür.

Neunzehntes Kapitel

Man darf Frauen einfach keine wichtigen Aufträge erteilen, dachte Lampert, während er sich tastend wie ein Blinder durch die Dunkelheit des Raumes bewegte. Die ganze Sache war aber auch zu ärgerlich und Justina wahrhaftig zu nichts zu gebrauchen. Es war fast zu erwarten gewesen, daß sie sich in Salomanns Hauptkontor erwischen ließ, nur um seine Pläne zu vereiteln. Und dann war sie auch noch so dreist gewesen, ihn des Ehebruchs zu bezichtigen. Nun mußte er die Sache wohl oder übel selbst in die Hand nehmen. Was auch immer auf dem Domplatz los war, der Aufruhr in der Stadt kam ihm wie gerufen. Salomann hatte sich bereits mit seinem jungen Weib zurückgezogen, die Lichter waren erloschen, und die Knechte, die das Tor zum Fluß bewachten, hatten sich davongemacht, um nach dem Grund für den Lärm zu sehen. Es war niemand da, der ihn aufhalten konnte.

Salomanns Kontor lag verlassen vor ihm, Briefe und Urkunden waren mit Sorgfalt in den verschiedenen Laden verstaut worden. Ebenso die Geldkassette, für die Lampert seit Salomanns Hochzeit mit Beate von Okten keinen Schlüssel mehr besaß. Salomann hatte ihm zu verstehen gegeben, daß die Prüfung der Rechnungsbücher beinahe abgeschlossen war und er ihn in Kürze mit den Ergebnissen seiner Arbeit konfrontieren würde.

Lampert blickte sich um und blinzelte, bis seine Augen sich leidlich an die Finsternis gewöhnt hatten. Im Dunkeln wirkte der Raum viel größer. Als er die Umrisse der Feuerstelle ausmachen konnte, legte sich ein Lächeln über seine Züge. Dort drüben, gleich hinter dem Feuerholz hatte Justina das Rechnungsbuch verborgen. Er mußte es nur unbemerkt über den Hof schaffen, dann konnte er dem törichten Geschöpf Gelegenheit geben, ihren Fehler wiedergutzumachen.

Er hielt den Atem an und ließ sich auf die Steinplatten vor dem ummauerten Sockel des Kamins niedersinken.

»Suchst du vielleicht dieses Buch?«

Voller Schrecken zuckte Lampert herum. Geblendet von dem Schein einer Lampe, die nur wenige Fingerbreit vor seiner Nase hin und her schwang, war er wie gelähmt. Als seine

Erstarrung sich löste, erkannte er Beate von Okten vor sich. Die Frau seines Herrn trug eine knöchellange Tunika aus blauer golddurchwirkter Seide, die über dem Dekolleté mit kostbaren Versätzen aus Zobelpelz verbrämt war. Ihr Haar fiel ihr in offenen Wellen über die Schultern. Es duftete betörend nach Rosenwasser und Lavendel. Anscheinend hatte sie sich bereits zum Schlafengehen zurechtgemacht.

Lampert erhob sich. Um dem kalten Blick der Frau standzuhalten, nahm er zu einem verschlagenen Lächeln Zuflucht, erschrak aber ein zweites Mal, als er den Gegenstand erkannte, der unter ihrem linken Arm klemmte. Beate von Okten hatte das gefälschte Rechnungsbuch vor ihm entdeckt und an sich genommen.

»Du hast dieses Buch gesucht, nicht wahr, Lampert?« wiederholte Beate ihre Frage, nun ein wenig schärfer. »Hast du geglaubt, meinen Gemahl mit einer derart plumpen Fälschung betrügen zu können?« Sie lief zum Rechentisch hinüber, stellte die Öllampe ab und begann zu blättern. Ihr seidenes Kleid knisterte so verführerisch, daß Lampert unwillkürlich schluckte; trotz der Gefahr, in der er schwebte, biß er vor Erregung die Zähne zusammen.

»Nicht die Handschrift ist das Problem, mein Lieber. Sie ist vorzüglich, geradezu brillant. Ja, in der Tat, ich kenne keine Klosterschreibstube, in der so täuschend echt wirkende Kopien hergestellt werden. Allein mit den Zahlen für den Kölner Tuchhandel hast du maßlos übertrieben. Salomann hat mir erzählt, daß er den Handel bei Kaiserswerth wegen der Rheinzölle in Kürze abstoßen möchte, um im Osten neue Märkte zu erschließen. Da würde er doch niemals eine so gewaltige Menge an flandrischen Tuchen ordern.«

»Davon war mir nichts bekannt«, erwiderte Lampert wahrheitsgemäß. Seine Stimme zitterte leicht, denn er erkannte sofort, daß er sich mit dieser Antwort vor Beate selbst entlarvte.

Was würde sie nun mit ihm anstellen? Wenn sie ihn an Salomann auslieferte, würde er den kommenden Tag nicht mehr erleben. Er kannte die Wutausbrüche des Kaufmanns gut genug, um zu wissen, welch grauenvolles Schicksal ihm bevorstand.

Beate von Okten lächelte. »Du bist klug, Lampert«, sagte sie. »Da trifft es sich doch gut, daß ich eine Schwäche für kluge Männer habe.« Sie streckte die Hand aus und berührte sein Kinn mit dem Zeigefinger. Lampert stöhnte leise auf. Er legte den Kopf in den Nacken zurück, gab sich genießerisch dem Spiel ihrer Hände hin, als ihn ein scharfer, heißer Schmerz jäh zusammenzucken ließ. Beate lachte vergnügt. Auf ihrem spitzen, langen Fingernagel schimmerte ein Blutstropfen.

Langsam, als hätte er ein Raubtier vor sich, wich Lampert einen Schritt zurück. »Was wollt Ihr von mir, Herrin? Ich würde es vorziehen, wenn Ihr auf diese Spiele verzichten und mich gleich den Wachen ausliefern würdet.«

»So sehr sehnst du dich nach dem Schafott?« fragte Beate in gespielter Verwunderung. Sie schob das gefälschte Rechnungsbuch zur Seite und setzte sich in eleganter Pose auf den Tisch. »Ich hoffte vielmehr auf deine Hilfe, um den Handelshof größer und reicher zu machen. Salomann hat ein paar Jahre unverschämtes Glück gehabt. Er hat von den Auseinandersetzungen zwischen Welfen und Staufern profitiert, doch nun ist er alt und müde. Die Einkünfte gehen zurück, auch ohne deine Unterschlagungen. Der einzige Grund, warum er mich geheiratet hat, ist sein Wunsch nach einem Erben ...«

»Da kann er warten bis zum Jüngsten Tag«, unterbrach Lampert sie höhnisch. »Ich kannte noch Salomanns erste Gemahlin. Sie wäre wohl in der Lage gewesen, Kinder zu gebären, aber ...«

»Woher willst du das wissen?«

»Ich war zufällig einmal in der Nähe, als die Judenärztin

es ihr mitteilte. Folglich wird es doch an dem alten Salomann liegen, daß seine Laken kalt bleiben.«

Beate von Okten verzog mißbilligend den Mund. Sie musterte Lampert durchdringend, dann bemerkte sie: »Vermutlich hast du recht. Dann muß der Erbe des Hauses eben von anderen Lenden gezeugt werden.« Flink löste sie die Bänder und Schnüre, die ihr Gewand über der Brust zusammenhielten. Lampert starrte sie einen Moment lang verdutzt an. Als ihm dämmerte, welch unverschämtes Glück ihm winkte, konnte er nicht mehr an sich halten. Keuchend fiel er über die junge Frau her und küßte sie voller Leidenschaft. Sie sank auf den Rücken und ließ ihn willig gewähren. Ja, sie erwiderte seine groben Liebkosungen sogar, wenngleich auch mit einem Gesichtsausdruck, in dem sich Genuß und tiefe Verachtung die Waage hielten. Ihre Hände zerwühlten sein ergrautes Haar, während sie seinen Kopf gegen ihre Brüste drückte. Ihr straffer Leib bewegte sich im Rhythmus der Glockenschläge, die noch immer von der Stadt durch das geöffnete Fenster drangen, doch als seine beiden Knie sich fordernd zwischen ihre Schenkel zwängten, stieß sie ihn unvermittelt von sich. Überrascht blickte Lampert auf.

»Nur keine Eile, mein Herr.« Beate sprang mit einem Satz vom Tisch, ihre Augen wurden katzenhaft schmal. »Ich habe nicht gesagt, aus welchem Haus Salomanns Erbe kommen soll. Mir schwebt da als Vater eher ein Mann vor, dem ich vertrauen kann.«

Lampert zuckte enttäuscht die Achseln. Der Teufel mochte wissen, wovon das Weib redete. Er überlegte ernsthaft, ob er einfach das Rechnungsbuch an sich nehmen und sein Heil in der Flucht suchen sollte. Diese Frau war anders als Justina oder die kleine Zofe, die ihm zu Willen war, wann immer es ihn danach gelüstete. Beate von Okten war gierig und raffiniert. Zudem liebte sie das Spiel mit der Gefahr.

»Was erwartet Ihr also von mir, Frau Beate?« fragte er voller Argwohn. »Wenn ich recht vermute, so steht Euch der Sinn danach, den Kaufmannshof allein, also ohne Euren Gemahl zu führen.«

Beate nickte. »Ihr habt mich ertappt; genau das ist meine Absicht.«

»Dann, edle Herrin, bleibt Euch nichts anderes übrig, als Euch Salomann endgültig vom Halse zu schaffen. Es stehen bald neue Verhandlungen an. Wenn der Herr erst einmal mit Bischof Ekbert Frieden geschlossen hat und wieder in seiner Gunst steht, werden Eure Pläne keine Silbermark mehr wert sein.«

Beate von Okten schnaubte. Sie lief gemächlichen Schrittes um den Schreibtisch herum und trat ans Fenster, ohne Lampert eines Blickes zu würdigen. Es war spät geworden, sie mußte in die Schlafkammer zurückkehren. Salomann schlief seit einigen Tagen wie ein Toter, noch etliche Stunden nach dem Aufstehen wirkte er unkonzentriert und benommen. Dennoch war es möglich, daß er plötzlich aufwachte und sich fragte, warum sein Weib nicht an seiner Seite lag. Sie wandte sich um und blickte Lampert mit großen Augen an. »Ihr würdet also an meiner Stelle dafür sorgen, daß Salomann verschwindet«, sagte sie bedächtig. »Und was schlagt Ihr vor? Gift oder das Schwert?«

Lampert grinste. »Hier im Kaufmannshaus könnte man jederzeit einen Unfall arrangieren. Doch selbst wenn es nicht danach aussehen mag, ist vorgesorgt. Justina, mein Weib, hat immerhin versucht, Salomanns Bücher zu fälschen. Falls man uns auf die Schliche kommt, ist sie die erste, auf die man den Verdacht lenken sollte. Ihr könnt persönlich bezeugen, daß Ihr und Euer Gemahl sie hier im Kontor erwischt habt.«

Beate von Okten machte ein nachdenkliches Gesicht. »Du schätzt deine Gemahlin nicht besonders«, sagte sie.

»Sie war mir weniger nützlich, als ich es erwartet hatte.«

»Dennoch ist mir nicht ganz wohl bei der Sache. Ich möchte nicht, daß Salomann getötet wird. Es sollte ausreichen, ihn zum Rückzug aus seinem Handel zu zwingen. Mein Bruder, der Verwalter des Fronguts zu Haselach, nahm vor einigen Jahren am letzten Kreuzzug ins Heilige Land teil. Er erzählte mir von gewissen Kräutern und Drogen der Sarazenen, die denjenigen, der sie nimmt, völlig willenlos machen.«

Lampert seufzte. Gift war keine schlechte Idee, doch wie stellte Beate sich das vor? Sollte er etwa zu den Sarazenen reisen, um es zu beschaffen? Außerdem hätte er es vorgezogen, den Kaufmann endgültig aus dem Weg zu räumen. Wenn sein Weib ihn jedoch unbedingt füttern und pflegen wollte, so war dies ihre Angelegenheit. Er war schon zufrieden, wenn der Alte ihm und seinen Betrügereien nicht mehr auf die Schliche kam.

Während Beate hastig ihre Kleidung in Ordnung brachte, überlegte er, wie er an eine wirksame Mischung kommen konnte. Die Judenärztin kannte sich mit Tränken und Kräutern aus dem Orient aus, fiel ihm ein. Stammten sie und ihre Sippe nicht ebenfalls aus dem Heidenland? Nurith bat Isaak fürchtete ihn; sie würde ihm die entsprechenden Mittel schon beschaffen, wenn er Druck auf sie und ihre Judenfreunde ausübte. Beglückt malte er sich aus, wie er an der Seite der Kaufmannsgemahlin das große Haus am Fluß regieren würde, wie die hochnäsigen Bamberger Patrizier, die Esels und Böttingers ihm beim Hochamt in der Kirche Platz machten und ihn zu ihren Hausfeiern einluden. Nur eine Person störte sein Schwelgen empfindlich. »Justina, mein gehorsames Weib«, murmelte er, während er Beate von Okten ansah, »nun brauche ich dich und deine Schreibkünste nicht länger.«

Ja, die Zeit war gekommen, sich seiner Frau zu entledigen.

Als Lukas und Julius den Pfarrhof von St. Stephan erreichten, stießen sie auf eine Traube von Menschen, die mit ernsten

Mienen beisammenstanden und miteinander flüsterten. Ihre Pechfackeln leuchteten einen schmalen Pfad aus, der zwischen dem Turm der Kirche, den sich anschließenden Hütten und den Mauern der Begräbnisstätte verlief. Lukas versuchte, in Erfahrung zu bringen, was das Läuten der Glocke zu bedeuten hatte. Worte wie »Sakrileg« und »Schändung heiliger Stätten« waren zu vernehmen. Ein Mann, der eine zerlumpte Kutte trug, war vor einem verwitterten Grabstein zu Boden gesunken. Seine Fingerspitzen gruben sich in die Erde, während er den Kopf wie ein Besessener hin und her drehte. »Mein Gott«, rief er in klagendem Ton, »mach die Übeltäter wie verwehende Blätter, wie Spreu vor dem Winde. Bedecke ihr Angesicht mit Schande.«

Julius reckte den Hals. »Der magere Kerl sollte aufpassen, sonst wird er selbst gleich wie ein Blatt im Wind davongetragen.«

»Das ist Raidho«, sagte Lukas verwirrt. »Unser alter Betbruder, das wandernde Runenorakel der Dombauleute. Was, um alles in der Welt, geht hier vor? He, Raidho, alter ...« Er schritt zu dem klagenden Greis und klopfte ihm besänftigend auf die Schulter.

Raidho wandte sich um und hob den Kopf. Seine betrübte Miene hellte sich schlagartig auf, als er Lukas erkannte. »Ach, du bist es, Steinmetz?« Hektisch warf er die Hände gen Himmel und begann zu jauchzen. »Herr, neige deine Ohren und erhöre mich; denn ich bin elend und arm. Der verlorene Sohn kehrt heim, nachdem er sein Erbteil vergeudet und in der Fremde die Schweine gehütet hat. Hast du einen Brocken Brot bei dir, noch besser wäre ein Stück Käse.«

Lukas seufzte. Ausgerechnet dem alten Wirrkopf mußte er hier begegnen. Aus seinem Gestammel konnte kein vernünftiger Mensch schlau werden.

Ein paar Stadtwächter begannen, die Leute auseinanderzutreiben. Mit ihren Hellebarden schlugen sie eine Gasse für zwei ältere Männer, welche die Gewänder der Domherren trugen. Ihnen folgte – Lukas mochte seinen Augen kaum trauen – Norbert, sein Meister.

»Ohne Käse sage ich gar nichts«, krähte Raidho in die Nacht hinein. Er ignorierte die Bewaffneten, die mit ernsten Gesichtern dem finsteren Pfad an der Kirchenmauer entlanggingen, und wandte sich wieder dem verwitterten Grabstein zu.

»Die Burschen, die wir am Tor überholt haben, gehören zu Salomanns Knechten.« Julius von Würzburg deutete auf eine Gruppe von Männern, die unter einer gewaltigen Kastanie standen und neugierige Blicke über das Gräberfeld schickten. »Sie behaupten, hier wäre ein Mensch erschlagen worden. Der Pfarrherr hat den Leichnam entdeckt und daraufhin die Glocke läuten lassen. Allem Anschein nach ist seine Kirche entweiht worden.«

»Sakrileg ...«, krächzte Raidho. »Ich will meinen Käse.«

»Aber was hat das mit dem armen Norbert zu tun?« murmelte Lukas verzweifelt. Er mußte es herausfinden. Vorsichtig, damit er in der Dunkelheit nicht ausglitt, lief er den Pfad hinunter, während Julius auf dem Kirchplatz zurückblieb und mit stoischer Gelassenheit auf den vor sich hin zeternden Raidho einredete. Nach wenigen Schritten beschrieb der Weg eine scharfe Biegung. Lukas blickte sich nach dem Schein der Pechfackeln um. Er befand sich nun auf der rückwärtigen Seite des Kirchplatzes, doch die Lichter bewegten sich weiter und drohten inmitten der ausladenden Bäume zu verschwinden. Auch hier stachen vereinzelt Grabsteine aus dem aufgeweichten Untergrund. Sie sahen aus wie drohende Zeigefinger. Das Laub der ausladenden Kastanienbäume, welche die Mauern aus Feldstein säumten, rauschte so laut, als wolle es ihn vor einer drohenden Gefahr warnen. Der Ruf eines Nachtvogels, der sich durch das Glockengeläut gestört fühlte, wehte anklagend zu ihm herüber.

Er fand die Domherren und ihre Begleiter wenige Augenblicke später in einer Mauernische, wo sie vor einem gewaltigen Sarkophag standen. Sie und die bischöflichen Wachen kehrten ihm den Rücken zu, die Blicke starr auf die wuchtigen Behältnisse gerichtet, die dafür geschaffen waren, die sterblichen Hüllen geistlicher Herren aufzunehmen. Lukas erinnerte sich dunkel, daß die Sarkophage für die Krypta des Domes angefertigt, jedoch einstweilen dem Schutz der Kirche von St. Stephan überantwortet worden waren. Der Sarg, vor dem sich die Männer postiert hatten, war ein Meisterwerk der Steinmetzkunst. Er ruhte auf sechs massiven Füßen und zählte gewiß nicht weniger als fünfzehn Fuß in der Länge, vier Ellen in der Breite. An den Rändern besaß er wertvoll herausgearbeitete Ornamente, Figuren und Muster, die auf biblischer Symbolik, den apokalyptischen Reitern und der Hoffnung auf ein himmlisches Jerusalem gründeten.

Lukas ging langsam weiter. Über den steinernen Arkaden hing ein bleischwerer, eisenhaltiger Geruch, den er nicht sogleich einordnen konnte. Niemand hielt ihn auf, nicht einmal die Wächter, deren grimmige Mienen im Schein ihrer Fackeln zu undeutlichen Schemen verschwammen.

Erschüttert schlug Lukas die Hand vor den Mund, er mußte an sich halten, um nicht laut aufzuschreien, als ein langgezogenes Wimmern an sein Ohr drang. Es stammte von Norbert, der am Kopfende des Sarkophags zusammengesunken war, und nun wurde ihm auch klar, warum die Leute vor dem Kirchturm von einem Frevel, von Sakrileg und Entweihung heiliger Stätten gesprochen hatten. Die Steinplatten unmittelbar vor dem Sarkophag glänzten vor Blut. Im Sarg lag ein Mensch, der erst vor wenigen Stunden das Zeitliche gesegnet haben konnte. Eine Hand mit gekreuzten Fingern und ein Fuß des Toten hingen schaurig über den Rand des Sarkophags hinaus.

Lukas wandte den Blick ab. Seine Beine zitterten. Er

brauchte sich den Leichnam des Mannes nicht mehr anzusehen, um zu wissen, daß es Harras, Norberts Sohn, war.

»Was suchst du hier, Bursche?« rief einer der Domherren ihn an. »Treibt dich die Schaulust um?«

Lukas hob erschrocken den Blick und trottete auf den Domherrn zu. Der Mann empfing ihn mit strenger Miene. Lukas erinnerte sich, daß er den Brandeisens angehörte, einer Patrizierfamilie, die seit vielen Jahren in einem vornehmen Haus am äußeren Rand des Stiftsbezirk residierte. Der Geistliche war rund und behäbig, seinen Kopf umgab ein Kranz dünnen, gelblichen Haars, doch seines unvorteilhaften Äußeren zum Trotz schien der Domherr über ein Maß an Autorität zu verfügen, das Widerspruch im Keim zu ersticken vermochte.

»Habe ich nicht befohlen, den Zugang sperren zu lassen?« rief Brandeisen den Wächtern wütend zu.

»Ich bin Meister Norberts Geselle und lebe in seinem Haus«, antwortete Lukas hastig. Er deutete auf den alten Mann, der vor dem Sarkophag kniete.

»Dann kannst du sicher mit einem Eid bestätigen, daß es sich bei dem Toten um Harras, den Sohn des Steinmetzen, handelt?«

Lukas atmete tief durch, um ein neuerliches Gefühl von Schwindel zu bekämpfen, das ihn zu übermannen drohte. Bei dem Gedanken, einen weiteren Blick auf den Leichnam seines Zunftgenossen werfen zu müssen, stöhnte er auf. Daher beantwortete er die Frage des Domherrn lediglich mit einem Nicken. Ja, auch die Kleidung wies darauf hin, daß es sich um Harras handelte. Norberts Sohn war nach der heftigen Auseinandersetzung vor dem Dom spurlos verschwunden. Was hatte ihn hierher auf den Kirchhof geführt? Wollte er sich im Schatten des Turmes verstecken, bis Gras über die Sache mit dem Franzosen gewachsen war? Es gab auf dem Boden keine Schleifspuren, nichts deutete auf einen Kampf auf Leben und

Tod hin. Harras war von seinem Mörder überrumpelt worden, einem Mörder, der keine Skrupel hatte, sein Opfer in einem offenen Sarkophag zur Schau zu stellen.

Er spielt mit uns, ging es Lukas durch den Kopf, wie eine Katze, die mit der Maus spielt. Irgendwo in der Nähe steckt er, um uns heimlich zu beobachten und sich an unserer Angst zu weiden. Harras war nur ein Ablenkungsmanöver, vermutlich mußte er sterben, weil er zu viel gesehen hatte oder um die Aufmerksamkeit der Bamberger vom Domplatz und den Bauhütten zu lenken. Fort von dem Bamberger Reiter.

Der Domherr versetzte Lukas einen leichten Stoß, um ihn aus seiner Lähmung zu reißen. »Ich warte auf eine Antwort«, sagte er, jedes einzelne Wort betonend. »Kennst du den Mann?«

»Jawohl, hoher Herr. Der Tote im Sarg ist Harras, aber das werdet Ihr doch schon vorher gewußt haben, sonst hättet Ihr seinen Vater wohl kaum zu dieser Stunde hierher schaffen lassen.«

Der Domherr funkelte Lukas an, als glaubte er, einen Schwachsinnigen vor sich zu haben. Dann gab er seinen Begleitern den Befehl, den Toten aus dem Sarkophag zu heben und auf eine Bahre zu legen. »Dem Gesellen wurde, wie er dort liegt, der Schädel zertrümmert. Möglicherweise mit einem Werkzeug, welches ihr Steinmetze in euren Domhütten benutzt.«

»Wollt Ihr damit etwa andeuten, daß Ihr den Mörder in unserer Zunft sucht?« fragte Lukas entrüstet. »Gewiß, Harras war nicht sonderlich beliebt. Er hatte sich mächtigen Ärger mit einigen Steinarbeitern des französischen Bautrupps eingehandelt, aber ...«

»Vermutlich werden wir unter diesen auch den Täter dieses abscheulichen Sakrilegs zu suchen haben.«

»Nein, Herr, das glaube ich nicht!« Lukas schüttelte verzweifelt den Kopf. »Da gibt es einen anderen Mann, einen Fremden, der Werkzeuge stiehlt und ...« Er sprach nicht weiter. Seine Worte mußten in den Ohren des Domherren aberwitzig klingen.

Brandeisen zuckte die Achseln. Er hörte sich an, was Lukas zu sagen hatte, doch seine Miene verriet, daß er sich im Grunde nicht für seine Meinung interessierte. Es war nicht die Aufgabe eines Domherrn, sich in die Blutgerichtsbarkeit einzumischen. Er und seine Stiftsbrüder waren für geistliche Belange zuständig.

Einer der Bewaffneten drängte sich mit aufgerichteter Lanze an seinen Kameraden vorbei. »Herr, vor der Kirche stehen Salomanns Knechte. Sie fordern im Namen ihres Herrn Auskunft darüber, was sich heute nacht im Kirchhof zugetragen hat.«

Der Domherr bedeutete dem Bewaffneten zu schweigen. »Salomanns Handlanger können fordern, was immer sie wollen. St. Stephan ist immer noch geistlicher Grund und geht den Kaufmann und seine Leute überhaupt nichts an. Aber da es sich bei dem Toten um einen Handwerker aus der weltlichen Stadt handelt, sollen sie meinetwegen unterrichtet werden.« Er wandte sich wieder Lukas zu, der soeben zu Norbert hinübergehen wollte. »Ist das Haus deines Meisters groß genug, um den Toten aufzubahren?«

»Es wird wohl reichlich eng werden.«

»Dann lasse ich die Bahre von meinen Knechten zur Maut hinuntertragen. Soll Salomann doch die Untersuchungen durchführen. Wer Macht ausüben will, muß auch Verantwortung übernehmen.«

Lukas runzelte die Stirn. Ihm war nicht wohl bei dem Gedanken, ausgerechnet dem Kaufmann die Aufklärung der Bluttat zu übertragen, aber er fand auch keine Argumente, die gegen die Entscheidung des Domherrn sprachen. Brandeisen schien es im übrigen nur recht zu sein, sich die lästige Pflicht vom Halse zu schaffen.

Als Lukas sich umwandte, bemerkte er, daß die Wachen aus dem Bischofspalast den Sarkophag bereits verschlossen hatten. Zwei Männer traten aus dem kleinen Haus des Pfarrherrn. Sie schleppten gefüllte Wassereimer herbei und leerten ihren Inhalt auf den Sandstein. Dies war gut gemeint, half allerdings wenig. Das Werk des Steinmetzen war für heilige Zwecke nicht mehr zu retten, die Spuren des schrecklichen Verbrechens würden an den Wänden noch lange zu sehen sein.

»Ich werde den Bischof von dem Mord an einem seiner Domhandwerker in Kenntnis setzen«, rief der Domherr barsch. »Du hast hoffentlich nicht vor, die Stadt in den nächsten Tagen zu verlassen?«

Lukas schüttelte den Kopf. Fürsorglich legte er seinen Arm um die Schultern des alten Steinmetzen und half ihm beim Aufstehen. Norbert hatte aufgehört zu schluchzen, seine Tränen waren versiegt. Sein Entsetzen war einem Zustand der Apathie gewichen. Er lief mit den tänzelnden Bewegungen eines Schlafwandlers, reagierte dabei jedoch weder auf die rauhen Stimmen der bischöflichen Wachen noch auf die tröstenden Worte, die Lukas und Julius an ihn richteten.

Am Tor angekommen, sandte Lukas einen letzten Blick über die Schulter. Er sah Raidhos Schädel zwischen den Sträuchern auftauchen, hinter denen der Pfarrherr von St. Stephan Zwiebeln und Kohl zog. Inmitten der Pflanzen wirkte er geisterhaft, beinahe durchsichtig.

»*Du hast mich hinunter in die Grube gelegt, in die Finsternis und in die Tiefe*«, hallte es ihnen schaurig hinterher. Lukas hätte den Wahnwitzigen erwürgen mögen, doch der Alte konnte ja nichts für seinen verwirrten Geist, und es half nicht weiter, sich in einer solchen Nacht über einen armen Narren den Kopf zu zerbrechen.

»*Und doch sind die Balken morsch und zerhöhlt, die das Haus des Herrn tragen. Höret auf mich, ihr Sünder ... Isaak hatte zwei Söhne, Jakob und Esau, doch nur einer erwarb das Erstgeburtsrecht. Er erkaufte es sich mit Hilfe seiner Mutter durch List und Trug und durch ein Linsengericht.*«

»Was meint er bloß damit?« Julius straffte fröstelnd seinen Umhang über der Brust.

»Keine Ahnung, der Mann ist nicht bei Verstand, aber er kommt zurecht«, erwiderte Lukas achselzuckend. »Ich mache mir vielmehr Sorgen um Norbert. Wir müssen ihn zu seiner Kate bringen.«

Schweigend suchten sich die Freunde ihren Weg durch die nächtliche Stadt, in deren Mauern inzwischen wieder Stille eingekehrt war. Keiner von beiden verlor unterwegs auch nur ein Wort über den Mord.

Wenig später hatten sie Norbert mit vereinten Kräften in sein Haus geschleppt. Sein Weib empfing ihn an der Tür zur Wohnstube in schwarzer Trauergewandung. Zwei Nachbarn standen bei ihr und flüsterten aufgeregt. Sie hatten der Frau die Nachricht vom Tod ihres Sohnes bereits zugetragen. Lukas rang nach Worten, doch das eisige Schweigen der Meisterin gab ihm zu verstehen, daß er in ihrem Haus nicht länger erwünscht war. Nach einer Weile gab er es auf, ihr und Norbert Trost spenden zu wollen. Gemeinsam mit Julius, der respektvoll an der Türschwelle stehengeblieben war, trat er den Rückweg zur Schenke an.

Das Wirtshaus lag ebenso wie seine Nebengebäude in tiefster Finsternis. Die Eingangstür stand weit offen; ein heftiger Wind, der vom Fluß herüberwehte, trug feuchte Blätter über die Schwelle. Neben dem Türbalken schaukelte eine Lampe für die Nacht, doch sie war erloschen. Eines der rot angemalten Fässer, in denen Grete für gewöhnlich Regenwasser sammelte, war auf die Gasse gestürzt worden, der Eingang zum

Schankraum selbst wirkte ohne Beleuchtung wie eine dunkle Höhle.

»Mein Gott, Grete hatte doch hinter uns abgesperrt«, rief Julius voller Argwohn. »Es sieht ihr überhaupt nicht ähnlich, die Tür offen stehen zu lassen.«

Lukas hob die Augenbrauen. Er kannte die Schankmagd nicht so gut wie Julius, doch er spürte, daß sie in allem, was die Schenke betraf, sehr genau war und niemals versäumte, das Gasthaus sorgfältig abzuschließen. Während er Julius ins Innere des Hauses folgte, wurde er den Verdacht nicht los, daß Harras' Mörder sie mit Bedacht hinaus zum Stephansberg gelockt haben konnte. Angst stieg in ihm auf. Er zweifelte nicht mehr daran, daß der Missetäter und sein Verfolger, der Mann mit den Lederfäustlingen ein und dieselbe Person waren. Grete hatte den Fremden als einzige gesehen. Trotz seiner lächerlichen Maskerade mußte er doch damit rechnen, daß sie ihn wiedererkennen und beschreiben würde.

»Vorsicht, mein Freund«, hauchte er Julius zu, der einen Kienspan von der Wand nahm und mit ihm zur Glut der Feuerstelle hinüberlief. »Wer auch immer hier eingedrungen ist, könnte noch im Haus sein.«

Julius von Würzburg reagierte auf seine Bemerkung mit einem unverständlichen Brummen. Mit schnellen Schritten lief er durch den Schankraum, wobei er mehrmals nach seiner Geliebten rief. Doch er erhielt keine Antwort. Im Haus blieb es still wie in einer Gruft.

»O nein!« Lukas wandte sich um.

»Was ist los?«

»Mein Bündel ist verschwunden. Ich hatte es hier am Tisch abgelegt, als Grete mir die Suppe brachte. In der Aufregung muß ich es vergessen haben.«

Julius von Würzburg hatte inzwischen den Kienspan angezündet. »Dein dämliches Bündel ist verschwunden? So ein Zufall, Grete nämlich auch. Vielleicht kann ich den hohen Herrn dazu bewegen, sie zu suchen? Aber selbstverständlich erst, nachdem wir deinen Kram gefunden haben.«

Lukas schlug beschämt die Augen nieder. Benahm er sich wirklich wie ein hoher Herr? Lag es vielleicht in seinem Blut, nur auf eigene Interessen bedacht zu sein? Norbert hatte neulich schon ähnliche Andeutungen gemacht. Der Gedanke erschreckte ihn beinahe mehr als das Durcheinander im Schankraum, denn es lag nicht in seiner Absicht, andere Menschen zu kränken. »Ich ... habe das doch nicht so gemeint«, beeilte er sich, den Koch zu besänftigen. »Natürlich helfe ich dir bei der Suche. Grete ist tausendmal wichtiger als ein altes Buch mit den Weisheiten der ...« Unvermittelt verstummte er.

»Was ist los?« rief Julius von der Treppe herüber. Vermutlich wollte er in den Stuben unter dem Dach nachschauen. In einer von ihnen hatte nach den Worten der Schankmagd auch der mysteriöse Fremde Quartier bezogen.

»Der Weinkeller«, stieß Lukas hervor. Aufgeregt stürmte er durch die Schankstube, stieß dabei mehrmals an Schemel und Bänke, die im Zwielicht nur in Umrissen zu erahnen waren. »Dort hinten, in dem schrägen Winkel mit den aufgefädelten Kräuterbündeln, führt eine Stiege geradewegs in die Kellergewölbe hinab. Grete hat mich und den Locator damals durch diesen Gang geschleust, als wir Ärger mit ein paar betrunkenen Unruhestiftern hatten.«

Julius atmete geräuschvoll aus. Mit einem Satz sprang er vom Treppenabsatz und folgte Lukas mit seinem glühenden Span. »Dann laß uns keine Zeit mehr verlieren. Ich bete zur Jungfrau Maria, daß es Grete gelungen ist, rechtzeitig aus dem Haus zu verschwinden.« Er drückte Lukas den Kienspan in die Hand.

»Warte!« Lukas hielt den Freund am Ärmel zurück. Seine Blicke wanderten an der kahlen, mit Strohputz verkleideten

Mauer entlang, bis sie am Deckengebälk haftenblieben. Er legte einen Finger über die Lippen, bedeutete Julius, leise zu sein und zu lauschen. Die Balken knarrten unter dem Gewicht vorsichtiger Schritte. Irgend jemand lief im oberen Stockwerk der Schenke auf und ab, als ob er etwas suchte.

Julius zuckte zusammen. »Das ist nicht Grete«, wisperte er. »Sie hätte doch Antwort gegeben, als ich nach ihr rief.«

»Vielleicht kann sie das nicht. Möglicherweise ist sie verletzt.«

Sie erklommen die Treppe, die in einen schmalen Korridor mündete. Der Gang, von dem drei Kammern abzweigten, war mit einfachen, bemalten Truhen, Hafersäcken und alten Tonkrügen nahezu vollgestopft. Spinnweben zogen sich von Balken zu Balken. Lukas wunderte sich, daß Grete, die unten im Schankraum doch so auf Sauberkeit bedacht war, ausgerechnet die Schlafstuben herunterkommen ließ. Die größte Kammer wies nach Norden, auf die Gasse hinaus. Nach den verschiedenen Strohsäcken zu schließen, wurde sie gemeinschaftlich genutzt, doch sie war leer.

»Das ist die Schlafkammer der alten Wirtin Mathilde«, sagte Lukas vor der nächsten Tür. »Sollen wir ...« Er kam nicht dazu, seine Frage zu stellen. Hinter ihm schlug eine Kiste zu Boden. Mit einem Schrei brach plötzlich eine Gestalt aus der Dunkelheit und drang mit einem erhobenen bronzenen Leuchter auf die beiden Männer ein. »Ich schlage euch tot, Diebsgesindel!« kreischte die Gestalt. Julius hielt schützend einen Arm vor sein Gesicht. Der Leuchter sauste an seinem Kopf vorbei und schlug krachend in die Wand, von der Lehmputz und trockenes Stroh rieselten. Noch einmal wurde zum Schlag ausgeholt.

»Halt ein, verdammt!« Lukas hatte den Moment des Schreckens schneller als Julius überwunden. Vor ihm stand Mathilde, Gretes Dienstherrin, und funkelte ihn feindselig an.

Sie war barfüßig, ihre Haube war über dem strähnigen weißen Haar verrutscht. »Wo ist der Kerl mit den Handschuhen?« stieß sie atemlos hervor. »Wollte mir ein Kissen aufs Maul drücken. Hier, in meinem eigenen Haus.« Argwöhnisch beäugte sie Julius, der sich langsam auf die Füße kämpfte. »Wer ist der Kerl da?«

Lukas erklärte der Alten, daß sie auf der Suche nach Grete waren. Mathilde schnaufte wie ein Blasebalg, während sie ihm zuhörte. Auf die Frage nach dem Verbleib ihrer Magd konnte sie jedoch nur hilflos mit den Schultern zucken. Sie hatte wohl gehört, wie jemand an die Tür geklopft und sie schließlich unter einem schrecklichem Getöse aufgebrochen hatte. Doch wo Grete abgeblieben war, konnte sie nicht sagen.

»Er macht ernst«, sagte Lukas, nachdem er und Julius das Wirtshaus verlassen hatten. Mit Kienspänen bewaffnet, umschlichen sie das Anwesen, um auf die an den Hang grenzende Seite der Schenke zu gelangen. Irgendwo dort mußte sich der geheime Ausgang aus den Weinkellern befinden. »Die Zeit läuft ihm davon, Julius. Seine Handlungen werden immer konfuser, denn er weiß, daß ich nicht davon ablassen werde, an meiner Figur weiterzuarbeiten.«

»Du und deine verfluchte Figur!« Julius von Würzburg schüttelte den Kopf. Er hatte sich wieder ein wenig gefangen. Doch mit dem ausgestandenen Schrecken kehrte auch die Angst um Grete zurück. »Soll der Kerl sie doch einfach zerschlagen und Ruhe geben. Oder noch besser, du wirfst sie in den Fluß. Kein Kunstwerk ist es wert, daß ein Mensch deswegen sterben muß.« Er zögerte, bevor er hinzufügte: »Vielleicht solltest du Bischof Ekbert um Hilfe bitten. Stell dich und deinen steinernen Reiterfreund unter seinen Schutz. Wie man hört, besitzt der Bischof ein ganzes Lapidarium voller bedeutender Figuren.«

Davon wollte Lukas aber nichts hören. Er bemühte sich, so

rasch wie möglich das Thema zu wechseln. Als sie die Gasse hinunterstiegen, die zu den Hühnerställen führte, mußte er an den Abend denken, an dem der Streit in der Schenke ihn und den Locator in die Flucht getrieben hatte. Ob Matthäus Hagen wirklich mit seiner Schar von Siedlern von Burg Rabenstein aus gen Osten gezogen war?

Lukas blickte unsicher über die Schulter, aber kein Mensch war auf der Gasse zu sehen. Er hielt es für unwahrscheinlich, daß sein Verfolger noch in der Nähe war, dennoch hieß es, auf der Hut zu sein. Nach einigem Suchen und Ausleuchten der toten Winkel entdeckte er den schmalen Mauerdurchbruch, durch den er sich damals gezwängt hatte. »Ist hier jemand?« rief er. Julius konnte nicht mehr an sich halten. Er erkannte noch vor Lukas, daß hinter der Bretterwand, welche die niedrigen Stallungen mit der Mauer der Schenke verband, eine Gestalt kauerte. »Großer Gott, es ist Grete! Sie lebt!«

Erleichtert fielen die beiden sich in die Arme. Die Schankmagd war verstört, ihr Gesicht aschfahl, aber sie war mit heiler Haut davongekommen. Bei sich trug sie das Bündel, das Lukas vermißt hatte. Sie hatte auch das Bauhüttenbuch an sich genommen und vor dem Unbekannten in Sicherheit gebracht.

Zwanzigstes Kapitel

Nurith bat Isaak verließ den tiefen Schacht des Kellerbades, wo sie nach den Vorschriften ihres Glaubens dreimal im Grundwasser untergetaucht war, über eine steile Wendeltreppe, die durch eine kleine Pforte hinauf in den ummauerten Hof der Synagoge führte.

Draußen war es noch nicht ganz hell. In der Ferne krähten

die ersten Hähne, als sie den Weg zur Pforte einschlug. Aus den Bogenfestern des kleinen Bethauses drang ein melancholischer Gesang auf die Straße. Die Männer der Gemeinde versammelten sich wie gewöhnlich zum morgendlichen hebräischen Gebet, dem *Schacharit*.

Fröstelnd fuhr sich Nurith mit der Hand über den Kopf. Ihr Haar war noch feucht, sie hatte sich nicht die Zeit genommen, es von einer der jungen Dienstmägde, die den Frauen bei ihrer Reinigungszeremonie im Bad zur Hand gingen, trocknen zu lassen. Wider Erwarten war sie zu dieser frühen morgendlichen Stunde auf einige Nachbarinnen gestoßen, die ihr Tagwerk mit einem Besuch des Reinigungsbades begannen. Nurith hatte die Frauen freundlich gegrüßt, schließlich kannte und half man sich seit vielen Jahren. Doch die abweisende Kälte, die in den Augen der Weiber stak, ihr heimliches Getuschel und Kopfschütteln hatten sie nach wenigen Augenblicken in die Flucht geschlagen. In ihrem Amt als Ärztin, Kräuterkundige und Hebamme war Nurith unter den Bamberger Juden immer hoch geschätzt worden. Seit man jedoch im Viertel wußte, daß sie in einem christlichen Kloster ein und aus ging und sogar Kontakt mit dem greisen Bischof pflegte, vertraute man ihr nicht mehr so recht. Viele ihrer Nachbarn mieden sie wie eine Aussätzige.

Nurith band sich ein wollenes Tuch um den Kopf und befestigte es mit einem Knoten unter dem Kinn. Ihre Hand wanderte zum Gürtelband, an dem neben ihrer Börse auch ein Gefäß mit Öl sowie ein kleines Schälmesser zum Abschaben der Haut nach dem Bade befestigt waren. Sie war nicht dazu gekommen, die Dinge zu benutzen.

Obwohl das schlechte Wetter der vergangenen Wochen sich gebessert hatte, zog zu dieser frühen Stunde von den Ufern der Regnitz ein kühler Wind auf. Der Geruch von Regen lag in der Luft. Hastig überquerte die Ärztin den Pfahlplatz, wobei sie ihre Blicke aufmerksam über die Häuser, Scheuern und Türme der erwachenden Stadt gleiten ließ. An den Pfosten der windschiefen Geldwechslerbuden, die sich an die Mauer zur Judenpforte schmiegten, sah sie eine Anzahl ausgestopfter Wildvögel mit buntem Gefieder hängen. Irgend jemand hatte sie dort wie Jagdtrophäen angebunden. Nurith fand den Anblick abstoßend. Im Wind sah es aus, als flatterten die Tiere lebendig hin und her. Sie widerstand dem Drang, stehenzubleiben und nachzuforschen, wer auf die Idee gekommen war, totes Federvieh über die Gasse zu hängen. Jenseits der Mauer begannen ein paar Krämer ihre Buden zu bestücken.

Weiter, befahl sie sich streng. Zu Hause wartete eine Menge Arbeit auf sie. Sie mußte stärkere Arzneien zubereiten und diese hinauf zum Kloster St. Michael tragen, wo der Abt schon voller Ungeduld auf ihre Rückkehr wartete. Es hieß, er habe einen weiteren Kranken aufgenommen, den sie sich einmal anschauen sollte: einen Knaben, möglicherweise einen Zögling der Klosterschule. Darüber hinaus hatte Bischof Ekbert für den Nachmittag seinen Besuch angekündigt, um nach Magister Hugo zu sehen. Nurith wußte nicht recht, was sich der alte Mann von seinen regelmäßigen Kontrollen versprach. Doch ihre Intuition verriet ihr, daß er etwas mit seinem Schreiber vorhatte.

Nurith seufzte. Hugo von Donndorfs Zustand hatte sich noch nicht gebessert. Der Ärmste konnte sich auf seinem Kastenbett nur mühevoll bewegen. Ihr wurde wehmütig ums Herz, sobald sie an den Schreiber und an den Glanz seiner blauen Augen dachte. Aber wem half es, sich über unausgesprochene Gefühle den Kopf zu zerbrechen? Je eher sie ihn gesund gepflegt hatte, desto eher würde in der Gemeinde ihres Volkes wieder Ruhe einkehren. Vielleicht sollte sie ihre Behandlung überdenken. Sollte sie ein persisches Arzneimittel aus der Schule Avicennas wählen oder auf die heilende Mystik der Kabbala vertrauen, welche ihr Vetter Samuel so schätzte? Die Entscheidung hierüber fiel ihr nicht leicht, insbesondere da Hugos merkwürdiger Gedächtnisverlust ihr jeden Tag aufs neue Rätsel aufgab. Vielleicht geschah es ja nach dem Willen des Allmächtigen, daß sich der Schreiber des Bischofs nicht an seinen Unfall erinnerte.

Tief in Gedanken versunken, bemerkte Nurith nicht, daß ihr an der Abzweigung zur Judenpforte ein Mann folgte. Wenige Schritte vor ihrem Haus hatte er sie eingeholt.

»Schön, dich wiederzusehen, teuerste Nurith!«

»Du?« Nurith blickte sich nach allen Seiten um, doch außer ihnen war weit und breit niemand auf der Gasse. Die Männer der Gemeinde beteten noch immer in der Synagoge, ihre Frauen und Kinder waren im Bad oder mit den Vorbereitungen für das Morgenmahl beschäftigt. Er hatte den Augenblick in der Tat vortrefflich abgepaßt. »Was willst du schon wieder von mir, Lampert?« zischte die Ärztin, ohne einen kläglichen Tonfall vermeiden zu können. Er packte sie grob am Ellenbogen und schob sie die wenigen Treppenstufen hinauf, die zur Tür ihres Hauses führten.

»Ich brauche eines deiner berühmten Kräutertränke!« raunte er ihr zu.

»Davon wird der Bischof erfahren.« Nurith schrie es ihm entgegen, zornig und gleichzeitig außer sich vor hilfloser Furcht. »Diesmal werde ich mich nicht von dir einschüchtern lassen.«

»Ach nein?« stieß Lampert hervor. Die Situation machte es wohl erforderlich, außer seiner Gemahlin auch noch eine weitere lästige Zeugin seiner Pläne verschwinden zu lassen. »Unser Bischof wird mir sogar dankbar sein, wenn ich ihm seine Arbeit abnehme und endlich für Ruhe und Frieden in der Stadt sorge. Und nun hör gefälligst auf, dich zu wehren, meine Schöne!« Er lächelte böse, seine rechte Hand glitt hinunter zu seinem Hüftgürtel, an dem ein schmaler Dolch befestigt war. »Du wirst mir ohnehin nicht mehr entkommen!«

Lukas war müde und erschöpft. Seit dem Morgengrauen stand er nun schon in der engen Bauhütte gegenüber der Domfassade und bearbeitete seine Figur mit dem Spitzeisen. Dabei ging er behutsam zu Werke, vorsichtig, als befürchtete er, den Stein durch unbedachte Schläge zu verletzen. Für ihn lebte der Stein und schien förmlich zu atmen. Manchmal kam ihm der haarsträubende Gedanke, daß gar nicht er selber den Meißel schwang, ja zuweilen glaubte er, eine Kraft zu spüren, die stark genug war, um ihm die Hand zu führen, und die ihn benutzte wie ein hoher Herr seinen Schreiber, wenn er ihm seine Gedanken diktierte. Fühlte er sich von dieser mystischen Kraft getragen, so sah die Figur für ihn nach einer Weile anders aus, als er sie in Erinnerung behalten hatte.

Vor dem Arbeitstisch, der von vier steinernen Sockeln getragen wurde, stapelten sich Seile, Trageschlaufen und leere Flaschen. Heiß war es im Laufe des Tages geworden – und dunkel. Gedämpftes Licht drang nur noch durch einige schmale Fensterschlitze sowie durch die offene Tür ins Innere der Bauhütte.

Von Zeit zu Zeit trat der Steinmetz einen Schritt zurück, wischte sich den Schweiß von der Stirn und beobachtete sein Werk mit dem kritischen Blick eines Künstlers, der nie zufrieden war, doch was er sah, erfüllte ihn mit Genugtuung. Trotzdem begannen sich auch wieder Zweifel und Ängste in ihm zu regen. Julius und Grete hatten ihm geraten, sein Bündel zu schnüren und aus der Stadt zu verschwinden. Unmißverständlich hatten ihm die beiden klargemacht, daß er nicht nur sich selbst, sondern alle Leute auf dem Domplatz in Gefahr brachte. Der Mann, der Harras getötet und Grete verfolgt hatte, war nicht wieder ins Wirtshaus zurückgekehrt. Das konnte nur bedeuten, daß er irgendwo in der Stadt einen Beobachtungsposten bezogen hatte.

Lukas starrte vor sich hin. Die aufmunternden Bemerkungen der beiden Gesellen, die ihm im Auftrag der Zunft von Zeit zu Zeit zur Hand gingen und in seiner Abwesenheit über die Bauhütten wachten, nahm er ebensowenig wahr wie den Gesang der Mönche, den der Wind vom Michaelsberg über die Baustelle trug. Langsam machte er sich daran, den Werktisch zu umrunden, um die Figur aus verschiedenen Perspektiven in Augenschein zu nehmen.

Aus der grobkörnigen, plumpen Rohform schien sich inzwischen ein ansehnlicher menschlicher Körper zu erheben. Die Arme des jugendlichen Reiters, beide in einem eleganten Winkel angelegt, hoben sich ebenso deutlich von dem farblosen Hintergrund der Werkstatt ab wie sein Kopf, der jedoch noch keine nennenswerten markanten Züge aufzuweisen hatte. Der Reiter benötigte noch Haar, eine Krone, Zügel, die locker um die Hand geschlungen wurden. Attribute eines Heiligen, denen kein Kirchenfürst widersprechen durfte.

Was das Gesicht des Mannes anbetraf, hatte Lukas sich noch nicht entschieden. Sollte er den Reiter nach überlieferten Regeln bärtig abbilden oder eher Werner von Rottweils Entwurf folgen? Er schob die Entscheidung hinaus. Auch wenn er gern so bald wie möglich mit den Feinarbeiten begonnen hätte, es war noch viel zu früh, sich mit Einzelheiten zu befassen. Das mühevolle Bossieren mit der Picke lag zwar endlich hinter ihm, dennoch würden gewiß Wochen, wenn nicht sogar Monate vergehen, bis er dem Reiter einen markanten Gesichtsausdruck gegeben hatte.

Hier, in der Enge seiner Bauhütte mit all ihrem Durcheinander, erschien es Lukas nahezu unmöglich, in der Skulptur jene würdevolle, königliche Erscheinung zu sehen, an die sich Theodora von Rabenstein wehmütig erinnerte. So blieb ihm nichts anderes übrig, als eine Stimmung widerzuspiegeln, ein Gefühl, das den eigenen Fragen, Hoffnungen und Ängsten entsprach.

Am Abend hatte Lukas eine Entscheidung getroffen. Er würde versuchen, beide Figuren, Pferd und Reiter, in den Dom schaffen zu lassen; Domherr Brandeisen mußte ihm dabei behilflich sein. Lukas war sicher, allein im Innern der noch ungeweihten Kathedrale jene Atmosphäre vorzufinden, die er benötigte, um seinem Kunstwerk eine wahre symbolische und mystische Bedeutung zu verleihen.

Die neuen Pläne wirkten beflügelnd auf ihn. Voller Euphorie legte er das Spitzeisen zur Seite und rief den Gesellen zu, daß sie nach Hause gehen sollten. Er brauchte sie für den Rest des Tages nicht mehr. Als er endlich allein war, nahm er das alte Bauhüttenbuch aus der Lade, das Meister Werner ihm vor seinem Tode anvertraut hatte. Er begann zu blättern, zunächst ohne zu wissen, wonach er eigentlich suchen mußte. In den Aufzeichnungen der alten Bildhauer fand er einige Anregungen zur Verwendung verschiedener Baumharze, die ihm später einmal dienlich sein mochten, wenn es galt, die einzeln bearbeiteten Teile des Reiters und seines Rosses zusammenzuleimen. Ehrfürchtig strichen seine Fingerkuppen über das gelbliche Pergament, welches die gesammelte Weisheit der französischen Baumeister offenbarte. Es war auch nötig, sich Gedanken über den Standort des Bamberger Reiters zu machen. Gute Baumeister suchten den geeigneten Platz bereits aus, lange bevor ihre Figuren aufgestellt oder geweiht wurden. Soweit Lukas sich entsann, hatte Frau Theodora klare Vorstellungen zu dieser Frage geäußert. Sie wünschte, die Figur in heldenhafter Pose, aber dennoch waffenlos zu sehen. Jedermann, der den Reiter im Dom betrachtete, sollte sich daran erinnern, daß der Angriff seines Widersachers König Philipp arglos getroffen hatte. Blickrichtung, Winkel und Neigung waren folglich wichtig für den weiteren Verlauf der Arbeit und von ihm sorgfältig zu berechnen.

Lukas hob den Kopf und ließ seine Blicke über die Gerüste des Doms schweifen. In luftiger Höhe erkannte er das mächtige Tretrad, mit dessen Hilfe Steine und Baumaterialien an Seilen hinaufbefördert wurden. Wie es dort hing, hoch über den Köpfen der Menschen, die daran arbeiteten, dem mächtigen Gotteshaus den letzten Schliff zu geben, gemahnte es an das Rad des Schicksals. Lukas hatte in seiner Kindheit die Bauern oft von Schicksalsrädern reden hören, die dem Menschen etwas über ihre Bestimmung verrieten. Sie galten als Symbole des Wandels, wiesen auf dramatische Veränderungen im Leben des Fragenden hin, auf Umstände, die sich der menschlichen Kontrolle entzogen.

War er eigentlich noch derjenige, der sein Werk beherrschte, oder beherrschte die Figur mit ihren steinernen Augen inzwischen längst ihn? Besaß sie eine Macht, vor der sich sein unheilvoller Verfolger fürchtete? Er selber hatte sich verändert, seit er am Bamberger Reiter arbeitete. Die Angst, jemand könnte ihn mit seiner Vergangenheit als Höriger konfrontieren, quälte ihn seit seinem Aufenthalt auf Burg Rabenstein nicht mehr. Mit Julius und der Schankmagd hatte er bis spät in die Nacht hinein über seine Herkunft geredet. Er hatte ihnen von Haselach und Beate von Okten erzählt, auch von Theodora, die allem Anschein nach seine Mutter war. Was ihm nun daraus erwuchs, lag nicht mehr in seinen Händen, sondern in den Händen Gottes, der sich des Schicksalsrades bediente.

»Lukas, bist du noch da?« Julius von Würzburgs Stimme klang ruhig, beinahe heiter. Die Schrecken der vergangenen Nacht wirkten bei ihm offensichtlich nicht mehr nach. Mit einem Lächeln steckte der Küchenmeister seinen Kopf durch die Tür und begrüßte Lukas. Er trug keine Arbeitskleidung, sondern ein weinrotes Wams, das in schmalen Streifen bis über die Knie fiel. Sein langes, weißes Haar steckte unter einer Kappe aus rotem Filz, die seinem eckigen Schädel einen fast verwegenen Ausdruck verlieh.

»Hier ist jemand, der dich gerne sprechen würde, mein

Freund«, sagte Julius, nachdem er sich die Bildhauerarbeiten angesehen hatte.

Lukas verzog das Gesicht. »Ich habe Raidho schon hundertmal gesagt, daß ich keinen Käse für ihn habe. Er soll gefälligst bei den Mönchen ...«

Salomanns Koch hob abwehrend die Hand. »Ich rede nicht von dem armen, verwirrten Kerl, obwohl es gewiß nichts schaden würde, sich dieses wandernde Orakel einmal genauer anzuschauen. Die Bibelverse, die er uns gestern hinterherschickte, fand ich mehr als eigenartig.«

»An Raidho ist alles eigenartig«, bestätigte Lukas. Er griff nach Meißel und Maßband und begann, sich an der Figur des Reiters zu schaffen zu machen, um Julius zu zeigen, wie beschäftigt er war. Er wollte mit seinen Empfindungen allein bleiben, doch als er den Blick wieder hob, stand plötzlich Justina vor ihm. Seiner Hand entglitt das Werkzeug, das mit einem dumpfen Geräusch auf die Holzbohlen schlug.

»Justina, ich ... Was bin ich froh, dich endlich zu sehen. Man wollte mich nicht zu dir lassen. Schon vor Tagen habe ich versucht, mit dir Kontakt aufzunehmen.« Er trat auf die junge Frau zu und streckte seine Hand nach ihr aus.

Justina zögerte einen Moment, dann warf sie sich ihm mit einem Schluchzen in die Arme und barg ihren Kopf an seiner Schulter. Es dauerte eine halbe Ewigkeit, bis die beiden sich voneinander lösen konnten. Julius von Würzburg hatte sich klammheimlich zurückgezogen. Sie waren allein in der Bauhütte.

»Du siehst gut aus«, brach Lukas endlich das Schweigen. Behutsam berührte er Justina bei den Schultern und musterte sie mit derselben Sorgfalt, wie er es für gewöhnlich bei seinen Kunstwerken tat. »Ein wenig bleich bist du, aber dies mag an dem trüben Licht hier liegen. Sobald die Lehrjungen und Gesellen den Domplatz verlassen haben, ist niemand mehr da, der sich um die Lampen kümmert.«

Justina atmete tief durch. »Meine Blässe hat nichts mit dem Licht zu tun, Lukas. Verzeih mir, ich konnte nicht auf deine Rückkehr warten. Lampert hatte mich in Nuriths Haus aufgespürt und zur Heirat gezwungen.«

»Ich weiß, aber es spielt keine Rolle mehr. Wir gehen fort aus Bamberg!« Lukas sagte es, als sei es beschlossene Sache. »Es ist mir egal, ob die Kirche uns ihren Segen erteilt oder vorenthält. Für *mich* ist das erzwungene Jawort, das du diesem Schurken geben mußtest, nicht bindend.«

»Du willst, daß ich mit dir in eine andere Stadt ziehe? Auf eine andere Dombaustelle?«

Er antwortete nicht sofort, sondern nahm sie wieder in die Arme, dieses Mal sogar ein wenig forscher.

»Nun gut«, sagte sie. »Julius hat mir von dem Mord an Meister Norberts Sohn berichtet. Ich hörte die Glocke von St. Stephan in meinem Schlafgemach, aber mir war nicht klar, was sie bedeutete. Wir sollten sofort fliehen. Morgen früh. Sobald die Stadttore geöffnet werden und ...«

Lukas spürte, wie seine Gesichtszüge, während Justina sprach, förmlich versteinerten. Er konnte fühlen, wie die Augen des Reiters, die er selbst geschaffen hatte, ihn aus der Umarmung der jungen Frau entließen, wie sie ihn gegen die Werkbank drückten, bis ihn nur noch wenige Fingerbreit von dem Sockel der Skulptur trennten.

»Morgen ... meinst du?« Wie sollte er Justina erklären, daß er unmöglich gehen konnte, ohne sein Werk vollendet zu haben? Vor seinem geistigen Auge verwandelte sich Justinas schlanke Gestalt in Theodora von Morsch, aber ihr Gesicht war verhüllt, verborgen hinter dem Webrahmen. Dann sah er ihren Sohn Rüdiger vor sich, der auch sein Bruder war. Werner von Rottweil schwang den Zollstock über ihm, das Symbol seines Könnens ebenso wie seines Unvermögens. Ägidia und Harras saßen wie Chimären in seinen Ohren. Sie hämmerten und schraubten, daß es Gott erbarmte. Nein, es war unmöglich, alles hinter sich zu lassen.

»Großer Gott, Lukas!« Justina kam näher. »Was geschieht mit dir? Bist du krank?«

»Ich ... kann Bamberg nicht verlassen, Liebste! Noch nicht!«

»Aber du hast es versprochen. Ich mache mir doch Sorgen um dich. Ein Wahnsinniger ist hinter dir her, verstehst du das nicht?«

»Nicht hinter mir!« Lukas deutete auf die Figur. »Mir wird er nichts tun. Er ist hinter *ihm* her!«

Justina schüttelte verständnislos den Kopf. »Hinter ihm? Aber das ist doch nur eine unfertige, rohe Skulptur. Nicht mehr als ein Stein, der von dir und deinen Helfern bearbeitet wird. Wieso sollte ein Standbild einen Mann dazu bringen, über Leichen zu gehen?« Sie wartete einen Augenblick, doch als Lukas nichts erwiderte, fuhr sie fort: »Lampert plant neue Intrigen, um sich Salomanns Kaufmannshof unter den Nagel zu reißen. Der Idiot begreift überhaupt nichts, ich glaube, er ist krank. Aber wenigstens ist meine neue Herrin gut zu mir. Ich glaube, du kennst sie ...«

Lukas nickte. »Ja, ich kenne Salomanns Gemahlin, die Edelfrau Beate von Okten. Sie stammt aus demselben Dorf wie ich. Ich fürchte nur, du darfst ihr ebensowenig vertrauen wie Lampert. Wenn sie erfährt, daß wir uns lieben ...«

Justina blickte ihn erschrocken an. Schutzsuchend lehnte sie sich gegen einen Holzpfeiler, an dem die Steinmetzen einige Habseligkeiten mit Nägeln befestigt hatten.

Sie verließen die Bauhütte, als die Glocke der Klosterkirche zum neunten Mal schlug. Es war spät geworden. Längst war es dunkel. Justina mußte auf schnellstem Weg ins Kaufmannshaus zurückkehren. Sie hoffte inständig, daß dort niemand ihr Verschwinden bemerkt und Lampert benachrichtigt hatte. Während der letzten Tage war er nur selten in ihrem Gemach aufgetaucht, aber sie traute dem Frieden nicht. Beate hatte ihrem Gemahl auf dem Hof einige Male verschwörerische Blicke zugeworfen. Schon der Gedanke, die beiden könnten etwas gegen sie aushecken, jagte ihr einen eisigen Schauer über den Rücken.

»Verriegele die Tür zu deiner Kammer und laß niemanden hinein«, riet Lukas. Vorsichtig half er ihr, auf dem dunklen Trampelpfad zum Fluß nicht zu stolpern. Sie spürte, daß er die Bauhütte nicht gerne unbewacht zurückließ, aber seine Sorge um ihr Wohlergehen war stärker als die Angst um seine merkwürdige Figur. Auch wenn seine Weigerung, sofort die Stadt zu verlassen, sie enttäuschte, freute sie sich über seine Fürsorge, einen Charakterzug, den er früher nicht besessen hatte. Vielleicht war es ja tatsächlich angebracht, erst einige Dinge in Ordnung zu bringen, ehe sie Bamberg für immer hinter sich ließen.

Hinter einer scharfen Wegbiegung blieb Lukas unvermittelt stehen. Justina bemerkte, wie sich die Muskeln seiner Arme strafften. Er lauschte wie eine Katze, die Gefahr witterte. Der Himmel trug einen geisterhaften Schimmer, zeigte sich entstellt durch das Licht des aufgehenden Mondes, das die Wolkendecke durchbrach und Bäume, Hecken sowie die Gatterzäune der Schafgärten in vage Schemen verwandelte.

Beunruhigt folgte Justina den Blicken des Freundes, bis sie selbst eine in dunkle Gewänder gehüllte Gestalt ausmachte, die leichtfüßig den Brückensteg überquerte und schließlich den Weg zum nahen Domberg einschlug. Im nächsten Moment legte Lukas seine Hand über ihren Mund, um sie am Schreien zu hindern, doch sie empfand diese Geste als völlig überflüssig. Sie war viel zu überrascht, um auch nur einen Laut von sich zu geben.

Hastig drängte Lukas sie hinter die Zweige einer alten Platane. Auf keinen Fall durften sie von der gespenstischen Person entdeckt werden, die dort drüben auf dem Brückenweg einherschritt.

»Meinst du, das ist er?« fragte Justina, nachdem es ihr gelungen war, seine schwere, warme Hand abzuschütteln. »Der ... Mörder?« Ein Schauder ergriff sie. Rasch nahm sie ihren Schleier vom Kopf, aus Furcht, der weiße Leinenstoff könnte durch das Laub des Baumes schimmern und sie verraten. Plötzlich stutzte sie. »Aber das ist eine Frau. Ich erkenne es an ihrem Gang, der Art, wie ihre Hüften unter dem Mantel schwingen.«

Lukas fühlte, wie ihm das Blut in die Wangen stieg. Justina hatte recht. »Ja wirklich, du hast recht«, flüsterte er. »Gott steh mir bei, ich glaube, ich kenne sie. Es ist Ethlind, das Weib des Kerls, der sich Locator in fürstlichen Diensten nennt. Ich habe sie vor einigen Wochen auf der Burg kennengelernt. Was hat sie auf dem Domplatz verloren? Angeblich kennen sie und ihr Mann hier in Bamberg niemanden.«

Justina runzelte die Stirn. Die Erkenntnis, daß sich unter dem wallenden Umhang eine Frau verbarg, die Lukas' Weg schon einmal gekreuzt hatte, minderte ihre Angst nur wenig. »Aber der Locator Matthäus Hagen hat die Stadt doch schon vor Wochen verlassen.« Sie rüttelte Lukas am Arm. »Du glaubst doch nicht wirklich, daß diese Ethlind hinter den Anschlägen auf dem Domplatz steckt?«

Lukas sprang auf die Füße. Entschlossen griff er nach Justinas Hand. »Ich werde es herausfinden. Du aber solltest sofort nach Hause gehen. Ich bin nicht in der rechten Stimmung, mit dir zu streiten.«

»Und ich bin nicht in der Stimmung, dich mit dem Schicksal würfeln zu lassen!«

»Sei nicht starrköpfig. Du brauchst nur über die Brücke zu laufen und an die Tür des Wächters zu klopfen. Er wird dich hinunter zum Kaufmannshof begleiten, ohne lästige Fragen zu stellen. Begib dich in die Küche zu Meister Julius, er wird sich deiner annehmen, bis ich dich holen komme.«

Als es ihm endlich nach einem kurzen Wortgefecht gelungen war, Justina zum Rückzug zu bewegen, fühlte Lukas sich müde und ausgelaugt. Er verstand, wie sehr es seiner Geliebten widerstrebte, in Salomanns Haus zurückzukehren – zu Lampert und Beate. Aber er durfte sie keinesfalls in Lebensgefahr bringen. Daß die Frau des Locators nicht zufällig in Bamberg aufgetaucht war, stand für ihn außer Frage. Wahrscheinlich befand sie sich bereits auf dem Weg zu ihrem Mann, der sich irgendwo auf dem weitläufigen Stiftsgelände verbarg. Die Wohnhäuser der Domherren, ihre Kapellen und Stallungen bildeten für Unkundige ein wahres Labyrinth aus Gängen und finsteren Winkeln, doch wenn er es geschickt anstellte, würde Ethlind ihn geradewegs zu seinem Versteck führen. Nachdem Justina den Steg überquert hatte, heftete er sich wie ein Schatten an ihre Fersen.

Aus einiger Entfernung beobachtete er, wie die Frau des Locators den Domplatz weiträumig umschritt und auf das Haus des Domherrn Brandeisen zustrebte. Ob Matthäus Hagen dort auf sie wartete? Immer wieder hatte sich der sonderbare Locator wie zufällig in seiner Nähe eingefunden, und zwar stets unmittelbar bevor oder nachdem Lukas in Bedrängnis geraten war. Zuletzt war er ihm in der Schwitzstube auf Burg Rabenstein begegnet, wo sein gedungener Meuchelmörder versucht hatte, ihn im Badezuber zu ersäufen.

Die schöne Ethlind schritt um eine der beiden Pferdetränken, hinter der sich ein Aufsatz aus einem mit Schindeln bekrönten Doppelbogen erhob. Dabei schaute sie nicht einmal über die Schulter, ob ihr jemand folgte. Eilig bewegte sie sich am Hauptportal vorbei, welches von einem gewaltigen Löwenkopf bewacht wurde, und wandte sich dann einer der Seitenpforten zu. Eine Öllampe flackerte über dem Türbalken.

Domherr Brandeisen schien sehr auf seine Sicherheit bedacht zu sein.

Lukas schlich sich näher an das düstere Haus heran. Dabei stellte er überrascht fest, daß es nur auf der schmalen, zum Domplatz weisenden Seite aus festem Mauerwerk bestand, sämtliche Nebengebäude waren aus grobem Lehm und Holz errichtet worden. Ihre roten Dächer trugen nur zu einem geringen Teil Ziegel, und diese erweckten wiederum den Eindruck, als könnte der geringste Windhauch sie mühelos abdecken. Abgesehen von der winzigen Lampe, deren Schein Ethlind ihren Weg hinauf zur Pforte gewiesen hatte, war das Haus unbeleuchtet.

Mit klopfendem Herzen stahl Lukas sich durch die nur angelehnte Tür. Vor ihm lag ein Gang, schmucklos und kahl. Zwei lange Eichenbänke, ein Holzkreuz an der von Feuchtigkeit fleckigen Wand. Von Ethlind selbst war nichts mehr zu entdecken. Doch aus einer der abzweigenden Kammern ertönten Stimmen. Lukas lauschte, während er sich mit dem Rücken zur Wand vorwärts bewegte, bis er die Tür erreicht hatte. Er konnte es kaum fassen, aber auch diese Tür stand einen Spalt offen. Nun konnte er die Stimmen voneinander unterscheiden. Es mußten sich zwei Männer und eine Frau im Raum befinden. Lukas sandte ein Stoßgebet zum Himmel. Es war widersinnig, was er hier tat, doch er hatte keine andere Wahl. Vorsichtig beugte er sich hinunter und spähte durch den Türspalt. Einen Atemzug lang blendete ihn das gelbe Licht, das wie eine Gloriole über der Kammer zu schweben schien, so stark, daß er die Augen schließen mußte. Dann erkannte er die rundliche Gestalt des Domherrn Brandeisen. Er stand mit dem Rücken zur Tür. Matthäus Hagen saß mit ernster Miene an einem Tisch, Pergament, Schreibzeug und ein Stundenglas vor sich. In der Hand hielt er eine Schreibfeder. Er hatte sich während der vergangenen Wochen nicht verändert, übersah man die beiden Furchen, die sich tief in seine Stirn gegraben hatten.

Lukas ließ seinen Blick weiter wandern. Hagens Weib konnte er nirgendwo ausmachen. Ein heißer Schrecken überfiel ihn. War Ethlind etwa gar nicht im Raum? Doch einen Moment später vernahm er ihre ruhige Stimme.

»Es ist mir nicht gelungen, zu ihm vorzudringen«, sagte sie. »Aber es soll ihm gutgehen. Er hat Freunde in der Stadt gefunden, die sich um ihn kümmern.«

Der Locator erhob sich, sein Stuhl scharrte über die Holzdielen. »Wir dürfen nicht mehr länger warten, Ethlind. Der Mann ist zu gefährlich geworden. Er muß endlich unschädlich gemacht werden.«

»Du weißt aber schon, daß Theodora von Morsch dem niemals zustimmen würde.«

Domherr Brandeisen hatte der Auseinandersetzung zunächst schweigend zugehört, nun aber schlug er sich mit der Faust in die offene Hand. »Gerede«, stieß er ärgerlich hervor. »Mir liegt nur daran, daß auf meinem Domplatz endlich wieder Ruhe und Frieden einkehren. Was die Rabensteinerin dazu sagt, ist mir völlig gleichgültig. Euer Weib hat den Kerl doch beobachtet, oder?«

Schweigen. Möglicherweise nickte Ethlind, oder sie machte eine zustimmende Geste, was Lukas allerdings nicht sehen konnte.

»Nun denn«, fuhr Brandeisen fort. »Ich halte es nach wie vor für einen Fehler, die Sache unnötig aufzubauschen. Der Bischof hat momentan ganz andere Sorgen. Die Arbeiten am Dom stocken, Kaiser Friedrichs Ritter rüsten sich bei Nürnberg zum Kampf gegen die feindlichen Heere. Jeden Tag kann der unselige Bruderkrieg in Bamberg Einzug halten. Von den Schwierigkeiten, die dieser erbärmliche Bursche auf dem Domplatz verursacht, würde ich ihn daher am liebsten verschonen.«

»Dann tut es auch, Domherr!« Die Stimme des Locators klang plötzlich eiskalt. Schritte polterten durch die Kammer. »Ich werde mich unseres kleinen Problems noch in dieser Nacht annehmen«, brummte er. »Wenn Ihr morgen zur Frühmesse geht, wird es Eure zarte Seele nicht mehr belasten.«

Brandeisen steckte offenbar mit den Verschwörern, die Lukas nach dem Leben trachteten, unter einer Decke. Der Domherr kannte weder Scham noch Skrupel, ihn seinen Feinden auszuliefern. Ohne zu zögern, sprang Lukas auf die Füße und stürzte ins Zimmer. Einen Moment lang stand er reglos da und starrte den Locator an, der sich hektisch umwandte. Ethlind, noch immer im nachtblauen Kapuzenmantel, schlug entsetzt die Hand vor den Mund.

»Das habt ihr Euch fein ausgedacht«, rief Lukas. Er war so außer sich, daß er seine Angst vergaß. »Ich werde dafür sorgen, daß Ihr Eure Pläne dem Bischof vortragen dürft. Die ganze Welt soll erfahren, wer ich in Wahrheit bin!«

Matthäus Hagen erbleichte. Er hob beschwichtigend die Arme, doch ehe er zur Tür laufen konnte, hatte Lukas sich auch schon umgedreht, war hinausgestürmt und hatte den Riegel vorgeschoben.

»Verdammt, laß uns raus, du Dummkopf!« Brandeisens Stimme dröhnte dumpf durch das Eichenholz. Lukas versagte sich eine Antwort. Unter Aufbietung sämtlicher Kräfte schleifte er eine der langen Eichenbänke des Domherrn heran und klemmte ihre Armlehne unter den Bolzen, um den hölzernen Riegel zu stützen. Die Eingeschlossenen hämmerten mit ihren Fäusten gegen den Türrahmen, fluchend beschworen sie Lukas, ihnen augenblicklich zu öffnen.

»Ich hoffe, Ihr habt auch diesmal an Eure Fäustlinge gedacht, Locator«, zischte er. Dann blickte er sich um. Im Haus blieb alles still, doch Lukas hatte keine Ahnung, wie lange dieser Zustand anhalten würde. Früher oder später würden Diener oder Mägde auf das Klopfen ihres Herrn aufmerksam werden. Er mußte ihnen zuvorkommen. Eilig verließ er das Haus durch die Pforte, durch die er gekommen war.

Als Lukas den Platz vor den Höfen der Domherren überquerte, war er kaum mehr fähig, einen klaren Gedanken zu fassen. Erst das Geräusch einer vom Wind bewegten Tür ließ ihn aufhorchen. Als seine Augen die Nacht absuchten, bemerkte er, daß Norberts Werkstatt aufgebrochen worden war. Schemenhaft drangen die Konturen der leblosen Steinskulpturen durch die Öffnung der Bauhütte. Ein weiterer Diebstahl? Hatten der Locator oder seine Frau sich etwa seiner Arbeit bemächtigt, bevor sie den Domherrn aufgesucht hatten?

Lukas schlich sich an die Hütte heran. Noch ehe er den Eingang erreicht hatte, spürte erst einen heiseren Atemzug in seinem Nacken, dem ein stechender Schmerz zwischen den Schulterblättern folgte. Lukas stöhnte auf, er glaubte, der Boden tanze unter seinen Füßen. Lautlos brach er zusammen. Das letzte, was er sah, waren zwei von Schlamm verkrustete Stiefel und starke Arme, die ihn unter den Achseln packten. Er schleppt mich in seine Höhle wie ein erlegtes Tier, dachte er noch benommen. Dann wurde es schwarz vor seinen Augen.

Einundzwanzigstes Kapitel

»Herrin, kommt rasch!« Dem alten Diener saß der Schrecken noch in allen Gliedern, als er, ohne anzuklopfen, in die hell erleuchtete Kammer der Kaufmannsgemahlin stürmte.

Beate von Okten empfing ihn in einem reich verzierten Polsterstuhl. Auf dem samtenen Fußbänkchen vor ihr lag ein

Durcheinander von Goldketten, Armreifen und Schmucksteinen. Sie hatte sich noch nicht entschieden, welches Geschmeide für einen Besuch am Hof des Bischofs passend war. Da sie nur ein einfaches Hauskleid aus grauem Leinen trug, empfand sie die Störung des Dieners als äußerst lästig. Unwillig verzog sie den Mund, wobei sie ihrer Zofe, welche vergessen hatte, die Tür zu verriegeln, giftige Blicke zuwarf. Sogleich ergriff das Mädchen einen seidenen Mantel und sprang herbei, um ihn ihrer Herrin über die entblößten Schultern zu legen.

»Euer Gatte, Herrin ... Es ist einfach schrecklich«, jammerte der Alte hemmungslos. Tränen rannen ihm über die Wangen. Beate klappte seufzend die Deckel ihrer Schatullen zu. Sie sah das eingefallene Gesicht des Mannes in ihrem bronzenen Frisierspiegel, der fast die gesamte Breite der Wand einnahm. »Was ist denn nun so schrecklich?« fragte sie beiläufig. »Ist dein Herr in seinem Kontor?«

»Ja, aber er ist über seinem Rechentisch zusammengebrochen.«

»Warum hast du das nicht gleich gesagt, alter Narr?« Beate sprang so hastig auf, daß ihr Bein gegen das Fußbänkchen mit dem Geschmeide schlug. Silberne Ringe, Spangen und Perlen rollten durch die Stube, doch weder Beate noch ihre Dienerin würdigten den Schmuck auch nur eines Blickes. Sie stürmten aus dem Gemach, eilten die Treppen hinunter, vorbei an der Halle, in der zwei weitere Diener soeben das Feuer im Kamin schürten, und erklommen die Stiege zum Kontor.

Dort fand Beate ihren Gemahl. Salomann saß vornübergebeugt hinter seinem Rechentisch. Sein Kopf lag seitlich auf dem Abakus.

Angesteckt von dem Jammern des Alten, fing nun auch Beates Zofe an zu schluchzen. Ihre Finger zitterten leicht, als sie auf die Lache aus schwarzer Granatapfeltinte deutete, die sich neben dem Tisch über den Steinplatten ausbreitete. Salomanns Wams war bis zum Halskragen mit Tinte besudelt. Zu seiner Rechten stand ein Becher mit Wein, zu seiner Linken eine Sanduhr. Beate griff nach ihr und drehte sie herum.

»Bevor der Sand abgelaufen ist, möchte ich einen Medicus und einen Priester hier sehen«, fuhr sie den alten Knecht an, der am Eingang des Kontors stehengeblieben war und sich ohne Unterlaß bekreuzigte. »Und du hörst gefälligst auf zu heulen, Mädchen. Mein Gemahl ist tot, möge er in Frieden ruhen. Vom heutigen Tage an werde ich die Geschicke des Handelshofes leiten.«

Der Medicus war nicht aufzutreiben, auch an die Tür der Judenärztin klopften die Knechte vergeblich. Schließlich ließ sich der älteste Sohn des städtischen Baders überreden, den Leichnam des Kaufmanns zu betrachten. Er verstand etwas von seinem Handwerk, in Kürze sollte er das Geschäft seines Vaters am Markt übernehmen.

»Das Herz hat seinen Dienst versagt, edle Frau«, sagte der junge Mann, nachdem er seine Untersuchung beendet hatte. Er zuckte die Achseln. »Es wäre besser gewesen, sofort nach dem Priester zu schicken. Wegen der Sterbesakramente. Die Säfte im Körper Eures Gemahls waren schon seit Monaten im Ungleichgewicht, daher war es nur eine Frage der Zeit, wann es dem Allmächtigen gefiel, ihn von dieser Welt abzuberufen.«

Beate von Okten blickte ihn gleichmütig an. »So?« Sie nahm den kostbaren Trinkbecher in die Hand und stellte fest, daß er noch gefüllt war. Salomann hatte ihn nicht angerührt. Mit einer Geste forderte sie den jungen Bader auf, an der Flüssigkeit zu riechen.

»Ich verstehe, Herrin. Ihr haltet es für möglich, daß Euer Gemahl vergiftet wurde!« Der Bader hielt den funkelnden Rebensaft unter die Kerzenflamme, schnupperte und ließ die

Flüssigkeit schließlich einige Male im Becher kreisen. Es waren keine Ablagerungen zu entdecken, und der Geruch verhieß nichts Außergewöhnliches. »Das halte ich für abwegig«, meinte der junge Mann, nachdem er seine Zunge mit einigen Tropfen benetzt hatte. »Seine Pupillen verraten mir, daß Salomann krank war. Sein Arzt hätte ihn viel öfter zur Ader lassen und die fetten Speisen verbieten müssen, doch wenn es Euch beruhigt, werde ich ein paar Brotstücke mit dem Wein tränken und sie dann in unserem Speicherraum als Köder für die Ratten auslegen.«

»Bemüht Euch nicht!« Beate von Okten geleitete den Bader bis zur Treppe und öffnete ihm mit einem engelsgleichen Lächeln die Tür. Dort steckte sie ihm einige Münzen in die Geldkatze. »Für deine Unannehmlichkeiten, Bader. Ich wäre Euch sehr verbunden, wenn der Tod meines armen Salomann nicht zum Gesprächsstoff in Eurer Badestube verkäme.«

Kurz darauf schickte Beate alle hinaus, sie selbst blieb jedoch im Kontor zurück. Von nun an war sie die Herrin über den Handelshof. Als die Schritte und Stimmen auf dem Hof verklungen waren, ließ sie sich neben dem Aktuar nieder und starrte zum Rechentisch hinüber, wo noch immer der unberührte Weinkelch stand. Wie war das möglich, überlegte sie angestrengt. Kein Gift? Keine Droge? Und doch war Salomann tot. Aber wenn er tatsächlich eines natürlichen Todes gestorben war, wo, beim Gift der Natter, steckte dann Lampert?

Lukas schlug die Augen auf und starrte verwirrt in die nachtschwarze Stille, die ihn wie ein unsichtbares Netz umgab.

Ihm war speiübel, und ihn plagte ein quälender Durst. Vorsichtig tastete er den Grund, auf dem er lag, mit den Fingerspitzen ab, als plötzlich wenige Schritte vor ihm ein Fackelschein aufblitzte. Im Kegel des einfallenden Lichts erfaßte er erstaunlich rasch, wo er sich befand. Der Ort war klamm und zugig, der Fluß rauschte in nächster Nähe an ihm vorbei, und draußen knarrte ein Rad im Wind. Man hatte ihn in eine der Mühlen geschleppt, die zum Besitz des Bischofs gehörten. Um ihn herum befand sich ein wüstes Durcheinander von verschiedenen Schaufeln, Seilen und Flachssäcken. Fliegen summten um seinen Kopf herum. Ein trockener Mehlgeruch hing in der Luft.

»Na, mein Freund, endlich erwacht?«

Unter Schmerzen bemühte Lukas sich, seinen Kopf in die Richtung zu drehen, aus der die Stimme des Mannes kam, aber es gelang ihm nicht. Tränen traten ihm in die Augen, als er sich mühsam auf die Füße kämpfte. Unsicher tappte er auf das grelle Licht zu.

Im Schatten eines Winkels wartete ein breitschultriger Mann, der ihn mit durchdringenden Blicken musterte. Der Fremde hatte eine Statur, die dem Locator ähnelte, doch selbst in seinem benommenen Zustand war Lukas klar, daß es unmöglich Matthäus Hagen sein konnte, der ihm gegenüberstand. Hatte er ihn nicht mitsamt seinem Weib und dem feisten Domherrn eingesperrt? Wann war dies gewesen? Vor Stunden oder gar Tagen? Er wußte es nicht mehr. Während er noch darüber nachsann, machte er die nächste Entdeckung. Auf einer Werkbank, die dem bischöflichen Müller vermutlich zum Aussortieren von Getreide diente, erhoben sich die Umrisse zweier Figuren aus Sandstein.

Es waren Pferd und Reiter. Sein Bamberger Reiter, der ihn mit seinen steinernen Augen vorwurfsvoll anstarrte. Der Unbekannte hatte demnach nicht davor zurückgeschreckt, auch sein Werk in die Mühle zu entführen. Aber was hatte er vor?

»Kennst du die Geschichte des Erzvaters Isaak?« hob der Mann mit der Pechfackel nun zu reden an. »Jenes Mannes, der zwei Söhne in die Welt setzte, doch nur dem einen seinen väterlichen Segen versprach?« Seine Stimme klang so kalt und schneidend, daß Lukas ein Frösteln überfiel. Raidhos Orakel, schoß es ihm durch den Kopf. Der verrückte Betbruder. Er erinnerte sich, daß der Greis nach dem Mord an Harras das Alte Testament zitiert hatte, doch weder er noch Julius hatten sich einen Reim daraus machen können.

»Ich ... habe nur wenig Ahnung von der Heiligen Schrift«, erwiderte er mit schwankender Stimme. »Es ist ja auch verboten, sie ohne Anleitung zu lesen. Aber wenn ich unseren Pfaffen richtig verstanden habe, so erschlich sich der jüngere Bruder den Segen des blinden alten Mannes, nachdem ihm seine Mutter den Rat gegeben hatte, sich für den geliebten Sohn auszugeben.«

»Sie hat ihn getäuscht«, rief der Mann im Schatten aufgebracht. Das metallische Klirren seines Kettenhemdes untermalte seine Wut auf höchst bedrohliche Weise. Langsam trat er aus dem Schatten heraus, die brennende Fackel steckte er in eine Wandhalterung. »Sie hat ihn auf hinterhältige Weise betrogen, indem sie ihm einen Bastard unterschob, den sie für ihre Zwecke hin und her zu scheuchen gedachte, wie einen verdammten Bauern auf dem Schachbrett.«

»O heilige Jungfrau Maria, steh mir bei.« Lukas mühte sich ab, zu begreifen, *wer* ihm hier entgegentrat, doch mit diesem Menschen hatte er nicht gerechnet. Oder nicht rechnen wollen?

»Rüdiger von Morsch, Burgherr von Rabenstein«, murmelte er tonlos. »Ihr habt also all diese Morde begangen?«

Der Ritter verzog das Gesicht. »Morde? Du hast keine Ahnung, Steinmetz. Du redest von nichtsnutzigen Kreaturen. Ich schaffte die Neugierigen und die Habgierigen aus dem Weg, um dir Zeit zu geben, zu verschwinden. Jawohl, du hast mich recht verstanden, Steinmetz. Aber ...« Er hob den Blick und schien einen Moment lang über etwas nachzusinnen. »Wenn ich's recht bedenke, so haben sie selbst das Urteil über sich gesprochen. Ägidia, die Kammerfrau meiner Mutter, stürzte kopfüber die Stiege hinab, ehe sie mich verraten konnte. Glück für mich, daß sie statt dessen mir noch einiges mitteilen konnte. Auch Werner war ein haltloser Schwätzer, auf dessen Stillschweigen niemand bauen durfte. Und was diesen armseligen Steinmetz angeht ...«

»Sein Name war Harras!«

»Dieser Kerl wagte es tatsächlich, mich zu erpressen. Ich hatte ihm Geld dafür geboten, dir Angst einzujagen, viel Geld. Ebenso wie meinem Knecht, der dich im Steinbruch überfiel. Er war übrigens Dorfvorsteher in Rabenstein und mir treu ergeben. Wie ich hörte, hast du seine beiden Jungen hier in einem Kloster abgeliefert? Nun, einerlei. Diesen kleinen Kröten wird sowieso niemand glauben.«

»Warum habt Ihr Harras erschlagen?« wollte Lukas wissen.

»Der Steinmetz sollte dir lediglich ein paar Diebstähle auf der Dombaustelle in die Schuhe schieben, damit du aus der Stadt vertrieben wirst, aber der Trottel mußte sich ja unbedingt mit den Franzosen anlegen und mir alles verderben. Schließlich griff er mich sogar an, weil er mehr Geld haben wollte. Geld wofür, frage ich dich? Nein, wie du weißt, bin ich auf Rabenstein als großzügiger Grundherr bekannt. Ich nehme mir nicht einmal das Beststück, wenn ein Bauer gestorben ist, aber ich halte nichts davon, Versager und Verräter zu entlohnen. Ich konnte gar nicht anders, ich mußte ihn zum Schweigen bringen.«

Lukas biß sich auf die Unterlippe, seine Augen wanderten hinüber an die Wand, wo der Müller verschiedene Schaufeln und Werkzeuge aufgereiht hatte. »Und dies alles, um zu verheimlichen, daß wir von derselben Mutter geboren wurden?« fragte er. Er mußte Zeit herausschinden. »Ihr wolltet Eure Mutter bestrafen, weil sie ein Kind des Königs Philipp von Schwaben empfing. Das hat Euch doch rasend gemacht, nicht wahr? Zu erfahren, daß Ihr einen Bruder habt, in dessen Adern königliches, ja kaiserliches Blut fließt, während Euch nur eine abgelegene Burg auf einem schroffen Felsen gehört.«

Rüdiger von Morsch starrte Lukas haßerfüllt an. Einen Moment lang schwieg er, als müßte er seine Kräfte bündeln. Dann zog er mit einer ruckartigen Geste sein Schwert aus der Scheide. »Ich fürchte, Meister Werner übersah eine Kleinigkeit, als er dir die lange, rührselige Geschichte der Ritter und Frauen von Rabenstein erzählte.« Der Burgherr betrachtete die blitzende Schneide seiner Waffe. Er hatte einmal gelobt, sie in den Dienst der Schutzbedürftigen und Schwachen zu stellen, der Waisen und Witwen. Aber dies war lange her. Die Zeiten änderten sich.

»Theodora von Morsch ist unsere Mutter, das ist wahr. Sie hat dir den Auftrag erteilt, ihren einstigen Geliebten in Stein zu bannen und damit ihr eigenes Gewissen zu entlasten.«

»Ihr eigenes Gewissen, aber ...«

»Unterbrich mich nicht andauernd!« Rüdiger schob seine Klinge noch ein Stück vor. »Es hat lange gedauert, bis ich die Wahrheit herausfand. Zunächst glaubte ich auch, meine Mutter habe dich, den Bastard des Staufers, auf ein Landgut abgeschoben, um zu verheimlichen, daß sie vor der Ehe mit Ludwig von Morsch bereits ein Kind auf die Welt gebracht hatte.«

»Aber so muß es gewesen sein! Ich habe mein Leben als Leibeigener gefristet. Daher kenne ich auch die Dame Beate von Okten. Ihr Bruder war mein Grundherr.«

Rüdiger nickte. »Der Sohn des Königs wurde in der Tat nach Haselach gebracht, und zwar bald nach seiner Geburt. Ludwig von Morsch, mit dem sich meine Mutter vermählte, hat diese Aufgabe persönlich übernommen. Doch einige Zeit später wurde Theodora erneut schwanger, diesmal von ihrem Ehemann. Ludwig wartete die Geburt ab, er wollte unbedingt erfahren, ob sein Weib ihm einen Sohn gebar. Sobald er seinen

Erben in der Wiege wußte, hielt es ihn nicht länger auf der Burg. Als er sich im nächsten Frühling in den Dienst des Kaisers begab, ersann Theodora einen Plan. Sie entschied unüberlegt, gefühllos und tückisch, aber sie handelte. Vor allem war sie besessen von dem Wunsch, ihr erstes Kind, Philipps Sohn, in ihrer Nähe zu wissen. Das Neugeborene kümmerte sie nur wenig. Schließlich stammte das Kind von einem Mann, der sich ihr aufgedrängt hatte. Sie brauchte es, um den Kindertausch vorzunehmen.«

Lukas wurde aschfahl. »Den Kindertausch?«

»Jawohl, Bruder. Wenig später kehrte der kleine Staufer nach Rabenstein zurück, wo er im Sinne seines vermeintlichen Vaters zum Ritter erzogen wurde. Ludwig von Morschs wahrer Sohn wurde dagegen in die Obhut des Fronherrn gegeben. Damit niemand Verdacht schöpfte, erfand man dort die Geschichte vom Findelkind am Fluß. Theodoras Gemahl fand die Wahrheit nie heraus. Als er Jahre später auf die Burg zurückkehrte, war er bereits krank. Er hatte einen Schwerthieb abbekommen und war kaum noch in der Lage zu sehen.«

»Der Erzvater Isaak«, preßte Lukas zwischen den Zähnen hervor. »Der blinde Mann, der dem falschen Sohn seinen patriarchalischen Segen gab.« Unvermittelt erinnerte er sich an eine Grabplatte, die er in der Rabensteiner Burgkapelle gesehen hatte. Sie zeigte einen Ritter, dessen Augen von einer Binde verhüllt wurden. Aber entsprach dies alles tatsächlich der Wahrheit? Rüdigers Geschichte klang einerseits weit hergeholt und andererseits so grausam, daß sie, nach allem, was er erlebt hatte, schon wieder glaubwürdig wirkte. Wenn er die Dinge recht betrachtete, so hatte er nie wirklich daran glauben können, von einem König abzustammen. Nun war ihm auch klar, warum.

»Ich bin der Sohn des Ludwig von Morsch«, sagte er nachdenklich. »Ehelich gezeugt, geboren und zweifach ausgestoßen.«

Rüdiger schnaubte leise. »Zudem bist du der wahre Erbe von Rabenstein. Abgesehen von der Burg, mit der du keine angenehmen Erinnerungen verbindest, gehören dir verschiedene Besitztümer zwischen Main und Donau: sieben Dörfer, ein paar Wälder, der Steinbruch und ein Stadthaus zu Regensburg. O ja, die Herren von Morsch waren niemals Hungerleider wie die Rabensteiner. Das Geld meines ... verzeih, deines Vaters hat aus der Burg erst das gemacht, was sie heute ist.«

Lukas trat einen Schritt zurück. Seine Hände begannen vor Aufregung zu beben. »Aber das ist doch völlig unmöglich. Ich bin nur ein Steinmetz unbekannter Herkunft, ein ehemaliger Höriger. Mich kümmern Eure Ländereien nicht, Rüdiger von Morsch. Vor allem würde ich nie für eine Burg und ein paar Bauerndörfer ein Menschenleben auslöschen.«

Rüdiger lachte auf. »Siehst du, Lukas: Darin besteht der Unterschied zwischen uns beiden Brüdern. Als Sohn eines Stauferkönigs ist es geradezu meine Pflicht, meinen Besitz mit dem Schwert zu schützen und meine Stellung im Reich zu verteidigen. Erleben wir es nicht in diesen Tagen? Mein kaiserlicher Vetter, Friedrich von Hohenstaufen, zieht gegen seinen Sohn, König Heinrich, in die Schlacht. Seine Truppen sammeln sich unweit von Nürnberg. Bamberg ist aufgerufen, ihm zu huldigen. Ich werde mich seinen Rittern anschließen und kämpfen, wie ein Staufer nun einmal kämpfen muß. Aber du, mein Freund«, er deutete mit dem Schwertknauf auf die Figuren, »wirst leider keine Gelegenheit mehr haben, Theodoras Auftrag zu vollenden. Dieser Reiter aus Stein erzählt die Geschichte meiner Schande. Das kann ich unmöglich zulassen! Kein Mensch darf jemals erfahren, daß ich als Bastard eines heimtückisch ermordeten Königs geboren wurde. Der Nachwelt werde ich als Sohn und Erbe des edlen Herrn Ludwig von Morsch im Gedächtnis bleiben.«

Er erhob sein Schwert, beugte sein Knie und drang ohne ein weiteres Wort auf Lukas ein, der sofort zurückwich. Der Hauch des eisigen Stahles verfehlte dessen Wange um kaum zwei Fingerbreit. Geistesgegenwärtig tauchte er unter der Werkplatte des Müllers hindurch und riß einen Sauspieß von der Wand. Zu seinem Schutz vor den scharfen Schwertschlägen wählte er den hölzernen Deckel eines Fasses.

»Oh, ich vergaß!« Rüdiger hob spöttisch eine Augenbraue. »Mein Waffenmeister Gernot hat sich ja auf Geheiß unserer Mutter mit dir auf dem Burghof abgemüht. Nun, laß sehen, ob sein Unterricht Früchte getragen hat.« Mit einem wilden Schrei setzte er einen Hieb, der Lukas seitlich treffen und gleichzeitig entwaffnen sollte. Lukas verlagerte blitzschnell sein Gewicht. Ein weiteres Mal gelang es ihm, dem Schwert seines Halbbruders auszuweichen. Er stieß nun seinerseits mit dem Sauspieß zu; von unten, mit angewinkelten Knien, auf die Gernot im Nahkampf stets großen Wert gelegt hatte. Sein Stoß ging jedoch ins Leere.

Rasch zog Lukas seine Waffe zurück und suchte hinter einem der groben Holzpfeiler Schutz, die das Mühlendach stützten. Doch unvermittelt raste ein tückischer Schmerz durch seine linke Körperhälfte. Er taumelte. Panisch suchten seine Blicke den Boden ab, weil er befürchtete, seine Hand oder zumindest ein paar Finger könnten im Stroh zu seinen Füßen liegen. Dann aber stellte er fest, daß er lediglich aus einer Wunde am Unterarm blutete.

Der Kampf ging weiter. Rüdiger von Morsch drängte ihn aus seiner Deckung, zwang ihn erbarmungslos zur Werkbank, hinter der sich durch ein kleines Fenster das Mondlicht in die Mühle zwängte. Vermutlich hatte er im Sinn, zunächst Lukas zu erschlagen, um anschließend die beiden Figuren, Pferd und Reiter, zu zertrümmern.

»Ich fürchte, mit diesem müden Schauspiel wäre Gernot

nicht einverstanden«, rief Rüdiger. »Du kämpfst nicht wie ein Ritter, sondern wie ein Steinmetz. Brauchst du vielleicht Lot und Waage, um gegen mich zu bestehen?«

»Ich bin auch Steinmetz, nie wollte ich etwas anderes sein!« Ein gewaltiger Hieb spaltete den Deckel, den Lukas sich schützend vor die Brust gehalten hatte. Spitze Holzsplitter wirbelten durch den Raum. Lukas stürzte zu Boden.

Im nächsten Moment wurde die Mühlentür aufgerissen, und Justina stürmte herein. Ihr auf den Fersen folgten der Locator und seine Frau Ethlind.

»Laßt Euer Schwert sinken, Rüdiger«, brüllte Matthäus Hagen, der die Situation mit einem einzigen Blick erfaßt hatte. Gebieterisch streckte er die Hand aus. »Es ist genug Blut geflossen. Eure Mutter, die edle …«

»Nehmt ihren Namen nicht in den Mund.« Mit zornrotem Gesicht bemerkte der Burgherr, wie Justina sich mit dem Rücken zur Bretterwand auf Lukas zubewegte. Der Steinmetz hatte sich wieder auf die Beine gekämpft. Er verharrte hinter der Werkplatte.

»Beklagt Ihr etwa Euer Schicksal, edler Herr?« Ethlind trat neben ihren Gemahl und verschränkte die Arme über der Brust. Ihre Miene war kalt wie Stein. »Lukas hat in den letzten Jahren weitaus Schlimmeres durchgestanden als Ihr. Ich behaupte nicht, daß Ihr daran schuld wart, schließlich wart Ihr noch ein Knabe. Doch was Ihr nun vorhabt, ist unrecht!«

Lukas blickte die Frau des Locators voller Bewunderung an. Er fand sie sehr mutig; mutig und tollkühn, da sie ebenso wie der Locator ohne Waffen erschienen war. Vermutlich hatte Justina sie befreit und hinaus zur Mühle geführt. Nun gingen die beiden das Risiko ein, den vor Wut schäumenden Ritter von Lukas und Justina abzulenken.

»Verschwindet, Weib, sonst bleibt mir keine Wahl, als auch Euch vor den Augen Eures Mannes zu töten.« Rüdiger agierte immer unvorsichtiger, seine Bewegungen wurden fahrig und verloren ihre Präzision. Verwirrt sah er sich um, als müßte er noch entscheiden, wer im Raum nun Freund und wer Feind war. Dann aber stürzte er sich plötzlich auf Justina, die ächzend in die Knie ging. Rüdigers Augen waren blutunterlaufen. Er machte Anstalten, Justina mit dem Schwert niederzustrecken.

»Um der Liebe Christi willen, nicht sie! Tu ihr nichts zuleide!«

Rüdiger drehte sich um und sah Lukas breitbeinig auf der steinernen Werkbank stehen. Dessen Sauspieß schob sich wie ein Hebel unter den größeren der beiden Steinblöcke. Lukas zögerte nur einen Moment, dann nutzte er die Ablenkung, um Justinas Leben zu retten. Mit letzter Kraft hebelte er den Stein in die Höhe, um ihn von der Bank herunter, direkt auf seinen Angreifer stürzen zu lassen. Rüdiger von Morsch gab einen erstickten Laut von sich. »Nein, verfluchter ...« Er reckte die Schwerthand, um den Stein abzuwehren, doch seine Bewegung kam zu spät. Der Steinblock, aus dem ein Pferd zu wachsen schien, prallte gegen seine Brust, der Kopf des Reiters traf ihn an der Schläfe. Mit einem grauenhaften Schrei brach Rüdiger unter der Last beider Figuren zusammen. Sein Schwert fiel neben ihm ins Stroh.

Eine Weile sagte niemand ein Wort. Matthäus ging neben dem Burgherrn in die Knie und ergriff sein blutiges Handgelenk. »Er lebt noch, aber sein Pulsschlag ist sehr schwach. Keine Ahnung, ob er noch so lange lebt, bis man seinen Kopf in eine Schlinge stecken kann.«

»Ich wollte nicht, daß er ...« Lukas schloß die Augen. Er hatte seinen Bruder erschlagen. Nicht mit einem Schwert oder Morgenstern, sondern mit der Skulptur des steinernen Reiters, die ihm seinen Ruhm in der Welt der Kunst sichern sollte. Der Figur, der seine ganze Leidenschaft galt.

Nein, nicht meine ganze Leidenschaft, korrigierte er sich, als er Justinas Hand auf seiner Schulter spürte. Der Bamberger Reiter würde prachtvoll werden, aber in der Brust des jungen Ritters schlug kein Herz, er bestand aus kaltem Stein. Ganz anders als Justina. Er zog sie in seine Arme und hielt sie so fest er konnte, wenn die Berührung ihm auch vor Schmerz beinahe die Luft zum Atmen nahm.

»Du bist nicht verantwortlich für die Sünden deiner Väter, Lukas«, sagte Justina, nachdem sie die alte Mühle verlassen hatten. Hand in Hand balancierten sie über den schmalen Steg, der zum Ufer führte. »Ich habe gehört, was dieser Rüdiger dir angedroht hat. Er hätte dich gnadenlos geopfert, um weiterhin als ehelicher Sohn und Erbe des wohlhabenden Ritters von Morsch zu gelten.«

Lukas schüttelte den Kopf. »Er kann nicht wirklich schlecht sein, Justina.«

»Na, dasselbe dachte man auch von Luzifer, und dann hat ihn der Herrgott kurzerhand aus dem Himmel gejagt. Ach, Lukas, du hast Gewissensbisse, weil der Rabensteiner dein Halbbruder ist und du gar nicht glauben kannst, daß ein Mensch durchaus zu gefährlicheren Taten fähig ist, als prachtvolle Kathedralen zu erbauen oder hübsche, seelenlose Figuren aus Sandstein zu meißeln. Wenn du die Sache überdacht hast, wirst du einsehen ...«

»Nein, Justina!« Lukas legte ihr einen Finger über den Mund, eine ebenso zärtliche wie entschlossene Geste, welche ihr klarmachte, daß es nun einmal Dinge gab, an denen sie nicht rühren durfte.

Ethlind kam atemlos auf sie zugelaufen. »Mein Gemahl hat einen Karren gefunden, mit dem er den Ritter ins Klosterspital schaffen wird«, rief sie Lukas zu. Ihre weiten Ärmel schleiften über den morastigen Boden; in der Dunkelheit sahen sie aus wie die Flügel eines großen schwarzen Raben. »Wahrscheinlich stahl Rüdiger das Fuhrwerk, um die Figuren aus der Bauhütte zu schaffen. Was ist los? Darf ich erfahren, warum ihr mich so anschaut?«

»Dürfte ich erfahren, warum ihr schon wieder hier in Bamberg seid, Frau Ethlind«, sagte Lukas streng. »Ich hatte noch ein wenig Zeit, um an der Tür zu lauschen, bevor ich Euch und den Domherrn einsperrte. Was der Locator sagte, ließ mich glauben, daß Ihr mir nach dem Leben trachtet!«

Ethlind stieß einen Seufzer der Erleichterung aus. »Aber nein, wir haben doch nicht von dir gesprochen, Lukas. Wir waren Rüdiger von Morsch schon seit einiger Zeit auf der Spur, wagten aber nicht, Hand an ihn zu legen. Immerhin ist er ein einflußreicher Edelmann. Erst Domherr Brandeisen, dem mein Gemahl sein Herz ausschüttete, überzeugte uns schließlich von der Notwendigkeit einzugreifen.«

Und das hatten sie zweifellos getan. Lukas tastete nach Justinas Hand, die sich noch immer an dem Verband zu schaffen machte. Das Mädchen lächelte gedankenverloren vor sich hin. Nach dem Glanz ihrer Augen zu schließen, hatte Ethlinds Erklärung sie längst überzeugt. Vielleicht lag es an der viel besungenen weiblichen Intuition, daß sie ihr glaubte? Lukas hob die Schultern. Er würde es vermutlich nie erfahren, aber dies war auch gleichgültig. Justinas Berührung zeigte ihm, daß man der Frau des Locators vertrauen konnte.

»Wo ist eigentlich Euer kleiner Sohn?« fiel ihm unvermittelt ein. Ethlind hob den Kopf; ihr Gesicht spiegelte Besorgnis wider. »Dies ist ein weiterer Grund, warum wir nach Bamberg zurückgekehrt sind«, sagte sie nach einigem Zögern. »Gottfried ist einige Tage nach unserer Abreise von Burg Rabenstein erkrankt. Er bekam hohes Fieber. Wir sahen daher keine andere Möglichkeit, als ihn in die Obhut der Benediktinermönche von St. Michael zu geben. Mein Gemahl kennt den Abt Konrad noch aus der Zeit seiner früheren Handelsreisen. Wenn es euch beliebt, würde ich nun gerne zum Kloster gehen, um mich zu vergewissern, daß die Meinen wohlauf sind.«

»Wir werden Euch begleiten«, sagte Lukas entschlossen. Mit einer trotzigen Bewegung wandte er sich um. Der Schmerz in seinem Arm hatte sich von einem Pochen in ein gleichmäßiges Ziehen verwandelt; es mochte nichts schaden, ihn bei den ehrwürdigen Mönchen mit einer Salbe, einem Becher Wein und ein wenig Schlaf zu besänftigen.

Wenig später saßen sie in dem Wohnraum des Abtes beisammen und stärkten sich. Während ein Mönch Lukas den Arm verband, betrachteten Justina und der Locator mit einigem Staunen die kostbare Sammlung von Handschriften, die Abt Konrad in offen zugänglichen Schränken verwahrte.

Ethlind entschuldigte sich nach einer Weile. Sie machte sich Sorgen um ihren Sohn und wollte nach ihm sehen. Justina lächelte ihr aufmunternd zu. Sie verstand die Frau nur zu gut.

»Abt Konrad meint, es gehe dem Kleinen bereits besser«, erklärte Matthäus Hagen. »Er hat Arzneien bekommen, deren Namen ich nicht einmal aussprechen kann, aber die Person, die sie ihm verabreicht hat, ist absolut vertrauenswürdig.«

Lukas unterdrückte ein Gähnen. Das wärmende Feuer und der Becher mit heißem Met, den der Abt seinen Gästen hatte bringen lassen, ließen ihn schläfrig werden. Vielleicht halfen sie auch, die Schrecken der vergangenen Stunden zu verarbeiten. Allmählich glitt er in einen wohligen Zustand der Benommenheit. So nahm er kaum wahr, als ein Mönch leise den Raum betrat und Vater Konrad etwas ins Ohr flüsterte.

»Bist du dir sicher, Bruder Wipold?« Der Abt runzelte die Stirn. »Zu dieser Stunde will der Bischof mich sehen?«

»Der Schreiber ist endlich erwacht, es geht ihm besser«, sprudelte es aus dem hageren Klosterbruder heraus. Am liebsten hätte er seinen Abt am Handgelenk aus dem Sessel gezerrt und mit sich geschleift. »Sein Erinnerungsvermögen ist zurückgekehrt. Gepriesen sei der Herr! Der ehrwürdige Bischof spricht davon, daß ein Wunder geschehen ist! Ein Wunder, das die neue Heilige uns und unserem Kloster beschert hat.«

Abt Konrad erhob sich nur widerwillig. Er kannte die Besessenheit des Bischofs, wenn es um Reliquien ging, nur zu gut, doch wenn der alte Mann sich mitten in der Nacht ins Kloster bemühte, mußte es wichtig sein. Er durfte ihn nicht warten lassen. »Darf ich Euch einladen, mich zu begleiten?« fragte er mit einem freundlichen Lächeln in die Runde seiner Gäste. »Ich denke, wenn heute nacht ein Wunder geschehen ist, so ist dies eure Errettung aus tödlicher Gefahr. Der Bischof sollte davon erfahren.«

Lukas, Justina und Matthäus folgten Abt Konrad durch die hallenden Gänge, bis zu dem Raum, der ein wenig abseits von den übrigen Kammern des Spitals lag, und traten einer nach dem anderen durch den Vorhang, der Hugo von Donndorfs Bett vor neugierigen Blicken abschirmte.

Der Bischof empfing die Männer mit einer Miene, aus der Begeisterung sprach. Seine Augen strahlten im Licht der duftenden Wachskerzen, die er um das Krankenlager herum hatte aufstellen lassen. »Vater Konrad, gelobt sei Jesus Christus«, rief er, als er den Abt erkannte.

»In Ewigkeit. Amen!« Konrad beugte sein Knie und berührte den Ring des Bischofs flüchtig mit den Lippen. »Ihr wißt, wie gern ich Euch im Kloster sehe, Ehrwürdigkeit. Aber ich verstehe nicht …«

Der Bischof winkte ab. Er zog einen Stoffetzen unter dem Strohsack hervor und hielt ihn Matthäus Hagen hin, der ihm am nächsten stand. Der Locator betrachtete das Tuch mit einem höflichen Lächeln.

»Es stammt vom Obergewand meiner seligen Nichte, der edlen Landgräfin Elisabeth von Thüringen«, flüsterte der Bischof, als befürchte er einen Lauscher hinter der Wand. »Ihr Herren habt gewiß von ihr gehört. Ihre Werke der Barmherzigkeit sind in den ewigen Büchern des Himmels verzeichnet. Obwohl Kummer und Entbehrung ihr Leben beherrschten, versorgte und pflegte sie Kranke und Schwache bis zu ihrem frühen Tode.«

»Ihr meint ...«

»Elisabeth von Thüringen wird heiliggesprochen, mein Freund. Die hierfür notwendigen Wunder haben sich ereignet, der Heilige Vater hat sie endlich bestätigt. Heute erhielt ich die Nachricht, ein Bote des Deutschen Ritterordens aus Marburg hat sie mir überbracht.«

Abt Konrad beugte sich über Hugo, der bleich und deutlich abgemagert, aber bei vollem Bewußtsein den Worten seines Bischofs gelauscht hatte. »Und Euch geht es wirklich besser, mein Sohn?« fragte er. »Ihr erinnert Euch an Euren Unfall?«

Hugo nickte erschöpft. »So ist es, ehrwürdiger Vater. Allerdings war es gar kein Unfall. Ich wurde vielmehr Opfer eines Mordversuchs, ausgeführt auf Geheiß eines Mannes, der unser Bamberg schon seit langem mit seinen finsteren Intrigen heimsucht. Ich rede von ... Lampert.«

»Lampert?« Justina stöhnte gequält auf. An ihren Gemahl hatte sie überhaupt nicht mehr gedacht. Ängstlich schaute sie von Lukas zu dem Bischof, der fassungslos den Kopf schüttelte. Sie konnte nur beten, daß Lampert sie unter der Folter nicht belastete. Doch wie sie ihn kannte, würde er genau das tun. Er würde ihr die Schuld an allem geben, um sie mit sich ins Unglück zu reißen. Zitternd wandte sie sich ab und eilte der Pforte entgegen. Niemand sollte ihre Tränen sehen, auch Lukas nicht. Als sie den Stoff des Vorhangs mit beiden Händen teilte, stieß sie unvermittelt mit einer hochgewachsenen Frau zusammen.

»Nurith bat Isaak?« rief sie verblüfft. Sie umarmten sich schweigend. Die Ärztin sah sehr mitgenommen aus. Der steife Leinenschleier hob die Blässe ihres Gesichts noch hervor. Auf der linken Wange entdeckte Justina eine kleine Wunde, welche eine nach Arnika riechende Kräuterpaste nur unzureichend überdeckte. War die Jüdin geschlagen worden? Noch ehe Justina sie darauf ansprechen konnte, fühlte sie sich auch schon sanft zur Seite geschoben. Die Ärztin trat in die Krankenstube, verbeugte sich vor dem Bischof und den versammelten Männern und sagte: »Wenn Ihr erlaubt, möchte ich meiner Pflicht nachkommen und wieder nach meinem Patienten sehen.«

»Du kommst zu spät, Nurith«, erwiderte der Bischof abweisend. »Wir brauchen deine Hilfe nicht mehr. Gott der Herr hat meinen Schreiber geheilt. Es ist ein Wunder geschehen!«

»Für mich ist es stets ein Wunder, wenn Kranke genesen. Ohne den Herrn sind auch wir Ärzte machtlos. Er allein ist es, der unsere Hand leitet und unserem Verstand das Wissen darüber eingibt, welches Kraut ein Leiden beendet und welcher Trank Leib und Seele stärkt.«

»Wir sollten den Patienten mit seiner Ärztin allein lassen«, schlug Abt Konrad vor. »Sie wird sich davon überzeugen wollen, wie groß das Wunder gewesen ist, das dem Schreiber Heilung bescherte.«

»Komm vor Sonnenaufgang in mein Haus«, raunte Nurith Justina im Vorbeigehen zu. »Und bringe Lukas mit. Wir werden ihn brauchen.« Mit einem feinen Lächeln setzte sie sich an das Krankenlager und legte ihre Hand auf Hugos Stirn.

»Was, um alles in der Welt, ist hier passiert?«

Justina und Lukas blickten sich verstohlen in Nuriths Stube um. Im Zwielicht des frühen Morgens sah es so aus, als seien Vandalen über das kleine Haus hergefallen. Schemel, Bänke und Truhen waren umgestürzt, Scherben von Tonbechern und Glasflaschen lagen verstreut auf dem Fußboden. Ein beißender Geruch von Kräutern, Laugen und Säuren hing in der Luft.

Während Lukas und Justina sich umsahen, ließ die Ärztin nicht ein einziges Wort verlauten. Sie hockte inmitten des Durcheinanders, steif wie ein Stock, die Ellenbogen auf die grobe Eichenplatte ihres Tisches gestützt und starrte abwesend in die Flamme einer Tonlampe. Sie hatte sich nach ihrer Rückkehr aus dem Kloster nicht einmal umgekleidet, trug noch immer dieselbe wadenlange Kutte aus grünem Tuch. In der Leistengegend klebten dunkelrote Flecken, die Justina vorher nicht aufgefallen waren.

Weder Lukas noch sie drängten Nurith zu einer Antwort; sie warteten, wenngleich auch mit wachsender Ungeduld, bis die Jüdin sich endlich von ihrem Schemel erhob und Justina mit einem Wink zu verstehen gab, ihr in den Nebenraum zu folgen. Die Kammer, in der die Ärztin ihre Vorräte aufbewahrte, war nicht mehr als ein Verschlag. Der Lehmboden war uneben, aber ordentlich gestampft und zur Hälfte mit Stroh sowie einigen Kamillenblüten bedeckt. Im Winter bot der Raum Nuriths Ziege und den beiden Hennen Obdach, was den muffigen Geruch erklärte. In einem Winkel entdeckte Lukas eine Kiste aus einfachen Brettern.

»Er ist da drin«, sagte Nurith mit matter Stimme. »Ich habe ihn selbst hineingelegt.«

Lukas runzelte verwirrt die Stirn. Er verstand kein Wort. »Wovon sprichst du? Wen hast du in die Kiste gelegt?«

Die Ärztin atmete kräftig durch. Statt ihm eine Antwort zu geben, ging sie auf die Kiste zu und klappte schwungvoll ihren Deckel auf. Dann wandte sie den Blick ab, eine kleine Spinne am Fensterkreuz schien ihre ganze Aufmerksamkeit zu beanspruchen.

»Nein!« Justina stieß einen spitzen Schrei aus. Erschüttert starrte sie in die kalten Augen eines Mannes, der selbst im Tode noch das Gesicht zu einer höhnischen Grimasse verzerrte. Es war ihr Gemahl. Lampert.

»Es ... es ging alles so schnell«, berichtete Nurith, nachdem sie den Deckel wieder geschlossen hatte. Fahrig fuhr sie sich durchs Haar. »Der Allmächtige ist mein Zeuge, daß ich mir nicht anders zu helfen wußte. Lampert fing mich ab, als ich auf dem Weg nach Hause war. Er verlangte ein Gift von mir, eine Droge, um einen Menschen erst willenlos zu machen und später zu ermorden. Als ich mich weigerte, ihm das Gift zu geben, warf er Tisch und Stühle um und zerbrach einige meiner kostbarsten Arzneiflaschen.«

Lukas wechselte einen besorgten Blick mit Justina, die ganz bleich geworden war. »Hast du ihm das Gift ausgehändigt?«

Nurith zuckte die Achseln. »Was heißt schon Gift? Eine Menge Pflanzen, die zu Heilzwecken herangezogen werden, sind giftig. Ein Arzt muß in jahrelangen Studien erproben, welche Wirkung Blüten, Blätter oder Wurzeln auf die Organe eines Kranken haben. Die gewählte Dosis macht aus einem Gift ein Heilmittel und aus einem Heilmittel ein Gift.«

»Ja, aber ...«

»Ich filtrierte Lampert einen harmlosen Trank aus getrocknetem Salbei, Perlkraut und Granatapfel. Er warf nur einen flüchtigen Blick auf den Tiegel, als ob es ihn gar nicht kümmerte, was ich tat. Dann aber zog er einen Dolch aus seinem Wams. Er hatte vor, mich umzubringen, ich sollte ...« Ihre Stimme versagte vor Aufregung. Begütigend legte Justina ihr einen Arm um die Schulter.

»Dann spürte ich plötzlich mein kleines Schabmesser

zwischen den Fingern«, sprach Nurith weiter. »Ich trug es am Gürtelband, weil ich unmittelbar vor Lamperts Überfall die *Mikwe* beim Haus unseres Rabbis besucht hatte. Wie es letztendlich in Lamperts Herzen landete, weiß allein der Allmächtige. Ich kann mich nicht einmal entsinnen, woher ich die Kraft nahm, den gottlosen Schuft in die Kiste zu packen.«

»Gott hat dich wahrhaftig beschützt«, pflichtete Lukas ihr bei. »Aber ich brauche dir wohl kaum zu erklären, was geschieht, wenn man die Leiche eines Christen hier im Judenviertel findet. Wir müssen Lampert aus dem Haus schaffen. Sofort, noch ehe es draußen graut! Gnade uns der Himmel, wenn uns die Stadtwache erwischt!«

Sie verloren keine Zeit, sondern mühten sich mit vereinten Kräften. Die Häuser der Judengasse waren noch dunkel, als sie das Haus der Ärztin verließen. Keine Laterne brannte hinter den verrammelten Fensterläden. Vor den Mond hatten sich dunkelgraue Wolkenberge geschoben. So bemerkte niemand, wie drei in Kapuzenmäntel gehüllte Gestalten eine Kiste durch den Torbogen schleiften und auf den Weg hinab zum Flußufer zuhielten.

Als der Morgen schließlich seinen silbernen Tau auf das Gras warf, versank Lamperts Leichnam lautlos in den Fluten der Regnitz. Leise plätschernd schlugen die Wellen über ihm zusammen.

Lukas nahm Justina in die Arme. Sie zitterte vor Angst und Kälte. Es dauerte eine ganze Weile, bis ihr Herzschlag sich endlich beruhigt hatte und sie ihm in die Augen sehen konnte.

»Keine Sorge, Liebste. Wir haben uns nichts vorzuwerfen. Außerdem kann es Tage, vielleicht sogar Wochen dauern, bis Lamperts Leiche irgendwo an Land gespült wird. Man wird glauben, er sei von Straßenräubern überfallen und erschlagen worden. Und wenn nicht, wen kümmert es? Für jeden Finger an der Hand hatte Lampert zehn Feinde. Niemand wird seinen Tod mit Nurith oder dir in Verbindung bringen.«

Justina nickte. Es war seltsam, aber über Lampert machte sie sich keine Gedanken mehr. Dieses Kapitel ihres Lebens war endgültig abgeschlossen. Beinahe war sie froh, nun ein gemeinsames Geheimnis mit Lukas teilen zu dürfen. »Ich denke über etwas anderes nach«, sagte sie nach einer Weile in die Stille hinein.

»Und verrätst du mir auch über was?«

Justina legte den Kopf zurück, um den kühlen Wind auf den Wangen zu spüren. Mit leichter Hand befreite sie ihr Haar von dem steifen Gebende, das sie als verheiratete Frau auswies. Sie warf es von sich und beobachtete, wie das Tuch sanft die Böschung hinabflatterte. Ihre Augen glänzten wie die eines Kindes. »Ich frage mich, was ich nun mit meiner neu gewonnenen Freiheit anfangen soll.« Sie fing an zu kichern.

Lukas stutzte. Woher nimmt Justina nur diese Zuversicht? fragte er sich. Weiß sie denn nicht, daß sie von dieser Nacht an als Witwe gilt? Witwen hatten es nicht leichter als Jungfrauen. Im Gegenteil, ohne Kinder und Vermögen waren sie fast rechtlos und dem Schutz von Verwandten ausgeliefert. Er blickte sie an und verfing sich förmlich in dem Glitzern, das ihre Augen aussandten. Nein, entschied er, Justina brauchte sich nicht zu fürchten. Er schwor sich, von nun an für sie dazusein.

Nach einer Weile machten sie sich auf den Weg, hinauf auf den schmalen Trampelpfad, der vom Uferstreifen des Stromes geradewegs ins Herz der langsam erwachenden Stadt führte. Eine Schar verschlafener Tagelöhner kam ihnen entgegen, wahrscheinlich waren sie auf dem Weg zu Salomanns Handelshof. Sie grüßten höflich, und einer der Männer blieb bei Nurith stehen und deutete auf seinen geschwollenen linken Fuß. Sie würde ihm später helfen.

Lukas begriff auf einmal, daß seine bleierne Furcht, die ihn so lange in den Klauen gehabt hatte, von ihm gefallen war. Sie war verschwunden, hatte sich aufgelöst und ließ nun Platz für etwas anderes.

Gemeinsam mit Justina würde er herausfinden, wie diese Lücke zu füllen war und wie süß die Früchte der Freiheit wirklich schmeckten.

Epilog
Bamberg, zwei Jahre später

Bischof Ekbert von Andechs-Meran stand vor dem Hochaltar seines Domes und ließ seine Blicke zufrieden durch das Langschiff schweifen. Ein vielstimmiger Chor aus Knaben und jungen Mönchen intonierte voller Inbrunst das *Credo*. Die prächtigen Gewänder der kirchlichen Würdenträger, welche zu beiden Seiten des Altars Platz genommen hatten, verschwanden hinter dichten Schwaden von Weihrauch.

Über aller Häupter verbreitete das farbenfrohe Fresko Jesu, des Weltenrichters, eine Aura von Heiligkeit und Demut. Neugierig blickte sich der Bischof nach seinem Schreiber um. Er fand Hugo von Donndorf zu Füßen der Treppe, die hinauf zum Georgenchor führte, jenem Teil der Kathedrale, der die Maurer und Baumeister besonders viel Mühe gekostet hatte. Ekbert bemühte sich, ruhig durchzuatmen, wie sein Medicus es ihm geraten hatte. Die Mitra wurde ihm immer schwerer auf dem Kopf, aber er hatte darauf bestanden, sie und den Krummstab an diesem besonderen Tag zu tragen. Ohne die Insignien seines Amtes wäre er sich nackt vorgekommen, und vielleicht war die Weihung des Doms die letzte Amtshandlung, die er als Bischof von Bamberg vornahm. Wer kannte die Wege des Herrn?

Ekberts Gedanken kehrten zu Hugo zurück. Er ahnte schon, warum er ausgerechnet diesen Platz gewählt hatte, um der feierlichen Einweihungszeremonie beizuwohnen. An einer der Säulen, die das Langschiff von den Seitenarmen trennte, war ein Sockel angebracht worden, und auf diesem Sockel thronte eine prächtige Figur, ein wahres Kleinod der Bildhauerkunst, wie Ekbert anerkennen mußte. Der Dom besaß nun eine stattliche Anzahl von Heiligenfiguren, doch besonders diese eine hatte während der umtriebigen Wochen der Vorbereitung viel Staunen und Bewunderung ausgelöst. Bischof Ekbert konnte sie vom Hochaltar aus nicht sehen; er bemerkte indes, daß eine Vielzahl von Augen in diesem heiligen Moment der Weihe auf die Figur des Domreiters gerichtet waren, der stolz und ehrfurchtgebietend auf seinem Schimmel saß. Hugo von Donndorf hatte ihm erzählt, die Skulptur stelle den Heiligen Stephan dar, einen früheren König von Ungarn. Bischof Ekbert gefiel diese Deutung sehr, denn er unterhielt verwandtschaftliche Beziehungen zu den östlichen Nachbarn. Auch seine von ihm verehrte Nichte Elisabeth war schließlich eine ungarische Königstochter gewesen.

Der steinerne Reiter gab ihm allerdings noch weitere Rätsel auf. Er vermutete, daß sein Schöpfer ihn nicht in alle seine Geheimnisse eingeweiht hatte, daß es da noch mehr gab, was seinen Domplatz betraf, was aber nie wieder zur Sprache kommen würde.

Der Bischof nahm das in Gold gebundene Evangeliar, bewegte sich ein paar Schritte vorwärts, auf das in Sonnenlicht gebadete Langschiff zu und betrachtete die Menschen, die unter ihm in feierlicher Stimmung dem Gottesdienst folgten. Sie waren alle gekommen, stellte er zufrieden fest. Fürsten, Reichsritter und einfache Edelleute mit ihren Damen. Bischöfe, Äbte, Domherren, Kaufleute und Abgeordnete der Zünfte blickten ergeben zu ihm empor. Im Mittelteil entdeckte er die junge Witwe des Kaufherrn Salomann. Sie war wirklich so schön, wie man sich erzählte. Es hieß, ein Nürnberger Gewürzhändler habe vergeblich um sie gefreit. Gewiß war er nicht der erste und würde auch nicht der letzte sein, der um ihre Hand anhielt. Seit dem unerklärlichen Verschwinden ihres Verwalters

Lampert führte Frau Beate die Geschäfte des Handelshofes allein und, wie es hieß, nicht einmal ungeschickt. Vor allem hatte sie die Bamberger Kaufleute davon überzeugen können, endlich mit der Domburg Frieden zu schließen und sich ganz auf den Handel und die neu gewonnenen Privilegien des Kaisers zu konzentrieren. Salomann hätte dergleichen in seinem Stolz wohl niemals getan.

Ein wenig abseits der Menge standen der Steinmetz Lukas und sein Weib Justina. Ekberts Augen waren trübe geworden; trotzdem erkannte er, daß der Leib der jungen Frau sich unter dem strengen schwarzen Tuch ihres Kleides rundete; sie war guter Hoffnung. Ein Lächeln huschte über die spröden Lippen des Alten. Dem jungen Paar schien die Ehe zu bekommen. Die Nöte der Vergangenheit quälten sie offenbar nicht länger.

Ekbert dachte kurz darüber nach, was ihm ein Bote vor einigen Monaten über das Schicksal des Rabensteiner Ritters berichtet hatte. Allem Anschein nach war es seiner Familie gelungen, den verkrüppelten Toren in einem Siechhaus auf dem Gut des Deutschen Ordens zu Mergentheim unterzubringen. Dort richtete er keinen weiteren Schaden an; Lukas und seine Frau brauchten seine Ränke nicht mehr zu fürchten, denn Ekbert würde ihr Schicksal der wundertätigen Elisabeth anempfehlen und sie in seine Gebete einschließen.

Als der Bischof sich von der Gemeinde abwenden wollte, fiel sein Blick wie zufällig auf eine Frau, deren Erscheinungsbild ihm einen Schauder über den Rücken trieb. Äußerlich betrachtet gab es kaum Auffälliges an ihr zu entdecken. Sie war in ein teures Brokatgewand mit Pelzbesatz gekleidet, am rechten Handgelenk funkelte ein Armschmuck aus schwerem Gold. Und doch gab es etwas an der Frau, das ihn beunruhigte. Irgendwann in seinem Leben war er ihr schon einmal begegnet. Doch wo, beim heiligen Grab, war dies gewesen?

Einer der Chorherren befreite ihn schließlich mit einem Räuspern aus seinen Gedanken. Es half alles nichts, er mußte mit der Messe fortfahren.

Als Lukas und Justina die Kathedrale im Strom der Gläubigen verließen, trat ihnen am Eingang ein junges Mädchen in den Weg. Einen Moment lang druckste sie herum, als ob Justinas Blicke sie einschüchterten. Dann nahm sie allen Mut zusammen und bat Lukas, sie zu einer der Sänften zu begleiten, die auf dem Domplatz für die Edeldamen und geistlichen Würdenträger bereitstanden. Wahrscheinlich hatte sich eine Person von Rang in den Kopf gesetzt, ihn zu seiner Skulptur zu beglückwünschen.

»Geh schon, Lukas«, rief Justina ihm zu, während sie einer Gruppe von Reitern aus dem Weg sprang. »Ich möchte noch kurz nach Norbert sehen und ihm von der Domweihe berichten. Irgendwie ist sie ja auch dein großer Tag geworden.«

Lukas nickte. Nachdenklich folgte er der jungen Frau über den Platz, zu der Sänfte ihrer Herrin. War es etwa Beate, die ihn dort erwartete? Salomanns Witwe hatte ihr Versprechen gehalten. Bisher war kein Wort über ihre Lippen gekommen, das Lukas hätte kompromittieren können. Sie hatte auch nicht versucht, sich ihm zu nähern; nur hin und wieder warf sie ihm beim Kirchgang oder anläßlich zufälliger Begegnungen in der Stadt galante Blicke zu.

Vor der Sänfte angekommen, blieb er stehen und beobachtete, wie die Dienerin die samtenen, mit einem Wappen verzierten Vorhänge zurückschlug, bevor sie sich mit einer knappen Verbeugung entfernte. Lukas blickte sich neugierig um. Grelles Sonnenlicht flutete durch den rechteckigen Kasten. Auf dem ledernen Sitz hatte sich eine ältere Edeldame niedergelassen.

»Ich dachte mir schon, daß ich Euch heute hier antreffen

würde«, sprach Lukas die Frau in der Sänfte an. Seine Miene blieb ausdruckslos. »Seid Ihr mit meinem Werk zufrieden, Herrin, oder verlangt Ihr Euer Geld zurück?«

Theodora von Morsch lachte heiser auf. Diesmal verbarg sie ihr Gesicht nicht vor ihm. Es war ein markantes Gesicht, scharf geschnitten und mit hohen Wangenknochen, das weitaus weniger Falten aufwies, als Lukas erwartet hätte. Nur der bittere Zug, der sich um ihre Mundwinkel gegraben hatte, verriet, daß Theodora von Morsch es aufgegeben hatte, sich ihre Welt zurechtzuträumen; sie war eine gebrochene Frau.

»Natürlich bin ich mit der Skulptur zufrieden«, sagte sie nach einem Moment des Schweigens. »Mit dem Reiter hast du bewiesen, was in dir steckt. Du wirst eines Tages zu den größten Baumeistern des Reiches gehören.«

Lukas verneigte sich mit der Hand am Herzen. Seine Augen füllten sich mit Tränen. Nun hat sie es doch wieder geschafft, mich zu verhexen, diese Mondreiterin, dachte er.

»Verzeiht mir, Herrin, aber ich muß mich nun um meine Gemahlin kümmern«, sagte er in dem Versuch, sich loszureißen. »Wir ... erwarten in Kürze Nachwuchs, da möchte ich sie nicht zu lange allein lassen. Sie mutet sich immer soviel zu.«

Theodora nickte milde. »Ich habe dir nichts zu verzeihen. Was ich dir angetan habe, kann ich in diesem Leben kaum wiedergutmachen.«

Lukas runzelte die Stirn. Er fand, daß es viel zu spät für Bekenntnisse dieser Art war. Seine Mutter, wenn er sie denn so nennen wollte, hatte ihn fortgegeben, um das Kind ihres Geliebten an seiner Stelle aufzuziehen.

»Ich weiß, daß ich eine schwere Sünde auf mich lud, indem ich dich auf das Frongut abschob«, sagte sie plötzlich. »Aber du darfst nicht glauben, ich hätte mich nicht um dich gesorgt. Dein leiblicher Vater war ein grober, ehrgeiziger Mann. Als er noch gesund war, verfügte er über großen Einfluß. Wußtest du, daß ich ihn hier in Bamberg kennerlernte? Drüben, in der Domburg des Bischofs. Es war an jenem Abend, als König Philipp durch das Schwert des Wittelsbachers niedergestreckt wurde. Irgendwie muß er von dem geplanten Anschlag des Pfalzgrafen erfahren haben. Er versprach, mich zu beschützen, und eine Zeitlang ging dies auch gut. Doch geliebt haben wir einander nicht.«

»Was wollt Ihr mir damit sagen?«

Theodora blickte geistesabwesend über die mächtigen Türme des Domes hinweg. Zwei Glocken fingen zu läuten an. Die feierliche Stunde der Weihe war zu Ende. »Ich möchte sagen, daß das Schicksalsrad manchmal innehält und darauf wartet, daß wir es ergreifen«, erklärte sie. »Wir fürchten nur allzuoft, es sei zu schwer für uns oder zu weit von unserem Weg abgewichen. Zu weit, um uns daran festzuhalten. Wenn ich mir mein Leben jedoch ohne Schleier betrachte, so sehe ich ein, daß es Möglichkeiten gegeben hätte, das Rad zurückzudrehen. Meine Schuld liegt darin, daß ich nicht die Kraft fand, es wirklich zu tun. Dein Vater hatte mit Philipps Kind Großes vor. Rüdiger war immer kränklich; ihn wollte ich in meiner Nähe wissen, aber ich glaubte, *du* könntest eines Tages ... Nein, ich weiß gar nicht mehr, was ich mir einredete. Und ich ahnte nicht, wie schlecht man dich nach Ludwigs Tod in dem Dorf behandelte.«

Lukas schaute in die Augen der Frau, die seine Mutter war. Die Geschichte vom Schicksalsrad kannte er doch, aber er war immer der Meinung gewesen, einer der Knechte habe sie ihm erzählt. Konnte es möglich sein, daß es Theodora selbst gewesen war, die ihn in frühester Kindheit auf ihren Schoß genommen hatte?

»Warum habt Ihr ausgerechnet mir den Auftrag erteilt, den Bamberger Reiter zu formen?« rief er. Das Glockengeläut ebbte langsam über den Dächern der Domherrenhäuser ab. Gewiß fragte sich Justina bereits, wo er so lange blieb.

»Meine Späher berichteten mir, daß du schon als Knabe ein begabter Bildhauer gewesen bist. Nachdem du aus Haselach geflohen warst, ahnte ich, welchen Weg du einschlagen würdest. Werner von Rottweil durchstreifte auf meinen Wunsch hin fast jede Stadt zwischen Rhein und Donau, um dich aufzuspüren. Schließlich fand er einen jungen Mann, der ein Amulett um den Hals trug, das ihm bekannt vorkam. Die Silbermünze stammt vom Panzer des ruchlosen Pfalzgrafen, der Philipp erschlug. Ich habe damals zwei von ihnen an mich genommen. Eine legte ich dir um den Hals. Ein sonderbares Erinnerungsstück, findest du nicht auch? Vielleicht eher ein Blutzeuge. Aber für mich hat es seinen Zweck erfüllt.« Sie machte eine kleine Pause, ehe sie fortfuhr, denn das Reden schien ihr auf einmal schwerzufallen. »Ich habe dir, meinem Sohn, den Auftrag erteilt, ein Werk zu erschaffen, das vielleicht noch in tausend Jahren auf seinem Sockel im Ostchor des Doms stehen wird. Nicht an Philipp von Schwaben wird man sich dort erinnern. Für ihn gibt es andere Orte, andere Menschen, die seine Lieder singen, seine Geschichte erzählen. Der Bamberger Reiter soll aber deine eigene Geschichte erzählen, Lukas.« Sie lächelte einen Augenblick, dann verhüllte sie ihr Gesicht wieder mit dem dunklen Schleier. »Die Geschichte deiner Familie.«

Lukas sah ihr nach, bis ihre Sänfte sich im Gewirr der Kutschen und Pferde verlor. Lange rührte er sich nicht vom Fleck, dann fiel ihm schließlich ein, wie enttäuscht Justina war, wenn er zu spät zu den Mahlzeiten erschien. Und enttäuschen, soviel stand fest, wollte er sie um keinen Preis der Welt.

Nachwort des Autors

Wie in den meisten meiner Romane, so verbinden sich auch in *Die Nacht des steinernen Reiters* Fiktion und historisch nachweisbare Ereignisse.

Der Mordanschlag auf Philipp von Schwaben, den jüngsten Sohn Kaiser Friedrich Barbarossas, hat sich im Juni des Jahres 1208 in etwa so zugetragen, wie ich ihn eingangs geschildert habe. Der König hatte allerdings keine Geliebte, die ein Kind von ihm erwartete, und wenn, so verstanden es seine Chronisten, etwa Probst Burghard von Ursberg, die Affäre diskret aus ihren Berichten zu entfernen. Folglich gab es weder eine Theodora von Rabenstein noch einen illegitimen Staufersproß Rüdiger von Morsch, wohl aber existiert die Burg in der Fränkischen Schweiz, die ich zu ihrer Residenz und somit zum Schauplatz einiger Szenen gemacht habe.

Burg Rabenstein wurde Ende des 12. Jahrhunderts von einem Rittergeschlecht bewohnt, das recht vermögend war und die Vorburg zu einer wehrhaften Felsenfestung ausbauen ließ. Die Familie nannte sich auch Schlüsselberger und trug einen schwarzen Raben im Wappen. Im Laufe des 13. Jahrhunderts verschwand sie von ihrem Stammsitz, um sich ins Ahorntal zurückzuziehen.

Lukas, der Steinmetz von Bamberg, ist meine Erfindung; den Ort, in dem er seine Jugend verbrachte, gibt es wirklich. Er ist mein Heimatort, der auf eine 1400jährige Geschichte als Reichsdorf und Königsgut zurückblicken kann. Ein Ritter Dietrich von Haselach wird in den Chroniken erwähnt, seine Schwester Beate nicht.

Interessanterweise ist die kunsthistorische Forschung in der Frage nach dem Schöpfer des Bamberger Reiters noch zu keinem eindeutigen Ergebnis gelangt. Der Künstler hat uns weder seinen Namen noch ein Zeichen seiner Herkunft hinterlassen; wir wissen nicht einmal genau, wen sein Werk darstellen soll. Gewisse Stilmerkmale weisen darauf hin, daß er sich von der Kunst französischer Bildhauer der Hochgotik beeinflussen ließ.

Neuere Forschungen belegen ferner, daß die Skulptur bereits zur Bauzeit des Domes an ihren heutigen Platz verbracht wurde. Sie scheint bemalt gewesen zu sein: das Pferd weiß mit dunkleren Flecken – was auf einen Schimmel hindeutet –, der Mantel des jungen Ritters vermutlich rostrot, sein Haar braun. Daneben fand man goldfarbene und metallisch belegte Bereiche. Die Ursprünglichkeit bestätigt auch das original erhaltene Fugenmaterial, mit dem die aus Sandsteinblöcken geformte und zusammengesetzte Figur behandelt wurde. Gekröntes Haupt und roter Mantel sind Attribute, die auf einen König hinweisen. Haben wir es mit einem Stauferherrscher zu tun, der geschickt als Heiliger ausgegeben wurde? Mit einem berittenen Apostel? Mit König Stephan von Ungarn? Eine Fülle von Spekulationen und Interpretationen hält die Fachwelt bis heute in Atem. Zweifellos aber zählt die Skulptur zu den schönsten Zeugnissen mittelalterlicher Bildhauerkunst.

Der Bamberger Dom wurde 1237 von Ekbert von Andechs-Meran geweiht. Der Bischof, der nach dem Königsmord vorübergehend in Ungnade fiel und außer Landes fliehen mußte, war ein Bruder der ungarischen Königin und Onkel der mildtätigen Landgräfin Elisabeth von Thüringen. Diese wurde, wie im Roman erwähnt, 1235 von Papst Clemens IX. heiliggesprochen. Bischof Ekbert durfte später wieder nach Bamberg zurückkehren. Mit dem Mord hatte er wohl wirklich nichts zu tun. Es war ihm noch vergönnt, die Fertigstellung des Bamberger Reiters zu erleben; er starb im Jahr der Domweihe.

Der ehrgeizige Kaufmann Salomann, seine Frau sowie Lampert und Justina sind erfunden. Zahlreiche Quellen bezeugen indessen die Auseinandersetzungen zwischen Stadtbürgern und geistlichen Stiften, denen umfangreiche Güter und Ländereien gehörten. Die Stadt hingegen besaß in der ersten Hälfte des 13. Jahrhunderts weder Bürgermeister noch Ratsherren. Sie war zudem – mit Ausnahme des Domberges – schlecht befestigt, jede bauliche Maßnahme mußte dem Bischof zur Absegnung vorgelegt werden. Mit dem Aufblühen von Handel und Handwerk erstarkten jedoch auch die Zünfte und mit ihnen das Selbstbewußtsein der Bürger, die ihrem Bischof vorwarfen, das städtische Gefüge durch hohe Steuern zu schwächen. Stein des Anstoßes war unter anderem die Abwanderung von Bürgern in die von städtischen Steuern verschonten Besitztümer der Stiftsherren.

Vor diesem Hintergrund erscheinen die Auseinandersetzungen zwischen Kaufmannschaft und Geistlichkeit um Macht und Privilegien nachvollziehbar. Ein anderer politischer Konflikt wird im Roman nur am Rande thematisiert. Dabei handelt es sich um den Streit zwischen Kaiser Friedrich II. und dem deutschen König Heinrich VII., der 1235 seinen Höhepunkt erreichte. Heinrich verlor den Machtkampf gegen seinen Vater. Nach einer verlorenen Ritterschlacht erließ Friedrich in Mainz einen Landfrieden, der eingehende Regelungen über die Ächtung von rebellischen Söhnen und deren Helfershelfern enthielt. Heinrichs Söhne wurden von der Erbfolge ausgeschlossen. Der neue deutsche König hieß fortan Konrad IV.

Matthäus Hagen, der als Locator für die Besiedlung des Ostens warb, und seine Frau Ethlind sind zwei liebenswerte Figuren, die ich bereits für eine frühere Geschichte erfunden habe. In diesem Roman durften sie nun, ein wenig gereifter an

Jahren, noch einmal in Nebenrollen auftreten. Wer darüber hinaus erfahren möchte, auf welch abenteuerlichem Weg sich die beiden kennerlernten, sei an den Roman *Die sieben Häupter*, ein Gemeinschaftsprojekt des Autorenkreises »Historischer Roman Quo Vadis« verwiesen, an dem ich neben Kolleginnen und Kollegen wie Rebecca Gablé, Helga Glaesener und Richard Dübell mitgewirkt habe.

Zuletzt noch ein abschließender Satz zu Philipp von Schwaben: Mag auch der Bamberger Reiter nicht seine Geschichte erzählen, so gibt es dennoch einen Stein, auf dem in lateinischer Sprache zu lesen ist, was dem König einst widerfuhr. Er befindet sich in der Krypta des Speyerer Kaiserdoms. Dort fand der Staufer seine letzte Ruhestätte.

Um die Welt des Hochmittelalters so authentisch wie möglich zu beschreiben, habe ich auf eine Vielzahl verschiedener Quellen und Darstellungen zurückgegriffen, von denen ich hier nur einige anführen kann.

Die Gerichte des Küchenmeisters Julius gehen auf *Daz buch von guter spise* zurück, eine Sammlung von Kochrezepten in mittelhochdeutscher Sprache, die im 14. Jahrhundert im Auftrag des Fürstbischofs von Würzburg angelegt wurde. Ich danke Herrn Professor Dr. med Dr. phil Bernhard Haage von der Universität Mannheim und Frau Dr. Helga Haage-Naber für Material und freundliche Hinweise.

Über Urkunden, Schreiber und Fälschungen erteilte mir A. von Brandts *Werkzeug des Historikers* Auskunft. Fragen bezüglich medizinischer Behandlungsmethoden im Mittelalter beantworteten die Bücher *Alte Chirurgie* von Detlef Rüster und *Die Weisheit der Natur. Heilkraft und Symbolik der Pflanzen und Tiere im Mittelalter* von Werner Telesko.

Wer sich für mittelalterliche Baukunst interessiert, sei auf das Werk *Planung und Bau von Burgen im süddeutschen Raum* von Alexander Antonow verwiesen. Meine Kenntnisse über den Alltag von Rittern, Burgfräulein, Kaufleuten und Handwerkern zur Stauferzeit verdanke ich den Werken *Die Ritter. Eine Reportage über das Mittelalter* von Walter Hansen und *Lebensalltag im Mittelalter*. Ferner fand ich in Harald Kellers Darstellung über die Geschichte und Kunst der alten Stadt *Bamberg* eine stete Quelle der Inspiration.

Meiner Familie, meinen Freunden und allen, die mir während der Arbeit an diesem Roman mit Rat und Tat zur Seite standen, gilt an dieser Stelle mein besonderer Dank.

Guido Dieckmann, März 2005